BETTINA STORKS

Die
Schwestern
von
Krakau

BETTINA STORKS

Die Schwestern von Krakau

Ein historischer Roman
nach wahren Begebenheiten

HEYNE ‹

Der Verlag behält sich die Verwertung der urheberrechtlich geschützten Inhalte dieses Werkes für Zwecke des Text- und Data-Minings nach § 44 b UrhG ausdrücklich vor.
Jegliche unbefugte Nutzung ist hiermit ausgeschlossen.

Das Motto stammt aus Mascha Kaléko, »Die frühen Jahre«. In: Mascha Kaléko und Gisela Zoch-Westphal (Hrsg.), Die paar leuchtenden Jahre, dtv Verlagsgesellschaft, 2003, München.

Penguin Random House Verlagsgruppe FSC® N001967

3. Auflage
© 2025 by Bettina Storks
© 2025 dieser Ausgabe by Wilhelm Heyne Verlag, München,
in der Penguin Random House Verlagsgruppe GmbH
Neumarkter Straße 28, 81673 München
produktsicherheit@penguinrandomhouse.de
(Vorstehende Angaben sind zugleich Pflichtinformationen nach GPSR)

Alle Rechte vorbehalten.
Dieses Werk wurde vermittelt durch die
Literarische Agentur Thomas Schlück GmbH
Redaktion: Hanna Bauer
Coverdesign: t.mutzenbach design, München
unter Verwendung von: © akg-images/Tony Vaccaro;
© Shutterstock.com/Trutta;
© ullstein bild – Heritage Images/Heritage Art
Herstellung: Magdalena Gerblinger
Satz: satz-bau Leingärtner, Nabburg
Druck und Bindung: GGP Media GmbH, Pößneck
Printed in Germany
ISBN: 978-3-453-36118-8

www.heyne.de

DIE WICHTIGSTEN FIGUREN IM ÜBERBLICK

Familie WAGNER, KRAKAU

Dr. Rigobert Wagner (1880–1944): Allgemeinmediziner mit eigener Praxis in Krakau, Familienoberhaupt

Käthe Wagner (1885–1942): Ehefrau von Rigobert

Lilo Wagner (1914–1993): Apothekerin, erstgeborene Tochter von Rigobert und Käthe

Helene Wagner (1915–1942): Schneiderin, Tochter von Rigobert und Käthe, wandert 1936 nach Paris aus

Simon Altmann (1939–2016): Musiker, Sohn von Helene und Samuel. Kommt 1942 in die Familie Mercier

Samuel Altmann (1913–1942): Inhaber eines Lederwarengeschäfts in Krakau, später Paris, Vater von Simon

Familie WAGNER-KÖNIG, FELLBACH bei Stuttgart

Dora Wagner, verheiratete König (* 1944): Apothekerin, Tochter von Lilo Wagner und Dr. Walter Kranz

Tatjana König (* 1964): Psychologin, Tochter von Dora und Bernhard König

Familie MERCIER, PARIS

Antoine Mercier (1900–1946): Bauunternehmer

Gisèle Mercier (1902–1960): Ehefrau von Antoine

Adi Mercier (* 1933): Tochter von Antoine und Gisèle

Simon Mercier: ab 1942 in der Familie Mercier, Bruder von Adi

Édith Mercier (* 1965): Architektin, Tochter von Simon und Joséphine

*Für meine geliebten
Fellbacher Großeltern Luise und Karl Stuber.
Für meine Kinderfreundin
Tatiana Jaroszyńska, die mir ihr Krakau gezeigt hat.*

Ausgesetzt
In einer Barke von Nacht
Trieb ich
Und trieb an ein Ufer.
An Wolken lehnte ich gegen den Regen.
An Sandhügel gegen den wütenden Wind.
Auf nichts war Verlaß.
Nur auf Wunder.
Ich aß die grünenden Früchte der Sehnsucht,
Trank von dem Wasser das dürsten macht.
Ein Fremdling, stumm vor unerschlossenen Zonen,
Fror ich mich durch die finsteren Jahre.
Zur Heimat erkor ich mir die Liebe.

Mascha Kaléko
»Die frühen Jahre«

PROLOG

Krakau, April 1943

Die untergehende Sonne taucht die Stadt an der Weichsel in ein diffuses Licht. Aus ihrer Gefängniszelle kann Gusta Dawidson Draenger nur auf den Zehenspitzen stehend durch einen kleinen vergitterten Schacht nach draußen sehen. Sie erkennt Ausschnitte von einem Gebäude, die Stiefel der Wachtposten. In der Ferne Stacheldraht, ein Wachhaus. Irgendwann hat die meistgesuchte Widerstandskämpferin Krakaus jegliches Zeitgefühl verloren. Sie orientiert sich an Geräuschen, am Lichteinfall.

Wie lange schon sitzt sie hier ein, in diesem drei Quadratmeter großen Raum mit nichts als einem Eimer für ihre Notdurft und einer Pritsche? Wochen, Monate? Manchmal schieben sich vorbeiziehende Wolken am Himmel vor die Sonne und werfen Schatten in die feuchte Zelle mit der Nummer 15. Sie stellt sich vor, wie sie hoch über den Dächern ihrer Heimatstadt, jener, in der sie vor sechsundzwanzig Jahren geboren wurde, weiterziehen.

Tagtäglich hört sie das Geschrei der Wächter im Gefängnis. Sie brüllen, obgleich alle Insassen umgehend ihre Befehle befolgen. Genauso haben die Deutschen auf den Plätzen des Ghettos gebrüllt, auf den Straßen, vor den Geschäften, bei Festnahmen, bei Appellen, bei *Aussiedlungen*, wie sie ihre Deportationen zynisch genannt haben.

Noch furchterregender sind jedoch diejenigen Deutschen, die schweigen, das hat Gusta in den zwei Jahren im Ghetto gelernt. Aus dem Nichts konnten sie eine Waffe ziehen, wahllos auf Menschen schießen und anschließend ihre Hunde streicheln.

Der jüdische Widerstand Akiba hat sich von alldem nicht einschüchtern lassen, nicht von Schlägen, nicht von Schreien oder Drohungen, nicht von den grausamen Verhörmethoden der Deutschen. Gusta hat aufgehört, die Folterungen zu zählen, bei denen sie irgendwann ohnmächtig wurde, weil ihr schmaler Körper die Schmerzen nicht mehr aushielt.

»Wie heißen deine Komplizen? Namen, wir brauchen Namen, du jüdische Schlampe! Wer hat das Attentat geplant?«

Gusta hat Wunden davongetragen, seelische und körperliche, aber ihr innerer Widerstand ist daran nur gewachsen. Wut kann ungeahnte Kräfte bündeln. Besonders schlimm ist der Schlafentzug, das permanente An- und Ausgehen des Lichts in der Sonderzelle. Dort bleibt ihr nur das Gebet.

»Wir müssen die Kühnheit unserer Angreifer besitzen, um gegen unsere Peiniger zu bestehen«, hat Marek seine Mitstreiter immer wieder angetrieben. Stets hat er mit kühlem Kopf, ganzem Einsatz, voller Leidenschaft gekämpft.

Sein richtiger Name lautet Shimshon Draenger, Tarnname Marek – ein großer Mann mit dunklem Teint, verschlossenem Blick, der sich nie zu emotionalen Ausbrüchen hinreißen lässt. Ein liebender Ehemann, ein Kämpfer, dem einige Gleichgesinnte aus diesem Grund eine gewisse Gefühlskälte zuschreiben. Gusta aber weiß es besser. Sie kennt seine Sensibilität, seine Sanftmut, seine Zärtlichkeit.

Gusta wendet sich vom Fenster ab und lässt ihren Blick durch die armselige Zelle wandern, über die Pritsche, den Eimer, den stillgelegten alten Ofen, in dem sie kurz nach ihrer Inhaftierung eine verrostete Blechdose gefunden hat.

Um den Verstand nicht zu verlieren, hat sie angefangen zu schreiben. Auf Klopapier, das einzige Papier, das es hier drinnen gibt. Über das Leben und Sterben im Ghetto, über die Heldentaten von Akiba, über ihre effiziente Logistik.

Noch einmal durchlebt sie die Tage und Jahre im Widerstand, die Idee von Gemeinschaft, spürt das Band unzähliger Freundschaften, das Wunder der Haltung, die keine Mauern zum Einsturz bringen konnten, die aber ihre Tapferkeit schulte, ihren unbändigen Überlebenswillen. Für das Überleben zählt jede Stunde, jede Sekunde, jedes gesprochene Gebet.

Sie haben gekämpft – bis zu jenem schicksalhaften Dezemberabend im Jahr 1942, einer Nacht, in der eine neue Zeit angebrochen ist.

Erschöpft rutscht Gusta mit dem Rücken zur Wand auf den Boden und zieht die Knie an die Brust, den Kopf in ihre Hände gelegt. Ihr Gesicht brennt.

Sie greift nach dem Papier und dem einzigen Stift, den sie besitzt, und beginnt zu schreiben.

Aus dieser Gefängniszelle, die wir nie mehr lebend verlassen werden, grüßen wir jungen, todgeweihten Kämpfer Euch.

Mit glühender Stirn vollendet sie ihr einsames Ritual. *Tagebuch einer Partisanin* nennt sie ihren Zeugenbericht. Sie schreibt an gegen ihren Husten, das Fieber, das am Abend steigt und sie an den Rand ihres Verstands bringt. Sie hat die Tarnnamen ihrer Mitkämpfer notiert, sich selbst voller Stolz Justyna, die Gerechte, genannt. Die vielen Pseudonyme schwirren durch ihren Kopf, dahinter stehen Menschen, Schicksale, die Taten stiller Helden – Täter, Verräter auf der anderen Seite, auch welche aus ihren eigenen Reihen. Für diejenigen, die diesen schrecklichen Krieg überleben werden, mag das, was sie geleistet haben, ein Wimpernschlag im kollektiven Gedächtnis der Weltgeschichte sein, für den jüdischen Widerstand ist das Wort Wehrhaftigkeit kein leeres. Solange sie gekämpft haben, fühlten sie sich lebendig. Solange sie einander hatten, waren sie nicht allein. Sie kämpfen für ihr Volk, für dessen Ehre.

's brennt! Brüder, hört, es brennt
nehmt die Eimer, löscht das Feuer!

Das Lied des Krakauer Ghettos legt sich auf Gustas entzündete Stimmbänder, brennt in ihrem Herzen, genau wie in jeder einzelnen Zeile ihres Berichts.

In Gedanken geht sie dorthin, wo alles begann. Das Tor zum Ghetto öffnet sich, und sie tritt ein. Über dem Portal prangt der Davidstern. Ab jetzt muss sie nur der Blutspur folgen.

Heute ist das Ghetto menschenleer.

Was ist geschehen?

In ihrem Tagtraum macht Gusta vor einem schwarz verfärbten Sandsteingebäude mit einem verblassten Schriftzug an der Hauswand halt. Es befindet sich auf dem Zgody, dem Platz der Einheit, jenem Ort, wo die Deportationen stattfanden. Einst hieß er Friedensplatz.

Gusta schreckt auf. Ihr Stift ist heruntergefallen. Sie hebt ihn auf und schreibt mit zittriger Schrift weiter.

Wenn sie schon sterben müssen, dann aufrecht in ihren Stiefeln.

Vor Erschöpfung fallen ihr wieder die Augen zu, ihr Kopf kippt zur Seite. Langsam geht sie in ihren Erinnerungen die Stufen hinauf in das Ladengeschäft des schwarz verfärbten Gebäudes. Fast glaubt sie das helle Klingeln des Glöckchens zu hören, zärtlich und leise wie eine Spieluhr. Gusta schlägt der scharfe Geruch von Desinfektionsmittel entgegen. Ein hochgewachsener Mann mit strahlend weißem Hemd und einer schwarzen Fliege steht hinter dem Tresen, wiegt ein Pulver auf einer Apothekerwaage ab.

Dicht an dicht stehen Menschen in zerrissener Kleidung an und warten auf ein Wunder. Niemand drängt sich vor. Ein Bollerofen verströmt Wärme.

Hinter einer Durchreiche zum Labor sieht sie eine Frau, die sie aus Kindertagen kennt. Deren Schwester Helene ist eine herausragende Geigenspielerin und war einmal Gustas einzige *arische* Freundin.

Aber Helene ist fortgegangen.

»Gusta«, hört sie plötzlich wie aus der Ferne eine Stimme, reißt sie aus ihren Träumen heraus. Die vertraute Stimme einer Mitstreiterin. Ihr Name ist Genia Meltzer. Gusta stutzt, lauscht, runzelt die Stirn und blickt zum Fenster. Dies ist die Gegenwart, das Jetzt, alles, was noch zählt.

Verwirrt geht sie zum Fensterschacht, umklammert das Gitter und zieht sich auf den Zehenspitzen stehend nach oben. Spielt ihr ihre Fantasie einen Streich?

»Hörst du mich, Gusta?«

Die Stimme kommt aus einer Zelle über ihr.

»Ja«, flüstert sie und neigt den Kopf.

»Im Warschauer Ghetto hat der Aufstand begonnen. Sie kämpfen mit Waffen, haben sich in den Häusern verbarrikadiert.«

Wie unheimlich die Stimme klingt. Wie ein Trauerschleier legt sich die Dunkelheit über die Welt da draußen.

Gusta schlägt das Herz bis zum Hals.

»Halte dich bereit, Gusta«, sagt Genia. »Die Deutschen wollen uns nach Plaszów bringen, bald schon. Wir fliehen, sobald wir durch das Tor gegangen sind, in alle Himmelsrichtungen. Du läufst nach Osten!«

Plaszów – das bedeutet das Arbeitslager auf einem Hügel von

Krakau, eines, in dem sich der Sadist Amon Göth hemmungslos an den Schwächsten der Schwachen austobt.

»Sie werden uns töten, ein Exempel statuieren«, flüstert Gusta in die kühle Nacht. »Sie wollen den Aufstand von Warschau an uns hier in Krakau rächen. Sie werden nicht lange herumfackeln.«

Genia unterbricht sie schroff. »Stell dich nicht in die Mitte des Pulks, sondern am Rand auf. Spitz die Ohren. Warte auf das Kommando: *s' brennt. Unser Schtetl brennt!* Sobald du unser Lied vernimmst, läufst du los! Treffpunkt ist Bachun, unser Bunker im Wald.«

»Marek«, fragt Gusta, fast ohnmächtig vor Angst um ihn. »Was ist mit Marek? Weißt du, wo er …? Lebt er?«

Einen Moment zögert Genia. »Der Barmherzige beschütze uns alle«, presst sie schließlich hervor, ehe sie verstummt.

Gusta lässt sich wieder auf den Boden sinken, zurück zu ihrem Schreibzeug. Ein letztes Mal nimmt sie es zur Hand und wartet auf die Morgendämmerung.

Irgendwo zwitschern Vögel. Sie möchte nicht im Frühling sterben.

Marek! Was ist mit Marek geschehen? Für einen Moment ist sie nur eine liebende Frau. Ihre Welt dreht sich einmal um die eigene Achse, der Tag wird zur Nacht, die Nacht zum Tag. Eine Stunde rieselt in Zeitlupe durch das Stundenglas ihres jungen Lebens, das sich bis zur Ewigkeit ausdehnt. Marek muss leben, sie hätte es gespürt, wäre er tot. Wenn nicht, wird sie ihm schon bald folgen. Ihr Drang nach Freiheit sprengt die Fesseln, die ihr Herz umklammern. Sie ist hellwach, ihr Körper wie elektrisiert.

Dies ist mein letzter Wille und Testament: Wer immer nach dem Krieg diese versteckten Zettel findet, sende sie an eine der folgenden Adressen: Kibbuz Akiba, Hadera, Palästina oder Beit Yoshua, Palästina-Hasharon. Gusta Dawidson Draenger

»Gebe der Barmherzige, dass dieses Zeugnis eines Tages in die richtigen Hände kommt«, sagt sie zu sich selbst, steckt die losen Blätter durch einen Spalt zwischen zwei maroden Holzbrettern unter ihren Füßen und drückt den gelockerten Boden mit ihrem Körpergewicht fest.

Mit geradem Rücken setzt sie sich auf die Pritsche.

Stille. Die Vögel sind verstummt. Dann aber vernimmt sie harte Schritte, die sich ihrer Zelle nähern, das Rasseln eines Schlüsselbunds.

TEIL 1

ÉDITH

1

Paris, Frühjahr 2017

»Es ist vorbei«, sagte Édith liebevoll, während sie ihre Tante Adeline umarmte. »Alles wird gut. Dir ist nichts passiert, das ist das Wichtigste. Es ist nur ein Wintergarten, Adi.«

»Dem Himmel sei Dank, dass du endlich da bist«, gab Adeline Mercier zurück und begrüßte ihre Nichte mit zwei obligatorischen *bises* – Küsschen rechts, Küsschen links.

Immer noch war Adi in heller Aufregung, wovon ihr nachlässiges Make-up zeugte. In ihrem ausdrucksvollen Gesicht zeigten sich nervöse rote Flecken. Sie trug eine helle Leinenhose, dazu eine Seidenbluse in Indigoviolett.

Sie kämpfte mit den Tränen, schluckte und wischte sich über die Augen. Das Ereignis, das ihr Leben auf den Kopf gestellt hatte, lag jetzt zwei Wochen zurück. Eines der heftigsten Unwetter der letzten Jahre hatte Adis Paradies unwiderruflich zerstört. Édith war so schnell wie möglich aus Deutschland angereist. Früher hatte sie es einfach nicht geschafft.

Adi fuchtelte mit den Händen in der Luft herum. »Der schönste Wintergarten von Paris. Alles verwüstet, zerstört. Das ganze Interieur war unter Wasser gestanden, alles. Du hast keine Vorstellung davon, wie es hier vor den Aufräumarbeiten aussah. Zerborstene Glasscheiben, ertränkte Pflanzen.

Zerbrochenes Geschirr. Die ganze Keramik ist hin. Ach, Édith, ich fasse es immer noch nicht.«

Adi würde in diesem Jahr vierundachtzig Jahre alt werden. Einbrüche in ihren routinierten Alltag vertrug die alte, vornehme Dame zunehmend schlechter. Hinzu kam, dass Adi nichts so sehr ängstigte wie Wasser, einer der Gründe, weshalb sie, solange Édith denken konnte, Spaziergänge direkt am Seineufer mied, Brückenübergänge so schnell wie möglich hinter sich brachte und niemals schwimmen gelernt hatte. Um keinen Preis der Welt ließ sie sich auf ein Ausflugsschiff der Seine bringen.

»Wasser ist ein unheimliches Element«, hatte sie bereits in jüngeren Jahren behauptet und war nie mit ans Meer gefahren, wenn die Familie dort Urlaub machte.

Tief verbunden hingegen war Adi mit Paris. Ihr würfelförmiges Haus mit seinen hohen Sprossenfenstern stammte aus dem neunzehnten Jahrhundert und war ein Erbe der wohlhabenden Merciers, ihrer alteingesessenen Pariser Familie. Dem Haus war glücklicherweise nichts passiert.

Édith hängte ihren Trenchcoat und Rucksack an die Garderobe und folgte ihrer Tante in den Salon, von wo aus sie das ganze von Adi beschriebene Elend zum ersten Mal mit eigenen Augen sah. Nach der Entrümpelung war nur noch eine erdige hässliche Narbe zu sehen, wo sonst Adis einzigartiger Glaspalast gestanden hatte. Die tropischen Pflanzen, das gläserne Kuppeldach, dem Stil der Jahrhundertwende nachempfunden, die gemütlichen Sitzmöbel waren verschwunden. Adi hatte wirklich nicht übertrieben.

»Wir werden ihn wiederaufbauen«, versuchte Édith ihre Tante zu trösten. »Das verspreche ich dir.«

Édith warf einen Blick aus dem Fenster: Die Vögel zwitscherten, der gegenüberliegende Jardin des Plantes verströmte einen herrlichen Duft. Die Märzsonne beschien die sandsteinfarbenen Häuserfassaden. Ein typischer Pariser Frühlingstag. Als gebürtige Pariserin kannte Édith die französische Metropole wie ihre Westentasche. Dass sie seit Jahrzehnten in Baden-Baden lebte, hatte die Verbundenheit mit ihrer Heimatstadt nur verstärkt. Außerdem war sie mehrere Male pro Jahr hier bei Adi – ein Katzensprung mit dem TGV, der von Straßburg aus gerade einmal zweieinhalb Stunden brauchte.

Adi seufzte tief.

»Ach, Édith, es ist so schrecklich«, nuschelte sie in ihr Taschentuch. »Dass das jetzt auch noch passieren musste, kurz nachdem dein Vater …« Lautstark putzte sie sich die Nase.

Die beiden Frauen sahen einander traurig an. Erst vor drei Monaten war Édiths siebenundsiebzigjähriger Vater Simon aus dem Leben gerissen worden. *Plötzlicher Herztod* stand im Totenschein. Ein stiller und, wie die Ärzte versichert hatten, schmerzloser Abgang. Ein Stockwerk über Adis Wohnung war Simon Mercier in seinem Lieblingssessel einfach eingeschlafen. Die Putzfrau hatte ihn gefunden.

Nichts hatte darauf hingewiesen, im Gegenteil. Édiths Vater war stets mit Vitalität und Gesundheit gesegnet gewesen. Bis zuletzt übte er, der früher die zweite Geige im Orchester der Pariser Oper gespielt hatte, auf seiner Violine, als gelte es, am nächsten Tag ein großes Konzert zu geben.

Kurze Zeit vor seinem Tod hatte Simon Édith am Telefon ungewöhnlich bestimmend für den Folgetag nach Paris zur Kathedrale Notre-Dame auf der Île de la Cité beordert.

»Ich muss etwas mit dir auf neutralem Boden besprechen. Sag es niemandem«, hatte er befohlen und aufgelegt.

Auf neutralem Boden. Mit Befremden hatte Édith seine Worte vernommen, und bis heute niemandem davon erzählt, schon gar nicht ihrer Tante. Adi litt noch immer unter dem

Verlust ihres geliebten Bruders. Außerdem war die Familie nach einem schweren Herzinfarkt Adis vor zwei Jahren übereingekommen, ihr keinerlei Aufregung zuzumuten, wenn es sich irgendwie vermeiden ließ. Adi musste geschont werden, komme, was da wolle. Jetzt hatte eine Naturkatastrophe ihre Welt nach Simons Tod ein zweites Mal erschüttert.

Zu dem Vater-Tochter-Treffen vor Notre-Dame war es nicht mehr gekommen, weil Édith zu jener Zeit beruflich so eingespannt war, dass sie Simon hatte vertrösten müssen. Dann war es zu spät gewesen. Bis heute quälte Édith die Frage, ob sein Herztod mit der Aufregung und der verpassten Chance, sich seiner Tochter anzuvertrauen, zusammenhing. Das schlechte Gewissen nagte an ihr. Was war ihrem Vater auf dem Herzen gelegen?

»Nimm dir doch ein Stück Kuchen«, durchbrach Adi nun Édiths Gedanken. Trotz ihrer Erschütterung hatte Adi die Kaffeetafel zur Ankunft ihrer Nichte liebevoll im Salon mit einer *tarte aux abricots* vom besten Patissier von Paris gedeckt. Der Duft von frisch gebrühtem Kaffee erfüllte den Raum.

Édith nahm einen großen Schluck aus ihrer Tasse und eine Gabel von ihrer Tarte. Sie schmeckte süß-säuerlich, genau die richtige Mischung. »Nichts hilft besser gegen Schmerzen aller Art als eine *tarte aux abricots*«, behauptete Adi schon immer, und so war die süße Versuchung für Édith schon als Kind zum Trost bei aufgeschlagenen Knien wie auch nach einem Streit mit der besten Freundin geworden.

Mit einer entschlossenen Geste griff Adi nach den Unterlagen, die sie sich zurechtgelegt hatte, und schob sie Édith zu. Es handelte sich um die Baupläne ihres ruinierten Wintergartens.

Mit der Serviette putzte sich Édith die Finger. Als Architektin zählte ihre Expertise.

»Diese Zeichnungen sind eine einzige Katastrophe«, murmelte

sie, nachdem sie die Pläne eingehend studiert hatte. »Sie stammen aus dem Jahr 1943. Damals seid ihr doch von Neuilly-sur-Seine nach Paris gezogen, nicht wahr?«

Fragend sah sie Adi an.

Adi nickte. »Mein Vater hat das gezeichnet«, erwiderte sie stolz, während sie sich ein zweites Stück Tarte nahm. »Hat er selbst entworfen.«

Édiths fachkundiges Auge hatte die Arbeit eines Amateurs auf den ersten Blick erkannt. Ihr Großvater war Handwerker mit einem eigenen Unternehmen für Baustoffe gewesen, der Wintergarten sein Traum, den er mitten im Krieg realisiert hatte. Wahrscheinlich hatte der Bau damals niemanden interessiert.

Seit zwei Jahrzehnten betrieb Édith gemeinsam mit ihrem Mann Felix ein Architekturbüro im Herzen Baden-Badens, in gewisser Weise war sie der Branche treu geblieben. In der Mitte der Achtzigerjahre hatte sie nach ihrem Studienabschluss in Architektur an der Universität Karlsruhe an Veränderungen einer lieblosen Städteplanung geglaubt, auch daran, ihre kreative Seite einbringen zu können und innovative Gebäude zu schaffen. Im Laufe der Zeit hatte sie sich aber als eine herausragende Gutachterin entpuppt und bewertete heute jene Bauten, gegen die sie einst rebelliert hatte.

Adeline seufzte und tätschelte beschwichtigend die Hand ihrer Nichte.

»Es war ein Schwarzbau, Adi. Heute würde ein solches Objekt niemals von den Behörden abgesegnet. Nicht auf diesem Fundament. Unsere Vorfahren können von Glück reden, dass diese Katastrophe nicht früher eingetreten ist. Wir werden uns das neue Objekt bewilligen lassen.«

Adeline entzog Édith ihre Hand und wischte durch die Luft. »Objekt«, sagte sie verächtlich. »Das klingt ja schrecklich!

Das Bauunternehmen wurde bereits von mir beauftragt. Setz dich bitte mit denen in Verbindung.« Sie kramte in den Unterlagen, zog eine Visitenkarte heraus und legte sie obenauf. »Ich wünsche, dass der Wintergarten genauso wiederhergestellt wird, wie er war.«

Adi, aufopferungsvoll und liebenswürdig in Familienangelegenheiten, konnte sehr ungemütlich werden, wenn es um ihr Refugium ging. All die Jahre hatte sie diesen Pavillon geliebt, gehegt und gepflegt und Stunden darin verbracht. Er war ihr Rückzugsort gewesen.

Adi klopfte mit der Faust auf den Tisch.

»Und zwar auf einem soliden Fundament und mit Bewilligung der zuständigen Behörden«, gab Édith mit einem Lächeln zurück. »Ich kläre das und werde mich mit einem Landschaftsgärtner in Verbindung setzen«, sagte sie dann, während sie einen Blick auf die Karte warf. »Ich schicke dir von zu Hause aus umgehend meinen Vorschlag. Der neue Wintergarten wird noch schöner als der alte.«

Adeline schüttelte vehement den Kopf und verengte die Augen. »Nein! Nein! Nein! Das soll er gar nicht. Er soll genauso werden wie der alte. Nicht mehr, nicht weniger.« Dann zündete sie sich eine Zigarette an und blies den Rauch aus, so, als ginge sie wieder zur Tagesordnung über.

»Wie geht es dir, *chérie*?«, fragte sie abrupt das Thema wechselnd in liebevollem Ton. »Ist alles in Ordnung?«

»Bestens, Adi. Felix, Malou und ich sind gesund und munter«, sagte Édith.

»Apropos Malou«, erwiderte Adi. »Die Sache mit dem Wintergarten zeigt ja, wie schnell es zu spät sein kann. Deshalb ist es mir wichtig, dass du …« Sie presste die Lippen zusammen und sah zum Fenster hinaus.

Fragend suchte Édith ihren Blick. »Was gibt es, Adi?«

»Die Geige deines Vaters. Du musst sie für Malou mitnehmen.«

Automatisch warfen beide Frauen einen Blick nach oben zu Simons Domizil.

Édith schluckte. »Warst du inzwischen einmal oben … seit er …?«

Stumm schüttelte Adeline den Kopf. »Nur die Putzfrau. Aber natürlich durfte sie nicht in sein Musikzimmer.«

»Ist das dein Ernst?«, fragte Édith verwirrt. »Ich soll *sein* Heiligtum betreten?«

Ein ganzes Leben lang war das Musikzimmer von Édiths Vater für alle Merciers strikt verboten gewesen. Nur seine Enkelin Malou durfte dorthin, um gemeinsam mit ihrem Großvater zu musizieren. Die Familie hatte seinen Rückzugsort stets respektiert. Édith konnte die Gelegenheiten, zu denen sie Zugang erhalten hatte, an einer Hand abzählen.

»Er wollte, dass Malou die Geige bekommt«, durchbrach Adeline Édiths Überlegungen. »Sie ist die Einzige in unserer Familie, die das Instrument spielt. Nimm sie ihr bitte mit.«

»Gut«, sagte Édith nach einer langen Pause, trank ihren Kaffee aus und stand auf.

Wortlos begann Adi das Geschirr zusammenzustellen.

»Wir schaffen das mit deinem Wintergarten, Adi«, sagte Édith leise und begab sich in Richtung Treppenhaus. »Ein Schritt nach dem anderen.«

ÉDITH

2

Die alten Holzstufen knarrten, während Édith hinauf in die Wohnung ihres Vaters ging. Eine Erinnerung, wie sie hier als Kind gespielt hatte, streifte sie, die Klänge eines Geigensolos von Bach.

In Simons Wohnung war auf den ersten Blick alles wie vor seinem Tod. Adeline hatte darauf bestanden, nichts zu verändern. Vermieten würde sie niemals, nicht in ihrem hohen Alter. »Eines Tages, wenn ich so weit bin, gehe ich hinauf«, hatte ihre Tante nach Simons Tod ein einziges Mal gesagt.

Ein abgestandener Geruch schlug Édith entgegen. In der ganzen Wohnung waren die Holzläden zugeklappt. Wahrscheinlich war es schon länger her, dass Adis Putzfrau hier oben gewesen war.

Die Flügeltüren zum Salon standen offen.

Der Lieblingssitzplatz ihres Vaters stach ihr ins Auge: ein samtbezogener Ohrensessel, dessen einstiger Glanz verblichen war. Sie schritt zum Fenster, das in den Garten zeigte, und öffnete es. Dann nahm sie den Schlüssel des Musikzimmers vom Beistelltisch, steckte ihn ins Schloss und drückte die Klinke zum verbotenen Raum ihrer Kindheit hinunter.

Die Tür quietschte. Durch die Lamellen der Holzläden schimmerte sanftes Licht und warf die Schatten der im

Wind tanzenden Blätter aus dem gegenüberliegenden Jardin des Plantes in den Raum. Heute erschien Édith das Zimmer klein, maximal sechzehn Quadratmeter, minimalistisch eingerichtet: Ein Notenständer. Regale. Ein Schreibtisch mit Stuhl. In einem Regal befanden sich Berge von Noten, penibel auf Kante gelegt. Simon hatte Ordnung geliebt. Solang er lebte, hatte sie seine sensible Künstlerseele in Balance gehalten.

Der Geigenkasten lag bereit als wartete sein Innenleben auf den nächsten Einsatz. Édith ging dorthin, wischte den Staub weg und öffnete ihn. Vorsichtig schob sie das Schutztuch zur Seite und strich über den dunkelbraunen Pigmentlack.

Die Merciers waren Macher gewesen, fleißige Leute, die eine Nase für das Praktische hatten. Nichtsdestotrotz unterstützten sie von Kindesbeinen an Simons musikalische Karriere. Nie war die Rede davon gewesen, dass er als einziger Sohn die Firma Mercier übernehmen sollte. Das hatte Édiths Vater seinen Eltern ein Leben lang hoch angerechnet.

Ein Windzug strömte vom offenen Fenster im Salon durch den Raum, und mit einem lauten Knall ging die Tür zu. Erschrocken drehte sich Édith um. Ihr Blick fiel auf die Wand, welche die geöffnete Tür verborgen hatte. Eine Wand, die die harmonische Ordnung des Raums empfindlich störte. Dicht an dicht hing sie voll mit Dokumenten, Blättern und Fotos. Einige davon kannte Édith aus ihrer Kindheit. Wie eine visuelle Reizüberflutung stürzte in diesem Moment die Sammlung über sie herein.

Was weiß Adi? – stand in großen Lettern in Simons unnachahmlicher Handschrift quer auf einem mit einer Nadel befestigten weißen Blatt. Daneben Ziffern.

Fassungslos starrte Édith auf die vielen Dokumente und strich sich übers Gesicht. Sie wollte begreifen. Die Auszüge aus Stadtplänen, die vielen Fragezeichen, Ausrufezeichen. Wie lang hatte Simon gebraucht, um all das zusammenzutragen? Plötzlich kam sie sich wie eine Ermittlerin in einem Kriminalfall vor, verloren ohne die Erklärungen ihres Vaters, der selbst Fragen gehabt haben musste. *Was weiß Adi?*

Ihre Tante – eine Zeugin, wovon? Von welchem Sachverhalt?

Sie las die Zahlenfolge auf dem Blatt Papier mit Simons Handschrift – kein Zweifel, hierbei handelte es sich um eine Telefonnummer, und zwar aus Deutschland. 0049 711 lautete, das wusste Édith aus zahlreichen Gutachten für die Landeshauptstadt, die Vorwahl von Stuttgart – danach folgte eine sechsstellige Zahl und in gekritzelter Schnellschrift *Apotheke Wagner, Fellbach*. Fellbach lag neben Stuttgart, knappe hundert Kilometer von Édiths Wahlheimat entfernt.

Sie trat etwas zurück, dann wieder näher heran und entfernte das Papier. Darunter verbarg sich ein Zeitungsartikel.

Spaziergänge durch das Marais vor der deutschen Besatzung – als das Marais noch jüdisch war.

Sie nahm den Artikel, ging damit ans Fenster, öffnete es, anschließend die Läden. Licht strömte in den Raum. Der Artikel stammte aus einem Pariser Stadtmagazin vom letzten Jahr – die Ausgabe musste wenige Wochen vor Simons Tod erschienen sein.

Vor einem Ledergeschäft posierte auf einem historischen Foto eine junge Familie. Unter der gewölbten Markise stand in geschwungenen Lettern: *Articles de maroquinerie – Atelier de retouches Samuel Altmann – Lederwaren und Änderungsschneiderei Samuel Altmann, Rue des Rosiers, Paris*.

Édith überflog die Worte, ohne den Inhalt zu erfassen, denn ihr Blick kehrte immer wieder zu dem Foto zurück, das sie nahezu elektrisierte. Eine Frau, ein Mann, ein Kind. Sie starrte auf das markante Gesicht der jungen Frau. Verwirrt suchte

Édith nach einem Zusammenhang, einer Chronologie, denn ihr war, als blicke sie in ihr eigenes, nur einige Jahre jüngeres Gesicht.

Sie spürte ihren Herzschlag.

»Wer bist du?«, fragte sie leise, und ihre Stimme wirkte fremd, so fremd wie die Unterlagen an der Wand. Unten auf der Straße näherte sich mit einem Höllenlärm eine Kehrmaschine. Édith schloss das Fenster.

Von Krakau nach Paris – Im Glauben an eine bessere Zukunft waren der polnische Jude Samuel Altmann und Helene Wagner einst nach Paris gekommen. Dort kam 1939 Söhnchen Simon zur Welt. Gemeinsam betrieb das Paar ein Geschäft im Pariser Marais. Das Foto zeigt die junge Familie im Herbst 1939 – bevor die Deutschen kamen.

1939 – das Geburtsjahr ihres Vaters. Die Namen Altmann oder Wagner waren im Hause Mercier niemals gefallen. Erneut las sie Simons Notiz: *Apotheke Wagner, Fellbach*. Die Telefonnummer.

Gleich neben dem Artikel hing die Kopie einer Liste. Mühsam entzifferte Édith die verblichene Überschrift: *listes des israëlites étrangers, listes des déportations – die Deportationslisten ausländischer Juden, Paris 1942. Samuel Altmann. Geburtsort: Krakau. Nationalität: Polnisch.*

Die historischen Daten der deutschen Besatzung hatten sich ihr als Französin ins Gedächtnis eingebrannt: Am 16. und 17. Juli 1942 hatte die Gendarmerie auf Geheiß der Deutschen ausländische und staatenlose Juden in Paris grundlos festgenommen und sie in der Radsporthalle von Paris eingesperrt. Von dort aus waren über dreizehntausend Juden nach Auschwitz deportiert und ermordet worden. Mehr als dreitausend Juden waren vorher untergetaucht, da sie rechtzeitig gewarnt worden waren.

Der Jude Samuel Altmann war im Juli 1942 deportiert worden. Wer war Samuel Altmann?

Was hat dich vor deinem Tod bewegt, Papa, formte Édith tonlos mit ihren Lippen. *Wolltest du mich deshalb so dringend unter vier Augen sprechen?* Mit den Fingerspitzen fuhr sie über das Zeitungspapier. Die Frau auf dem Foto erschien ihr so vertraut.

Wer bist du, Helene Wagner? Und das Kind, das den Namen Simon trägt. Ein Name unter Tausenden anderer Kinder, die in jene Zeit hineingeboren waren. Das muss gar nichts heißen. Und doch: Könnte das Kind auf deinem Arm Simon, mein Vater, sein?

Édith fröstelte bei dem Gedanken an die Zusammenhänge. Es schmerzte sie, dass ihr Vater mit seinen Fragen ins Grab gegangen war, sich niemandem mehr hatte anvertrauen können.

Langsam ließ sie sich auf den Schreibtischstuhl sinken.

Sag es niemandem! Simons Worte. Verbarg diese chaotische Sammlung die Gründe für seinen ungewöhnlichen Befehl? Auch er musste unmittelbar die verblüffende Ähnlichkeit zwischen jener Frau namens Helene und Édith erkannt haben. Wen hätte er befragen sollen? Adi schien er nicht ins Vertrauen gezogen zu haben, hätte er sonst notiert: *Was weiß Adi?*

Verdrängte Gespräche mit ihrem Vater fluteten plötzlich ihre Erinnerungen, seltsame Äußerungen von Simon.

»Ich passe gar nicht zu den Merciers«, hatte er Édith gegenüber einmal geäußert. Vater und Tochter hatten damals allein bei einer Flasche Rotwein im Wintergarten gesessen. »Irgendwie hatte ich immer das Gefühl, nicht dazuzugehören. Als wäre ich nicht das richtige Kind.«

»Nicht das richtige Kind? Wie meinst du das, Papa?«, hatte Édith verwirrt nachgehakt. »Meinst du wegen deines musikalischen Talents?«

Simon hatte sie mit großen Augen angesehen und die Achseln gezuckt. »Ja, das auch. Zwischen meinen Eltern und mir stand stets eine gewisse Fremdheit. Ich kam mir als Kind oft deplatziert vor. Nur bei Adi fühlte ich mich immer zu Hause.«

Ja, Adi war als Familienoberhaupt über die Jahre in ihrer Rolle aufgegangen und hatte alles zusammengehalten.

»So geht es mir ja auch bis heute. Für mich ist und bleibt sie, nachdem ich meine *Maman* nie kennengelernt habe, meine Mutter«, hatte Édith nachdenklich erwidert. Édiths Mutter war aufgrund von Komplikationen bei ihrer Geburt gestorben. Sie kannte sie nur von Fotos und Erzählungen ihres Vaters.

Ein einziges Mal hatte Édith nach dem seltsamen Gespräch mit Adi über die Zweifel ihres Vaters sprechen wollen. »*Taratata*«, war die Antwort ihrer Tante gewesen, *papperlapapp*. »Das sind Hirngespinste einer Künstlerseele.«

Irgendwann war Gras über Simons *Hirngespinste* gewachsen. Nie wieder hatte er das Thema aufgegriffen. Heute gab es nur noch Adi, die etwas wissen könnte. Die Familie Mercier, die Alten, waren tot.

Édith fuhr mit der flachen Hand über den Artikel, strich ihn glatt. Die Gesichtszüge der Frau ließen sie nicht los, gaben ihr keinen Raum für Ausflüchte. Ihr war, als blicke sie in ihr eigenes Gesicht. Ja, Édith *war* diese Frau in einem dunklen Kleid mit Spitzenkragen. Sie *war* diese Frau mit dem gelockten Haar. Selbst das Lächeln war verblüffend ähnlich. Édith sah sich selbst, als werfe sie einen Blick in ein Leben, von dem sie nichts gewusst hatte.

Sie wünschte, sie würde das alles nur träumen, aufwachen und weitermachen wie bisher. Küsschen rechts, Küsschen links, mit frischen Croissants in den Zug steigen, mit Felix zu Abend essen und ihren Alltag zwischen Baden-Baden und Paris einfach fortsetzen.

Das Foto, das wurde ihr schmerzhaft bewusst, ging sie etwas an, es bedeutete etwas Grundlegendes. Erst recht nach dem Tod ihres Vaters. Sie war es ihm schuldig, nicht darüber hinwegzugehen.

Helene Wagner. Samuel Altmann, offenkundig ihr Partner, war bei der großen Razzia im Juli 1942 nach Auschwitz deportiert und ermordet worden. Simon hatte bereits gründlich recherchiert. Übrig geblieben mussten Helene und ihr Sohn Simon sein. Waren sie gerettet worden? Die Familie stammte ursprünglich aus Krakau. Mit Polen hatte Édith bisher nichts verbunden, gar nichts.

Sie überflog die Notizen. Wagner – ein weit verbreiteter Familienname im deutschsprachigen Raum, ähnlich wie Müller oder Maier. Hatte ihr Vater tatsächlich den einen Zweig, den *einen Wagner* unter Hunderttausenden, gefunden?

»Wo bleibst du denn, Édith?«, hallte Adis Stimme vom Treppenhaus zu ihr hinauf. »Es kann doch nicht so schwer sein, diese verdammte Geige zu finden.«

»Ich habe sie gefunden«, gab sie benommen zurück, schüttelte sich, atmete tief durch und verstaute Artikel und Notiz im Geigenkasten. Nach einem kurzen Zögern nahm sie ihr Handy aus der Hosentasche und fotografierte drei horizontale Abschnitte der behängten Wand. Sie schloss die Fenster im Salon. Wie einen Fremdkörper trug sie den Geigenkasten hinunter. »Armer Papa«, murmelte sie. »Armer Papa.«

Ihre Fragen drehten sich im Kreis, während sie sich Stufe für Stufe Adelines Domizil näherte. War es möglich, dass Simon in Wahrheit nicht das leibliche Kind der Merciers war? Hatte ihr Vater jüdische Wurzeln besessen? War Helene

Wagner, jene Frau, die ihr selbst wie aus dem Gesicht geschnitten ähnelte, seine biologische Mutter? Und wenn ja, worin lag der Grund für ein jahrzehntelanges Schweigen der Familie Mercier?

In Adelines Wohnung angekommen, nahm sie ihren Trenchcoat und den Rucksack von der Garderobe.

»Hat Papa kurz vor seinem Tod noch irgendetwas Wichtiges mit dir besprochen?«, fragte sie, als sie den Salon betrat. Sie bemühte sich um einen harmlos klingenden Ton.

»Nein«, erwiderte Adi irritiert. »Nein, das hätte ich dir doch längst erzählt.«

Édith drehte sich um, und ihre Tante folgte ihr.

»Keine Fragen …? Nichts?«, stotterte sie und küsste Adi dann auf die Wangen. »Ist dir aufgefallen, dass er irgendwie anders war als sonst?«

Adi schüttelte verständnislos den Kopf.

»Ich muss noch dringend vor meiner Abreise etwas erledigen, Adi. Sei mir nicht böse. Es ist wichtig. Fiel mir gerade ein. Bei der Baubehörde, in Sachen Wintergarten, ich komme wieder, so bald wie möglich!«

»Ich dachte, du hättest noch Zeit«, protestierte Adeline mit verwirrtem Blick. »Was ist denn los mit dir? Du bist ja völlig aufgelöst. Was soll er denn mit mir besprochen haben?«

»Es war nur so eine Idee. Verzeih mir, Adi, ich muss wirklich los«, gab Édith zerstreut zurück. Ihr Nacken schmerzte. »Ich liebe dich.«

»Ich dich auch«, erwiderte Adi kopfschüttelnd.

Draußen querten Passanten die Straße, einige steuerten das Eingangsportal des Jardin des Plantes an. Édith bog um die Ecke, wo sie vom Haus der Merciers aus nicht mehr zu sehen war, lehnte sich an eine Wand, massierte sich den Nacken und bewegte den Kopf dabei von rechts nach links, nach hinten.

Über ihr ein stahlblauer Himmel. Der Duft von warmer Butter strömte aus der Boulangerie, in der sie normalerweise vor ihrer Rückreise Croissants kaufte, über die sich Felix und Malou immer freuten.

Jetzt wurde ihr von dem Geruch übel.

TATJANA

3

Bad-Cannstatt und Fellbach bei Stuttgart, Frühjahr 2017

»Ich muss mich entscheiden«, sagte Tatjana in den Lautsprecher ihres Handys, während sie durch die Parkanlage des Cannstatter Kursaals ging. Heute lag Frühling in der Luft: Die ersten Knospen der Sträucher und Bäume hatten sich in den letzten Tagen geöffnet.

Tatjana steuerte die zwei Häuserblocks entfernte Straßenbahnhaltestelle *Cannstatter Platz* an.

»Erzähl! Wie waren die Verhandlungen?«, fragte ihre beste Freundin Claudia. Sie arbeitete genau wie Tatjana als Psychologin, allerdings im Gesundheitsamt der Stadt Stuttgart.

»Es gab gar keine. Das Angebot des Kollegen ist fair. Jetzt liegt es an mir. In einem halben Jahr hätte ich meine eigene Praxis.«

Bei dem Kollegen handelte es sich um Hans Fischer, den Eigentümer einer psychologischen Praxis, der aus Altersgründen aufhören wollte. Miethöhe und Übernahmemodalitäten schienen ihr ein angemessener Preis für ihre Unabhängigkeit zu sein. Ihren Job im Krankenhaus hatte sie gekündigt. Seit vier Wochen war sie frei, niemand sollte mehr über sie verfügen. Nicht selten war von ihrem Vorgesetzten und leitenden Stationsarzt ein großer Teil bürokratischer Arbeit auf sie abgewälzt worden. Dabei war ihre eigentliche Arbeit am Patienten oft zu kurz gekommen. Das Maß ihrer Fähigkeit, wachsende Missstände im Krankenhausbetrieb hinzunehmen, war irgendwann einfach voll gewesen. Sie hatte genug gespart, um sich ein halbes Jahr über Wasser zu halten.

In einer eigenen Praxis würde sie selbstbestimmt arbeiten. Keine Vorgesetzten mehr, stattdessen Eigenverantwortung. Sie würde sich Zeit nehmen können, sich an die Schicksale ihrer Patienten herantasten, deren eigenes Tempo respektieren, Impulse geben, tiefer gehen, als es die psychologische Betreuung im Krankenhaus erlaubte. Das war der Plan.

»Und wie sieht die Praxis aus?«, drängte Claudi. »Erzähl schon!«

»Dezente Einrichtung, Altbau, hohe Wände. Direkter Blick auf den Kurpark und den Neckar. Aus dem Fenster sieht man in die Baumwipfel. Eigentlich alles perfekt.«

Es gab durchaus hässliche Gegenden in Bad Cannstatt. Der Kursaal mit seinen natürlichen Quellen und Parkanlagen war bei Weitem eine der schönsten.

»Was du sagst, klingt nach guter Energie, Tatjana! Mach es! Nach all den schwierigen Jahren im Krankenhaus …«

In der Tat war Tatjana bisher nichts im Leben geschenkt worden. Ihre Qualifikationen hatte sie sich hart erarbeitet. Nicht immer war sie den direkten Weg gegangen, sondern auf Umwegen zum Ziel gekommen. Die verlässlichen Konstanten in ihrer Biografie bildeten ihre engste Familie, ihre Freundschaft mit Claudi, ihr Wohnort und ihr Beruf, genau genommen war es der zweite. Von Kindesbeinen an war das hinter Bad Cannstatt liegende Fellbach Tatjanas Heimat.

»Es ist eine große Chance für dich«, sagte Claudi eindringlich. »Du hast so sehr für deine berufliche Selbstverwirklichung gekämpft, nachdem du dich für die Psychologie entschieden hast.«

»Genau, ich habe schon mal alles hingeschmissen«, erwiderte Tatjana ernst.

»Andere würden sagen, du warst damals mutig, verdammt mutig.«

Damals. Das lag so lange zurück, ein Einschnitt in Tatjanas beruflicher Laufbahn. Ihre Großmutter Lilo und Mutter Dora hatten Tatjanas Pharmaziestudium im Dienst der familiären Kontinuität für nahezu selbstverständlich gehalten. Lilo war mit ganzer Seele Apothekerin in einer eigenen Apotheke gewesen. Dora betrieb das Geschäft bis zum heutigen Tag.

Tatsächlich hatte Tatjana das Studium der Pharmazie so gut wie vollendet – bis sie an einem kalten Wintertag mit dem Fahrrad mitten auf der Neckarbrücke in Tübingen angehalten und den auf dem Wasser schaukelnden Enten hinterhergesehen hatte. Es war der Tag ihres Examens in Pharmazie gewesen.

Am Ufer des Neckars tauchten die Trauerweiden ihre Blätter ins Wasser, dahinter ragte der Hölderlinturm inmitten der berühmten bunten Häuserkulisse der alten Universitätsstadt auf. Tausend Dinge waren ihr durch den Kopf gegangen, die sie schließlich auf eine einzige Frage herunterbrach: Wollte sie wirklich die Apothekertradition der Familie fortsetzen? Die Forschung hatte sie allein der Tierversuche wegen von Anfang an völlig ausgeschlossen. Mit einem Mal begriff sie, was sie wirklich wollte, schließlich ging es um sie, um ihr Leben, nicht um familiäre Kontinuität. Damals war sie Mitte zwanzig gewesen, es war noch nicht zu spät! War es das überhaupt jemals, solange man atmete?

Ihre Mutter hatte gelassen reagiert. »Ich glaube halt, was man in der Tasche hat, das hat man, aber so denke ich, das muss nicht auf dich zutreffen. Außerdem kannst du die Prüfung jederzeit nachholen. Das Wichtigste ist, du wirst glücklich.

Ich weiß, was es heißt, seinen Beruf mit Herzblut zu machen, und das wünsche ich meiner einzigen Tochter auch«, hatte sie nach Tatjanas Beichte gesagt, eine Reaktion, für die ihr Tatjana unendlich dankbar gewesen war.

Ihre Großmutter Lilo hingegen hatte stumm mit dem Kopf geschüttelt und gemurmelt: »Selbstverwirklichung«, als sei das ein Fremdwort ohne Inhalt, ohne Sinn. In Lilos Leben tat man seine Pflicht, an dem vom Schicksal bestimmten Ort.

»Nicht jedem wird sein Beruf in die Wiege gelegt«, hatte Tatjana freundlich gekontert. »Und ein medizinischer Beruf ist die Psychologie ja auch. Insofern bleibe ich der Familientradition treu.«

Damit war die Sache vom Tisch, und Tatjana war ihr Vorhaben mit aller Ernsthaftigkeit angegangen. Das gesamte Zweitstudium hatte sie selbst finanziert.

Das alles kam ihr jetzt, an diesem sonnigen Frühlingstag inmitten eines grünen Paradieses, wieder in den Sinn. In der Ferne näherte sich eine Gruppe Kindergartenkinder, mit kleinen Rucksäcken auf den Rücken. Einige trugen Schwimmflossen und Schwimmreifen mit sich. Die berühmten Mineralbäder Bad Cannstatts lagen um die Ecke.

Nach dem Psychologiestudium hatte Tatjana weder Arbeit noch Mühen gescheut, sich durch eine höllisch anstrengende psychoanalytische Zusatzausbildung gebissen und mit Ende dreißig ihre erste Stelle im Krankenhaus angetreten. Aus ursprünglich fünf geplanten Jahren waren über zehn geworden. Mit Mitte vierzig war sie endlich approbierte Psychologin. Heute war sie dreiundfünfzig. Sie war eben eine Spätzünderin, auch wenn es um Abschied, um das Nein-Sagen ging. Nicht einen Tag hatte sie es bereut, Psychologin geworden zu sein.

Ja, sie hatte um ihre berufliche Identität gekämpft. Eine

eigene Praxis schien ihr nach ihrer Kündigung im Krankenhaus so folgerichtig, und doch haderte sie.

»Wie lange hast du Bedenkzeit?«, durchbrach Claudi ihre Gedanken, die sich nur noch im Kreis drehten.

Tatjana schüttelte sich.

»Bis Ende übernächsten Monats. Ich komme mir vor wie damals auf der Neckarbrücke«, sagte sie und beschleunigte ihre Schritte. Von Weitem hörte sie das laute Quietschen der Straßenbahnräder auf den Schienen.

»Damals bist du den einzig richtigen Weg gegangen, Tatjana. Du hast dich auf deinen Instinkt verlassen.«

Tatjana presste die Lippen zusammen. »Ja, weil mir alles so klar erschien. Heute nicht. Mein Instinkt schweigt.«

Sie lachte und fuhr sich durch ihr kurzes Haar.

»Das tut er nie, er artikuliert sich auf seine Weise, manchmal auch nur mit einem komischen Bauchgefühl«, erwiderte Claudi. »Du hast es dir noch nie leicht gemacht. Du hast noch Zeit bis zur Entscheidung, nimm sie dir! Davor liegt übrigens noch unsere Fortbildung. Vielleicht bringt sie dir Klarheit.«

Claudia hatte recht: Sie konnte sich Zeit lassen. Bis zu dieser Fortbildung, auf die sie sich schon so lange freute, würde sie eine Entscheidung treffen. Die Aussicht auf Zeitgewinn erleichterte sie ungemein.

»Merke dir, Tatjana: Nichts muss, alles kann.«

»Nichts muss, alles kann«, wiederholte Tatjana lächelnd und drückte, nachdem sich die Freundinnen verabschiedet hatten, das Gespräch weg.

Als sie die Haltestelle erreichte, fuhr ihr die Strampe vor der Nase weg. *Strampen* – so nannten die Stuttgarter ihre Straßenbahnen. *Ihre* Nummer hatte sich nie geändert, schon Lilo war mit der Eins von Fellbach nach Stuttgart gekommen. Bad Cannstatt lag exakt zwischen Fellbach und dem Stuttgarter

Zentrum. Tatjana nahm die nächste, setzte sich an einen Fensterplatz und sinnierte über das Thema der Fortbildung.

Wie Traumata in Familien weitergegeben werden – so lautete der Schwerpunkt des dreitägigen Seminars, eine komplexe Thematik, die Tatjana von jeher beschäftigte, beruflich, aber nicht zuletzt wegen ihrer eigenen Familie. Sie hatte alles, was es an Fachliteratur gab, verschlungen, war auf dem neuesten Stand. Deshalb war sie mehr als gespannt auf das Seminar.

Tatjana war in zwei Welten aufgewachsen. Trug sie deshalb einen gewissen Anteil an Zerrissenheit mit sich herum? Ihre Großmutter Lilo stammte ursprünglich aus Krakau, der väterliche Zweig hatte den Großraum Fellbach nie verlassen.

Im ersten Semester Psychologie hatte Tatjana einen Familienstammbaum anfertigen müssen, was sich als schwierig herausgestellt hatte. Ihre Krakauer Urgroßeltern kannte Tatjana nur vom Hörensagen, von Fotos, die Lilo aus Polen nach Deutschland mitgebracht hatte. Rigobert und Käthe Wagner hatten den Krieg nicht überlebt, ebenso wenig wie Lilos Schwester Helene. Deren Wunsch nach einer Karriere als Modemacherin hatte die jüngere Schwester Lilos mit einem exzellenten Gesellenbrief als Schneiderin im Alter von knapp einundzwanzig nach Paris verschlagen, genau genommen, war sie durchgebrannt und hatte sich aus diesem Grund mit ihren Eltern überworfen.

»Helene war einfach ein Enfant terrible«, hatte Lilo immer wieder betont. »Mitten im Krieg kam die traurige Nachricht, dass ihr unehelich geborener Sohn und sie in einem Armenviertel von Paris gestorben sind.«

Lilo hatte Dora von der tragischen Nachricht, die die Familie in einem Telegramm erreicht hatte, erzählt.

In gewisser Weise war Tatjana, was ihre ausbildungstechnischen Eskapaden betraf, auch ein Enfant terrible gewesen, eine Rolle, die ihr nichts ausmachte.

Tatjana hatte es immer befremdet, dass Lilo Helenes sozialen Absturz hervorgehoben hatte, wo doch Lilo ihre Tochter Dora ledig hier in Fellbach zur Welt gebracht hatte und 1944 mit Nichts angefangen hatte. Doras Vater, Dr. Walter Kranz, ein Lazarettarzt aus Krakau, war im Krieg gefallen, bevor Lilo und er heiraten konnten.

Auf der mütterlichen Seite erschien Tatjana der Stammbaum noch heute wie ein Flickenteppich, einer mit Lücken und Fragezeichen, zerrissen im Sinne des Wortes. Dagegen war die väterliche sehr transparent. Dem Fellbacher Zweig verdankte sie das Bodenständige, ihr Talent, Träume mit Disziplin und Ausdauer in die Realität zu überführen. So, wie sie es mit ihrer zweiten Berufswahl gemacht hatte.

Nichts muss, alles kann.

Eine Viertelstunde später stieg Tatjana in Fellbach an der Haltestelle *Esslinger Straße* aus und bog in die Mozartstraße ein, eine kleinere Straße mit quadratischen dreistöckigen Häusern aus den Zwanzigerjahren. Die meisten Schicksale des nahen Umfelds im Quartier waren, oberflächlich betrachtet, bekannt. Todesfälle, Hochzeiten, Geburten – der ewige Kreislauf des Lebens. Was jedoch wirklich zählte, das wusste Tatjana nur allzu gut aus ihrer Arbeit mit Menschen, war das, was stumm unter der Oberfläche brodelte.

Als ein Kind des Krieges hatte Lilo stets Stillschweigen bewahrt. Vielleicht war Tatjana aus diesem Grund eine Seelenforscherin geworden. Berufliche Schwerpunkte: Persönlichkeitsstörungen, Traumata. Sie glaubte an die Kraft von Sprache, Artikulation. Manche Patienten wollten reden, andere befreiten sich mithilfe ihrer Kreativität.

»Eine Familie bringt die Berufe hervor, die sie braucht«, behauptete Claudia schon immer.

Tatjana hatte oft darüber nachgedacht, was das in ihrer Kernfamilie bedeutete: auf der väterlichen Seite Handwerksbetriebe, Selbstständigkeit – der klassische Mittelstand. Auf der mütterlichen Ärzte, Apotheker, eine Psychologin – die Welt der Medizin. In gewisser Weise bildete ihre Seelenarbeit das Pendant zur pharmazeutischen Medizin. Letzteres behandelte die Krankheitssymptome, die Psychotherapie die Ursachen.

Sie wusste um die Kraft der verschwiegenen Erinnerungen des familiären Gedächtnisses, welches Unheil unbewusste Botschaften, verschüttete Glaubenssätze und Verbote ausrichten konnten. Am nachhaltigsten wirkten die unausgesprochenen.

ÉDITH

4

Paris, Frühjahr 2017

Den Geigenkasten umklammernd eilte Édith durch den Jardin des Plantes.

Wie in Trance ließ sie das verglaste, monumentale Gewächshaus aus dem siebzehnten Jahrhundert links liegen, genau wie das Labyrinth mit den tiefgelegten engen Pfaden und das Kakteenhaus, das Simon so bewundert hatte. Über eine prächtige Allee mit altem Baumbestand erreichte sie den gegenüberliegenden Ausgang des Gartens, eilte den Quai de la Tournelle entlang in Richtung der Pont de l'Archevéché, der direkt auf die Île de la Cité mit der Notre-Dame führte.

Auf der anderen Seite lag zu Édiths Rechten ihr Ziel: das *Mémorial des Martyrs de la Déportation*, das Mahnmal für die zwischen 1941 und 1944 aus Frankreich Deportierten.

Sie war an diesem Ort des Gedenkens mit seinen in Stein gemeißelten Gedichtzeilen von Éluard, Desnos, Saint-Exupéry und Sartre so oft vorbeigegangen. Zum Bahnhof Gare de l'Est führte Édiths Fußweg immer hier vorbei, aber sie hatte das Gebäude nie besucht.

Als zöge sie ein Magnet dorthin, lief sie an der Mauer mit den unzähligen eingravierten Namen entlang, stieg über steile, unebene und enge Stufen den Steinbunker hinab. Von einem dreieckigen Innenhof entfaltete sich unterirdisch eine Krypta mit engen, minimal beleuchteten Passagen. Daneben vergitterte Fensteröffnungen.

Édith folgte dem Wegweiser, und ihr war, als befände sie sich in einer fremden Welt, einer beklemmenden Realität. Platzangst erfasste sie, aber sie ging weiter. Hinter einem durch eine Absperrung geschützten Flur ragte die Konstruktion Tausender Glasstäbe, die an die Zahl der Opfer der von den Nazis Deportierten aus Frankreich erinnerte. Sie hatte davon gelesen, auch von der bedrückenden Architektur. Warum war sie nie hier gewesen? In runden Ausstülpungen befanden sich Urnen mit Erde aus verschiedenen NS-Lagern.

Hier hatten die Architekten etwas Besonderes geschaffen. Über zweihunderttausend Opfer der aus Frankreich deportierten Juden von 1941–1944 waren namentlich festgehalten, Orte der in Stein gemeißelten Nazi-Lager mahnten stumm, als seien sie in Gefangenschaft hilflos eingeritzt wie in einem dunklen Gefängnis mit feuchten Wänden.

Plötzlich bekam all das eine neue Bedeutung für Édith.

Sie ging die alphabetische Reihenfolge der Namen durch und fand sehr schnell unter *A* den Namen von Altmann. Alles um sie herum verschwand – ihr war, als lösten sich die Buchstaben auf. Hier, an diesem Ort des Gedenkens stand, was sie an der Wand ihres Vaters auf einer Liste gesehen hatte: Samuel Altmann. Wie betäubt suchte sie nach den Vornamen Helene und Simon Altmann, dann unter *W* – nichts. Ihr Kopf schmerzte. Nichts. Keine Helene Wagner, kein Simon Wagner tauchten unter den Deportierten auf.

Plötzlich hatte sie das Gefühl, die Luft hier unten sei zu dünn, stickig und reiche nicht für die vielen Besucher aus. Die Menschen, die mit ihren Rucksäcken und Handykameras die einzelnen Räume abgingen, sahen ihr fragend hinterher, als sie wie eine Gejagte an ihnen vorbeistürmte.

Schwer atmend erreichte sie nach wenigen Minuten Notre-Dame, auf deren Vorplatz sich unzählige Touristen tummelten. Kameras klickten. Die Kirchenglocken erklangen. Teenager lächelten für ein perfektes Selfie mit der Sehenswürdigkeit im Hintergrund in ihre Handys. In der Ferne war der schrille Ton eines Polizeiwagens zu hören, der sich langsam näherte.

Erschöpft setzte sich Édith auf eine freie Bank, stellte ihren Rucksack neben sich und legte den Geigenkasten auf ihren Schoß. Sie schloss die Augen und malte sich aus, was gewesen wäre, hätte sie ihren Vater rechtzeitig gesprochen.

Als ihr Handy vibrierte, holte sie es geistesabwesend aus der Innentasche ihres Mantels. Sieben entgangene Anrufe von Adi, zwei Textmitteilungen. Sie klickte die Nachrichten an, eine kam von Adi, die zweite von Felix.

Was ist los mit dir? Ich mache mir Sorgen. Melde dich bitte, deine Adi.

Hast du Lust auf ein Abendessen bei Giovanni heute Abend? Ich könnte dich vom Bahnhof abholen. Kuss, Felix.

Sie antwortete ihrem Mann mit einem Daumen hoch und schrieb: *Ja, gern.* Mit ihm würde sie über alles reden können, ihre Gefühle sortieren.

Dann atmete sie tief durch.

Sie öffnete den Geigenkasten, nahm den Zeitungsartikel heraus und steckte ihn vorsichtig in ihren Rucksack. Von der Notiz ihres Vaters speicherte sie in ihrem Handy die Fellbacher Telefonnummer der Apotheke Wagner ab. Dahinter setzte sie ein Fragezeichen. Ganz bestimmt hatte ihr Vater sie deshalb so dringend sprechen wollen. Immerhin war Édith neben Malou die einzige der Merciers, die perfekt Deutsch sprach.

Tief in ihrem Inneren fasste sie einen Entschluss und gab sich selbst ein Versprechen: Sie würde Simons Wurzeln im besetzten Paris zurückverfolgen, herausfinden, was aus Helene geworden war. Wie im Labyrinth im Jardin des Plantes und zwischen den engen Steinwänden des historischen Mahnmals würde sie sich durch die Hinweise, die Simon hinterlassen hatte, schlängeln, Detail für Detail aneinanderreihen, und wenn sie nicht weiterkam, zum Ausgangspunkt zurückkehren. So lange, bis sie wusste, was damals geschehen war, wer ihr Vater wirklich gewesen war.

Mechanisch tippte sie auf die einzelnen Fotos ihrer Bildergalerie, die sie von dem Konvolut an Simons Wand gemacht hatte, und zog sie mit Daumen und Zeigefinger auseinander.

Zum ersten Mal an diesem sonderbaren Frühlingstag erlaubte sie sich zwei Fragen, die ihrem armen Vater am Ende seines Lebens das Herz gebrochen haben mussten: Wenn er das Kind auf dem Foto war, was war dann mit seiner Mutter Helene passiert? Wie war Simon in die Familie Mercier gekommen?

Die einzige noch lebende Zeugin für jene Zeit war Adi und vielleicht eine Unbekannte in Fellbach, genau genommen eine Apotheke. Irgendwann würde Édith Adi das alles erklären müssen. Allein der Gedanke daran war ihr unerträglich, obgleich sie zu gern erfahren hätte, was Adi über die Geschehnisse wusste. Adi eines Tages mit alledem zu konfrontieren, konnte bedeuten, ihre fragile Gesundheit aufs Spiel zu setzen, es hieß, Adi irgendwann jene Frage zu stellen, die Simon auf einem Blatt festgehalten hatte: Was weiß Adi?

Hast du das gewusst, Adi? Hast du es gewusst?

Dabei liebte sie diese Frau doch ihr Leben lang wie ihre eigene Mutter.

Alles in Ordnung, liebe Adi, mach dir keine Sorgen. Wir reden in Ruhe. Papas Musikzimmer war wohl zu viel für mich. Ich werde dir alles erklären, tippte sie in ihr Handy, verschickte die Nachricht und verstaute das Mobiltelefon in ihrer Manteltasche.

Eines der letzten Telefonate mit ihrem Vater kam ihr in den Sinn. Es musste das vorletzte gewesen sein.

»Kennst du die Fünfte Sinfonie von Mahler?«, hatte er sie unvermittelt am Ende des Gesprächs an einem klirrend kalten Wintertag im November gefragt. »Sie geht mir nicht mehr aus dem Kopf.«

Nach seinem Tod hatte sich Édith das Adagietto immer wieder angehört. Es handelte sich um das musikalische Motiv der Verfilmung von Thomas Manns *Tod in Venedig*. Dieses Gespräch hatte im Nachhinein für Édith ungemein an Bedeutung gewonnen, und fortan hatte sich Mahlers Fünfte wie ein Trauerschleier über die Ereignisse gelegt, wie eine Vorausdeutung auf Simons Tod.

Auf dem langen Fußweg zur Gare de l'Est kamen ihr Passanten entgegen, so viele, dass sie plötzlich das Gefühl hatte, sie befände sich wie eine *Geistergängerin* auf der falschen Spur.

TATJANA

5

Fellbach, Frühjahr 2017

Tatjana stieg aus der Strampe aus und lief die Mozartstraße entlang, vorbei an Blumenkästen vor zugezogenen Gardinen.

Hier in Fellbach, zwischen Kappelberg und Hartwald, war ihre Großmutter Lilo Wagner, nachdem sie ihre Heimat Polen Hals über Kopf verlassen hatte, einst heimisch geworden und dank harter Arbeit zu einem gewissen Wohlstand gekommen. Ledig und hochschwanger war sie kurz vor Kriegsende bei Verwandten im Stuttgarter Raum gelandet. In einem Ärztehaushalt in Fellbach hatte sie als Hausmädchen ihr Geld verdient, ihre Tochter Dora zur Welt gebracht und schließlich für den Rest ihres Lebens als Apothekerin gearbeitet.

Lilos Tod vor fünfundzwanzig Jahren hatte eine große Lücke hinterlassen.

Tatjana hatte ihre Großmutter über alles geliebt.

Die beiden verband etwas Besonderes, eine bedingungslose Zuneigung. Von jeher hatte Tatjana es vermocht, hinter die Fassade von Lilos Härte, Verbitterung und Traurigkeit zu sehen und dabei respektiert, dass sich ihre Großmutter über ihre Apotheke definierte. Sie gab ihr Halt. Gefühle waren ihr zu heikel. Stets dosierte sie diese sparsam. Ihre Apotheke an der Lutherkirche im Herzen Fellbachs war ihr zum Lebensanker geworden und mit Lilos Person verschmolzen. Obwohl

Dora noch heute dort als Chefin wirkte, handelte es sich immer noch um Lilos Lebenswerk. Tatjanas Großmutter hatte nie geheiratet.

»Hallo, Tatjana. Hast du heute frei?«

Ihre Nachbarin aus der Mozartstraße riss Tatjana aus ihren Gedanken. Sie war gerade dabei, Fenster zu putzen.

Tatjana schmunzelte. Ja, man hatte sie in den letzten Jahren an Wochentagen nicht oft hier gesehen, es sei denn sie hatte Urlaub. Meistens verließ sie frühmorgens das Haus und kehrte erst spät zurück. Überstunden hatten Tatjanas Alltag beherrscht, doch damit war nun endgültig Schluss.

»Ein neuer Job, Frau Mutschler. Ich übernehme vielleicht eine Praxis in Cannstatt.«

»Cannstatt! Das ist ja gar nicht weit weg von hier. Wie schön! Du warst schon immer ein solch fleißiges Mädchen.«

Tatjana lächelte die missglückte schwäbische Charmeoffensive weg. Das *Mädchen*, von dem Frau Mutschler sprach, war bereits dreiundfünfzig Jahre alt. Fleißige Mädchen sind langweilig, dachte sie. Glücklicherweise war sie weit davon entfernt, perfekt zu sein. In ihrem Privatleben hatte sie schon so manche Fehlentscheidung getroffen, am Ende aber nichts bereut. In früheren Generationen hatten Lebenswege wie der ihre als einer von *alten Jungfern* gegolten, Frauen, die keinen abgekriegt hatten, obgleich Tatjana immerhin zwei Heiratsanträge abgelehnt hatte: Im Fachjargon war sie ein Single mit hoher Bindungsunsicherheit mit einem Hang zu Männern mit notorischer Untreue, wobei das eine das andere bedingte.

Beim Öffnen ihrer Wohnungstür kam ihr nicht zum ersten Mal der Gedanke, dass sie ihre Fellbacher Welt in der Mozartstraße gerade als Gegenpol zu ihrer Arbeit so sehr liebte und deshalb an ihr festhielt. Sie war klein, überschaubar, ein bisschen spießig und vor allem berechenbar, eine zuverlässige

Konstante in ihrem Leben. In ihrer Straße hatte sich seit ihrer Kindheit fast nichts verändert, sogar die Nachbarn waren dieselben geblieben – nur, dass die Enkel der Gründergeneration die Häuser übernommen hatten. Sie waren regelmäßig renoviert und gestrichen worden. Niemand prahlte hier mit modernen Neubauten, in den Garagen standen keine SUVs. Getreu der schwäbisch-pietistischen Haltung protzte man niemals mit Wohlstand. Angeben, das war etwas für die Neureichen.

Vor über fünfzig Jahren hatte Lilo ihre erste eigene Wohnung über der Bäckerei in der Mozartstraße verlassen und das Nebenhaus gekauft. Als dann Ende der Neunziger Lilos einstige Mietwohnung in der Nummer 1 wieder frei wurde, hatte Tatjana umgehend die Dreizimmerwohnung im zweiten Stock gemietet. Den Hausbesitzer und Bäckermeister in mittlerweile vierter Generation kannte Tatjana von Kindesbeinen an – Andreas war fünf Jahre jünger als sie. Sein Großvater hatte ihr einst als Kind die Backstube gezeigt. An den frischen Brotgeruch, der ab drei Uhr morgens durchs Haus strömte, war sie gewöhnt, er bedeutete ihr ein Stück Heimat.

Tatjana liebte ihren Rückzugsort mit einem winzigen begrünten Balkon, die knarzenden alten Holzböden. Ihre Mutter Dora nebenan zu wissen empfand sie als angenehm, und es würde eines Tages, wenn Dora Hilfe brauchte, die Wege vereinfachen. Noch aber war die Zweiundsiebzigjährige äußerst rüstig, ging Tag für Tag in ihre Apotheke, um nach dem Rechten zu sehen, und stand immer noch hinter dem Tresen.

Tatjana betrat ihr kleines Reich. Ein langer, schmaler Flur führte direkt ins Esszimmer mit der Küche.

Dort angekommen betätigte sie den Kaffeeautomaten. Während das Mahlwerk die Kaffeebohnen mit einem schrillen Geräusch zermalmte, sah sie auf das Familienfoto auf der

Fensterbank, das vor beinahe vier Jahrzehnten aufgenommen worden war. Es zeigte Lilo, ihre Mutter und ihren Vater Bernhard mit den Fellbacher Großeltern auf einer Geburtstagsfeier. Tatjanas Vater war mit siebzig viel zu früh an Krebs verstorben. Das lag jetzt fünf Jahre zurück, und bis heute hatte sie nicht damit aufgehört, ihn zu vermissen. Auch die Krakauer Familie gab es nicht mehr.

Tatjana hatte schon als Teenager bleistiftkurzes Haar getragen, was ihr markantes Gesicht mit den hohen Wangenknochen betonte. Die Ähnlichkeit zu Lilo war deutlich vorhanden. Auch sie hatte diesen unerschrockenen Blick, die gebogenen Brauen, die dunklen, melancholischen Augen. Von der Fellbacher Familie hatte Tatjana vor allem deren Werte, das wusste sie nur allzu gut, von Kind an wie ein Schwamm in sich aufgesogen.

»Sei freundlich und ehrlich zu jedermann. Betrüge nicht und spare für harte Zeiten«, pflegte ihr Fellbacher Großvater Karl, der Inhaber einer Wäscherei gewesen war, immer zu sagen. Tatjana schmunzelte. Sie hatte ihren Opa in liebevoller Erinnerung, vor allem, weil er zu seinen Lebzeiten moralisch immer unterstützt hatte, ihren ganz persönlichen Weg zu gehen.

Insgesamt wirkte auf der Fellbacher Familienseite für Tatjana schon immer alles ganz klar und geordnet: Gründung der Wäscherei. Fleiß, Entbehrungen, Disziplin. Vier Kinder. Tatjanas Vater Bernhard, der Mittlere, eines der Sandwich-Kinder. Krieg. Kriegsgefangenschaft. Soldatenbriefe. Späte Rückkehr. Ein Nachzügler. Wiederaufbau. Kleinbürgerlicher Wohlstand. Ein großes Grundstück mit Apfelbäumen und Johannisbeersträuchern am Fuße des Kappelbergs, das sogenannte *Gärtle*. Man war stolz auf das, was man mit eigenen Händen geschaffen hatte, machte aber niemals eine große Sache daraus.

Tatjana trat auf ihren Balkon hinaus, setzte sich an den Tisch und stellte ihre Füße auf der gegenüberstehenden Holzbank ab. Am Balkongeländer rankten sich Kapuzinerkresse und Clematis, in Terrakottatöpfen befanden sich Kräuter. Schräg gegenüber sah sie direkt auf Doras Haus, einen Stock über ihr befand sich deren Küche, in der meist Licht brannte, wenn sie zu Hause war. Sicher war Dora noch in ihrer Apotheke zugange.

Erneut schweiften Tatjanas Gedanken zu Lilo. So viele Fragen waren offengeblieben.

Warum war der Gedanke an sie plötzlich so präsent, fragte sie sich und nippte an ihrem Kaffee. Wahrscheinlich, weil ein neuer beruflicher Abschnitt in Tatjanas Leben bevorstand. Was würde ihre Großmutter wohl zu ihren jüngsten Plänen sagen? Wie würde sie sich entscheiden?

»Zu unserer Zeit verwirklichte man sich nicht, man arrangierte sich mit der Wirklichkeit.« – So etwas Ähnliches würde Lilo von sich geben. Tatjana musste schmunzeln.

Der Gedanke, es versäumt zu haben, Lilos Krakauer Geschichte zu erfragen, streifte sie. Nein, versäumt war das falsche Wort. Sie hatte gefragt, aber nicht hartnäckig genug.

»Ach, Tatjana, lassen wir das. *Była wojna – damals war Krieg.* Ich bin froh, dass das alles vorbei ist. Es tut doch nur weh zurückzublicken«, hatte Lilo oft abgewehrt, und Tatjana hatte es dabei belassen, um ihre Großmutter zu schonen.

Über den Krieg, den deutschen Überfall, die deutsche Besatzung in Krakau hatte ihre Großmutter nie gesprochen. Warum? Was hatte Lilo verschwiegen, was vor sich selbst verborgen? Dass die Wagners als Deutschstämmige während der deutschen Besatzung zumindest passive Handlanger eines Systems gewesen sein mussten, das war Tatjana bewusst.

»Die Wahrheit ist, dass ich mich selbst geschont habe«,

sprach sie in Gedanken vor sich hin. Sie wusste um diesen Schutzmechanismus, sobald man auf Schmerz stieß, auf unangenehme Erinnerungen. Darin war sie ihren Patienten sehr ähnlich. Warum sollte eine Psychologin auch mehr von sich begreifen als andere? Genau aus diesem Grund klaffte heute in Tatjanas Familiengeschichte eine Wissenslücke, die sie stets unangenehm berührt hatte, als habe sie eine wichtige Hausaufgabe nicht gemacht.

Das Krakau von Lilos Kindheit. Krakau im Krieg. Die Flucht.
Über Lilos Flucht aus Polen hatte Tatjana das wenige von ihrer Mutter erfahren, folglich aus zweiter Hand. Auch sie wusste vieles nicht, konnte nur immer wieder dieselben Geschichten erzählen. Und wenn Tatjana einmal kritisch nachfragte, ging Dora stets sofort vehement dazu über, die Familie ihrer Mutter zu verteidigen.

»Deutsch ist meine Muttersprache, Polnisch die Sprache meines Herzens«, hatte Lilo manchmal bei einem Glas Wein zu viel von sich gegeben. Sie fühlte sich als Deutsche, so wie es in ihrem Pass stand, und liebte ein untergegangenes Krakau. Darin lag für sie keinerlei Widerspruch. »Mein Herz wird bis zum letzten Atemzug für Krakau schlagen, der schönsten Stadt der Welt.«

Die Schönheit der polnischen Metropole, das hatte Tatjana früh begriffen, war in Lilos Vorstellung von den verstörenden Kriegserlebnissen losgelöst. Das *schöne Krakau* ging zurück auf eine Zeit *vor* dem Überfall der Deutschen. Es existierte weiter auf Postkarten, Fotos, in einem geretteten Familien-Geschirrservice, einem Fotoalbum, einigen wenigen Familienbildern. Das Krakau von Lilos Kindheit mit Ausflügen an die Weichsel, in die umliegenden Wälder und Spaziergängen durch Kazimierz. Nur das Positive, das Harmlose vermochte Lilo zu formulieren, genau wie die Backrezepte ihres Haus- und

Kindermädchens Zofia, die dankbaren Patienten ihres Vaters, den sonntäglichen Besuch in der Marienkirche.
Heilige Maria, Mutter Gottes, bitte für uns Sünder ...
Ein katholisches Milieu streifte man nicht ohne Weiteres ab, dabei hatte ausgerechnet Lilos Tochter einen Protestanten geheiratet. »Ein Katholik wäre mir lieber gewesen«, so hieß es, habe Lilo noch bei Tatjanas Taufe gemurmelt. »Man heiratet unter seinesgleichen.«

Niemals war das Wort *Volksdeutsche* gefallen, zu denen die Wagners gehört hatten und die vor dem Einfall der Nazis in Krakau eine verschwindend kleine Gruppe ausmachten.

Das Wesentliche, das Lilo erlebt hatte, schlug sich als eisernes Schweigen in ihrem Fellbacher Leben nieder. Sie schien ihre Kriegserlebnisse abgespalten zu haben.

Ein einziges Mal war Lilo nach der Wende in den frühen Neunzigerjahren mit einer Reisegruppe in einem hellblauen Bus in die Stadt ihrer Kindheit gefahren.

Immer noch bedauerte es Tatjana, nicht mitgefahren zu sein, weil sie mitten in Prüfungen gesteckt hatte. Andererseits hatte Lilo, als Dora umgehend ihre Begleitung angeboten hatte, darauf bestanden, allein zu fahren. Im Nachhinein war es Tatjana dennoch vorgekommen, als hätte sie eine Gelegenheit verpasst, mit ihrer Großmutter den Ort aufzusuchen, wo Lilo ihre Kindheit, ihr Heranwachsen, ihre Jugend und all die Toten zurückgelassen hatte. Ihr Verlobter war gefallen, bevor die beiden hatten heiraten können.

Nachdem Lilo von ihrer Reise in die Vergangenheit zurückgekehrt war, wirkte sie passiv, leer, antriebslos. Als fühle sie sich fremd in Deutschland, das sie seit mehr als fünfzig Jahren als ihre Heimat bezeichnete, als habe sie in Krakau unter einer zertrümmerten Erinnerung ihr Herz wiedergefunden, eines, das dort aufgehört hatte zu schlagen. Niemand kam an sie heran. Bis sie an einem Sommertag, knappe zwei Jahre nach ihrem Krakau-Aufenthalt, von einem Moment auf den anderen völlig verwandelt war.

Es war ein regnerischer Tag, an dem ein *Fremder* an Lilos Tür geklingelt hatte. Ein hochgewachsener, gepflegter Mann in seinen Achtzigern brachte Lilo Blumen und verschüttete Erinnerungen. Er übernachtete in der Pension *Alte Kelter* beim Kappelberg, dort, wo Tatjana einst Fahrradfahren gelernt hatte. Der Fremde mit dem eindringlichen Blick und einer altmodischen dunklen Fliege am Kragen eines strahlend weißen Hemds musste Lilos Gedächtnis innerhalb weniger Tage aufgefrischt haben. Wie ihm das gelungen war, blieb ein Geheimnis zwischen ihnen.

Er hatte Tatjana tief beeindruckt, und noch heute erinnerte sie sich an seine weisen Augen, sein melodisches Polnisch. Lilo hatte einen Kuchen aus dem Ofen gezogen, während er Tatjana nachdenklich an der gedeckten Kaffeetafel betrachtet hatte.

»Verzeihen Sie, Fräulein Tatjana, aber Sie erinnern mich sehr an Helene. Nicht äußerlich, es liegt in Ihrer Art, anders kann ich es nicht sagen«, hatte der Pole schließlich in kultiviertem Deutsch erklärt.

»Wie schnell Sie das durchschaut haben, Tadeusz«, hatte Lilo mit einem undurchdringlichen Blick auf Tatjana erwidert und die Kuchenplatte mit der duftenden Auflage auf den Tisch gestellt. »Meine Enkelin ist Helene in der Tat sehr ähnlich. Immer dem Herzen nach.«

Eilig hatte Dora Lilos Antwort, die sie in Polnisch gegeben hatte, für Tatjana übersetzt. Sie sprach zwar, wie sie selbst behauptete, inzwischen ein lausiges Polnisch, aber in Tatjanas Ohren hatte Lilos Polnisch mit seinen Nasalvokalen weich, melodisch und wunderschön geklungen. Damals lag Tatjanas

Studienabbruch der Pharmazie schon einige Jahre zurück, und Lilos Vergleich mit Helene hatte ihr einen Stich mitten ins Herz versetzt. Immerhin war Helene jung aus dem Leben gerissen worden.

Aber bei jenem Besuch ging es nicht um sie selbst, sondern nur um ihre Großmutter. Also hatte sie nicht nachgefragt. Auch nicht, warum Lilo auf die Idee gekommen war, Tatjana als gefühlsgesteuert zu beschreiben. Sie selbst hätte das nie von sich behauptet.

»Sollten wir das nicht alle so handhaben? Unser Herz befragen?«, hatte der Fremde mit einem melancholischen Unterton gefragt und Lilo einen vielsagenden Blick zugeworfen.

Tatjana hätte schwören können, dass ihre Großmutter damals errötet war. Dora hatte sich verlegen geräuspert, als habe der Mann mit den besten Manieren, die Tatjana jemals an einem Menschen wahrgenommen hatte, vor Fremden ein Bekenntnis abgegeben.

Lilo und er hatten einander die ganze Zeit gesiezt, dennoch war die Nähe zwischen ihnen so spürbar, und Tatjana fühlte sich wie eine Voyeurin – am falschen Ort zur falschen Zeit.

Damals war Tatjana Ende zwanzig gewesen.

Nach der Abreise des Polen war Lilo zu einem neuen Menschen geworden und stellte ein Foto von sich und Helene auf die Kommode, eines, das Tatjana nie zuvor gesehen hatte. Es zeigte die beiden Schwestern hoch über den Dächern von Krakau als junge, unbeschwerte Frauen, die von einer Balustrade auf ihre Stadt blickten. Helene und Lilo wirkten verbunden, vertraut, zuversichtlich, voller Lebensfreude und Erwartungen auf das, was ihnen das Leben zu bieten hatte. Instinktiv hatte Tatjana begriffen: *So* wollte Lilo ihre geliebte Schwester in Erinnerung behalten – fröhlich, unbeschwert und voller Tatendrang. Fortan erzählte Lilo häufiger aus glücklichen

Kindertagen, von den gemeinsamen Streichen und ihrem Zusammenhalten gegen das strenge Diktat der Mutter.

»Was wäre aus dir geworden, Helene, wärest du damals in Krakau geblieben?«, hatte Lilo einmal beim Betrachten des Fotos leise vor sich hingesprochen. Tatjana würde nie vergessen, wie erschrocken Lilo reagiert hatte, als ihre Enkelin sie dabei überrascht hatte. Ihr war es damals vorgekommen, als wolle ihre Großmutter die Uhr zurückdrehen in eine Zeit, da die Weichen für Helene noch neu gestellt werden konnten.

Kurz darauf hatte Lilo das *gute Geschirr* Käthes aus der Vitrine genommen, das sie sonst nur an Weihnachten herausholte und war untröstlich gewesen, als das Milchkännchen eines Tages zu Bruch ging. Sie gab die Scherben einem Restaurator, der das Gefäß sorgfältig zusammenklebte und etwas Ungewöhnliches tat: Er zeichnete die Klebestellen in der königsblauen Farbe des Blumenmusters mit einem feinen Pinselstrich nach, der sich wie eine Narbe verzweigt über das Gefäß zog, so als gehöre er zu dem gesamten Kunstwerk. Lilo war überglücklich, benutzte das Geschirr weiterhin tagtäglich, als wolle sie mit ihm das Überleben feiern. Vielleicht versuchte sie auf diese Weise auch, die Erinnerung an einen alten Krakauer Freund wachzuhalten.

Heute befand sich das Unikat in Tatjanas Besitz, und im Stillen nannte sie die geglückte Reparatur, die unwiederbringlich die Zerstörung zeigte, *Lebenslinien*.

Der Pole war dann noch einmal nach Fellbach gekommen, zu Lilos Beerdigung im Jahr 1993, wo er, als ihn die Familie nach der Trauerfeier zum Leichenschmaus einladen wollte, wieder verschwunden war. Im selben Jahr hatten Tatjana und Dora von seinem Ableben im Alter von fünfundachtzig erfahren.

Sein Name war Tadeusz Pankiewicz, und es hieß, einst habe er eine Apotheke in Krakau besessen. Sie nannte sich Apteka Pod Orłem – Apotheke unter dem Adler.

LILO

6

Krakau, Frühjahr 1941

»*Brauchen Sie mich noch, Herr Magister?*«, fragte Lilo, nachdem sie an die Tür des Arbeitszimmers ihres Vorgesetzten geklopft hatte.

Er blickte von seinen Unterlagen auf und schenkte ihr ein Lächeln. »Nein, danke. Bis morgen, Fräulein Magister«, sagte er freundlich und schraubte seinen Füllfederhalter zu. Er stand auf, ging auf sie zu und nahm draußen im Flur Lilos Jacke von der Garderobe. »Sie leisten gute Arbeit«, sagte er, während er ihr in das Kleidungsstück half. Für einen kurzen Moment spürte sie seine Hände auf ihren Schultern. »Ich bin sehr zufrieden mit Ihnen.«

Beherzt drehte sie sich um und blickte ihm in die Augen. »Ich wüsste nicht, wo ich mich in Krakau wohler fühlen könnte als hier. So seltsam es klingt: Die Apotheke gibt mir Sicherheit.«

Er lächelte, und beide reichten einander zum Abschied die Hände.

Lilo erreichte ihr Zuhause fast eine Stunde zu spät. Dabei hatte die Mutter sie gebeten, heute pünktlich zu sein, da die Wagners Besuch zum Abendessen erwarteten.

Zofia, ihr polnisches Haus- und Kindermädchen, nahm ihr wortlos die Jacke ab und zeigte auf den Salon. »Sie haben schon angefangen, gleich wird der Hauptgang serviert, machen Sie schnell, Fräulein Lilo. *Do stołu! – Zu Tisch!*«

Zofia, die etwas rundliche Polin mit ihren freundlichen Kulleraugen, lebte im Haushalt der Wagners, seit Lilo denken konnte. Zofia war für alles zuständig, scheute keine Arbeit, nicht einmal das Wäschewaschen. Sie war einfach immer da gewesen. Stets hatten sich die Kinder bei ihr ausgeweint. Für Blessuren aller Art hatte es während ihrer Kindheit in der Haushaltsküche ein Stück Käse- oder Mohnkuchen gegeben. Zofia war die gute Seele des Hauses.

Lilo betrat den Raum und strich sich über den Rock. Es duftete nach Speck, Bohnen und Schweinefleisch, dem Hauptgang. Auf Lilos Platz stand bereits ihr Teller, der mit einem zweiten abgedeckt war.

Ein maßregelnder Blick ihrer Mutter streifte Lilo, als sie sich setzte und ihre Serviette nahm. »Entschuldigt bitte«, sagte Lilo und nahm den Teller weg. Piroggen – eine polnische Spezialität. Die mit Fleisch gefüllten Nudeltaschen waren Rigobert Wagners Lieblingsspeise. »Die Straßenbahn hatte Verspätung.«

Ihr Vater räusperte sich. Sie warf dem Gast, einem alten Freund der Familie, ein zaghaftes Lächeln zu. Er grüßte mit gehobenen Brauen freundlich zurück. Dann widmete sich Lilo der verpassten Vorspeise.

Walter Kranz berichtete von seinem Einsatz an der Front als leitender Lazarettarzt.

»Aber jetzt Schluss mit der Politik«, unterbrach ihn schließlich ihr Vater. »Erfreuen wir uns lieber an den köstlichen Speisen, die unsere Perle Zofia zubereitet hat.«

Lilo fand Kranz' Schilderungen nicht unangemessen oder gar politisch. Aber da war ihr Vater eigen. Er bevorzugte nicht nur zu Tisch leichte Konversation, und zwar auf Deutsch. Zuhause wurde ausschließlich deutsch gesprochen, es sei denn man sprach mit Zofia. Allerdings beherrschte diese nach all den Jahren sehr gut Deutsch und verstand das meiste intuitiv.

Rigobert hob sein Bleikristallglas in die Höhe, und alle stießen einvernehmlich an.

Zofia räumte die Vorspeiseteller ab und brachte Lilo ihren Hauptgang. Verstohlen warf Lilo dem medizinischen Zögling ihres Vaters einen Blick zu. Sie hatte bemerkt, wie er sie beobachtet hatte. Früher war er immer, das zumindest glaubte Lilo, Helenes wegen gekommen. Anfangs hatte er es auf die Schönere von ihnen abgesehen, nun aber, da Helene weg war, hielten ihre Eltern wohl sie, Lilo, für eine geeignete Partie. Tatsächlich hegten Lilo und Walter freundschaftliche Gefühle füreinander. Sie mochten sich.

»Gibt es etwas Neues von Helene aus Paris?«, fragte Kranz in diesem Moment unbedarft.

Augenblicklich fiel Käthe die Gabel aus der Hand. »Wir hoffen, dass sie ihr Glück bei Coco Chanel gefunden hat, nach dieser langen Zeit. Rigobert und ich waren strikt dagegen.«

»*Chanel No 5* – Sie kennen ihre Parfümkreation vielleicht?«, fragte Lilo. »Die Damen der feinen Gesellschaft reißen sich darum.«

»Parfüm? Ich dachte, sie sei Modemacherin«, erwiderte Kranz verwirrt.

»Das gehört wohl zusammen«, mischte sich Käthe Wagner ein. »Zumindest in Paris.«

Sie sprach die Metropole Frankreichs so verächtlich aus, als handle es sich um ein einzig großes Freudenhaus. Kranz zwinkerte Lilo zu, und beide schmunzelten.

»Es geht ja keine Post durch, nicht von Paris nach Krakau«, erklärte Rigobert pragmatisch, allerdings mit einem mahnenden Tonfall, das Thema Helene nicht weiter zu verfolgen.

»Jedenfalls machen sich unsere beiden Töchter nützlich. Das verdient Respekt.«

Käthe Wagner warf Lilo einen bitterbösen Blick zu. »Ich hatte andere Pläne, aber mein Bertl ist vor Stolz fast geplatzt, dass Lilo einen medizinischen Beruf ergriffen hat. Ich wünschte, ich hätte es meinen Töchtern ersparen können, auch nur einen Finger zu rühren. Sie sind zu Gastgeberinnen erzogen worden, nicht, um zu dienen.«

Lilo schluckte. Sie kannte die Einstellung ihrer Mutter: Lukrativ in die besten Kreise Krakaus einheiraten, am liebsten einen Mediziner, aber keinen Polen. Mutter werden – von mindestens einem männlichen Nachkommen. Das Personal mit strenger Hand anleiten – das war in Käthes Augen das erstrebenswerte Leben einer Frau aus gutem Haus. In Krakau nannte Käthe Wagner jedermann nur Frau Doktorowa – ein Indiz dafür, dass ihr große gesellschaftliche Anerkennung zuteilwurde, obgleich der Titel streng genommen nur ihrem Gatten zustand.

Lilo trug bereits den Titel *Fräulein Magister*.

»Wie ich hörte, liegt Ihr Arbeitsplatz inzwischen im jüdischen Wohnbezirk unserer Stadt«, sagte Kranz an Lilo gerichtet.

Jüdischer Wohnbezirk – so nannten ihn die Deutschen, die Juden sprachen vom Ghetto. Lilo hielt inne. Wie meinte er das?

»Ich war schon vorher dort beschäftigt«, sagte Lilo vorsichtig. »Als ich in der Apotheke unter dem Adler anfing, war von einem jüdischen Wohnbezirk nicht einmal die Rede, lieber Herr Walter.«

Klang das nach Verteidigung?

»So viel Zeit ist schon vergangen! Mir ist, als könnte ich Ihr Heranwachsen bezeugen, so lange verkehre ich schon in Ihrer

Familie. Ich meinte es nicht despektierlich, Fräulein Lilo, vielmehr mache ich mir Sorgen um Sie.«

Heranwachsen! Der Bleistiftspitzer Walter Kranz, wie ihn Helene immer genannt hatte, war gerade einmal fünf Jahre älter als Lilo. Als Mediziner hatte er in der väterlichen Praxis über ein Jahr mitgewirkt. Lilo und Helene war es immer so vorgekommen, als hätte Papa in Walter jenen Sohn gefunden, den er sich stets gewünscht hatte, einen Sohn, der in seine Fußstapfen treten sollte. Walter Kranz war als Vollwaise beim Bruder seines Vaters und Rigoberts engstem Studienfreund aufgewachsen. Stets hatte Rigobert Wagner sich um Walter gekümmert und seinen Zögling durch die medizinischen Prüfungen begleitet, ihn in seiner Praxis helfen lassen. Seitdem gehörte Walter Kranz fast zur Familie. Wie unrecht Helene ihm mit ihrem Urteil getan hatte! Auch wenn er steif und unbeholfen wirkte, so hatte er doch das Herz am rechten Fleck.

Walter Kranz' Stimme durchbrach Lilos Gedanken. »Und wie gefällt Ihnen der praktische Teil Ihrer Arbeit?«

»Sehr gut.«

»Was hat Sie eigentlich davon abgehalten, Medizin zu studieren?«

Ihr Vater legte das Besteck akkurat auf dem Teller ab. Ihre Mutter nippte am Glas und blickte zum Fenster hinaus. Die Gardinen bewegten sich im Wind. Zofia begann mit dem Abräumen des Geschirrs.

Angestrengt dachte Lilo nach. »Ich diene den Menschen auf meine Weise und möchte Symptome mildern«, sagte sie schließlich diplomatisch. »Die Welt der Medizin hat viele Facetten.«

Ihr Vater lächelte geschmeichelt, als habe seine Tochter ihm soeben ein großes Kompliment gemacht.

In Wahrheit wollte Lilo das Leiden der Menschen nicht aus

nächster Nähe mitansehen, schon gar nicht den Tod. Der Tod, über den in ihrem Elternhaus zuweilen gesprochen wurde, als sei er eine Nebenwirkung, die notwendige Folge einer Berufskrankheit. Schon als Kind hatte Lilo kein Blut sehen können und weggehört, wenn ihr Vater vom Sterben eines Patienten berichtete.

»Jetzt sind sie bei ihrem Schöpfer«, murmelte Käthe regelmäßig, und damit war das Thema vom Tisch. Im Hause Wagner betete man für die Toten und für die Lebenden, zu Gott und zur Heiligen Mutter Gottes, vor allem für sich selbst. Etliche Jahrzehnte polnischen Katholizismus' hatten ihre Spuren hinterlassen, wovon ein Familiengrab auf dem Krakauer Rakowicki-Friedhof zeugte.

»Herr, beschütze unsere Familie, unsere Verwandten in Deutschland, die Freunde des Hauses, die katholische Gemeinde St. Marien.« Jedes Tischgebet endete auf diese Weise.

Lilo erinnerte sich gut daran, wie Helene kurz vor ihrem Weggang nach Paris das Sich-Bekreuzigen beim gemeinsamen Beten verweigert und stumm auf ihren Suppenteller gestarrt hatte. Das hatte Rigobert Wagner derart erbost, dass er Helene ohne Abendessen auf ihr Zimmer geschickt hatte. »In diesem Haus bekreuzigen wir uns.«

Genau genommen war im Hause Wagner stets wegen Helene, dem Enfant terrible, gestritten worden, aber jeder Streit hatte die Eheleute wie Leim zusammengeklebt. Seit Helene weg war, ging es deutlich ruhiger zu.

»Eine Frau sollte überhaupt nicht arbeiten müssen und schon gar nicht in einer solchen Umgebung, wenn Sie meine Meinung dazu hören möchten, lieber Walter«, riss Käthe Lilo aus ihren Gedanken. Sie tupfte sich die Stirn mit einem Taschentuch, das nach Eau de Cologne duftete.

Lilo rollte innerlich mit den Augen.

Walter schenkte Lilo ein Lächeln. »Ich kann Ihre Tochter sehr gut verstehen. Der Beruf der Apothekerin ist ein ehrenwerter.«

Lilo lächelte dankbar zurück, dann warf sie gedankenverloren einen Blick zum Fenster hinaus.

Die Natur hatte angefangen zu sprießen. Frühjahrsduft strömte durch das geöffnete Fenster. Die Esplanade einer acht Kilometer langen Grünfläche mit alten Eichen und Kastanien umarmte Krakaus Altstadt und bildete ein einziges riesiges Schattendach, unter dem die Menschen flanierten. Jeder nannte das grüne Areal aus dem neunzehnten Jahrhundert nur Planty. Seit die Deutschen hier waren, hießen die Planty Stadtgarten, wo Kinder spielten und kleine Pavillons zum Verweilen einluden.

Schnell hatte man sich an das Bild der Uniformierten in der Stadt gewöhnt, deutsche Wehrmacht, SS. Und auch an die neue Rolle der polnischen Bürger, die nun niedrige Aufräumarbeiten in Parkanlagen und auf den Straßen verrichteten, weil sie als Slawen in den Augen der Deutschen zu höheren Aufgaben nicht taugten.

Seit der Errichtung des sogenannten jüdischen Wohnbezirks gab es hier *draußen* keine Juden mehr zu sehen, obwohl sie ein Viertel der Krakauer Bewohner ausmachten.

Ziel der Nationalsozialisten war es, aus Krakau eine deutsche Stadt zu machen. Früher hatte die Sebastiangasse einen polnischen Namen getragen. Jetzt gab es einen Adolf-Hitler-Platz, und fast alle Straßen waren Zug um Zug umbenannt worden.

Über der nahe liegenden Burg Wawel flatterte die Hakenkreuzflagge. *Das Betreten des Schlossparks ist nur Reichs- und Volksdeutschen gestattet* – so lautete ein Schild am Eingang zum Wawel, der, seit Hans Frank dort residierte, nur noch *Burg von Krakau* hieß. Frank hasste alles Polnische und insbesondere die Juden. Gleich zu Beginn seiner Amtszeit hatte Frank die Zählung aller Volksdeutschen angeordnet. In den neu gegründeten sogenannten volksdeutschen Gemeinschaften blieben sie unter ihresgleichen.

Hier schlägt das Herz des heutigen Generalgouvernements und durchsetzt die Kanäle dieses verwahrlosten Landes mit einem gesunden Blutkreislauf, der alles neu belebt. So war es in der *Krakauer Zeitung* gestanden. Fortan feierte Krakau am 19. April jeden Jahres den *Tag der Volksdeutschen* mit geschmückten Fahnen, Fackeln, großem Zapfenstreich und Feuerwerk.

Das alles befremdete Lilo zutiefst. Etwas war gewaltig in Schieflage geraten in ihrer Stadt, aber eigentlich wollte sie nur ihrer Arbeit nachgehen, ihre Ausbildung abschließen.

»Wie geht es dir in Paris, Schwesterherz?«, befragte Lilo nach dem Essen hinter verschlossener Tür ihres Mädchenzimmers ein Foto, das sie aus ihrem Geheimversteck unter ihrer Matratze hervorgeholt hatte.

Die Männer hatten sich zum Rauchen zurückgezogen. Mama war auf dem Sofa weggenickt.

Lange betrachtete sie ihre schöne Schwester mit deren Angebetetem. Auf dem Arm trug Helene ihr süßes Geheimnis, einen Säugling, vor der Basilika Montmartre in Paris. Das Bild stammte aus dem Jahr 1939 – wenige Monate bevor die Deutschen nach Krakau gekommen waren. Er sah gut aus, der Mann, dessen Namen Helene nicht preisgab. Nur den ihres kleinen Sohnes, den hatte sie verraten. »Das ist unser kleiner Simon, aber es ist besser, du weißt so wenig wie möglich«, hatte sie geschrieben. »Versteck das Foto, wirf den Brief weg! Und bitte, Lilo: Kein Wort zu den Eltern!«

Lilo war nicht dumm: Sie konnte eins und eins zusammenzählen. Irgendetwas stimmte mit dem dunkelhaarigen Mann nicht. Außerdem hatte Helene nichts von einer Heirat gesagt.

»Ich arbeite nach wie vor in der Apotheke unter dem Adler«, sprach Lilo in Gedanken zu ihrer Schwester. »Es ist gute Arbeit, die ich dort mache. Mein Vorgesetzter heißt Tadeusz Pankiewicz, der netteste Mann, dem ich je begegnet bin. Irgendwann erzähle ich dir mehr von ihm.«

Lilo hatte Wort gehalten und den Eltern ihren bisher einzigen Kontakt zu Helene verschwiegen. Sie wisse von nichts, beteuerte sie stets. Eines Tages, das hoffte Lilo, würden alle glücklich und vereint einander in Krakau wiedersehen und das süße Geheimnis lüften. Rigobert und Käthe würden ihrer Jüngsten verzeihen. Und Zofia? Sie ahnte etwas, sprach aber nicht darüber.

»Wenn ihr wüsstet«, flüsterte Lilo. »Wenn ihr wüsstet, was Helene getan hat. Ihr würdet keine Nacht mehr ruhig schlafen können.«

Mit gemischten Gefühlen steckte sie das Foto zurück an seinen Platz unter der Matratze. Helenes Fortgang hatte die unangenehme Folge, dass Lilo nun sämtliche Kämpfe mit Käthe und Rigobert allein austragen musste, während die kleine Rebellin Helene einem offensichtlich glücklichen Leben in der Stadt der Lichter frönte. War nicht Helene diejenige, die sich moralisch mit einem unehelichen Kind bei den streng katholischen Regeln in ihrem Elternhaus schuldig gemacht hatte? Im Verhältnis zu dem, was das Sorgenkind Helene getan hatte, war Lilos Aufenthalt in einer Krakauer Apotheke im Ghetto doch ein Klacks!

Von Anfang an hatte sich Lilo für die Pharmazie begeistert. Wenn sie im Labor Medizin herstellte, fühlte sie sich mehr als Forscherin denn als Heilerin. Die Menschen, die ihre Medikamente einnahmen, starben nicht. Ihr Leiden wurde gemildert, manche überlebten dank der Medizin. Niemand durfte ihr diese Arbeit wegnehmen.

Lilo besaß nichts, was es zu beichten gab, kein Geheimnis, außer einem klitzekleinen – einer Schwärmerei.

TATJANA

7

Fellbach, Frühjahr 2017

»Lilo war eine Vollblut-Apothekerin«, sagte Tatjana lächelnd, nachdem Dora zum wiederholten Mal beteuert hatte, nach Weihnachten in der Apotheke aufzuhören. Jedes Jahr bekräftigte sie aufs Neue, endlich mehr Zeit für sich in Anspruch zu nehmen, zu reisen, solange sie noch gut zu Fuß war.

Mutter und Tochter saßen bei einer Tasse Kaffee in Doras Küche. »Und du bist das auch, Mama. Du wirst weiterarbeiten bis zu deinem letzten Tag.« Sie zwinkerte Dora zu, über deren Gesicht sofort ein Lächeln flog.

Die Fenster zur Straße waren weit geöffnet. Von unten drangen die Stimmen spielender Kinder nach oben. Gegenüber von Tatjanas Wohnung befand sich der kleine Cannstatter Platz, Tatjanas ehemaliges Spielparadies mit Kastanienbäumen. Einige von ihnen hatten in den Achtzigerjahren Parkplätzen weichen müssen. Als Kind hatte sie die kleine Grünanlage wie einen Park direkt vor ihrer Haustür empfunden. In Sichtweite war einst ein kleiner Tante-Emma-Laden gewesen, in den Dora hin und wieder ihre Tochter geschickt hatte, um ein Stück Hefe oder eine Flasche Milch zu holen. Diese Zeiten waren längst vorbei. Das Einzige, was sich hier seit mehr als hundert Jahren hartnäckig gehalten hatte, waren die Bäckerei und der Metzger.

Tatjana rührte in ihrer Kaffeetasse und nahm sich das letzte Stück ihrer Butterbrezel.

»Nein, dieses Mal ist es mir ernst, Tatjana. Ich muss wirklich damit Schluss machen, in die Apotheke zu rennen«, wiederholte Dora und stellte das Geschirr zusammen.

»Du möchtest reisen«, sagte Tatjana.

Dora nickte. Sie trug ein geblümtes Frühlingskleid, das ihr trotz ihrer inzwischen etwas füllig gewordenen Figur sehr gut stand. Ihr gewelltes, weißes Haar hatte sie beim letzten Friseurbesuch auf Schulterlänge schneiden lassen. Immer noch strahlten ihre blauen Augen genau wie die von Lilo.

»Zumindest sollte ich reduzieren.«

Tatjana trank ihren Kaffee leer. »Oh, Mama! Bis Weihnachten dauert es noch eine Zeit, dann kannst du dein jährliches Gelübde erneuern.«

Tatjana dachte zurück: Auch Lilo war bis ins hohe Alter noch stundenweise in ihre Apotheke gegangen, um nach dem Rechten zu sehen, wie sie ihre Inspektionen genannt hatte.

»Aber was ist jetzt eigentlich mit dieser Praxis in Bad Cannstatt, Kind? Darüber haben noch gar nicht gesprochen.« Sie stand auf, trug das Geschirr zur Spüle und fing an abzuspülen.

Tatjana berichtete vom Angebot, dem Interieur, der attraktiven Lage, den finanziellen Konditionen und den Übernahmebedingungen, während sie ein Geschirrtuch aus dem Schrank holte und mit Abtrocknen begann.

»Irgendetwas bremst mich«, sagte sie nachdenklich. »Ich weiß nur noch nicht, was.«

»Hast du Angst vor der Selbstständigkeit?«, fragte Dora und stellte einen Teller ins Abtropfgitter.

Tatjana lachte. »Niemand in unserer Familie hatte jemals Angst, auf eigenen Füßen zu stehen. Das liegt uns ja sozusagen im Blut.«

»Was ist es dann?«

»*Wie* will ich wirklich arbeiten? Was ist für meine Patienten das Beste?«

Dora unterbrach ihre Arbeit und wandte sich ihrer Tochter zu. »Ich dachte, das sei glasklar. Es war dein ausdrücklicher Wunsch, diese psychoanalytische Zusatzausbildung zu machen. Erinnere dich, du hast damals Höllenqualen gelitten, kamst mit der Hierarchie des Ausbildungsinstituts überhaupt nicht zurecht. *Es gibt einfachere und effizientere psychotherapeutische Verfahren* – deine Worte während der Ausbildung! Du hast damals auch gezweifelt.«

»Stimmt. Das Ziel war die Approbation, Mama. Ich habe mir damals geschworen, es durchzuziehen, um mich später mit einer Praxis niederlassen zu können.«

»Na, bitte«, sagte Dora. »Genau, was ich sage.«

Mit Schaudern erinnerte sich Tatjana an die Ausbildung zur analytischen Psychotherapeutin – sie hatte sich durch Demütigungen und Rechthabereien gebissen, die großen Analytiker gelesen, deren Ideologien sie teils absurd und völlig überzogen fand, aber sie hatte durchgehalten und bestanden. Sollte all das umsonst gewesen sein? Am Ende – diese Lehre hatte sie aus ihrer Zusatzausbildung gezogen – kam es auf die Persönlichkeit des Therapeuten an, auf dessen empathische Fähigkeiten, sich in sein Gegenüber einzufühlen, es aufzufangen. *Containing* lautete das fachliche Zauberwort, nicht *Richtlinien der therapeutischen Abstinenz*, ein Begriff von Freud, der stets die Distanz zwischen Patienten und Therapeuten anmahnte. Containing bedeutete *auffangen*, die Patienten empathisch in ihrem Schmerz begleiten. Eigentlich kannte sie außer sich selbst nur eine einzige Person, die diese Fähigkeit besaß und beruflich einsetzte: ihre Freundin Claudi.

Dora ließ den nächsten Teller ins Spülwasser gleiten.

»Ja, die Verhaltenstherapie bietet durchaus Vorteile«, sagte Tatjana zustimmend. »Das Verhalten konditionieren. Die Symptome aus dem Weg räumen. Beschädigt weitermachen. Eine neue Perspektive gewinnen und keine schlafenden Hunde wecken.«

»Flugangst mit Fliegen bekämpfen«, sagte Dora.

»Menschen mit Flugangst mit bestimmten Techniken befähigen, in einen Flieger zu steigen«, korrigierte Tatjana lächelnd. »Die Ängste sozusagen rationalisieren – eine Methode, die ich durchaus schätze. In der Psychoanalyse ist der Weg das Ziel, in der Verhaltenstherapie die Bekämpfung der Symptome – ohne nach den Ursachen zu forschen.«

Dora fuhr mit ihrer Hand durch die Luft. »Du weißt, was ich von dieser Ursachenforschung halte. Gar nichts. Was ich sinnvoll finde, ist Folgendes: Erste Hilfe leisten, den Leuten ein Handwerkszeug geben, damit sie durchs Leben kommen.«

Vorsichtig platzierte Dora einen Teller in dem Abtropfgitter. Tatjana trocknete ab und stellte ihn in die Vitrine.

»Das hätte Lilo wortwörtlich sagen können«, erwiderte Tatjana und lachte.

»Nur fürs Protokoll«, entgegnete Dora. »Deine Vorbehalte haben nichts mit der Praxisübernahme zu tun.«

Tatjana nahm einen tiefen Atemzug. Ihre Mutter hatte absolut recht. »Ertappt. Du hast recht, Mama. Es geht um mehr. Irgendwas anderes hält mich zurück, den Vertrag zu unterschreiben.«

Das Klingeln des Telefons unterbrach ihr Gespräch.

Mit einer Kopfbewegung gab ihr Dora ein Zeichen, den Hörer abzunehmen. Tatjana warf sich das Geschirrtuch über die Schulter und ging in den Flur, um das Telefon zu holen.

»Hier spricht Édith Mercier aus Baden-Baden«, vernahm

Tatjana eine helle Frauenstimme am anderen Ende der Leitung. »Bin ich mit Dora Wagner verbunden?«

»Mit ihrer Tochter«, sagte Tatjana. »Einen kleinen Moment, bitte.«

Tatjana spähte vom Flur aus in die Küche, wo Dora am Spülbecken hantierte. »Für dich, Mama«, flüsterte sie. »Édith Mercier. Sagt dir der Name etwas?«

»Kenne ich nicht«, gab Dora zurück. »Übernimm bitte du, meine Hände sind ganz nass.«

Auf die Arbeitsplatte war Wasser geschwappt, und eine kleine Pfütze mit einer Schaumkrone hatte sich dort ausgebreitet. »Was will sie denn?«

»Kann ich Ihnen helfen?«, fragte Tatjana höflich. »Meine Mutter ist gerade beschäftigt. Ich mache den Lautsprecher an, damit wir uns alle hören können, okay?«

Entschlossen betätigte sie die Lautsprechertaste.

»Es ist etwas prekär … Ich weiß nicht, wie ich es sagen soll, ich … Ich bekam die Privatnummer Ihrer Mutter in der Apotheke Wagner.«

Tatjana wartete mit gerunzelter Stirn.

Dora schob das Abtropfgitter zur Seite, entfernte die Wassertropfen darunter und warf Tatjana einen fragenden Blick zu. Die Frau am anderen Ende der Leitung holte tief Luft.

»Mein verstorbener Vater hat über einen französischen Suchdienst Hinweise auf mögliche Verwandte von ihm in Fellbach gefunden.«

»Französischer Suchdienst?«, fragte Tatjana verwirrt. »Das hört sich so …«, sie suchte nach dem passenden Wort, »… so detektivisch an.«

Die Frau am anderen Ende der Leitung lachte. »Nein! Keine Sorge, das ist ein völlig normales Verfahren in Frankreich, wenn man nach eventuellen Erben sucht.«

Eventuelle Erben. Verwandtschaft. Frankreich. Tatjana verstand kein Wort. Hilfe suchend warf sie einen Blick zu Dora, die nichts sagte, aber die Luft anzuhalten schien.

»Der Name Wagner kommt sehr häufig vor«, sagte Tatjana, um einen sachlichen Ton bemüht.

»Ich weiß.«

Was geschah hier gerade?

»Wie hieß Ihr verstorbener Vater?«, fragte Tatjana.

»Simon. Simon Mercier.«

Tatjana richtete sich auf. Den Vornamen Simon gab es ein einziges Mal in ihrer Familie – Helenes als kleines Kind verstorbener Sohn hatte so geheißen. Plötzlich stand eine schmerzhafte Erinnerung Lilos wieder im Raum. Den Familiennamen Mercier hingegen hatte Tatjana noch nie gehört.

»Einen Simon gibt es in meiner Familie, aber es handelt sich ja nicht gerade um einen seltenen Namen. Es gab ihn«, korrigierte sie hastig.

»Simon Altmann?«

»Nein. Wagner. Simon Wagner. Der Sohn meiner Großtante Helene. Das Kind starb in den Kriegsjahren in Paris.«

Tatjana vernahm ein lautes Geräusch, als sei am anderen Ende der Leitung etwas heruntergefallen. Automatisch hielt sie den Hörer weg, führte ihn dann langsam wieder zurück.

»Sind Sie noch da?«

»Ja«, hörte sie die Frau nach einer Pause sagen. »Ihre Informationen stimmen nicht. Er war mein Vater. Er starb erst vor einem Vierteljahr.«

Tatjana warf einen Blick auf ihre Mutter, bemüht, die Information zu verarbeiten. Simon war nicht als Kind gestorben? Sprachen sie von demselben Simon? Im Hintergrund hörte sie das Rascheln von Papier, dann wieder die Stimme der Fremden. »Helene Wagner, verheiratete Altmann. Samuel und

Helene haben nach meinen ersten Recherchen in Paris geheiratet. Ihr Geburtsname lautet Wagner, Tochter von Rigobert und Käthe Wagner, Krakau, Sebastiangasse.«

Tatjana hielt den Atem an. Alle Namen und Orte stimmten exakt mit jenen ihrer Familie überein. Ihr Magen zog sich zusammen.

»Woher haben Sie diese Details?«, stotterte Tatjana.

»Alte Adressbücher«, gab die Frau zurück. »Sie sind im Internet ganz einfach zu finden.«

Dora ließ den Spüllappen fallen und stützte sich mit den Händen auf die Arbeitsplatte. Mit zur Seite geneigtem Kopf hörte sie zu. Ihr ganzer Körper schien unter Hochspannung.

»Helene Altmann, in Krakau geborene Wagner, ist aller Wahrscheinlichkeit nach meine Großmutter«, hörte Tatjana die Frau sagen.

»Ihre Großmutter«, stammelte Tatjana und starrte zum Küchenfenster hinaus. »Ja, meine mütterliche Verwandtschaft kommt aus Krakau. Sogar die Straße stimmt. Simon war der Sohn meiner Großtante Helene«, präzisierte sie dann mit beherrschter Stimme. »Sie ist meine Großtante. Sie *war* meine Großtante«, verhaspelte sie sich. »Sie und Simon sind an …« Sie brach ab.

»Wissen Sie denn, was mit ihnen geschehen ist?«, hörte sie die Frau vorsichtig fragen.

Dora stand unbeweglich wie eine Statue da, und auf einmal war Tatjana, als sähe sie in ihrem Schatten Lilo, die stumm innehielt.

TATJANA

8

»Können Sie mir mehr über das Schicksal von Helene sagen?«, fragte die Frau. »Wissen Sie, was aus ihr geworden ist?«

Tatjana nahm einen tiefen Atemzug. »Soweit ich weiß, starben Helene und ihr Sohn an einer Infektion. In Paris. Während des Kriegs. Aber wenn Simon Ihr Vater war, dann …«

Warum erzählte sie das alles einer völlig Fremden? Sie hatte das Gefühl, keinen klaren Gedanken fassen zu können.

»Sind Sie sicher?«, fragte Édith Mercier. Ihre Stimme klang metallisch durch den Raum. Abgehackt, bewegt, zerbrechlich. »Helenes Sohn hat jedenfalls definitiv überlebt. Simon war mein Vater und ist im Dezember letzten Jahres verstorben. Im Alter von siebenundsiebzig. Es tut mir leid, Ihnen das sagen zu müssen. Mein Vater muss kurz vor seinem Tod damit begonnen haben, nach seinen jüdischen Wurzeln zu forschen. So, wie ich es bis jetzt nachvollziehen kann, ist er vermutlich nicht in die Familie Mercier hineingeboren worden. Seine Recherchen deuten tatsächlich auf jüdische Wurzeln hin, und Helene Wagner scheint seine leibliche Mutter gewesen zu sein. Zu ihr kann ich leider nirgendwo etwas finden. Wir wären dann seiner Recherche zufolge miteinander verwandt. Zugegebenermaßen bin ich immer noch ziemlich verwirrt.«

Jüdische Wurzeln. Tatjana fiel fast der Hörer aus der Hand. Ihr war, als wäre sie von einem Pfeil getroffen worden, als sähe sie eine Welle auf sich zukommen. All die von Lilo unbeantworteten Fragen, ihre verschwiegenen Erinnerungen türmten sich vor ihrem inneren Auge auf, ein hoffnungsloses Chaos. Simon, dessen Herz der Familienerzählung zufolge als Kleinkind aufgehört hatte zu schlagen, sollte siebenundsiebzig Jahre alt geworden sein? Ein Mann, der im familiären Gedächtnis immer ein Vierjähriger geblieben war. Und er war in einer französischen Familie aufgezogen worden? In Paris?

»Wir wären Cousinen zweiten Grades«, erwiderte Tatjana, als beantworte sie präzise eine Frage. »Lilo und Helene waren Schwestern. Ich kann Ihnen gar nicht sagen, wie durcheinander ich bin.«

»Liselotte Wagner?«, sagte die Frau. Erneut das Rascheln von Blättern. »Liselotte Wagner, geboren in Krakau 1914?«

»Ja«, sagte Tatjana. »Alle nannten sie nur Lilo. Ich wusste nicht, dass Helenes Kind überlebt hat.«

Verzweifelt flüsterte sie Dora zu: »Mama ... Hast du das gehört?« Ihre Mutter blieb steif mit abgewandtem Gesicht an der Spüle stehen.

»Ich wollte Sie fragen, ob Ihre Familie nach dem Jahr 1942 Kontakt zu Helene Altmann beziehungsweise Wagner hatte«, fragte die Frau. »Ob mir jemand sagen kann, wie mein Vater um diese Zeit herum in die Familie Mercier kam.«

Tatjanas Verstand verarbeitete, was die Stimme aus Baden-Baden sagte. Ihr Gefühl erreichte die Komplexität jener Botschaft erst verzögert. *Überlebt.* Der *Junge,* den ihre Familie so lange für tot gehalten hatte, war siebenundsiebzig Jahre alt geworden. Ein Ehemann, Vater, womöglich Großvater mit einer eigenen Geschichte. Nichts war aus Lilos Mund davon verlautbar geworden. Tatjana würde ihren Onkel nie kennenlernen. Wie wenig sie alle von Helenes Leben in Paris wussten!

»Ich kann mich leider nur wiederholen: Nach unserer Kenntnis sind Helene und ihr Sohn im Krieg an einer schweren Infektion in Paris gestorben. Das hat meine Großmutter Lilo genau so erzählt.« Abrupt brach Tatjana ab.

»Bis vor wenigen Tagen wusste ich nichts von seiner biologischen Familie, aber das ist eine lange, sehr lange Geschichte«, erwiderte Édith. »Mein Vater im Übrigen auch sehr lange nicht. Haben Sie demzufolge jüdische Wurzeln?«

»Nein«, gab Tatjana mechanisch zurück. »Wir sind alle katholisch.« Tatjana griff sich an die Stirn. Das klang exakt nach Lilos Worten – genauso hätte Lilo abgewehrt. Außerdem stimmte es so nicht, denn Tatjanas Vater war Protestant gewesen, genau wie die ganze Fellbacher Familie König.

Tatjana hielt für einen Moment den Lautsprecher zu. »Ich ... was für eine Tragik! Simon ... Mama! Hast du das gehört? Uns fehlen Jahrzehnte von Helenes Sohn«, flüsterte Tatjana in Richtung ihrer Mutter. »Wusstest du das?«

Dora schüttelte stumm den Kopf.

»Ihre Großmutter wird nicht mehr leben, nehme ich an«, hörte sie die Stimme von Édith.

»Sie ist 1993 verstorben«, sagte Tatjana mechanisch und biss sich auf die Lippe. In Windeseile rechnete sie nach: Auch Lilos jüngere Schwester Helene wäre heute über hundert Jahre alt. Verzweifelt warf sie einen Blick auf Doras Rücken, wünschte sich, sie würde etwas sagen, sich umdrehen, am Gespräch teilnehmen. Aber ihre Mutter vermochte sich nicht einmal zu rühren.

»Wir sollten uns unbedingt austauschen«, fuhr Tatjana schließlich mit fester Stimme fort. »Zwischen Baden-Baden und Fellbach liegen ja keine Welten. Ich muss all die Informationen erst einmal sortieren, mit meiner Mutter sprechen. Was soll ich sagen? Mir ist das meiste, was Sie sagen, fremd, vollkommen neu. Trotzdem weiß ich schon lange, dass in meiner Familiengeschichte eine große Lücke klafft. Lilo hat nicht viel über ihre Vergangenheit gesagt, geschweige denn erklärt.«

Édith tat einen tiefen Seufzer. »Und mein Vater hatte das vage Gefühl, dass etwas in seiner Biografie nicht stimmte«, vernahm Tatjana Édiths weiche Stimme am anderen Ende der Leitung. »Ich fange an, mich mit meinen Versäumnissen vertraut zu machen, verstehen Sie? Ich hätte ihn ernst nehmen müssen. Jetzt ist es zu spät. Ja, wir sollten uns persönlich treffen.«

Plötzlich tat sich ein imaginärer Korridor zwischen Baden-Baden und Fellbach auf, eine Verbindung.

»Ich glaube, ja. Ich kann Sie sogar sehr gut verstehen.«

In Tatjana überschlugen sich die Gedanken, und sie versuchte, sich Helens Geschichte ins Gedächtnis zu rufen. Was hätte es für Lilos Leben bedeutet, hätte sie von Simons Überleben gewusst! Die überlieferte Chronologie einer ganzen Familiengeschichte geriet auf einmal ins Wanken, vermeintliche Wahrheiten wurden infrage gestellt. Hätte die Existenz von Lilos Neffen in Lilos Leben ihre Traurigkeit gemildert, ihr Verharren in der Stummheit aufgebrochen? Selbst Tatjana, zwei Generationen von Helenes tragischem Schicksal entfernt, wühlte das eben Gesagte auf, als geriete ihre Welt aus den Angeln. Nicht auszudenken, wenn auch Helene in Paris überlebt hätte und nichts davon nach Fellbach gedrungen war. Oder war es das? Lilo hatte in so vielen Dingen geschwiegen.

Ein Räuspern drang durch den Hörer und warf Tatjana zurück in die Gegenwart.

»Und wie sind Sie auf die *einen* Wagners gekommen, Madame Mercier?«, hörte sie sich fragen und kam sich dabei vor wie eine Schülerin, die schwer von Begriff war. »Wagner ist ein Allerweltsname«, sagte sie beherrscht.

»Nennen Sie mich bitte Édith, sonst wird alles noch skurriler. Es muss der seltene Vorname von Helenes Vater gewesen sein, der auf die Krakauer Spur führte. Wer heißt schon Rigobert? Im Krakauer Telefonbuch von 1940 gab es wohl nur einen einzigen Wagner mit diesem Vornamen, laut Einwohnermeldeamt aus dem Jahr 1939. Dr. Rigobert Wagner, Ehefrau Käthe, zwei Kinder: Liselotte und Helene. Ansonsten herrscht ein Wirrwarr in unserer Familienkonstellation.«

Tatjana lachte kurz auf. *Der Wirrwarr in unserer Familienkonstellation.* Es war mehr, weitaus mehr als eine Verwirrung – das begriff Tatjana in diesem Augenblick.

»Ja, mein Urgroßvater hieß Rigobert. Für uns war Simon immer nur vier Jahre alt«, hörte sie sich wie aus der Ferne mit fremder Stimme sagen, und ihr war, als sei sie es, die auf der Couch läge. Sätze dieser Art bildeten oft den Anfang im therapeutischen Prozess, öffneten die Schleusen der Erinnerung.

»Mein Vater wurde siebenundsiebzig, er ist sanft eingeschlafen, wenn Sie das tröstet.«

Nein, nichts vermochte Tatjana in diesem Augenblick zu trösten. Gebannt sah sie dabei zu, wie sich Dora am Spülbecken langsam umdrehte, den Blick zum Boden gerichtet, eine Hand vor den Mund haltend. Aus einem Impuls heraus wollte Tatjana ihre Mutter schonen, ihr das nicht antun, ihr den Schmerz über die versäumte Begegnung nehmen.

»Der biologische Vater meines Vaters Simon hieß laut Suchdienst Samuel Altmann. Unsere Suchdienste vermögen zuweilen Wunder zu vollbringen. Sie gehen sehr gründlich vor. Samuel kam in Paris bei der großen Deportation im Juli 1942 ums Leben.«

Tatjana schluckte. »Das tut mir sehr leid«, sagte sie, als

spräche sie der Frau ihr Beileid aus. »Diesen Namen habe ich noch nie gehört.«

»Leider weiß ich nicht, was aus seiner biologischen Mutter wurde.«

Biologische Mutter.

Tatjana bemühte sich um Einordnung. Ein totgeglaubter Zweig wurde plötzlich lebendig. Simon Altmann, der in ihrer Familiengeschichte ewig Vierjährige, war bei einer Pariser Familie namens Mercier untergekommen. Sein Vater war Jude gewesen. Warum war in ihrer Familie niemals die Rede davon gewesen? Über all die Jahre? Hatte auch Helene überlebt? Lilo und Helene waren so innig verbunden gewesen. Hatte Lilo davon gewusst und das Geheimnis mit ins Grab genommen, oder war sie unwissend gewesen wie alle anderen Beteiligten? Tatjana war, als zöge sich der berühmte rote alles verbindende Faden von Krakau über Paris bis nach Fellbach.

Erneut wandte sie sich ihrer Mutter zu. Ihr war, als implodiere Dora gleich, als würde sie in sich zusammenbrechen.

Vorsichtig trat sie zu ihrer Mutter herüber, griff nach deren Hand. Sie nahm sie und drückte so heftig zu, dass es wehtat.

»Hast du das gewusst, Mama?«, fragte Tatjana tonlos. Sie spürte, wie ihr Tränen die Wangen hinunterliefen.

Endlich wandte Dora sich ihr zu, kreideweiß im Gesicht. Von ihren Plastikhandschuhen, die sie wie einen Fremdkörper von sich wegstreckte, tropfte Wasser.

»Entschuldigung, Édith, ich muss mich um meine Mutter kümmern, ich rufe dich zurück«, sagte Tatjana zerstreut und drückte das Gespräch weg.

Dora starrte Tatjana orientierungslos an, als nehme sie deren Anwesenheit gar nicht wahr. Langsam ließ sie die Handschuhe zu Boden fallen.

»Er hat überlebt …«, stammelte Dora.

Vorsichtig führte Tatjana ihre Mutter zum Küchentisch, rückte ihr den Stuhl zurecht und bedeutete ihr, sich zu setzen.

»Er *hatte* überlebt. Jetzt ist er tot. Letztes Jahr verstorben. Erst vor ein paar Monaten. Es kommt mir vor …«, verzweifelt suchte Tatjana nach den richtigen Worten, »… wir haben ihn verpasst.« Ihre Stimme bebte. »Gib mir ein Zeichen, Mama, ein Zeichen, dass du von alledem nichts gewusst hast. Du nicht und deine Mutter nicht. Sag, dass ihr Simon und Helene für tot hieltet. Es ist so ungeheuerlich. Ich weiß nicht, wie wir das alles verkraften sollen.«

Dora presste die Lippen zusammen, und in diesem Moment begriff Tatjana: Auch für ihre Mutter waren diese Informationen vollkommen neu. Sie war bis ins Mark erschüttert.

Wiederholt schüttelte Dora den Kopf und zeigte mit zitterndem Finger auf den Telefonhörer in Tatjanas Hand. »Helene soll überlebt haben? Das kann ich mir nicht vorstellen. Sie ist tot! Nichts macht sie wieder lebendig! Sie starb im Krieg in Paris am Fleckfieber, genau wie ihr Sohn Simon. Diese Frau kann doch nicht einfach behaupten … Simon hat überlebt? Nein! Das alles muss eine schreckliche Verwechslung sein, ein einzig großes Missverständnis.« Sie legte ihre Hände aufs Gesicht, wischte sich über die Augen und warf den Kopf in den Nacken. »Mein Gott! Meine arme Mutter! Tatjana, was sollen wir jetzt tun?«

»Uns der Sache stellen, Mama. Ich wünschte, Lilo hätte gesprochen, als sie das noch konnte«, sagte Tatjana mit bebender Stimme. »Und noch mehr wünschte ich, ich könnte dem vertrauen, was sie gesagt hat.«

LILO

9

Krakau, Frühjahr 1941

Als Lilo auf dem Weg nach unten am Herrenzimmer der Villa vorbeiging, bemerkte sie den würzigen Tabakgeruch. Die Männer waren also noch immer unter sich. Kurz warf sie einen Blick in den Salon, wo ihre Mutter ruhte. Dann stellte sie sich in die Nische, von wo aus sie als Kind gern die Erwachsenen belauscht hatte, schloss die Augen und ließ ihre Gedanken zurück in die Vergangenheit schweifen, damals, als sie noch eine Familie waren. So lange war das gar nicht her. Wie hatten Mamas Augen geglänzt, als Helene ihr erstes Geigensolo vor Gästen aufgeführt hatte.

»Du spielst wunderschön«, hatte Käthe Wagner euphorisch ausgerufen und sich ergriffen die Hände vor den Mund gehalten. »Wenn du nur nicht so aufmüpfig wärest, du machtest uns allen die größte Freude.«

Lilo hatte ihrer Schwester das Lob gegönnt, obwohl sie auch ein bisschen neidisch gewesen war und den versteckten Tadel der Mutter an sie sehr wohl registriert hatte. Sie selbst hatte im Schulorchester nur die Triangel spielen dürfen, und selbst da hatte sie oft ihren Einsatz verpasst.

»Morgen haue ich ab, endgültig, Schwesterlein«, hatte Helene in ihrer letzten Nacht, als sie zu Lilo unter die Decke geschlüpft war, gestanden. »Ich muss hier raus, ich kann diese

Bigotterie nicht mehr ertragen, die Heuchelei, das ganze Getue von Mutter. Du sagst kein Wort. Versprochen? Ich schreibe dir dann. Schwöre, dass du nichts sagst!«

Helene hatte ihre kalten Füße zu Lilos hinübergeschoben, ein Ritual aus Kindertagen. »Ich schwöre«, hatte Lilo mit zitternder Stimme versprochen. »Du kommst doch zurück, nicht wahr?«

Helene hatte gekichert wie eine Debütantin beim Abschlussball kurz vor Betreten des Ballsaals und demonstrativ den Zeigefinger gegen ihre geschlossenen Lippen gelegt. »Wenn ich es geschafft habe, ja.«

»Und wohin gehst du?«

»Nach Paris«, hatte Helene geflüstert.

Verdattert war Lilo verstummt. Helene wollte ganz allein nach Paris? Unzählige Bewunderer von Helene fielen ihr ein, aber ihr war nie aufgefallen, dass Helene auch nur einem einzigen den Vorzug gab.

Am nächsten Abend, als Helene nicht zum Essen erschien, hatte es Lilo nicht glauben wollen. Als jedoch Zofia kreidebleich den Salon betrat und den Eltern Helenes handgeschriebenen Brief überreichte, war es klar.

»Der lag unter Fräulein Helenes Kopfkissen«, sagte Zofia und warf Lilo einen strengen Blick zu.

Sie senkte die Augen.

Das lag nunmehr über fünf Jahre zurück. Was in dem Brief genau gestanden hatte, wusste Lilo bis zum heutigen Tag nicht. Mama und Papa hatten tagelang nicht mit ihr gesprochen, weil sie ein Komplott vermuteten.

»Paris«, hörte Lilo ein einziges Mal ihre Mutter Rigobert gegenüber sagen. »Das ist ein Affront.«

Hinter den Kulissen hatte Rigobert seine Fühler ausgestreckt, seine Beziehungen zum Verwaltungsapparat Krakaus spielen lassen, um nach Helene zu fahnden – ein heikles Unterfangen, da er nicht zugeben wollte, dass seine jüngste Tochter abgehauen war. Immerhin war sie bereits volljährig. Nichts war dabei herausgekommen.

Lilo machte nach Helenes Weggang alles wie vorher, erhielt weder Lob noch Tadel. Mit Disziplin reifte sie ohne Anerkennung, die früher Helene zuteilgeworden war. Lilo fehlte eine Eigenschaft, die ihrer Schwester in die Wiege gelegt worden war, etwas, das die Menschen sofort in ihren Bann zog, sich in deren Gedächtnis einbrannte. Helene vermochte zu strahlen, und Lilo war ihre ganze Kindheit und Jugend im Schatten dieses Lichts gestanden. Eine Nebenrolle, in der sie sich durchaus eingerichtet hatte. Sie mochte es nicht, im Mittelpunkt zu stehen.

Trotz ihrer Unterschiede hatten die Schwestern zusammengehalten, als teilten sie das Geheimnis um das, was jede von ihnen unverwechselbar, einzigartig machte. Helene, die impulsive, die mit ihrem Lachen und ihrer Unbeschwertheit jene Menschen, die sie liebte, überschütten konnte. Lilo hingegen beobachtete, wo Helene ihre Liebe verschleuderte, als traue sie ihren eigenen Gefühlen nicht und schon gar nicht denen ihres Gegenübers. Für sie war die Welt voller Stolperfallen, für Helene barg sie eine Fülle an Überraschungen und sich öffnenden Türen, die direkt ins Paradies führten. Gerade in ihren so unterschiedlichen Wesen hatten sich die Schwestern gegenseitig bereichert. Die Eltern hingegen pflegten den gesellschaftlichen Umgang mit ihresgleichen, bevorzugt mit den wenigen Krakauern, die ihre Muttersprache teilten.

Ein Geräusch aus dem Keller ließ Lilo hochfahren. Bestimmt war Zofia in der Waschküche zugange.

»Es ist Krieg, lieber Walter«, hörte sie ihren Vater jetzt deutlich aus dem Herrenzimmer sagen. »Jetzt sind wir endlich am

Zug und sitzen fest im Sattel. So wie es uns gebührt. Wir hatten es nicht leicht vorher, erinnere dich, weil wir so wenige waren. Wir Deutschen sind den Polen kulturell doch haushoch überlegen. Man muss nur aufpassen, was man sagt und zu wem man es sagt.«

»Den Preis dafür bezahlen die Krakauer, die Juden und die Polen«, gab Walter zurück. »Es herrscht eine neue Ordnung. Wir werden Polen nicht wiedererkennen, wenn es vorbei ist.«

Lilo stutzte: Sie fand Kranz' Redebeitrag sehr mutig. *Wir werden Polen nicht wiedererkennen.*

»Wir Deutschen werden diesen Krieg haushoch gewinnen. Daran gibt es nicht den geringsten Zweifel.«

»Sie müssen Ihre Tochter aus dieser Apotheke herausnehmen, Rigobert«, sagte Walter Kranz mit bebender Stimme. »In diesen Zeiten ist es für sie dort nicht sicher. Immerhin bedient sie dort drinnen tagtäglich Juden.«

Lilo blieb fast das Herz stehen.

»Gut, dass du das anschneidest«, sagte ihr Vater. »Ich kenne den Inhaber seit Jahren. Er hängt an seinem Lebenswerk. Das kann ich nachvollziehen. Niemals würde ich meine Praxis hier aufgeben. Aber ich sehe es wie du: Irgendwann wird man Fragen stellen, warum ausgerechnet eine Deutsche inmitten von Juden arbeitet. Glaube nicht, dass meine Frau nicht schon versucht hätte, sie davon abzubringen. In dieser Angelegenheit zeigt sie sich auffällig stur und uneinsichtig.« Abrupt brach er ab. »Sorgst du dich um Lilo oder um das Wohl der polnischen Juden?«

Entsetzt hielt sich Lilo die Hand vor den Mund. Jetzt sagte ihr Vater das, was ihre Mutter schon lange predigte: *Du musst raus aus dem jüdischen Wohnbezirk, Lilo! Es schadet unserem Ruf! Man könnte denken, du bist eine Judenfreundin!*

»Was für eine Frage«, erwiderte Kranz in empörtem Ton.

»Als Mediziner ist mir das Leben der Menschen heilig, egal welcher Religion sie angehören. Ich habe großen Respekt vor dem Mut Ihrer Tochter, aber dennoch ...«

»Sie ist nicht mutig, sie verfolgt ihre Linie, vor allem möchte sie ihre Ausbildung abschließen.«

»Im Ghetto könnte man Lilo für einen Spitzel halten.«

Lilo zuckte zusammen.

»Jüdischer Wohnbezirk«, korrigierte Rigobert. »Du solltest niemals laut sagen, was du soeben von dir gabst. Menschen jeder Religion – bist du denn von Sinnen? Anpassung, nicht auffallen – das ist das Gebot der Stunde, das hat sich meine Familie auf die Fahnen geschrieben. Wir leben nach der Art unserer Väter ein deutsches Leben. Stehst du denn etwa für die Juden ein?«

Nach Art unserer Väter – Lilo war mit diesem Bonmot aufgewachsen. Immer, wenn Papa nichts anderes einfiel, kam er mit seinen Traditionen. Es bedeutete, dass er mit Stolz ein gewisses Deutschtum pflegte, sich absetzte von den anderen Volksdeutschen hier, die im Laufe der Jahrhunderte schon sehr polonisiert waren. Einer der Gründe, warum im Hause Wagner strikt Deutsch gesprochen wurde.

Schweigen. Dann ein lautes Räuspern.

»Was ich sagen will, Sie leben im deutschen Bezirk Krakaus geschützt, lieber Rigobert. Das Elend bekommen Sie gar nicht mit. Ich aber sehe als Arzt an der Front die Verwundeten, ein unendliches Leid. Die vielen Versehrten, die Triage, Sie wissen, wovon ich rede. Wir müssen immer häufiger über Leben und Tod entscheiden. Der Krieg fordert mehr Opfer, als Ihnen zu Ohren kommt. Die Deutschen versündigen sich. Ich sehe es jeden Tag mit eigenen Augen.«

Instinktiv fuhr Lilo zusammen.

Rigobert Wagner hatte auf den Tisch gehauen. »Du solltest

nicht *die Deutschen* sagen, es sind unsere Landsmänner, die sich für einen unvermeidbaren Krieg aufopfern. Niemand versündigt sich – wo Krieg ist, fallen Schüsse, das ist alles. Kein Wort mehr darüber, nicht in meinem Haus. Ich will deinen Anfall von Nächstenliebe deinem Hang zu Wohltätigkeiten zuschreiben.«

»Es ist nicht mein Krieg, Herr Doktor Wagner.«

»Papperlapapp! Wenn ich dir einen guten Rat geben darf, als jemand, der hier in Krakau seine Pflicht am Menschen tut: Lass deine Gesinnung niemals jemanden wissen. Es würde dich Kopf und Kragen kosten. Bei mir hast du nichts davon gelernt!«

Eine dicke Rauchschwade zog durch die angelehnte Tür, und Lilo hielt sich die Nase zu.

»Vielleicht doch, Rigobert. Sie lehrten mich, alles zu geben, im Dienst des Patienten. Es handelt sich um keine politische Gesinnung, Sie missverstehen mich. Ich bin kein Judenfreund. Aber ich habe einst einen Eid geschworen, dem Menschen zu dienen, sein Leiden zu lindern, den höchsten Respekt vor menschlichem Leben zu wahren. Ich bin fürs Leben, nicht für den Tod. Ich bin für Frieden, nicht für den Krieg. Am Ende sind es *Menschen*, die sterben, keine Katholiken, Protestanten oder Juden. Menschen aus Fleisch und Blut.«

Lilo glaubte ihren Ohren nicht zu trauen. Alle Achtung! Was Walter sich ihrem Vater gegenüber herausnahm! Sie kannte niemanden, der es je gewagt hatte, so mit ihrem Vater zu sprechen. Was er sagte, klang vernünftig, schlichtweg vernünftig. Andererseits hatte er einen alten Streit zwischen ihr und ihren Eltern wieder heraufbeschworen: ihre Arbeit in der Apotheke.

»Schweig, Walter, sofort!«, hörte sie ihren Vater, hörbar erregt, erwidern.

Ein Stuhl wurde gerückt, jemand näherte sich der Tür. Blitzschnell versteckte sich Lilo wieder in der Nische der Garderobe.

Sie sah zwei Schatten an sich vorbeigehen.

»Ich sorge mich wirklich um Lilo«, flüsterte Kranz. »Ich mag sie sehr. Auf gewisse Weise seid ihr doch meine Familie.«

Lilo wagte es kaum zu atmen. Ihr blieb fast das Herz stehen. Abrupt verstummte das Geräusch von Schritten. Die beiden Männer standen jetzt gerade einmal einen Meter von ihrem Versteck entfernt.

»Wenn das alles vorbei ist, möchte ich ganz förmlich um ihre Hand anhalten.«

Lilo hielt sich die Hand vor den Mund.

»Du möchtest unsere Lilo heiraten?«, fragte Rigobert verdattert. »Sie geht bald auf die dreißig zu. Ich dachte immer, du hättest ein Auge auf Helene geworfen und …?«

»Sie täuschen sich, lieber Rigobert. Ich schätze Lilos besonnenes Wesen und glaube, in ihr steckt viel mehr an Charakterstärke, als wir alle denken.«

Lilo spürte wie ihre Wangen heiß wurden. Walter sprach über sie, so, als habe er sie erkannt. Hatte sie ihn denn jahrelang unterschätzt?

»Hör mir gut zu, mein Freund«, sagte Rigobert Wagner nach einer langen Pause. »Beweise mir, dass du wie ein Deutscher handelst. Sei ein Patriot, ein wahrer Patriot! Was du denkst, ist deine Sache. Behalte dein liberales Gedankengut für dich. Du musst zur Vernunft kommen, ich bestehe darauf, wenn du meine Tochter heiraten willst! Ich werde inzwischen eine Apotheke in unseren Kreisen für meine Tochter suchen.«

Geliebtes Helene-Schwesternherz, schrieb Lilo später in ihrem Bett bei Kerzenlicht in ein kleines Büchlein, ihr Tagebuch, kaum größer als ihr Magnifikat und mit einem Stoffmuster aus Blumen bestickt. Längst waren im Haus alle schlafen gegangen, Kranz in sein Zuhause zurückgekehrt.

Stell Dir vor, wer heute hier war, als Ehrengast sozusagen.

Sie berichtete von dem Gespräch zwischen ihrem Vater und Kranz und von ihrer Arbeit, als schreibe sie einen echten Brief. Seitdem die Deutschen Paris und Krakau besetzt hatten, war es unmöglich, Post ins Ausland zu verschicken, und so hatte Lilo sich angewöhnt, ihre Gedanken ausschließlich in ihrem Tagebuch festzuhalten. Mit keinem Wort erwähnte sie die seltsame Ankündigung eines *Heiratsantrags*.

Keine Sorge, ich bleibe der Apotheke treu, ich bleibe! Falls Papa mich zwingen möchte, aufzuhören, wirst Du sehen, wie sich Dein Schwesterchen auf die Hinterbeine stellen kann, sich durchsetzen wird. Ich hatte eine großartige Lehrmeisterin. Diese Arbeit ist mein Leben! Ach, Helene, wie ich mir wünsche, dass es Dir gut geht, dass sich Deine Träume in Paris erfüllen.

Lange ließ sie das Gespräch, das sie belauscht hatte, Revue passieren.

Hatte tatsächlich ein gestandener Mann angekündigt, um ihre Hand anzuhalten? Wenn alles vorbei war? Obgleich sie mit Ende zwanzig längst das heiratsfähige Alter überschritten hatte? Das Angebot klang verlockend, ihre Heirat mit einem Mediziner wäre eine vernünftige Entscheidung. Aber sie wollte nicht vernünftig sein, nicht in dieser Sache. Zum ersten Mal erlaubte sie sich einzugestehen, warum sie an ihrer Arbeit in der Apotheke unter dem Adler so festhielt. Sie wusste, sie konnte überall in Krakau dieselbe Arbeit verrichten, gefahrloser und im Einvernehmen mit den Eltern. Es gab genügend ehemals *jüdische* Geschäfte, die jetzt von Deutschen geführt wurden.

Die Wahrheit war, sie wollte in seiner Nähe sein, in der Nähe des Herrn Magister, dessen ruhige, zurückhaltende Art sie bewunderte und dem sie sich angesichts seines Verzichts auf den großen Auftritt wohl zuweilen so nahe fühlte, als wären sie aus einem Holz geschnitzt. Sie wollte bei ihm sein, von ihm lernen und die beste Apothekerin von ganz Krakau werden. Lag es daran, dass ihr die Rolle der Außenseiterin so vertraut war, dass sie sich in einer fremden Umgebung zuweilen heimischer fühlte als in ihrem Zuhause? Nichts Schöneres gab es für sie, als morgens die Tür zur Apotheke zu öffnen, ein für sie sicherer Ort mit einem schweren Tresen aus Eichenholz und Marmorplatte, mit unzähligen Schränken und Schubladen. Mit Regalen, Mörsern und Reagenzgläsern, abgefüllter Medizin, einem Arbeitszimmer mit einem Sofa, einem Wasch- und einem Schreibtisch. Bei dem Gedanken an Pankiewicz' Privatraum stellten sich ihr die Nackenhärchen auf. Wie geborgen sie sich von Anfang an in diesen Räumlichkeiten gefühlt hatte. Mitten im *jüdischen Wohnbezirk* war sie jemand – ohne jedoch im Mittelpunkt zu stehen. Sie besaß eine Position. *Fräulein Magister* nannten sie die Kunden ehrfurchtsvoll.

»Ich habe nichts zu verlieren«, flüsterte sie in die Dunkelheit. »Nur den Platz an seiner Seite.«

Dabei wusste sie gar nichts über ihn, außer, dass Pankiewicz ein großartiger Mann war, unverheiratet, ein fleißiger Apotheker, ein gerechter Vorgesetzter und ein Schöngeist. Sie hatte ihn genau beobachtet. Wenn er mit seinen Kunden sprach, strahlten deren Augen, sie fühlten sich angenommen. Er behandelte jeden mit der größtmöglichen Aufmerksamkeit: Juden, Deutsche, Polen, Spitzel, Täter und Opfer. Mit Lilo wechselte er manchmal mitten im Satz vom Deutschen ins Polnische oder umgekehrt. Da Lilo beide Sprachen perfekt beherrschte, war ihr das eine so lieb wie das andere, und diese Art der Kommunikation zwischen ihnen wurde ihr zu einer Art Geheimsprache.

Ihn umgab eine Aura, nicht schrill und leuchtend wie die von Helene, sondern geheimnisvoll wie eine undurchsichtige Wand. Was er wirklich dachte, blieb sein Geheimnis, denn niemals gab er etwas von sich selbst preis.

»Helene, ach wärest du doch hier«, flüsterte sie und beobachtete die Schatten an der Wand, die vom Licht der Straßenlaterne im Wind tanzten und einen flackernden, dünnen Strahl auf das Familienfoto warfen. Dies war das letzte gemeinsame Bild aus glücklichen Tagen, als alle noch hier in Krakau vereint waren. »Wann werden wir uns wiedersehen, Helene?«, fragte sich Lilo ängstlich.

Als Kinder mochten sie einander verletzt und gestritten, sich gegenseitig Blessuren zugefügt und sich die Haare ausgerissen haben, aber sie hatten immer zusammengehalten, einander niemals verraten. Das würde sich auch nie ändern. Niemals würde Lilo Helenes Geheimnis preisgeben.

TATJANA

10

Stuttgart, Frühjahr 2017

Schon von Weitem erkannte Tatjana ihre Cousine, die mit einer Umhängetasche an einer Säule des Stuttgarter Königsbaus auf dem Schlossplatz wartete. Sie sah genauso attraktiv aus wie auf dem Foto, das sie ihr geschickt hatte. Sofort fiel Tatjana Édiths rotblondes Haar auf – so hatte Lilo Helenes Haarfarbe immer beschrieben.

Die beiden Frauen hatten sich vor dem Café Königsbau verabredet. Die Sonne strahlte von einem tiefblauen Himmel, ungewöhnlich stark für einen Spätfrühlingstag. Wärme lag über der Stadt. Die Schwüle verdankte die Landeshauptstadt seiner exponierten Kessellage, wohingegen man in Fellbach auch an heißen Tagen frei atmen konnte. Trotzdem war Stuttgart eine extrem grüne Stadt. Das grüne »U« mit seinen sechs miteinander verbundenen Parkanlagen erstreckte sich über eine Länge von acht Kilometern durch die Stadt. Der sechshundert Jahre alte Schlossgarten mit prachtvollem altem Baumbestand und schattigen Wegen bildete den Ausgangspunkt.

Tatjana stellte ihr Fahrrad ab, nahm ihren Rucksack und ging direkt auf Édith zu.

»Wie schön, dass es geklappt hat«, sagte Édith. Sie reichten einander die Hände. »Ich war so gespannt auf dich.«

»So ging es mir auch. Kennst du das Café?«, fragte Tatjana und steuerte die Eingangstür an.

»Ja«, gab Édith freundlich zurück. »Meine Tochter Malou hat hier in Stuttgart studiert.«

»Du hast eine Tochter – wie schön!«

Sie gingen an der Theke mit der Kuchenauslage vorbei, die Stufen hinauf in den ersten Stock, und fanden in dem weitläufigen Café einen Fensterplatz mit direktem Blick auf den Schlosspark. In ihrer Kindheit war Tatjana regelmäßig mit ihren Fellbacher Großeltern mit der Straßenbahnlinie 1 an Sonntagen hierhergekommen.

Dem einst mondänen Interieur des Traditionscafés mit schweren von den hohen Decken herabhängenden Kronleuchtern waren inzwischen schlichte skandinavische Möbel auf walnussfarbenem Parkettboden gefolgt.

Tatjana registrierte Édiths Kleidungsstil – lässig sportlich, mit wenigen wertigen Details wie einer Seidenbluse und einer schlichten Cartieruhr. Innerlich musste sie schmunzeln: Tatjana besaß ein ganz ähnliches Modell. Heute jedoch trug sie als Schmuck nichts als einen goldenen Ring mit einem Citrin, den ihr Lilo einst vererbt hatte.

»Hast du auch Kinder?«, durchbrach Édith ihre Gedanken.

Tatjana schüttelte den Kopf. »Es klingt blöd, aber es hat sich irgendwie nicht ergeben, bis es dann zu spät war. Immer kam was dazwischen. Studium, Arbeit, ein zweites Studium. Und mir ist einfach der *eine* Mann nicht über den Weg gelaufen. Klingt das nach Jammern?« Sie lachte. »Für mich geht das heute in Ordnung. Vielleicht sind meine Patienten meine Kinder.«

Édith nahm den Zuckerstreuer und drehte ihn auf dem Tisch. Abwartend sah ihr Tatjana dabei zu. »Patienten? Bist du Ärztin?«

Als der Kellner an ihren Tisch trat, bestellten sie Kaffee und Mineralwasser.

»Psychologin.«

Édith strahlte. »Du musst mir unbedingt mehr davon erzählen. Malou wollte mal Psychoanalytikerin werden – jetzt ist sie Lehrerin. Biologie und Geschichte.«

»Gut gemacht. Die Psychoanalyse war während meiner Ausbildung das dünnste Eis, das ich je unter meinen Füßen gespürt habe. Aber lassen wir das …«, gab Tatjana lächelnd zurück. »Und du? Was machst du?«

»Architektin. Ich habe ein Architektenbüro in Baden-Baden zusammen mit meinem Mann Felix.«

»Das stelle ich mir aufregend vor«, sagte Tatjana. »Einen richtig kreativen Beruf auszuüben.«

Édith winkte ab. »Im Wesentlichen schreibe ich Wertgutachten, und dahinter stecken nicht selten familiäre Erbstreitigkeiten. Ziemlich frustrierend.«

»Auch in meinem Job gibt es jede Menge Schreibkram. Formulare ausfüllen, Anträge auf weitere Formulare, *Verwaltungsmaschinerie* – so bezeichnet das eine Kollegin und Freundin von mir.«

Édith lachte auf: »Deutsche Bürokratie!«

Nachdem die Bestellung serviert wurde, nippten beide an ihrem Kaffee. Ein herrlicher Duft schwebte über dem Tisch.

»Geschwister?«, fragte Tatjana.

»Einzelkind«, gab Édith lächelnd zurück. »Und du?«

»Dito.«

Tatjana schenkte aus einer Flasche Wasser in zwei Gläser. Sie überlegte, wie sie das Gespräch auf die Familie Wagner lenken konnte. Sie hatte so viele Fragen, aber auch das sichere Gefühl, dass Édith und sie einander erst ein wenig kennenlernen mussten. Sicher hatte auch sie jede Menge Fragen.

»Mein Vater war Berufsmusiker«, sagte Édith, als habe sie Tatjanas Neugierde erraten. »Er spielte die *zweite Geige* an der Pariser Oper. Seine Eltern ...«, hastig korrigierte sie sich, »... die Merciers haben sein Talent früh erkannt und ihn entsprechend gefördert. Er besuchte das Pariser Konservatorium.«

»Meine Großtante Helene soll Geige gespielt haben«, rutschte es Tatjana heraus. »Sehr gut sogar.«

Édith sah sie mit großen Augen an. »Wirklich?«

Tatjana nickte. »Aber nicht beruflich. Mit ihrer Begabung war sie allein in der Familie. Lilos Berichten zufolge soll sie die einzig Musikalische in der Familie gewesen sein. Ich habe mal in einem Ensemble Akkordeon gespielt, aber das zählt nicht. Längst vorbei.«

»Malou spielt auch Geige. Es ist eine verrückte Geschichte«, sagte Édith leise. »Dass wir heute hier sitzen. Bis vor wenigen Wochen wussten wir nicht einmal von der Existenz der anderen.«

»... und jetzt teilen wir Bruchstücke einer Geschichte«, erwiderte Tatjana. »Eine mit großen Lücken. Ich wünschte, wir könnten sie gemeinsam schließen.«

»Ich auch«, erwiderte Édith und entnahm ihrem Rucksack einen braunen Umschlag, aus dem sie ein Foto herauszog und es Tatjana herüberschob. »Das ist mein Vater. Du siehst, ich bin vorbereitet.«

Lächelnd lehnte sie sich zurück.

Tatjana sah das Foto lange an. Vor ihr lag das Bild eines älteren Mannes auf einer Parkbank sitzend, gepflegt, mit lichtem, grauem Haar und ebenmäßigen Gesichtszügen. In seinem verschlossenen Blick glaubte Tatjana eine Anlage zur Melancholie, eine gewisse Verletzlichkeit zu lesen. Er erinnerte sie ein wenig an sich selbst. Mit Lilo hatte er rein äußerlich nichts gemeinsam, wohl aber mit Helene. Oder bildete sie sich das ein? Der Mann schien Tatjana auf sonderbare Weise vertraut.

»Ich wünschte, ich hätte ihn kennengelernt«, sagte sie tonlos.

Édith lächelte traurig.

Tatjana tat einen tiefen Seufzer. »Weißt du, für uns war er ein Leben lang vier Jahre alt«, flüsterte sie und merkte wie ihre Stimme zu kippen drohte. »Ein kleiner Bub, einer, der einfach verschwand – lange bevor ich geboren wurde.«

»Ich verstehe«, sagte Édith. »Ihr hieltet ihn ja für tot.« Sie nahm ein zweites Schwarz-Weiß-Bild in die Hand und reichte es Tatjana. »Das ist Simon.«

Lange betrachtete Tatjana einen kleinen Jungen, der auf einem Schaukelpferd saß. »Er sieht so fein herausgeputzt aus. Diese Matrosenanzügchen waren niedlich. Die zog man kleinen Jungs damals gern an. Er wirkt zart, fast zerbrechlich.«

»Ja«, sagte Édith. »Das spiegelt sein Wesen, er besaß eine hohe Sensibilität. Hatte deine Großmutter eine Erklärung, woran Simon gestorben sein sollte?«

»Fleckfieber, wie auch Helene«, gab Tatjana monoton von sich. »Es grassierte wohl während des Kriegs in Paris.«

Édith runzelte die Stirn, schüttelte kurz den Kopf. »Und was sagte deine Familie über den Vater von Simon, Samuel Altmann?«

Tatjana zuckte die Achseln. »Lilo hat sich diesbezüglich sehr bedeckt gehalten. Es hieß, Helene habe ihr Kind unehelich in einem Armenviertel zur Welt gebracht. Von einer Heirat war nie die Rede, den Namen Altmann habe ich zum ersten Mal von dir gehört. Über die Hintergründe des Vaters sickerte nichts durch die Familienerzählung. Ich weiß auch nicht, ob es Helene in Paris gut ging. In meiner Vorstellung hat sich Helenes Traum vom großen Glück in Paris nicht erfüllt.«

Édith riss die Augen auf, holte tief Luft und schüttelte den Kopf. »Das Marais war das jüdische Viertel von Paris. Viel Arbeitermilieu, *ausländische Juden*, wie es im damaligen Sprachjargon hieß, es war kein Viertel für Arme. Samuel Altmann war ein polnischer Jude. Viele Juden haben vor dem Krieg geglaubt, in Frankreich sicher zu sein.«

In Tatjana überschlugen sich die Gedanken. Sie spürte, wie sich ihr Herzschlag beschleunigte. Ein polnischer Jude – war Samuel etwa aus dem Krakauer Umfeld der Schwestern gekommen? Lilos Erzählung vom Durchbrennen Helenes erhielt mit einem Mann an ihrer Seite eine ganz andere Qualität. Die Liebe schien Tatjana ein absolut plausibler Antrieb für Helene, ihr konservatives Elternhaus zu verlassen – eine junge Frau von Helenes rebellischer Natur, eine, die im streng katholischen Umfeld groß geworden war. Die Wagners hätten einer Verbindung mit einem Juden niemals zugestimmt, das wusste Tatjana auch ohne Lilos Erklärungen. Der Gedanke streifte sie, welches Theater Lilo nach Tatjanas Geburt gemacht hatte, wie sehr sie auf einer katholischen Taufe bestanden hatte.

»Helene war 1936 von Krakau nach Paris durchgebrannt. Das weiß ich von Lilo. Sie wollte ihr Schneidertalent von keiner Geringeren als Coco Chanel fördern lassen. Das meinte ich mit ihrem Traum vom großen Glück. Es kam zum Bruch mit der Familie. Das ist mein Wissensstand. Kam Samuel Altmann aus Krakau?«

Édith nickte. »Ja. Das Herkunftsland und seine Geburtsstadt stehen in der Einwanderungsurkunde, die ich einsehen konnte. Helene hat mit Samuel in Paris ein Ledergeschäft mit Änderungsschneiderei betrieben.«

Édith öffnete ihre Mappe und nahm die Kopie eines Zeitungsartikels heraus, schob ihn Tatjana vorsichtig zu.

»Du warst ganz schön fleißig«, sagte Tatjana anerkennend. Gleichzeitig schämte sie sich für ihren mageren Wissensstand.

»Mein Vater war fleißig«, sagte Édith mit bitterem Unterton. »Zum Teil muss ich nur seine Funde verifizieren. Mit diesem Artikel muss alles angefangen haben.«

»Schneiderei, das klingt logisch, Helene war Schneiderin«, murmelte Tatjana zerstreut, während sie den Text überflog. Die Buchstaben verschwammen, nur das Foto erschien ihr riesengroß. Es ließ sie erstarren: ein Paar mit Kleinkind vor einem Geschäft.

In der Hoffnung auf ein besseres Leben .... Samuel Altmann und Helene Wagner aus Krakau... Söhnchen Simon...

»Das ist Helene Wagner«, stammelte Tatjana. »Das ist Helene, eindeutig, und der Säugling muss Simon sein. Mein Gott, sie sieht wirklich genauso aus wie du. Sie machen einen glücklichen Eindruck. Als seien sie angekommen. Und Samuel Altmann wurde später ...«, sie suchte nach dem passenden Wort. »Er ist bei der großen Razzia ...«

»Samuel Altmann wurde 1942 deportiert«, flüsterte Édith.

»Dieser Zeitungsartikel muss eine Kettenreaktion bei deinem Vater ausgelöst haben. Armer Simon. Was muss ihm durch den Kopf gegangen sein?«

Édith nickte und wischte sich über die Augen.

Tatjana wusste nicht, was sie sagen sollte. Befände sie sich in diesem Zusammenhang als Psychologin im therapeutischen Prozess, würde sie das Entsetzen, das Ticken der Wanduhr in ihrem Büro einfach aushalten. Nach dem ersten Schrecken würde sie versuchen, die Verwirrung, den Schmerz über Unwiederbringliches ihres Gegenübers aufzufangen, es langsam aus der Sprachlosigkeit herausführen, trösten.

»Ich habe seinen Namen dann auf der Gedenktafel des

großen Mahnmals der deportierten Juden Frankreichs in Paris gefunden.«

»In der Nähe der Île de la Cité. Ich kenne dieses Mahnmal, ich war sogar schon dort«, erwiderte Tatjana leise. Sie rief sich die labyrinthartigen unterirdischen Gänge mit sparsamen Lichtern und nicht enden wollenden Namenstafeln in Erinnerung.

Édith rührte in ihrer fast leeren Kaffeetasse herum. »Du weißt von der *Grande Rafle* am 16. und 17. Juli 1942 in Paris und wohin man die Menschen gebracht hat, bevor sie deportiert wurden?«, fragte sie schließlich mit angehobenen Augenbrauen.

Sie legte den Löffel weg und sah Tatjana direkt in die Augen.

Im Hintergrund waren die Stimmen der anderen Gäste zu hören, das Geklapper von Geschirr, das hohe metallische Mahlgeräusch eines Kaffeeautomaten.

»Die Winterradsporthalle von Paris«, erwiderte Tatjana leise und plötzlich war ihr, als seien sie und ihre Cousine ganz unter sich in diesem Café. Selbst die Geräuschkulisse wurde leiser, die sie umgebende Szenerie verschwamm. Es gab nur diesen Tisch am Fenster, zwei Frauen, die das schreckliche Schicksal ihrer Angehörigen miteinander verband. Ob es ihnen passte oder nicht. Es hatte nur eines Zeitungsartikels und einiger Fotos bedurft, und die verschwiegene Vergangenheit ihrer Vorfahren war aufgebrochen.

Édith holte tief Luft. »Genau, dort mussten die Gefangenen viele Tage bei glühender Hitze ausharren. Über Drancy ging es weiter nach Auschwitz. Die Verantwortlichen hatten die Abdeckung der Arena zugezogen. Das Gebäude heizte sich binnen weniger Stunden auf. Es müssen unerträgliche Temperaturen geherrscht haben. Wie in einem Gewächshaus.«

Für einen Moment sah Tatjana die Bilder vor ihrem inneren

Auge, die sie in einem Kinofilm vor wenigen Jahren gesehen hatte. Die vielen Kinder, die dort gefangen gehalten worden waren, zusammen mit ihren Müttern und Vätern, Großeltern, das Geschrei, das Wimmern, Weinen, die nackte Verzweiflung. Glühende Hitze. *Sarahs Schlüssel* hatte dieses grausame Verbrechen gnadenlos authentisch eingefangen – auch die Selbstmorde vor den Augen aller. Frauen, die sich von den oberen Rängen vor Verzweiflung in die Tiefe gestürzt hatten.

»Samuel Altmann wurde anschließend nach Auschwitz deportiert, daher sein eingemeißelter Name am Denkmal. Simon muss irgendwie in meine Familie, in die der Merciers, gekommen sein – nur wie? Auf dem Foto mit dem Schaukelpferd ist er etwa drei, und es ist in unserem Garten aufgenommen. Was geschah mit seiner Mutter? Ich habe Helene Wagner auf keiner Deportationsliste gefunden.«

»Sie war auch keine Jüdin«, entfuhr es Tatjana, und ihr war, als spräche Lilo. »Mein Gott«, murmelte sie, nahm ein Papiertaschentuch und putzte sich die Nase.

Édith fasste sich an die Stirn und rieb sich die Schläfen.

»Simon war Franzose, nicht wahr?«, fragte Tatjana.

»Ja.«

»Nach den Rassenkriterien der Nazis war er ein *Halbjude*. Nichtjüdische Mutter, jüdischer Vater. Was für grausame Bedeutungsfelder!«

»Ja«, entgegnete Édith tonlos. »Das eine ist ein religiöses Merkmal, das andere ist eine von den Nazis erfundene Rassenkategorie. Nur so viel: Im stark säkular geprägten Frankreich hatte das keine Bedeutung, Konfession war kein Kriterium.«

Tatjana wandte sich den Fotos, die sie selbst mitgebracht hatte und die neben ihr auf dem Tisch lagen, zu. Eines davon war ein Familienporträt der Wagners aus glücklichen Zeiten. Es handelte sich um die Vorlage für ein Gemälde, dessen

Ausmaße riesig gewesen sein mussten. Einst hatte es in Krakau im Salon der Villa Wagner gehangen. Rigobert und Käthe vor einer wertvollen Seidentapete, zusammen mit ihren beiden Töchtern Helene und Lilo. Die Töchter waren damals einundzwanzig und zwanzig Jahre alt. »Schau mal, die Wagners im Jahr 1935.«

Lange betrachtete Édith die bürgerliche Idylle. »Ja, das ist sie. Es geht mir immer noch schwer über die Lippen, *meine Großmutter*. Fühlt sich fremd an, aber irgendwie auch nicht. Als ich das Zeitungsfoto gesehen habe, dachte ich, ich sehe mich selbst. Und jetzt wieder.« Sie deutete auf Helene, die strahlend neben Lilo zu Füßen der Wagners saß.

»Du siehst ihr verblüffend ähnlich, das stimmt. Mein erster Gedanke, als ich dich heute sah.«

»Für mich war das mit Krakau völlig fremd, neu«, sagte Édith. »Genau wie für meinen Vater, nehme ich an.«

Tatjana nickte. Vorsichtig schob sie Édith das zweite Foto zu, das sie mitgebracht hatte, drehte es in ihre Richtung.

»Das ist Lilo einige Jahre vor ihrem Tod«, sagte sie. »Sie war Apothekerin. Meine Mama …«, sie deutete auf Dora, die neben Lilo auf dem Sofa saß und in die Kamera lächelte, »… Dora ist in Lilos Fußstapfen getreten. Wusstest du, dass Lilo und Helene einer Ärztedynastie entstammten? Rigobert Wagner hatte in Krakau als Allgemeinarzt die Praxis seines Vaters übernommen. Die Männer waren alle Ärzte, sein Stuttgarter Bruder, sein Großvater.«

»Das wusste ich bislang nicht«, sagte Édith, während ihr Blick an dem Familienfoto aus Krakau haftete. »Ihr hattet Verwandtschaft in Stuttgart – so seid ihr also in Baden-Württemberg gelandet.«

Tatjana nickte zustimmend. »Lilo verließ Krakau Anfang 1944 überstürzt und ging zu Rigobert Wagners Bruder nach

Stuttgart. Nichts mehr hielt sie in Krakau, im Gegenteil. Die Eltern waren tot, Helene in Paris verstorben. Es gab keinen Grund für sie zu bleiben. Außerdem war sie hochschwanger und ledig.«

»Oh, interessant«, sagte Édith. »Und ich lande selbst vor über dreißig Jahren in Baden-Württemberg in der Umgebung von Stuttgart. Verrückt.«

»Unter diesem Aspekt ist das wirklich bemerkenswert. Du bist mit einem Deutschen verheiratet, nicht wahr?«

»Schon beim Schüleraustausch hatte ich mich in Heidelberg verguckt. Dann kam Felix. Wir lernten uns an der Uni kennen und gingen nach Baden-Baden. Mein Gott«, stöhnte Édith und strich sich die Haare aus der Stirn. »Und ruckzuck hast du ein erwachsenes Kind. Die Zeit rennt nur so. Ich bin jetzt zweiundfünfzig.«

Tatjana nickte zustimmend. »Ich dreiundfünfzig. Früher haben das immer unsere Großeltern behauptet. Jetzt sagen wir es auch.«

Das abrupte Geräusch von zerspringendem Porzellan ließ beide Frauen zusammenzucken. Eine Bedienung war mit einem Gast zusammengestoßen und hatte das Kaffeekännchen fallen lassen. Auf dem Boden hatten sich weiße Scherben in einer schwarzen Flüssigkeit verteilt.

»Sag mal«, sagte Édith zögerlich, ohne den Blick von dem Scherbenhaufen abzuwenden. »Ich muss diese Frage in den Raum werfen: Da in eurer Familie die Erzählungen von Simons Tod doch ganz offensichtlich nicht stimmten – ist es zumindest möglich, dass Helenes angeblicher Tod auch eine Fehlinformation gewesen sein könnte, nicht wahr?«

Tatjana erstarrte innerlich. »Diese Frage stelle ich mir, seitdem du in Fellbach angerufen hast. Aber hätte sich Helene, wenn sie am Leben gewesen wäre, nicht nach dem Krieg bei

Lilo gemeldet? Die Eltern, die Helenes Alleingang verachteten, sie verstoßen hatten, waren tot. Soweit ich weiß, waren Lilo und Helene ein Herz und eine Seele.«

»Vielleicht hat Helene ja nach dem Krieg in Krakau nach Lilo gesucht?«

Tatjana seufzte. »Lilo war 1944 bereits in Fellbach. Aber Helene hätte ihre Schwester hundertprozentig gefunden. Sie wusste ja auch von der Verwandtschaft am Killesberg und hätte sich ganz sicher dorthin gewandt. Lilo stand immer als Liselotte Wagner im Telefonbuch.«

»Gab es ein Zerwürfnis zwischen den Schwestern?«

»Lilo hat ihre Schwester geliebt, aber es schwang auch eine Art Rivalität mit, wenn sie von ihr erzählte.«

»Irgendwas stimmt nicht, egal, wie wir es drehen. Das Überlieferte und die Fakten passen nicht zusammen«, sagte Édith zögerlich.

»Uns fehlen die Zusammenhänge, das ist das Problem.«

TATJANA

11

Das zersprungene Porzellan wurde soeben von der Kellnerin zusammengekehrt. Es ließ Tatjana unwillkürlich an das Milchkännchen, das Lilo einst heruntergefallen war, denken. Wie untröstlich ihre Großmutter gewesen war.

Worte der Entschuldigung wurden von beiden Seiten gemurmelt. An den Tischen hatten die Gäste ihre Gespräche wiederaufgenommen.

»Ich kann mir nur so schwer vorstellen, dass Lilo davon gewusst haben soll und ein Leben lang die Wahrheit ausgeblendet hat«, eröffnete Tatjana erneut das Gespräch.

Édith zog die Brauen hoch. »Es werden aus den niedersten Motiven heraus in Familien Lügen erzählt.«

»Und was ist bei dir, Édith«, fragte Tatjana vorsichtig. »Haben die Merciers nichts gesagt?«

Édith seufzte. »Adi, Simons ältere Schwester, hat niemals auch nur ein Wort darüber verloren, genau wie die Eltern und die Großeltern, die damals noch lebten. Ich weiß nicht, warum Simons Herkunft verschwiegen wurde. Meine Mutter starb bei meiner Geburt, mein Vater und Adi haben mich großgezogen. Adi ist heute über achtzig und bewohnt immer noch das Haus der Merciers. Familientradition, du weißt, was ich meine?«

»O ja«, gab Tatjana mit rollenden Augen zurück. »Das kenne ich nur allzu gut. Ich wohne heute in dem Haus, in dem Lilo nach ihrer Ankunft in Deutschland gelandet war. Dein Vater hat nie wieder geheiratet?«

Édith schüttelte den Kopf. »Er war ein Eigenbrötler und sagte immer: *Wenn eine Liebe die richtige war, sucht man nicht weiter.*«

Tatjana nickte ernst.

»Irgendwann werde ich mit Adi sprechen, aber dafür muss ich vor Ort sein. Mir wächst derzeit die Arbeit über den Kopf. Gutachten. Ein neuer Wintergarten für Adi. Ich delegiere das alles von Deutschland aus. Nach einem schweren Herzinfarkt Adis haben wir beschlossen, jegliche Aufregung von ihr fernzuhalten. Wir schonen sie. Adi besitzt ein großes Herz, aber sie trägt es nicht gerade auf der Zunge.«

Tatjana glaubte, sich selbst über Lilo reden zu hören. »Verstehe. Allerdings habe ich das bei Lilo auch immer gedacht. Ein Fehler, wie sich herausstellte. Die Angst, unseren Liebsten Erinnerungsschmerz zuzufügen, führt in die Sackgasse und nicht zur Wahrheit.«

Abrupt sah Édith auf. »Klingt ziemlich pathetisch, aber ja, da ist was dran.«

»Berufskrankheit«, sagte Tatjana selbstkritisch. »Bei meinen Patienten sehe ich alles glasklar. Was meine eigene Familie angeht, war auch ich betriebsblind, das ist ja jetzt wohl offenkundig. Ich hätte es besser wissen müssen. Es gibt tief sitzende Gründe für das Schweigen in Familien. Aber ich wusste komischerweise immer, dass der Tag kommen würde. Dieser Tag ...«

»... an dem uns alles um die Ohren fliegt?«

Tatjana nickte. »Im Prinzip habe ich die Ungereimtheiten in den Erzählungen immer gespürt. Lilos Schweigen hatte eine große Kraft, es war mehr als Verdrängung. Es fehlte in ihren Schilderungen etwas, anders kann ich es nicht beschreiben. Dein Anruf hat in mir eine Kettenreaktion ausgelöst.«

Édith lächelte weich. »Was du über Lilo sagst, beschreibt meine Tante Adi. Hätte sie die Wohnung meines Vaters nach seinem Tod nicht gemieden, hätte sie womöglich alle Beweise verschwinden lassen. Ich schwöre dir: Sie hätte sämtliche Dokumente der Pinnwand weggeworfen.«

»Das hätte Lilo auch getan«, platzte es aus Tatjana heraus. Sie wischte über den Tisch. »So ist das bei der Kriegsgeneration, bei vielen von ihnen jedenfalls. Sie schweigen, verdrängen. Wissenschaftlich betrachtet gilt es als gesichert, dass die Erfahrungen unserer Großeltern und deren verschwiegene Erinnerungen, ohne es zu wollen, an Kinder und Kindeskinder weitergegeben werden. Diese im Fachjargon sogenannte *transgenerationale Weitergabe* geschieht völlig unbewusst. Wir werden mit ihren Tabus groß und nehmen die Traurigkeit, die Ängste unserer Großmütter wahr. Zuweilen liegen hochtraumatische Erlebnisse vor. Deshalb schweigen sie. Die Kinder und Enkel spüren, was Eltern und Großeltern nicht verarbeitet haben.«

Édith nickte. »Transgenerationale Weitergabe – klingt einleuchtend, aber auch sehr theoretisch.«

»Mit verdrängten Wahrheiten habe ich täglich zu tun«, sagte Tatjana und warf entschuldigend die Arme in die Höhe.

Édith lehnte sich zurück und verschränkte die Arme. »Was haben wir an Fakten?«, fragte sie. »Lass uns das mal zusammenfassen.«

Tatjana warf einen Blick aus dem Fenster direkt auf den Pavillon des Schlossgartens. »Wir gehen jetzt also gesichert davon aus, dass dein Vater Simon ursprünglich der Sohn von Samuel und Helene Altmann war?«

Édith nickte. »Die Suchdienste irren sich nie.«

»Bleiben vier große Fragen: Kann es sein, dass Helene, genau wie ihr Sohn, überlebt hatte? Konnte Lilo davon gewusst haben? Hatten bereits Rigobert und Käthe davon erfahren und den Deckel draufgehalten? Und warum hat deine Adi niemals erzählt, dass Simon adoptiert worden war?«

»Wenn ich Letzteres wüsste, wäre ich einen großen Schritt weiter«, erwiderte Édith. »Nur fürs Protokoll: Ich habe keinerlei Hinweise auf eine Adoption gefunden. Noch nicht.«

»Schuldgefühle«, sagte Tatjana in monotonem Tonfall. »Wenn die Wagners nichts sagten, dann könnten Schuldgefühle eine Rolle gespielt haben, weil sie es so weit hatten kommen lassen, dass ihre jüngste Tochter durchbrennt. Und dann heiratet sie auch noch einen Juden! Falls sie davon erfahren haben.«

»Die Wagners – Antisemiten?«, fragte Édith kleinlaut.

Tatjana zuckte die Achseln. »Ich weiß es wirklich nicht.«

»Nicht einmal Lilo wusste von Helenes Heirat mit einem Juden?«

Tatjana schüttelte den Kopf. »Zumindest hat sie kein Wort darüber verlautbaren lassen, nicht eines. Nicht zu glauben, oder? Sie hat immer nur von einem unehelich geborenen Kind gesprochen. Und warum schwiegen die Merciers? Gibt es da etwas?«

Fragend sah Tatjana ihre Cousine an.

Diese schüttelte den Kopf. »Es muss einen triftigen Grund geben, warum Adi bis heute nichts gesagt hat, das ist alles, was mir momentan dazu einfällt. Was hat Lilo denn so erzählt?«

Tatjana lachte auf und winkte ab. »Nicht viel. Dass sie nach Paris abgehauen war. An die Kinderstreiche mit Helene, ihr Aufbegehren gegen die strenge Erziehung Käthes, davon hat sie gesprochen, genau wie von Helenes Haarfarbe. Sie muss wie deine gewesen sein, Édith.« Sie warf einen Blick auf Édiths gewelltes Haar. »Von ihrer Heimatstadt hat meine Großmutter nur das Beste mitgenommen. Krakau war nämlich eine wunderschöne Stadt, auch während der deutschen Besatzung, musst du wissen – Lilos Worte.«

»Krakau soll tatsächlich sehr schön sein. Eine Perle des Ostens.«

Tatjana nickte. »Wo es sich gut leben ließ, nehme ich an. Als Deutsche in den Jahren zwischen 1939 und 1945. Sonderbarerweise hatten die Wagners eine lupenreine Weste, so klang das aus Lilos Mund. Sie waren völlig unpolitisch. Dabei halte ich das für ausgeschlossen, nicht, nachdem die Nazis dort das Regiment übernahmen. Auch Zusehen ist Zustimmung.«

»So sehe ich das auch. Wir könnten in ein Wespennest gestochen haben«, erwiderte Édith. »Ich wüsste zu gern, wie weit die Wagners über Helenes Pläne informiert waren. Wir haben nur noch zwei Quellen. Adi und deine Mutter Dora. Oder gibt es bei dir noch Zeitzeugen?«

Bei dem Wort Zeitzeugen horchte Tatjana auf, schüttelte aber den Kopf. Wie oft hatte sie darüber nachgedacht.

»Wie alt war deine Tante Adi, als Simon geboren wurde?«

»Sechs.«

»Dann *muss* sie etwas wissen, sich erinnern.«

Beherzt machte Édith Anstalten, aufzustehen, einen besorgten Blick auf ihre Uhr werfend. »Ja, davon können wir ausgehen. Wollen wir aufbrechen, Tatjana? Ich muss das erst mal alles verdauen. Aber lass uns unbedingt in Kontakt bleiben«, bat sie und legte einen Zehn-Euro-Schein auf den Tisch. Tatjana gab einen zweiten dazu. Beide erhoben sich zeitgleich.

»Unbedingt! Ja, es war ganz schön viel.«

Draußen stand die schwüle Luft wie eine undurchdringliche Wand, dabei war noch nicht einmal Sommer.

»Mein Zug fährt in fünfundzwanzig Minuten«, sagte Édith. »Der Hauptbahnhof ist eine einzige Baustelle, wer weiß, wann ich das richtige Gleis finde.«

Tatjana schenkte ihrer Cousine ein aufmunterndes Lächeln. »Du hast genug Zeit, du schaffst es. Zehn Minuten Fußweg von hier aus, maximal. Ich begleite dich ein Stück. Wir sehen uns wieder, Édith, und wir halten uns auf dem Laufenden, das versprechen wir uns, in Ordnung?«

Édith strich sich die Haare hinter die Ohren. »Versprochen! Was hast du als Nächstes vor?«

Tatjana fühlte sich ertappt. Verstanden sich Édith und sie ohne große Worte? Ahnte ihre Cousine bereits, was ihr langsam dämmerte?

Plötzlich war ihr, als läge mehr in ihrem Leben in der Schwebe als die Entscheidung für oder gegen eine eigene Praxis, das Hadern mit ihrer Selbstständigkeit, mit ihrer Methodik. Es war an der Zeit, sich ihren verdrängten Gefühlen zu stellen, den Wissenslücken, die sie immer gespürt hatte, nachzugehen.

»Krakau«, entgegnete Tatjana. Sie selbst erschrak über ihre Antwort, ihre plötzliche Klarheit, der Sache nachzugehen. »Ich habe gerade keine beruflichen Verpflichtungen. Ich fahre nach Krakau. Schließlich muss ich aufholen! Du hast schon so vieles herausgefunden. Je mehr ich von dir über Paris erfahre, desto mehr rückt Krakau für mich in den Fokus des Geschehens. In Krakau liegen Lilos und Helenes Erinnerungen begraben. Du sagtest vorher: *Zeitzeugen*. Vielleicht gibt es noch welche in Krakau? Ich würde gerne sehen, wo Lilo und Helene aufgewachsen sind. Wo haben die Wagners gelebt, wie sieht es heute dort aus? Ich möchte wissen, welche Gefühle das bei mir auslöst, wenn ich auf Lilos und Helenes Spuren wandle.«

Édith sah sie liebevoll an.

»Komisch«, sagte sie dann, den Blick die Königstraße entlang gerichtet. »Ich habe bisher gar nichts mit Polen verbunden. Allerdings überrascht mich, dass du noch nie dort warst. Krakau scheint in deinem Leben eine gewisse Rolle zu spielen.«

»Absolut richtig. Du weißt erst seit Kurzem, dass ein Teil deiner Familie aus Krakau stammt. Ich bin damit groß geworden. Für mich war Krakau immer eine Stadt, die wie unter einer Nebelglocke liegt. Fremd, undurchdringbar, geheimnisvoll. Auf diese Weise habe ich das Schweigen meiner Großmutter mitgetragen. Das erfüllt mich gerade nicht mit Stolz, Cousine.«

Édith winkte ab. »Und ich habe die Zweifel meines Vaters bezüglich seiner Herkunft nicht ernst genug genommen. Auch ein Versäumnis. Eines, das mir ein verdammt schlechtes Gewissen macht, das kann ich dir sagen. Ich werde versuchen, in Paris noch mehr über die Altmanns herauszufinden. Irgendeine Verbindung zu den Merciers muss es doch geben.«

Tatjana steuerte ihr Fahrrad an und öffnete das Schloss. Édith begleitete sie. Dann setzten sie sich gemeinsam in Bewegung, während Tatjana das Rad neben sich herschob.

»Du hast recht, es muss eine Verbindung geben.«

Vor der Unterführung am Arnulf-Klett-Platz blieb Édith stehen und breitete mit zur Seite geneigtem Kopf die Arme aus.

Die beiden Frauen umarmten sich.

»Ich bin froh, dass wir das gemeinsam durchstehen«, sagte Édith, löste sich, winkte kurz und verschwand in Richtung Baustelle.

»Ich auch«, erwiderte Tatjana tonlos und sah ihr hinterher.

TEIL 2

GUSTA

12

Krakau, Frühjahr 1941

Ein kalter Ostwind wehte durch die Straßen des Krakauer Ghettos. Gusta Draenger klappte den Kragen ihres Wintermantels nach oben und zog ihn eng um ihren Hals, während sie, den Blick auf das Kopfsteinpflaster gerichtet, an den Häusern entlang auf dem Gehweg lief.

Wo vor dem Krieg dreitausend Menschen lebten, hatten die Deutschen im Zentrum der Altstadt fünfzehntausend Juden, verteilt auf dreihundertzwanzig Häuser, zusammengepfercht. Pro Kopf bedeutete das nicht mehr als zwei Quadratmeter Lebensraum.

Stumm blickten die von den Deutschen auf der Ghettomauer angebrachten jüdischen Grabsteine auf sie herab. Der Begriff der *Grabschändung* bekam durch diese beabsichtigte Demütigung der gläubigen Juden eine völlig neue Qualität. Wo keine Mauer stand, ließ der Feind Stacheldrahtzaun errichten.

»Besorge mir bitte Tinte«, hatte Marek heute Morgen vor Verlassen des Hauses zu ihr gesagt, und Gusta hatte die Ware auf dem Schwarzmarkt erworben. Mit der Hand tastete sie nach dem Tintenfass, das in der Innentasche ihres Mantels steckte.

Voller Wehmut dachte sie an die Zeit zurück, bevor mit

dem deutschen Überfall auf Polen im September 1939 der Zweite Weltkrieg ausgebrochen war. Kurz darauf waren die Deutschen auch in Krakau einmarschiert. Es war, als hätte jemand sämtliche Lichter in der Stadt gelöscht. Die Metropole an der Weichsel hatte ihre Lebendigkeit verloren. Die wunderbaren Gerüche vom Marktplatz schienen sich binnen weniger Stunden verflüchtigt zu haben. Ein scharfer Rauchgeruch war aus den Kaminen zum Horizont aufgestiegen und hatte den Himmel verdunkelt. Man spürte die Angst der Menschen. Bei den Juden griff sie um sich wie eine hochansteckende Krankheit.

Innerhalb weniger Tage war fast der gesamte polnische Widerstand zusammengebrochen, aber im Untergrund, so wurde gemunkelt, formierten sich zahlreiche Gruppen neu. *Polska walczy – Polen kämpft*, war immer wieder auf Plakaten in der Stadt zu lesen. Am nächsten Tag waren sie verschwunden, bis neue auftauchten.

Zu diesem Zeitpunkt hatte der Anteil der polnischen Juden ein Viertel der Krakauer Bevölkerung betragen. In einer ersten Phase hatten die Deutschen jüdische Wohnungen und Fabriken durchsucht und schließen lassen. Fortan drohten sie mit baldigen Ausweisungen.

»Nur noch wenige von euch erhalten Ausweise, die euch erlauben, hier in Krakau zu bleiben. Seht zu, dass ihr verschwindet, bevor wir das übernehmen«, lautete die feindselige Botschaft.

Und so waren Tausende von polnischen Juden nach dem Einfall der *szwabi* aus Krakau geflohen. *Szwabi* – so nannten die Polen die Deutschen.

Ein Jahr später hatten jene *szwabi* ein Ghetto entstehen lassen, das sie verharmlosend einen *jüdischen Wohnbezirk* nannten, als besäßen dessen Bewohner ein Recht auf Leben. In

Wahrheit waren sie rechtlos, willkürlich den neuen Machthabern ausgeliefert.

Willenlos jedoch waren sie nicht.

Gusta, Marek und ihre engsten Freunde hielten an ihrer Stadt fest. Krakau war ihre Heimat, ihr Zuhause. Kein Jude durfte das Ghetto verlassen. Nur ein Passierschein vermochte das Tor nach draußen in das *andere* Krakau zu öffnen, eines, das zu einem verminten Gelände geworden war. Wehmütig dachte Gusta an die Zeiten, da einst siebenarmige Kerzenleuchter hinter den Fenstern der Wohnungen standen. Heute waren dort Hakenkreuzflaggen angebracht. Der Feind hatte sich überall breitgemacht, sich in Krakaus Stadtvillen und in den herrschaftlichen Wohnungen reicher Juden eingenistet. Er feierte in Krakaus Cafés, betrank sich in Kabaretts und Restaurants, wo nur noch deutsch gesprochen wurde, und verlustierte sich mit polnischen Tänzerinnen.

»Es ist nur vorübergehend«, sagten die Optimisten. »Es ist der Anfang vom Ende«, die anderen.

Unter sich zu sein, gab den Juden dennoch ein gewisses Maß an Sicherheit, denn meistens überließen die Deutschen das Ghetto sich selbst. Umso gefürchteter waren die wiederkehrenden unangekündigten Razzien. Sie bargen ein großes Risiko, Lebensgefahr. Hinzu kamen die jämmerlichen hygienischen Zustände. Oft mussten sechs Menschen in einem Zimmer miteinander leben.

»Gut, dass die Juden endlich weg sind«, sagten diejenigen Polen, denen die Juden schon immer ein Dorn im Auge waren. Die Juden, die Jesus ans Kreuz genagelt hatten. Die Juden, die lukrative Geschäfte machten. Die Juden, die den Krakauern den Wohnraum wegnahmen. Heute waren die Läden, Restaurants und Cafés in Kazimierz mit Brettern vernagelt. Dabei war die polnische Bevölkerung selbst Opfer der Deutschen.

Erklärtes Ziel der selbst ernannten Herrenmenschen war es, das polnische Volk als ein in ihren Augen geschichtsloses Sklavenvolk zu vertreiben.

Kazimierz, der stark jüdisch geprägte Stadtteil Krakaus, gehörte jetzt wieder den katholischen Krakauern und den Deutschen. Die älteste Synagoge an der Szeroka hatte Generalgouverneur Hans Frank als Lagerhalle für Munition umfunktioniert und die jüdische Gemeinde ihrer religiösen Identität beraubt. Diese brutale Entehrung hatte nicht nur den gläubigen Juden einen Dolch ins Herz getrieben. Der verschwendungssüchtige Generalgouverneur, seines Sadismus wegen auch *Schlächter von Polen* genannt, residierte auf dem Wawel, Krakaus Wahrzeichen, wo einst polnische Könige gelebt hatten.

Als Erstes hatte Frank offiziell den von ihm verhassten polnischen Namen *Wawel* in *Krakauer Burg* geändert. Die Deutschen spuckten auf die Geschichte der Stadt, ihre Traditionen, ihre Einwohner.

Gusta beschleunigte ihren Gang. Müll stapelte sich auf den Straßen. Trotzdem existierte im Ghetto eine Infrastruktur mit Krankenhäusern, Konsumläden, einem Arbeitsamt. Der sogenannte jüdische Ordnungsdienst, der Armbinden mit den Buchstaben *OD* tragen musste, die SS, die Polizei und eine sogenannte Judenpolizei sorgten für reibungslose Abläufe – zwei Worte, die die Deutschen erfunden haben mussten. Hinzu kamen die deutschen und die polnischen Polizisten. Letztere nannte man ihrer Uniform wegen nur *die Blauen*.

Aus einem Fenster direkt über ihr erklang die helle Stimme eines kleinen Mädchens. Sie riss Gusta aus ihren Gedanken.

»Nach Hause, *Maminka*, ich will wieder nach Hause!«, schluchzte das Kind, während die Mutter sich bemühte, es zu beruhigen.

»Es ist ja nicht für immer.« Jemand schloss das Fenster und zog die Vorhänge zu.

Voller Schmerz verzog Gusta das Gesicht, schluckte ihr Entsetzen hinunter und ging weiter. Sie würde sich nie an das Leid, das die Menschen hier tagtäglich erlebten, gewöhnen. Von Weitem vernahm sie das schrille Klingeln der Straßenbahn, die letzte für heute, die aus der Stadt kommend mitten durch das Ghetto fuhr. Fenster und Türen waren versiegelt und mit Packpapier zugeklebt, als handle es sich um eine passagierfreie Geisterfahrt, die den Fahrgästen den Blick auf das Elend ersparte und den Bewohnern des Ghettos jenen auf ihr vergangenes zivilisiertes Leben. Schließlich mussten die Krakauer ja den Fluss überqueren, auch die Arbeiter, die in den Fabriken auf der anderen Weichselseite für die deutsche Kriegswirtschaft schufteten. Ein lebenslustiger Deutscher leitete dort eine Emaillefabrik. Oskar Schindler beschäftige Juden, hieß es hinter vorgehaltener Hand.

»Das Benutzen der Straßenbahn ist für Juden verboten«, war den Juden gleich am Anfang unmissverständlich klargemacht worden. Wie auch? Im Ghetto gab es keine Haltestellen. Das Schild mit der Aufschrift *Nur für deutsche Fahrgäste* hing am Fenster der Straßenbahn Nummer 8, eine Linie, die mitten durch Krakau fuhr.

Eilig überquerte Gusta den Zgody.

Immer wieder traf sie auf Männer vom Aufsichtspersonal, Leute vom OD. Sie schaute ihnen entschlossen in die Augen. Das hatte sie von Marek gelernt. »Ihr dürft sie niemals eure Angst spüren lassen.« – Wie oft hatte ihr Ehemann den Mitgliedern von Akiba das gepredigt!

Nur wenige Bewohner waren jetzt, nachdem es bereits dämmerte, noch unterwegs. Der jüdische Arbeitstrupp war immer noch beschäftigt. Sie lächelte den Männern aufmunternd zu. Mit durchlöcherten Handschuhen mussten sie in der Kälte Tag und Nacht malochen. Sie wünschte sich von ganzem Herzen, sie könnte etwas für sie tun.

»Da bist du ja endlich«, vernahm Gusta eine vertraute Stimme hinter sich und spürte, wie Marek den Arm um sie legte und sie sanft zwang, schneller zu gehen. »Nichts wie weg von hier.«

»Marek!«

»Wo bist du gewesen, Liebes? Ich habe dich gesucht.«

»Auf dem Schwarzmarkt«, flüsterte sie ihm zu und deutete mit den Augen auf ihre Manteltasche.

»Wunderbar, dann kann ich gleich anfangen. Ich habe viel Arbeit«, erwiderte er, klopfte auf seine unter den Arm geklemmte Aktentasche und bog in die Straße ein, wo sie seit Bestehen des Ghettos bei Verwandten ein kleines Zimmer von acht Quadratmetern bewohnten. Damit ging es ihnen besser als den meisten hier. Sie besaßen ein kleines Stück Privatsphäre. Dennoch war ihnen jeder Freund, jede Freundin, jederzeit herzlich willkommen. Eine Tasse Tee gab es immer, manchmal sogar einen Eintopf mit ungesäuertem Brot.

Zu Hause angekommen kontrollierte Gusta als Erstes die Fenster. Niemals drang Tageslicht in die Wohnung. Tag und Nacht brannte eine Glühbirne. An einem kleinen Tisch ging Marek seiner Arbeit nach. Dort spielte sich das wahre Leben ihrer Bewegung ab.

Sie nahm das Tintenfass vom Schwarzmarkt heraus. Mit verschränkten Armen ans Fenstersims gelehnt sah sie ihrem Mann dabei zu, wie er aus seiner Aktentasche mehrere Pappkarten und Stempel herauszog und sich alles zurechtlegte. Stets nannte er seine Aktentasche sein Wanderbüro, denn alles, was er benötigte, befand sich darin. Niemals ließ er sein Utensil unbeaufsichtigt zurück. Tagtäglich trug er es mit sich herum. Er galt als der beste Fälscher im Krakauer Ghetto.

»Daraus werden viele Passierscheine«, sagte Gusta. »Eine lange Nacht steht uns bevor, wieder einmal. Ich koche uns Tee. Du hast bestimmt den ganzen Tag nichts gegessen, lass mich sehen, was ich in der Küche finde.«

Im Vorbeigehen strich sie Marek durchs Haar.

»Weißt du noch, wie alles begann?«, fragte Marek, und für einen Moment wusste sie nicht, ob er ihre Liebe oder ihre gemeinsame Arbeit gegen den Feind meinte. Seit die Deutschen Krakau besetzten, hatten sich die Grenzen bei den Mitgliedern ihrer Widerstandsgruppe zwischen politischer Haltung, Freundschaft und familiärer Beziehungen verwischt. Man tat, was man tun musste. Der Zusammenhalt hatte Freundschaften, aber auch Liebesbeziehungen hervorgebracht. Einen geliebten Menschen in höchster Not an seiner Seite zu wissen, war ein hohes Gut, ein Geschenk des Herrn.

»Ja«, erwiderte sie und öffnete die Tür. »Ich erinnere mich gut.«

Schnell war aus der etwa tausend Mitglieder zählenden Akiba-Bewegung, die sich vor dem Krieg der Lehre der jüdischen Religion, der Unterstützung schwacher und alter Menschen sowie der Freizeitgestaltung der Jugend gewidmet hatte, eine Widerstandsgruppe der zionistischen Jugend geworden. Was die Gruppe benötigte, waren vor allem Papiere, perfekte Fälschungen für jene unter ihnen, die zum Kampf bereit waren, und für Hilfsbedürftige. Sie teilten ihren moralischen Kompass mit den verbliebenen polnischen Widerständlern, arbeiteten jedoch autonom, jede Gruppe für sich.

Gusta und Marek Draenger gehörten zu den führenden Köpfen von Akiba.

»Hast du die Namen? Die Passfotos?«, fragte er, als Gusta mit einem Tablett mit Brot, Tee, Salzgurken und Kartoffeln zurückkam.

Gusta stellte alles auf den Tisch, setzte sich ihm gegenüber und holte einen Zettel aus ihrer Rocktasche. »Ja. Das Übliche: Wir brauchen Passierscheine für Botengänge, Arbeitsbewilligungen. Hier sind die Namen und die Passfotos.« Zwei Passfotos eines älteren Ehepaars legte sie separat. »Das sind die Bernsteins, Juda und Karola Bernstein. Du kennst sie. Sie haben diesen kleinen Laden in Kazimierz betrieben, das Weingeschäft direkt bei der Szeroka. Erinnerst du dich an sie? Sie brauchen arische Kennkarten, Marek. Die beiden Alten müssen raus aus dem Ghetto, bevor sie deportiert werden. Sie sind nicht arbeitsfähig. Bei der nächsten Razzia sind sie die Ersten.«

»Ich kenne sie«, gab er seufzend zurück und blickte von seiner Arbeit auf. »Meine Mutter hat bei ihnen eingekauft. Diese Pappe kann Leben retten, wenn es dem Barmherzigen gefällt«, murmelte er dann, entzündete eine Kerze, steckte seinen Kopf in die Papiere und arbeitete hoch konzentriert weiter. Alles, was er brauchte, war da: Pinzette, Schere, Klebstoff, Tinte. Aus den zuständigen Behörden hatten Mitstreiter Stempel gestohlen, die Marek mit wenigen Handgriffen zu manipulieren wusste. Zum Schluss träufelte er einige Tropfen Schwarztee auf die schneeweißen Dokumente und zerknüllte sie. »Und schon haben sie ihr angemessenes Alter«, sagte er schmunzelnd.

Bis tief in die Nacht erstellte Marek zehn Passierscheine mit dem großen J-Stempel für Juden, deren künftige Besitzer fortan unter dem Vorwand einer Arbeitsbescheinigung aus dem Ghetto herauskamen. Auf diese Weise konnten sie Botengänge oder Schwarzmarkteinkäufe tätigen. Manche von ihnen tauchten unter oder verließen unter Lebensgefahr die Stadt. Die Bernsteins besaßen jetzt deutsche Kennkarten, hießen Anna und Paul Bauer, Deutsche mit römisch-katholischem Glauben, wohnhaft in Krakau.

»Wir brauchen das Doppelte an Papieren«, sagte Marek in klarem Deutsch. »Wir tragen die Kleidung der Deutschen, bemächtigen uns ihrer Identitäten und beherrschen ihre Sprache. Das gilt es zu nutzen.«

Viele Krakauer Juden sprachen außer ihrer Landessprache deutsch. Diese Fähigkeit bildete im Kampf gegen den Feind eine ihrer stärksten Waffen.

Gusta nickte, zündete sich eine Zigarette an und nahm einen tiefen Zug. »Poldek hat berichtet, dass viele von uns einen eingenähten Zettel im Mantel herumtragen – für den Fall, dass sie geschnappt werden.«

Marek sah sie fragend an.

»*Ich bin Jude*, steht darauf geschrieben. Sie wollen wenigstens ein jüdisches Begräbnis.«

Gusta betrachtete den Stempel *Deutsches Reich* mit Reichsadler und Hakenkreuz. Am liebsten hätte sie auf die Symbolik gespuckt.

»Wie recht sie haben, unter keinen Umständen ein christliches Begräbnis«, sagte Marek bestimmt und legte die Papiere zur Seite. »Mögen ihre neuen Identitäten den Bernsteins Glück bringen.«

Zärtlich sah Gusta ihren Ehemann an. Seine dunklen Locken hingen ihm in die Stirn, sein Blick zeigte Entschlossenheit.

Marek stand auf und rieb sich die Hände. Er fing an, in dem winzigen Zimmer auf und ab zu gehen. »Wir benötigen einen Umschlagplatz, wo die Fäden zusammenlaufen, wo die Menschen die Ware abholen können.«

Sofort kam Gusta ein Bild in den Sinn. Ein aus Alabaster gefertigter Adler über einer Eingangstür.

»Dringend«, fuhr Marek fort und blieb am Fenster stehen. »Es ist viel zu gefährlich, unsere Geschäfte auf der Straße abzuwickeln. Wir brauchen eine Art Depot.«

»Apteka Pod Orłem – die Apotheke unter dem Adler«, sagte Gusta geistesabwesend.

Abrupt drehte sich Marek um und nahm ihr gegenüber auf einem alten Sessel Platz. »Mitten im Ghetto? Wo man einen direkten Blick auf die Selektionen hat?«

Gusta nickte, erst verhalten, dann nachdrücklich, als wolle sie ihre Idee vor sich selbst rechtfertigen. »Genau dort, wo es die Deutschen am wenigsten vermuten. Pankiewicz heißt der Besitzer. Ich kenne ihn flüchtig und habe schon gehört, dass die Juden ihm vertrauen. Die Schwester von Helene arbeitet dort.«

»Die Schwester der Deutschen, die nach Frankreich ging? Deine Freundin?«

Gusta nickte.

»Wer sagt dir, dass sie sauber ist?«

Gusta zuckte die Achseln. »Niemand.«

»*Ona jest Niemką – sie ist eine Deutsche*, Gusta. Sie könnte ein Spitzel sein.«

»Würde Pankiewicz sie dann bei sich arbeiten lassen?«, fragte Gusta mehr sich selbst. »Anna Dreiblatt aus dem Nebenhaus soll sie einmal Hustensaft für ihr Kind geschenkt haben. Einfach so.«

Marek stieß ein verächtliches Schnauben aus. »Ein bisschen Hustensaft reicht mir als Beweis für ein großes Herz nicht aus. Und ein großes Herz garantiert kein Stillschweigen. Wir müssen beide überprüfen, Pankiewicz und die Deutsche. Auch die Deutschen, ist mir zu Ohren gekommen, gehen dort ein und aus.«

»Auch ein *szwab* braucht Medizin«, sagte Gusta geistesgegenwärtig, nahm einen tiefen Zug von ihrer Zigarette und blies den Rauch aus. »Das besagt gar nichts. Wenn Pankiewicz klug ist, verdirbt er es sich mit niemandem und sorgt dafür, dass sich sogar die SS bei ihm wohlfühlt. Unter der Hand weiß es jeder: Sein Geschäft ist Tag und Nacht geöffnet, auch wenn es offizielle Schließzeiten hat.«

»Überprüfe das, bitte«, befahl Marek, nahm aus ihrer Hand die Zigarette entgegen und führte sie an seine Lippen. »Schau dir an, was genau dort vor sich geht.«

»Marek ...«, sagte sie zögerlich. »Da ist noch etwas anderes, was ich dir sagen will ...«

Marek sah sie herausfordernd an, lehnte sich zurück und wippte mit dem Sessel. Die Rückenlehne knarrte. »*Opowiadaj! – Lass hören!*«

»Wir müssen uns für deine Arbeit bezahlen lassen. Zigaretten, Kaffee, Wertgegenstände zum Tauschen. Die Menschen hier besitzen immer noch Schmuck.«

Marek runzelte die Stirn, zog mit zusammengekniffenen Augen an der Zigarette und blickte sie fragend an. »Ist das dein Ernst?«

»Ja«, sagte sie selbstbewusst. »Wir verkaufen deine Fälschungen an diejenigen im Ghetto, die immer noch Vermögen haben.«

»Du meinst, wir sollen genau das tun, wofür uns die Deutschen hassen?« Er strich sich durch sein Haar.

Gusta nickte. »Wer bedürftig ist, bekommt unsere Arbeit umsonst. Wer Geld oder Schmuck besitzt, muss bezahlen. Wir werden Tauschwaren brauchen, am besten Gold, Pelze. Jeder hier im Ghetto wird das verstehen. Diejenigen, die noch Besitztümer haben, werden gern davon abgeben.«

Marek schüttelte ungläubig den Kopf, dann plötzlich zeigte

sich ein Lächeln in seinem schönen Gesicht. »Du bist eine Füchsin! Du meinst, wir werden unsere Mitkämpfer von Akiba eines Tages vielleicht freikaufen müssen. Bestechungsgelder.«

Gusta nickte zustimmend.

TATJANA

13

Stuttgart, Frühjahr 2017

Lange sah Tatjana auf der Königstraße Édith hinterher, die ihr vom elektronischen Laufband vor dem Bahnhof in Richtung der Arnulf-Klett-Passage zuwinkte, bis sie verschwand.

Tatjana schob ihr Rad bis zum John-Cranko-Weg und fuhr über den kleinen Steg in Richtung Planetarium. Erst am Cannstatter Kursaal stieg sie ab und setzte sich im Schatten einer Kastanie auf eine Bank. Der anstrengendere Weg von hier nach Fellbach, der leicht aber stetig nach oben ging, stand ihr bevor. Ihr Blick fiel auf das schöne Gebäude mit der Praxis. Alle Türen schienen ihr geöffnet, aber sie hatte das Gefühl, in eine ganz andere Richtung gehen zu müssen.

Noch einmal ließ sie das intensive Gespräch mit Édith Revue passieren, und obwohl sie genau wusste, dass keine Begegnung zufällig geschah, bedauerte sie, dass es über fünfzig Jahre gedauert hatte, bis sie sich kennenlernten. Bis heute hatte Tatjana ihre Hausaufgaben in eigener Sache nicht gemacht, das Naheliegende ausgeschlossen – eine Reise nach Krakau, eine Reise zu ihren *anderen* Wurzeln. Jene der väterlichen Fellbacher Familie König waren ihr so selbstverständlich, ein »Königsweg«, kontinuierlich, ohne Brüche – sie hatten ihr Halt gegeben über all die Jahre des Reifens. Die Krakauer hingegen schienen ausgetrocknet, tief vergraben im Niemandsland.

Als sie nach vierzig Minuten Radeln die Steigung von Cannstatt bis Fellbach geschafft hatte und das Entenbrünnele erreichte, entschied sie sich, einen Umweg über das Weingut *Alte Kelter* zu Füßen des Kappelbergs zu machen. Dort stieg sie vom Rad und schob es durch die Fellbacher Innenstadt, vorbei an Fachwerkhäusern und durch die engen Straßen, die sie so sehr liebte. In ihrer Lieblingsbuchhandlung in der Cannstatter Straße kaufte sie ein handliches Polnisch-Wörterbuch und einen Reiseführer mit einliegendem Stadtplan. Krakau, das sie aus Bildbänden von Lilo und Dora kannte und von Lilos Beschreibungen der wenigen Fotos. Eine alte Sehnsucht kam in ihr auf – oder war es die von Lilo, die Tatjana fühlte? War sie bereit, sie mit der Realität abzugleichen? Ja, sie wollte durch die fremden Straßen wandeln, die alten Mauern mit den Händen berühren, die Villa Wagner mit eigenen Augen sehen. Sie war so weit, die einander widersprechenden Gefühle auszuhalten – ein immer wieder angestrebtes Therapieziel für ihre Patienten.

Die Apotheke unter dem Adler kam ihr in den Sinn, dort, wo Lilo einst das Handwerk ihres Berufs erlernt hatte, der merkwürdige Besuch des Besitzers ein Jahr vor Lilos Tod, seinen Einbruch in Lilos dunkle Welt. Der Pole war ihr damals wie ein weiser Mann erschienen, der einfach die Lichter in Lilos Innerem angeknipst hatte. Ob sein Lebenswerk in Krakau noch existierte? Was hätte dieser diskrete Mann zu sagen gehabt, wenn er geredet hätte? Anlässlich der Trauerkarte zu Lilos Tod hatte Tatjana 1993 seinen Namen und die Adresse in einem Krakauer Telefonbuch über das polnische Konsulat gefunden und ihm die Todesanzeige geschickt.

Die Apotheke unter dem Adler lag inmitten einer geschichtsträchtigen Altstadt am früheren Zgody, dem Platz der Ghettohelden, der im Krieg *Platz der Einheit* hieß. Selbst die

Namen der Örtlichkeiten hatten in Lilos Leben eine Fülle von Ambivalenz widergespiegelt, als repräsentierten sie ihr komplexes Wesen, ihre Widersprüche.

> Bis zum Mittelalter war die Amtssprache in Krakau Deutsch. Bis Ende des 16. Jahrhunderts war es die Hauptstadt Polens, durch die Teilungen Polens wurde Krakau zeitweise österreichisch. Im Zweiten Weltkrieg zählte die Stadt an der Weichsel nach dem Überfall der Deutschen zum Generalgouvernement mit Hans Frank, der auf dem Wawel residierte. Erklärtes Ziel der Nationalsozialisten war die sogenannte Umvolkung der Polen, deren physische Vertreibung und Vernichtung. Große Gebiete in Ostpolen sollten für deutsche Siedler freigemacht werden. Die Rede war von rund zehn Millionen Menschen.

Immer wieder las sie den historischen Abriss des Reiseführers, dessen Eckdaten ihr bekannt waren, aber aus Lilos Mund hatte es immer völlig anders geklungen.

> Heute leben über 750 000 Menschen in der südpolnischen Stadt.

Am nächsten Morgen kaufte Tatjana ein Hin- und Rückflugticket. Sie mietete ein Zimmer in einer kleinen Pension namens *Gertrudy* in der św. Gertrudy. Nicht weit von dort lag die ehemalige Adresse der Villa Wagner, Lilos und Helenes einstiges Zuhause.

Mam na imię Tatjana – mein Name ist Tatjana ... *Dzień dobry* – guten Tag ... *Dziękuję* – danke ... Das waren die wenigen polnischen Brocken, die sie beherrschte. Von jeher hatte sie die Melodie der polnischen Sprache geliebt, die weichen, stimmlosen Laute, die mit Zischlauten eine sehr besondere Mischung ergaben. Sie würde Dora nach den wichtigsten polnischen Sätzen für ihre Reise fragen.

Mein Name ist Tatjana König. Ich bin die Enkelin von Lilo Wagner. Meine Großmutter und deren Schwester Helene sind hier in Krakau geboren und aufgewachsen, in der św. Sebastiana.

Im Wörterbuch suchte sie nach der deutschen Bedeutung von *św.*, die Abkürzung von *świętego* – es bedeutete so viel wie Sankt, also Heiliger. Straße des Heiligen Sebastian. Die meisten Straßen hießen *ulica*.

Der Gedanke an die Praxisübernahme streifte sie, und sie spürte ihren Widerstand, eine Entscheidung zu treffen. Zum Glück hatte sie Zeit. Trotzdem schrieb sie eine Textnachricht an den Kollegen.

Musste dringend verreisen. Melde mich baldmöglichst. Herzlich, Tatjana Wagner. Sie korrigierte die Fehlleistung – nur Dora trug noch diesen Familiennamen der Apotheke wegen. Dann löschte sie den Namen und ersetzte ihn mit König.

Tatjana öffnete die Balkontür in ihrer Küche. Kühle Luft strömte herein, nicht zu vergleichen mit der stickigen Luft in Stuttgarts Kessel. Unten in der Mozartstraße schräg gegenüber ihrem Haus hatte während Tatjanas Kindheit immer um die gleiche Uhrzeit in der Abenddämmerung ein einbeiniger Mann gestanden. Stumm und still, nur auf einen Stock abgestützt, war er einfach dagestanden mit einem hochgeklappten Hosenbein. Im gleichmäßigen Takt hatte er wie ein verschrecktes Huhn seinen Kopf von rechts nach links und links nach rechts, von Osten nach Westen gedreht, die Straße hinauf- und hinabgeblickt, als warte er auf irgendjemandes Ankunft. Er war ihr unheimlich vorgekommen, der alte Mann, wie aus einer anderen Welt, bis ihr Lilo einmal erklärt hatte: »Er ist ein Kriegsversehrter und wartet auf seinen Sohn, der in russischer Gefangenschaft ist. Weißt du, was das ist?« Tatjana hatte den

Kopf geschüttelt. »Im Krieg hat er ein Bein verloren, das bedeutet *versehrt*, wenn dem Körper etwas fehlt. Unversehrt ist das Gegenteil, wenn man heil aus einer Sache herauskommt.« Das hatte sich Tatjana damals gut gemerkt, und je länger sie als Heranwachsende über Lilos Erläuterungen nachgedacht hatte, desto mehr erschien ihr das Heil-aus-einer-Sache-Herauskommen als das Lebensmotto ihrer Großmutter.

Die Dämmerung setzte ein. Übermorgen würde ihr Flug gehen. Sie musste Dora und Claudia Bescheid geben. In wenigen Stunden würde der Bäcker ein Stockwerk tiefer mit seiner Arbeit beginnen, den Ofen anwerfen und der Duft von frisch gebackenem Brot durchs Haus ziehen. Tatjana klemmte das Telefon unter ihren Arm, schenkte sich ein Glas kühlen Weißwein ein, setzte sich auf den kleinen Balkon und blickte hinüber zum Nebenhaus. In Doras Küche brannte noch Licht. Sie wählte die Telefonnummer ihrer Mutter.

Kurz darauf ging das Licht aus.

LILO

14

Krakau, Winter 1941

Lilo war heute zu Fuß zur Arbeit gekommen. Sie liebte es, frühmorgens an der Weichsel entlangzulaufen, um sich auf den neuen Tag einzustimmen und nahm dafür sogar einen Umweg in Kauf. Die ganze Nacht über hatte es geschneit. Wegen der abrupt gefallenen Temperaturen hatte sich der Schnee am frühen Morgen in eine harte Eisschicht verwandelt, die sich über die Straßen und Gehwege des Ghettos zog.

In der Apotheke brannte Licht, ihre Kollegin Jadwiga hatte bereits Feuer gemacht. Woher Pankiewicz die Kohlen bezog, blieb den Angestellten ein Rätsel, aber in dem Verkaufsraum war es stets warm, fast heimelig.

»Guten Morgen«, sagte Lilo, stellte sich zum Ofen und wärmte ihre kalten Hände. »*Dzień dobry.*«

»Es gab eine Lieferung«, erwiderte Jadwiga und deutete auf das Labor.

»Dann kann ich gleich anfangen«, sagte Lilo und trat vom Ofen weg. Stirnrunzelnd registrierte sie ein kleines Papiertütchen mit der Aufschrift *Prontosil*, das Jadwiga auf den Tresen legte. »Du hast Prontosil bekommen?«, entfuhr es ihr, und fragend sah sie Jadwiga an.

Jadwiga legte den Zeigefinger auf ihre Lippen und

schmunzelte. »Vom Schwarzmarkt. Im Auftrag des Herrn Magisters.«

Lilo hatte in einer medizinischen Fachzeitschrift darüber gelesen. Zwei deutsche Chemiker hatten den Stoff entdeckt und ein deutscher Arzt dessen Wirksamkeit bei Infektionen nachgewiesen. Es hieß, Prontosil könne Bakterien im menschlichen Körper abtöten. War dies das vielversprechende Wundermittel bei Lungenentzündungen?

Lilo ging ins Labor und sortierte die Lieferungen. Frühmorgens um sechs gab es noch keine Kundschaft. Draußen in der Morgendämmerung waren die Arbeitstrupps des Ghettos zugange. Männer und Frauen pickten mit Hacken die dicke Eisschicht auf und häuften die Stücke am Straßenrand an. Seit der Errichtung des Ghettos hatte Lilo angefangen, die Dinge aus einer anderen Perspektive zu betrachten. Während ihre Familie in der św. Sebastiana, die seit 1939 *Sebastiangasse* hieß, genauso weiterlebte wie bisher, wurde sie hier tagtäglich mit Bildern überflutet, die ihr tiefe Einblicke in das Leben im Ghetto gewährten. Immer wieder musste sie an Kranz und dessen Worte denken: *Es ist nicht mein Krieg. Am Ende sind es Menschen, die sterben, keine Katholiken, Protestanten oder Juden. Menschen aus Fleisch und Blut.*

Zu Hause verlor Lilo kein Wort über ihre Beobachtungen. Ihren Freundinnen hatte sie erst gar nicht erzählt, wo sie den praktischen Teil ihrer Ausbildung absolvierte. Die kümmerten sich ohnehin nur um ihr eigenes Wohlergehen und blieben unter sich. Richtig zugehörig hatte sich Lilo nie gefühlt. Die meisten ihrer ehemaligen Schulkameradinnen hatten längst geheiratet und Kinder in die Welt gesetzt. Umso mehr vermisste sie ihre Schwester, die Gespräche mit ihr, die Lilo immer wieder gezwungen hatten, ihre eigene Sicht der Dinge zu hinterfragen und sich in Toleranz zu üben. Helene war in gewisser Weise ein Freigeist. Lilo bewunderte ihre Weltsicht, aber sie befremdete sie auch. Je länger Helene weg war, umso schmerzhafter wurde Lilo bewusst, wie viel sie von ihrer kleinen Schwester gelernt hatte. Es gab niemanden mehr, den sie um Rat fragen konnte, der sie korrigierte, sie zu einem anderen Blick auf die Welt zwang. Lilo musste allein klarkommen.

Während sie im Labor ihrer Arbeit nachging, kamen die ersten Kunden. Lilo holte einen großen Mörser aus dem Regal. Aus Bohnenhülsen und Heidelbeerblättern stellte sie einen Tee her, der bei leichter Diabetes zu helfen vermochte. Insulin gab es nur sehr selten.

»Arbeitssklaven, das ist es, was die Deutschen aus den Polen machen wollen. Sie haben nicht nur uns Juden im Visier«, vernahm Lilo aus dem Verkaufsraum die Stimme eines Mannes. »Sklaven, die das Rechnen bis höchstens fünfhundert beherrschen, ihren eigenen Namen schreiben können und das göttliche Gebot beachten, den Nazis gegenüber Gehorsam, Ehrlichkeit und Fleiß zeigen. Brav sollen sie laut Himmler sein. Lesen hält er nicht für erforderlich. Er macht nicht einmal ein Hehl aus seinem menschenverachtenden Slawenbild.«

»Sie hassen die Slawen genauso wie die Juden«, gab eine Frau resigniert zurück. »Der Ostjude ist Abschaum in ihren Augen, der schlimmste von allen.«

»Aus ihrem Blitzkrieg gegen die Russen wird nichts. Die Deutschen wissen nichts von den kalten Wintern im Osten.«

Jemand lachte auf. »Ja, der strengste Winter seit Langem steht uns bevor. Er könnte ihnen einen Strich durch die Rechnung machen. Vielleicht ist es bald vorbei.«

»Es hat erst angefangen«, sprach ein anderer leise. »Glaubt mir das.«

Plötzlich ertönte das Glöckchen an der Tür. Von ihrem Platz

aus konnte Lilo sehen, wie Symche Spira, der Chef des jüdischen Ordnungsdienstes, eintrat. Augenblicklich herrschte Stille. Alle verstummten, als Spira seine Handschuhe auszog und sich die Hände rieb. Vor dem Krieg war er ein gläubiger Jude gewesen, der stets mit Kaftan und einem langen Bart herumgelaufen war. Jetzt sah der ehemalige Glaser wie ein Mann aus der höheren Gesellschaft aus, aber in seiner ansehnlichen Hülle verbarg sich ein grobschlächtiger Mensch, ein Psychopath, eine *Menschenmaschine*, wie ihn Jadwiga einmal bezeichnet hatte.

»Guten Morgen«, sagte Spira in jovialem Tonfall und stellte sich demonstrativ neben den Tresen. »Was gibt es Neues, meine Herrschaften?«

Einige der Besucher tuschelten, andere verließen schnurstracks die Apotheke – bis Pankiewicz aus seinem Büro zum Tresen trat und Spira freundlich nach seinen Wünschen fragte. Pankiewicz war auf jedem gesellschaftlichen Parkett zu Hause. Er vermochte Arbeiter, Bettler, Akademiker und hochdekorierte Nazis vollkommen gleich zu behandeln. Stets hielt er sich mit Meinungsäußerungen zurück. Mit einigen jüdischen Intellektuellen hingegen, die oft zu später Stunde eintrafen, unterhielt er sich sehr gern hinter verschlossener Tür.

»Der Herr Magister diskutiert gern bis in die Morgenstunden mit den Gelehrten, die davongekommen sind. Er liebt es, über das Leben zu philosophieren«, hatte Jadwiga eines Tages Lilo anvertraut. »Die Deutschen haben als Erstes die polnischen Eliten aus dem Weg geräumt und die Jagiellonen-Universität geschlossen. Viele seiner engsten Freunde waren dabei.«

»Aus dem Weg geräumt?«, hatte Lilo fassungslos gefragt. »Was bedeutet das?«

Jadwiga hatte sie traurig angesehen. »Sie wurden deportiert, ermordet. Professoren, Dozenten, wissenschaftliches Personal.«

Lilo hatte es die Sprache verschlagen, schließlich hatte sie selbst einst dort studiert, genau wie ihr Vater und Großvater. Richtig glauben wollen hatte sie es nicht. So sollten die Deutschen, ihre eigenen Landsleute, sein?

Nach einer Tasse Bohnenkaffee verließ Spira die Apotheke, und alle atmeten befreit auf. Lilo machte sich wieder an die Arbeit.

Kurz bevor es dämmerte, vernahm sie eine metallische Stimme von draußen. Über Megafon verkündeten die Deutschen aus einem fahrenden Auto eine neue Anweisung. Auch daran hatten sich die Bewohner des Ghettos längst gewöhnt.

Lilo stand von ihrem Platz im Labor auf, betrat den Verkaufsraum und ging zum Fenster, das auf den Zgody zeigte.

»*Uwaga – Achtung!* Auf Anordnung des Stadthauptmannes müssen alle Juden ihre Pelzmäntel im Gebäude des Judenrats abgeben. Dies ist eine Anweisung, der bis morgen früh um acht Uhr Folge zu leisten ist. *Uwaga*, dies ist eine Anweisung … Allen Juden wird befohlen, …«

Deshalb war Spira wohl hier gewesen. Aus reiner Vorfreude. Keine Frage: Er genoss seine Machtposition, das Privileg, die Menschen zu demütigen, sie zu quälen.

»Ich bin sicher, wenn ich einen hätte, würden sie auch den mitnehmen«, hörte Lilo eine vertraute Stimme hinter sich. Tadeusz Pankiewicz. Er trat neben sie und schob den gehäkelten Vorhang zur Seite. »Aber glücklicherweise besitze ich keinen.«

»*Uwaga! Uwaga!* Sämtliche Pelzmäntel, Pelzmützen, Stolas und Jacken sind bis morgen, acht Uhr, beim Ordnungsdienst abzugeben. An alle Juden … *Uwaga!* …«

»Es hört nicht auf«, murmelte Jadwiga. »Jeden Tag fällt ihnen was Neues ein.«

»Ich muss Sie sprechen, Fräulein Magister«, sagte Pankiewicz plötzlich unvermittelt und bedeutete Lilo, ihm in sein Arbeitszimmer zu folgen. »Bitte sofort.«

Verblüfft sah ihm Lilo hinterher. Sie strich über ihren Rock und ging ihm hinterher. Er wartete an der geöffneten Tür, zog sie hinter ihnen zu, trat zum Schreibtisch und bat sie, ihm gegenüber Platz zu nehmen.

Lilo spürte ihren Herzschlag. Äußerst selten war sie mit Pankiewicz allein in einem Raum, es sei denn, sie arbeiteten zusammen im Labor. Er sah sie eindringlich an, und sie bemühte sich, seinem Blick standzuhalten.

»Ich möchte nicht lange herumfackeln, Fräulein Magister, Sie leisten großartige Arbeit. Stets kann ich mich auf Sie verlassen, und im Labor sind Sie die Beste. Sie werden sogar mich noch überholen. Was ich sagen will: Eigentlich sind Sie ein wichtiger Bestandteil meiner Belegschaft.«

Eigentlich.

»Ich stehe vor einer schwerwiegenden Entscheidung«, fuhr er fort, während er seine Fliege zurechtrückte. »Und sage es geradeheraus: Ihr Vater hat mir ein Ultimatum gestellt. Es geht um Ihre Tätigkeit hier bei mir.«

Verlegen blickte er zur Seite und strich mit den Händen über eine Ledermappe. Er presste die Lippen aufeinander.

Lilo erstarrte. »Mein Vater hat …«, stotterte sie. Der Gedanke an das Gespräch zwischen Walter Kranz und ihrem Vater in dessen Herrenzimmer streifte sie. Es lag zwar schon einige Zeit zurück, aber sie hatte gespürt, dass das Thema in ihrem Vater weiterschwelte. Dass er bis heute nichts Konkretes gesagt hatte, ließ sie Schlimmstes befürchten. »Aber ich bin volljährig, Herr Magister, ich kann über mich selbst bestimmen.«

»Die Frage ist, ob *Sie* gehen wollen, Fräulein Magister.«

Niemals würde sie freiwillig von hier verschwinden – die Apotheke war ihr Leben, sie wollte nicht weg von hier.

Lilo schüttelte den Kopf. »*Nigdy*«, antwortete sie auf Polnisch. »Niemals.«

»Das Problem ist, Fräulein Magister, ich kann es mir nicht leisten, dass mir jemand in meine Arbeit pfuscht, ich frage mich: Wie weit würde Ihr Vater gehen? Würde er zur Polizei gehen? Würde er mich anzeigen?«

»Welchen Verbrechens wegen sollte er Sie denn anzeigen?«, fragte Lilo geistesgegenwärtig. »Weil Sie hier im Ghetto geblieben sind, hier, wo Sie das Lebenswerk Ihrer Eltern fortführen?«

Pankiewicz schmunzelte. »Diplomatische Antwort, liebes Fräulein Magister, alle Achtung.« Er wischte über den Tisch und sah sie direkt an. »Es ist wichtig, dass Sie mir folgende Frage beantworten: Was haben Sie Ihrer Familie erzählt, hier von Ihrer Arbeit, von dem, was sich innerhalb dieser Wände abspielt?«

»Nichts«, sagte Lilo und hielt seinem durchdringlichen Blick stand. »Nichts. Es gibt rein gar nichts, was ich zu berichten hätte. Ich verrate nicht einmal Ihre Kräuterrezepturen.«

Sie rang sich ein Lächeln ab.

Pankiewicz schloss die Augen, tat einen tiefen Seufzer und öffnete sie wieder. »Ihr Vater bezieht seine Medikamente für seine Praxis inzwischen von einem arischen Apotheker. Nicht mehr von mir. Ihr Vater ist Arzt, er hat doch einen Eid geleistet. Hier in Krakau geschieht großes Unrecht an den Juden, an uns Polen. Das reinste Gemetzel vollzieht sich vor unseren Augen …« Mit einer ratlosen Geste wischte er durch die Luft. »Ich frage mich …« Er richtete sich auf, hob das Kinn. »Ich widerstehe, wie Sie längst wissen, und folge *meinem* moralischen Kompass. Ich tue das, was meine Eltern mich gelehrt haben: Jeden Menschen freundlich behandeln, egal woher er kommt oder welcher Religion er angehört. *Po której stronie panna stoi? – Wo stehen Sie, Fräulein Wagner?* Es dürfte Ihnen nicht verborgen geblieben sein, was sich hier abspielt.«

Nichts war Lilo verborgen geblieben, nicht im Labor, wo sie zuweilen jedes gesprochene Wort von nebenan hören konnte. Durch eine Durchreiche hatte sie freie Sicht auf einen Spiegel, der das Geschehen im Verkaufsraum projizierte. Sie hatte Menschen kommen und gehen gesehen. Juden, die mit den Tränen kämpfend am Tresen standen und mit Haarfärbemittel verschwanden. Und auch die andere Seite hatte sie gesehen: SS, die mit erhobenem Haupt die Räume inspizierte und wieder abzog, Gestapo in Zivil, die in angeregter Unterhaltung mit Pankiewicz Kaffee trank und scheinbar großzügig über die an der Garderobe hängenden verbotenen Zeitungen hinwegsah. Am Ende des Tages spazierten dieselben Männer mit einem von Pankiewicz überreichten Briefumschlag oder Zigaretten heraus. Lilo hatte die Vertreter der Judenpolizei gesehen, Menschen vom Judenrat, die verstohlen Blauscheine in die Innentaschen ihrer Jacken steckten. Jene Arbeitsberechtigungsscheine bedeuteten für die Juden Überleben. Als Gegenleistung wechselten Wertgegenstände wie Armbanduhren, Schmuck und wertvolles Porzellan ihre Besitzer. Einmal hatte sie beobachtet, wie Jadwiga vor dem Nachhauseweg einen Briefumschlag unter ihrem Mantel versteckt hatte. »Viel Glück«, hatte ihr Pankiewicz zum Abschied zugeflüstert.

Nichts von alledem hatte Lilo jemals verlautbaren lassen. Nicht einmal gegenüber Zofia. Sie beobachtete es mit einer Mischung aus Befremdung und Hochachtung. Sie selbst wäre nie in der Lage, etwas Derartiges zu tun.

Ein Geräusch vor der Tür ließ beide zusammenfahren. Jemand hatte geklopft. »Herein«, sagte Pankiewicz.

Jadwiga spickte durch einen Spalt in der Tür. »Ich würde mich verabschieden für heute, Herr Magister. Bis morgen.« Sie warf Lilo einen verwirrten Blick zu. Die beiden Frauen hatten verabredet, gemeinsam zu gehen.

»Bis morgen. *Dobry wieczór – guten Abend*«, sagte Pankiewicz verwirrt. »Ich brauche das Fräulein Lilo noch. Bis morgen. Ich danke Ihnen.«

Fräulein Lilo. Das klang sehr persönlich.

Lilo wartete, bis die Tür ins Schloss fiel. Dann nahm sie ihren ganzen Mut zusammen. Was hatte sie denn zu verlieren? »Heißt das, Sie wollen mir kündigen?«

»Nein«, sagte er kopfschüttelnd. »Sie sind so undurchsichtig.«

Undurchsichtig? Konnte er denn nicht in ihrem Gesicht, in ihren Augen lesen?

»Wenn ich es bin, dann sind Sie es auch«, gab sie leise zurück. »Ich habe Augen im Kopf.« Abrupt verstummte sie.

Pankiewicz legte seine Stirn in Falten. »Wollen Sie wirklich bleiben? Einfach wird es so oder so nicht für Sie, für niemanden, der noch etwas Anstand im Leib hat.«

»Natürlich will ich bleiben«, beteuerte Lilo. »Sie bleiben ja auch.«

War er blind? Begriff er wirklich nicht, wie viel ihr daran lag, in seiner Nähe zu sein? »Es war noch nie einfach für mich. Ich bin daran gewöhnt, Hindernissen auszuweichen.«

Lange sah er ihr in die Augen, als habe sie soeben ein intimes Bekenntnis ausgesprochen, eines, das bei ihm gut aufgehoben sein würde. »Manchmal reicht das nicht aus, Fräulein Magister.« Für einen kleinen Moment schwebte ein Hauch von Nähe in der Luft, so als seien sie Verbündete.

»Ich ersuche Sie, nichts von dem, was sich hier abspielt, nach außen zu tragen. Wir sind eine Apotheke, die einfach nur gute Geschäfte machen will, das ist alles, die offizielle

Erklärung sozusagen. Das kapieren sogar die Deutschen. Habe ich Ihr Wort darauf?«

In seinem Blick glaubte Lilo, eine andere Welt sehen zu können, eine jenseits des Abgrunds, eine Welt voller Hoffnung, eine, auf die Verlass war. Aber da war noch etwas anderes: Es gab fast kein Durchdringen zu diesem Mann, zu seinem Herzen, zu seinem wahren Wesen. Darin ähnelten sie einander.

Er räusperte sich. Unmittelbar war die aufkommende Nähe nüchterner Realität gewichen, sein Blick verschlossen. Die Uhr an der Wand mit dem Äskulapstab tickte, und Lilo war, als schlüge Pankiewicz' Herz im selben Takt. Ja, sein Herz gehörte seiner Apotheke und den Menschen, denen er sich verschrieben hatte.

»Ich verspreche es Ihnen, Herr Magister«, sagte Lilo. »Kein Wort wird jemals über meine Lippen gehen.«

»Dann sind wir uns einig. Ihrem Vater werde ich vorschlagen, dass ich Sie nur noch im Labor einsetze – kein Kundenkontakt. Ich werde ihm sagen, dass Sie für mich unentbehrlich sind und dass es sein Schaden nicht sein soll. Er raucht doch so gern Zigarren, wenn ich mich richtig erinnere.«

Lilo spürte, wie sie errötete. *Unentbehrlich.* »Ja, das tut er, Herr Magister. Er raucht sehr gern. Sie ahnen nicht, was mir das bedeutet, Herr Magister. Meine Arbeit ist mein Leben. Sie ist das Einzige, was mich jeden Morgen aufstehen lässt, was mich durch diese schreckliche Zeit trägt.«

»Dann teilen wir diese Leidenschaft«, sagte er, warf einen Blick auf die Wanduhr, erhob sich, trat zur Seite und reichte ihr die Hand.

Lilo stand auf, legte ihre hinein, und er beugte sich darüber und deutete mit den Lippen einen Handkuss an. Das hatte außer ihm bisher nur Walter Kranz getan.

»Wie geht es eigentlich Ihrer Schwester in Paris?«, fragte Pankiewicz unvermittelt und ließ ihre Hand los. »Früher hat sie immer die Medikamente für die Praxis Ihres Vaters bei mir geholt.«

Helene! Was sollte sie sagen? »Ich weiß es nicht. Sie ist schon so lange fort«, antwortete sie. »Seit dem Krieg schreibt sie nicht mehr. Kein einziger Brief hat uns erreicht.«

»Das tut mir sehr leid«, sagte er Anteil nehmend. »Ich hoffe, Sie hören bald von ihr. Ich erinnere mich gern an sie. Ein so fröhliches Mädchen, so lebendig.«

»Ja, das ist sie«, sagte Lilo.

Mit zwiespältigen Gefühlen verließ sie sein Büro. Niemals würde sie so sein wie Helene. Sie waren aus verschiedenen Hölzern geschnitzt. War es Lebendigkeit, die Pankiewicz an Frauen liebte? Als Gegenpol zu seinem melancholischen Wesen? Würde Lilo für ihn eine andere werden können? Nein, entschied sie und hob stolz das Kinn, während sie sich dem Ghettotor näherte. *Ich bin, wie ich bin.*

Am Eingangstor winkte sie der Aufseher durch. Sie musste nicht einmal ihren Passierschein zeigen.

»Ich werde mich Ihres Vertrauens würdig zeigen, mich bewähren«, sprach sie vor sich hin, als sie durch die Straßen ging. »Und wenn es sein muss, über mich hinauswachsen.«

Draußen dasselbe Bild: Die Deutschen hatten Krakau eingenommen. An einem Zeitungsstand kaufte sie eine Zeitung in polnischer Sprache. Informiert wurden die Krakauer Bürger auch über Wandzeitungen, die einen Überblick über sieben Tage gaben.

»*Uwaga – Achtung!* Es erfolgt eine Durchsage«, klang plötzlich eine metallische Stimme durch den Lautsprecher, die zum Teil auf den Plätzen fest installiert worden waren.

Jadwiga hatte Lilo einmal erzählt, die Durchsagen seien

für die vielen Polen, die nicht lesen konnten. Beide hatten damals den Kopf darüber geschüttelt. »Ich kenne keinen einzigen Polen, der es nicht kann«, hatte Lilo empört erwidert.

»Das verbreiten sie, um uns kleinzuhalten, weißt du.«

TATJANA

15

Krakau, Frühjahr 2017

Nieselregen empfing Tatjana am frühen Nachmittag auf dem Airport Krakau, der den Namen von Johannes Paul II. trug. Die Stadt war von einem grauen Schleier überzogen. *Bin gut angekommen*, schrieb sie in einer Textmitteilung an Dora, Édith und Claudi. *Ich schicke Fotos.*

Dora hatte zurückhaltend angesichts Tatjanas Reiseplänen reagiert. Für ihre Mutter hatte Édiths Telefonat zwar einen Einschnitt bedeutet, aber genau wie Lilo machte sie das lieber mit sich selbst aus, hatte eine Kondolenzkarte für Édiths Familie gekauft und ihr formal das Beileid zu Simons Tod seitens der Familie Wagner ausgesprochen. Dass Tatjana jetzt noch tiefer graben wollte, konnte Dora nur bedingt nachvollziehen. »Simon ist tot. Nichts macht ihn wieder lebendig. Du weißt ja, wie das ist mit den schlafenden Hunden.«

Trotzdem hatte sie für Tatjana in deren Krakauer Stadtplan die Spuren der Wagners eingezeichnet: die Straße mit der Villa, den Friedhof mit dem ehemaligen Familiengrab. »Ach, Tatjana«, hatte sie zum Abschied traurig gesagt. »Was soll das denn jetzt noch bringen?«

»Ich muss es für mich tun.« Tatjanas Antwort mochte nach Rechtfertigung geklungen haben, aber sie war entschlossen. Dann hatte sie ihrer Mutter das Foto Simons als älteren Mann auf einer Pariser Parkbank in einem Umschlag mit einer kleinen Notiz übergeben.

Das ist dein Cousin, Mama – hat er nicht eine gewisse Ähnlichkeit mit Helene? Vielleicht bilde ich mir das auch nur ein. Édith hat mir das Foto geschenkt. Sie ist Helene wie aus dem Gesicht geschnitten. Aber das wirst du irgendwann bestimmt selbst feststellen können. Behalte es gern, wenn du magst.
Liebe Grüße Tatjana.

Vielleicht würde ein Bild von Simon etwas in Dora bewegen, sie neugierig machen. Vielleicht würde es einen Prozess in ihr auslösen, was Worte nicht vermochten.

Ein Taxi brachte Tatjana direkt in die św. Gertrudy, wo sie ein kleines Appartement gemietet hatte. Die ehemalige Villa Wagner lag nicht weit von ihrem Domizil entfernt, die Altstadt von Krakau knapp zehn Gehminuten. Direkt vor dem Eingangsportal ihrer Bleibe, das durch einen großen begrünten Hof zum Hinterhaus führte, befand sich eine Straßenbahnhaltestelle, die auf einem Seitenstreifen des Krakauer Stadtparks Planty fuhr. Krakaus grüne Lunge mit deren altem Baumbestand aus Eichen und Kastanien faszinierte Tatjana auf Anhieb.

Am nächsten Morgen machte sie sich morgens um neun auf den Weg. Sie lief die św. Gertrudy, die wie der Großteil der Innenstadt aus alten Bürgerhäusern bestand, entlang und bog in die św. Sebastiana ein. Lilo hatte stets von der Sebastiangasse gesprochen.

Das Geräusch der fahrenden Straßenbahn wirkte vertraut und erinnerte sie unmittelbar an ihr Zuhause. Hatte Lilo das damals ähnlich erlebt, als sie Ende des Krieges in Stuttgart angekommen war? Anders als in Stuttgart, das im Krieg zu fast siebzig Prozent zerstört worden war, waren Krakaus Gebäude unversehrt geblieben.

Tatjana fand die Hausnummer sofort. Hinter einem grünen, verrosteten Gittertor vor einem völlig verwilderten Garten konnte man den Glanz einer ehemaligen Stadtvilla nur noch erahnen. Mit einem großen Vorhängeschloss war das Tor abgeriegelt. Der aufwendige Stuck vor den giebelförmigen Fenstern war bereits abgebröckelt. Unter einem steinernen Balkon, dessen Balustrade von kniehohen Säulen getragen wurde, hatte das sandfarbene Fundament nachgegeben, war abgesackt. Die Schäden an dem gesamten Haus machten den Eindruck, als könnte es jeden Moment zusammenbrechen. Die Villa war unbewohnt.

Tatjana versuchte sich vorzustellen, wie Lilo und Helene hier täglich ein und aus gegangen waren. Das Mondäne stand in extremem Gegensatz zu dem, was Lilo in Fellbach erwartet hatte. Wie privilegiert hatten die Wagners hier gelebt? Hier musste Rigobert seine Praxis betrieben haben. Nur einen Katzensprung entfernt befanden sich die Planty und etwa achthundert Meter weiter das idyllische Weichselufer mit dem auf einer Anhöhe thronenden Wawel. In die entgegengesetzte Richtung erreichte man innerhalb weniger Gehminuten das legendäre jüdische Viertel von Krakau Kazimierz. Der Gedanke an die exponierte Lage der Wagner-Villa ließ Tatjana erschaudern. Sie hielt es für absolut ausgeschlossen, sich während fünf Jahren Besatzungszeit aus allem herauszuhalten, keine Farbe bekannt zu haben. Nicht bei Rigobert Wagners gesellschaftlicher Stellung. Die Familie mochte geschwiegen haben, aber am Ende bedeutete das Zustimmung und billigend das Unrecht und den Terror an der polnischen Bevölkerung um sich herum in Kauf genommen zu haben.

Verstohlen sah sich Tatjana um, schoss einige Fotos und schickte sie an Édith und Dora.

Ihr Weg führte sie am Rand von Kazimierz entlang über eine von vier Weichselbrücken bis nach Podgórze mitten ins Zentrum des ehemaligen jüdischen Ghettos. Heute handelte es sich dabei um ein Stadtviertel, das sich von den anderen in einer Hinsicht kaum unterschied. Auf vielen wunderschönen, alten Gebäuden befanden sich bunte Graffiti mit Sprüchen, was die architektonische Ästhetik empfindlich störte.

Am Platz der Helden des Ghettos, dem Bohaterów-Getta-Platz, dem früheren Zgody, nahm Tatjana eine sonderbare Stimmung wahr – alles schien hier grau, trist. Auf einem gepflasterten quadratischen Platz befand sich das Mahnmal der siebzig leeren Stühle, Metallskulpturen in verschiedenen Größen, die unmittelbar Beklemmung bei Tatjana auslösten. Hier an diesem Ort waren die Krakauer Juden vor den Deportationen zusammengetrieben und selektiert worden. Hier war willkürlich über Leben und Tod entschieden worden. Die leeren Stühle forderten zum Innehalten, zum Nachdenken auf, zur Erinnerung an die dunkelsten Stunden des Krakauer Ghettos.

Ein am Kopf des Platzes ansässiger Kiosk, ein Gebäude jahrzehntelanger realsozialistischer Architektur nach dem Krieg, wirkte wie ein Fremdkörper, unpassend, pietätlos. Empfand nur sie das so? Menschen gingen, mit Einkaufstüten bestückt, über das Pflaster, vorbei an den Skulpturen. Einige wenige Touristen schossen Fotos mit ihren Smartphones. Tatjana versuchte sich vorzustellen, welches Leid die jüdische Bevölkerung hier erfahren hatte. Mütter, die von ihren Kindern getrennt, ganze Familien, die erbarmungslos auseinandergerissen worden waren. Würde man das kollektive Gedächtnis dieses Ortes befragen können, es würde von den Tränen, den Todesängsten, dem Grauen berichten.

Lilo musste als Apothekerin im Ghetto all das wahrgenommen haben, oder hatte sie die Augen verschlossen?

Tatjana stellte sich diskret etwas abseits und ließ die Umgebung auf sich wirken. Sie wagte es nicht, diesen Ort zu fotografieren. Was ihr auffiel war, dass niemand, kein einziger der Passanten auf einem der niedrigen Stühle Platz nahm, obwohl sie dafür gedacht waren. Niemand stellte seine Einkaufstüten darauf ab, als wirke auf sonderbare Weise das kollektive Gedächtnis.

Ihr Blick fiel auf jenes Gebäude, das an den Platz angrenzte – die Apotheke unter dem Adler. So nah am Grauen hatte sie sich Lilos Arbeitsplatz nicht vorgestellt, und zum wiederholten Mal fragte sie sich, was damals geschehen war. Hier konnte sie unmöglich weggesehen haben, das war ausgeschlossen.

Was hast du gesehen, fragte sie sich selbst, was geschah hier alles vor deinen Augen, Lilo?

Tatjana bekam ein vages Gefühl davon, was sie auf ihrer Reise erwartete. Ein Abgleich ihrer eigenen Bilder mit der Realität und, was weitaus schwerer wog, mit ihrer Gefühlswelt. Zum ersten Mal fühlte sie in Krakau eine Verbundenheit mit ihrer Großmutter, als wandle sie tatsächlich auf Lilos Spuren – ausgerechnet an ihrem ehemaligen Arbeitsplatz. Es war etwas anderes, an diesem Ort mit seinen eigenen Füßen zu stehen, anstatt mit den Fingerspitzen auf einem Stadtplan den Straßen zu folgen. Es bedeutete, die ambivalenten Gefühle zwischen dem widersprüchlichen Wunsch nach Entschuldigung ihrer eigenen Familie und dem nach der schonungslosen Wahrheit auszuhalten.

Als ihr Handy klingelte, schrak sie zusammen. Ein Anruf von Claudi.

»Wo bist du?«, fragte die Freundin. »Wie geht es dir?«

»Ich war gerade bei der Villa Wagner. Wie geht es dir?«

»Alles im grünen Bereich. Und? Erzähl schon! Wie ist die Villa?«

»Na ja, ziemlich mondän muss sie einst gewesen sein. Es ist die Lage, die mich betroffen machte«, antwortete Tatjana und berichtete Claudi von ihren Gedanken, die sie bei der Besichtigung bewegt hatten.

Sie sah zum Himmel – aus den grauen Wolken blitzte an einigen Stellen die Sonne hervor.

»Ich glaube nicht, dass es auf den Standort ankommt, wo genau man damals auf dem Pulverfass Krakau als Deutsche lebte. Die Frage ist, wie man lebte und mit welcher Haltung.«

Tatjana schluckte. »Ja, das stimmt.«

»Bis du reingegangen?«

Tatjana schüttelte den Kopf. »Ausgeschlossen. Da wohnt niemand. Das Tor vor der Villa war verriegelt. Sie sah aus, als würde sie bald zusammenbrechen. Wahrscheinlich wird sie abgerissen.«

»Schade. Was machst du heute noch? Wie ich dich kenne, hast du einen genauen Plan.«

Tatjana seufzte. Noch einmal fiel ihr Blick auf die Apotheke schräg gegenüber. »Stimmt. Mein nächstes Ziel ist die Apotheke unter dem Adler, du erinnerst dich, ich habe dir doch von dem früheren Besitzer erzählt.«

»Der geheimnisvolle Pole, der Lilo vor ihrem Tod besuchte.«

»Das Haus gibt es noch, und die Polen haben vor einigen Jahren ein kleines Museum aus der ehemaligen Apotheke gemacht.«

»Museum?«

»Pankiewicz scheint im Widerstand aktiv gewesen zu sein, sagt zumindest ein Prospekt, den ich in meinem Pensionszimmer gefunden habe.«

Für einen Moment herrschte Schweigen. »Wie bitte? Derselbe Mann, der deine Großmutter ...? Aber da hätte sie ja jede Menge zu erzählen gehabt ... Ich verstehe nicht ...«, stammelte Claudi.

»Sie war seine Angestellte, ja, eine seiner Angestellten. Sie wird nichts von seinen Tätigkeiten gewusst haben.«

»Du hast ihn doch kennengelernt. Hättest du ihm das zugetraut?«

Vor ihrem inneren Auge sah Tatjana den hochgewachsenen, kultivierten, freundlichen, aber auch distanzierten Mann. »Ja. Durchaus. Es wundert mich überhaupt nicht. Er schien mir unglaublich integer.«

»Dann bin ich mal gespannt, was du herausfindest. Es ist ja ein Abenteuer, auf den Spuren deiner Familie zu wandeln. Nicht gerade eine lineare Geschichte, du wirst zickzack gehen müssen. Sei froh, Tatjana: Du hast Krakau und Paris in deiner Familiengeschichte aufzuweisen. Meine Familiengeschichte führt gerade einmal auf die Schwäbische Alb und ins Remstal.«

Die beiden Freundinnen lachten. »Ja, zickzack, das trifft es ziemlich gut. Lilos ehemaliger Arbeitsplatz besagt gar nichts, Claudi, das wissen wir beide ja schon berufsbedingt.«

»Wir gehören einer Generation an, in der Arbeit mit Identität und Persönlichkeitsbildung zu tun hat, Tatjana. Deine Großmutter erst recht.«

»Ja, aber oft trügt der Schein.«

»Wovor hast du eigentlich Angst?«

Das war eine gute Frage. »Dass sich meine Familie schuldig gemacht hat, liegt das nicht auf der Hand? Lilo hat sich immer so bedeckt gehalten, warum nur? Und dann ist da noch das große Fragezeichen um Helenes Leben. Warum ist sie wirklich nach Paris? Im Nachhinein kommt es mir vor, als hätten die Wagners ihre Jüngste verstoßen und Lilo sie sich aus dem Herz gerissen.«

»Von Helene hast du mir bisher nicht viel erzählt«, erwiderte Claudi.

»Weil ich so wenig über sie weiß.«

»Es ist sicher kein Zufall, dass Édith gerade jetzt in deinem Leben aufgetaucht ist. Jetzt, wo alles im Umbruch ist.«

Tatjana gab einen tiefen Seufzer von sich. »Umbruch, du sagst es. Das macht mir Angst.«

»Hab keine Angst. Alles wird sich richten, wirst sehen. Entschuldige, ich muss noch einmal darauf zurückkommen – wenn deine Großmutter im Umfeld eines Widerstandskämpfers gearbeitet hat, dann …«, sagte Claudi zögerlich. »Es geht mir nicht aus dem Kopf. Ist es dann nicht mehr als wahrscheinlich, dass sie auf der richtigen Seite stand?«

»Es passt nicht zu Lilo, die Heldin zu spielen. Außerdem hätte sie dann doch sprechen können. Es gab auch die andere Seite damals, Claudi, nämlich Spitzel.«

»Mein Gott, Tatjana! Warum denkst du jetzt auf einmal immer das Schlimmste über deine Großmutter? Du hast doch genug Fantasie. Es gibt wirklich tausend Gründe für die Kriegsgeneration, zu schweigen. Wer weiß, was deine Großmutter in Krakau erlebt hat.«

Claudi hatte recht: Sie musste der Gefühlswelt ihrer Großmutter mehr Raum geben. »Vielleicht ist es gerade, weil ich sie so geliebt habe. Édiths Entdeckungen stellen plötzlich alles infrage. Lilo hat uns so vieles vorenthalten. Mein Bild von Lilo bröckelt, verstehst du? Ich taste mich durch vermintes Gelände.«

Ihr war, als spräche Claudi mit Engelszungen auf sie ein. »Hat sie euch wirklich etwas vorenthalten? Das klingt sehr schuldzuweisend, und Schuldzuweisungen passen so gar nicht zu dir. Es ist wie in einer Therapie, Süße. Einen Fuß vor den anderen setzen, schön langsam. Gib Lilo in deiner Vorstellung eine Bühne! Schau nicht nur, was sie getan oder unterlassen hat. Sieh dir ihr Umfeld an. Vielleicht bedeutete ihr die Apotheke einen Schutzraum in einer grausamen Realität.«

»Einen Schutzraum mit Blick auf den Platz, wo die Selektionen und Hinrichtungen stattgefunden haben«, entfuhr es Tatjana, und sie nahm die Verbitterung in ihrer Stimme wahr. Sie starrte auf die leeren Stühle des Bohaterów-Getta-Platzes.

»Die Menschen sind voller Widersprüche. Brich ihr Handeln nicht auf entweder-oder herunter. Das hast du doch auch vorher nicht getan, ich …« Claudi verstummte. Im Hintergrund hörte Tatjana eine andere Stimme. »Sorry, meine Liebe, ich muss Schluss machen. Ich möchte aber auf dem Laufenden gehalten werden. Und es bleibt bei unserem Seminar-Termin?«

»Versprochen, beides versprochen«, sagte Tatjana, drückte das Gespräch weg, überquerte den Platz der Helden des Ghettos und steuerte die Apotheke unter dem Adler an.

LILO

16

Krakau, Winter 1941

Lilo bemerkte die sonderbare Stimmung bereits beim Eintreten in die Wagner-Villa. Diese Stille war um diese Zeit ungewöhnlich. Leise schloss sie die Tür hinter sich. Vor der Garderobe hörte sie ein Räuspern. Zofia trat auf Zehenspitzen zu ihr, zog sie an der verschlossenen Salontür vorbei in eine Nische und legte den Zeigefinger gegen die geschlossenen Lippen.

»Deine Eltern erwarten dich bereits, Lileńka«, sagte Zofia leise, nahm ihr den Mantel ab und zupfte den Kragen ihrer Bluse zurecht. Niemand, außer Zofia, benutzte hin und wieder die polnische Koseform ihres Namens.

Lilo rollte die Augen. Nur wenige Tage waren vergangen seit ihrem Gespräch mit Pankiewicz. Das Familiengericht hatte sich also schneller zusammengefunden als gedacht.

»Danke für die Warnung. Ich bin darauf vorbereitet.« Sie drückte Zofia einen Kuss auf die Wange, straffte die Schultern, ging zur Schiebetür des Salons, klopfte dagegen und öffnete sie.

Rigobert und Käthe Wagner saßen am Tisch unter dem großen Leuchter. Vor ihnen stand eine Kanne Tee, etwas Gebäck, das Geschirr. In ihrem Elternhaus herrschte keinerlei Mangel. Immer noch servierte man englischen Darjeeling Tee.

»Setz dich, mein Kind«, sagte ihr Vater, gab Zucker in seine

Tasse und rührte mechanisch darin herum. »Wir haben etwas mit dir zu besprechen.«

Ihre Mutter warf ihr einen vielsagenden Blick zu, nahm sich Gebäck und klopfte anschließend mit ihren Fingerspitzen auf die Serviette, als übe sie eine Tonfolge auf dem Klavier. Lilo registrierte die Krümel auf dem weißen Tischtuch.

»Was gibt es, Papa?«, fragte sie dann beherzt, während sie ihrem Vater direkt in die Augen sah.

Sie nahm die Teekanne, schenkte sich ein und stellte sie zurück auf das Stövchen.

»Dein Vorgesetzter war hier«, sagte ihr Vater. »Der Herr Magister.«

»Ich bleibe in der Apotheke«, platzte es aus Lilo heraus. Früher hatte Helene diese rebellische Rolle eingenommen. Lilo war stets so etwas wie das Neutrum gewesen, eine, die die Wogen geglättet hatte, eine Mediatorin. Jetzt aber ging es um sie, um ihre Bedürfnisse, von denen sie, wie sie fand, nicht viele hatte. Ja, sie hatte jahrelang von Helene gelernt. Jetzt war es an der Zeit, das Gelernte anzuwenden.

Die Augen ihrer Mutter wurden schmal, eine tiefe Zornesfalte über dem Nasenrücken zeigte sich, auf ihren Wangen rosafarbene Tupfen.

»Sei doch vernünftig, Liselotte«, sagte ihr Vater. »Weißt du, wie gefährlich dein Aufenthalt dort inzwischen ist?«

»Keineswegs gefährlicher als sonst wo in Krakau«, entgegnete Lilo tapfer, obwohl sie wusste, dass das nicht stimmte. »Herr Magister Pankiewicz hat mir versprochen, mich nur noch im Labor einzusetzen. Ich bin eine hervorragende Laborantin.«

»Ja, das hat er mir auch gesagt. Aber das Leben wäre für uns alle leichter, wenn du in einer *arischen* Apotheke deinen Kriegsbeitrag leisten würdest.«

Kriegsbeitrag. Arische Apotheke. Lilo warf einen Blick zum Fenster hinaus. Die Straßenlaterne beschien die große Kastanie in ihrem Garten, an der verlassen Helenes und Lilos Kinderschaukel hing. Über Krakau hatte sich auf Lilos Heimweg ein tiefroter Himmel erstreckt. *Das Christkindchen backt Kuchen*, hatte Großmama früher dieses Naturphänomen genannt.

»Die Apotheke unter dem Adler ist nicht jüdisch«, sagte Lilo. »Herr Magister Pankiewicz ist, wie du weißt, kein Jude. Er hat keinen einzigen Juden beschäftigt.«

»An Impertinenz übertriffst du mittlerweile deine Schwester, Liselotte«, zischte ihre Mutter und schlug mit der flachen Hand auf den Tisch. »Ist das der Lohn für die Erziehung, die wir euch zuteilwerden ließen? Die eine geht ohne ein Wort des Abschieds, die andere muss im jüdischen Wohnviertel in ihrer Heimat die Heldin spielen!«

Ihr Vater lehnte sich zurück und zündete sich konzentriert eine Zigarre an. Lilo warf einen Blick auf die Holzkiste. Rigoberts Hände blieben ganz ruhig, nicht einmal das geringste Zittern war zu sehen. Auf einmal erinnerte sie sich daran, wie diese Hände Lilo nach einem Sturz vom Fahrrad eine Wunde am Knie genäht hatten. Akkurat, sorgfältig, in aller Ruhe hatte er den Faden durch ihre Haut gezogen. Damals war Lilo sechs Jahre alt gewesen.

»Ich bin keine Heldin«, sagte Lilo leise. »Und ich kann nichts für das Verhalten meiner Schwester. Ich wünschte nur, sie wäre hier. Sie fehlt mir, ich vermisse sie … Sie würde nicht so reden wie ihr …«

»Kein Wort über deine Schwester«, unterbrach Käthe ihre Tochter.

»Du hast selbst angefangen!«, schoss es aus Lilo heraus. Ihr Herzschlag beschleunigte sich. »Ich werde meine Ausbildung zu Ende bringen, dort, wo ich angefangen habe. Ich liebe meine Arbeit. Wenn ihr mir das wegnehmt, dann ...« Sie brach ab.

Rigobert Wagner verengte die Augen, schnaubte.

»Dann wird man dich zu deinem Glück zwingen müssen«, fauchte ihre Mutter. »Wir wollen doch nur in Frieden leben.«

Durch den Salon zogen Rauchschwaden. Käthe bemühte sich, sie mit den Händen zu vertreiben. »Dieser Rauch macht mich wahnsinnig, Bertl«, sagte sie vorwurfsvoll.

Ihr Vater tippte Asche in den Aschenbecher und warf seiner Frau einen bitterbösen Blick zu.

Lilo wusste nicht, woher sie auf einmal den Mut nahm, aber diese Apotheke war ihr Leben, der einzige Bereich, um den sie zu kämpfen bereit war.

»Du meinst: *dein* Glück, Mama, nicht wahr?«, sagte sie in einem Ton, als lade sie eine Pistole. »Und von welchem Frieden sprichst du? Hast du jemals von der sogenannten *Säuberungsaktion* der Deutschen an der Universität gehört? Ist dir zu Ohren gekommen, dass sie die Professoren, deren Hörsäle Vater und Großpapa einst besuchten, getötet haben?«

Sie sah ihrer Mutter direkt in die Augen. Gleichzeitig erschrak sie über ihre eigenen Worte. Es war wie ein Zwang. Sie konnte nicht aufhören, sich um Kopf und Kragen zu reden. Nein, Frieden, das war etwas anderes.

Käthe Wagner rang um Fassung, warf die Arme in die Höhe, schnaubte und tupfte sich mit den Fingerspitzen die Stirn. Hilfe suchend warf sie einen Blick zu ihrem Gatten. Er sagte kein Wort. Dann war er erfahrungsgemäß am gefährlichsten.

»Kann ich bitte gehen?«, fragte Lilo, ihren Vater ansehend, nachdem sie ihre Tasse in einem Zug geleert hatte. Sie legte ihre Hände auf die Tischkante.

Rigobert Wagner nickte, während er Rauch ausblies. »Die Sache ist noch nicht vorbei!«, rief er Lilo hinterher.

Draußen vor der Tür entdeckte sie Zofia, die verlegen die Augen senkte. »Hast du schon wieder gelauscht?«, fragte Lilo.

»Fräulein Lilo, was haben Sie da gesagt?«

Immer, wenn Zofia offiziell wurde, siezte sie Lilo und sprach sie mit dem deutschen Begriff Fräulein an, obgleich sie den beiden Schwestern einst die Windeln gewickelt hatte.

Gemeinsam stellten sie sich an die Wand neben der verschlossenen Tür und warteten gebannt.

Im Raum herrschte Stille.

»Was plappert sie da von getöteten Professoren, Bertl? Sag sofort, dass es sich um Propaganda der Polen handelt«, sagte Käthe nach einer langen Pause. »Hat dieser Pankiewicz ihr diese Lügen erzählt? Was hat er aus meiner Tochter gemacht? Das ist ja unerträglich. Du musst Pankiewicz anzeigen.«

Lilo blieb fast das Herz stehen. Niemals, niemals durfte etwas Derartiges geschehen. Es wäre das Ende. Mit aufgerissenen Augen blickte sie in die von Zofia. In diesem Moment war ihr klar: Zofia kannte sie besser als sie sich selbst. Sie wusste, woher Lilo die Kraft nahm, sich derart zu widersetzen.

Lilo errötete.

»Sie haben die Krakauer Universität geschlossen, das ist alles. Darüber musst du dir nun wirklich keine Gedanken machen«, sagte Rigobert Wagner beschwichtigend. »Ich bin in einer prekären Lage, was Lilo betrifft, muss die Konsequenzen genau abwägen. Wenn ich Pankiewicz anzeige, liefere ich meine eigene Tochter ans Messer. Seit Jahrzehnten leben wir nach Art unserer Väter, sind nicht wie die anderen. Wir dürfen uns keine Fehler erlauben. Ich muss nachdenken, Käthe, nachdenken.«

Erleichtert schloss Lilo die Augen, öffnete sie wieder und sah erneut in Zofias Gesicht. Auf ihrer Stirn hatten sich Schweißperlen gebildet. Kopfschüttelnd fragte sie: »Kindchen, wo führt das hin? Weißt du, was du da tust?«

Lilo schluckte.

»Was geschieht in dieser Apotheke, Bertl, kannst du mir bitte sagen, was dort geschieht?«, klang dumpf die Stimme ihrer Mutter hinter der Tür.

»Pankiewicz bedient die Juden, das ist alles. Irgendjemand muss es ja tun. Der schlaue Fuchs wird gut daran verdienen. Die Juden haben immer noch Geld. Bei einem Deutschen würden sie niemals einkaufen.«

»Du wirst sie also dort lassen, bei diesem Polen? Deine Tochter tanzt im jüdischen Wohnbezirk auf einem Vulkan, ist dir das nicht klar?«

»Vorerst werde ich genau das tun, meine Liebe. *Eine* Tochter habe ich bereits verloren, die zweite soll mir bleiben. Du musst nicht immer so schwarzsehen. Ich werde mich hintenrum bei den vertrauenswürdigen Kollegen umhören, ein paar Meinungen einholen. Dann sehen wir weiter. In einem Jahr hat sie ihre Ausbildung abgeschlossen.«

Lilo vernahm hinter der Tür Geraschel, das Ruckeln von Stühlen, dann das Geräusch von harten Schritten auf dem Parkettboden, das plötzlich abbrach. Instinktiv wich sie zurück. »Was mir viel mehr Sorgen macht, ist die Verwandlung meiner Tochter von einem Unschuldslamm in eine Rebellin. Ich frage mich, woran das liegt.«

»Sie ist ganz einfach wie du, Rigobert. Stur, mit Scheuklappen, wenn es um ihre Karriere geht, und aufmüpfig wie ihre Schwester, seit die nicht mehr hier ist. Deine Praxis bedeutet dir dein Leben. Lange danach kommen erst deine Kinder, deine Familie. Von mir will ich gar nicht sprechen.«

»Du bist diejenige mit den Scheuklappen! Ich habe schließlich eine Familie zu ernähren. Und es ging euch immer gut, nicht wahr? Hör auf, dich selbst zu bemitleiden. Hättest du damals mehr aufgepasst, wären wir nicht aus allen Wolken gefallen, als Helene in einer Nacht- und Nebelaktion verschwand.«

Lilo schreckte zusammen. So hatte sie ihren Vater noch nie reden gehört. Im Gegenteil, zwar hatte ihre Mutter schon immer gestichelt, aber Rigobert Wagner hatte Mamas Gejammer stoisch über sich ergehen lassen.

»Jetzt bin ich auch noch daran schuld«, presste Käthe hervor. Ihre Stimme bebte.

»Geh auf dein Zimmer, Lileńka«, riss sie Zofias eindringliche Stimme aus ihren Gedanken heraus. Sie entfernten sich von der Tür. »Geh schon! Unter dein Kopfkissen habe ich einen Brief an dich versteckt. Wurde mir persönlich übergeben. Er wird dich sicherlich aufmuntern. Möchtest du meine Meinung zur Apotheke unter dem Adler hören?«

Lilo schüttelte trotzig den Kopf und sah Zofia mit großen Augen an.

»Ich sag es trotzdem, weil mir was an dir liegt. Du musst weg von dort. Es ist viel zu gefährlich. Die Liebe ist in diesen Zeiten wie ein flüchtiger Flügelschlag eines zerbrechlichen Vögelchens. Halte dich an das Reale, an deinesgleichen.«

Lilo umarmte Zofia. Ohne jemals mit ihr darüber gesprochen zu haben, wusste sie ganz genau, was ihr Herz bewegte. »Ich weiß, dass du es gut mit mir meinst, aber ... ach, ich kann nicht anders.«

»Das sagen sie alle«, gab Zofia zurück. »*Miłość zaślepia – Liebe macht blind.*«

Wie weich Zofias Polnisch klang, dachte Lilo, wiederholte ihre Worte und schüttelte innerlich den Kopf. Nein, sie sah glasklar. Eiligen Schrittes ging sie nach oben und schloss sich in ihrem Zimmer ein.

Sie erkannte die Handschrift von Walter Kranz auf Anhieb. Ein gelblicher Umschlag mit nur ihrem Namen beschriftet.

Ihre Adresse fehlte auf dem Kuvert. Keine Briefmarke, geschweige denn ein Absender, nichts..

Lilo zündete eine Kerze an.

Liebes Fräulein Lilo,
von Herzen hoffe ich, dass es Ihnen gut ergeht in diesen schwierigen Zeiten und dass Sie mein Brief erfreut, den ich einem sich auf Heimaturlaub befindlichen Kameraden anvertraut habe. Ich habe ihm befohlen, ihn nur Fräulein Zofia persönlich in die Hand zu drücken. Ich weiß, wie nah sie Ihnen steht. Die Feldpost ist diffizil – aus uns allen bekannten Gründen, und mir ist dieses codierte Gerede, um der Zensur zu entgehen und wo man um den heißen Brei herumredet, von jeher ein einziges Rätsel geblieben.

Sind Sie gesund, wohlauf? Wie geht es Ihren Eltern? Von hier gibt es nichts zu erzählen, jedenfalls nichts, was Sie verzagen lassen sollte – ich flicke versehrte Körper zusammen, kämpfe um Medikamente, Schmerzmittel sind schnell aufgebraucht. Das Morphin reicht immer nur für wenige Tage. Wer Pech hat, wird ohne Betäubung operiert, der Schnaps muss es dann richten. Das ist es, was aus meinem ehrwürdigen Beruf geworden ist. Dabei wollte ich eines Tages Ihrem Vater nacheifern, seine Praxis übernehmen. Ein richtiger Stadtarzt mit Ehrgefühl und Anstand im Leib wollte ich werden, der seine Stammkundschaft hat und sie im besten Fall von der Wiege bis weit in die Adoleszenz begleitet. Ein Arzt, der die Wehwehchen seiner Pappenheimer kennt, egal aus welcher Ecke Krakaus sie kommen mögen. Im Moment ist diese bürgerliche Idylle in weite Ferne gerückt, aber ich bin voller Zuversicht, dass der Tag kommen wird, an dem es wieder anders wird. Als wir uns beim letzten Mal in Ihrem Elternhaus begegnet sind, da hatte ich so ein Gefühl für Ihre tapfere Seele bekommen. Darf ich das so unverhohlen sagen? Sie haben ein mutiges Herz, liebe Lilo! Warum möchten Sie weiter in dieser Apotheke arbeiten, habe ich mich mehr als einmal gefragt und komme nur zu einem Schluss: Weil Sie helfen wollen, und zwar dort, wo das Leid am größten ist, nicht wahr? Ich glaube, Sie vermögen glasklar zwischen Recht und Unrecht zu unterscheiden! Seien Sie bitte vorsichtig, ich flehe Sie an! Meine aufrichtigen Gefühle für Sie dürften Ihnen nicht verborgen geblieben sein.

Wenn ich über Weihnachten Heimaturlaub bekommen sollte, darf ich mir dann erlauben, bei Ihnen und Ihren Eltern vorstellig zu werden? Ich verspreche, ich werde dann anders reden als hier unter uns. Kein Wort über Krieg, die Verluste, das Leiden, aber auch kein »Gott schütze den Führer«, nein, das bringe ich nicht übers Herz. Keinen Ton über unseren Feind, dessen Nationalität ich trage und mich dafür schäme. So ist es leider: Deutschland ist mein Feind geworden, nicht die Russen oder die Polen. Das deutsche Volk versündigt sich zutiefst – es wird jahrzehntelang dauern, bis über die schrecklichen Taten unseres Volkes Gras gewachsen ist. Ich fürchte, das Schlimmste steht uns erst bevor, dann aber irgendwann wird wieder Licht durch die Finsternis dringen.

Ich würde Sie wirklich gerne wiedersehen.

Ihr W. K.

Postskriptum: Vernichten Sie unbedingt diesen Brief, das ist keine Bitte, nein, ich ersuche Sie, ich würde es mir nie verzeihen, Sie in Gefahr gebracht zu haben. Verbrennen Sie das Papier – behalten Sie meine besten Absichten, mich Ihnen zu offenbaren, in Ihrem Herzen.

Gerührt las Lilo den Brief ein zweites Mal. Ja, Kranz hatte im Gespräch ihrem Vater gegenüber betont, es sei nicht sein Krieg. Sein Werben um sie klang unverhohlen, freundlich, geradeheraus. Aber was er in ihr glaubte entdeckt zu haben, war nicht sie. Was hieß schon *ein tapferes Herz*? War damit das gemeint, was Pankiewicz einen *moralischen Kompass* nannte? Sie war mit Widersprüchen in ihrer Umgebung, der unpolitischen Haltung ihres Elternhauses groß geworden, hatte eine private deutschsprachige Schule in Krakau besucht. Sie wusste, wäre Pankiewicz' Apotheke nicht durch gewisse politische Umstände mitten im Ghetto gelegen, niemals hätte sie auch nur einen Fuß auf das gefährliche Terrain gesetzt. Jetzt aber war sie mit dem, was sich dort abspielte, tagtäglich konfrontiert, und was sie sah, warf einen Schatten auf ihr Volk, dem sie sich von jeher zugehörig fühlte. Vorher hatte sie keine Haltung den Juden gegenüber gehabt. Es gab sie. Sie war mit der Tatsache, dass sie hier in Krakau lebten, aufgewachsen – unmittelbar mit ihnen in Berührung gekommen war sie eigentlich nur ein einziges Mal. Damals hatte eine jüdische Freundin von Helene bei ihnen zu Hause musiziert, aber das lag lange zurück. Erst dieser Krieg hatte Lilo dazu gezwungen, Pankiewicz' Taten mit ihrer Haltung abzugleichen. Wenn es sie ihm näherbrachte, dann wollte sie ihm zuliebe ein besserer Mensch sein.

Gäbe es diesen einen Mann in ihrem Herzen nicht, sie würde auf Walters Werben eingehen, sich geehrt fühlen, große Freude darüber empfinden, weil sie seine geradlinige Art, mit der eine gewisse Verlässlichkeit einherging, mochte und schätzte. Sie würde umgehend in der Apotheke kündigen und eine andere im deutschen Viertel wählen. In ihrem Elternhaus war, seit Lilo denken konnte, geschwiegen worden oder man hatte sich mit Helene auseinandergesetzt. Aber glücklicherweise gab es Pankiewicz, jenen einen Mann, der ihre Träume jeden Tag aufs Neue beflügelte. Jeder neue Tag in der Apotheke barg die Chance, ihren Traum Wirklichkeit werden zu lassen. Jeder Tag an seiner Seite bereitete den fruchtbaren Boden für neue Träume.

Mit einem Seufzer faltete sie den Brief und hielt ihn mit dem Umschlag in die Flamme der Kerze, bis nur noch die Asche zurückblieb. Sie kroch in ihr Bett.

Morgen würde sie wieder in ihr Tagebuch schreiben.

Liebe Helene! Es gibt Neuigkeiten. Mein Herz ist erfüllt von einer unerfüllten Liebe. Wenn es ernst wird, werde ich zwischen zwei Männern stehen. Wer hätte das von mir Mauerblümchen gedacht?

Ganz deutlich glaubte sie Helenes Stimme zu hören: »Du bist schön, klug und prüfst deine Umgebung weitaus genauer, als es die meisten tun. Du weißt es vielleicht noch nicht, aber du hast ein gutes Herz und mehr Anstand im Leib, als du ahnst. Merke dir jedoch: Wenn die Liebe schwierig ist, ist es nicht die richtige. Sie kommt ganz leicht daher, und sie brennt im Herzen – daran erkennst du sie. Wähle nicht klug, sondern dem Herzen nach!«

TATJANA

17

Krakau, Frühjahr 2017

Über der Eingangstür des Museums ragte ein schwarzer Adler aus Alabaster, an der Außenwand hing hinter Glas ein überdimensional großes Foto von Tadeusz Pankiewicz. Apteka Pod Orłem stand in großen Lettern geschrieben. Genauso hatte Tatjana den geheimnisvollen Mann in Erinnerung, nur dass er auf dem Foto etwa vierzig Jahre jünger gewesen war. Unverkennbar: die schwarze Fliege, seine hochgewachsene Gestalt. Ein angedeutetes Lächeln umspielte seine Lippen. In seinen dunklen tief liegenden Augen versuchte man vergeblich zu lesen. Undurchdringlich war sein Blick, als vermochten seine Augen alles, was sie gesehen hatten, für sich zu behalten. Tatjana stellte sich vor, wie Lilo einst ihr Fahrrad auf dem Gehweg geschoben, es im Hinterhof abgestellt und das Geschäft betreten hatte.

Im Inneren empfing Tatjana eine Apothekeneinrichtung, die sie an Lilos Fellbacher Apotheke erinnerte: Der mit einer großen Apothekerwaage ausgestattete Tresen und sämtliche Regale waren aus Eichenholz gefertigt und verliehen dem Raum eine wohlige Wärme. Das zarte Grün einer Tapete trat vor dem dominierenden Braun des Holzes zurück. Vor einem kleinen Fenster hing ein vergilbter gehäkelter Vorhang. Durch dieses schmale Fenster überblickte man den ganzen Bohaterów-

Getta-Platz. Nur wenige Besucher befanden sich um diese Zeit in der Apotheke. Eine Frau und ein Mann mit Namensschildchen am Revers beaufsichtigten scheinbar teilnahmslos die Räume.

Tatjana stellte sich vor, wie Lilo dort gestanden hatte, sich weggedreht und hinüber ins Labor gegangen war. »Das Labor war mir immer der liebste Ort während meiner gesamten Ausbildung«, hatte sie einmal erklärt. Er war es auch in Fellbach in ihrer eigenen Apotheke geblieben. Ihr Rückzug ins Labor hatte Lilo viel bedeutet. Dort war sie in ihrem Element, abgeschottet vom Tagesgeschäft des Bedienens.

Eine Uhr mit einer aufwendigen Schnitzerei in der Gestalt eines Adlers und dessen ausgebreiteten Flügeln fiel Tatjana ins Auge. Die Regale waren befüllt mit Fläschchen, Mörsern, Reagenzgläsern, sorgfältig der Größe nach sortiert. An einem goldfarbenen Garderobenhaken hingen auf hölzernen Bügeln historische Tageszeitungen.

Tatjana ging auf dem knarzenden Boden in den zweiten Raum, Pankiewicz' Arbeitszimmer. Der fensterlose Raum war eingerichtet mit einem Schreibtisch, Sofa und einer Waschschüssel. An der Wand hing eine Uhr mit einem Äskulapstab, dem Symbol der Apotheken, daneben an einem Haken ein weißer Kittel. Dieses kleine Detail berührte Tatjana derart, dass sie kurz mit den Tränen kämpfte – unmittelbar fühlte sie sich in die Zeit versetzt, in der Pankiewicz und seine Angestellten hier gewirkt hatten.

Ihr war, als ginge Lilo als junge Frau durch die Räumlichkeiten, als stünde sie am Fenster oder hinter dem Tresen. Das Fräulein Magister im weißen Kittel, ihr gewelltes Haar zu einem Zopf am Hinterkopf zusammengebunden. *Was kann ich für Sie tun?*

Heute ehrten die Krakauer diese Apotheke als einen Ort

des Widerstands, wovon viele hinter Glas liegende Zeitdokumente zeugten. Eine Urkunde besagte, dass Tadeusz Pankiewicz 1983 in der israelischen Gedenkstätte Yad Vashem zu einem *Gerechten unter den Völkern* ausgezeichnet worden war. In einer zweiten Vitrine befanden sich Briefe an Pankiewicz, die in den späten Neunzehnhundertvierzigerjahren geschrieben worden waren – in Polnisch. Fotos mit älteren Menschen vor Gebäuden in Israel, Frauen mit Kindern auf dem Schoß lächelten in die Kamera – darunter ein Urhebervermerk: *Privatarchiv Pankiewicz*.

Tatjana machte ein Foto von der Urkunde, anschließend von den Räumlichkeiten. »Lilo«, sprach sie zu sich selbst. »Was für einen Menschen kanntest du! Hier, inmitten des Wahnsinns? Was haben deine Eltern wohl dazu gesagt? Warum hast du uns nicht davon erzählt? In diesen Wänden hast du Rezepturen angerichtet, in einem Kämmerchen alles gelernt, was du später brauchtest, aber nichts von dieser geschichtsträchtigen Umgebung kam dir jemals über die Lippen. Nichts von den Menschen, die dich begleiteten. Wir hätten so gerne daran teilgehabt.«

Mehrere Jahre musste Lilo an diesem Ort bis zu ihrer Flucht nach Stuttgart gearbeitet haben. Eine Deutsche unter eingesperrten Juden, eine sogenannte *Arierin* unter einem polnischen Vorgesetzten, dessen Apotheke vielen Menschen als Zuflucht gedient hatte. Welche Rolle hatte Lilo inne? Welchen Drahtseilakt musste ihre Großmutter zwischen ihrem Zuhause in der św. Sebastiana und diesem Ort zwischen Verzweiflung und Hoffnung jeden Tag vollbracht haben? Warum war sie geblieben und hatte sich dem tagtäglich ausgesetzt? Warum hatte sie später nichts davon erzählt? Hatte sie auch über die guten Dinge, die geschehen waren, hinweggesehen? Nein, das hielt Tatjana für ausgeschlossen.

»*Excuse me,* … gibt es einen Nachkommen von Tadeusz Pankiewicz hier in Krakau?«, wandte sich Tatjana beherzt am Ausgang an das Aufsichtspersonal, eine rundliche Dame in einem dunkelblauen Kostüm.

»Nein«, gab die Frau ausdruckslos zurück.

Das war Tatjana zu wenig. »Wo befindet sich das *Privatarchiv Pankiewicz*?«, hakte sie nach und deutete auf die Ausstellungsstücke in der gläsernen Vitrine. »Wer hat diese eindrucksvolle Ausstellung organisiert?«

Irgendjemand musste doch Näheres über diesen Mann wissen!

Die Frau zuckte mit den Achseln und blickte Hilfe suchend zu einem Kollegen, der sich gerade in Tatjanas Gesichtsfeld schob.

»Dr. Adam Nowak«, sagte er unvermittelt und sah Tatjana direkt an. »Er ist Dozent an der Universität Krakau«, erklärte er in gebrochenem, aber gut verständlichem Deutsch. »Er arbeitet an einer Holocaust-Dokumentation. Er kann Ihnen sicherlich weiterhelfen. Dr. Nowak hat diese Ausstellung wissenschaftlich betreut.« Der Mann zog ein Notizbuch aus einer Schublade, blätterte darin, schrieb etwas auf einen Zettel, riss ihn heraus und klappte das Buch wieder zu. Mit einem Lächeln reichte er Tatjana den Zettel.

Die Frau schüttelte den Kopf und wandte sich an ihren Kollegen. »*Nie wiem*«, nuschelte sie. *Nie wiem – ich weiß nicht.*

Diese Worte hatte Tatjana von Lilo weiß Gott oft genug gehört.

Sie blickte auf den Namen Dr. Adam Nowak, die darunter stehende Telefonnummer. »Ich danke Ihnen, haben Sie vielen Dank – *dziękuję*«, sagte sie, steckte den Zettel in ihre Hosentasche und ging nach draußen.

Sie zog den Reißverschluss ihrer Regenjacke zu, sah zum Himmel hinauf und ließ ihren Gedanken freien Lauf.

Ausgerechnet auf einem Minenfeld wurde deine Leidenschaft für die Pharmazie geboren, Lilo, ausgerechnet dort, wo vor deinen Augen Unfassbares geschah. Wie hast du es geschafft, heil aus dieser Sache herauszukommen? Warst du so pragmatisch, hast du nicht darüber nachgedacht? Nein, dachte Tatjana, *so warst du nicht. Dafür hast du es dir viel zu schwer gemacht.*

Eine assoziative Kette von Ereignissen, möglichen Motiven, Gesichtern und Örtlichkeiten ging Tatjana durch den Kopf. Lilos späte Wiederbegegnung mit Pankiewicz in Fellbach. Ihre Veränderung. Es war, als hätte er sie damals aufgeweckt, als habe sie bis zu seinem Auftauchen geschlafen.

»Du musst etwas sehr Besonderes mit ihm geteilt haben«, dachte Tatjana, ein Gedanke, der ihr nicht das erste Mal kam, aber hier, wo sich Lilo selbst verwirklicht hatte, glaubte sie die Verbundenheit der beiden förmlich zu fühlen. Waren Lilo und Pankiewicz ein Paar gewesen? Bis zu ihrer letzten Begegnung hatten sie einander gesiezt.

Der Schein konnte trügen – es war an der Zeit, in alle Richtungen zu denken, auch in die verstecktesten Winkel möglicher Szenarien.

Es fing an zu nieseln.

Tatjana beschloss zu laufen. Jetzt brauchte sie frischen Wind im Gesicht, das bisschen Regen machte ihr nichts aus. Sie erinnerte sich an das Café Camelot im Herzen der Altstadt, das in einem Reiseführer empfohlen worden war, und orientierte sich kurz, in welche Richtung sie gehen musste. Dann steuerte sie die Planty an, wo der Wind durch die alten Eichen strich und man den nieselnden Regen wie eine angenehme Begleitmusik im Hintergrund hören konnte. Sie inhalierte die gereinigte Luft, die Kühle inmitten dieser grünen Oase, die spielenden Kinder.

Zehn Minuten später überquerte sie die Weichselbrücke,

und von Weitem entdeckte sie die Marienkirche, wo die Wagners sonntags die Heilige Messe besucht hatten. Ein Backsteinbau mit zwei hohen Türmen und durchdringendem Glockengeläut, das gerade einsetzte. Dunkel erinnerte sie sich, dass sie gelesen hatte, wie despektierlich die Besatzer über die vielen Kirchen in Krakau gesprochen hatten. »Hier gibt es mehr Kirchen als Cafés!«, hatten sie gespottet und die Nase über den tief verankerten Katholizismus der Polen gerümpft. Noch heute waren sechsundachtzig Prozent aller Polen mehr oder weniger streng katholisch, die Protestanten brachten es landesweit auf gerade einmal hundertzehntausend Gläubige.

Wenige Hundert Meter später erreichte Tatjana das Camelot, jenes urgemütlicheCafé, das junge Leute in Krakau gern besuchten. Ein unebener Boden, ein alter Bollerofen inmitten von jahrhundertealtem, meterdickem Mauerwerk und knarzende Holztreppen, die auf eine zweite Ebene führten, dominierten das Ambiente. In einer zugemauerten Fensternische hingen auf Holz gemalte Ikonen. Auf den Tischen brannten Kerzen.

Sie wählte einen Tisch in der Ecke, bestellte einen Salat mit geräucherter Entenbrust, eine Kanne Kräutertee und fischte im Rucksack nach ihrem Handy.

Aus den Lautsprechern erklangen leise jiddische Melodien, Klarinetten, ein Akkordeon, eine Geige.

Als sie auf ihr Handy sah, entdeckte sie einen entgangenen Anruf von Édith. Sie wählte ihre Nummer.

»Tatjana?«

»Hallo, Édith, du hast angerufen. Ich wollte mich heute bei dir melden. Jetzt bist du mir zuvorgekommen.«

»Wie ergeht es dir in Krakau?«, fragte Édith. »Danke für die eindrucksvollen Fotos.«

»Eine unglaublich schöne Stadt, ich bin fasziniert. Mein

erster Gang führte zur Villa, wo unsere Großmütter aufgewachsen sind – deshalb die Fotos von der ehemaligen Wagner-Villa. Jetzt sitze ich in einem urgemütlichen Café, was für eine Atmosphäre! Ich glaube, das würde dir auch gefallen. Als sei die Zeit stehen geblieben, genauso sieht es hier aus. Ich war an Lilos Arbeitsplatz, in der Apotheke, im damaligen Ghetto.«

Tatjana berichtete Édith von dem Interieur, von Pankiewicz' Taten während der deutschen Besatzung. »Es gibt einen Nachlassverwalter, der hier in Krakau an der Uni lehrt. Ich habe seine Kontaktdaten.«

»Der Mann, bei dem sie gearbeitet hat, war im Widerstand aktiv?«, fragte Édith nach einer langen Pause.

»Ja.«

»Das ist ja verrückt. Und welche Rolle hat Lilo eingenommen? Ich dachte, sie sei aus Krakau geflohen.«

»Erst Anfang 1944, als klar war, dass die Deutschen den Krieg verlieren.«

Tatjana wünschte, sie hätte angesichts Lilos beharrlichem Schweigen Pankiewicz bei seinem Besuch in Fellbach zu ihrem Krakauer Leben mit ihrem heutigen Wissensstand befragen können. Jetzt war es zu spät.

»Du meinst, sie hat im Widerstand mitgewirkt, während ihr Schwager in Paris deportiert wurde?«

»Ich weiß es nicht«, sagte Tatjana achselzuckend, befremdet über eine derartige chronologische Gegenüberstellung. »Lilo war keine Heldin. Sie stand ihre Frau, so habe ich sie meine ganze Kindheit und Jugend erlebt – wenn es um ihre Belange, um die ihrer Familie ging. Ehrlich gesagt, habe ich inzwischen das Gefühl, sie überhaupt nicht gekannt zu haben. Nichts passt mehr zusammen.«

Erneut entstand eine Pause.

»Es gibt und es gab *Stille Helden,* jene, die einfach nur das Richtige getan haben, ohne sich feiern zu lassen«, sagte Édith weich.

Tatjanas Bestellung wurde serviert. Sie betrachtete den liebevoll angerichteten Salat mit karamellisierten Nüssen, Sprossen und geräucherter Entenbrust.

»Ja, die gab es«, sagte Tatjana. Lilo – eine *Stille Heldin?* Innerlich schüttelte sie den Kopf. »Was ist bei dir in der Zwischenzeit passiert?«, fragte sie schließlich und schob das Essen zur Seite.

»Viel Arbeit, ein neuer Auftrag in Baden-Baden. Felix dreht durch, weil ich so häufig in Paris bin. Ich habe ganz vorsichtig bei Adi nachgefragt.«

»Und?« Unwillkürlich richtete sich Tatjana auf und goss sich Tee in den geblümten Pott. »Was hat sie gesagt?«

»Sie sagt, sie weiß nichts. Eine Adoption Simons sei ein Hirngespinst. Genau dasselbe, was sie vor Jahrzehnten behauptet hatte, als ich sie einmal darauf ansprach.«

»Du hast sie nicht mit den Beweisen konfrontiert?«

»Gott bewahre«, rief Édith aus. »Das ist zum jetzigen Zeitpunkt absolut ausgeschlossen. Simon war ihr geliebter Bruder – er war von Anfang an da. *C'est tout.* Meine Adi geht zum Tagesgeschäft über. Dieser Wintergarten, du ahnst nicht, Édith, was ich mir alles über ihren Wintergarten anhören muss, als hinge ihr Leben von diesem blöden Pavillon ab.«

»Das kann ich mir gut vorstellen«, sagte Tatjana. »Es lenkt sie ab. Ihre heile Welt zurückzuerobern, ist weniger schmerzhaft als sich mit einer Lüge existenziellen Ausmaßes auseinandersetzen zu müssen.«

Einen Augenblick überlegte Tatjana, wie oft ihr das Wort Schonung im Zusammenhang mit Lilo in den Sinn gekommen war.

»Lüge klingt sehr hart, Tatjana. Wäre es möglich, dass Adi die Ereignisse um Simon verdrängt hat?«

»Ja, durchaus«, erwiderte Tatjana nachdenklich. »Wenn sie die Geschehnisse um seine Adoption traumatisch erlebt hat, unbedingt. Es würde auch erklären, warum sie ein Leben lang schwieg. Sie hätte gar keinen Zugang zu ihrem Wissen.«

»Wir können nicht von Adoption sprechen, dafür gibt es keinerlei Hinweise. Ich kann ihr überhaupt nicht böse sein.«

»Das musst du auch nicht, wir haben genug an unseren Gefühlen zu kauen. Mit Schuldzuweisungen kommen wir nicht weiter, es geht um Akzeptanz, darum, Widersprüche auszuhalten. Annehmen ist das Zauberwort. Dora kaut auch daran. Sie verhält sich im Grunde ähnlich wie Adi.«

»Aber sie leugnet nicht«, unterbrach sie Édith.

»Weil sie nicht leugnen kann. Simons Überleben ist ja eine Tatsache. Sie braucht Zeit, genau wie Adi. Wie ist das eigentlich mit dem Wintergarten passiert, dem ursprünglichen, meine ich?«

»Hochwasser. Die Seine trat an einigen Stellen über ihre Ufer. Er wurde überschwemmt, seine Einzelteile auseinandergerissen. Dabei hat Adi von Kindesbeinen an ein Problem mit Wasser. Sie hasst es. Sie kann nicht mal schwimmen.«

»… was für eine Symbolik! Hast du nicht in diesem Zusammenhang die Wand mit den Unterlagen in der Wohnung deines Vaters gefunden?«

»Richtig. Adi bestand an jenem Tag darauf, dass ich seine Geige hole.«

Tatjana starrte zum Fenster hinaus. Sie räusperte sich. »Was hast du als Nächstes vor?«

»Ich suche weiter nach Spuren, die Helene und Samuel in Paris hinterlassen haben. Schriftliche Beweise.«

»Schriftliche Beweise?«

»Behördenanträge. Wohnungswechsel. Simons Geburtsurkunde. Jeder Mensch hinterlässt bürokratische Spuren, auch während der deutschen Besatzung. Bisher endet nur Samuel Altmanns Spur im Juli 1942 mit der Deportation nach Auschwitz. Über Helene und Simon Altmann müsste sich mehr als das, was der Suchdienst ermittelt hat, finden lassen. Ich möchte die alten Akten im Einwohnermeldeamt einsehen. Dazu muss ich wieder nach Paris.«

»Verstehe«, sagte Tatjana. Mit dem Versprechen, sich auf dem Laufenden zu halten, verabschiedeten sich die beiden Frauen voneinander. Gedankenverloren drückte Tatjana das Gespräch weg.

Auschwitz – hier in Krakau war dieser Ort sehr real.

In der ganzen Stadt sah man das siebzig Kilometer entfernte Oświęcim mit seiner einzigartigen Gedenkstätte immer wieder auf großen Plakaten, wo Besichtigungstouren angepriesen wurden, deren Exklusivangebote Tatjana hatten erschaudern lassen. Touristikfahrten in allen Sprachen der Welt an den Ort des Grauens, die völlig kommerzialisiert daherkamen: *Oświęcim – Tagestour mit Mittagessen. Oświęcim mit Kaffee und Kuchen* – als handle es sich um eine Kaffeefahrt an einen beliebigen Ausflugsort. *Oświęcim ohne Anstehen in der Schlange.*

Wie zynisch sich das las, mussten sich doch die Deportierten einst vor der Rampe und dem Tor des industriellen Tötens in endlos langen Reihen *anstellen*. Tatjana glaubte es förmlich sehen zu können: Unzählige Koffer, vollgestopft mit den letzten Erinnerungen an ein zivilisiertes Leben, Mütter und Väter mit ihren Kindern an der Hand. Großmütter, Großväter, deren Schicksal bereits vor der Abfahrt festgestanden hatte. Der Dampf von dem ausfahrenden Zug in der Dunkelheit, der dem nächsten Platz machte, Baracken, die akkurat angelegten

Birkenalleen, qualmende Schornsteine. Ein Mann in einem weißen Arztkittel, der die Selektionen vornahm.

Einst hatte Dr. med. Josef Mengele einen Eid darauf geschworen, Leben zu schützen.

Die um Touristen werbenden Ankündigungen heutiger Plakate wirkten im historischen Kontext dieses Orts gegen das Vergessen pietätlos, missraten, absolut deplatziert.

Nachdenklich betrachtete Tatjana den vor ihr stehenden geblümten Teepott und ihren Salat. Die Blätter schienen binnen weniger Minuten gewelkt, die Entenbrust grau. Nur die Nüsse glänzten wie frisch gebrannt vom Weihnachtsmarkt. Sie stützte ihre Ellbogen auf den Tisch, legte beide Hände aufs Gesicht und strich sich über den Mund. Mit einem Ruck schob sie den Teller von sich weg und blickte in Richtung Theke.

»Die Rechnung, bitte«, sagte sie.

LILO

18

Krakau, Winter 1941

Lilo stieg von ihrem Rad ab, ging durch das Ghettotor und schob es am Kontrollpunkt vorbei. Nur vereinzelt waren Menschen auf den Straßen zu sehen, Menschen, die an den Häuserwänden entlangschlichen, während sie auf den Boden blickten, als wollten sie sich unsichtbar machen. Einige Männer vom Ordnungsdienst. Wachposten, von den Deutschen auserwählte Kapos, die die Arbeitstrupps anwiesen.

Trotz dieser Routine lag heute eine sonderbare Stimmung über dem Viertel. Lilo vermochte es nicht festzumachen, etwas war anders.

»Lilo, warte auf mich«, hörte sie hinter sich eine vertraute Stimme. Es war die von Jadwiga Zielinski.

»*Dzień dobry*, Jadwiga«, sagte Lilo und spürte, wie diese sich bei ihr einhakte. Außerhalb der Villa, daran war Lilo von Kindesbeinen an gewöhnt, sprach sie ausschließlich Polnisch. Nur mit Pankiewicz hin und wieder Deutsch. »Fällt dir irgendetwas auf?«, fragte sie, während sie sich verstohlen umsah.

»Nichts Ungewöhnliches«, sagte Jadwiga. »Ein Tag wie jeder andere.«

»Irgendetwas stimmt nicht«, sagte Lilo und registrierte in einer Seitenstraße einen schwarzen Wagen.

»Hier hat noch nie etwas gestimmt«, gab Jadwiga zurück.

»Wir haben uns schon so sehr daran gewöhnt. Manchmal denke ich, wir sind abgestumpft.«

Lilo seufzte.

»Bist du heute wieder im Labor?«

»Ja, ich liebe die Laborarbeit. Mit dieser Leidenschaft bin ich wohl allein.«

»Nicht ganz. Der Herr Magister liebt das Labor genau wie du. Ich bin nicht so verrückt danach. Ich stehe gern hinterm Tresen. Man lernt so vieles über die Menschen.«

»Mir machen die meisten Menschen eher Angst.«

Abrupt blieb Jadwiga stehen. »Oh, Lilo, manchmal sagst du seltsame Dinge. Ich mag dich, aber ich weiß nicht so recht, wer du bist. Keine von uns weiß das.«

»Eine angehende Apothekerin bin ich. Nicht mehr und nicht weniger. Oder möchtest du mir durch die Blume etwas sagen? Geht es darum, dass ich Deutsche bin?«

Jadwiga schob sie sanft weiter in Richtung Zgody. »Komisch ist es schon, dass du immer noch bei uns bist. Ich habe mich schon oft gefragt: Warum tut sie das?«

»Weil Pankiewicz der beste Lehrmeister ist, den ich kenne, und weil ich es gewohnt bin, das abzuschließen, was ich angefangen habe. Kann man mir das vorwerfen?«

Jadwiga schüttelte den Kopf. »Möchtest du meine Meinung hören?«

»Du wirst sie mir gleich kundtun.«

»Ich glaube, der Herr Magister hat dich mit der Verbannung ins Labor aus der Schusslinie herausgenommen, heraus aus der Öffentlichkeit. Er möchte erst gar keine unangenehmen Fragen aufkommen lassen. Er mag dich!«

Lilo presste die Lippen zusammen, aber insgeheim freute sie sich über Jadwigas Worte. »Er mag jede seiner Angestellten. Für mich ist es keine Verbannung, sondern genau das, was ich will. Und wenn es so wäre, dann geschähe es zu eurem und meinem Schutz.«

Nachdenklich sah Jadwiga Lilo an. Ihr war, als lese sie in ihrem Gesicht. »Er liebt die Menschen. Und die Menschen lieben ihn dafür, was er ihnen Gutes tut. Daraus zieht er seine Kraft.«

Lange klangen Jadwigas eindringliche Worte in Lilo nach, und sie ertappte sich bei der Frage, ob ihm das genügte oder ob er sich auch nach einer exklusiven Liebe sehnte, eine, die ihm ganz allein gehörte.

In der Apotheke gingen beide Frauen ihrer Arbeit nach.

Lilo arbeitete konzentriert im Labor ihre Aufgaben ab. Ein großes Pensum lag vor ihr. Sie mörserte Pulver, das zu großen Teilen aus einem Sedativum bestand und in diesen Zeiten sehr gefragt war. Die Wunderdroge von der Front, *Pervitin*, ein Amphetamin, versetzte sie nach Anweisung mit Kakao. Der Muntermacher, der eigentlich den deutschen Soldaten vorbehalten war, konnte Müdigkeit und Hunger vertreiben, barg jedoch bei regelmäßiger Einnahme gefährliche Nebenwirkungen wie Halluzinationen und Angstzustände. Die sogenannte *Panzerschokolade* offenbarte ihren Preis erst nach längerer und missbräuchlicher Einnahme. An der Front, so hieß es, bewirke sie Wunder.

Obwohl Pankiewicz nie ein Wort darüber verloren hatte, wofür die Mixturen, die sie anfertigte, bestimmt waren, wusste Lilo genau Bescheid, sie war ja nicht blind: Vor allem Mütter brauchten ein Beruhigungsmittel für ihre Kinder, um diese bei Razzien in ihrem Versteck stillzuhalten, genau wie den selbst hergestellten Hustensaft, die Acetylsalicylsäure gegen Fieber und Schmerzen und neuerdings – Haarfärbemittel. Es vermochte dunkles Haar in Honigblond zu verwandeln – die vermeintliche Haarfarbe der *Arier*. Die

Farben lagerten in einem Schrank mit der Aufschrift *Emulgatoren*.

Ehe sich Lilo versah, war es später Nachmittag. Sie streckte sich, beugte ihren Oberkörper mit erhobenen Armen nach rechts und nach links, massierte sich anschließend den Nacken. Im Spiegel konnte sie ihren Vorgesetzten sehen, im Verkaufsraum mit einem Mann ins Gespräch vertieft. Sie schnappte einige Worte auf: *Dosierung, Nebenwirkungen, Verabreichungsformen*.

Viel war heute nicht los gewesen, nur noch wenige Kunden waren da.

Plötzlich verstummte Pankiewicz mitten im Gespräch und starrte zur Tür. Sofort herrschte eisiges Schweigen. Lilo blickte gebannt in den Spiegel und beobachtete, wie sich Spira, mit einem dunklen Mantel bekleidet und der Armbinde des OD, in ihr Sichtfeld schob. Er hielt einem SS-Mann, den Lilo noch nie zuvor gesehen hatte, die Tür auf. Ein hochgewachsener SS-Uniformierter mit Totenkopf-Emblem am Revers. Zielsicher und mit versteinerter Miene ging er, gefolgt von Spira, auf Pankiewicz zu. Sie wechselten ein paar Worte in deutscher Sprache, von denen bei Lilo nur Bruchstücke ankamen, dann aber vernahm sie den Befehl, den Spira wie ein Echo auf Polnisch wiederholte: »Die Apotheke ist umgehend zu schließen. *Natychmiast! – Sofort.*«

Der SS-Mann stand regungslos da. Sein stählerner Blick, die ausdruckslosen Augen, der harte Zug um den Mund ließen sie erschaudern. Spira, der mindestens einen Kopf kleiner als er war, blickte ehrfürchtig zu ihm auf.

»Ab sofort wird es ungemütlich, meine Herrschaften«, erhob der SS-Mann seine Stimme, drehte sich weg und ließ sich von Spira die Tür aufhalten. Gemeinsam traten sie hinaus.

»Wer war das?«, fragte Lilo, während sie langsam aus dem Labor heraus an Pankiewicz' Seite trat.

»Der neue Befehlshaber der Sicherheitspolizei«, sagte dieser mit zitternder Stimme. »Seine erste Amtshandlung bestand in der strikten Anweisung, alle Juden, die sich außerhalb des Ghettos aufhalten, zu erschießen. Er heißt Schöngarth, wir alle sollten uns diesen Namen merken. Er gilt als nicht zimperlich, wurde schon mehrfach versetzt, wie mir zu Ohren gekommen ist. Ein Jurist, ehemals im Dienst der Gestapo.«

Pankiewicz schüttelte sich, sein Blick ging durch den Raum. Dann machte er eine ausladende Bewegung mit dem Arm. »Wir schließen, die Apotheke schließt. Bitte, gehen Sie sofort nach Hause, bringen Sie sich schnellstmöglich in Sicherheit«, sagte er in ruhigem Tonfall.

Als Lilo sich umsah, entdeckte sie eine junge Frau. Zitternd saß sie hinter dem Tresen, in eine Ecke gekauert, das Gesicht hinter ihren Händen versteckt. Fragend sah Lilo ihren Vorgesetzten an. Dann machte sie einen beherzten Schritt auf die Frau zu, blieb bei ihr stehen.

Binnen weniger Minuten war der Verkaufsraum menschenleer. Pankiewicz schloss die Vorhänge vor den Fenstern. Jadwiga zog die des Laborfensters zu, ging nach nebenan in den Verkaufsraum und trat ans Fenster, das auf den Zgody zeigte. Draußen bot sich ihr ein chaotisches Bild. Überall rannten Menschen hektisch in verschiedene Richtungen auf die Straßen, verschwanden in Häuserschluchten, in ihren Häusern.

»Razzia«, riefen sie, während sie um ihr Leben rannten. »Razzia. Verschwindet! Geht nach Hause. Kriecht in eure Verstecke! Razzia!«

Kurz darauf fanden sich auf dem Zgody schwarze Limousinen ein, die akkurat hintereinander parkten. Türen wurden geöffnet. Aus einem Lastwagen stiegen uniformierte Männer mit Schlagstöcken und Gewehren und verteilten sich in Windeseile in den Straßen des Ghettos.

Die Frau hinterm Tresen schluchzte. Pankiewicz verriegelte die Tür und gab Lilo ein Zeichen. »Bitte, begleiten Sie die Dame in den Keller. Ich bleibe hier oben.«

Lilo beugte sich der Frau entgegen, umfasste ihr Handgelenk und zog sie sacht nach oben. Beide Frauen liefen die steilen Stufen hinab bis zum Gewölbekeller. Pankiewicz, das wusste Lilo, verwaltete dort ein großes Medikamentenlager. Lilo hatte den Raum noch nie betreten, zumal die Chemikalien, die sie benötigte, immer im Labor bereitstanden.

Sie öffnete die Tür und blickte in einen schwach beleuchteten gewölbten Raum. Sie blinzelte, musste sich erst an das dämmrige Licht gewöhnen. Gleich mehrere Augenpaare starrten gleichzeitig in ihre Richtung. Ältere Frauen, Männer, eine junge Frau mit einem Kind. Auf einem langen Tisch stand eine Menora. Auf dem Boden befanden sich Feldbetten, Matratzen, Koffer, Kleidung. In einer geöffneten Truhe stapelten sich Thorarollen, Wertgegenstände jeglicher Art, Gold, Schmuck, Uhren – ein Vermögen, wie Lilo beim Überfliegen der Gegenstände feststellte. Auf der gegenüberliegenden Seite waren die Regale vollgestopft mit Medikamentenvorräten. Lilo entdeckte ihre eigenen Abfüllungen eines Hustensafts, den sie auf Wunsch Pankiewicz' mit einem Sedativum angereichert hatte. Seife, Haarfärbemittel.

Zeigte sich in diesem konspirativen Raum Pankiewicz' sogenannter moralischer Kompass? Das Verstecken von Juden ging weit über die Hilfeleistungen, die Lilo bisher beobachtet hatte, hinaus. Ihr Vorgesetzter gefährdete damit sein eigenes Leben – und das seiner Mitarbeiterinnen.

Die Frau, die sie heruntergebracht hatte, fiel einer älteren um den Hals. »Da bist du ja. Dem Allmächtigen sei Dank, *Mamusia*.«

»Was ist passiert?«

»Eine Razzia. Akiba hat uns alle gewarnt«, erklärte die Gerettete. »Ich habe nach dir gesucht und hatte ja keine Ahnung, dass du schon hier bist.«

Akiba. Irgendwo hatte Lilo dieses Wort schon einmal gehört. Lilo suchte in ihrer Erinnerung, wann und in welchem Zusammenhang das ungewöhnliche Wort gefallen war. Es musste Jahre zurückliegen.

»Es ist Schabbat«, hörte sie die Frau mit strengem Ausdruck sagen. »Der Herr Magister lässt uns hier in Ruhe feiern. Setz dich zu uns.«

»Ein Glück, dass ihr bereits hier seid. Die Deutschen wollen die Alten im Ghetto aussortieren, sie umsiedeln.«

»Umsiedlung«, erwiderte die Frau verächtlich. »Wohin denn diesmal?«

»Ins Lager Plaszów«, antwortete eine andere Frau, die ganz hinten in der Ecke auf dem Boden saß, die Beine gegen die Brust gezogen. Ihre Wollstrümpfe stachen Lilo ins Auge. »Das Arbeitslager befindet sich auf einem Hügel über Krakau. Es heißt, dort geschähen schreckliche Dinge.«

Verstohlen warf Lilo einen Blick in die Ecke, wo die Frau mit den Wollstrümpfen saß. Ihr war, als habe sie diese Stimme schon einmal gehört. Ihr lockiges, rötliches streng zurückgekämmtes Haar erinnerte sie an das von Helene. Erst mit einer Verzögerung begriff Lilo, dass sie sie kannte. Eine wunderschöne Frau, etwa in ihrem Alter, mit hohen Wangenknochen, einem wachen Blick, markantem Kinn und makellosen Gesichtszügen. Lilo suchte in ihrem Gedächtnis nach einer Verbindung. Dann fiel es ihr ein: Es handelte sich um eine Freundin von Helene! Die beiden hatten gemeinsam musiziert, einmal sogar bei den Wagners ein Hauskonzert gegeben. Wie lange lag das zurück? Mindestens sechs Jahre. Sie war Jüdin – das jedoch hatte Helene erst nach dem Konzert ihren Eltern gestanden. Gefolgt war eines der größten Donnerwetter, das die Villa Wagner je heimgesucht hatte.

»Ich dulde keine Juden in diesem Haus«, hatte Käthe Wagner, einer Ohnmacht nahe, protestiert und ihr Taschentuch mit Eau de Cologne beträufelt. Helene aber hatte gekontert: »Ihr Geigenspiel fandst du jedenfalls virtuos. Das Geigenspiel einer Jüdin!«

Beim Abendessen hatte Rigobert Wagner beschwichtigende Worte gesprochen. Man war sich in vielem uneins, aber sofort hatte Übereinstimmung darüber bestanden, dass Juden in der Villa Wagner unerwünscht waren.

»In deiner Praxis behandelst du aber Juden, zumindest die zahlungskräftigen von ihnen«, hatte Helene ihrem Vater an den Kopf geworfen. Die Mutter hatte entsetzt die Hände vors Gesicht geworfen und geschluchzt. Tränen waren geflossen. Zofia war umgehend aus dem Salon verwiesen worden.

»Das ist etwas anderes«, hatte Rigobert Wagner gerufen, seine Serviette aus dem Kragen herausgerissen und auf den Tisch geknallt. »Schluss damit. Geh sofort auf dein Zimmer, Helene, und überlege dir, wie du dich bei deiner Mutter entschuldigen kannst.«

Helene war aufgestanden, wobei ihr Stuhl umgekippt war. »Ich kann hier nicht atmen«, hatte sie weinend gebrüllt. »Dieses Haus ist scheinheilig. *Alle Menschen sind Brüder* – habt ihr uns das nicht beigebracht? Jeden Sonntag predigen sie uns in der Kirche: *Gott liebt alle Menschen* – und was macht ihr?« Lauthals war die Tür hinter ihr ins Schloss gefallen. Lilo hatte den Stuhl vorsichtig wieder aufgestellt.

Gusta, das hatte Helene noch in derselben Nacht tränenüberströmt Lilo anvertraut, gehörte einer zionistischen Bewegung in Krakau an, einer Jugendgemeinschaft, die sich im Geiste der jüdischen Religion und Kultur regelmäßig traf und die jüdischen Traditionen pflegte. Hunderte von polnischen Juden, die das Leben feierten, zusammen tanzten, sangen und gemeinsam die Thora studierten. Sie nannte sich Akiba.

»Bei denen geht es ganz anders zu als in unserer Gemeinde, Lilo, verstehst du das? Die jüdische Religion ist nicht wie unsere. Sie haben ihren ganz eigenen Zugang zu Gott. Wir beichten unsere Sünden, und dann sind sie weg.« Dabei hatte sie einen sonderbaren Blick hinaus in den Garten geworfen.

»Gott liebt den Sünder ganz besonders«, hatte Lilo eingeworfen, aber Helene hatte gar nicht mehr zugehört.

»Gusta und ihre Freunde bereiten sich für eine Auswanderung ins *Gelobte Land* vor«, hatte Helene zusammenhanglos erklärt, so, als wisse sie genau, was das bedeutete.

»Wo ist das *Gelobte Land*?«, hatte Lilo gefragt und einen Anflug von Eifersucht verspürt. Helene und Gusta waren auf eine ganz bestimmte Weise miteinander verbunden. Die beiden Freundinnen teilten Geheimnisse, da war sich Lilo sicher, und niemand schaffte es, die beiden zu entzweien. Diese sprachlose Nähe war einst Lilo und Helene vorbehalten. Musste sie fortan Helene mit einem anderen Mädchen teilen?

»Das Land, wo Milch und Honig fließen. Palästina.«

»Also das Land, wo die Juden Jesus ans Kreuz genagelt haben.«

»Es ist ihre Heimat, Lilo«, hatte Helene streng erwidert.

Ja, Helene und Gusta verband eine tiefe Übereinstimmung in den großen Fragen des Lebens. Dinge, die Lilo fast einfältig hinnahm, hatte Helene stets hinterfragt.

»Du sprichst gerade so, als würdest du zum jüdischen Glauben wechseln wollen«, war es Lilo herausgerutscht.

Erschrocken über ihre eigenen Worte hatte sie sich die Hand vor den Mund gehalten, aber Helene hatte empört den Kopf geschüttelt.

»Der eine Glaube ist mir so suspekt wie der andere. Ich brauche überhaupt keine Kirche für meinen Glauben.«

Helenes Worte. Das alles fiel Lilo jetzt wieder ein. Sie tat einen tiefen Atemzug, straffte die Schultern. Ganz langsam, ohne die Augen von Gusta zu lassen, ging sie auf sie zu.

TATJANA

19

Krakau, Frühjahr 2017

»Sie kommen aus Deutschland?«, fragte Adam Nowak in perfektem Deutsch am anderen Ende der Leitung, nachdem sich Tatjana in Englisch vorgestellt hatte.

»Ja! Oh, Sie sprechen meine Sprache?«, entgegnete sie erleichtert. »Wie schön.«

Bei der Schilderung ihres Anliegens verhaspelte sie sich etwas. Es fiel ihr plötzlich schwer, sich zu konzentrieren, den Fokus ihrer Nachforschungen richtig darzulegen. »Es geht mir um Details zu Pankiewicz' beruflichem Leben. Ich habe ihn 1993 in Deutschland kennengelernt. Im Museum sagte man mir, Sie hätten die Ausstellung dokumentiert und verwalteten seinen Nachlass.«

»So ist es«, antwortete Adam Nowak.

»1993 hat Pankiewicz meine Großmutter in Deutschland besucht, Liselotte Wagner«, fuhr Tatjana fort. »Jeder nannte sie Lilo. Sie war bei ihm angestellt. Als Apothekerin. Während des Kriegs.«

»Verstehe«, erwiderte er nach einer langen Pause.

»Es geht mir vor allem um die historische Einordnung. Meine Großmutter lebt schon lange nicht mehr. Sie hat nur wenig aus ihrer Krakauer Zeit verlautbaren lassen.«

»Verstehe«, wiederholte er reserviert.

»Vielleicht kann ich in Ihrer Sprechstunde vorbeikommen. Ich bin in Krakau.« Tatjana kam sich plötzlich wie eine Bittstellerin vor. Was sollte das? Sie war mit einem Wissenschaftler, dem Nachlassverwalter eines Zeitzeugen aus dem Krakauer Widerstand, in Kontakt getreten, um Informationen zu erhalten. Pankiewicz und Lilo waren gut miteinander bekannt gewesen. Interessierte ihn das gar nicht?

»Ach, Sie sind in Krakau.« Plötzlich entnahm sie seiner Stimme so etwas wie Interesse.

»Ich hatte wohl vergessen, das eingangs zu erwähnen«, antwortete sie wie ein Schulmädchen. Was für einer schwülstigen Sprache sie sich da bediente. Sie rollte über sich selbst die Augen.

»Lassen Sie mich nachdenken«, nuschelte er, und sie hörte das Blättern von Papier am anderen Ende der Leitung. »Ich bin heute Abend bei einer Besprechung in Kazimierz«, fuhr er ruhig fort. »Wollen wir uns vorher, sagen wir gegen sechzehn Uhr, im Ariel treffen? Kennen Sie das? Da hätte ich ein Stündchen Zeit.«

Das unvorhersehbare Angebot erschien ihr wie ein Geschenk. Sein Deutsch klang wie das eines akademisch ausgebildeten Ausländers, an deren Aussprache man zuweilen gewahr wurde, wie schön die deutsche Sprache klingen konnte.

»Ja, ich weiß, wo das ist«, beeilte sie sich zu sagen. Das berühmte Café war ihr bereits bei ihrem ersten Spaziergang durch Krakau und den Empfehlungen des Reiseführers aufgefallen. »Sehr gern, sechzehn Uhr, im Ariel. Vielen Dank.«

Als sie das Gespräch wegdrückte, fiel ihr ein, dass sie nicht einmal wusste, wie der Mann, zu dem diese reservierte Stimme gehörte, aussah. Verstohlen googelte sie seine Person und klickte Fotos an. Auf einem Passfoto blickte ein Mann direkt in die Kamera. Dunkle mit grauen Strähnen durchzogene

Haare, tiefbraune Augen, eine rahmenlose Brille – genau der Typ Wissenschaftler, der sich hinter seinem Schreibtisch verkroch. Allerdings nicht selbstverliebt wie viele seiner Zunft, eher nüchtern, sachlich, ernst und – unnahbar mit einem Hang zur Melancholie. Auf der Seite zu einem Vortrag entdeckte sie ein aktuelles Ganzkörperfoto von ihm.

»Er sieht aus, als habe er einen Stock verschluckt«, sprach sie zu sich selbst, während sie seine schlanke Statur an einem Pult stehend hinter einem Mikrofon betrachtete. Sie studierte das Foto genau, das Profil, seine Gestalt, die Körperhaltung. Cordhose, kariertes Jackett, darunter ein hellblaues Hemd, keine Krawatte. Ein Intellektueller, wahrscheinlich zutiefst verkopft, mit unerschütterlicher Selbstbeherrschung. Sie ärgerte sich über ihre einfachen Schlussfolgerungen, ihre Vorurteile. Es war ihre Berufserfahrung, die Fähigkeit, aus Gesichtern Mimik und Gestik zu lesen, die sie nur allzu leicht zu derartigen Mutmaßungen verführte. Hohe Stirn, ein gerader Rücken, ein verschlossener Blick – was hieß das schon? Die einzige relevante Frage war doch, ob er ihr weiterhelfen konnte.

Selbst seine aufrechte Haltung konnte täuschen. Sie schätzte ihn jünger als sich.

Pünktlich um vier erreichte Tatjana das Ariel. Vor dem Lokal baute gerade ein Quartett sein Equipment von Instrumenten auf. Klarinette, Akkordeon, eine Geige. Die Sängerin, eine Frau mit tiefschwarzem langem Haar, prüfte den Ton am Mikrofon.

Beim Betreten des Cafés entdeckte Tatjana ihre Verabredung sofort an einem Tisch neben einer Fensternische und ging dorthin. Adam Nowak lächelte, stand auf, tat einen Schritt auf sie zu, reichte ihr die Hand und stellte sich vor. Zu ihrer Überraschung trug er einen dunkelblauen Anzug, Hemd, Krawatte.

»Tatjana König«, erwiderte sie. »Vielen Dank, dass Sie sich die Zeit nehmen.«

Sie setzten sich. Während sie Kaffee und Wasser bestellten, betrachtete Tatjana die Inneneinrichtung des ältesten jüdischen Cafés von Krakau. Die gewölbten meterdicken Wände wirkten unversehrt wie aus dem Mittelalter, als habe ihnen die dramatische Geschichte an jenem verwundbaren Ort nichts anhaben können. Die kleinen Tische in verschiedenen Formaten waren alle mit gehäkelten Tischdecken bestückt, genau wie die Vorhänge vor den Fenstern. Neben einer alten Säule stand ein Piano, darauf ein Strauß roter Rosen in einer Bleikristallvase. Unzählige kleinformatige Gemälde an den Wänden zeigten Gesichter jüdischer Gelehrter.

In der Mitte des Raums hing ein Kronleuchter, der warmes Licht in das dunkle Lokal warf.

»Gefällt es Ihnen hier?«, fragte Adam Nowak.

»Ich finde es mehr als ansprechend, sehr schön«, erwiderte sie.

»Ihre Großmutter war Polin?«, fragte er, holte aus einer Aktentasche eine Mappe und legte sie neben sich auf den Tisch.

Tatjana schüttelte den Kopf. »Deutsche.«

»Volksdeutsche«, korrigierte er.

»Meine Familie war bereits drei Generationen vor dem Zweiten Weltkrieg in Krakau ansässig. Ärzte.«

»Wissen Sie, wie hoch der Anteil der deutschstämmigen Bevölkerung vor dem deutschen Überfall auf Polen in Krakau war?«

Tatjana zuckte die Achseln.

»Zwei Prozent.« Er hielt zwei Finger in die Luft. »Die Juden stellten fünfundzwanzig Prozent der Bevölkerung der Stadt.«

Tatjana verschlug das Zahlenverhältnis die Sprache. Sie hätte den Anteil der jüdischen Bevölkerung niedriger, den der deutschen weitaus höher eingeschätzt. Die Schieflage, die in diesen Zahlen steckte, wurde ihr mit einem Mal bewusst.

Adam Nowak sah sie nachdenklich an, verzog aber keine Miene. Seelenruhig wartete er ab, als die Bestellung serviert wurde. Dann blickte er in die Unterlagen und blätterte darin herum. »Liselotte Wagner, sagten Sie, nicht wahr?«

»Ja.«

»Sie taucht nicht in der Personalliste der Apotheke auf. Pankiewicz hatte nur drei polnische Mitarbeiterinnen beschäftigt. Keine Deutsche.«

Tatjana schluckte. »Aber ich weiß, dass es so war. Pankiewicz hat meine Großmutter in den Neunzehnhundertneunzigern in ihrer neuen Heimat besucht. Das kann ich selbst bezeugen.«

»Ich glaube Ihnen ja«, sagte er schmunzelnd. »Was ich damit sagen will, ist Folgendes: Es gibt nichts Offizielles. Aber als Ihr Anruf heute Morgen kam, da erinnerte ich mich an die Erzählungen meines Vaters und an dieses Foto … Mein Großvater war ein enger Freund von Pankiewicz. Ich konnte das Foto nie zuordnen – ist das Ihre Großmutter?«

Er entnahm der Mappe ein altes, zerfleddertes Bild und schob es Tatjana zu. Lange betrachtete sie ihre Großmutter hinter dem Tresen der Apotheke. Weißer Kittel, zusammengebundenes Haar, ein angedeutetes Lächeln. Neben ihr stand Pankiewicz. Der Abstand zwischen ihnen schien riesengroß.

»Das ist Lilo«, sagte Tatjana. »Das ist sie. Ihr Vater hat von ihr erzählt?«

Nowak nickte. »Wahrscheinlich hatte Tadeusz Pankiewicz nach dem Krieg gute Gründe, eine Deutsche, die er während des Terrors der Nazis beschäftigte, aus seinen Unterlagen verschwinden zu lassen. Ja, meinem Großvater war Ihre Großmutter ein Begriff. *Fräulein Magister*, nannte er sie. Sie soll fließend Deutsch beherrscht haben, deswegen erinnerte er sich wohl an sie. Mein Großvater liebte die deutsche Sprache, die deutsche Kultur.«

Der Terror der Nazis.

»Sie war also definitiv in der Apotheke unter dem Adler beschäftigt«, sagte Tatjana erleichtert. »Sind Sie mit Pankiewicz verwandt?«

Nowak schüttelte den Kopf. »Pankiewicz hatte keine Familie. Mein Großvater und er waren über Jahrzehnte enge Freunde, und so kam es, dass Tadeusz mein Patenonkel wurde. Als ich anfing, Geschichte zu studieren, bat er mich darum, nach seinem Tod seinen persönlichen Nachlass zu verwalten, damit sein wertvolles Wissen nicht verloren geht.«

Tatjana nippte an ihrem Kaffee, stellte die Tasse zurück. »Ich verstehe.«

Er lächelte sie an. »Ich weiß also, dass Sie die Wahrheit sagen.«

»Warum sollte ich das nicht tun?«, fragte Tatjana mit gerunzelter Stirn, lehnte sich zurück und schlug die Beine übereinander.

»Was genau wollen Sie in Krakau herausfinden?«

»Ich möchte mich mit der Geschichte meiner Großmutter vertraut machen«, erwiderte Tatjana vorsichtig.

»Was wissen Sie über die Geschichte Krakaus?«, fragte er.

»Nicht genug, ganz sicher zu wenig.«

»Krakau hat eine hochkomplexe, wechselhafte Geschichte. Es geht Ihnen um die Zeit des Terrors durch die deutsche Besatzung?«

Er nahm einen großen Schluck von seinem Kaffee. Sie nickte.

»Wissen Sie, wie viele Besatzer im Krieg hier in der Stadt waren?«, fragte er und sah sie direkt an.

Tatjana schüttelte den Kopf.

»Dreißigtausend Deutsche tummelten sich in einem komplett rechtsfreien Raum. Wehrmacht, SS, Verwaltungsangestellte. Vom ranghöchsten Offizier bis zur Telefonistin, Stenotypistin – die Deutschen haben das Stadtbild beherrscht – und das bei fünfundsiebzig Prozent polnischer Bevölkerung. Dieses Zahlverhältnis müssen Sie sich vor Augen führen! Die Nazis wollten aus den Polen ein geschichtsloses Sklavenvolk machen, es ausmerzen.«

Tatjana schluckte.

»Hans Frank, der Generalgouverneur, der auf dem Wawel herrschte, hat mit einer seiner ersten Amtshandlungen veranlasst, dass einhundertfünfzehn polnische Bewohner, die dort als Arbeiter und Angestellte eine Bleibe hatten, innerhalb von Stunden ihre Wohnungen räumen und in die frei gewordenen jüdischen Wohnungen umziehen mussten. Krakauer Bürger durften ihren Wawel nicht mehr betreten. Das Heiligtum der Polen war den Deutschen vorbehalten. In diesem politischen Milieu lebte Ihre Familie als ein Teil der deutschsprachigen Minderheit. Sie müssen die schreckliche Situation der polnischen Bürger berücksichtigen, wenn Sie die Geschichte Krakaus während der Besatzung verstehen möchten, nicht die komfortable der Täter oder Mitläufer.«

Täter. Mitläufer. Tatjana stockte der Atem. Unmittelbar fühlte sie sich angegriffen. Aus seinem Mund klang es, als hätten sich die Wagners eines Verbrechens schuldig gemacht. Ihr war klar, dass ihr Wissen von Lilos spärlichen Hinweisen auf die Zeit der deutschen Besatzung in ihrer Heimatstadt sehr einfältig, gefährlich einfältig, war. Im Hintergrund hörte sie das Geklapper von Geschirr und Besteck, ein unerträgliches Geräusch, das ihr plötzlich schräg vorkam, wie ein verstimmtes Klavier.

»Dreißigtausend Deutsche in Krakau?«, fragte sie, um sicherzugehen, dass sie das richtig verstanden hatte, so unglaublich hoch erschien ihr diese Zahl.

»Die Aggressoren hielten die Zahl geheim, um deren proportional betrachtete Überlegenheit nicht zu verdeutlichen.«

»Wie bescheiden«, sagte Tatjana sarkastisch.

Nowak hob die Brauen. »Das Personal verlustierte sich in deutschen Lokalitäten wie dem Deutschen Haus, dem Polonia, dem Europeski. Man blieb unter sich. Vor Beginn des Zweiten Weltkriegs wäre niemals jemand auf die Idee gekommen, Krakau – im Gegensatz zu Danzig – als eine deutsche Stadt zu bezeichnen. Das änderte sich schlagartig. Die Nazis drehten den Spieß um: Polnische und auch ukrainische Bürger, die es in Krakau gab, galten plötzlich als *Fremdvölkische*.«

»*Fremdvölkisch*«, wiederholte Tatjana leise. »Das ist ungeheuerlich. Einfach schrecklich.«

Nowak nickte. »Also, was genau wollen Sie wissen, Tatjana?« Er nahm sich aus einer Schale einen Keks, steckte ihn sich in den Mund, verschränkte die Arme vor der Brust und betrachtete Tatjana abwartend. Ja, er wirkte durchaus sehr selbstbeherrscht. Gab es etwas, das diesen Mann aus der Fassung bringen könnte? Draußen vor der Tür begann das Trio eine jiddische Melodie anzustimmen. Die kraftvolle, sinnliche Altstimme der Frau erfüllte den ganzen Platz der Szeroka.

Mag sein, dass ich nur Luftschlösser baue …

Tatjana hielt Adam Nowaks Blick stand. Auf die Nähe betrachtet kam er ihr jung vor, noch nicht vom Leben gezeichnet. Sein wirkliches Alter war schwer zu schätzen.

»Ich frage mich, wie es um die politische Haltung meiner Großmutter stand«, sagte sie. »Wie hat sie sich damals verhalten?«

»Sie hat all das, was ich eingangs anriss, mit eigenen Augen gesehen. SS-Propaganda. Plakate. Verbotsschilder. Hinrichtungen – auch die gab es. Sie konnte ja nicht mit verbundenen Augen durch die Straßen gehen.«

Tatjana räusperte sich, richtete sich auf. »Es kommt darauf an, mit welcher Haltung sie all das betrachtete. Vielleicht gibt es Hinweise im Nachlass von Pankiewicz?«, erwiderte Tatjana unbeirrt. »Ich würde ihn sehr gern einsehen. Womöglich finde ich zumindest indirekte Antworten auf meine Fragen.«

Tatjana schloss für einen Moment die Augen. Sie hatte die Frage aller Fragen gestellt, nach Pankiewicz' Nachlass.

»Einmal wäre er um ein Haar aufgeflogen«, gab Adam Nowak zurück, und zum ersten Mal entnahm sie seiner Stimme etwas Weiches, Freundliches.

»Er muss viele Facetten gehabt haben, dieser Mann«, sagte sie.

»Da ist was dran«, erwiderte er und strich mit der flachen Hand über die gehäkelte Tischdecke. »Und Sie sind auch gewappnet für alle Antworten, die Sie vielleicht in Krakau finden? Und was noch wichtiger ist: Sind Sie bereit, die *richtigen* Fragen zu stellen?«

Wusste er etwa mehr als sie? Tatjana nickte und senkte den Blick.

In trojm is mir heller, in trojm is mir besser. In cholem der himl is blojer fun blo – Im Traum wird mir heller, im Traum wird mir besser. Träumend ist der Himmel blauer als blau, drang von draußen die sonore Stimme der Sängerin in den Raum.

LILO

20

Krakau, Winter 1941

Zaghaft lächelte Lilo die Frau an, die als junges Mädchen Anlass für den bis dahin größten Familienstreit bei den Wagners gegeben hatte. Ab jenem Zeitpunkt war sämtlichen Krakauer Juden von Rigobert Wagner ein Hausverbot erteilt worden. Plötzlich war ihr, als befände sie sich hier unten im Gewölbekeller der Apotheke in einer anderen Welt, einem Rettungsschiff, das tief unter der Erde gelandet war.

Bei Gusta angekommen, setzte sich Lilo auf den Boden neben sie, sah ihr geradewegs ins Gesicht und reichte ihr die Hand.

Verblüfft nahm Gusta sie an.

»Ich bin Helene Wagners Schwester«, sagte Lilo. »*Moze mnie pamiętasz* – vielleicht erinnerst du dich an mich. Mein Name ist Lilo. Ihr habt bei uns einmal ein Hauskonzert gegeben. Sebastiangasse. Mein Vater ist Arzt. Du spielst Geige.«

Die Frau nickte langsam, während sie Lilo genau betrachtete. Eine einzige Frage stand in ihren großen, dunklen Augen geschrieben: *Was tust du hier unten?* Aus ihrem Blickwinkel, das war Lilo völlig klar, kam die ältere Schwester Helenes aus einem deutschen Haus, das keine Juden bei sich duldete, auch wenn Gusta von dem anschließenden Streit nichts mitbekommen haben dürfte. Nur dass es danach keinerlei Einladungen mehr gab, hatte vermutlich Bände gesprochen.

»Du meinst die św. Sebastiana. In einem anderen Leben habe ich musiziert, das stimmt. Ich tue das längst nicht mehr. Was machst du hier unten?«, fragte Gusta.

Sie sah Lilo an, als hätte sie hier an diesem Platz rein gar nichts verloren.

»Arbeiten«, erwiderte Lilo und kam sich dabei schrecklich dumm vor, einfältig.

Gusta runzelte die Stirn. »Eine Deutsche arbeitet im Ghetto? Komisch, ich hab dich noch nie in der Apotheke gesehen.«

»Ich habe hier schon vor dem Krieg gearbeitet«, verteidigte sich Lilo.

»Wie geht es deiner Schwester?«

Lilo seufzte. »Sie ist weggezogen. Das letzte Mal habe ich kurz vor dem Krieg von ihr gehört. Ein Brief, der noch durchkam. Sie lebt nicht mehr in Polen.«

Von dem Foto, das ihr Helene geschickt hatte, ihrem süßen Geheimnis, sagte sie kein Wort.

Diesmal zeigte Gustas Ausdruck keinerlei Überraschung – ihre Mimik blieb unverändert. Lilo spürte: Gusta wusste über Helenes heimliche Auswanderung Bescheid. Stand sie gar mit Helene in Kontakt? War sie die ganze Zeit über trotz des Verbots des Vaters mit Gusta befreundet geblieben? »Hat sie dir denn einmal geschrieben?«

Gusta schüttelte den Kopf. »Wie denn? Im Krieg?«

»Wenn du etwas weißt, sag es mir bitte, Gusta, bitte«, flehte Lilo. »Du weißt von Paris, nicht wahr?«

Gusta nickte. »… ich habe ihr versprochen, niemandem etwas zu sagen, daran habe ich mich gehalten. Aber da du es ja selbst von dir aus erwähnst …« Sie musterte Lilos Gesicht, als prüfe sie deren Wissensstand.

»Ihr hattet also auch noch nach dem Vorfall mit dem Konzert bei uns Kontakt.«

Gusta nickte. »Ja, weit über den Vorfall hinaus.« Das Wort *Vorfall* spuckte sie geradezu aus.

»Weißt du denn auch von …«, stammelte Lilo und brach ab. Sie wischte durch die Luft. »Nicht so wichtig.«

Es versetzte Lilo einen Stich, dass Helene Gusta ins Vertrauen gezogen hatte, und das, ohne es ihrer Schwester zu erzählen. Irgendwie wurde sie das Gefühl nicht los, dass Gusta über die Umstände um Helenes Auswanderung mehr wusste, als sie sagte.

»Wenn du irgendetwas Medizinisches brauchst«, sagte Lilo schließlich in sachlichem Ton, »lass es mich bitte wissen.« Sie stand auf, strich sich ihren Apothekerkittel glatt und trat zur Tür. Dann wandte sie sich an die Gruppe. »Alles Gute Ihnen allen. *Powodzenia – viel Glück*. Ich gebe Magister Pankiewicz Bescheid, dass Sie in Sicherheit sind. Schalom.«

Schalom. Sie hatte dieses Wort so oft an ihrem Arbeitsplatz gehört. Jetzt war es ihr einfach herausgerutscht.

Die Menschen lächelten sie dankbar an. »Schalom«, murmelten sie wie im Chor.

Gusta ließ ihren an die Wand gelehnten Kopf zur Seite kippen und starrte mit leerem Blick vor sich hin.

Leise ging Lilo nach oben zurück ins Labor. Der Verkaufsraum war menschenleer. Jadwiga und die anderen Mitarbeiterinnen waren verschwunden. Es herrschte eine sonderbare Stille wie nach einem Gewitter, wenn der Regen nachgelassen hatte, als hielte die Natur den Atem an. Im Spiegel konnte sie den leeren Verkaufsraum sehen, die zugezogenen Vorhänge. Nur durch den Türspalt von Pankiewicz' Arbeitszimmer schimmerte ein dünner Lichtstrahl. Hinter der Tür vernahm sie seine Stimme. Diskret zog sie sich zurück, schob den dunklen, schweren Vorgang vor dem Laborfenster zu, setzte sich an den Tisch und starrte ins Leere.

Was für ein Bild hatte sich ihr gerade im Keller gezeigt! Sie presste ihre Hand gegen den Mund und unterdrückte ein Schluchzen. Jetzt erst merkte sie, dass sie am ganzen Körper zitterte.

Sie hatte mit eigenen Augen gesehen, was hier vorging. Das Verstecken von Juden und deren Heiligtümern war etwas anderes, als neben dem Tresen Zigaretten gegen Geldscheine zu tauschen und den Juden zu erlauben, sich in der Apotheke aufzuwärmen, ihnen Medikamente zu schenken. Ihr war, als säße sie in der Falle.

Was innerhalb dieser Wände geschah, war weitaus riskanter, als sie vermutet hatte. Wie naiv sie gewesen war! Pankiewicz, der Mann mit den vielen Gesichtern, leistete aktiven Widerstand. Wenn die Deutschen ihn bei seinen Heldentaten erwischten, würden er und seine Mitarbeiterinnen zur Rechenschaft gezogen werden. Ihnen allen drohte der Tod. Das würde auch Konsequenzen für Lilos Familie haben. Kranz hatte recht gehabt, selbst bei ihren Eltern leistete sie in diesen Minuten der Erkenntnis innerlich Abbitte: Es war ein gefährliches Terrain, auf dem sie sich bewegte.

Sie hatte Pankiewicz ihr Ehrenwort gegeben, nichts über das verlautbaren zu lassen, was sich hier zutrug. Jetzt aber musste Lilo eine Entscheidung treffen, ob sie dazugehören wollte oder nicht. Loyalität und Handeln waren unterschiedliche Dinge. Sie war dort unten gewesen, im Gewölbekeller, hatte die Schutzsuchenden mit eigenen Augen gesehen.

Hatte ihre Kontaktaufnahme mit Gusta die Entscheidung vorweggenommen? Warum hatte sie sie angesprochen? Aus Protest gegen ihr Elternhaus? Aus Scham über das, was einst bei den Wagners geschehen war? Ein Protest, der langsam in ihr gewachsen war nach all dem Druck, dem sie in letzter Zeit hatte standhalten müssen? Um gut dazustehen? Um sich ihrer

Schwester nahe zu fühlen? Aus Zuneigung zu Pankiewicz? Hatte Lilo sich solidarisch gezeigt, um sich bei Pankiewicz zu bewähren, um sich auf diese Weise in sein Herz zu schleichen? Es war ein bisschen von allem, gestand sie sich ein, eine Mischung aus Eitelkeit, Eigennutz und stillem Protest, nur eins tauchte bei der kritischen Selbstbetrachtung ihrer Motive nicht auf: Handeln aus tiefer moralischer Überzeugung – das, was Pankiewicz antrieb. Was sie bisher getan hatte, tat sie für einen Mann, der nicht die geringste Ahnung von ihrer Zuneigung hatte, der sich womöglich auch gar nicht dafür interessierte. Er konnte sich der Bewunderung all seiner Schützlinge sicher sein.

Das ganze Ausmaß ihres Dilemmas wurde Lilo mit einem Mal bewusst: Zwei völlig konträre Welten prallten in ihrem Alltag aufeinander – eine hochexplosive Mischung. Seit ihrer jüngsten Begegnung mit Gusta war ihr klar: Diskretion und Zurückhaltung reichten an diesem Ort nicht aus. Es ging um einen Drahtseilakt, den sie sich bis zu diesem Tag mit Arbeit schöngeredet hatte. Würde Pankiewicz sie eines Tages endlich *sehen*, wenn sie sein Werk unterstützte? Würden ihm eines Tages die Augen aufgehen?

Schwerfällig, als trage sie eine große Last auf ihren Schultern, erhob sie sich, nahm ihren Mantel vom Haken und schlich vor Pankiewicz' Arbeitszimmer. Stille. Dann das Rascheln von Papieren. Sie spürte ihren eigenen Herzschlag, atmete tief durch und klopfte gegen die Tür.

»Herein«, hörte sie ihn sagen.

Ich liebe Sie, wollte sie sagen, als er verwirrt von einem Berg von Unterlagen auf seinem Schreibtisch aufsah. Eine Haarsträhne hatte sich aus seinem mit Brillantine zurückgekämmten Haar gelöst. *Vom ersten Tag an. Das ist der Grund, weshalb ich hier bin. Sehen Sie mich denn nicht?*

»Wie geht es den Menschen im Keller? Haben sie alles, was sie brauchen?«, durchbrach seine Stimme ihre Gedanken.

Sie schluckte und schüttelte sich innerlich. Noch nie war ihr das Herz auf der Zunge gelegen. Sie verbarg, was sie fühlte, vor sich und der Welt. Sie konnte nicht aus ihrer Haut. Oder doch? Seitdem sie sein Geheimnis im Keller entdeckt hatte, war ihr, als hätte ihr jemand die Augen geöffnet. Was sie fühlte, ging weit über Bewunderung und Schwärmerei hinaus.

»Sie sind in Sicherheit, Herr Magister«, antwortete sie.

Er nickte mit ernster Miene. »Ich möchte Ihnen eine Geschichte erzählen«, sagte er und bedeutete ihr, sich ihm gegenüber zu setzen. Wortlos nahm Lilo Platz. »Es hat sich erst gestern zugetragen, aber es war nicht das erste Mal.«

Lilo sah ihn abwartend an.

»Ihnen ist die Ehefrau von Generalgouverneur Frank ein Begriff?«

Lilo hatte die stattliche Frau schon gesehen. Stets wie aus dem Ei gepellt, extravagant gekleidet, ein wenig grobschlächtig. »Sie ist schmuckbehangen wie ein Weihnachtsbaum«, hatte Jadwiga einmal Lilo gegenüber abfällig gesagt.

Lilo nickte. »Ich wohne ja nicht weit von der Krakauer Burg …«, hastig korrigierte sie, »… vom Wawel entfernt.«

»Nun, die *Königin von Krakau* war schon einige Male hier im Ghetto«, fuhr Pankiewicz fort. *Die Königin von Krakau. Der König von Krakau* – so spotteten die Polen unter sich über das Ehepaar Frank. »Im Dienst-Mercedes ihres Gatten lässt sie sich vorfahren, unter SS-Bewachung versteht sich.«

Lilo machte große Augen. »Ins Ghetto? Was will sie denn hier?«

»Sie geht in die Häuser, nachdem sie die SS vorgeschickt hat, und begutachtet Pelze, Schmuck. Alles lässt sie sich zeigen. Die armen Menschen müssen ihr ihr letztes Hab und Gut für ein paar Zloty verkaufen.«

»Warum tut sie das?«

»Genau deshalb erzähle ich es Ihnen: weil es ihr Freude macht. Sadisten wollen ihr Gegenüber demütigen. Es ist ein Klacks im Vergleich zu dem, was den Juden hier sonst alles widerfährt, aber ich dachte mir gerade, Sie sollten das wissen, denn auch das widerfährt den Menschen, die Sie dort unten im Keller gesehen haben.«

»Warum setzen Sie Ihr Leben aufs Spiel, Herr Magister?« Die Frage war einfach aus ihrem Mund gekippt.

Seine Augen flatterten. Nervös ging sein Blick vom Garderobenhaken zur Waschgelegenheit und wieder zurück.

»Ich …« Er klang zögerlich, ratlos. »Ich tue das, was sich gehört. Das ist alles. Ich zeige Haltung.«

Nein, dachte Lilo, das war es nicht. Es musste einen tieferen Beweggrund für sein Handeln geben. »Haltung und Handeln sind oft zwei verschiedene Dinge. Besonders in diesen Zeiten, wo alles verdreht ist.« Lilo wusste nicht, woher sie den Mut nahm, auf einmal so mit ihm zu sprechen. Was sie im Keller gesehen hatte, hatte sie wachgerüttelt. Die Zeit der Unschuld war vorbei. Er hatte ihr eine lebensgefährliche Verantwortung übertragen und sie hatte seinen Auftrag erfüllt.

»Wenn der Abgrund so nahe ist, nein, dann gibt es nur eines: die Übereinstimmung von Handeln und Haltung, nichts dazwischen, rein gar nichts. Vielleicht müssen Sie das noch lernen, Fräulein Magister. Aber es steht Ihnen frei zu gehen.«

Auf einmal klang sein Ton abweisend. Sie spürte förmlich, wie er sich zurückzog.

»Sie müssen mich nicht mehr prüfen«, flüsterte sie und nahm einen tiefen Atemzug. »Ich würde Sie niemals verraten. Niemals. Ich bleibe.«

Vehement schüttelte er den Kopf. »Ich habe Sie nicht geprüft, sondern mich, ob es mir gelingt, Ihnen zu vertrauen, deswegen auch die Geschichte über Frau Frank. Am Ende sind Sie eine Deutsche, ich ein Pole.«

Abrupt brach er ab, als habe er sich versprochen, sah sich hilflos um und wischte durch die Luft.

»Gute Nacht, Fräulein Lilo, ich ...«, hörte sie ihn nach einer Pause sagen. Diesmal schloss er seinen Gedanken nicht ab, und in seiner Gestik lag die vertraute Souveränität, die absolute Kontrolle.

»Gute Nacht, Herr Magister.«

»Ich danke Ihnen für Ihre Loyalität, ich kann Ihnen gar nicht genug danken. Schlafen Sie gut«, sagte er leise, nahm seine Pfeife vom Tisch, legte sie an die Lippen und sog daran.

TATJANA

21

Krakau, Frühjahr 2017

Tatjana atmete tief durch und nahm ihr Wasserglas.

Träumend ist der Himmel blauer als blau. Im Traum wird mir heller. Im Traum wird mir besser. Die Stimme der Sängerin wurde zu ihnen an den Tisch im Ariel getragen.

Die grelle türkisfarbene Wandfarbe des Cafés stach ihr ins Auge, die auf sonderbare Weise mit dem Kirschbaumholz des Mobiliars harmonierte, genau wie das Piano mit der Spitzendecke – eine Miniaturwelt wie in einer Puppenstube. Dieser Ort kam ihr plötzlich vor wie eine einzige gehäkelte Hülle inmitten des jüdischen Viertels von Krakau.

Warum war sie auf einmal so dünnhäutig?

Adam Nowak sah sie nachdenklich an. »Es gibt verschiedene denkbare Rollen, die eine Deutsche während der Besatzung Krakaus eingenommen haben könnte. Die einer Widerstandskämpferin ist, offen gestanden, die letzte, die mir einfiele.«

»Müssen wir nicht unterscheiden zwischen denjenigen Deutschen, die schon länger in Krakau waren und jenen, die im Dunstkreis des Personals für das Generalgouvernement hierherkamen?«, fragte Tatjana beherrscht. »SS, Wehrmacht, Verwaltungspersonal?«

Dreißigtausend Deutsche. Die horrend hohe Zahl hatte sich ihr unmittelbar eingeprägt.

»Allerdings«, sagte er zustimmend. »Aber das bedeutet nicht, dass Erstere automatisch einen Persilschein haben.«

Persilschein – ein Ausdruck, der im Rahmen der Entnazifizierung nach dem Krieg gang und gäbe war. Er bedeutete, dass der Betreffende sich während des Kriegs nichts hatte zuschulden kommen lassen – nichts Nachweisbares.

Tatjana bemühte sich, ruhig zu bleiben. »Lilo hat mehrere Jahre in dieser Apotheke verbracht. Irgendetwas verband die beiden …« Sie zog den Kopf zurück. »Vielleicht hatten sie Gefühle füreinander, so wie sich Lilo damals aufführte, als Pankiewicz sie in den Neunzigern bei uns zu Hause besuchte.«

Amüsiert hob Nowak die Brauen. »… über seine Liebschaften weiß ich gar nichts. Wie hat sie sich denn aufgeführt, Ihre Lilo?«

Tatjana glaubte einen anzüglichen Ton in seiner Stimme wahrgenommen zu haben. »Sie war eine andere, nachdem er gegangen war«, sagte sie ernst. »Eine einst tieftraurige Frau lebte noch einmal auf, als habe dieser Mann aus ihrer Vergangenheit ein Feuer in ihr entzündet.«

Sie fuhr sich durch ihr kurzes Haar.

»… ein Feuer entzündet«, wiederholte er. »Das klingt schön.«

»Lilo hat immer behauptet, die wahren Lieben seien die unerfüllten«, sagte Tatjana und lächelte. »Sehe einer in die Menschen hinein. Sie kannten ihn doch näher, Adam«, unternahm sie einen neuen Versuch. »Wie war er so?«

Adam Nowak lehnte sich zurück und strich über den Henkel seiner Tasse. »Ruhig. Besonnen. Sehr vornehm. Bis ins hohe Alter flog er nach Israel, wo er die Überlebenden besuchte, denen er im Ghetto geholfen hatte. Er hielt Kontakt zu all seinen Schützlingen.«

»Ja, der Anstand drang aus jeder Pore seines Wesens hervor, das empfinde ich genauso, und das bestätigen die Fotos von ihm«, erwiderte Tatjana. »So habe ich ihn in Fellbach erlebt. Zutiefst beherrscht, kontrolliert. Ein Mensch, der die großen Gefühle für sich behielt.«

Adam lächelte. »Und Ihre Großmutter, wie war sie so?« Er blickte ihr in die Augen.

»Fleißig, das war eine von Lilos herausragenden Eigenschaften. Sehr an Kultur interessiert. Sie hat sich ihrer Apotheke in ihrer neuen Heimat in Fellbach bei Stuttgart verschrieben. Sie hat nie geheiratet.«

»Pankiewicz auch nicht.«

»Komisch, oder ...?«, fragte sie mehr sich selbst.

»Sie sind die Psychologin von uns, sagen Sie es mir«, sagte er eine Spur angriffslustig.

»Sie haben mich gegoogelt«, gab Tatjana zurück.

»Ich musste ja wissen, wem ich da im Ariel gegenübersitze. Ihr Anliegen ist nicht gerade ...«, er suchte nach den passenden Worten, »... wissenschaftlicher Natur.«

Tatjana kniff die Augen zusammen. »Glauben Sie?« Sie zuckte mit den Achseln. »Jedenfalls habe ich mich seit meinem Besuch im Museum gefragt, warum Lilo dortgeblieben ist. Sie hat sicherlich Druck von ihrer Familie bekommen. Lilos Vater war ein angesehener Krakauer Bürger.«

Nowak leerte sein Wasserglas in einem Zug. »Auch bei den polnischen Bürgern?«, fragte er spitz. »Der damalige Krakauer SA-Brigadeführer Kurt Peltz sah die vordringlichste Aufgabe der SA darin ...« Nowak hob beide Hände und deutete mit den Fingern Anführungszeichen an, »... *die Menschen deutschen Blutes für das Deutschtum zurückzugewinnen.* Wie kam das wohl bei Ihren Urgroßeltern an?«

Fassungslos schüttelte Tatjana den Kopf. »Die Nazis trauten ihren eigenen Landsleuten nicht?«

Er warf die Arme in die Luft. »Viele Deutschstämmige

waren über Jahrhunderte polonisiert, viele von ihnen mit Polen, Polinnen verheiratet, da war das deutsche Blut in den Augen der Nazis schon sehr verwässert. Trotzdem, so hatten die Nazis erfreut festgestellt, hatten sich die meisten Deutschen mit Zähigkeit und Treue die *Art ihrer Väter* bewahrt. Das galt es zu stärken.«

»Ich verstehe.«

Er schüttelte sich, als besänne er sich plötzlich ihrer Ausgangsfrage. »Sie fragen nach dem Motiv Ihrer Großmutter? Ziehen Sie wirklich in Erwägung, dass sie aktiv im Widerstand war?«

Tatjana atmete tief durch. »War denn vielleicht Liebe im Spiel? Aus Liebe macht man viel …« Sie schüttelte den Kopf. »Ich bin unsicher. Wenn ja, dann hätte sie doch über diese Zeit sprechen können.« Abrupt schloss sie den Mund, als habe sie soeben etwas sehr Privates von sich gegeben.

Adam Nowak schmunzelte. »Haben Sie Angst, die Wahrheit herauszufinden? Ich habe mal gelesen, dass etwa sechzig Prozent der Nachgeborenen in Deutschland glauben, die Tätergeneration, also die Eltern und Großeltern, wären gegen die Nazis und niemals Antisemiten gewesen.«

Er nahm einen großen Schluck von seinem Kaffee und schenkte aus der Karaffe Wasser in beide Gläser nach.

»Das habe ich auch schon gehört«, sagte Tatjana. »Nun, es wäre mir lieber, meine Vorfahren hätten sich anständig verhalten. Aber hier in Krakau als Volksdeutsche während der deutschen Besetzung? Ich weiß nicht, da liegt doch Opportunismus auf der Hand. Zusehen und nichts sagen, bedeutet ja Zustimmung.«

»Das klingt anders als *angesehener Krakauer Bürger*. Ich bin froh, dass Sie Ihre Familiengeschichte nicht schönreden«, sagte er freundlich.

Auf einmal tat sich zwischen ihnen ein schmaler Korridor auf, eine winzige Chance, einen Schritt aufeinander zuzugehen.

»Ich habe gerade angefangen, mir Lilos Motive schönzureden«, entgegnete sie selbstkritisch. »Aus Liebe über sich hinauswachsen und so. Ich weiß schon berufsbedingt, wozu Menschen fähig sind, welche Masken sie aufsetzen, um ihr wahres Gesicht zu verbergen.«

»Das lehrt die Geschichte. Die Deutschen waren Bestien, die schamlos Menschen töteten und anschließend mit ihren Kindern das Abendgebet sprachen. Nicht nur im Krakauer Ghetto herrschte Terror, auch außerhalb. Die Deutschen haben sich in der ganzen Stadt wie Schweine aufgeführt«, gab er tonlos zurück. »Fast täglich wurden Menschen hingerichtet, auf offener Straße erschossen. Es hingen öffentliche Listen der Hingerichteten aus, zur Abschreckung. Polnischer Widerstand, Juden, was machte das für einen Unterschied in den Augen der selbst ernannten Herrenmenschen?«

Tatjana schluckte und schloss die Augen. Schweigen. »Hat Pankiewicz jemals Ihrem Vater gegenüber irgendetwas zu Lilos Rolle in der Apotheke verlautbaren lassen?«, fragte sie nach einer Pause beherrscht.

Nowak schüttelte den Kopf. »Dass sie ihre Ausbildung dort absolvierte und nach Deutschland ging. Das war alles.«

Er fuhr sich mit dem Zeigefinger über die Lippen, als genieße er den Augenblick, als ordne er in Seelenruhe seine Gedanken, seine Fragen, die sich durch Tatjanas Anwesenheit stellten.

»Lilos Schwester Helene ist als junge Frau nach Paris gegangen, auch das wurde in unserer Familie tabuisiert.«

Adam Nowak hob fragend die Brauen.

»Sie träumte von einer Karriere als Modeschöpferin.«

»Ich nehme an, vor dem Überfall auf Polen«, sagte er.

»Ja, 1936 mit ihrer Volljährigkeit. Aber das ist eine lange, sehr komplizierte Geschichte.«

»Das sind doch fast alle Familiengeschichten, oder? Hat sich Helenes Lebenstraum erfüllt?«

Tatjana schüttelte traurig den Kopf. »Sie ist sehr jung gestorben.«

»Das tut mir leid«, erwiderte er, warf einen Blick auf seine Armbanduhr und gab dem Kellner ein Zeichen. »Leider muss ich gleich los.«

»Sie sind natürlich mein Gast«, sagte Tatjana und suchte in ihrem Rucksack nach dem Geldbeutel.

Er stutzte einen Moment. »Dankeschön. Mein Vortrag beginnt in dreißig Minuten.« Dann, als besänne er sich einer wichtigen Frage, warf er den Kopf in den Nacken. »Wann genau ging Lilo nach Deutschland?«

»Anfang 1944. Sie wollte in Freiheit leben und ging zu Verwandtschaft in Stuttgart«, sagte Tatjana unvermittelt und sah auf.

»In Freiheit leben? Und dabei waren Sie so gut im Nichtschönreden, Tatjana«, mahnte er mit einem angedeuteten Lächeln. »Lassen Sie mich in Ruhe über Ihr Anliegen nachdenken.«

»Selbstverständlich«, sagte Tatjana. Innerlich ärgerte sie sich über seine Maßregelung. Was fiel diesem Kerl eigentlich ein?

Adam warf einen kurzen Blick auf das Foto von Lilo und Pankiewicz und schob es ihr zu. »Sie können es behalten.«

Verblüfft nahm Tatjana das unverhoffte Geschenk entgegen und bedankte sich.

»Pankiewicz hat übrigens ein Buch über sein Wirken in der Apotheke während der deutschen Besatzung geschrieben«, sagte Nowak wie beiläufig, als er aufstand. Er steckte die Unterlagen zurück in die Aktentasche und klemmte sich diese unter den Arm.

Tatjana stutzte, stand ebenfalls auf und hievte ihren Rucksack auf den Rücken. »Gibt es davon eine deutsche Übersetzung?«, fragte sie.

Er nickte. »Gibt es, leider vergriffen, erschienen 1995.«

»Dann hat er das nicht mehr erlebt. Leider.«

»Richtig. Er starb 1993.«

»Im selben Jahr wie Lilo«, sagte Tatjana.

An der geöffneten Tür bedeutete er ihr vorauszugehen. Die Instrumente des Quartetts lagen offen in ihren Kästen. Die Musiker hatten sich an einen Tisch im Freien gesetzt und tranken Kaffee.

Ein paar Sonnenstrahlen schoben sich durch die Wolken und fielen auf das abgetretene Kopfsteinpflaster. Wie hell es draußen war, im Gegensatz zu den dunklen Räumen des Ariel. Einige in Schwarz-Weiß gekleidete orthodoxe Juden mit Schläfenlocken schritten mit Gebetsbüchern durch die Gassen in Richtung der Alten Synagoge, einer von ihnen schob einen Kinderwagen. Durch die Gassen fuhren kleine Cabrio-Touristenzüge, elektronisch angetriebene Züge für etwa acht Personen, in denen der Fahrer über Lautsprecher zu seinen Gästen sprach. Per Knopfdruck konnten die Gäste ihre Muttersprache wählen.

»Wo sind Sie untergekommen?«, fragte Adam Nowak abrupt, blieb mitten auf dem Platz stehen und sah ihr direkt in die Augen.

»Pension Gertrudy in der gleichnamigen Straße.«

Ohne die Augen von ihr zu lassen, zog er sein Handy aus der Jackentasche. »Wir bleiben in Verbindung?«

»Gern.«

Amüsiert hob er seine Brauen, und in seinen Augen blitzte

etwas Spitzbübisches auf, als genieße er es, die Fäden in der Hand zu halten.

»Sie mich oder ich Sie?«, fragte er und deutete auf sein Mobiltelefon.

»Sie mich«, sagte Tatjana und diktierte ihre Mobiltelefonnummer, die er sogleich in sein Handy eingab.

»WhatsApp?«, fragte er knapp, ohne aufzusehen.

Manchmal wirkte er schrecklich arrogant. So wie jetzt.

»WhatsApp«, bestätigte sie, zwang sich ein Lächeln ab und band sich ihre Regenjacke um die Hüften. Sie setzte ihre Sonnenbrille auf.

Der kurze Klingelton ihres Handys in der Hosentasche kündigte den Eingang einer Textnachricht an. Sie nahm es heraus und sah aufs Display.

»Angekommen und angenommen«, sagte sie und steckte es zurück. »War es wirklich so schlimm hier? Exekutionen auf offener Straße? Tag für Tag?«, fragte sie.

»Schlimmer, als wir uns das vorzustellen vermögen«, sagte er leise.

Sie presste die Lippen zusammen. In diesem Moment verfluchte sie ihre Großmutter, die kein einziges Wort darüber verloren hatte, nur immer »Es war Krieg« gejammert hatte.

»Ich melde mich«, sagte er und reichte ihr die Hand. Er deutete eine Verbeugung an. »Vielen Dank für die Einladung.«

»Gern geschehen«, gab sie zurück, drehte sich weg und ging über den Platz in Richtung ihrer Pension. Sie wagte nicht, sich umzudrehen.

Am späten Abend erreichte sie eine Textnachricht von Adam Nowak.

Liebe Tatjana, es war sehr nett, Sie kennenzulernen. Übermorgen habe ich den ganzen Nachmittag frei. Ich würde

Ihnen gern mein Krakau zeigen. Das unverfälschte Krakau, das andere, das mit seinen Wunden, seinen Sünden, seinem vergesslichen Gedächtnis. Das Krakau, das Sie in keinem Stadtführer finden werden, eines, das Geschichten erzählt, die selbst die Polen vor sich selbst geheim halten. Haben Sie Lust? Herzlich Adam

Das Krakau mit seinen Wunden, seinen Sünden, seinem vergesslichen Gedächtnis. Wie poetisch das klang! Tatjana musste sich eingestehen, dass sein Angebot ihr Herz höherschlagen ließ. Einen winzigen Augenblick kam ihr der Gedanke, ob Adam das geheimnisvolle Wesen Pankiewicz' unbewusst spiegelte, genau wie den Bildungsbürger, der dem Apotheker wie ein perfekt geschneiderter Maßanzug auf jedem einzelnen Foto anzusehen war. Hatte Lilo mit ihrem bürgerlichen Habitus das unbewusst übernommen? War es das, was übrig geblieben war von ihrer Verbindung?

Auf dem Bett liegend nippte sie an einem Kräutertee. Mit den Fingerspitzen zog sie Adams Profilbild auseinander, um es zu vergrößern. Seine dunklen Augen erinnerten sie an Bitterschokolade – sein Blick an einen Menschen, der etwas tief in seinem Inneren vor sich selbst und vor der Welt verbarg. Ein Mann, der gerne die Kontrolle behielt.

Am nächsten Morgen entdeckte sie vor ihrer Tür einen Umschlag. *Für Tatjana* stand auf einem angebrachten Post. Die kritzelige Handschrift eines Wissenschaftlers. Sie öffnete ihn. Es handelte sich um die deutsche Ausgabe *Die Apotheke im Krakauer Ghetto* von Tadeusz Pankiewicz. Ihr Herz machte einen Luftsprung.

Mit angezogenen Beinen und einem weichen Kissen im Rücken, studierte sie das Cover. Es zeigte Pankiewicz hinter seinem Tresen in der Apotheke unter dem Adler, hochgewachsen, im weißen Apothekerkittel, mit seinem dunklen, verschlossenen Blick, jenes Bild, das sie bereits im Museum gesehen hatte. Sie nahm das Foto mit Lilo und deren einstigem Arbeitgeber vom Nachtkästchen. War sein Blick hier entspannter? Vielleicht ein wenig. Aber wie weich Lilos Gesichtsausdruck wirkte, fast verletzlich.

Sie steckte das Foto ins Buch und las den ganzen Tag Pankiewicz' Bericht aus dem Krakauer Ghetto.

> Ein Tag glich dem anderen. Die gleichen Klagen, die gleiche Eile, dasselbe Lärmen, Lamentieren und Weinen. Die Menschen wurden ohnmächtig vor Müdigkeit. Das Gesicht von Kazimierz änderte sich. Man sah keine Juden mehr in schwarzen Kaftanen, mit ihren Filzhüten, Käppchen und Fuchsmützen (…)

Du hast ihn gekannt, Lilo, sprach Tatjana zu sich selbst, und legte das Buch zur Seite. Du kanntest diesen feinsinnigen Mann, du wusstest von seiner scharfen Beobachtungsgabe. Du hast mit eigenen Augen gesehen, was er sah. Es muss deinen Blick auf die Welt zutiefst erschüttert haben. Aber wie hast du die Abgründe, die zwischen dem Frühstückstisch, deinem warmen Bett in der św. Sebastiana und dem Ort des Grauens, den du tagtäglich betratst, ausgehalten? Warum hast du uns nichts davon gesagt?

Ein kurzes Klingeln auf ihrem Handy kündigte den Eingang einer Textnachricht an.

> *Liebe Tatjana, die Apotheke ist wirklich beeindruckend und befremdend zugleich. Lilos Erzählungen über ihre Arbeit fallen mir wieder ein, wie sie dort alles gelernt hatte. Danke für die wunderschönen Fotos. Das alles berührt mich sehr. Ich erinnere mich gut an den Apotheker,*

sein Auftreten in Fellbach und wie glücklich sein Besuch Lilo gemacht hat. Mit deinen Fotos wird Lilos Leben in Krakau plötzlich sehr lebendig. Du weißt, wie sehr sie Krakau liebte. Die Bilder von der Villa hingegen sind bedrückend, ein zerfallenes Haus. Ich frage mich, ob meine Mutter, als sie in den 1990ern in Krakau war, ihre Straße besucht hat. Damals kam sie so traurig zurück, erinnerst du dich? Pass auf dich auf, liebe Grüße, deine Mama.

Ach, Mama, sagte Tatjana tonlos und legte das Handy weg. Sie war so froh, dass Dora anfing, sich mit der Vergangenheit ihrer Mutter auseinanderzusetzen. Ihre Nachricht klang danach.

In der Nacht träumte Tatjana, sie sei Lilo, eine junge Frau im Krieg. Auf platten Reifen und zerstörten Felgen fuhr sie mit ihrem Rad durch die Straßen von Krakau. Ihre Augen waren verbunden, aber sonderbarerweise fand sie den Weg. Sie stieg vom Rad und nahm die Augenbinde ab. Überall Staub, Schmutz und zerstörte Gebäude. Langsam lichtete sich der Nebel, an einem geschwärzten Haus entzifferte sie das Schild Apotheke unter dem Adler.

»Tatjana«, vernahm sie hinter sich eine sonore männliche Stimme.

»Ich bin nicht Tatjana«, erwiderte sie. »Ich bin Lilo. Wer sind Sie?«

Als sie sich umdrehte, war der Mann verschwunden.

LILO

22

Krakau, Frühjahr 1942

Ganz Krakau glühte in diesem Juni. Die Stadt an der Weichsel litt unter einer schrecklichen Hitze. Im Ghetto brach der Abend an.

Lilo hatte den ganzen Tag Medikamente in Papiertütchen gefüllt, die in winzigen Dosen über den Tresen an Mütter gingen. Die Beutel mit der Aufschrift »K« waren den Kindern vorbehalten.

»Wir brauchen mehr Beruhigungsmittel«, flehten die Mütter. Die Kinder ruhigzustellen, konnte über Leben und Tod entscheiden, und die Apotheke unter dem Adler hatte sich schon lange auf spezielle Kinderdosierungen eingestellt. Sehr oft gab Pankiewicz die Medizin unentgeltlich weiter. Die meisten Juden, die zu ihm kamen, besaßen inzwischen fast nichts mehr.

Plötzlich vernahm Lilo von draußen ein Hupen. Jadwiga betrat das Labor, lief zum Fenster und winkte Lilo zu sich. Durch einen Spalt im Vorhang konnten die beiden Frauen sehen, wie zwei Personenwagen auf den Zgody fuhren und direkt vor der menschenleeren Apotheke parkten. Uniformierte SS-Männer stiegen aus und steuerten direkt auf die Apotheke zu. Der schwere Tritt ihrer Stiefel hallte bis zu den Eingangsstufen.

»SS«, flüsterte Lilo Jadwiga zu. Sie hatte sie an ihren Mützen mit dem Totenkopf erkannt. Ehe sie sich versah, betraten die zwei Männer den Verkaufsraum. Sie waren groß, stattlich. Jadwiga zog Lilo zum Spiegel, in dem sie das Geschehen im Verkaufsraum sehen konnten.

Pankiewicz schritt hinter den Tresen, legte seine Hände darauf ab und grüßte freundlich. »Guten Abend.«

Jadwiga griff nach Lilos Hand.

Keiner der Männer antwortete. Plötzlich zog einer von ihnen eine Pistole aus dem Halfter. Wie in Zeitlupe lud er sie. Das Geräusch klang furchterregend. Lilo warf einen verzweifelten Blick zu Jadwiga, die wie erstarrt dastand und ihre Hand noch fester drückte.

»Kann ich etwas für Sie tun?«, durchbrach Pankiewicz Stimme die Stille.

Keine Antwort. Der Mann richtete seine Pistole auf Pankiewicz. Seine Uniform saß wie angegossen, sein Gesicht war ausdruckslos. Lilo unterdrückte einen Schrei und hielt sich die Hand vor den Mund.

»Bitte ...«, sagte Pankiewicz und hob langsam die Hände. »Herr Gouverneur, ich bitte Sie.«

»Ich flehe Sie an«, hörte Lilo sich selbst flüstern. »Tun Sie das nicht. Bitte.«

Jadwiga blickte Lilo eindringlich an und legte einen Zeigefinger an ihre Lippen.

Der Mann mit der Pistole hielt inne und sah sich im Verkaufsraum um.

»Wendler«, flüsterte Jadwiga Lilo zu. »Das ist der neue Gouverneur des Distrikts. Richard Wendler. Er hat Wächter abgelöst.«

Otto Wächter war jedem im Krakau ein Begriff, draußen wie drinnen war er mehr als gefürchtet. Er hatte das Ghetto bauen lassen, und seine erste Amtshandlung hatte in einer

Anordnung bestanden, die den Juden auferlegte, einen Stern zu tragen. 1940 hatte er persönlich die Erschießung von fünfzig polnischen Geiseln überwacht. All das war Lilo in der Apotheke zu Ohren gekommen.

Mechanisch traten die beiden Frauen einen Schritt vom Spiegel zurück. Langsam legte Wendler seine Pistole auf den Tresen, hob die Brauen und zwinkerte seinem Untergebenen zu. Dann stieß er ein furchterregendes Lachen aus, nahm stumm seine Waffe, entlud sie, steckte sie zurück und verließ zusammen mit dem anderen die Apotheke.

Lilo zitterte am ganzen Leib. Ihr Herz klopfte bis zum Hals, und Tränen brachen aus ihr heraus, genau wie aus Jadwiga. Beide Frauen fielen sich in die Arme und hielten sich aneinander fest.

Gemeinsam betraten sie nach einer Weile, die Lilo unendlich lange vorgekommen war, den Verkaufsraum, wo Pankiewicz auf den Tresen gestützt und mit gesenktem Haupt dastand, als sei er mit dem Boden verwachsen. Lilo hielt den Atem an: Der selbstbeherrschte Mann schien ihr auf einmal zerbrechlich, schutzlos. Ihr war, als sähe sie in einem intimen Moment, wie sich ein Riss über seine sonst so souveräne Maske zog.

»Eine Razzia«, hörte sie ihn mit fremder Stimme sagen. Mit einem Ruck richtete er sich auf, ging zum Fenster und zog den Vorhang zu. »Es wird eine Razzia geben.«

Lilo folgte ihm zum Fenster und stellte sich neben ihren Vorgesetzten. Draußen schien nichts Ungewöhnliches vor sich zu gehen.

»Haben Sie etwas gehört?«, fragte sie leise.

Er schüttelte den Kopf. »Nein. Mir ist nichts zu Ohren gekommen, genau deshalb weiß ich ja, dass es geschehen wird. Merken Sie sich: Es ist die Stille, die auffällig ist, nicht der Lärm.«

Dann ging alles ganz schnell.

Drei Lastwagen fuhren auf den Zgody. Männer von der SS, der Judenpolizei und vom Judenrat stiegen aus und versammelten sich direkt vor der Apotheke. Aus allen umliegenden Häusern, Straßen und Gassen strömten Menschen. Alte, Frauen, Männer, Kinder, Mütter mit ihren Kleinkindern auf dem Arm stolperten aus den Häusern. Wie Gespenster stellten sich Menschen in Reihen an, während die Vollstrecker an aufgestellten Tischen Listen abarbeiteten, begleitet von einem unerträglichen Geschrei.

Genau wie Pankiewicz es vorausgesehen hatte.

Wer eine Arbeitserlaubnis in Form eines Blauscheins besaß, konnte bleiben. Meistens jedenfalls, das wusste Lilo bereits. Sie konnte sehen, wie ein alter, versehrter Mann, dem ein Arm fehlte, abgelehnt wurde, obwohl er dem Judenrat ein Papier gereicht hatte. Sein leerer Ärmel baumelte herum.

Mit gesenktem Haupt ging er in die ihm befohlene Richtung.

Dann plötzlich kam aus der Menge eine Frau auf ihn zu. Lilo sah genauer hin: Die Frau war Gusta! Ja, Gusta drückte dem Versehrten einen Zettel in die Hand und führte ihn durch das Gewimmel hindurch. In der richtigen Reihe stehend schenkte er ihr ein verlegenes Lächeln, das Lilo mitten ins Herz traf. Dann registrierte sie, wie er den berühmten Stempel auf seinen Blauschein erhielt und sich mehrfach verbeugte.

Wo war Gusta geblieben? Lilo hielt nach ihr Ausschau, aber sie war wie vom Erdboden verschluckt.

»Fräulein Magister«, hörte sie hinter sich Pankiewicz' Stimme, der das Wort an Jadwiga richtete. »Gehen Sie hinab in den Keller, und sehen Sie nach dem Rechten. Bleiben Sie dort, bis ich Sie zurückrufe.«

Jadwiga nickte eifrig und verschwand.

Kurz darauf war ein Trommeln gegen die Hintertür zu hören. Pankiewicz und Lilo blickten gleichzeitig dorthin, dann sahen sie sich fragend an.

»Würden Sie bitte öffnen«, befahl er Lilo in ruhigem Ton und zog an den Manschetten seines Hemds unter dem weißen Kittel.

Mit klopfendem Herzen öffnete Lilo die Tür.

Gusta stürmte, einen kurzen Blick auf Lilo werfend, direkt in den Verkaufsraum auf Pankiewicz zu. »Wir brauchen Verbandsmaterial. Schmerzmittel. Bitte helft uns. Sie bringen die Menschen schon vor dem Transport um. Es gibt unzählige Verletzte, die auf den Straßen liegen, die Menschen schreien vor Schmerzen. Sie zerren die letzten Kranken und Alten aus den Krankenhäusern, aus den verborgensten Verstecken heraus.«

Pankiewicz eilte zu einem Schrank, öffnete ihn, stopfte Mullbinden in einen alten Kartoffelsack und gab eine große Flasche Jod und Pulverpäckchen hinein. »Warten Sie! Wir haben noch mehr Schmerzmittel und Sedativa.«

Pankiewicz warf Lilo einen auffordernden Blick zu. »An die Arbeit«, sagte er kurz.

Wie ferngesteuert ging sie ins Labor, holte aus dem Schrank die Medizin und verpackte sie. Sie wünschte sich, das alles sei ein schrecklicher Traum, von dem sie gleich erwachen würde. Hier im Labor sah sie nichts, die Vorhänge waren zugezogen, aber sie hörte das Geschrei, das Gewimmer von draußen. Sie wollte sich die Ohren zuhalten. Hin und wieder fielen Schüsse. Hunde bellten. Kinder schrien sich die Seele aus dem Leib. Mechanisch stellte sie die Mörser auf den Arbeitstisch und fing an, die nötigen Substanzen für ein starkes Schmerzmittel zu zermalmen, wog die Portionen ab und gab sie in Tütchen. Dann fuhr sie mit den Beruhigungsmitteln fort.

Aus der Ferne vernahm sie das Geräusch der schlagenden

Uhr – war wirklich über eine Stunde vergangen? Lilo wusste nicht, wie viel Schmerz- und Beruhigungsmittel sie hergestellt, gewogen und abgefüllt hatte – aber sie dachte, die Menge müsse ganz Krakau schlafen legen können.

Mit einem tiefen Seufzer betrat sie den Verkaufsraum.

Gusta und Pankiewicz befanden sich hinter dem Tresen.

Langsam wie in Zeitlupe ging Lilo zum Fenster, das zum Zgody zeigte. Was sie sah, erreichte ihren Verstand erst verzögert.

Ein alter Jude in schwarzem Anzug und Pantoffeln wurde von zwei uniformierten SS-Leuten unter Applaus auf den Platz getrieben. Lilo sah genau hin und glaubte ihren Augen nicht zu trauen: Die Männer animierten ihn, während sie lauthals lachten, zum Tanzen. Unbeholfen hob er ein Bein, dann das andere. Sie konnte sehen, dass er weinte. Dann ging einer der Männer auf ihn zu und schnitt ihm mit einer Schere seinen langen Bart ab.

»Komm, tanz«, schrie er mit heiserer Stimme. »Tanz für uns!«

Der alte Mann versteckte sein Gesicht hinter seinen Händen und hüpfte unbeholfen von einem Fuß auf den anderen.

Lilo drehte sich um und blickte in Pankiewicz' Augen. Aufgewühlt, das Gesicht schmerzverzogen, sah er aus dem Fenster. Er hatte Tränen in den Augen. Gusta hielt sich die Hand vor den Mund.

»Es ist eine neue Ära angebrochen«, presste Gusta hervor und nahm ihre Hand weg. Mit fester Stimme fuhr sie fort, während sie Lilo eindringlich ansah: »Wisst ihr überhaupt, wohin sie die armen Menschen bringen? Wisst ihr, was diese Umsiedlungsaktionen in Wahrheit sind? Eure Arbeitslager sind Todeslager.«

Lilo schüttelte den Kopf. Pankiewicz senkte den Blick.

»Niemand kehrt jemals von dort zurück. Die Deutschen sind Mörder, gewissenlose Mörder.«

»Das wusste ich nicht«, verteidigte sich Lilo schwach. »Ich hatte keine Ahnung ...«

Ohne ein weiteres Wort drehte sich Pankiewicz weg und verschwand in seinem Arbeitszimmer.

»Merke dir, Lilo Wagner: Zusehen bedeutet Ja sagen«, sagte Gusta. »Nach diesem Krieg werdet ihr einverstanden gewesen sein. Ihr werdet jammern, dass ihr es nicht gewusst habt, aber die Welt wird euch richten!«

»Ich wusste nichts von den Todeslagern«, platzte es aus Lilo heraus. »Ich habe die Medikamente für euch zubereitet, getan, was ich konnte. Mit diesen grausamen Taten habe ich nichts zu tun.«

Lilo spürte, wie ihr die Tränen in die Augen schossen, so ungerecht empfand sie Gustas ungeheuerlichen Vorwurf. Sie hatte es nicht verdient, mit diesen Verbrechern in einen Topf geworfen zu werden. Nicht alle Deutschen waren so, auch das wusste sie. Niemals hätte ihr Vater ein solches Vorgehen unterstützt. Aber er sagte nicht Nein. Er widerstand nicht, wie es Pankiewicz tat.

»Es wird nicht genug gewesen sein, was du getan haben wirst, am Ende, Lilo«, flüsterte Gusta, nahm den Kartoffelsack, warf ihn sich über die Schulter und verschwand in Richtung Hinterhof.

LILO

23

Lange sah Lilo Gusta hinterher. Sie blickte auf die Wanduhr – es war jetzt zwei Uhr nachts. An Nachhausgehen war nicht zu denken, sie würde den Rest der Nacht hier verbringen. Leise ging sie zurück ins Labor und setzte sich dort in der Ecke auf den Boden. Pankiewicz musste sich in seine Wohnung im Hinterhof zurückgezogen haben. Jadwiga würde bestimmt unten im Gewölbekeller bei den Schutzsuchenden bleiben.

Lilo wünschte, sie könnte vergessen, in einen tiefen Schlaf sinken und erst wieder aufwachen, wenn alles vorbei war. Aber ihre Gedanken drehten sich um das Grauen, das sie vernommen und gesehen hatte. Mit eigenen Augen. An Schlaf war nicht zu denken. Die schrecklichen Bilder blitzten immer wieder auf.

Draußen wurde es still, als hätten sich die Menschen im Ghetto ihrem Schicksal ergeben.

Die Aktion, die sich Umsiedlung nannte, ging bis in die Morgenstunden. Die berühmte deutsche Ordnung des letzten *Aussiedlerzugs* der Juni-Aktion vollzog sich am Ende wortlos, ohne jeden Protest. Niemand schrie mehr, niemand begehrte auf. Es fielen keine Schüsse, als seien die Vollstrecker erschöpft vom Schlagen und Treten, heiser vom Brüllen, selbst ihre Hunde waren verstummt. Kein einziger Jude versuchte noch zu fliehen. Die SS ermordete Menschen, die sich in den Hinterhöfen versteckt hatten. In den Krankenhäusern töteten sie hilflos zurückgebliebene Patienten.

Morgens gegen sechs erhob sich Lilo von ihrem provisorischen Lager und warf einen Blick durch das Fenster. Langsam setzten sich immer noch Menschen wie in einem großen Trauerzug in Bewegung. Eine unerträgliche Stille lag über dem Ghetto. Lilos Welt war eine andere geworden. Sie hatte das Grauen mit eigenen Augen gesehen.

Plötzlich spürte Lilo warme Hände auf ihren Schultern. Pankiewicz stand direkt hinter ihr. Sie erkannte ihn an seinem Geruch, am Druck seiner Hände, an seinem Atem. Er schob den Vorhang etwas mehr zur Seite. Die Menschen, deren Überlebenswillen ausgeblutet war, gingen hinaus aus dem Ghetto, hinein in eine andere Wirklichkeit. *Todeslager*, hatte Gusta gesagt.

»Warum ist es so still?«, flüsterte Lilo. »Was ist geschehen?«

»Sie haben sich damit abgefunden. Ich werde das niemals tun. Niemals. Eines Tages werden wir bezeugen, was sich im Krakauer Ghetto ereignet hat, Fräulein Magister«, sagte er. Seine Stimme zitterte. »Schonen wir unsere Kräfte für diejenigen, denen wir noch helfen können. Uns bleibt nur, an diesem Ort so viele Menschen zu retten, wie wir können.«

»Es stimmt also, was Gusta Draenger sagt.«

»Jedes einzelne Wort.« Seine Stimme klang heiser. »Die Nazis sind Barbaren. Sie werden die Juden vernichten. Wir müssen weitermachen.«

Wir müssen weitermachen. Gab es ein Wir? Auf einmal fühlte sie sich diesem Mann so nahe. Für einen kurzen Moment ließ sie ihren Kopf an seine Brust sinken. Sie wünschte sich, er würde sie an den Schultern einfach zu sich drehen, sie umarmen, festhalten, lieben. Dann, als habe er ihre intimsten Gedanken erraten, zog er seine Hände weg.

Sie hob ihren Kopf und sah ihm direkt in die Augen. »Wie kann ich helfen? Ich könnte als Botin arbeiten, wenn Sie wollen. Sagen Sie mir einfach, was ich draußen tun soll. Verfügen Sie über mich, Herr Magister.«

Draußen, das war die andere Welt, eine Welt, in der Lilo fortan eine Rolle zu spielen bereit war.

Er schenkte ihr ein trauriges Lächeln. »Das ist gut.« Er nahm ihre Hand, zog sie an seine Lippen und küsste sie.

Völlig übermüdet verließ Lilo das Ghetto, nachdem Pankiewicz ihr befohlen hatte, sich zu Hause mindestens zwei Tage auszuruhen. »Ich brauche Sie hellwach, geistesgegenwärtig und mit vollem Einsatz. Schlafen Sie ein wenig, Fräulein *Magister*.«

Vor der Eingangstür zur Apotheke war ihr, als stoße sie mit dem Kopf gegen eine glühend heiße Wand. Eine unerträgliche Schwüle lag in der Luft, eine sonderbare Stille in den Straßen, über den Gebäuden, über jedem einzelnen Stein, jeder Straßenlaterne. Die Anspannung war unmittelbar zu spüren. Die jüdischen Grabsteine auf der Ghettomauer schienen sie anzustarren. Hinter den Fenstern war das Leben verschwunden, kein einziges Licht brannte. Siebentausend Alte und Kranke, Kinder und Erwachsene waren während der vergangenen vierundzwanzig Stunden *umgesiedelt* worden. Binnen einer Nacht hatten die Deutschen die Zahl der Juden im Ghetto halbiert.

Einen Moment streifte Lilo der Gedanke an Helene, die in Paris als Deutsche in einer von den Deutschen besetzten Stadt lebte. Auch von Paris hörte man nichts Gutes. Wie war es ihr ergangen? Ganz sicher hatte sich ihr rebellisches Wesen auf die Seite der Schwachen geschlagen. Helene fackelte nicht lange herum. Sie war nicht wie Lilo. Und ganz sicher hatte sie den Mann ihrer Träume geheiratet. Ihr kleiner Sohn musste jetzt schon drei Jahre alt sein. Was hätte sie darum gegeben, die Schwester jetzt hier in diesem Augenblick an ihrer Seite zu haben. Sie wäre ihr moralischer Wegweiser – Helene würde, ohne zu zögern, das Richtige tun. Lilo hatte gezögert, viel zu lange.

Auf den Straßen lagen verstreut geöffnete Koffer mit herausquellenden Kleidungsstücken, Geschirr, Decken, Blättern, Büchern, Fotos und Briefen – die vernachlässigbaren Dinge des Lebens, wenn es um die nackte Existenz ging. Ein einzelner Schuh lag verkehrt herum auf der Bordsteinkante.

Lilo wollte die Zeit zurückdrehen.

Unter ihrem Mieder spürte sie Papier. Zwei Briefe, die sie draußen in ihrem Bezirk aufgeben sollte. Briefe, deren Absender und Adressaten, deren Inhalt sie nicht kannte. Seit heute konnte Lilo das Leiden und die Verzweiflung wider Willen bezeugen. Sie hatte nicht gewusst, wozu Menschen in der Lage waren, was Menschen anderen Menschen antun, wie tief sie hinabsteigen konnten.

»Tanz für uns«, glaubte sie noch einmal die heisere Stimme, unterlegt vom Gelächter der Männer, zu hören, als sie das Postamt betrat. »Tanz!«

Mit gesenktem Kopf stempelte der Postbeamte die frankierten Briefe, die an eine Warschauer Adresse gingen, ohne Lilo auch nur anzusehen. Wie im Traum verließ sie das Postamt, stolperte über ein Loch im Kopfsteinpflaster, fing sich ab und lief, so schnell sie konnte, in Richtung Weichselufer. Das Wasser sah aus wie flüssiges Eisen.

Mit dem Abdruck von Pankiewicz' Kuss auf ihrem Handrücken wollte sie die bedrohlichen Erlebnisse wegschieben – zurück in das Krakau ihrer Kindheit, auf die Schaukel, die immer noch an der großen Kastanie im Garten beim leisesten Windhauch baumelte, als tanze sie allein einen Tanz. Dort wollte sie sich mit wehendem Haar in die Lüfte werfen, bis ihr von dem Auf und Ab schwindelig wurde, bis die schrecklichen Bilder aus ihrem Kopf herausfielen und die guten zurückblieben.

Aber das war unmöglich. Sie hatte den Terror, das Morden, die Gewalt mit eigenen Augen gesehen. Wann hatten in Schlesien die Synagogen gebrannt? Wie lange lag das zurück? Bald vier Jahre. Sie hatte damals davon in der Zeitung gelesen, die Augen verschlossen, genau wie es ihre Eltern die ganze Zeit über getan hatten.

»Die Deutschen machen alles mit Zuckerbrot und Peitsche«, hatte ihr Jadwiga vor einigen Tagen erzählt. »Gib acht, Lilo. Pass bloß auf und schau auch deinen Eltern auf die Finger. Die Nazis verführen die Volksdeutschen mit jüdischen Geschäften, die sie übernehmen dürfen, wenn sie sich bewährt haben, mit Dotierungen, Freizeitangeboten. Hast du schon von ihnen gehört? *Kraft durch Freude?*«

Lilo hatte beschämt den Kopf gesenkt. *Kraft durch Freude* – ja, das war ihr mehrfach zu Ohren gekommen. »Mein Vater hatte seine Praxis ja schon vorher im deutschen Bezirk. Aber er hat mal von mir verlangt, dass ich in einer arischen Apotheke arbeite.«

»Und was hast du erwidert?«, hatte Jadwiga mit gerunzelter Stirn gefragt.

»Ich hab *Nein* gesagt. Ich bleibe.«

Jadwiga hatte ihr ein Lächeln geschenkt.

GUSTA

24

Krakau, Herbst 1942

Monate waren seit den Massendeportationen vergangen. Sie hatten einen Einschnitt im Krakauer Ghetto bedeutet. Seit jenem *blutigen Donnerstag* im Juni war es, als hinge ein Trauerschleier über dem Ghetto. Stumm und hilflos waren die Überlebenden mit ihrem Schmerz zurückgeblieben. Sie schlichen durch die Straßen mit starrem Blick auf das Kopfsteinpflaster und wagten nicht aufzusehen. Wenn hinter ihnen Schüsse fielen, drehten sie sich nicht einmal um, gingen weiter, als blieben sie auf diese Weise unversehrt. Jedem einzelnen Bewohner des Ghettos waren Familienangehörige, Freunde und gute Bekannte genommen worden. Auch Akiba hatte viele seiner Mitstreiter verloren. Mütter, Väter und Großeltern waren von heute auf morgen aus dem Leben gerissen worden. Aber Akiba kämpfte weiter und steigerte die Herstellung gefälschter Papiere. Noch im Sommer hatten sich die Mitglieder mit weiteren zionistischen Jugendgruppen zusammengetan, die unter dem Namen *HeHaluz HaLochem – der kämpfende Pionier* – Widerstand leisteten.

Kurz vor Ladenschluss betrat Gusta die Apotheke unter dem Adler. Pankiewicz stand wie immer hinter dem Tresen und bediente seine letzten Kunden. Der Apotheker war zu einer zuverlässigen Konstante im kargen Ghettoleben geworden, auch für Akiba. Er war ein treuer Unterstützer ihrer Bewegung geworden, ein Grenzgänger, der eloquent durch die Kulturlandschaft der unterschiedlichsten Sprachen tänzelte – Polnisch, Jiddisch, Deutsch, Russisch, Ukrainisch. Überall vermochte er mitzureden, ohne etwas von sich preiszugeben. Stets umgab ihn eine Aura, geheimnisvoll wie eine undurchsichtige Wand.

»Es wird ihn eine Stange Geld kosten hierzubleiben«, munkelten diejenigen, die ihn besser kannten. »Er muss Schmiergelder bezahlen.«

Stets hatte der Besitzer der Apotheke für jeden ein tröstendes Wort. Viele der Ghettobewohner besuchten die Apotheke einfach so, nur um in einer zivilisierten Umgebung eine Tasse Tee zu trinken, sich zu unterhalten und um sich für wenige Augenblicke als Mensch zu fühlen.

Wie der große Mann, der stets so gekleidet war, als käme er gerade von einem Theater- oder Opernbesuch, es schaffte, im Verborgenen zu handeln, blieb sein Geheimnis, genau wie die Tatsache, auf welche Weise ihn die Nazis gewähren ließen.

»Warten Sie bitte dort«, durchbrach Pankiewicz Gustas Gedanken. Er zeigte auf einen Stuhl unter dem Fenster neben dem Tresen. Sie ging dorthin und setzte sich, während sie sich unauffällig umsah. Kein OD, keine SS. Nicht heute. Noch drei Frauen standen in der Reihe und warteten darauf, bedient zu werden. Wortlos reichte Pankiewicz Gusta zwischendurch eine heiße Tasse Tee.

»Danke«, sagte sie und nippte daran. Guter, starker Schwarztee – eine Rarität in diesen Zeiten. Nur selten ergatterte man diese Qualität auf dem Schwarzmarkt. Woher er die Ware wohl bezog?

Nachdem die letzte Kundin an diesem Abend gegangen war,

schritt Pankiewicz zur Tür, sperrte ab, zog das Rollo der Glastür zu und ging dann zurück zu Gusta.

Aus einer Schublade zog er eine Papiertüte heraus und mehrere Fläschchen. »In der Tüte ist weiteres Beruhigungsmittel. Die Dosierung für die Kinder beträgt maximal eine Messerspitze in Milch aufgelöst, aber das wissen Sie ja«, flüsterte er.

Gusta griff nach der Tüte, steckte die Fläschchen in die Manteltaschen. »Wir brauchen wieder Haarfärbemittel«, sagte sie leise. »Haben Sie noch das Mittel, das die Haare blond macht?«

In letzter Zeit verlangten immer mehr Frauen aus dem Ghetto danach. Die dunkelhaarigen Frauen hatten außerhalb des Ghettos größere Chancen, unerkannt zu bleiben, wenn sie ihr verräterisches dunkles Haar wie das der Deutschen erblonden ließen. Auch Männer benutzten es.

Er nickte kurz, ging nach hinten ins Labor, wo sie durch die Durchreiche sehen konnte, wie er einige Worte mit Lilo wechselte. Gusta war schon zu Ohren gekommen, dass Lilo eine exzellente Laborantin war. Seit jener Nacht der Juni-Deportationen war sie ihr nie wieder begegnet. Die Erinnerung an ihre harten Worte gegenüber Helenes Schwester streifte sie.

Kurz warfen sich die beiden Frauen einen Blick zu.

»Alles da«, hörte sie den Apotheker sagen, der mit mehreren kleinen Behältnissen und zwei Flaschen Milch plötzlich wieder vor ihr stand. Er half ihr, die Milch in eine weitere Tüte zu verpacken. Das Färbemittel steckte Gusta in die Innentaschen ihres Mantels. »Was bin ich Ihnen schuldig?«

Stumm und freundlich lächelnd schüttelte er den Kopf. »Bringen Sie mir bei Gelegenheit Flugblätter, die neueste Ausgabe Ihrer Widerstandszeitung. Ich werde dafür sorgen, dass die Richtigen sie zu lesen bekommen.«

Dankbar lächelte Gusta Pankiewicz an. »Was Sie für uns

tun, ist …«, stammelte sie, aber er tätschelte nur ihre Hand und schüttelte den Kopf.

»Es ist wenig genug, liebe Frau Draenger, wenig genug. Nehmen Sie die Hintertür!« Mit dem Kopf deutete er in Richtung des Durchgangs zu seinen Privaträumen.

Gusta zögerte kurz und warf dann einen Blick zur Durchreiche. »Kann ich Lilo Wagner bitte kurz sprechen?«

Pankiewicz nickte und deutete auf die Tür.

Als Gusta das Labor betrat, sah Lilo überrascht von ihrer Arbeit auf. Gusta war, als erröte sie sogar.

»Es tut mir leid, neulich, an jenem schrecklichen Tag«, stammelte Gusta. »Aber alles brach über uns herein. Du wärest nicht hier, wenn du …« Abrupt verstummte sie. »Der Herr Magister hat dich ins Vertrauen gezogen, das muss etwas bedeuten. Es ist schwer geworden, Freund und Feind zu unterscheiden.«

»Verstehe«, sagte Lilo nach einer Pause. »Mit tut es unendlich leid, was sie euch antun.«

»*Do widzenia* – *Auf Wiedersehen*«, erwiderte Gusta und verschwand durch die Hintertür in der Dunkelheit.

Als Gusta die winzige Einzimmerwohnung erreichte, die sie nach den Juni-Deportationen bezogen hatten, setzte die Dämmerung ein. Die Wohnung in der ul. Jósefińska 13 besaß eine Küche und einen handtuchschmalen Holzbalkon, der zur Straße hinauszeigte. Einst war es die Unterkunft von Mareks Eltern gewesen. Immer noch versetzte es Gusta einen Stich mitten ins Herz, wenn sie daran dachte, wie ihre alten Schwiegereltern im Juni unter den Deportierten des Ghettos gewesen waren.

Zügig hatte Gusta eine Art Sozialstation eingerichtet, um ihrer neuen Bleibe einen tieferen Sinn zu geben. Sie hatte alle Bewohner aufgefordert, das Mobiliar, das in den leeren Wohnungen der Deportierten zurückgelassen worden war, zu sichten und für Bedürftige bereitzustellen.

»Diese Wohnung ist die Seele von Akiba«, sagte Marek immer wieder. Jeder Mitkämpfer war Tag und Nacht willkommen, und vielen diente die dunkle Wohnung als Herberge, als letzter Unterschlupf, wenn die Sperrstunde bereits angebrochen war. Vor allem abends versammelten sich dort die Kämpferinnen und Kämpfer.

Zuweilen übernachteten einige der Mitstreiter auf einem Matratzenlager. Sie verbargen nichts voreinander, trösteten sich gegenseitig und sorgten füreinander, als wollten sie dem Leben ihr vielleicht letztes Glück abtrotzen. Liebesbeziehungen ergaben sich ohne große Komplikationen oder Umwege. Die Zeit saß ihnen allen im wahrsten Sinn des Wortes im Nacken. Die jungen Kämpferinnen und Kämpfer liebten einander um ihr Leben, während der Krieg um sie herum tobte. Im Gegensatz zu ihren Eltern glaubten sie nicht daran, dass es für sie ein Leben nach dem Ghetto gab. Sie hatten nichts zu verlieren.

Eines Abends, es war bereits dunkel, läutete es in der ul. Jósefińska Sturm. Gusta öffnete, und Poldek trat ein. Mit seinen sechzehn Jahren war der blonde Junge das jüngste Akiba-Mitglied. Die Gruppe verdankte ihm viel. Unzählige Stempel für Fälschungen hatte Poldek entweder auf dem Schwarzmarkt erstanden oder aber aus den deutschen Behörden gestohlen. Über seine Geschäftspartner bewahrte der unerschrockene Kämpfer stets Stillschweigen.

Gusta liebte den jungen Mann. Von Beginn an hatte sie ihn wie einen kleinen, rebellischen Bruder ins Herz geschlossen.

»Was ist passiert?«, fragte Gusta, zog Poldek ins Wohnzimmer, schloss die Tür hinter sich und trat zum Fenster. Vorsichtig schob sie den Vorhang wenige Zentimeter zur Seite und spähte durch den Spalt nach draußen. Nichts. Kein Mensch, kein Ton war zu hören. Dabei wusste sie, dass gerade die Stille verräterisch trügen konnte. Die gefürchteten Nacht-Razzien der Nazis kamen ohne Vorwarnung.

Gemeinsam setzten sich Marek, Gusta und Poldek an einen Tisch. Gusta schenkte den Tee, den sie auf dem Ofen warm gehalten hatte, in drei Tassen. Stumm saßen sie da und schauten einander in die Augen. Marek zündete sich eine Zigarette an, reichte sie Gusta, die daran zog und sie an Poldek weitergab. Er nahm einen kräftigen Zug.

»Sie haben ihn getötet. Er ist tot.«

Gusta wusste sofort, wer gemeint war. Einer ihrer berühmtesten Mitkämpfer, der Poet Mordehaj Gebirtig, galt seit den letzten Deportationen als vermisst. Gusta und Marek hatten gehofft, Mordehaj sei irgendwo untergetaucht.

Sie konnte ihre Tränen nicht zurückhalten, innerlich aber ballte sie vor Wut die Faust. So viele Tote! Ihr ganzes Volk würde ausgelöscht werden.

»Er also auch«, fauchte Marek und legte den Arm um Gusta. »Dieser arme, alte kranke Mann.«

»Ein deutscher Soldat hat ihn erschossen, ein *szwab*«, presste Poldek hervor, und seine Augen glühten vor Wut. »Überall summen sie jetzt hinter verschlossenen Türen und auf den Straßen leise sein Lied *Unser Schtetl brennt*.«

»Er war trotz seiner Gebrechen bis zu seinem letzten Atemzug für den Widerstand im Einsatz«, sagte Marek. »Tapfer und unbeugsam.«

»Ein großer Poet, ein Künstler, der ein Leben lang für die Freiheit kämpfte. Sorgen wir dafür, dass sein Lied zur Hymne des Krakauer Ghettos wird«, sagte Gusta entschieden und stimmte die Melodie an. Gemeinsam sangen sie das jedem im Ghetto vertraute Lied.

's brennt! Brüder, hört, es brennt!
Bei wem, als nur bei euch man Hilfe fänd,
wenn das Schtetl ist euch teuer,
nehmt die Eimer, löscht das Feuer,
löscht es aus mit eurem Blut,
beweist, dass ihr es könnt!

Als das Lied verklang, erhoben sich die drei von ihren Plätzen und senkten die Köpfe. Es schien eine Ewigkeit zu vergehen, ehe Marek sich wieder setzte und die anderen es ihm gleichtaten.

»Möge Akiba das Feuer löschen und ein neues entfachen, genau dort, wo der Feind tobt«, sagte er.

»Es gibt noch etwas, das ich euch sagen muss«, erwiderte Poldek. Seine Stimme zitterte, und Gusta sah, wie sich seine Augen mit Tränen füllten.

TATJANA

25

Krakau, Frühling 2017

Tatjana betrat den Marktplatz vor den Tuchhallen, sah sich um und wartete am verabredeten Ort.

»Der Rynek Główny ist einer der größten mittelalterlichen Marktplätze Europas«, sagte Adam, der plötzlich hinter Tatjana auftauchte. Sie spürte eine Berührung auf ihrer Schulter, drehte sich um und nahm die ihr gereichte Hand. »Guten Morgen«, sagte er freundlich. Im Gegensatz zum letzten Treffen war er leger gekleidet, Jeans, Windjacke, darunter ein hellblaues Polohemd.

Sie betrachtete den riesigen, sandsteinfarbenen Platz, der in Quadraten in einzelne viereckige Abschnitte mit beigen oder dunkelroten Fugen unterteilt war. »Er hat ja mindestens die Größe eines Fußballplatzes. Diese Architektur!«, schwärmte sie. »Als hätten es die Gründer auf den Goldenen Schnitt angelegt. Es stimmt einfach alles.«

Édith wäre begeistert: die Proportionen der Bürgerhäuser, Paläste und Kirchen, die den Rynek Główny umgaben, der riesige Platz mit den Arkaden der Tuchhallen. Sie stellte sich den Ort vor, wie sie ihn im Internet aus der Vogelperspektive gesehen hatte. Dort unten zu stehen, war etwas völlig anderes. Sie machte einige Fotos aus verschiedenen Perspektiven.

»Ja, gut geschätzt.« Adam stellte sich neben sie und lenkte

ihre Aufmerksamkeit in die entgegengesetzte Richtung einer Kirche. »Hinter dem Denkmal von Adam Mickiewicz, einem der größten National- und Freiheitsdichter Polens, sehen Sie die Marienkirche. Wir Krakauer nennen das Denkmal Adaś, eine liebevolle Verniedlichung des Vornamens. 1940 haben die Deutschen das Denkmal gestürzt.«

Sie betrachtete die Bronze mit der mächtigen Gestalt, die sie an eine Figur aus einem Gemälde von Caspar David Friedrichs erinnerte.

»Während der deutschen Besatzung war der Rynek Główny in Adolf-Hitler-Platz umbenannt worden«, fuhr Adam fort und bedeutete ihr weiterzugehen. »Die meisten Straßen erhielten deutsche Namen. Es gab einen Krakauer Platz, die Preußenstraße, die Welfenstraße, die alte Ufergasse und natürlich die Universitätsstraße. Alles eingedeutscht.«

»Die świętego Sebastiana«, sagte Tatjana zustimmend. »Meine Mutter Dora spricht heute noch hin und wieder von der Sebastiangasse.«

Adam blieb stehen, die Stirn runzelnd. »Das ist nicht korrekt. Natürlich gibt es keine deutschen Straßennamen mehr seit 1945.«

»Lilo hat beide Bezeichnungen verwendet«, sagte Tatjana, bemüht, das Ganze abzuschwächen.

»Es handelt sich um die Namensgebungen der Nazis, also ist es anachronistisch.«

Tatjana senkte die Augen. Sie kam sich vor wie eine unwissende Schülerin. Anachronistisch – da hatte Adam Nowak eindeutig recht. Bis heute hatte sie nicht darüber nachgedacht, obgleich sie, seit sie in Krakau war, nur noch die polnischen Namen verwendete. Sie schämte sich für ihr mangelndes Feingespür.

»Ja«, sagte sie zustimmend. »Sie haben recht. Es zeugt nicht gerade von einem geläuterten Bewusstsein, es hat etwas von *Schlesien ist unser*, was der Bund der Vertriebenen in den Nachkriegsjahren proklamierte.«

Adam schüttelte vehement den Kopf. »Sie dürfen niemals Schlesien und Krakau vergleichen. Es sind zwei völlig verschiedene Paar Stiefel – sagt man so?« Er schmunzelte.

Tatjana nickte lächelnd. »Ja, so sagt man, und ja, der Vergleich hinkt in der Tat, auch das sagt man so im Deutschen.«

»Insofern ist die heutige Verwendung der deutschen Namen verharmlosend, verklärend. Ihnen wäre ja auch nie in den Sinn gekommen, diesen Platz als Adolf-Hitler-Platz zu bezeichnen.«

Tatjana spürte, wie ihre Wangen heiß wurden. Abrupt nahm sie ihre Sonnenbrille ab und putzte die Gläser an ihrer Jacke.

Ein Lächeln flog über sein Gesicht, dann wurde er wieder ernst. »Teile Schlesiens gehörten zu Deutschland. Krakau war zu keinem Zeitpunkt Teil des Deutschen Reichs, de facto in den Augen der Deutschen sogar Ausland, wenn man es genau nimmt. Der kleinen deutschsprachigen Minderheit, die hier lebte, ging es gut, je nach Einordnung der Volkszughörigkeit. Höhere Lebensmittelrationen, die ja streng hierarchisch nach der sogenannten Rassenzugehörigkeit geregelt wurden. Sicher war Ihre Familie im Besitz deutscher Kennkarten. Ausweispapiere gab es noch nicht.«

Rassenzugehörigkeit, *Volkszugehörigkeit* – die Worte ließen Tatjana im Zusammenhang mit den Wagners erschaudern.

»Und was bedeutete *Volkszugehörigkeit*? Gab es gute und böse, gefolgstreue Deutsche und abtrünnige?«

»Ja, durchaus. Wer sich während der Zeit vor dem Zweiten Weltkrieg *deutsch* verhielt, der hatte Chancen auf die beste von vier Stufen, wer nicht, nun, dessen Status war vermutlich immer noch besser als der von Polen.«

»Noten im Fach Opportunismus?«, fragte Tatjana verblüfft. »Eingetragen in die Kennkarte? Nationalität: deutsch, Stufe eins bedeutete eine Eins plus im Zeugnis?«

Adam nickte lebhaft. »Ja, das trifft es ziemlich gut. Kommen Sie! Unsere nächste Station ist Kazimierz. Eine knappe halbe Stunde entfernt. Ich hoffe, Sie tragen gutes Schuhwerk.« Wohlwollend warf er einen Blick auf Tatjanas Sneaker.

Sie liefen durch die Planty, die grüne Lunge Krakaus. Sofort fühlte Tatjana sich heimisch und genoss die angenehm kühle Luft des Parks.

»Diese Grünanlagen waren übrigens für Juden und die meisten Krakauer während der Besatzung tabu«, erklärte Adam, der vorausgegangen war und sich nach ihr umdrehte, während er weiterging. »Es gab Verbotsschilder *Für Juden und Polen verboten.*«

Tatjana hielt inne. Wie häufig hatte Lilo von diesen Parkanlagen geschwärmt, in denen sie spazieren gegangen waren, genau wie vom idyllischen Weichselufer, einer breiten Grünfläche, wo sie als Kind gespielt hatte. Mit dem Wissen um ein Verbot für Juden und Polen erhielten Lilos Beschreibungen einen völlig neuen Zusammenhang. Nicht ein Wort hatte ihre Großmutter darüber verloren.

»Und wie kam man zur Bestnote für die Kennkarte?«, fragte Tatjana und blieb stehen. Abrupt hielt Adam an, drehte sich um und kam auf sie zu.

»Deutsche Gesinnung ließ sich durchaus dokumentieren. Wer Mitglied in einem deutschen Verein war, hatte alles richtig gemacht. Schützenverein. Gesangsverein. Sport. Kultur. Damenkränzchen. Völlig egal, Hauptsache Deutsch, und man war unter seinesgleichen geblieben.«

Dunkel erinnerte sich Tatjana an Lilos Erzählungen. Demzufolge war Rigobert Wagner Jahrzehnte in einem deutschen

Männerchor von Krakau gewesen, Helene hingegen hatte in einem Krakauer Orchester Geige gespielt. Sie fröstelte.

»Mein Urgroßvater sang in einem deutschen Chor«, sagte sie leise.

»Also war er gut im Mitsingen – was für eine Symbolik.« Adam lachte, dann sah er Tatjana kritisch an. Ihr war keineswegs zum Lachen.

»Machen Sie nicht so ein betroffenes Gesicht! War Ihnen das nicht klar?«

»So klar nicht, nachdem ich jetzt weiß, wo genau Lilos Arbeitsplatz lag und was dort geschah. Ich fange an, mir ein völlig neues Bild von meiner Krakauer Familie zu machen. Mein Urgroßvater war Arzt, er hat doch nicht nur Deutsche behandelt, oder?«

Adam hob die Augenbrauen an und zuckte die Achseln: »Möglich wäre es, aber er sprach ja sicherlich perfekt Polnisch. Ungewöhnlich ist jedoch, dass Ihre Großmutter in der Apotheke bleiben konnte, nachdem diese mitten im Ghetto lag. Das befremdet mich. Sie hätte ja jederzeit gehen können oder gar müssen. Mit einer Einser-Kennkarte hat ihr Vater sicher nicht geduldet, dass sie im Ghetto ein und aus ging. Pankiewicz' Widerstand wurde erst nach dem Krieg publik. Sehen Sie es selbst? Da liegt ein blinder Fleck.«

»Das mit der Einser-Kennkarte ist spekulativ. Wir wissen es nicht«, sagte Tatjana streng. »Blinder Fleck – ja. Wie geht das zusammen? Ein opportunes Elternhaus und eine rebellische Tochter, die bei einem Widerstandskämpfer arbeitet?«, fragte sie mehr sich selbst.

Sie verließen die Planty. Vor ihnen lag eine Brücke.

Adam berührte Tatjanas Arm, während sie die Brücke ansteuerten. »Tatjana, ich bitte Sie! Sie müssten doch in der Lage sein, Widersprüche auszuhalten! Wenn Sie die komplizierten

Verhältnisse hier in Krakau verstehen wollen, dann fangen Sie bei Ihrer Familie damit an. Hören Sie auf, das Handeln der Wagners zu rechtfertigen. Man musste nicht töten, um dabei gewesen zu sein. Unterlassene Hilfeleistung ist mehr als ein moralischer Tatbestand, und Schweigen war in diesem Zusammenhang Zustimmung, Akzeptanz. Bemühen Sie sich um einen neutralen Blick.«

»Aber meine Großmutter hat bei Pankiewicz gearbeitet«, rief sie fast verzweifelt aus. »Sie muss doch Haltung gezeigt haben. Warum hat sie nie darüber gesprochen?«

Unter ihnen Bahngleise, etwas entfernt der Krakauer Bahnhof. Warum musste sie plötzlich an Auschwitz denken?

»Das ist die Frage aller Fragen, Tatjana. Ich wäre mit vorschnellen Rückschlüssen vorsichtig«, durchbrach er ihre Gedanken. »Vielleicht war es für Pankiewicz sehr hilfreich, eine Deutsche angestellt zu haben, und bestimmt hatte auch Ihre Großmutter von der Apotheke profitiert. Medikamente, Lebensmittelmarken – dort gab es ja alles, verstehen Sie? Ihr Vater war Mediziner, vielleicht bezog er seine Medizin von dort. Darf ich Sie etwas Persönliches fragen?«

Abrupt blieb Tatjana mitten auf der Brücke stehen. Unter ihnen hämmerten die Räder der Züge, die abbremsten oder beschleunigten. Eine Wolke schob sich vor die Sonne, ein kühler Wind strich über ihr Gesicht.

»Fragen Sie!«

»Warum kommen Sie so spät nach Krakau? Warum nicht früher? Sie sind akademisch ausgebildet. Ist bei Ihrer Sozialisation die Familiengeschichte in Krakau während der deutschen Besatzung nicht Pflichtprogramm? Hat es Sie nie interessiert, wie Ihre Urgroßeltern hier lebten und wo sie politisch gestanden haben? Sie sind Psychologin, geht man nicht gerade in einem solchen Beruf tiefer rein, Familiengenese und so weiter?«

Tatjana seufzte und lehnte sich gegen das Geländer. Radfahrer, Rollerfahrer und Fußgänger passierten die Brücke. Gegenüber weinte ein Kind an der Hand seiner Mutter. Es weigerte sich weiterzugehen.

Adam sah Tatjana abwartend an.

»Ich wusste, dass Sie das fragen. Es ist schwer zu beantworten. Ich hatte eine enge Bindung an meine Fellbacher Familie, mit der ich aufgewachsen bin. Lilo hat nie viel über die Vergangenheit gesprochen. Ich habe das irgendwann akzeptiert, nein, ich war auch zu bequem. Es fiel mir schwer, Lilo auszufragen, weil da immer eine Wand aus Schmerz und Schweigen war. Es gab keine Krakauer Verwandtschaft mehr, keine Zeugen. Aber ich persönlich habe die Rolle meiner Urgroßeltern in Krakau stets kritisch gesehen, wenn auch nicht sehr differenziert – es hat sich nie gut angefühlt. Natürlich war ich mir über deren privilegierte gesellschaftliche Stellung bewusst. Ich hielt sie nie für Täter, aber für Mitläufer.«

»Man muss nicht zur Waffe greifen, um Menschen zu vernichten«, erwiderte er ernst, fast traurig. »Und als Ihre Großmutter nach der Perestroika starb, war es zu spät für Fragen, nicht wahr? Ihre Mutter Dora wuchs in Deutschland auf.«

Tatjana schluckte. »Dora war das Spiegelbild ihrer Mutter, fast schlimmer, als wäre sie ein Mensch ohne familiäre Wurzeln, sie fingen bei Lilo und ihrer Fellbacher Familie an.«

»… genau wie bei Ihnen«, warf Adam ein.

Tatjana hielt inne. Was er gesagt hatte, traf sie zutiefst, aber er hatte recht. »Pankiewicz' Auftauchen in Fellbach kurz vor Lilos Tod«, versuchte sie sich zu rechtfertigen. »Das hat meine Fragen nochmals neu belebt, mein Interesse entfacht, aber er war Lilo sehr ähnlich in seinem Schweigen. Und da war so etwas«, sie suchte nach den passenden Worten, während sie registrierte, wie Mutter und Kind gegenüber weitergingen, »so etwas Großes zwischen den beiden, intensiv, intim, ich weiß nicht, wie ich das erklären kann.«

»Gab es da keine Gelegenheit, zu reden?«, fragte Adam.

Tatjana schüttelte den Kopf. »Es ging damals nicht um mich und um meine Fragen.«

Adam fuhr sich durch sein längeres, dichtes Haar. Tatjana stachen seine Hände ins Auge: große, wohlgeformte, gepflegte Hände.

»Pankiewicz war stets sehr verschlossen«, erwiderte er. »Insofern verstehe ich Sie, aber Ihre Großmutter – Sie war Ihnen doch nah! Er hat nie großes Aufsehen um seine Taten gemacht. Ich weiß von seinen zahlreichen Reisen nach Israel. Immer wieder folgte er Einladungen von Geretteten. Sie alle haben ihn ein Leben lang nicht vergessen.«

»Er kam ein zweites Mal, zu Lilos Beerdigung.«

Adam nickte nachdenklich. »Und das kurz vor seinem eigenen Tod. Das erwähnten Sie bereits.«

Plötzlich wurde Tatjana klar, dass sie mit diesem Mann, mit dem sie gerade einmal wenige Stunden verbracht hatte, bereits ein Stück Erinnerung teilte, eine Art Vertrautheit.

»Und warum sind Sie jetzt da? Gerade jetzt? Fünfundzwanzig Jahre nach dem Tod Ihrer Großmutter und dem von Pankiewicz?«

Er blickte ihr in die Augen.

»Das ist eine sehr lange Geschichte und betrifft einen anderen Familienzweig, der nach Paris führt. Der Sohn von Lilos Schwester Helene wuchs dort auf. Er ist vor Kurzem verstorben.«

Adam runzelte die Stirn. »Stimmt. Sie erwähnten Helene einmal, auch Paris. Die Wagners sind ja ganz schön rumgekommen! Das klingt jetzt aber wirklich kompliziert.«

Tatjana seufzte. Vielleicht würde sie ihm eines Tages von

Édiths Fund berichten. Im Moment schien das eindeutig den Rahmen zu sprengen.

»Ein einziges Selfie«, sagte er plötzlich aufmunternd, stellte sich neben Tatjana, hielt sein Handy in die Höhe und legte vorsichtig den Arm um sie. Beide lächelten in die Kamera. Unter ihnen die Weichsel, darüber ein graublauer Himmel. Er steckte das Handy zurück in seine Jackentasche. »Ihre Großmutter scheint eine ziemlich komplexe Persönlichkeit gehabt zu haben.«

Lilo war so widersprüchlich wie Krakau selbst. *Für Juden und Polen verboten* – vor ihrem inneren Auge sah Tatjana die Verbotsschilder der Nazis, die wie offene Wunden hier unsichtbar zurückgeblieben waren, Mahnmale in der Erinnerungslandschaft Krakaus. Die selbst ernannten *Herrenmenschen* hatten nicht nur gemordet, sondern gleichzeitig versucht, einem stolzen Volk die Identität zu rauben, indem sie es entwürdigten, herabsetzten, entehrten, für dumm erklärten. *Sie taugen als Arbeitssklaven*, hatte Himmler für die von den Nazis als *slawische Untermenschen* bezeichnete Bevölkerungsgruppe kategorisch behauptet.

Tatjana schluckte. All das, überlegte sie, musste Lilo hier mitbekommen haben, auf die ein oder andere Weise. Unter den Gedemütigten mussten Menschen gewesen sein, Menschen, die sie gekannt hatte. Kinder, mit denen sie gespielt hatte, Kommilitonen und Kommilitoninnen. Tatjana war, als machten Lilos Fußstapfen auf dem Boden Krakaus Haken wie Hasen im Schnee von rechts nach links, von Osten nach Westen, von Süden nach Norden quer durch die Stadt. Einzig der Weg von der św. Sebastiana bis zur Apotheke unter dem Adler und zurück schien Tatjana gradlinig, ein authentischer Teil von Lilos Identität. Oder täuschte sie sich da? Warum hatte Lilo ihre Enkelin an ihren Wegen nicht teilhaben lassen? Weil es so viel gab, wofür sie sich geschämt hatte?

»Undurchsichtig trifft es besser«, antwortete Tatjana gedankenverloren. »Ich hatte einen blinden Fleck auf meinem *Lilo-Auge*.«

Adam schenkte ihr ein liebevolles Lächeln. »Dieses Bild leuchtet mir unmittelbar ein.«

Dieser Mann brachte Tatjana auf sonderbare Weise zum Reden, er wirkte wie ein Katalysator auf ihre unterdrückten Gefühle.

»Weiter geht's«, sagte er nach einer Pause unternehmungslustig. »Jetzt kommt Kazimierz, das Herz der jüdischen Kultur in Krakau, eines, das fast aufgehört hätte zu schlagen.«

Im gleichen Takt gingen sie weiter.

GUSTA

26

Krakau, Herbst 1942

»Es ist etwas passiert«, sagte Poldek und wischte sich über die Augen.

Marek und Gusta horchten auf. Poldek richtete sich auf und legte seine Hände auf den Tisch. Die Kerze flackerte.

»Ein Zeuge konnte aus Auschwitz fliehen. Die Schornsteine rauchen Tag um Tag, Nacht für Nacht. Keine fünfzig Kilometer von uns entfernt. Jetzt wissen wir, was wir vermutet haben, aus erster Hand. Sie verwenden Zyklon B. Anscheinend planen sie den Ausbau weiterer Krematorien. Himmler leitet ein Todeskommando. Mit Einsatz dieses Gases schaffen sie es, an einem einzigen Ort Tausende Menschen täglich zu ermorden. Sie führen die Ankömmlinge in Duschen zum Entlausen. Dort geschieht Unvorstellbares. Aus den Duschen strömt kein Wasser, sondern Gas. Die Nazis haben es lange in Lastwagen erprobt, mit lebendigen Menschen experimentiert. Das ist die Wahrheit. Sie werden das gesamte jüdische Volk vernichten, uns alle.«

Gusta hielt sich entsetzt die Hände vors Gesicht. Ein Gedanke an die Juni-Deportationen streifte sie. Seit jenem *blutigen Donnerstag* gab es immer häufiger unangekündigte Razzien, Menschen wurden grundlos abgeführt. »Und die Welt verschließt ihre Augen …«, stammelte sie.

»Wir müssen etwas tun«, sagte Poldek. »Am Ende werden es so viele von uns sein, dass es unsere Vorstellungskraft sprengt.«

Gusta spürte Mareks Hand auf ihrer Schulter. »Es ist so ...«, sagte sie. Ihre Stimme kippte.

»Wir müssen handeln«, erwiderte Marek entschieden, stand auf, ging zur Garderobe und nahm Gustas und seinen Mantel vom Haken und anschließend Poldeks Jacke. Demonstrativ warf er die Kleidungsstücke auf den Tisch. »Wir werden weiter Menschenleben retten und dafür sorgen, dass wir überleben, solange es nur geht.«

Aus der Schublade nahm er eine Schneiderschere, ging mit der Spitze unter den aufgenähten Davidstern seines Mantels und entfernte ihn. Jenen Davidstern, den Akiba einst mit Stolz getragen hatte. Ja, sie waren stolz darauf gewesen, Juden zu sein, und waren es immer noch. Aber die Deutschen hatten alles umgedreht, der obligatorische Davidstern markierte einen Makel.

Wortlos machten Gusta und Poldek mit ihren Kleidungsstücken dasselbe.

Mit einem lauten Geräusch riss Poldek den Stern ab. »Ich breche so bald wie möglich in die Optima-Fabrik ein und besorge Uniformen der SS und Wehrmacht. Genau dort, wo sie genäht werden. Wir verkaufen, was wir selbst nicht brauchen, und von dem Erlös besorgen wir uns Waffen.«

Waffen – dabei waren sie einst eine friedliche Organisation. Wohin ging ihr Weg? Wohin hatten die Deutschen sie gedrängt?

Gusta und Marek nickten gleichzeitig.

»Wir werden wie deutsche Unternehmer vorgehen«, sagte Marek.

»Du musst vorsichtig sein, Poldek, ich habe große Angst um dich.« Eindringlich sah Gusta ihren Schützling an.

»Verkleidet sind wir von den Ariern nicht zu unterscheiden, wenn wir im Einsatz sind«, erwiderte Poldek stolz. »Wir sprechen ihre Sprache, mit unserem blond gefärbten Haar sehen wir aus wie waschechte Deutsche.«

Er lachte auf.

»Es wird auch für uns immer schwieriger, Freund und Feind zu unterscheiden«, erwiderte Marek. »Leider kämpfen wir auch gegen die Verräter aus den eigenen Reihen.«

»Überläufer wird es immer geben«, sagte Poldek und warf den Kopf in den Nacken. »Denkt nur an Spira vom Ordnungsdienst, dieser Verräter! Wenn ich ihn in die Finger kriege …«

Gusta strich Poldek eine Haarsträhne aus der Stirn. »Hass ist kein guter Ratgeber. Wir müssen besonnen handeln, genauso abgebrüht wie die Deutschen vorgehen.«

Marek zündete sich eine Zigarette an, nahm einen tiefen Zug und gab sie an Poldek weiter. »Unsere Ziele haben sich geändert.«

Gebannt blickten Gusta und Poldek zu Marek, dessen Gesichtsausdruck sich plötzlich verändert hatte. Er wirkte hart, entschlossen. Gusta spürte, dass sie an einem Scheideweg standen.

»Um was ging es uns bis zum *blutigen Donnerstag*? Was war unser höchstes Ziel?«, fragte er, nahm die Zigarette aus Poldeks Hand entgegen und klemmte sie sich in den Mundwinkel.

»Die Auswanderung nach Palästina«, sagte Poldek und zog die Brauen nach oben.

Gusta horchte auf. Ja, sie spürte den bevorstehenden Wendepunkt in ihrer Organisation bis in die Haarspitzen. Sie wusste, was jetzt folgen würde. Sie selbst hatte in letzter Zeit immer wieder darüber nachgedacht. Einst waren sie friedfertig, beteten gemeinsam und lehrten die jüdischen Kinder das Wesen ihrer Kultur, ihrer Religion.

Jetzt würden sie selbst zur Waffe greifen.

»Genau«, erwiderte Marek. »*To już koniec – Das ist vorbei.* Ab sofort kämpfen wir einen anderen Kampf. Und dafür müssen wir aus dem Ghetto heraus, dorthin, wo sich die Deutschen wohlfühlen. Wir militarisieren uns.«

Wir militarisieren uns. Von ihrer Weggefährtin Hella Rufeisen, die seit Monaten immer wieder unter Lebensgefahr als Kurierin zwischen Warschau und Krakau quer durch Polen reiste, wusste sie von der Größe des Warschauer Ghettos. Dort bereiteten sich die Juden auf einen bewaffneten Widerstand im Ghetto vor.

»Wir kämpfen mit Waffen gegen den *szwab*«, erwiderte Marek. »Wir werden ihn töten, wie er es tut. Wir selbst werden einen ehrenvollen Tod sterben. Das ist jetzt unser Ziel, alles andere ist Augenwischerei. Wir werden diesen Krieg nicht überleben. Niemals. Wir zeigen der Nachwelt, dass wir nicht kampflos in den Tod gegangen sind. Wir brauchen Waffen, Poldek, Waffen, du hast vollkommen recht.«

Er drückte den Zigarettenstummel aus.

Gusta erhob ihre Stimme: »Bedienen wir uns der kleinen Nadelstiche. Seien wir winzige Sandkörner im Getriebe der Macht. Die Handlungen von einer oder zwei Personen aus unseren Reihen werden bei den Deutschen Unruhe hervorrufen. Stören wir ihre Ruhe. Lehren wir sie das Fürchten, wenn sie durch Krakau spazieren.«

Gusta spürte Mareks Hände an ihren Wangen, seine Lippen auf ihren.

»Setzen wir ihnen zu, treffen wir sie dort, wo es ihnen wehtut. Wir haben nichts mehr zu verlieren. Ich schwöre, Akiba die Treue zu halten«, erwiderte Poldek.

»Ach, Poldek, du guter Junge«, flüsterte Gusta. »Du bist gerade einmal sechzehn Jahre alt. Möchtest du nicht wenigstens versuchen zu fliehen? Du könntest untertauchen, irgendwo auf dem Land, weit außerhalb von Krakau. Irgendwann wird dieser Krieg vorbei sein.«

Poldek schüttelte den Kopf und schob seine Hände in die Mitte des Tisches. Gusta und Marek taten es ihm gleich. Sie legten sie ineinander und drückten fest zu.

»Wir schwören Widerstand gegen unsere Peiniger«, sagte Marek und gemeinsam wiederholten sie den Eid.

»Ich werde Waffen und Munition besorgen.« Poldeks Augen sprühten vor Tatendrang.

»Pass auf dich auf«, sagte Gusta seufzend.

»Mir geschieht so schnell nichts, Gusta, mach dir nicht so viele Sorgen. Ich bin wie eine Katze. Von meinen sieben Leben ist erst eines verbraucht«, erwiderte er schmunzelnd.

Er streichelte ihre Hand.

»Jungspund«, erwiderte sie zärtlich, schüttelte den Kopf, zog seine Hand an ihre Lippen und küsste sie. »Der Krieg ist kein Spiel. Du bist so jung. Du weißt noch gar nicht, was das heißt: Leben. Es reißt mir das Herz heraus, dass du bereit bist, es zu verschleudern.«

»Es ist das Einzige, was ich zu geben habe«, gab er entschlossen zurück. »Mein Leben, meine Liebe. Alles werde ich geben. Ich bin nicht allein, ich habe euch. Das Leben hat mir eure Liebe und die unserer Mitstreiter geschenkt – was will ich mehr?«

»Ich wünsche dir mindestens hundert Leben, bis du vor deinen Schöpfer trittst«, sagte Gusta, stand auf und räumte die Tassen zusammen.

Marek folgte ihr mit den Augen und sah dann ins Leere. »Wenn wir außerhalb des Ghettos tätig werden, müssen wir gründlich sein. Wir haben nur eine Chance. Wir dürfen uns keine Fehler erlauben.«

Gusta drehte sich um und blickte ihrem Mann direkt in die Augen. Umgehend herrschte Stille, man konnte eine Stecknadel fallen hören. »Woran denkst du?«

»Wie scheucht man ein Wespennest auf?«, fragte er mit schneidender Stimme.

Gusta hielt den Atem an. Poldek riss die Augen auf.

»Indem man Rauch hineinströmen lässt«, sagte Gusta leise.

Marek nickte. »Ganz genau. Konzentrieren wir uns auf Restaurants, Cafés – sämtliche Lokalitäten, die sie uns weggenommen haben. Wir greifen dort an, wo sich die Deutschen eingenistet haben. Das sind unsere Ziele.«

Poldek klatschte in die Hände. »Wir werden den *szwab* das Fürchten lehren.«

»Das nicht«, erwiderte Marek. »Aber wir werden ihm zeigen, wie furchtlos wir sind, ihn stören, ihm das Leben schwer machen. Keiner von denen soll sich ab sofort noch sicher fühlen in unserer Heimatstadt.«

LILO

27

Krakau, Herbst 1942

Mit einer Handvoll Medikamente stürmte Lilo ins elterliche Haus, hinauf vor das Schlafzimmer ihrer Mutter. Seit über einer Woche kämpfte Käthe Wagner mit heftigen Fieberschüben und Schüttelfrost. »Lungenentzündung«, hatte Lilos Vater am dritten Tag diagnostiziert und sich bemüht, mit Medikamenten die Symptome zu lindern. »Kein Fleckfieber.«

Seit Kurzem kursierte das Fleckfieber, eine hochansteckende Krankheit, die durch Läuse übertragen wurde, im Krakauer Ghetto. Leichen hatten tagelang die Straßen des Ghettos gesäumt, welche jüdische Aufräumkommandos fortschaffen mussten. Das aggressive Bakterium Rickettsia prowazekii jedoch machte an der Ghettomauer und der Grenze zum deutschen Viertel nicht halt und verbreitete sich schnell in ganz Krakau.

Lilo war erleichtert gewesen, als ihr Vater den tödlichen Bazillus ausgeschlossen hatte, immerhin hätte sie ihn aus dem Ghetto einschleppen können. Unter höchsten Hygienemaßnahmen betraten ausschließlich Rigobert Wagner und Zofia das Schlafzimmer der Mutter. Lilo hatte er den Zugang verwehrt. Seine Patienten empfing er seit Ausbruch von Käthes Krankheit nicht mehr. Dr. Rigobert Wagner war ein anderer Mensch geworden. Den Arzt, der zuvor seinen Dienst am Menschen so ernst genommen hatte, gab es nicht mehr. Stattdessen griff er immer öfter bereits in den Morgenstunden zu Hochprozentigem, brachte die Wochentage durcheinander und vergaß immer häufiger Namen, Geburtstage und alltägliche Erledigungen. Er hatte aufgehört, sich zu waschen und griff inzwischen sehr regelmäßig zu Pervitin, von dem er sich einen größeren Vorrat während des Kriegs angelegt haben musste. Einst für schwere Fälle in seiner Praxis gedacht, nahm er die Droge, die es auch in Pralinenform gab, nur noch selbst ein. Mithilfe der sogenannten Panzerschokolade konnte sein Körper den Schlafmangel von mehreren Tagen und Nächten bewältigen.

Vor dem Krankenzimmer angekommen, klopfte Lilo gegen die Tür, und legte die Medikamente auf dem Boden ab. »Ich habe ein fiebersenkendes Mittel und Tabletten mitgebracht, alles, was wir in der Apotheke vorrätig hatten, Papa. Ich habe es vor die Tür gelegt. Wie geht es Mutter?«, fragte sie gegen die verschlossene Tür.

»Sie schläft jetzt«, gab ihr Vater zurück. Seine Stimme klang heiser, rau.

Als sich Lilo umdrehte, kam ihr Zofia mit einem großen Wäschekorb entgegen. Traurig schüttelte diese den Kopf. »Der Herr Doktor braucht selbst auch Schlaf. Ich werde ihn gleich ablösen.«

»Danke, Zofia«, erwiderte Lilo und verschwand in ihrem Mädchenzimmer.

»Fieber und Schüttelfrost«, sagte Rigobert Wagner am nächsten Morgen, als er mit zerzaustem Haar den Salon betrat. Er lehnte sich mit dem Rücken an die Wand und schlug immer wieder seinen Hinterkopf dagegen.

»Papa«, sagte Lilo erschrocken. »Du musst zu Kräften kommen.

Du brauchst Schlaf. Nimm ein Bad.« Ihre Hände zitterten, als sie die Tasse abstellte. Es war sechs Uhr morgens, gleich würde sie zur Arbeit aufbrechen.

Rigobert nahm seine Mundmaske ab und schüttelte den Kopf. Fassungslos sah ihm Lilo dabei zu, wie er sich aus der Vitrine eine Flasche Cognac und einen Schwenker herausholte, beides auf den Tisch stellte und sich ein Glas einschenkte.

»Du siehst sehr müde aus, Papa. Leg dich ein wenig hin. Du wirst krank werden. Damit ist Mutter nicht geholfen.«

Er trank das Glas leer, schenkte sich nach.

»Ich bin hellwach, Kind. Mach dir um mich keine Gedanken. Deine Mutter braucht ein Wunder. Ohne ein wirksames Medikament wird sie nicht überleben«, sagte er.

»Prontosil«, sagte Lilo geistesgegenwärtig. »An der Front wird es erfolgreich gegen infizierte Wunden eingesetzt. Es gab auch schon Versuche bei Scharlach.«

»Prontosil«, wiederholte ihr Vater und sah sie überrascht an, als erinnere er sich an den Namen des Medikaments. Aber der Moment verflog umgehend. »Prontosil?«, fragte er.

Vorsichtig zog Lilo die Flasche von ihm weg, nahm sie und stand auf. »Amphetamine und Alkohol sind eine teuflische Mischung, Papa. Du bist Arzt, du weißt das, nicht wahr?«

»Die Flasche bleibt hier«, befahl ihr Vater, entriss sie ihr und schenkte sich ein weiteres Glas ein.

»Papa, du brauchst einen klaren Kopf, wenn …«

Sie brach ab und strich ihm im Vorbeigehen über seine Schulter. Es war hoffnungslos, ihren Vater in diesem Zustand zur Vernunft zu bringen. Ob wohl Pankiewicz noch einen kleinen Vorrat des Wundermittels besaß? Wenn ja, würde er für Lilos Mutter seine knappen Reserven hergeben?

»Ich werde mich darum kümmern. Auf Wiedersehen«, sagte sie und ging in Richtung Garderobe.

»Wir müssen Helene informieren«, entgegnete er. »Ist sie immer noch in Paris?«

Lilo erschrak. In letzter Zeit hatte Rigobert Wagner immer öfter von Helene gesprochen, nach ihr gefragt und machte dabei Zeitsprünge nach vorn und zurück. Mal war Helene eine Schülerin, ein anderes Mal ein Pariser Freudenmädchen, dann wieder ein braves Mädchen, eine Geigerin von Weltruhm. Je schlechter es Käthe ging, desto labiler schien der mentale Zustand des Vaters zu werden. Das Pervitin erledigte den Rest. Die Teufelsdroge war unberechenbar. Aber das Vergessen hatte bei ihrem Vater schon vor der Einnahme der Soldatenschokolade eingesetzt. Durch den Ausfall der Mutter schien es sich in seinem Gehirn wie eine Kettenreaktion auszubreiten, Informationen zu löschen oder mit Wahnvorstellungen zu vermengen. Lilo erinnerte sich gut daran, wie Käthe immer wieder seine Verwirrungen aufgefangen und zugedeckt hatte. »Aber das weißt du doch noch, lieber Rigobert, erinnerst du dich?« – Sobald dieser Satz aus dem Mund seiner Frau gefallen war, hatte er monoton geantwortet: »Ach ja, ich hätte es fast vergessen.«

Auch im Zudecken hatten sie gemeinsame Sache gemacht. Ja, seit Käthe als Regulativ wegfiel, schien seine Vergesslichkeit ungebremst in seinem Kopf zu wüten.

Lilo tätschelte seine Hand. »Helene ist in Paris, Papa, du hast völlig recht. Das weißt du noch, nicht wahr?«

»In Paris«, wiederholte er monoton.

Um sieben Uhr erreichte Lilo die Apotheke und ging ihrer Arbeit im Labor nach.

»Kommen Sie nach der Arbeit in mein Büro, Fräulein Magister«, sagte Pankiewicz, nachdem er sich Lilos Anliegen ruhig und besonnen angehört hatte.

Um Punkt neunzehn Uhr klopfte sie gegen seine Tür.

»Das ist der letzte Rest, den ich noch besitze. Es sind drei Rationen für drei Tage«, sagte er, während er zu seinem Kleiderschrank ging, die Tür öffnete und ihm ein kleines Fläschchen mit durchsichtiger Flüssigkeit entnahm. »Sie wissen, dass es in Wasser aufgelöst werden muss.«

Lilo nickte. »Ich danke Ihnen von Herzen«, erwiderte sie und nahm das Medikament aus seinen Händen entgegen. Sie versteckte es unter ihrem Kittel in ihrer Rocktasche. »Ich wüsste nicht, was ich ohne Ihre Hilfe tun würde.«

»Hoffentlich ist es nicht zu spät«, sagte er traurig.

Er schenkte ihr einen Blick, der mehr sagte, als Worte es vermochten. Alles Leid, das Lilo hatte ertragen müssen, lag plötzlich darin, seine kleinen Siege über das Sterben, den Schmerz, das Elend des Kriegs und das Töten.

»Sie tun so viel für die Menschen hier im Ghetto und draußen«, fuhr sie fort, und ihre Stimme kippte. »Wir alle lieben Sie dafür. Sie machen nicht einmal einen Unterschied zwischen einem Juden und einer todkranken Arierin, die Sie noch vor einem Jahr anzeigen wollte. Eigentlich bin ich ja Ihr Feind, aber Sie haben mich immer gut behandelt.«

»Sie, mein Feind?«, fragte er ungläubig und trat einen Schritt auf sie zu. »Nein.« Er schüttelte den Kopf. »Ich bewundere Ihren Mut, Ihre Tapferkeit. Ich ahne, was bei Ihnen zu Hause los ist.«

Es geschah ohne nachzudenken, aus einem Impuls heraus. Lilo stellte sich auf die Zehenspitzen, legte ihre Hände auf seine Schultern und küsste ihn auf die Wange. Er duftete nach Seife, einem Hauch würziger Kräuter. Für einen winzigen Augenblick war die Nähe zwischen ihnen so spürbar, unmittelbar, als passe kein Blatt zwischen sie. Mit festem Druck umklammerte er ihre Arme. Lilo schloss die Augen.

»Gute Nacht, Lilo, Gute Nacht«, hörte sie ihn gegen ihre Schläfe mit zitternder Stimme sagen. Dann strich er ihr mit beiden Händen die Arme entlang bis zu den Händen, ließ sie los und trat einen Schritt zurück. »Gehen Sie jetzt. Ihre Mutter braucht diese Medizin.«

Lilo schluckte und drehte sich weg. Völlig kopflos lief sie nach Hause. Was er getan hatte, ließ sie hoffen. Was er unterlassen hatte, schob sie zur Seite. Es war ein Anfang, oder nicht? Er hatte sie zum allerersten Mal Lilo genannt. Liebesgeständnisse kamen in den unterschiedlichsten Tönen, Worten und Gesten daher. Er hatte sie berührt wie noch nie zuvor.

Als sie vor der Haustür der Villa stand, war ihr, als hätten sie fremde Hände nach Hause getragen. Der Weg, den sie genommen hatte, war ihr entfallen.

»Hier ist das Prontosil für Mutter, Papa«, flüsterte Lilo, als sie ihrem Vater vor der Schlafzimmertür die Medizin überreichte. Sie versuchte, einen Blick ins Schlafzimmer zu werfen. Aber mit seiner mächtigen Statur versperrte Rigobert Wagner jegliche Sicht.

»Medikamente«, erwiderte er geistesabwesend, ohne sich auch nur zu bedanken. »Wir brauchen mehr.« Dann drehte er sich weg, und vor ihren Augen fiel die Tür ins Schloss. »Such nach Helene!«, klang es dumpf dahinter.

Mit klopfendem Herzen ging Lilo in den Salon und setzte sich an den Tisch. Sie legte sich die Hände vors Gesicht und atmete tief durch. Sie hatte das Gefühl, ihr Herz werde überflutet, die mangelnde Zuwendung ihres Vaters, der Hauch von Intimität, den ihr Pankiewicz geschenkt hatte, der kritische Zustand ihrer totkranken Mutter. Stattdessen fragte er nach Helene. Immer wieder: *Ruf deine Schwester. Mutter verlangt nach Helene.* Diese Kränkung, die Zurücksetzung, die Missachtung dessen, was Lilo für die Familie getan hatte, ließ ihre aufgestaute Wut nahezu explodieren. Sah denn niemand in diesem Haus, was sie leistete? Hing nicht alles an ihr, während Helene in Paris ihr Leben lebte? Ach, wäre Helene doch hier, vieles wäre leichter. Sie könnten sich die Lasten teilen, so wie früher ihre Geheimnisse.

Ein Geräusch ließ sie aufschrecken. Es kam aus der Waschküche. Zofia! Auf einmal wusste Lilo, was zu tun war: Sie musste mit Zofia sprechen, der einzige Mensch, der ihr, außer Pankiewicz, nahestand. Plötzlich war ihr, als treibe sie eine fremde Macht die Kellerstufen hinab, keine Minute länger würde sie ihr süßes Geheimnis für sich behalten können.

TATJANA

28

Krakau, Frühjahr 2017

Tatjana und Adam erreichten das Stadtviertel Kazimierz. Am jüdischen Markt, einst ein reiner Hühnermarkt, auf dessen Platz ein Backsteingebäude in der Form eines großen Pavillons mit kleinen Durchreichen stand, schlug Adam eine Kaffeepause vor. Viele Krakauer zog es hierher. Von den Foodständen strömten die unterschiedlichsten Gerüche, auch koscheres Essen wurde zubereitet. Auf einem kleinen Obst- und Gemüsemarkt verkauften Bäuerinnen ihre Ware: Kartoffeln, alle Sorten von Kohl, Zwiebeln und Knoblauch, aber auch Granatäpfel, Mangos und Ananas.

Tatjana atmete auf. »Kaffee wäre eine sehr gute Idee.«

»Vor dem Krieg lebten in Krakau Christen und Juden friedlich zusammen – bis die Deutschen kamen«, vernahm sie die metallische Lautsprecherstimme in deutscher Sprache aus einer Art Miniaturzug, die sie aus Freizeitparks kannte, drei offene aneinandergekoppelte Zweisitzer-Wagen, die elektrisch betrieben wurden. Man sah diese Art von Touristenzügen überall in Krakau.

Adam und Tatjana setzten sich draußen an einen kleinen Tisch mit Blick auf den Markt.

Adam verdrehte die Augen in Richtung des Zugs und gab der Kellnerin ein Zeichen. »Ich werde mich nie daran gewöhnen.

Polnische Geschichtsschreibung, die ausblendet, wie es wirklich war.«

Er stellte seinen Rucksack auf den Boden, lehnte sich zurück, schlug die Beine übereinander und sah Tatjana direkt in die Augen.

Die Sonne wärmte, die Luft war kühl.

»Wie war es denn wirklich?«

»Da muss ich ein wenig ausholen«, fing er an. »Der Antisemitismus in Polen ist vielschichtig, und er hat tiefgreifende historische Wurzeln. 1939 trafen die Nazis in Krakau auf fruchtbaren Boden, in ganz Polen. Überall gärten die alten Vorurteile, der Neid, die Klischees. *Die Juden belagern Kazimierz, und sie beherrschen den Finanzmarkt* – das kennen Sie bestimmt aus Deutschland. Aber hier, im erzkatholischen Polen, kam noch ein wichtiges Moment hinzu, das im deutschen Antisemitismus sicherlich eine untergeordnete Rolle spielt: *Die Juden haben Jesus ans Kreuz genagelt.*«

Er verstummte, als die Kellnerin an ihren Tisch trat. Kurz verständigten sie sich auf Kaffee.

»Wie viel Prozent der Polen sind noch mal katholisch?«, fragte Tatjana nach einer langen Pause und konzentrierte sich. Sie hatte darüber gelesen, erinnerte sich aber nur vage an die Zahl.

Ihr Vater hatte ihr als Kind erzählt, wie sehr die Fellbacher und Krakauer Seite um die Konfession von Tatjana gestritten hatten, bis die protestantische Seite nachgab, weil die Religionszugehörigkeit der Mutter mehr wog als die des Vaters. »Das ist nun mal so«, hatte Lilo kategorisch erklärt. »Es sind schließlich die Mütter, die die Kinder großziehen, die das Abendgebet mit ihnen sprechen.«

»Heute noch über achtzig Prozent der Bevölkerung, 1939 waren es weit über neunzig Prozent. In diesem Kontext haben

Ihre Urgroßeltern und Ihre Lilo hier gelebt – vergessen Sie das nicht. Haben Sie die beschmierten Wände in Krakau gesehen?«

Wie sollte sie das vergessen?

»Schrecklich, unendlich traurig ist das. Diese Schmierereien zerstören die wunderschöne Architektur, bei den renovierten Gebäuden ist es besonders schmerzhaft. Aber das ist ja in den meisten Großstädten Europas so. Leider. Sind die Inhalte hier antisemitisch?«

»*Juden raus*«, erklärte Adam kopfnickend. »Das gibt es durchaus wieder in Krakaus Straßen, wenn auch nur vereinzelt. In der polnischen Sprache haben alte Vorurteile vom *Knoblauchjuden*, dem *geldgierigen jüdischen Verkäufer* überlebt, die heute noch ungeniert in den Mund genommen werden. Hartnäckig halten sie sich in der Alltagssprache.«

»Genau wie in der deutschen Sprache«, sagte sie. »*Mischpoke, mauscheln, schachern* oder *Da geht's zu wie in einer Judenschule* – als Metapher für Chaos. Worte und Redewendungen, die in einem negativen Kontext verwendet werden. Rechtsextreme Gewalttaten sind in Deutschland keine Seltenheit. Jüdische Gräber werden wieder vermehrt geschändet, jüdische Mitbürger bedroht. Man hat das Gefühl, der Antisemitismus hat in Deutschland niemals aufgehört, er war nur nach dem Krieg leiser geworden.«

Adam sah sie nachdenklich an und schüttelte sich dann. »Ein weiteres Beispiel für den tief verwurzelten Antisemitismus in Polen ereignete sich ein Jahr nach Kriegsende in der Stadt Kielce. Dort war das Gerücht umgegangen, ein christlicher Junge sei von Juden zwei Tage im Keller eines Hauses eingesperrt worden, eines, in dem mehr als zweihundert Juden lebten. Es war eine Lüge. Der Junge war bei Freunden gewesen, aber sein Vater hatte unzählige Menschen aufgestachelt, ihm zu dem besagten Gebäude zu folgen. Ein polnischer Mob versammelte sich dort. Dass das Haus gar keinen Keller besaß, interessierte niemanden. Legenden von propagierten jüdischen Ritualmorden machten die Runde. Vierzig jüdische Menschen wurden bei dem Pogrom ermordet.«

Tatjana glaubte sich verhört zu haben. »Ein Jahr nach Kriegsende konnte so etwas geschehen?«

Adam nickte.

Nachdenklich ließ Tatjana ihren Blick über den jüdischen Markt schweifen. Sie spürte, wie er sie immer wieder beobachtete.

Ob das Hausmädchen Zofia hier früher einkaufen durfte, bevor die Nazis kamen? Oder hatte Käthe Wagner es strikt verboten? Tatjana versuchte sich vorzustellen, welche Gespräche im Hause Wagner stattgefunden hatten, wie Lilo mit den Schilderungen ihres Arbeitsplatzes verfahren war. Hatte sie ihre Arbeit ausgeblendet? Hatte Lilos Vater jemals jüdische Patienten behandelt? Wie war die aufmüpfige Helene zu alledem gestanden? Lilo und Helene mussten als Heranwachsende mit der jüdischen Kultur in Kontakt gekommen sein – alles andere hielt Tatjana für unrealistisch.

»Der heutige Antisemitismus zeigt sich in einem anderen Gewand. In Krakau gibt es Souvenirstände mit kleinen Marionetten, die einen Juden mit einer Münze darstellen. Nicht alle können das einordnen, aber auch das ist eine Form von Antisemitismus. Nicht selten beschimpfen einander rivalisierende Fußballfans den Gegner als Jude.«

»*Der verhandelt wie ein Jud*, hört man noch heute bei uns in Deutschland«, erklärte Tatjana.

Wie aus der Ferne vernahm sie erneut die metallische Stimme aus dem Lautsprecher des Touristenzugs. »Die katholische Kirche hat während des Kriegs unzähligen Juden das Leben gerettet.«

Tatjana und Adam sahen sich an. Er presste die Lippen zusammen und lehnte sich zurück. In diesem Moment wurde der Kaffee serviert. Der Zug setzte sich wieder in Bewegung, fuhr weiter.

»Falsch?«, fragte Tatjana und deutete mit dem Kopf auf den sich entfernenden Zug.

»In dieser Ausschließlichkeit, ja. In einigen katholischen Kirchen wurden von den Geistlichen im Keller Juden versteckt, das ist richtig. Man kann sie aber an einer Hand abzählen. Wie viele Kirchen hat Krakau? Was schätzen Sie?« Er sah Tatjana herausfordernd an.

»Weit über hundert, habe ich gelesen«, erwiderte sie und setzte ihre Sonnenbrille auf. »Irgendein Nazi soll 1940 behauptet haben, in Krakau gäbe es mehr Kirchen als Cafés.«

Adam nickte. War da gerade eine Spur von Anerkennung in seiner Mimik zu lesen? Irgendwie wurde sie das Gefühl nicht los, sie müsse vor ihm bestehen. Dabei wirkte er nicht überheblich, arrogant wie anfangs, sondern voller Leidenschaft für sein Metier. Ein Vollblutwissenschaftler, dem es gelang, die komplexe Geschichte Krakaus verständlich zu erklären. Sein Enthusiasmus war fast ansteckend, und Tatjana musste sich eingestehen, dass sie ihn und seine Denke mochte. Es war schön, ausgerechnet ihn als Reiseführer gefunden zu haben.

Sie betrachtete ihn eingehend. Waren seine Augen braun oder grün? Sie konnte sich nicht entscheiden.

»Stellen Sie sich vor, Sie wären in einer dieser Reisegruppen gelandet«, flüsterte er ihr in einem vertrauten Tonfall zu, als habe er ihre Gedanken erraten.

Flirtete er?

»Nicht auszudenken«, entgegnete Tatjana schmunzelnd und tauchte ihren Löffel in den Milchschaum. »Ich wäre völlig unwissend geblieben.«

Er lächelte.

»Und ich hätte nie die Geschichte von Kielce gehört«, setzte sie leise nach.

»Nein, bestimmt nicht, es sei denn durch einen Zufall.«

Nach dem Kaffee brachen sie auf und erreichten nach einem kurzen Fußmarsch die Szeroka von Kazimierz, wo sich das Ariel befand. Hier waren sie einander zum ersten Mal begegnet. Das war gerade einmal drei Tage her, viel kürzer, als sie das Gefühl hatte, diesen Mann zu kennen.

Adam zeigte ihr die Alte Synagoge, die im Krieg von den Besatzern als Munitionslager umfunktioniert worden war – eine weitere Demütigung für die gläubigen Juden, die sehr schnell Kazimierz verlassen hatten müssen und ab 1941 im Krakauer Ghetto eingepfercht worden waren.

Vor dem eindrucksvollen Gebäude saßen junge Menschen auf den Treppen, tranken Bier und unterhielten sich lautstark. Gelächter. Fröhliche Zusammenkünfte unter Jugendlichen. Dazwischen platzierten sich kleinere Gruppen mit Stadtführern. Keine Frage: Kazimierz war ein Touristenmagnet, ein sogenanntes Hip-Viertel.

»Kazimierz stand Jahrhunderte unter dem Einfluss der jüdischen Kultur«, sagte Adam und bedeutete ihr weiterzugehen. Vor den Lokalen erklangen wie schon bei ihrem letzten Besuch im Viertel die Instrumente der typisch jiddischen Klezmer-Musik.

»Nach dem Krieg war dieses Stadtviertel von einer kommunistischen Regierung jahrzehntelang vernachlässigt worden, bis ein großer Teil von Kazimierz 1978 zum Weltkulturerbe erklärt worden war. Nach der Perestroika begannen amerikanische Juden damit, hier in Kazimierz Häuser zu kaufen. Sie ließen diese restaurieren, was das alte Vorurteil vom raffgierigen, reichen Juden wiederaufkommen ließ. Das, was Sie heute hier sehen, nennen Kritiker das *Yiddishland*, eine Art jüdisches Disneyland, das die komplexe Geschichte Krakaus völlig ignoriert. Zu dieser Art von Romantisierung lässt sich übrigens auch die Klezmer-Musik, die wir im Hintergrund hören, zählen.«

Tatjana stutzte. Unvermittelt blieb sie stehen. »Sie meinen, Kazimierz wird romantisiert?«

»Ja«, sagte Adam und griff kurz nach ihrem Handgelenk, weil sich ein Miniaturzug näherte. Er zog sie sanft zur Seite. »Diese Atmosphäre, so schön sie uns erscheinen mag, verwischt das Tragische, das hier geschah. Authentisch sind die ehemaligen Ladengeschäfte mit jüdischen Aufschriften am Eingang des Viertels. Haben Sie sie bemerkt?«

Ein Schatten ging über sein Gesicht.

Tatjana nickte. »In meiner Pension hängen sogar Fotos davon. Eines zeigt eine holzverkleidete Außenfassade mit der Aufschrift *Weinberg*.«

»Sehen Sie«, murmelte er. »Da haben wir es wieder! Romantisierung. Man hängt die stummen Zeugen an die Wände. Die Gebäude überlebten, die Besitzer dieser ehemaligen Krämerläden sind alle Opfer der Nazis geworden.«

Für einen kurzen Moment spürte sie seine Hand auf ihrer Schulter.

»Gehen wir weiter«, hörte sie ihn sagen.

LILO

29

Krakau, Herbst 1942

Der ganze Raum dampfte, als Lilo die Waschküche betrat. Der Geruch von Seife und Lauge hing in der Luft, schwer wie Blei. Das Atmen fiel schwer. Zofia war gerade dabei, mit hochgekrempelten Ärmeln in einer Zinkwanne auf einem Waschbrett ein Leintuch zu waschen.

»Wie ist Mamas Zustand?«, fragte Lilo. »Vater hat nichts gesagt.«

»Ach, Kindchen, ihr Leben liegt in der Hand des Allmächtigen. Geh an die frische Luft. Sobald ich hier fertig bin, löse ich deinen Vater ab.«

»Wie könnte ich spazieren … Ich…«, stammelte Lilo. Sie brach ab. Die feuchte Luft legte sich auf ihre Haut, die Kleidung. Ihre Gedanken kreisten um Pankiewicz, die Angst um ihre Mutter, den Vater – eine explosive Mischung gärte in ihrer Gefühlswelt. Ihr war, als stünde sie ganz allein inmitten eines dunklen Waldes und fände den Weg nicht zurück. Zurück. Wo war das?

»Wird Mama sterben?«, fragte sie vorsichtig.

Zofia nahm einen großen Topf kochenden Wassers vom Feuer, goss ihn über die Wäsche und bewegte sie mit einem Holzstock in der Wanne hin und her. Augenblicklich stieg wieder Dampf auf und vernebelte die ganze Waschküche. Hier hatte Zofia früher Helene und Lilo an Samstagen gebadet. In demselben Zuber, in dem jetzt die Bettwäsche ihrer totkranken Mutter brodelte.

Helene, dachte Lilo. Helene, wo bist du nur? Ich brauche dich!

»Das liegt in Gottes Hand.«

Zofia sah Lilo herausfordernd an. Wie früher, wenn sie als Kind etwas angestellt hatte, schien sie durch sie hindurchzusehen, ihre Geheimnisse zu erraten.

»Aber das ist nicht alles. Was führt Sie hierher, Fräulein Lilo? Möchten Sie reden? Möchten Sie, bevor Ihre Mutter von uns geht, Ihre Sünden beichten?«

Wenn Zofia ihren Schützling unter vier Augen siezte, war die Lage ernst. Das wusste Lilo nur allzu gut.

In der Waschküche hätte man die Luft schneiden können.

»Ich habe nicht gesündigt«, sagte Lilo trotzig, aber sie fühlte, wie ihre Kraft, alles für sich zu behalten, schwand. Wie sehr es sie drängte zu sprechen! Sie wollte sich endlich einem Menschen anvertrauen, sagen, was sie bewegte, in welchem Dilemma sie steckte. Mit fahrigen Händen lockerte sie den Kragen ihrer Bluse, der ihr plötzlich den Hals zuschnürte. Sie öffnete den oberen Knopf.

»Ich …«, stammelte sie. »Ich mache mir große Sorgen um Papa.«

»Und ich mache mir Sorgen um dich. Möchtest du mir endlich sagen, warum du dich in der Waschküche herumtreibst? Seit du in dieser jüdischen Apotheke arbeitest, bist du wie ausgewechselt«, murmelte Zofia, während sie den Inhalt der Zinkwanne in den Abguss am Boden kippte.

Mit in die Taille gestemmten Händen wartete sie, bis die Laken aufhörten zu dampfen.

Jüdische Apotheke.

»Es ist keine jüdische Apotheke. Magister Pankiewicz ist Pole, genau wie du. Er ist …«

Zofia wandte sich ihr zu. »Ich weiß, warum du dort bleibst. Ich kenne dich doch.«

Lilo spürte wie ihre Wangen heiß wurden. Sie senkte den Blick.

»*To grzech – es ist eine Sünde*«, knurrte Zofia.

Mit einem Ruck nahm sie den vor Nässe triefenden Stoff in beide Hände, zog ihn nach oben, wickelte ihn wie eine Spirale zusammen und begann ihn auszuwringen.

»Liebe ist keine Sünde«, platzte es aus Lilo heraus. Verzweifelt sah sie nach oben, wo ihre Mutter um ihr Leben kämpfte. »Vom ersten Tag an liebe ich ihn. Wenn du wüsstest, was er tagtäglich leistet, wie gut er die Menschen behandelt. Er hat die letzten Gaben einer wirksamen Medizin, die er besaß, für meine Mutter herausgegeben. Die Frau, die ihn anzeigen wollte!«

Sie schloss ihre Augen und glaubte, den Moment in seinem Arbeitszimmer noch einmal zu erleben: der Geruch seiner Haut, ihre Lippen auf seiner Wange. Nein, nichts daran war falsch, verboten. Es war das Einzige, was sie jeden Morgen aufstehen ließ.

Zofia unterbrach sie schroff. »Das ist seine Pflicht, wozu ist er denn Apotheker? Um den Menschen zu dienen. Aber mehr zwischen euch ist nicht erlaubt, Fräulein Lilo. Du stürzt deine ganze Familie ins Unglück. Als ob das Fleckfieber nicht ausreichen würde.«

Abrupt brach sie ab und öffnete das kleine Kellerfenster. Langsam entwich der Dampf nach draußen, und immer deutlicher sah Lilo die Konturen der Gestalt ihres Kindermädchens. Sie war blass, ihre Hände dunkelrot von der Arbeit im heißen Wasser, ihren Gesichtszügen war das Weiche, das Lilo in Kindertagen getragen hatte, gewichen. Ein harter Zug um den Mund zeigte sich deutlich. Die einst füllige Frau mit den Kulleraugen war schmaler geworden.

»Es ist kein Fleckfieber! Wie oft habe ich dir das gesagt, Zofia! Ich kenne die Symptome. Mama hat eine Lungenentzündung«, protestierte Lilo. »Aber selbst daran scheine ich schuld zu sein. Ich sehe es Papa ja an, auch wenn er es nicht sagt.«

»Fleckfieber oder nicht. Sie ist sterbenskrank.«

Lilo senkte die Augen.

»Du hast ein schlechtes Gewissen, weil du übers Ziel hinausschießt«, zischte Zofia. »Träumen ist erlaubt, aber halte dich an das vor deiner Haustür. Dr. Kranz ist vernarrt in dich. Wenn der Krieg vorbei ist, wird er dich heiraten. Setz dieses Glück nicht aufs Spiel!«

»Ich weiß«, sagte Lilo betroffen. »Walter ist ein guter Mann, aber … Papa wird nie mehr arbeiten können. Es ist zu spät.«

»Dr. Kranz wird nach dem Krieg seinen Platz einnehmen. Sei darauf vorbereitet! Die Liebe kommt dann schon dazu, wenn man vom Allmächtigen das Heilige Sakrament empfangen hat, wirst schon sehen. Und jetzt geh, und denk über meine Worte nach. Ich bin nicht gebildet wie meine Herrschaft, aber ich weiß, was los ist, und ich weiß, was die falsche Liebe anstellen kann. Ich möchte nur dein Glück.«

»Es ist keine falsche Liebe! An seiner Seite wäre ich die glücklichste Frau der Welt«, sagte Lilo trotzig.

»Das sagt sich leicht. Wach auf, Lilo! Du träumst! Hat er dir jemals Avancen gemacht, dein großer Pole?« Zofia kniff die Augen zusammen. »Hat er?«

Lilo schüttelte den Kopf, und ihr war, als lege sich ein Knoten um ihr Herz. »Aber er hat mich geküsst«, platzte es aus ihr heraus. »Ja, das hat er!«

Sie stapfte auf den Boden.

»Hatte das Folgen?« Plötzlich entdeckte sie in Zofias Zügen die ihrer Mutter – streng, unnachgiebig, kalt.

Lilo schüttelte den Kopf.

»Dann belass es dabei! Geh keinen Schritt weiter! Und lass niemanden in dein Herz sehen, Lileńka. Wenn du reden musst, kommst du zu mir.«

Zofia warf die Arme in die Luft, nahm ein Taschentuch aus ihrer Schürzentasche und putzte sich lauthals die Nase.

Mit einem Ruck drehte sich Lilo weg, polterte die Stufen hinauf und machte erst vor der verschlossenen Schlafzimmertür halt. Sie lauschte an der Tür. Ein Murmeln, die Stimme ihres Vaters. *Gegrüßet seist du Maria, voll der Gnade.*

Langsam setzte sie sich auf einen der Stühle, die Zofia vor dem Schlafzimmer platziert hatte, und faltete ihre Hände. Dann hörte sie Schritte, die sich näherten. Es waren die ihres Vaters. Er musste aufgehört haben zu beten.

Die Schlafzimmertür öffnete sich.

»Ruf nach deiner Schwester«, hörte Lilo ihren Vater sagen. Ein säuerlich modriger Geruch entwich durch die halb geöffnete Tür. Kurz konnte sie einen Blick auf das Bett richten, auf dem ein menschlicher Körper lag, ausgemergelt, nicht der ihrer Mutter, sondern nur mehr eine Hülle. Die Fenster waren verschlossen, die Vorhänge zugezogen.

Rigobert zog die Tür hinter sich zu, nahm neben Lilo Platz, legte sein Gesicht in seine Hände und begann zu weinen. Sein ganzer Körper bebte. Lilo streichelte seinen Rücken. »Papa, armer Papa, beruhige dich.«

Es schien eine Ewigkeit zu vergehen, bis er seine Hände wegnahm, sich die Augen wischend umsah, als müsse er sich orientieren, wo er überhaupt sei. Mit fremdem, fast kindlichem Blick, sah er Lilo an. »Sag Helene, sie soll sofort nach oben kommen. Ihre Mutter möchte sie sprechen.«

»Was ist mit Mama?«, fragte Lilo ängstlich.

»Was soll mit ihr sein? Helene hat Medizin besorgt. Wir brauchen mehr davon.«

Helene hat Medizin besorgt. Lilo glaubte sich verhört zu haben. Helene. Helene. Helene. Immer wieder Helene.

»Helene weiß immer, was zu tun ist.«

Auf einmal war das Maß voll, sie konnte nicht mehr. Lilo platzte fast vor Verzweiflung, Wut, Enttäuschung. »Nein«, rief sie aufgebracht und fuhr von ihrem Stuhl auf. »Helene ist überhaupt nicht da. Sie ist fort. Fort. Fort. Verstehst du das nicht? Ich habe mich darum gekümmert. So wie ich mich die ganze Zeit um alles kümmere. Ich habe bei Pankiewicz die Medizin besorgt. Ich war das, ich, Lilo!«

Wie von Sinnen klopfte sie mit den Fingerspitzen gegen ihr Brustbein. »Ich war es, Vater!«

»Was redest du denn da?«, fragte Rigobert. »Du wirst deine Mutter noch ins Grab bringen mit deiner Aufmüpfigkeit. Helene hat die Medizin hergebracht. Nichts kommt aus dieser jüdischen Apotheke. Wie oft hat deine Mutter dir gesagt, dass sie dich nicht dort haben möchte.«

»Aber die Zigarren vom Herrn Magister, die nimmst du Woche für Woche an«, rief sie.

In diesem Augenblick passierte es. Rigobert stand auf, sah Lilo an, als erfasse er für den Bruchteil von Sekunden seine jämmerliche Lage, sein Versagen, ihre Rebellion, das Scheitern seiner Erziehung. Mit Schwung holte er aus und schlug Lilo ins Gesicht.

Ihr Kopf fiel zur Seite, sie torkelte, fing sich ab. Instinktiv legte sie ihre Hand auf ihre heiße Wange. »Hat meine Mutter nach mir verlangt?«, fragte sie leise. »Sag es mir, Papa, jetzt sofort.«

»Es geht überhaupt nicht um dich, dummes Kind.«

»Hat sie?«

»Nein.«

Lilo konnte nicht länger an sich halten, sie musste sich Luft verschaffen. Keine Minute länger mehr würde sie die Herabsetzung ertragen. »Es ging nie um mich, immer nur um euren guten Ruf oder um Helene«, platzte es aus ihr heraus. Ihre Wange glühte von dem Schlag, und wie aus einer Quelle der Demütigung sprudelten die Worte, all die Kränkungen der vergangenen Zeit brachen aus ihr heraus. »Wenigstens bin ich hier bei euch geblieben um kümmere mich um euch. Ja, eure Helene ist in Paris. Sie hat ein Kind. Und es gibt auch einen Vater dazu, stell dir das nur vor! Ihr habt sie dazu getrieben. Wegen euch musste sie weg aus Krakau. Sie hat keine Luft mehr bekommen in diesem Haus. Sie hat eure Scheinheiligkeit nicht länger ertragen!«

Erschrocken hielt sie sich die Hand vor den Mund und verstummte. Für einen Augenblick war es mucksmäuschenstill. Ob Mama sie gehört hatte? Lilo presste die Lippen zusammen.

Ihr Vater sah sie an, als spräche sie eine Fremdsprache, eine, die er nicht kannte. »Hol Helene zurück«, sagte er schließlich nach einer gefühlten Ewigkeit. »Ich bestehe darauf.«

Lilo stand auf. Gebeugt, als sei sie plötzlich um Jahre gealtert, ging sie, eine Hand am Geländer abgestützt, die Treppe hinunter. Die alten Stufen knarzten. Unten im Salon sah sie sich orientierungslos um. Der Raum erschien ihr auf einmal so klein, als sei er binnen Stunden geschrumpft. Die Standuhr schlug. Sie versuchte mitzuzählen, schweifte jedoch mit ihren Gedanken immer wieder ab. Sie hatte Helene verraten, obwohl sie ihr versprochen hatte zu schweigen. Ihr Vater hatte sie zum ersten Mal in ihrem Leben geschlagen, nur Käthe war immer wieder die Hand ausgerutscht, aber doch nicht

Rigobert. Sie hasste seine Krankheit, sein Vergessen und was es aus ihm gemacht hatte.

Was war aus Helene in Paris geworden? Ihr war, als sähe sie vor ihren Augen die Mutter, eingesunken in verschmutzte Laken, ein verunreinigtes Grab in der zweiten Etage der Villa. Sie, die stets auf Sauberkeit bestanden hatte. »Sauberkeit ist die Visitenkarte eines Hauses, erst dann kommt das Exquisite«, pflegte sie ein Leben lang zu sagen. In der Praxis hatte Lilo erst vor Tagen völlig verschmutztes Arztbesteck gesehen – obwohl Rigobert keine Patienten mehr empfing. Was ihr Vater früher pedantisch desinfizierte, lag jetzt offen herum, die Nierenschalen waren mit Asche seiner Zigarren verschmiert. Zigarren, die er als Schweigepfand von Pankiewicz bezog. Von jenem Mann, der ihr einen Kuss erlaubt hatte, wenngleich auch einen harmlosen. Wie lange lag das zurück?

Die Kirchenglocken setzten ein.

Plötzlich kam ihr ein Gedanke, glasklar – warum dachte sie erst jetzt daran? Auf dem Schwarzmarkt gab es Prontosil. Jadwiga hatte ihr davon erzählt. Was sie brauchte, war Geld, viel Geld oder wertvolle Tauschware. Wenn sie es war, die den Wirkstoff beschaffte – würde das ihren Verrat an Helene mildern, den Vater beschwichtigen? Auch wenn er es gleich wieder vergessen würde, so konnte sie vielleicht *ihr* Gewissen damit beruhigen. Sie musste das Menschenmöglichste tun, um das Leben der Mutter zu retten.

Als führe sie eine fremde Hand, schritt sie zum Herrenzimmer, betrat es auf Zehenspitzen und öffnete die Schreibtischschublade. Vorsichtig ertastete sie den Inhalt, bis ihre Finger auf den Gegenstand stießen, nach dem sie gesucht hatte. Es handelte sich um eine Taschenuhr ihres Urgroßvaters, ein wertvolles Erbstück, das wertvollste, das ihr bekannt war. Ein seltenes Exemplar aus Schlesien. Jahrelang hatte es in der Familienschmuckschatulle gelegen, bis ihr Vater es aus irgendeinem Grund vor einem halben Jahr in seine Schreibtischschublade gelegt hatte. Sie selbst hatte ihn dabei beobachtet. Sie nahm die goldene Uhr an sich, die in Packpapier eingewickelt war.

Paul Rigobert Wagner, Krakau 1890, war mit schön geschwungenen, verschnörkelten Buchstaben eingraviert. Auf dem Papier aber stand in wackeliger Schrift *Für Helene nach meinem Tod. Rigobert Wagner, 1942.* Ihr Vater hatte das Stück erst vor Kurzem Helene zugedacht.

Die Widmung fügte ihr eine weitere seelische Wunde zu, schlimmer als der Schmerz an ihrer Wange. Sie lief in den Flur, warf ihren Mantel über und machte sich mit der Taschenuhr auf den Weg zum Rakowicki-Friedhof im Osten der Stadt. In der nahe gelegenen Kirche befand sich ein großer Umschlagplatz von Waren, ein wuselndes Nest von Schwarzmarkthändlern.

»Es wäre in deinem Sinn, Helene«, flüsterte sie. Wenn Helene schon nicht hier war, konnte sie auf diese Weise helfen, ihre große Schwester unterstützen. Lilo würde sich Helenes Hilfe einfach nehmen. »Du würdest wollen, dass ich alles versuche, um Mutter zu retten.«

Prontosil war teuer, nahezu unerschwinglich. Im Reich wurde es nur in geringen Mengen hergestellt, das meiste kam aus England. Aber die Taschenuhr war ein Vermögen wert. »Sieh es mir nach, Großpapa«, sprach sie zu sich selbst, tauchte ihre Fingerspitzen ins Weihwasser und bekreuzigte sich. Der Geruch von Weihrauch stieg ihr in die Nase, und ihr wurde übel. Sie hatte ihn noch nie gemocht. In den Reihen saßen Betende. Nein, sie sahen nur so aus, hier im Haus Gottes florierte der Schwarzmarkt, das harte Geschäft des Überlebens im Krieg. Die Händler fanden sich tagein, tagaus, unter ihnen Kinder, kaum älter als acht Jahre alt. »Sie schlüpfen durch jedes Loch im Ghettozaun«, hatte eine verzweifelte Mutter einmal in der Apotheke erzählt. »Viele Mütter schicken sie durch die Löcher, weil sie so klein sind.«

Vor dem Altar ging Lilo in die Knie, bekreuzigte sich ein zweites Mal und erhob sich.

»Es ist für deine Schwiegertochter, Großpapa, dein Sohn verliert sonst völlig den Verstand«, flüsterte sie und suchte sich einen Platz auf der Männerseite. »Verzeih mir!«

Wie in Trance begab sie sich mit dem Medikament in der Innentasche ihres Mantels nach draußen und irrte durch die Straßen. Mitten in der Stadt an der Gaststätte Gospoda hatten sich in diesem Moment einige SS-Männer versammelt. An der Hausmauer standen Männer in Zivil mit erhobenen Händen, das Gesicht zur Wand. Die Gewehre waren gegen sie gerichtet. Geschrei. »Stillgestanden! Rührt euch nicht.«

Lilo wusste, was das bedeutete. Gleich würden die Menschen abgeführt und irgendwo am Stadtrand oder in einem Wald erschossen.

Voller Angst beschleunigte sie ihren Gang, wechselte die Straßenseite. Das Letzte, was sie hörte, waren die Rufe der Opfer der Razzia. Einer schrie: »*Wytrajcie! – Durchhalten! Opór! – Widersteht!*« Jemand stimmte die erste Strophe der polnischen Nationalhymne an.

Jeszcze Polska nie zginęła ... – Noch ist Polen nicht verloren.

TATJANA

30

Krakau, Frühjahr 2017

Schweigend gingen Tatjana und Adam weiter durch Kazimierz.

In einer Seitengasse blieb Adam stehen und deutete auf ein weiteres jüdisches Lokal. »Nach dem Zerfall der Sowjetunion und der Perestroika und dank eines weltberühmten Hollywood-Kinofilms eröffneten Nicht-Juden in den Neunzehnhundertneunzigerjahren hier in Krakau koschere Restaurants, auf deren Speisekarten auch mal Schweinefleisch stand. So genau nahm man es nicht mit dem Respekt vor der jüdischen Kultur«, sagte er und rümpfte die Nase. »Übrigens heute auch nicht.«

»*Schindlers Liste* hat also den Tourismus in Krakau erst richtig belebt«, sagte Tatjana.

Adam nickte. »Hollywood brachte uns den sogenannten *Schindler-Tourismus*. Aus aller Welt strömten die Menschen hierher, um den Drehort zu erkunden und der Emaillefabrik von Oskar Schindler einen Besuch abzustatten.«

»Hauptsache, die Weltöffentlichkeit wurde auf Krakau und seine dramatische Geschichte aufmerksam«, sagte sie. »Der Film *Schindlers Liste* hat doch viel zu einem neuen Blickwinkel beigetragen. Er ist in deutschen Schulen gezeigt worden. Ich habe ihn, glaube ich, mindestens fünfmal gesehen. Aber die jetzige Generation, auch das stelle ich in Gesprächen mit Jugendlichen immer wieder fest, kennt ihn nicht einmal mehr.«

»Dann wäre doch Ihr Kinobesuch damals ein guter Impuls gewesen, nach Krakau zu reisen«, sagte Adam augenzwinkernd und warf einen kurzen Blick auf seine Uhr.

»Hören Sie endlich auf zu sticheln«, erwiderte Tatjana streng und erinnerte sich daran, wie sie nach der Vorstellung zusammen mit Claudi erschüttert auf ihren Kinoplätzen sitzen geblieben waren und beide geweint hatten. Damals, das wusste Tatjana heute, damals hätte sie nach Krakau fahren müssen, aber da war Lilo bereits tot. »Ich weiß sehr gut, was ich versäumt habe. Sie müssen mich das nicht spüren lassen, ich fühle es selbst.«

»Entschuldigen Sie«, sagte er und hob abwehrend die Hände. »Es wird nicht wieder vorkommen. Ich verspreche Besserung.« Er lachte verlegen und sah dabei aus wie ein großer Junge. »Also, nach der politischen Wende lebte das Judentum in Polen in Krakau wieder auf. Es gab, aus bekannten Gründen, kaum noch polnische Juden, einige kamen aus der Ukraine hierher. Der alte Antisemitismus erwachte wieder. Mythen aus verschiedenen Jahrhunderten halten sich hartnäckig, diese ganzen Verschwörungstheorien. Am Ende sollen die Juden an allem schuld sein.«

Tatjana nickte zustimmend. »Ja, diese Verschwörungstheorien sind absurd, einfach unerträglich!«

Er bedeutete ihr weiterzugehen und machte in einer Seitenstraße vor einem Portal halt. Es führte in einen schmalen Innenhof. »Was seit der Perestroika in Kazimierz passiert, gleicht einem Weichzeichner. Vieles geschieht subtiler, aber erneut verliert die jüdische Kultur ihre Identität, oder sie wird mit Füßen getreten.«

In diesem Moment fragte sich Tatjana, ob es in Adam

Nowaks Leben etwas gab, das ihn so tief mit diesem Thema verband. *Jede Familie bringt die Berufe hervor, die sie braucht.* Claudis Worte. Erfüllte Adam als Historiker, der sich ganz der Erinnerungskultur verschrieben hatte, genau wie sie einen unbewussten Auftrag? Sie wagte nicht, ihn danach zu fragen. So gut kannten sie einander nicht, auch wenn es sich zwischen ihnen zunehmend vertrauter anfühlte.

Vorsichtig legte er seine Hand gegen ihren Rücken und deutete im Weitergehen mit dem Zeigefinger auf die Gebäude im Innenhof, die mit handtuchschmalen Balkonen und einem eisernen Geländer versehen waren. In der Mitte des Hofs machten sie halt. »Kommt Ihnen das bekannt vor?«

Tatjana erkannte den Ort sofort – den Hof, die Fenster, die Balkone. Sie nickte und drehte sich, den Kopf hinauf zu den Stockwerken gerichtet, einmal langsam im Kreis. »Die Deportationsszene von *Schindlers Liste* wurde hier gedreht. Eindeutig, unverkennbar. Im Film wirkte es nur viel größer. Ich erinnere mich sogar an das hektische Klavierspiel, das die Szene untermalt. Eine Bach-Suite, gespielt von einem SS-Mann auf einem Klavier. Fälschlicherweise erklärt er einem anderen, es handle sich um Mozart.«

Adam stutzte kurz. »In Wahrheit fand die Razzia auf dem Zgody statt, direkt vor der Apotheke, wo Ihre Großmutter gearbeitet hat. Gusta Draenger spricht in ihrem Vermächtnis vom Friedensplatz.«

»Der Platz mit den leeren Stühlen, ich weiß. Gusta Draenger? Der Name ist mir schon begegnet. Pankiewicz spricht in seinen Memoiren übrigens ebenfalls vom Friedensplatz.«

»Gusta Draenger war eine der wichtigsten Figuren des Krakauer jüdischen Widerstands, eine *der* Anführerinnen von Akiba, einer jüdischen Krakauer Widerstandsgruppe. Mit ihrem Mann hat sie bis zum Ende gekämpft.«

Tatjana griff sich an die Stirn. »Stimmt, ich habe darüber gelesen. Ich vermag nicht zu beschreiben, was diese Vorstellung, dass Lilo diese Menschen womöglich gekannt hat, in mir auslöst«, sagte sie dann betroffen. »Diese unglaubliche Kluft zwischen dem Leben im Ghetto und dem Schweigen meiner Großmutter. Lilo muss so vieles mit angesehen haben. Hatte Gusta Draenger mit der Apotheke zu tun?«

»Sie ging dort ein und aus«, erklärte Adam.

Tatjana war auf einmal wie elektrisiert. »Dann kannten Lilo und Gusta womöglich einander. Erzählen Sie mir mehr von Gusta, bitte.«

»Sie muss eine großartige Frau gewesen sein. Sie und ihr Mann hatten einander versprochen, sich freiwillig zu stellen, wenn einer von ihnen gefasst wird.«

Tatjana sah Adam fragend an. »Und? Ist es so gekommen?«

»Ja. Akiba hatte im Dezember 1942 ein Attentat auf das Café Cyganeria unternommen, von langer Hand sehr sorgfältig geplant. Einige Zeit hing an dem Gebäude eine Gedenktafel, auf der der *polnische* Widerstand gewürdigt wurde. Das ist wiederum ein gutes Beispiel, wie wir Polen uns die Geschichte zurechtlegen. Es handelte sich um *jüdischen* Widerstand. Nach viel Protest war die Gedenktafel entfernt worden. Akiba wollte für die Würde der Juden kämpfen, der Welt zeigen, dass sie sich ihren Verfolgern voller Tapferkeit entgegenstellte.«

»Das klingt sehr mutig.«

»Sie hatten nichts zu verlieren.«

Er warf einen Blick auf seine Uhr. »Kommen Sie«, sagte er weich. »Ich bringe Sie zurück. Es ist spät geworden.«

»Das muss nicht …«, protestierte Tatjana. »Ich kann alleine …«

»Doch, das muss«, erwiderte er.

Schweigend gingen sie die zwanzig Minuten Fußweg nebeneinanderher bis zur św. Gertrudy. Es war ein Schweigen, das Tatjana angesichts der vielen Bilder und Gespräche Raum ließ. Zwischen ihnen beiden fühlte es sich vertraut an, gut.

Vor ihrer Pension machten sie halt. Ein Moment der Verlegenheit stellte sich zwischen sie, als wüssten beide nicht, wie sie den gemeinsamen Ausflug beenden sollten. Schließlich aber ergriff Adam die Initiative.

Er legte seine Hände auf ihre Schultern und küsste sie rechts und links auf die Wange. »Manchmal bin ich zu streng«, sagte er, und es klang wie eine Entschuldigung.

»Vielleicht bist du zu verkopft«, erwiderte Tatjana und erschrak über das Du, das ihr herausgerutscht war. Aber sie nahm nichts zurück. »Vielen Dank für diese eindrucksvolle Stadtführung. Ich habe jede Menge gelernt und viel zu verarbeiten.«

Sie trat einen Schritt zurück.

»Wie lange bleibst du in Krakau?«, fragte er lächelnd.

»So lange wie nötig«, erwiderte sie und spürte, wie sie errötete. Sie hatte ihm glatt unterschlagen, dass sie bereits ein Rückflugticket besaß. Aus irgendeinem Grund wollte sie die Dauer ihres Aufenthalts Adam gegenüber nicht begrenzen.

Seine Augen waren grün, nicht braun, oder lag das am Licht?

»Das klingt gut, sehr gut.«

Verblüfft öffnete sie den Mund, schloss ihn wieder. Sie merkte, wie sie innerlich zurückwich, eine alte Angst regte sich in ihr: Sie wollte sich nicht verlieben. Nicht in diesen Mann, nicht in Krakau, das ihr so fremd und nah zugleich erschien und das tausend Kilometer von ihrer Heimat entfernt lag. Nicht Adam Nowak. Nicht jetzt.

Wann dann?, würde Claudia fragen.

»Hast du übermorgen Zeit?«, durchbrach er ihre Gedanken.

Sie nickte.

»Gut. Dann zeig ich dir den Nachlass. Ich habe nämlich etwas für dich gefunden.«

»Das ist ja …«, stotterte Tatjana. »Danke, Adam. Ich danke dir. Jetzt bin ich wirklich neugierig. Was ist es denn?«

»Ein Brief von Pankiewicz an deine Großmutter. Er kam 1946 ungeöffnet mit dem Vermerk *Unbekannt verzogen* aus Stuttgart zurück. Ich habe auch meine Hausaufgaben gemacht.«

»Er hat ihr geschrieben? Direkt nach dem Krieg?«, fragte Tatjana und merkte, wie sich ihr Herzschlag beschleunigte. »Und, hast du den Brief gelesen?«

Er schüttelte den Kopf. »Nein, ich kenne zwar den gesamten Nachlass, habe aber einiges davon zurückgestellt. Für die Ausstellung habe ich nur die relevante Zeit gründlich gesichtet, die wichtigen Exponate bereitgestellt und alles dem historischen Kontext angepasst. Es existiert noch eine kleine Rubrik *private Korrespondenz*. Ich fühle mich nicht wohl damit, einen Brief zu öffnen, der offenkundig nur Tadeusz' Privatleben betrifft. Er geht mich nichts an.«

»Geht dich als Nachlassverwalter nicht alles etwas an?«

»Ich habe da meine eigenen moralischen Richtlinien. Ist einfach so«, erwiderte er achselzuckend. »*Du* bist der richtige Adressat, Tatjana, jetzt bist du ja da. Bis übermorgen. Wir verabreden uns über Handy, in Ordnung?«

»Gern«, sagte sie, drehte sich weg und lief durch den Hinterhof in Richtung ihrer Pension. An der Tür angekommen, hatte sie das Gefühl, dass er noch stehen geblieben war und wartete. Als sie ihren Schlüssel aus der Jackentasche nahm, fiel er herunter, und sie bückte sich, um ihn aufzuheben.

»Selber verkopft«, hörte sie Adam freundlich rufen.

LILO

31

Krakau, Herbst 1942

In der Nacht zu Allerheiligen, einem der wichtigsten katholischen Feiertage Polens, erlag Käthe Wagner ihrer heimtückischen Krankheit.

Aus sämtlichen Winkeln der Stadt strömten die Krakauer auf die Friedhöfe, um dort auf den Gräbern ein Lichtermeer für ihre Verstorbenen zu entzünden und ihrer Liebsten zu gedenken. Für wenige Stunden erhellte sich das graue November-Krakau, als vergesse es für einen Augenblick, was aus ihm geworden war.

In der Sebastiangasse bei den Wagners herrschte Dunkelheit.

Zofia verhängte sämtliche Spiegel im Haus und bestand darauf, Käthe zu waschen, das Schlafzimmer zu reinigen und die Fenster zu öffnen.

»Die Seele muss doch entweichen können, Herr Doktor«, erklärte sie Rigobert Wagner, der sich hartnäckig weigerte, Käthes Hand loszulassen.

»Sie erinnern sich doch sicher an diesen Brauch«, setzte Zofia nach. »Es ist wichtig, dass wir das tun.«

»Ja«, sagte Rigobert plötzlich unvermittelt, löste sich vorsichtig von Käthes Hand, legte sie auf der Decke ab, sah zum geöffneten Fenster hinaus, stand auf und ging dorthin. »Das habe ich nicht vergessen.«

»Ganz Krakau leuchtet«, sagte Lilo und stellte sich neben ihren Vater. »Ich glaube, die Kerzen auf den Friedhöfen sind alle für Mama.«

Lilos auf dem Schwarzmarkt erworbenes Prontosil hatte nicht nur den hohen Preis eines Familienerbstücks, sondern auch Käthes Lebensrest gekostet. Es hatte nicht angeschlagen, im Gegenteil, es hatte ihren Zustand sogar verschlimmert. Das sprach für eine in diesen Zeiten gängige Verunreinigung des begehrten Wirkstoffs. In ihrer Verzweiflung hatte Lilo diese Gefahr ausgeblendet.

»Allerheiligen habe ich nicht vergessen«, sagte Rigobert monoton. »Das Fest der Toten. Heute Abend werde ich zum Grab unserer Vorfahren gehen. Genau wie jedes Jahr. Helene und Lilo werden mitgehen. Ich bestehe darauf.«

Dann verließ er das Zimmer. Lilo vernahm nur noch seine schweren Schritte auf den Stufen, die sich langsam entfernten. Zofia folgte ihm.

Lange saß Lilo allein am Totenbett ihrer Mutter und betrachtete Käthes entspannte Gesichtszüge, die wächserne Haut ihrer Hände, das streng zurückgekämmte Haar. Käthe war ihr so fremd wie in den letzten Jahren ihres Lebens. Zofia hatte ihr ein schwarzes Kleid mit cremefarbener Spitze am Kragen angezogen und sie auf saubere Laken gebettet. Eine ganze Kindheit flog an Lilo vorbei, aber ihr war, als sei es nicht ihre, sondern die einer Fremden, so fern lag die Geborgenheit aus Kindertagen, die doch stets aus Zofias Wesen, deren geduldigem Zuhören, deren Zuwendung gekommen war. Sie war ihre eigentliche Mutter gewesen, während Käthe mit aller Härte das gesellschaftliche Regiment im Hause Wagner geführt und ihrem Mann den Rücken freigehalten hatte.

»Das ist die wahre Bestimmung einer Frau«, hatte sie stets

erklärt und die ersten selbstständigen Gehversuche ihrer Töchter mit Argwohn betrachtet. Helene, die Widerspenstige, und Lilo, die nach Helenes Weggang im schlechtesten Sinn deren Rolle bei den Wagners eingenommen hatte – keine von ihnen ähnelte Käthe, nicht einmal äußerlich. Die Schwestern waren so unterschiedliche Wege gegangen, und keine hatte den elterlichen Ansprüchen genügt, im Gegenteil. Am Ende hatten die Schwestern die Eltern enttäuscht, aber seit Rigoberts Krankheit musste sich ein mildes Bild von Helene als das einer guten Tochter in seinem Kopf verankert haben – eine, auf die er sich verlassen konnte. Niemand sah Lilos Anstrengungen. Dabei war sie es, die alles zusammengehalten hatte. Ihr mutiges Herz zählte in der Sebastiangasse nicht.

»Verzeih mir, Mama, verzeih mir, Helene«, flüsterte Lilo.

Jetzt war die wertvolle Taschenuhr, Rigoberts Erbstück, weg, und Lilos Gebete waren nicht erhört worden. Ihre Mutter war dennoch gestorben, und Lilo war außerstande, ihre Mitschuld daran auszublenden. Vielleicht würde ihr Vater den Verlust des Schmuckstücks nicht einmal bemerken. Stattdessen würde er immer und immer wieder nach Helene fragen und beim Abendessen darauf bestehen, dass für Käthe eingedeckt wurde. Helene gehörte die Illusion, Lilo die bittere Realität. Je länger Helene fort war, desto stärker schien deren Aura in der Villa zu strahlen, und Lilo blieb nur der Schatten. Ihr Vorrat an Nachsicht, all diese Kränkungen hinzunehmen, war aufgebraucht.

Wie aus der Ferne hörte sie von unten das Klingeln des Telefons. Dann verstummte es. Mit dem ihr eigenen Gang kam Zofia nach oben, klopfte zaghaft an die Tür und spähte hinein.

»Für dich, Lilo, es ist für dich. Aber sei leise. Der Herr Doktor hat im Salon endlich ein wenig Schlaf gefunden.«

Mit einem tiefen Seufzer ging Lilo hinab in den Flur und legte das Ohr an den Hörer.

»Hier spricht Walter. Ich möchte Ihnen mein Beileid aussprechen. Zofia hat mich informiert.«

Seine Stimme klang weich. Wie Balsam legte sie sich auf ihre gekränkte Seele, auf ihre Verletzungen. Sie ließ sich auf die unterste Stufe der Treppe fallen, zog die Beine an ihre Brust, legte den Kopf gegen die Wand, holte tief Luft, schloss die Augen und öffnete ihren Mund. »Ich bin schuld«, brach es aus ihr heraus, und sie weinte hemmungslos. »Ich habe das Prontosil besorgt. Ich habe Helene verraten, ich habe alles kaputtgemacht.«

»Nein.« Wie aus der Ferne drang seine Stimme zu ihr durch. Entschieden, klar, deutlich. »Sie trifft keine Schuld. Sie haben getan, was Sie konnten. Die Zeit für Ihre Mutter war gekommen. Weinen Sie nur, Lilo, weinen Sie. Ich werde so bald wie möglich bei Ihnen sein, um Ihrer Familie beizustehen. Weinen Sie.«

»Ach, Walter«, schluchzte sie und presste den Hörer gegen ihr Ohr. »Ach, Walter. Ich habe einen großen Fehler gemacht.«

»Nein, das hast du nicht. Weine, Lilo, weine nur. Ich bleibe bei dir, bis du dich beruhigt hast, Lilo. Ich lege nicht auf. Ich höre dir zu.«

Ob sie ihn vielleicht doch eines Tages würde lieben können? Er war es, der in dieser bitteren Stunde über eine Telefonleitung da war, während Pankiewicz wenige Kilometer von ihr entfernt unerreichbar schien. Sie erinnerte sich an Jadwigas Worte: »Er liebt die Menschen. Und die Menschen lieben ihn dafür, was er ihnen Gutes tut. Daraus zieht er seine Kraft.«

Walter Kranz kannte ihr Umfeld, Lilos tragische Lage zwischen Pflichterfüllung und ihren eigenen Bedürfnissen wie kaum ein anderer. Seine Kraft kam aus ihm selbst, aus seinen tiefsten Überzeugungen. Im Laufe der Jahre war er in ihre Familie hineingewachsen. Sie musste ihm nichts erklären. Er schien bedingungslos zu lieben, war gewillt, mehr als ein Freund zu sein. Warum nur liebte sie den falschen Mann?

TATJANA

32

Krakau, Frühjahr 2017

»Wie geht es dir, Cousine?«

Édiths Stimme klang am Handy so nah, als säße sie im Nebenzimmer. Dabei lagen über tausend Kilometer zwischen ihren Standorten.

Tatjana saß auf der Couch ihrer Unterkunft mit aufgeklapptem Laptop, eine Seite über Gusta Draenger und deren Ehemann Marek geöffnet. Die Widerstandskämpferin hatte eine Art Autobiografie geschrieben, die sogar ins Deutsche übersetzt worden war – *Das Tagebuch der Partisanin Justyna*. Adam hatte davon nichts erwähnt.

»Schön, deine Stimme zu hören«, erwiderte Tatjana. »Krakau ist eine wunderschöne Stadt, etwas morbide, aber sehr atmosphärisch. An manchen Stellen wirkt es so, als sei die Zeit stehen geblieben. Gestern hatte ich eine exklusive Stadtführung mit einem Historiker. Es ist sehr aufwühlend, was mir begegnet, vor allem das, was ich ohne den Historiker übersehen hätte.«

»Ich habe deine Fotos bekommen. Wirklich sehr beeindruckend, diese Stadt. Krakau steht auf dem Programm für die nächste Städtetour, das ist gesichert. Malou und Felix sind dabei.« Édith räusperte sich. »Es gibt Neuigkeiten aus Paris, Tatjana«, sagte sie dann leise. »Du erinnerst dich, was ich über die bürokratischen Spuren gesagt habe, die ein Mensch im Lauf seines Lebens hinterlässt? Behörden. Anträge, das ganze schriftliche Zeug.«

Tatjana richtete sich auf. »Ja, schieß los!«

»Also, ich habe die Anschrift von Samuel Altmann in Krakau herausgefunden, die bei seiner Einreise nach Frankreich angegeben war, genau wie einige Details über sein Pariser Leben. Die Altmanns, also Samuels Eltern, besaßen bereits in Krakau ein Ledergeschäft, wusstest du das?«

»Nein, ich habe ja den Namen Altmann erstmals von dir gehört, für mich hieß Helene ein Leben lang Wagner.«

Tatjana nahm einen Notizblock vom Tisch und einen Kugelschreiber. »Wie lautet die Krakauer Adresse, magst du sie mir durchgeben? Dann gehe ich dorthin, schau mir das an und schicke dir Fotos.«

»Ulica Bochénska Nummer 5. Dort müssen die Altmanns auch gewohnt haben. Es war Samuels letzte Adresse, bevor er nach Paris ging. Die Adresse seiner Eltern war ab 1941 ulica Targowa 7.«

»Warte«, erwiderte Tatjana, sprang auf und griff nach ihrem Stadtplan, der auf der Küchenanrichte bereitlag. »Sie sind sicherlich wie alle anderen jüdischen Geschäftsleute von den Deutschen enteignet worden. Ein klassischer Fall von Arisierung«, murmelte sie, während sie nach der Straße suchte. »Da haben wir es. Das dachte ich mir. Die ul. Targowa lag damals mitten im Ghetto.«

Es entstand eine lange Pause.

»Ja«, sagte Édith, »... leider, ja. Samuels Eltern kamen bei den sogenannten Juni-Deportationen 1942 ums Leben. Die fanden wohl im Zentrum des Ghettos statt. Ich habe ihre Namen auf Deportationslisten gefunden.«

Juni-Deportationen. Deportationslisten. Allein diese Begriffe versetzten Tatjana einen Stich – Begriffe, die auf einmal im Zusammenhang mit ihrer Familie standen, sie etwas angingen. Sie konnte sich gut vorstellen, was gerade in Édith vorging. »Ich habe in Pankiewicz' Memoiren über diese Deportationen gelesen, Édith. Die Nazis haben in jenem Juni die Anzahl der Ghettobewohner halbiert. Es ist schrecklich, macht einen sprachlos.«

»Pankiewicz? War das dieser Widerstandsheld, von dem du mir erzählt hast?«, fragte Édith nach einer längeren Pause.

»Ja. Ein Mann, der in Lilos Krakauer Leben eine wichtige Rolle spielte. Du kannst ihn googeln: Apotheke unter dem Adler, Krakau, im Internet findest du eine Kurzbiografie. Es gibt eine deutsche Ausgabe seiner Memoiren. Leider vergriffen, aber ich habe eine und lese sie gerade. Sobald ich wieder in Deutschland bin, werde ich dir das Buch schicken. Ein erschütterndes Dokument dessen, was sich im Krakauer Ghetto zugetragen hat. Sehr authentisch, es geht unter die Haut. Nichts für schwache Nerven.«

Ein Hund bellte unten auf dem Hof. Tatjana warf einen Blick hinaus: Ein kleiner Terrier zerrte an seiner Leine und kläffte einen Passanten an. Dabei sprang er wie ein Gummiball auf und ab. Seine Besitzerin bemühte sich, ihn festzuhalten. Tatjana drehte sich weg.

»Und alles geschah vor Lilos Augen«, erwiderte Édith ungläubig. »Hast du denn inzwischen mehr über das Verhältnis der beiden erfahren, wie sie zueinander standen? Kommt Lilo in seinen Memoiren vor?«

Tatjana vernahm das Rascheln von Papier am anderen Ende der Leitung.

»Nein. Es gibt im Buch ein Foto mit ihm und seinen Angestellten, alles Polinnen. Keine Lilo. Es existiert nur ein inoffizielles Foto von ihm und Lilo, das hat mir der Nachlassverwalter geschenkt.«

»Also doch«, sagte Édith. »Private Beziehungen zu einem Widerstandskämpfer.«

»Ja, das ist sicher, zweifellos. Sein Besuch 1993 in Fellbach war ja privater Natur.«

»War sie in ihn verliebt?«

Tatjana seufzte. »Er sah umwerfend gut aus.« Kurzerhand machte sie ein Foto von jenem, das ihr Adam geschenkt hatte, und schickte es an Édith. »Ich hab dir gerade das Bild der beiden geschickt. Als ich sie bei seinem Besuch zusammen erlebt habe, da … Wie soll ich das beschreiben? Zwischen Lilo und Pankiewicz gab es ein magisches Band, anders kann ich es nicht erklären. Ich konnte damals nichts, absolut gar nichts einordnen.«

Sie legte den Stadtplan wieder zusammen.

»Er sieht wirklich extrem gut aus … Irgendwie wirkt er aber unnahbar.« Vom Innenhof vernahm sie Stimmen. Tatjana wartete. »Wenn aber die Liebe ein Motiv wäre«, fuhr Édith zögerlich fort und brach abrupt ab, »… mir kommt da ein Gedanke: Aus Liebe geht meine Großmutter mit einem Juden nach Frankreich, aus Liebe arbeitet ihre Schwester mitten im Ghetto – das halte ich für eine …«, sie suchte nach dem passenden Wort, »… für eine ziemlich auffällige Parallele.«

»Worauf willst du hinaus?«, fragte Tatjana.

»Hältst du es für möglich, dass er …, dass er der Vater deiner Mutter ist, dieser Pankiewicz?«

Tatjana fiel der Stadtplan aus der Hand. »Ich …«, stotterte sie, »ich habe noch nie darüber nachgedacht. Der Gedanke kam mir niemals, auch nicht, als ich ihn damals in Fellbach gesehen habe.«

Sie starrte auf sein Bild. Nein, da war keinerlei Ähnlichkeit zwischen ihm und Dora. Nein. Außerdem stand auf Doras

Anrichte, seitdem Tatjana denken konnte, ein Porträt von Doras verstorbenem Vater. Dora sah ihm verblüffend ähnlich.

Sie hob den Stadtplan auf und legte ihn zurück auf den Tisch.

»Nein, ausgeschlossen«, sagte sie nochmals und ging einige Schritte durch das kleine Appartement. Auf und ab.

»Man hat schon Pferde vor Apotheken kotzen sehen«, erwiderte Édith. »Das Sprichwort bekommt für uns eine ganz neue Bedeutung.«

»Wie wahr«, sagte Tatjana und warf den Kopf in den Nacken.

»Tut mir leid, Tatjana, das mit der Vaterschaft ist mir so herausgerutscht. Man wird ja regelrecht paranoid bei den vielen Haken, die die Schwestern in ihrem Leben geschlagen haben. Aber da ist noch etwas zu meiner Großmutter Helene, was ich dir sagen möchte. Ich bin da auf einer Spur, vielleicht bringt sie was. Ich muss nochmals nach Paris.«

Tatjana spürte eine Anspannung. »Erzähl!«

»Es geht um Samuels Spuren in Paris. Es ist dokumentiert, dass er mehrfach die französische Staatsbürgerschaft beantragte, das erste Mal unmittelbar nach der Einreise 1936, damals nur für sich selbst, ab 1940 dann für sich und seine Ehefrau Helene. Ihr Sohn Simon war als ein in Frankreich geborenes Kind automatisch Franzose.«

Tatjana rechnete zurück. »Dann haben sie erst nach der Geburt ihres Sohnes geheiratet. Und, weiter?«

»Genau, deshalb stand in dem Artikel noch ihr Mädchenname Wagner. Aber zurück zum Thema französische Staatsbürgerschaft: Alle Anträge von Samuel waren abgelehnt worden. Den letzten stellte er 1942, kurz vor den Deportationen.«

In Windeseile ging Tatjana im Kopf die Jahreszahlen durch. »Hätte er Erfolg gehabt, wäre sein Leben anders verlaufen, liege ich richtig?«, fragte sie dann geistesgegenwärtig. Aus dem

Kinofilm *Sarahs Schlüssel* wusste sie, dass ausschließlich ausländische und staatenlose Juden auf den Listen der großen Razzia im Juli 1942 standen. Die meisten von ihnen hatten sich Jahre vorher freiwillig im Rahmen einer Volkszählung als Juden gemeldet.

»Ja, ein französischer Pass sicherte den Juden das Überleben. Als französischer Staatsbürger wäre Samuel nicht deportiert worden. Die französische Polizei ging mit Listen in die Häuser der jüdischen Bewohner. Die nicht französischen und staatenlosen Juden waren alle namentlich erfasst. Ein strikt logistisches Vorgehen. Es waren die deutschen Besatzer, die den Franzosen ihre Logistik, ihre perfekte Bürokratie, bereitstellten.«

Plötzlich kam Tatjana ein Gedanke, einer, der sie sogleich erschaudern ließ. »Kann es nicht doch sein, dass Helene auch deportiert wurde?«

»Als Nicht-Jüdin? Nein, ausgeschlossen.« Édith verstummte, dann vernahm Tatjana wieder das Rascheln von Papier am anderen Ende der Leitung. »Allerdings gäbe es eine Möglichkeit, nämlich wenn sie zum jüdischen Glauben konvertiert wäre ... Hältst du das für möglich, Tatjana? Von dem, was du über sie weißt?«

»Konvertiert?«, fragte Tatjana fassungslos und spürte, wie sich alles in ihr wehrte.

»Nein«, sagte Tatjana und schüttelte den Kopf. »Nein, Lilo und Helene sind in einem streng katholischen Milieu großgeworden. Nein, ich halte das für völlig unrealistisch. Helene war laut Lilo eine kleine Rebellin, die sich dem katholischen Diktat verweigerte. Nie und nimmer konvertierte sie zum jüdischen Glauben, wo strenge Gesetze herrschen, ganz zu schweigen von der Rolle der Frau ... Nein. Helene hätte der Kirche eher den Rücken gekehrt.«

»Sie steht ja auch auf keiner Deportationsliste«, sagte Édith leise.

»Mit was für einem Vokabular haben wir es seit deiner Enthüllung zu tun? Ist das nicht schrecklich?«, fragte Tatjana und nahm einen tiefen Atemzug.

»Ja«, erwiderte Édith. Nach einer langen Pause sagte sie beherrscht: »Adi war oben in Simons Wohnung.«

Tatjana richtete sich auf. »Was für ein Schritt muss das für sie gewesen sein. Dann hat es ihr also keine Ruhe gelassen, nachdem du die Geige geholt hattest.«

»Ich war ja damals völlig aus dem Häuschen.«

»Und?«

Édith seufzte. »Es ist ihr neulich am Telefon herausgerutscht.«

»Sonst hat sie nichts gesagt?«, fragte Tatjana.

»Nein. Ich werde nach Paris fahren, mit ihr sprechen.«

»Das ist gut«, erwiderte Tatjana.

»Ich habe ja immer einen Vorwand mit dem Wintergarten.«

Tatjana holte tief Luft. »Was meinst du: War sie im Musikzimmer? Hat sie die Wand gesehen?«

»Das ist genau die Frage.«

»Es würde bedeuten, dass sie formal Bescheid weiß.«

»Formal?«, fragte Édith.

»Es kann sein, dass ihre Gefühle den Fakten hinterherhinken. Denke immer daran: Vielleicht hat sie die schmerzhaften Ereignisse verdrängt und weiß nichts von Simons ersten Lebensjahren.«

Schweigen. Tatjana schluckte. Es war alles so schrecklich kompliziert. »Wir machen weiter«, sagte sie schließlich aufmunternd. »In einer Stunde hast du die ersten Fotos von Samuels Elternhaus.«

»Danke dir«, sagte Édith. »Noch eine letzte Frage. Nach allem, was du von zu Hause mitbekommen hast über Helene.

Wie würdest du sie beschreiben? Was war ihre wichtigste Eigenschaft?«

Tatjana nahm den Zettel mit der Adresse vom Tisch, steckte ihn in ihre Jackentasche und drückte auf eine Taste ihres Laptops.

»Ihr Wunsch nach Freiheit«, sagte sie wie aus der Pistole geschossen. »Ihre Widerspenstigkeit. Lilo war viel angepasster.«

»Das klingt großartig. Damit kann ich was anfangen«, entgegnete Édith und verabschiedete sich. »Bis bald.«

»Bis bald.«

Das Tagebuch der Partisanin Justyna von Gusta Dawidson Draenger las Tatjana auf dem Bildschirm. Justyna bedeutete so viel wie die *Gerechte*. Auf dem Buchcover war das Foto eines Paares abgebildet. Eine Frau mit dunklen Locken lächelte den Betrachter an. Der Mann hatte den Arm um sie gelegt. An ihrem Blusenärmel war der Davidstern aufgenäht.

Bei einem ihrer Spaziergänge durch Krakau hatte Tatjana bei den Tuchhallen eine Buchhandlung mit Antiquariat entdeckt. Vielleicht würde sie dort fündig werden. Nachdem sie den Buchtitel abfotografiert hatte, entdeckte sie eine Textnachricht von Adam.

Liebe Tatjana, ich muss unseren Termin leider verschieben. Muss für drei Tage nach Auschwitz zu einem wichtigen Gespräch mit einem Kollegen. Ist es in Ordnung, wenn ich dir danach den Nachlass und den Brief zeige? Oder möchtest du mitkommen und dir dort das Museum ansehen? Wenn nicht, melde ich mich zeitnah. Lieben Gruß Adam

Sie spürte eine Mischung aus Enttäuschung und Erleichterung – ihr war, als hätten sie sehr viel Zeit miteinander verbracht, eine Pause würde ihnen guttun. Außerdem sträubte sich alles in Tatjana bei dem Gedanken, mit Adam nach Auschwitz zu fahren. Wenn, dann wollte sie alleine, anonym in einer Reisegruppe, die Gedenkstätte besuchen. Adams Begleitung würde ihre Dünnhäutigkeit noch verstärken, nein, sie wollte sich nicht so verletzbar zeigen.

Alles klar, schrieb sie zurück, ein Tag Pause tut uns sicher gut. Außerdem habe ich ja noch Lesestoff. Aber danke fürs Angebot. Bis bald, liebe Grüße, Tatjana.

Beim erneuten Durchlesen ging sie hektisch mit dem Cursor zurück und überschrieb *uns* mit *mir*. *Sie* war es, die eine Pause brauchte.

LILO

33

Krakau, Winter 1942

»Sie haben ihn mitgenommen!«

Außer Atem stand Lilo vor der Tür in der ul. Jósefińska und sah in Gustas verdutztes Gesicht. Lilo war die kurze Strecke von der Apotheke gerannt.

Gusta sah sie stirnrunzelnd an. »Woher weißt du, dass wir hier wohnen?« Sie winkte ab, steckte den Kopf hinaus, sah erst nach rechts, dann nach links und zog Lilo hinein ins Warme.

Der Raum mit Tisch und Vitrine, einem zugezogenen Vorhang in der Ecke und mehreren auf dem Boden übereinandergestapelten Matratzen kam Lilo winzig vor – selbst ihr Zimmer zu Hause war größer. Dennoch strahlte der ganze Ort eine Art Geborgenheit, Sicherheit aus. Es war das erste Mal, dass sie eine Wohnung im Ghetto von innen sah.

»Wen haben sie verhaftet?«, fragte Gusta, nachdem Lilo am Tisch Platz genommen hatte.

»Pankiewicz. Ich habe es mit meinen eigenen Augen gesehen.«

Erschrocken hielt sich Gusta die Hand vor den Mund.

Hinter dem Vorhang bewegte sich etwas. Marek trat in einem grauen Kittel hervor. Mit ausdruckslosem Gesicht setzte er sich Lilo gegenüber. »Wer? Die Deutschen oder der Ordnungsdienst?«

»SS«, platzte es aus Lilo heraus. »Sie trugen den Ring mit dem Totenschädel.«

»Hat Pankiewicz irgendwelche Anweisungen gegeben?«

»Deshalb bin ich ja hier. Herr Magister Pankiewicz hat mir, kurz bevor er abgeführt wurde, eure Adresse zugeflüstert und gemeint, ihr sollt euch an Spira wenden. Das war alles.«

Gusta und Marek warfen sich einen langen Blick zu.

»Symche Spira, dieser elende Verräter«, presste Marek hervor.

»Ist dir jemand gefolgt?«, fragte Gusta und stellte eine Tasse für Lilo auf den Tisch. Sie schenkte ihr Tee ein. Sofort griff Lilo nach der Tasse und wärmte ihre Hände daran. »Nein. Ich habe aufgepasst. Sind ja nur wenige Minuten bis hierher.«

»Spira will Geld«, sagte Gusta bestimmt und sah Marek herausfordernd an.

Marek ging im Raum auf und ab, schnaubte und verschwand schließlich hinter dem Vorhang. Lilo nahm ein Rascheln wahr, das Geräusch von sich öffnenden und schließenden Schubladen.

Gusta seufzte. »Hoffentlich haben sie nichts bei Pankiewicz gefunden.«

Lilo spürte ihren Herzschlag. Seit jener Nacht im Gewölbekeller wusste sie, was hinter den Kulissen der Apotheke tagtäglich vor sich ging, auch wenn sie es vom Labor aus nur indirekt mitbekam. »Sie haben gar nicht gesucht. Es muss um etwas anderes gehen. Spira kommt ja regelmäßig in die Apotheke. Soweit ich weiß, befinden sich sämtliche verräterischen Gegenstände im Gewölbekeller. Bis auf die Widerstandsschriften. Die verbotenen Tageszeitungen hängen für alle sichtbar an der Wand.«

Gusta schüttelte den Kopf. »Die Zeitungen haben die Deutschen die ganze Zeit geduldet und die Schriften von uns, die Flugblätter, die hält Pankiewicz versteckt.«

Lilo nickte, obgleich sie wusste, dass sein Versteck hinter dem Tresen alles andere als sicher war.

»Können wir ihr vertrauen?«, fragte Marek seine Ehefrau.

Gusta warf einen Blick auf Lilo, tat einen tiefen Atemzug. »Ich glaube, ja.«

»Wir werden uns darum kümmern«, sagte er dann, zog seine Jacke an und warf einen Schal über. »Es ist besser, du hältst dich hier nicht lange auf, Lilo. Geh zurück in die Apotheke, und mach weiter wie jeden Tag. Wir melden uns bei dir.«

Lilo stand auf, trat einen Schritt auf Gusta zu und reichte ihr die Hand. Sie nahm sie und drückte zu. »Danke, dass du gekommen bist. Danke für deine Unterstützung.«

Nachdenklich sah Lilo Gusta an. »Weißt du, immer, wenn ich dich sehe, muss ich an Helene denken. Gibt es wirklich keine Möglichkeit, etwas über sie in Erfahrung zu bringen? Habt ihr keine Kontakte nach …?«

»Und mir geht es so, wenn ich dich sehe«, erwiderte Gusta mit einem wehmütigen Lächeln. Traurig schüttelte sie den Kopf. »Es ist schwierig. Aus Paris kommt kein Brief ins Generalgouvernement durch. Ausgeschlossen.«

Lilo schluchzte auf. »Ich habe kein gutes Gefühl. Sie hat mir 1939 ein Foto geschickt. Da war ein Mann …« Erschrocken hielt sie sich die Hand vor den Mund.

Gusta legte den Arm um Lilo, strich über ihren Rücken. Sie schien nicht überrascht. »Beruhige dich, Lilo. Es stimmt, Lilo, deine Schwester hat einen Mann an ihrer Seite. Sein Name ist Samuel. Mach dir keine Sorgen, sie ist nicht allein.«

Lilo runzelte die Stirn. Wie oft hatte sie über jenen Mann, dessen Namen Helene nicht verraten hatte, nachgedacht und insgeheim gehofft, er sei ein Deutscher oder ein Franzose. Und Gusta hatte es die ganze Zeit gewusst? »Samuel? Er ist Jude, nicht wahr?«

Gusta nickte ernst. »Sie lieben sich. Er wird auf sie achtgeben.«

Plötzlich kam Lilo ein schrecklicher Gedanke. Sie hatte davon gehört, in den Widerstandszeitungen, die es nur in der Apotheke gab, darüber gelesen. »Aber weißt du denn nicht, dass sie im Sommer die jüdischen Viertel in Paris geräumt haben, genau wie hier in Krakau? Was wurde aus den Menschen?«

»Samuel hat sicher längst die französische Staatsbürgerschaft bekommen. Sie ist in Frankreich so viel wert wie eine deutsche Kennkarte hier bei uns. Helene ist keine Jüdin. Ihr wird nichts geschehen. Mach dir keine Sorgen.«

Lilo seufzte. Ihre Gedanken kreisten um Paris, ihre Ahnungen, die sie beim Betrachten des Fotos von Helenes kleiner Familie stets beschlichen hatten. Helene war mit einem Juden zusammen. Die Ungewissheit um das Schicksal ihrer Schwester vermischte sich mit Lilos Ängsten um Pankiewicz. Beides war ihr unerträglich.

Plötzlich riss sie Gustas eindringliche Stimme aus ihren Gedanken. »Geh jetzt, Lilo, es ist zu gefährlich für uns alle, wenn du dich zu lange hier aufhältst. Wir bleiben in Verbindung, in Ordnung?«

»Ja.« Mit einem verkrampften Lächeln verabschiedete sich Lilo, trat hinaus auf die Straße und lief in Richtung der Apotheke. Gusta und ihre Mitstreiter würden mit dem jüdischen Ordnungsdienst verhandeln können, dem Spira vorstand, nur für Helene und ihre kleine Familie, für sie konnte sie nichts tun.

Der Rest des Arbeitstags fühlte sich wie eine Ewigkeit an. Die Uhrzeiger an der Wanduhr schienen langsamer zu gehen, als hinge Blei an ihnen. Eine bedrückende Stille lag über dem dunklen Verkaufsraum. Es war, als fehle der Geist des Hauses.

Ohne Pankiewicz war dieser Ort seelenlos, wie tot, er konnte nur atmen, wenn Pankiewicz hier war und jedem Besucher, jeder Mitarbeiterin mit einem Lächeln, einem freundlichen Wort zeigte, dass niemand, der sich hier aufhielt, allein war. Jadwiga und Lilo hatten Angst um ihn. Lilos Angst um Helene war noch größer geworden. Sie vermochte sich nicht vorzustellen, was wäre, wenn ihr etwas geschähe, und zum ersten Mal verstand sie Helenes Schweigen ihr gegenüber, ihre Bemerkung, es sei besser, sie wisse so wenig wie möglich. Sie hatte Lilo schützen wollen.

»Das hat soeben jemand abgegeben. Sieh nur!« Mit zitternden Händen überreichte ihr Jadwiga kurz vor Ladenschluss im Labor einen kleinen zerknitterten Zettel.

Er lebt! Wir wissen, wo er ist, und stehen in Kontakt mit der jüdischen Polizei. Tagesgeschäft in Apotheke wie gewohnt. G.

Erleichtert schloss Lilo die Augen, trat hinüber in den Verkaufsraum und warf den Zettel in den Ofen, wo ein letzter Rest Kohle glühte. Jadwiga schloss die Tür ab und zog die Rollos herunter. »Es wird gut werden, wirst schon sehen«, murmelte sie. »Sie holen ihn raus. Mit Geld bekommst du im Krieg fast alles. Akiba hat Erfahrung darin. Auch der Herr Magister. Ich weiß, dass es ihn seit Errichtung des Ghettos ein Vermögen kostet, hierbleiben zu dürfen. Und auch, dass du bleiben darfst. Immerhin bist du eine ...« Sie brach ab, räusperte sich. »Er bezahlt dafür.«

»Er bezahlt für mich?«, fragte Lilo ungläubig, nahm ihren Mantel vom Haken und knöpfte ihn zu. Sie warf sich einen Schal um den Hals. »Sag es nur: Immerhin bin ich eine Deutsche.«

Jadwiga nickte beschämt.

Schweigend traten die beiden Frauen gemeinsam den Heimweg an. Vor den Toren des Ghettos registrierte Lilo an einer Hauswand ein neu angeklebtes Plakat. Ein *P*, das in ein *W* eingebettet lag. Ein wenig sah es aus wie ein kleines Schiffchen mit Mast. Es bedeutete *Polska walczy – Polen kämpft*. Das Emblem des polnischen Widerstands. Immer wieder sah man solche Kampfansagen an Hauswänden, Litfaßsäulen und Mauern – bis die Deutschen die Parolen überstrichen oder abrissen.

»Der polnische Widerstand hält sich bereit«, flüsterte Jadwiga beim Anblick des neuen Plakats. »Immer mehr Polen leisten im Untergrund Widerstand. Sie legen Bahnstrecken lahm, stören die Nachschubwege der Deutschen. Sie haben noch gar nicht richtig angefangen.«

Lilo presste die Lippen zusammen. Was sollte sie sagen? In Momenten wie diesen wurde ihr bewusst, wie sie als Volksdeutsche zwischen den Stühlen saß. Es glich einem Wunder, dass Pankiewicz und Jadwiga ihr vertrauten.

Jadwiga hakte sich bei Lilo ein, und gemeinsam gingen sie weiter, bis Lilo nach wenigen Metern kurz entschlossen stehen blieb. Jadwiga tat es ihr gleich.

»Ich mache noch einen Umweg zum Friedhof«, sagte Lilo. »Zum Grab meiner Mutter.«

»Wie geht es deinem Vater?«, fragte Jadwiga.

Lilo zuckte die Achseln. »Sein Zustand wird von Tag zu Tag schlimmer, seit Mama nicht mehr da ist. Er bringt alles durcheinander. Wenn wir ihn suchen, ist er entweder auf dem Friedhof bei Mutter oder unten an der Weichsel. Früher haben wir immer Ausflüge dorthin gemacht. Er muss sich daran erinnern. Er liebte es, stundenlang auf einem Schiff zu sein, am besten bei einem Glas Bier und Brühwurst mit Bauernbrot.«

Jadwiga tätschelte Lilos Hand. »Ich hab das vorher nicht so

gemeint«, sagte sie schließlich zögerlich. »Das mit der Deutschen, dass du deutschstämmig bist. Tut mir leid.« Sie zog ihren Schal enger um ihren Hals. Wie immer trug sie einen grauen Mantel, der ihr viel zu groß war – ein Erbstück ihres Großvaters.

»Das weiß ich doch, Jadwiga«, erwiderte Lilo. »Warum tut der Herr Magister das alles?«, fragte sie dann zusammenhangslos.

Jadwiga sah sie fragend an. »Was meinst du?«

»Warum riskiert er sein Leben für fremde Menschen, jeden Tag? Aus Nächstenliebe?«

»Es sind keine Fremden. Nicht für ihn.« Jadwiga schüttelte den Kopf und lächelte. »Er zieht seine Kraft daraus.«

»Ja, das hast du schon einmal gesagt. Er rettet so viele. Und jetzt muss er selbst gerettet werden.«

»Er wird zurückkommen«, erwiderte Jadwiga mit fester Stimme. »Weil ihn die Menschen, die ihn lieben, nicht im Stich lassen. Gott wacht über ihn.«

Lilo seufzte. Genauso wie er über ihre Mutter gewacht hatte? Ihre Gedanken drifteten ab in Richtung der Sebastiangasse. Ohne Käthe war ihr Vater hilflos wie ein kleines Kind. Stets füllten Zofia und Lilo seine Erinnerungslücken, aber wenn er allein war, war er imstande, das Haus anzuzünden. »Sie brennen alle für Käthe«, hatte er beim letzten Versuch, den Salon in ein Lichtermeer zu verwandeln, gesagt. »Damit sie den Weg nach Hause findet. Sie ist ausgegangen.«

Zofia hatte Lilo vorwurfsvoll angesehen, nachdem sie gemeinsam die Kerzen gelöscht hatten, und immer wieder den Kopf geschüttelt. »Es wird täglich schlimmer mit ihm, Fräulein Lilo. Was sollen wir nur tun?«

»Ich lasse mir etwas einfallen«, hatte Lilo versprochen und alle Kerzen in die Vorratskammer gebracht, abgesperrt und den Schlüssel im Kästchen in der Küche versteckt.

Nach einer halben Stunde erreichte Lilo den Rakowicki-Friedhof. Alter Baumbestand säumte die schmalen Wege, die seitlich in verwinkelte Areale mit unzähligen Gräbern führten. Mächtige Skulpturen von Todesengeln wachten über die Verstorbenen, über bescheidene Gräber wie über prächtige Mausoleen. Seit Kindestagen war Lilo dieser Friedhof vertraut, jetzt zeugte frisch aufgeschüttete Erde von einer neuen Bedeutung des Gottesackers im Hause Wagner. Hier lag Käthe begraben. Die vielen Blumen und Kränze waren längst verwelkt.

Schon von Weitem entdeckte Lilo ihren Vater, eine zusammengekauerte Gestalt, die auf einer Bank unter einer Eiche in der Nähe des Grabs saß. Verloren, mit sich allein.

»Papa, du holst dir ja den Tod bei dieser Kälte«, sagte Lilo vorwurfsvoll und ging auf ihn zu. Seine Hände waren tiefblau, er trug keine Handschuhe, keinen Schal. Heute Morgen hatte das Barometer minus acht Grad angezeigt.

Er sah sie fragend an, als erkenne er sie nicht.

»Ich muss hier sein«, sagte er nach einer langen Pause, während Lilo ihm ihren Schal um den Hals schlang und ihm beide Hände reichte, um ihm nach oben zu helfen. »Käthe wartet hier auf mich.«

»Du musst dich vor allem bewegen. Wir gehen jetzt nach Hause, Papa.« Widerstandslos ging er mit. Lilo hängte sich bei ihm ein. »Es war eine ergreifende Feier, die Beerdigung von Mama, erinnerst du dich daran, Papa?«

»Ergreifend«, antwortete er monoton. »Ja.«

»So viele Menschen waren gekommen.«

»Dr. Jasinski hat eine so schöne Ansprache gehalten«, sagte Rigobert. »Ein schönes Fest.«

Lilo hielt inne. Ihr Vater war in Gedanken bei der Beerdigung eines Kollegen, die mehrere Jahre zurücklag.

Lilo legte ihren Kopf an seine Schulter. »Ach, Papa, das ist schon so lange her.«

»So lange, ja.«

Manchmal war das Vergessen eine Gnade, aber es gab auch immer wieder Momente, wo Rigobert sich orientierungslos an einem Ereignis festhielt und den Verlust seiner Frau unmittelbar zu fühlen schien, wo er gewahr wurde, dass er dabei war, sich selbst zu verlieren. In solchen Momenten war es, als erwachte er für Sekunden aus dem Schlaf des Vergessens und erfasste in vollem Umfang seine hoffnungslose Gegenwart. Rigobert war in seiner Welt gefangen. Für ihn gab es kein neues Erleben und das alte machte ihm Angst.

In solch lichten Momenten weinte er, und eine unendliche Traurigkeit legte sich auf seine Gesichtszüge. Glücklicherweise dauerte dieses Erwachen immer nur sehr kurz an. Die meiste Zeit lebte Rigobert Wagner im Schoß seiner Familie, die in seiner Fantasie vollständig war. Es gab auch keinen Krieg, er hatte sich in Luft aufgelöst. Jeden Morgen zog er seinen Arztkittel an, ging in seine leere Praxis und erschien pünktlich zum Mittagessen mit dem Stethoskop um den Hals. Was er in der Praxis machte, blieb sein Geheimnis. Sein zunehmender Bewegungsdrang kannte nur drei Ziele. Seine Praxis, die Liegestellen der Ausflugsschiffe unten an der Weichsel und das Familiengrab der Wagners.

»Und wie schön der Chor gesungen hat«, fuhr Rigobert fort, als sie durch das Friedhofstor schritten.

Der Chor, von dem er sprach, hatte aus drei Trompeten bestanden, die das Totengeleit für Käthe Wagner ausrichteten. Ihr Vater hatte sein Leben lang Chorgesang geliebt und bis zu seiner Krankheit als Tenor im *Verein deutscher Männer* gesungen. »Sehr schön«, bestätigte Lilo.

»Guten Abend, Herr Wachtmeister«, sagte Rigobert, als sie

an der Ecke einem SS-Mann in Uniform begegneten. Rigobert zog einen imaginären Hut.

»Herr Untersturmführer«, flüsterte Lilo ihrem Vater zu und entschuldigte sich umgehend bei dem verdutzt dreinblickenden hochgewachsenen Mann. »Seit Mamas Tod bringst du alles durcheinander, Papa«, schalt sie Rigobert und sah den SS-Mann entschuldigend an, dessen Rang sie am Kragen abgelesen hatte. Eilig zog sie ihre Kennkarte aus der Manteltasche und zeigte sie unaufgefordert. Der Mann warf einen kurzen Blick darauf. »Das ist mein Vater, Dr. Wagner, Sebastiangasse. Hast du deine Kennkarte auch dabei, Papa?«

Ihr Vater schüttelte ratlos den Kopf.

»Gehen Sie nach Hause«, befahl der Mann.

»Das hattest du wohl vergessen, wie man die Leute anspricht«, sagte Lilo zu Rigobert, der dem SS-Mann hinterherblickte.

»Das hatte ich wohl vergessen«, erwiderte er und ließ sich von Lilo wegziehen. »Er war sehr nett, der Herr Wachtmeister.«

Als sie die Villa erreichten, war die erste Etage hell erleuchtet. Zofia würde sicherlich schon das Abendessen zubereitet haben. Wahrscheinlich gab es wieder Kohl mit einer fetten Fleischanlage. Lebensmittelmarken waren nicht das Problem im Haus Wagner. Gleich würde Rigobert zu Tisch erzählen, was er heute mit Käthe erlebt hatte.

»Mein Gott, Sie sind ja ganz ausgekühlt, Herr Doktor, schnell, nehmen sie den Platz am Ofen«, empfing ihn Zofia. »Ich habe eingeheizt. Wo waren Sie denn wieder? Unten an der Weichsel?«

»Auf dem Friedhof«, erklärte Lilo kopfschüttelnd. »Diesmal war es der Friedhof.«

Zofia warf Lilo ein vielsagendes Lächeln zu. »Kommen Sie schnell, Herr Doktor. Es ist Besuch für Sie da.«

Lilo schielte durch die einen Spalt geöffnete Schiebetür in den Salon. Am Tisch saß Walter Kranz, der sich soeben erhob und in den Flur trat. Wie gut er aussah in seiner Militäruniform!

Rigobert blickte ihn verständnislos an, während Zofia seinen Mantel entgegennahm und ihrem Hausherrn eine warme Decke um die Schultern legte.

Lilo drückte ihr Brustbein heraus und ging Walter Kranz entgegen. »Wie schön, dass du gekommen bist, Walter«, sagte sie. »Ich bin sehr froh, dich hier zu sehen. Sieh nur, Papa, wer gekommen ist, Walter ist da!«

»Walter«, sagte Rigobert, als habe er soeben auf der Bühne seiner Erinnerungen das Stichwort zu seinem Einsatz gehört. »Walter, da sind Sie ja endlich. Was gibt es Neues aus Paris? Sie werden doch mit uns zusammen Abend essen? Meine Frau wird sich freuen. Sie wird gleich hier sein … Käthe«, rief er nach oben, nachdem er einen Blick in den Salon geworfen hatte. »Käthe! Wo bleibst du denn nur?«

Kranz beugte sich über Lilos Hand und küsste sie. Vor Erleichterung über seine Anwesenheit umarmte sie ihn herzlich. Sie spürte den festen Druck seiner Hände auf ihrem Rücken.

TATJANA

34

Krakau, Frühjahr 2017

Die ul. Bochénska war eine unscheinbare Straße in unmittelbarer Nähe zu Kazimierz. Tatjana fand die Nummer fünf sofort. Keine Frage, hier hatte sich seit dem Krieg wenig verändert. Neu waren hingegen die Graffiti. Das Gebäude wirkte heruntergekommen, eine verblasste Schrift offenbarte noch wenige Buchstaben. Zerbrochene Fenster ließen vermuten, dass hier niemand wohnte. Ein zweiter Eingang führte über Stufen unter einem kleinen Spitzdach aus Ziegeln und Holzbalken hinab ins Tiefparterre. Sicher hatte sich dort das Ledergeschäft befunden. Tatjana fotografierte das Gebäude aus verschiedenen Perspektiven. In dieser Gegend, das war deutlich sichtbar, klaffte ein gesellschaftlicher Graben zur Villa Wagner in der św. Sebastiana. Tatjana war klar: Niemals hätten ihre Urgroßeltern ihren Töchtern den Umgang mit jemandem, der nicht einer von ihnen war, erlaubt. Von Lilo wusste sie, dass Käthe sehr viel Wert auf Etikette und den in ihren Augen passenden gesellschaftlichen Umfang gelegt hatte. Es hatte bedeutet: unter seinesgleichen zu bleiben. Lilo schien das anstandslos akzeptiert zu haben, denn Walter Kranz war aus ihrem Holz geschnitzt, aber Helene?

Tatjana schickte Édith alle Fotos. Nach kurzem Zögern leitete sie diese auch an Dora weiter.

*Liebe Mama, hier einige Impressionen des früheren Zuhauses der Altmanns, Helenes Schwiegereltern. Hier besaßen sie ein Ledergeschäft. Mehr dann mündlich.
Liebe Grüße Tatjana*

Claudia hatte einmal gesagt, Tatjana besäße ein gutes Auge für Gebäude und Landschaften. »Es ist lustig, dass du Stimmungen auf Fotos gut einfängst, solange keine Menschen drauf sind. Und das, wo du von Berufs wegen eine Menschenleserin sein solltest.«

Menschenleserin – Claudia liebte solche Wortschöpfungen.

Ja, ihre Freundin hatte recht: Die Fotos des morbiden Hauses vor erblühenden Bäumen und Sträuchern, die Umgebung, das gegenüberliegende Gaswerk, ein graues, fast Jugendstil anmutendes Gebäude – all das hatte sie atmosphärisch eingefangen.

Tatjana brach auf in Richtung Tuchhallen.

Der einzigartige Geruch von Papier empfing sie beim Betreten der Buchhandlung mit angeschlossenem Antiquariat. Sie nahm ihr Handy aus der Tasche, während sie eine Verkäuferin ansteuerte, und zeigte ihr das Foto des Buchtitels von Gusta Draengers Tagebuch.

»Vielleicht gibt es das Buch in Englisch?«, fügte sie hinzu.

Die Verkäuferin zuckte die Achseln und bedeutete Tatjana, ihr zu folgen. Vor einer Kollegin machte sie halt, und Tatjana schilderte noch einmal ihr Anliegen.

»Nur ein kleines Warten«, sagte diese freundlich in gebrochenem Deutsch, warf ihr einen aufmunternden Blick zu und verschwand durch eine Tür in einem Hinterzimmer. Ein kurzer Blick ins Innere zeigte Tatjana, dass dort jede Menge antiquarische Bücher lagerten. Der ganze Raum war von der Decke bis zum Boden mit alten Büchern vollgestopft.

Tatjana sah sich um. Die Buchhandlung war riesig und gut frequentiert. Auf einem Tisch befand sich eine Auswahl von Notizbüchern. Plötzlich kam ihr eine Idee, die sie geradezu elektrisierte: Sie würde aus ihren Krakauer Fotos eine Serie *Auf den Spuren der Familien Altmann – Wagner in Krakau* machen und diese dann Dora und Édith schenken. Sie nahm eines vom Tisch, strich mit den Fingerspitzen über den zarten Stoffeinband. Ihre Wahl fiel auf zwei unterschiedliche Bücher mit einem rechteckigen Format, das das Einkleben von mindestens drei Fotos auf einer Seite erlaubte. Die andere Seite würde sie mit Erläuterungen beschriften können, vielleicht sogar mit Originalzitaten aus Pankiewicz' Memoiren.

»Das haben wir«, vernahm sie die Stimme der Buchhändlerin hinter sich, drehte sich um und sah ihr in die Augen. In den Händen hielt sie eine vergilbte Ausgabe des Tagebuchs von Gusta Draenger und ein gebundenes Buch mit Pankiewicz' Memoiren. Lebhaft erklärte sie ihr in gebrochenem Deutsch, dass die beiden Bücher zusammengehörten.

»Ja, sie gehören zusammen«, bestätigte Tatjana verdattert. »Was für ein Glück!« Zu ihrer Überraschung registrierte sie den deutschen Titel *Das Tagebuch der Partisanin Justyna*. Bei Pankiewicz' Memoiren hingegen handelte es sich um die polnische Originalausgabe.

»Das ist ja sogar in meiner Sprache und das andere in Polnisch. *Dziękuję*«, sagte sie und nahm beide Bücher entgegen. »Meine Mutter spricht Polnisch, ich nehme beide, vielen herzlichen Dank.«

Am liebsten wäre sie der Frau um den Hals gefallen.

Mit den verpackten Büchern eilte sie zurück in ihr Appartement, setzte Wasser für Tee auf und studierte den Klappentext von Gusta Draengers Tagebuch. *Ein spannender und be-*

eindruckender Überblick über ein fast vergessenes Kapitel des jüdischen Widerstands.

Die polnische Pankiewicz-Ausgabe würde sie gleich morgen an Dora schicken, am besten per Einschreiben. Die Rarität sollte sicher und schnell bei ihrer Mutter ankommen.

Es berührte Tatjana, dass Gustas Zeugenbericht direkt aus dem Ghetto erzählte, ein Ort, an dem auch Lilo gewesen war, nur hatte ihn Lilo als freie Frau erlebt. Aus Sicherheitsgründen hatte Draenger ihre Memoiren als Erzählung in der dritten Person verfasst. Es gab kein Ich, nur eine Frau namens Justyna.

Gedankenverloren blickte Tatjana zum Fenster hinaus. Irgendetwas hielt sie zurück weiterzulesen.

Durch den kleinen Raum strömte der Duft von Kräutern. Der Sonnenuntergang tauchte die Gebäude in ein mildes Licht. Menschen zogen mit Einkaufstüten durch die Straßen und die nahe liegende Planty. In kleinen Schlucken trank sie ihren Tee und bereitete sich ein kleines Abendessen zu: Brot, Krakauer Wurst, polnische Gurken, auf die Dora schon ein Leben lang schwor, etwas Käse. Mit dem Teller ging sie zum Sofa und betrachtete die neuen Fotos vom ehemaligen Ledergeschäft noch einmal. Vielleicht würde sie eine Fahrt auf der Weichsel machen. Lilo hatte immer erzählt, wie sehr sie als Kinder diese Ausflüge geliebt hatten.

Ihre Gedanken schweiften zu Adam, seinem Angebot. Warum hatte Tatjana seinen Vorschlag, ihn nach Auschwitz zu begleiten, abgelehnt? Sicherlich nicht nur ihrer Dünnhäutigkeit wegen. Warum hatte sie in ihrer Antwort aus Versehen *uns* statt *mir* geschrieben? Sie fühlte instinktiv, dass es noch etwas anderes gab, was sie teilten, nicht nur das Interesse für ein einschlägig historisches Thema, das von Trauer und Schmerz durchsetzt war. Da war noch etwas Freundschaftliches, eine tiefe unausgesprochene Übereinstimmung – solange es nicht um Tatjanas Familie ging. Immer wieder entzündete sich ein Streit über ihre Vorstellung der Wagners im besetzten Krakau. Traf Adam schlichtweg ins Schwarze? Sie schätzte es, wenn Menschen ihren Standpunkt vertraten. Opportunisten lagen ihr nicht, aber sobald sie das Gefühl bekam, jemand wolle sie in eine bestimmte Richtung drängen, machte sie zu. Sie besaß eine Art Seismograf, der beim geringsten Versuch, sie zu manipulieren, ausschlug.

Vermochte man diese Spannung zwischen ihnen nach den wenigen Stunden, die sie miteinander verbracht hatten, bereits zu deuten, oder war es ein hilfloser Versuch, ihre vagen Gefühle in eine Schublade zu stecken? Reagierte sie, sobald ein Mann ihr Herz berührte, wirklich zu verkopft? Ihren Patienten riet sie meistens, das Gefühl zu genießen, und plapperte etwas von Risikobereitschaft, die dazugehörte. Für sich selbst fand sie keinen Rat. Die Welt war nicht rosarot. Oder doch? Gab es das, dass man das Wesen seines Gegenübers erfasste, ohne große Umwege, ohne Sprache? Natürlich, über die nonverbale Kommunikation wusste sie schon berufsbedingt genug. Man gab mehr zwischen den Zeilen über sich preis, in Gesten, Körpersprache, im Schweigen als im gesprochenen Wort. Bei ihrer Recherche hatte sie entdeckt, dass er sieben Jahre jünger war als sie. Sieben Jahre! Anfangs hielt sie das für einen großen Altersunterschied, jetzt fing sie an, ihn zu relativieren. Sieben Jahre waren keine Generation, nur ein paar Jahre. Sie trat vom Fenster weg, legte sich aufs Sofa, schloss die Augen und dämmerte weg.

Ein Geräusch ließ sie hochfahren. Als sie auf die Uhr blickte, war es neun. Sie musste eingeschlafen sein. Erst verzögert begriff sie, dass jemand geklopft haben musste. Sie lauschte. Schritte entfernten sich. Sie stand auf, öffnete leise die Tür, entdeckte auf dem Boden einen großen Briefumschlag und hob ihn auf. *Für Tatjana* stand darauf. Kein Zweifel: Adams Handschrift. Sie schloss die Tür hinter sich. Neugierig riss sie das Papier auf und fand einen ungeöffneten Umschlag mit einer Stuttgarter Anschrift. Handgeschrieben, alt, als habe er eine lange Reise hinter sich. Er war von Tadeusz Pankiewicz an *Lilo Wagner* mit dem Hinweis eines Stempels: *Unbekannt verzogen.*

Eilig ging Tatjana zum Fenster und sah noch Adams Gestalt im Schatten der Hofbeleuchtung in Richtung Straße verschwinden.

»Warum läufst du weg«, sagte sie leise, lächelte und fragte sich, ob sie traurig oder froh sein sollte, dass er wieder gegangen war. Es war ein bisschen von allem. Wie sollte sie ihr Gefühlschaos ordnen?

Mit klopfendem Herzen drückte sie den Brief gegen ihre Brust. Ihr Telefon klingelte, und gedankenverloren nahm sie das Gespräch an.

»Was für ein schreckliches Schicksal haben die Altmanns erlitten«, sagte Dora, ohne Einführung, ohne Hallo oder: Wie geht's dir? Sie kam direkt auf den Punkt.

»Ja, das stimmt«, stammelte Tatjana und starrte auf den Briefumschlag, legte ihn auf den Tisch zu den Büchern.

Sie sah zum Fenster hinaus. Eine Straßenbahn fuhr vorbei. »Lilo hat den Namen Samuel nie erwähnt, Mama, oder?«

»Viele Juden haben in dieser Zeit an Frankreich geglaubt, waren davon überzeugt, dass ihnen dort nichts geschieht. Religionsfreiheit und so weiter. Nein, diesen Namen habe ich aus dem Mund meiner Mutter nie gehört.«

»Édith hat herausgefunden, dass Samuel mehrfach die französische Staatsbürgerschaft beantragte und gescheitert ist. Helene und Samuel haben 1940 in Paris geheiratet.«

Schweigen. Stille.

»Woher sollte er wissen, dass er als polnischer Jude abgelehnt wurde?«, fragte Tatjana mehr sich selbst. Dann kam ihr ein Gedanke. »Noch eine Frage, Mama, wenn du schon anrufst …«

»Ja, bitte?«

»Édith wollte das wissen: Hältst du es für möglich, dass Helene zum jüdischen Glauben konvertiert ist, aus Liebe, aus Solidarität?«

»Nein«, sagte Dora wie aus der Pistole geschossen. »Niemals. Deine Großtante war jemand, die sich eher von religiösen Zwängen lossagte. Als Mädchen hat sie das Sich-Bekreuzigen zu Tisch verweigert, von den obligatorischen Kirchenbesuchen an Sonntagen ganz zu schweigen.«

Tatjana nickte und betrachtete den Himmel über Krakau. Es sah nach Regen aus. »Das Enfant terrible. Genau das dachte ich mir auch, Mama. Warum hat Lilo an ihrer katholischen Tradition so festgehalten? Was denkst du?«

Dora holte tief Luft. »Tradition, du sagst es ja selbst. So blöd es klingt, für sie war der Glaube hier in Fellbach ein Stück Heimat. Sie ist mit den Heiligenbildchen und katholischen Bräuchen aufgewachsen, den täglichen Gebeten, den Kirchgängen. Vielleicht gab ihr all das später Halt.«

Katholische Traditionen. Hier in Polen bekam man durchaus eine Vorstellung davon. Nicht selten hatte Tatjana in Krakau Fußgänger gesehen, die sich, wenn sie an einer Kirche vorbeikamen, bekreuzigten.

»Ich habe heute eine Lektüre in Polnisch für dich gekauft, Mama«, sagte Tatjana abrupt das Thema wechselnd.

»Was ist es denn?«, wollte Dora wissen.

»Überraschung«, sagte Tatjana. »Es wird dich sehr interessieren. Ich schicke dir das Buch morgen.«

»Da bin ich aber gespannt.«

Sie verabschiedeten sich.

Tatjana drehte sich zum Tisch, wo der Umschlag lag, direkt neben den beiden Büchern. Dann tippte sie gedankenverloren auf Claudias Nummer. Die Freundin ging nicht ran. »Wir müssen reden, Claudi«, sagte Tatjana, während sie auf Aufnahme drückte. »Möglichst schnell. Es ist wichtig. Ich habe ein Problem. Ruf mich bitte an.«

LILO

35

Krakau, Winter 1942

Mit einem Zettel in der Hand klopfte Lilo an die Tür von Pankiewicz' Büro.

»Herein«, klang seine sonore Stimme.

Sie trat ein, schloss die Tür hinter sich. Tick-tack machte das Geräusch der Standuhr, tick-tack. Es war kurz vor siebzehn Uhr.

»Was gibt es?«, fragte Pankiewicz freundlich und blickte von seiner buchhalterischen Arbeit auf. Er sog an seiner Pfeife.

»Hier ist die Liste der Medikamente, die bestellt werden müssen. Sie baten mich doch um eine Bestandsaufnahme«, sagte sie und legte das Papier auf seinen Schreibtisch.

»Danke«, erwiderte er, nahm es an sich und überflog die aufgeführten Posten.

»Es ist schön, dass Sie wieder da sind, dass Ihnen nichts geschehen ist, Herr Magister.«

Nach seiner Verhaftung war Lilos Vorgesetzter einfach eines Morgens in die Apotheke zurückgekommen, hatte seine Arbeit wiederaufgenommen und kein Wort darüber verloren, was passiert war. Alle seine Mitarbeiterinnen hatten erleichtert aufgeatmet, allen voran Lilo.

»Setzen Sie sich doch bitte«, sagte er, sah von dem Papier auf und deutete auf den Stuhl ihm gegenüber. »Ich wollte sowieso mit Ihnen sprechen. Wie geht es Ihrem Vater? Äußert er immer noch Bedenken, dass Sie hier bei mir sind?«

Hier bei mir. Lilo spürte ihren Herzschlag.

Fragend hob er die Brauen.

Lilo setzte sich, sah ihn an. Sein Blick war offen, seine Körperhaltung signalisierte ihr, dass er Zeit hatte – ein unerwartetes Geschenk.

»Es ist schwierig, und fast reißt es mir das Herz heraus, ihn so leiden zu sehen. In wachen Momenten kommt es mir vor, als verstünde er alles, als erinnere er sich an Helene, an mich, an meine Mutter. Aber seit Mutters Tod tut er die meiste Zeit, als sei sie noch da. Als wäre sie ausgegangen, als habe er sie gerade noch gesehen und aus den Augen verloren«, brach es aus ihr heraus.

Erschrocken über ihre Offenheit, hielt sie sich die Hand vor den Mund. Seine Stimme, die ihr zugewandte Körperhaltung – all das ermutigte sie dazu, zu bleiben.

»Das Vergessen ist eine Gnade«, sagte er weich. »Es ist sicher schwer, die Frau an seiner Seite zu verlieren.«

»Manchmal erinnert er sich, aber wenige Minuten später ist es wieder weg. Dafür vertraut er mir manchmal an, meine Mutter sei umgebracht worden. Er glaubt, *ich* hätte sie auf dem Gewissen.« Sie presste die Lippen zusammen.

Pankiewicz runzelte die Stirn, stand auf, zog seinen Stuhl neben den von Lilo und griff nach ihrer Hand. Für einen Moment zuckte sie zurück, dann ließ sie es geschehen. Wie oft hatte sie davon geträumt, so vertraut mit ihm zusammenzusitzen? »Das tut mir unendlich leid, bitte, nehmen Sie sich das nicht zu Herzen. Er weiß nicht, was er sagt.«

»Er denkt, ich sei die Mörderin meiner Mutter. Und ich fürchte, er hat nicht ganz unrecht.«

Pankiewicz beugte den Kopf über seine Hände, in denen

ihre Hand eingebettet war, ließ ihn zur Seite kippen und flüsterte: »Reden Sie. Sprechen Sie sich alles von der Seele.«

Leise begann sie zu erzählen. Ungefiltert gab sie Wort um Wort preis, was sie erleiden hatte müssen, seit Helene weg war, was sich in Käthes Todesstunde zugetragen hatte, wie der Vater ihr verboten hatte, das Zimmer zu betreten. Aus Buchstaben erwuchsen Worte, bedeutungsvoll und klar, Worte bildeten Sätze. Sie formten sich in ihrem Mund und fanden ihren Weg in die Stille des Raums. Wie zurückgesetzt sie sich gefühlt hatte all die Jahre in ihrem Elternhaus, wie sehr sie sich schuldig fühlte am Tod der Mutter. »Ich habe das Prontosil vom Schwarzmarkt besorgt, obwohl ich hätte wissen müssen, dass dort zweifelhafte Qualität angeboten wird. Aber ich musste ja helfen. Es war bestimmt verunreinigt, wissen Sie?«

Ihre Blicke trafen sich. Noch nie waren sie einander so nahegekommen. Sie spürte seinen Atem. In seinen Augen registrierte sie einen sonderbaren Glanz, dann blickte er auf ihre Hände und bedeutete ihr weiterzureden.

»Später hat mein Vater behauptet, Helene hätte Mutter geholfen, aber ich hätte sie auf dem Gewissen. Helene ist seit so vielen Jahren weg. Ich vermisse sie so schrecklich. Manchmal bin ich aber auch unendlich wütend auf sie, weil sie mich alleingelassen hat.«

Sie schluchzte laut auf und ließ einfach den Kopf an seine Schulter fallen.

Mechanisch streichelte er ihre Hand. »Wieso sind Sie nicht noch einmal zu mir gekommen? Ich hätte doch alles in meiner Macht Stehende getan. Wie könnte ich Sie trösten? Es tut mir so leid. Ich hätte mich bemühen müssen, mehr heranzuschaffen. Schließlich sitze ich an der Quelle. Und was Ihre Schwester angeht: Sie werden sicher von ihr hören, wenn das alles vorbei ist.«

Lilo hob ihren Kopf und öffnete die Augen. Plötzlich war ihr, als verlasse sie ihren Körper und als sähe sie sich beide beieinandersitzen, ganz in sich versunken – ein Paar voller Vertrautheit und einer unerschütterlichen Nähe. Mann und Frau.

»Ich liebe Sie«, hörte sie wie aus der Ferne ihre eigene Stimme. Glasklar, deutlich.

Stille. Nur die Standuhr machte tick-tack, tick-tack.

Im Bruchteil einer Sekunde verdichtete sich in Lilos Wahrnehmung seine Zurückhaltung, seine Abwehr. Bevor er antwortete, sprach sein Körper. Ihn hatte sie schon immer lesen können. Er war zurückgezuckt, der Druck seiner Hände wurde locker.

Auf einmal sah sie glasklar, so, als falle auf einer Bühne ein Vorhang, auf der sämtliche Requisiten und Akteure verschwunden waren. Sie starrte auf eine leere Leinwand. Niemals würde er sich auf diese Liebe einlassen, ihr war, als fühle sie, wie der Mann ihrer Träume in einem unsichtbaren Käfig saß, unfähig, sich zu rühren, außerstande, seine Ketten zu lösen. Es ging nicht darum, ob sie die Richtige war oder nicht. Es ging allein um ihn. Er hatte seine Welt mit so vielen hier im Ghetto geteilt, aber sein Herz war in ihm selbst gefangen. Trotz der räumlichen Nähe war er so weit weg von ihr.

Dunkel erinnerte sie sich an Jadwigas Worte, die mahnend in ihr flüsterten: *Er liebt die Menschen. Und die Menschen lieben ihn dafür, was er ihnen Gutes tut. Daraus zieht er seine Kraft.*

Ja, es gab ihm Kraft. Genügte ihm das? Lilos Herz klopfte, ihre Hand lag in seinen Händen, deren Druck nachgelassen hatte, als hätten sie nicht länger die Kraft, die ihre zu halten. Oder war sie es, die ihn hielt?

Lilo hob den Kopf und streckte ihre Brust heraus. Aufrecht saß sie jetzt da. Sie hatte ausgesprochen, was sie seit Jahren fühlte. Sie brauchte Klarheit, um sich entweder für immer und ewig an ihn zu binden oder von einer romantischen Idee Abschied zu nehmen. Für immer. »Ich musste es ein einziges Mal sagen, mich befreien.«

Was redete sie da von Freiheit?

Erneut zuckte er zusammen und tat einen tiefen Seufzer. Vorsichtig löste er den Griff von ihrer Hand und strich sich mit dem Zeigefinger über die Lippen. Er starrte auf ihre Finger. »Es ehrt mich so sehr, liebes Fräulein Lilo, ihre Gefühle ehren mich …«, sagte er in klarem Deutsch, und seine Stimme klang weich, fast zärtlich. Er fixierte das Tintenfass auf seinem Schreibtisch, »… aber es ist nicht die richtige Zeit dafür.« Wie ein ermüdeter Krieger ließ er den Kopf hängen, richtete sich wieder auf, als müsse er seine letzten Kraftreserven bündeln, um seine Niederlage zu erklären. »Ich weiß Ihre Offenheit sehr zu schätzen, aber ich … Es gibt so vieles, das uns im Weg stünde … Der Krieg, die Verantwortung, die ich für so viele Menschen trage …«

Abrupt brach er ab.

»Vielleicht stehen Sie sich selbst im Weg«, sagte Lilo nach einer langen Pause, ohne zu wissen, woher sie die Kraft nahm, sich ihm ein weiteres Mal vor die Füße zu werfen.

Sie schloss ihre Augen und wartete. War der große Mann, in den sie all ihre Träume und Sehnsüchte hineingegeben hatte, am Ende klein und schwach in Liebesangelegenheiten? Was, fragte sie sich, was vermochte ihn zu erschüttern? Gab es doch eine Frau, von der die Belegschaft all die Jahre nichts mitbekommen hatte?

Die Standuhr schlug. Sechs Uhr. Die Stille im Raum war zum Greifen. Dann das Rücken eines Stuhls. Es war Lilos. Sie war aufgestanden, strich sich über den Rock. Pankiewicz blieb stumm sitzen, in unveränderter Position wie eine Statue mit gesenktem Haupt.

Sie berührte mit den Fingerspitzen seine Schulter.

»Es ist nie die richtige Zeit«, sagte sie leise und schritt zur Tür, öffnete sie und ging wie paralysiert in den Verkaufsraum. Es dauerte eine ganze Weile, bis sie eine Gestalt wahrnahm, die langsam auf sie zusteuerte. Jadwiga.

»Wo warst du denn so lange, Lilo? Du hast dich verspätet. Es ist schon sechs.«

Lilo stutzte und warf einen Blick auf die Uhr. Wenige Minuten nach sechs. Verspätet?

»Hier sind die Lebensmittelmarken. Die Kennkarten müssen raus und zur Post gebracht werden. Denk an die Sperrstunde«, klang Jadwigas Stimme an ihrem Ohr, aber Lilo verstand den Inhalt ihrer Worte nicht. Sie hörte gar nicht richtig zu, vernahm nur Wortfetzen. *Was* sollte sie tun? Sie spürte das Papier in ihrer Hand, starrte es an. Kleine Quadrate mit eingestanzten Worten und Ziffern, während Jadwiga eindringlich auf sie einredete: »... die letzte Fluchtmöglichkeit für ... unser Verbindungsmann beim Judenrat ... Lilo! Hörst du mir überhaupt zu? Du bist mit dem Botengang dran. Du müsstest längst auf dem Weg sein. *Dawei – los geht's!*«

Botengang. Dawei!

Verständnislos las sie die Worte, Ziffern auf dem Papier: *50 g Brot, 5 g Fett, gültig vom 22. Dezember 1942 bis 3. Januar 1943.*

»Das sind Lebensmittelmarken«, sagte sie überrascht und sah Jadwiga fragend an. »Was soll ich tun? Ich ... Ich weiß gar nicht ...« Lilos Gedanken hafteten immer noch an dem Gespräch mit Pankiewicz, drehten sich im Kreis. Seine Stimme, seine Berührung, seine weichen Hände, sein Nein. Diese Kränkung! Sie wollte schreien vor Schmerz.

»Was soll ich tun?«, fragte sie und sah Jadwiga verwirrt an.

»Du bist ja völlig aufgelöst, Lilo, was ist denn passiert?«

Jadwiga trat zu ihr, ganz dicht an sie heran. Ihre Stimme klang besorgt, nein, mehr als das, alarmiert, aber der Inhalt ihrer Worte drang nicht zu Lilo durch.

Sie zuckte die Achseln, starrte auf die verschlossene Tür von Pankiewicz' Büro. Dann spürte sie eine Berührung auf der Schulter. Jadwigas Hand.

»Können wir morgen darüber sprechen?«, fragte Lilo matt.

»Was ist mit dir?«, fragte Jadwiga noch einmal und zwang sie, ihr in die Augen zu sehen. »Wo bist du denn mit deinen Gedanken?«

Lilo fühlte, wie ihr lautlos die Tränen an den Wangen herabliefen.

Sie wischte sich übers Gesicht.

Jadwiga legte eine Hand auf Lilos Stirn. »Du glühst ja, bist ganz fiebrig. Du wirst doch nicht krank sein?«

Lilo schüttelte den Kopf. Doch ja, sie war krank, liebeskrank war sie gewesen, aber das war vorbei.

Aus Pankiewicz' Büro vernahm sie Schritte, als ginge dort ein eingesperrtes Tier in seinem Käfig auf und ab. War das wirklich gerade alles geschehen? Hatte sie ihm ihre Liebe gestanden, und er wollte sie nicht?

»Geh nach Hause, Lilo!«

Der strenge Tonfall riss Lilo aus ihrem Gedankenkarussell heraus. Sie spürte einen starken Griff. Jadwigas Hände umklammerten ihre Schultern, schüttelten sie. »Geh jetzt, du brauchst Wadenwickel und viel heißen Tee. Leg dich ins Bett. Ich übernehme für dich. Hast du Medikamente?«

Jadwiga nahm ihr die kleinen rosafarbenen Quadrate aus der Hand und ließ sie in einem Umschlag verschwinden. Kraftlos ließ Lilo ihre Arme fallen.

»Medikamente«, wiederholte Lilo.

»Du brauchst einen klaren Kopf für diese Arbeit. In diesem Zustand wäre es lebensgefährlich, dich damit zu betrauen. Du hast Fieber, Lilo. Geh nach Hause. Hast du deinen Passierschein?«

Zerstreut warf Lilo einen Blick auf ihren Mantel und deutete darauf. »In der Tasche.«

Lilo war, als erlebe nicht sie das, was gerade geschah, sondern als sähe sie einer Frau, die aussah wie sie, zu. Jadwiga nahm einen Mantel vom Haken, hielt ihn ihr hin. Willenlos schlüpfte die Frau, die aussah wie Lilo, hinein, ließ ihn sich zuknöpfen, den Schal um den Hals wickeln. Dann sah sie dabei zu, wie Jadwiga sich selbst warm einpackte und einen Umschlag unter ihren grauen Mantel schob.

»Geh nach Hause! Leg dich sofort ins Bett. Ich entschuldige dich morgen beim Herrn Magister. Bleib ein paar Tage der Arbeit fern. Versprochen?«

»Versprochen«, entgegnete Lilo, ohne zu wissen, in was sie da gerade eingewilligt hatte. Wie in Trance verließ sie die Apotheke und stellte sich in die nächste Häusernische, den Kopf an eine kalte Wand gelegt. Mit geschlossenen Augen stand sie da, hörte ihren Atem und wartete. Lange verharrte sie an einer Stelle, bis sie aus einiger Entfernung das schrille Geräusch von Sirenen vernahm – Feueralarm. Aber die Flammen brannten in ihr, zerfraßen ihr Inneres.

Sie stand einfach nur da, ohne einen klaren Gedanken fassen zu können. *Geh nach Hause*, hatte ihr Jadwiga befohlen.

Endlich setzte sie sich in Bewegung. Die Zusammenhänge dämmerten ihr, je weiter sie sich von der Apotheke entfernte, ein Puzzlestück nach dem anderen, noch konfus und durcheinander, aber sie fing an zu begreifen: Lilo hätte Papiere aus dem Ghetto schmuggeln und diese bei einem Verbindungsmann im Postamt abgeben sollen. Sie hatte das schon einmal getan. Jadwiga, diese gute Seele, war für sie eingesprungen.

Ihr war, als brächen alte Wunden wieder auf, neue kamen hinzu, eine unendliche Kränkung war ihr widerfahren, eine, die sie körperlich spürte. Alles tat ihr weh. Jeder Schritt, jede Bewegung, jeder Atemzug, der Anblick der jüdischen Grabsteine auf den Mauern, der leere Zgody. Schritt um Schritt ging sie durch die dunklen Gassen des Ghettos, vorbei an dessen schwarzen Häusern.

Am Ausgang angekommen, zog Lilo ihren Passierschein heraus und ging weiter, nachdem ihr ein SS-Mann Durchlass gewährte. Ein Geräusch ließ sie erstarren. Sie hielt inne, drehte sich um. Jemand vom Ordnungsdienst schrie auf eine Frau ein. Eine Frau in einem grauen Mantel, der ihr viel zu groß war. Das blonde Haar, die zarte Statur – Jadwiga. In diesem Moment trafen sich ihre Blicke, und Lilo schrie auf. Umgehend hielt sie sich die Hände vor den Mund.

»Jadwiga!«, presste sie hervor.

War sie nicht gerade eben noch bei ihr gestanden, hatte ihr den Mantel angezogen, sie weggeschickt?

»Was glotzt du denn so blöd?«, fragte der Polizist von den *Blauen* in Lilos Richtung und schob die Frau in einen geöffneten Wagen. Auf dem Beifahrersitz saß einer von der SS.

Vom Rücksitz aus warf ihr Jadwiga einen einzigen Blick aus dem Fenster zu, streng, als wolle sie ihr verbieten zu sprechen. Unmerklich schüttelte sie den Kopf.

Der Polizist stieg ein. »Worauf wartest du?«, schrie er aus dem geöffneten Autofenster und warf den Motor an. »Verschwinde endlich! Oder willst du mitkommen?«

Kopflos lief Lilo los, so schnell sie nur konnte. Sie ließ das Ghettotor hinter sich, passierte Kazimierz, den jüdischen Hühnermarkt und rannte zur Weichsel, wo sie sich erschöpft am Ufer auf eine Bank fallen ließ. In der Ferne vernahm sie erneut das Heulen von Sirenen – irgendwo in der Stadt ertönte ein Feueralarm.

Die Schiffe und Boote krächzten, während sie im Wind schaukelnd an die verrosteten Poller stießen. An das gepflasterte Ufer schwappten die Wellen ihres Heimatflusses. Über Krakau ein sternenklarer Himmel. Ihre Tränen spürte sie nicht mehr. Ihr Kopf glühte, und eine tiefe Scham legte sich auf ihr gekränktes Herz, auf eine Schuld, die niemals von ihr abfallen würde.

Ganz langsam begriff sie das Ausmaß dessen, was gerade passiert war. Sie war schuld an Jadwigas Verhaftung. Keine Beichte der Welt würde sie davon freisprechen. Ohne Unterlass brachen die Tränen aus ihr heraus und brachten keinerlei Linderung. Jadwiga! Was war das Zerplatzen eines Traums gegen ein Menschenleben, das sie fortan auf dem Gewissen haben würde? Eine junge Frau, kaum so alt wie sie selbst, würde an ihrer statt sterben. *Sie* hätte den Männern ins Netz gehen sollen, nicht Jadwiga. Lilo hatte alles auf die Spitze getrieben.

Von Weitem vernahm sie aus verschiedenen Himmelsrichtungen die schrillen Hupen von Polizeiwagen.

Die Kirchenuhr schlug neun Uhr, als sie an der hell beleuchteten Krakauer Burg vorbei den Heimweg ansteuerte. Sie zitterte vor Kälte. Zu Hause legte sie sich in ihr Bett und wünschte sich, es gäbe ein Medikament für das Vergessen. Sie wollte sein wie ihr Vater, und Pankiewicz und Jadwiga für immer aus ihrem Gedächtnis streichen.

Haben Sie Neuigkeiten aus Paris?, würde sie in einer sie umhüllenden Amnesie den armen Walter Kranz fragen, ohne zu verstehen, was sie mit der französischen Metropole verband.

Sie lauschte. Hatte sie gerade ein Weihnachtslied gehört?

Nein, das war kein Lied, nur das Heulen der Sirenen. Noch zwei Tage bis Heiligabend, das Fest der Liebe. Die Liebe war eine Illusion.

GUSTA

36

Krakau, Dezember 1942

Auf dem Tisch brannten Kerzen. Gemeinsam zelebrierte Akiba in der ul. Skanwińska in einem Bunker des ehemaligen jüdischen Krankenhauses ein letztes Mal seine Verbundenheit im Gebet. Sie hatten so lange über diesen Tag gesprochen, jede Einzelheit festgelegt – jetzt war es so weit. Der Tag der Entscheidung, der Tag, an dem sie alles, was sie hatten, in die Waagschale werfen würden. In zwei Tagen würden die Christen Weihnachten feiern.

»Wir handeln, wenn sie ihre Weihnachtseinkäufe tätigen, wenn sie in Vorfreude auf die freien Tage sind«, hatte Marek erklärt.

Voll Trauer dachte Gusta an die vielen Mitkämpfer, die bereits verhaftet worden waren, ihr Leben gelassen hatten für die gemeinsame Sache. Was hatten sie noch zu verlieren? Bis ins Detail hatte Akiba einen minutiösen Plan ausgetüftelt. Bei einem Brandanschlag auf das Krakauer Arbeitsamt im Herbst war ihnen die Vernichtung Tausender von Akten gelungen, und Poldek hatte durch mehrere Einbrüche in deutsche Fabriken Waffen besorgt. Die Botin Hella Rufeisen war in Warschau an zwei Kilo Sprengstoff gekommen. Jetzt galt es, zur größten Aktion ihrer bisherigen Widerstandsgeschichte auszuholen.

Jeder der Anwesenden wusste, wie ernst die Lage war. Viele von ihnen würden heute Nacht sterben.

»Drei Zeilen in den Geschichtsbüchern«, durchdrang die klare Stimme von Abraham Leibowitz, dem Anführer der Aktion, die Stille. Jeder nannte ihn nur bei seinem Tarnnamen Dolek. »Die zukünftigen Generationen werden wissen wollen, welches überwältigende Motiv uns davon abhalten konnte, heldenhaft zu handeln. Wenn wir jetzt nichts tun, die Geschichte wird uns für immer verurteilen. Wir wollen drei Zeilen über den jüdischen Widerstand in Krakau erringen. Das ist unser Ziel! In den Büchern soll es heißen: *Die Juden haben um ihre Ehre gekämpft – bis zu ihrer letzten Stunde. Sie kämpften für drei Zeilen in den Geschichtsbüchern.*«

Die Kerzen flackerten.

»Wir werden kämpfen«, murmelte die Gruppe unisono.

Der junge dunkelhaarige Mann mit makellosen Zähnen, die er bei jedem Lachen zeigte, ballte die Faust, und sein Blick ging über die Köpfe der Mitglieder. Auffordernd sah er Gusta an.

»Wenn alles vorbei ist, treffen wir uns genau hier, in diesem Bunker. Schalom«, sagte Gusta mit fester Stimme. »Wir sind furchtlos. Was soll uns denn geschehen, außer, dass wir vor unseren Herrn treten? Denkt an unser Gebet. Wie heißt es am Ende? *Ich werde nichts Böses fürchten!*«

»*Ich werde nichts Böses fürchten*«, wiederholten die Mitstreiter.

»Die Frauen beginnen mit der Verteilung der Flugblätter«, schaltete sich Marek ein. »Was ist mit den Plakaten, Poldek?«

Poldek stand auf, rollte voller Stolz ein Plakat auf und deutete auf den großen Schriftzug *Erhebt euch!* »Unser Aufruf zum Widerstand. Das wird bald in ganz Krakau an jeder Litfaßsäule zu lesen sein.«

Dolek nickte ihm zu und warf einen Blick auf seine Uhr. »Ab heute Abend, sieben Uhr, wird in verschiedenen Stadtteilen Krakaus Feueralarm ausgelöst. Das wird für Verwirrung sorgen. Die Deutschen sind beschäftigt, und wir können in Ruhe unserer Arbeit nachgehen. Hat jede Gruppe ihre Handgranaten?«

»Alle verteilt«, antwortete Poldek unaufgefordert.

»Kommando Café Cyganeria?«, fragte Dolek mit Blick auf Marek.

»Bereit«, sagte dieser entschieden.

»Kommando *Offizierskasino Stadtmuseum*?«

»Es kann losgehen«, antwortete ein Mitstreiter aus einer der hinteren Reihen.

»Kommando *Scala Lichtspielhaus*?«

»Wir können es kaum erwarten«, klang es von der Seite am Fenster, wo sich ein junger Mann erhob und salutierte. Gusta kannte ihn. Sein Name war Jakub. Sie lächelte ihm aufmunternd zu.

»Kommando *Plakate und Hissen der polnischen Flagge*?«

»Bereit«, sagte Poldek. »Alles an ausgewählten Stellen in ganz Krakau deponiert.«

Gustas Blick ging über die Anwesenden – sie wollte sich das Bild genau einprägen, denn nie wieder würde sie so viele Menschen im Dienst einer Sache und dem Glauben an Freiheit hier in diesem Bunker sehen. Ihr Refugium, in dem sie gebetet, gelacht, einander geliebt und getröstet hatten, würde es danach nicht mehr geben. Es brauchte keinen Propheten, um vorauszusagen, dass unzählige von ihnen die Angriffe nicht überleben würden. Viele würden verhaftet werden – aber sie alle würden für die Ehre der Juden, für ihr Volk, gekämpft haben.

Wortlos umarmten die jungen Kämpfer und Kämpferinnen

einander zum Abschied. Zwei Jahre lang hatten sie alles riskiert, um den Deutschen die Stirn zu bieten. Worte wie *Viel Glück, Schalom, Habt keine Furcht* und *Erhebt euch* wurden gemurmelt. Die jungen Frauen und Männer hatten Tränen in den Augen. Liebespaare sagten einander Lebewohl.

Im Minutentakt verließen die Gruppen das Quartier und tauchten in der Dunkelheit des Ghettos unter.

Marek umarmte Gusta zum Abschied, als er mit seiner Gruppe an der Reihe war. »Wir treffen uns in unserem Versteck, gleich hier um die Ecke, in dem Verlies und gehen anschließend gemeinsam zum verabredeten Treffpunkt«, sagte er ernst.

Sie spürte seinen warmen Atem an ihrer Wange, seine feste Umarmung. War das die letzte? Würde sie ihren geliebten Mann jemals wiedersehen?

»Pass gut auf dich auf«, erwiderte Gusta.

Marek löste die Umarmung, trat vor Poldek und legte seine Hände auf dessen Schulter. »Gib du auf Gusta acht, versprich es mir.«

»Ich schwöre«, sagte Poldek.

Wenige Minuten nachdem Marek aufgebrochen war, verließen auch Gusta und Poldek mit ihren gefälschten *arischen* Kennkarten den Bunker. Dank ihrer gestohlenen Kleidung sahen sie genauso aus, wie die Deutschen sich einen *Arier* vorstellten. Durch ein Loch im Stacheldrahtzaun am östlichen Rand des Ghettos erreichten sie den für die Juden gesperrten Teil der Stadt. Gusta hakte sich bei ihrem Schützling unter. Ab sofort sprachen sie ausschließlich deutsch. An vorgesehenen Plätzen verteilte Gusta die Flugblätter, die zum Kampf gegen die Besatzer aufriefen, während Poldek die Litfaßsäulen beklebte.

Aus den Lokalen der Stadt waren Stimmen zu hören, die

Stimmen der Besatzer. Sie feierten das bevorstehende Weihnachtsfest mit Bier, Champagner und Frauen. Genau darauf hatte der jüdische Widerstand gesetzt: Die Deutschen sollten sich sicher fühlen, in Feiertagslaune sein.

Als der erste Feueralarm in der Ferne zu hören war, strömten die Menschen aus den Häusern auf die Straßen, blieben verwirrt stehen, sahen sich um.

Gusta und Poldek machten unbeirrt ihre Arbeit: Nach jedem Einsatz versteckten sie sich in Häusernischen oder Hinterhöfen, wo sie Nachschub deponiert hatten. Alles verlief nach Plan.

In der Dunkelheit legten sie auf dem Krakauer Marktplatz bei den Tuchhallen am Platz des ehemaligen Denkmals von Adam Mickiewicz, das die *szwabi* gleich nach ihrem Einfall in Polen abgerissen hatten, einen Kranz nieder. Dann machten sie sich auf den Weg zur Weichsel, zu ihrem letzten Einsatz. Auf einer Brücke sollte Poldek als Symbol der gesamten Aktionen die polnische Fahne hissen.

Ein eisiger Wind schlug ihnen ins Gesicht.

Gustas Schützling stieg auf die Brücke, jene Brücke, welche die Juden einst ins Ghetto geführt hatte. Er kletterte nach oben, als habe er in seinem Leben nichts anderes getan, als in schwindelerregender Höhe ohne Sicherheitsnetz zu balancieren. Es dauerte nicht lange, und die polnische Flagge flatterte im Wind. Ein unendlich starkes Gefühl der Freiheit erfasste Gusta. Ihre Arbeit war getan.

Aus der Ferne waren hupende Polizeiwagen und Schüsse zu hören. Die ganze Stadt war jetzt auf den Beinen.

Gusta und Poldek machten sich auf den Weg zum verabredeten Versteck. Von Häusernische zu Häusernische erreichten sie endlich das Verlies, wo Marek bereits wartete. Mit aufgerissenen Augen winkte er sie zu sich und zeigte stumm auf die gegenüberliegende ul. Skanwińska 24. Gustas Erleichterung, Marek lebend wiederzusehen, hielt nicht lange an, denn was sie im Schutz der Dunkelheit sehen konnte, erschütterte sie zutiefst. Eine uniformierte Gruppe. Die Hupen der Polizei- und Feuerwehrautos machten einen ohrenbetäubenden Lärm.

»Was ist passiert?«, flüsterte sie und verfolgte fassungslos, wie ihre engsten Mitkämpfer und Mitkämpferinnen von deutscher Polizei und SS aus dem Bunker herausgebracht und abgeführt wurden.

Schüsse fielen. Vor dem Gebäude lagen Tote.

»Es gab ein Leck«, sagte Marek tonlos. »Wir müssen, sobald die Deutschen abgezogen sind, weg von hier. All unsere Verstecke sind aufgeflogen. Ganz Krakau wimmelt von Polizei und SS.«

»Wie konnte das passieren?«, fragte Poldek.

»Denunzianten. Unsere Pläne müssen irgendwie durchgesickert sein. Zwei Spitzel haben die Deutschen zu einem unserer Munitionslager geführt. Das weiß ich von Dolek. Unsere Heimat in der Jósefińska gibt es nicht mehr.«

Gusta erstarrte. »Und das Café Cyganeria?«

»Zwei Nazis wurden getötet, viele Verletzte. Das Kommando *Skala-Freilichtspiele* ist unverrichteter Dinge wieder abgerückt. Es gab eine Programmänderung.«

»Rette sich, wer kann«, sagte Poldek nach einer langen Pause. »Hört zu: Drei Straßen von hier entfernt gibt es eine Backstube, ein todsicheres Versteck. Der Bäcker kennt mich. Wir müssen hier weg.«

»Todsicher«, erwiderte Marek und zog die Mundwinkel herab. »Führ uns dorthin.«

Stundenlang verharrten sie in der Vorratskammer der Bäckerei zwischen Mehlsäcken, Zucker und Buchweizen in der Dunkelheit. Nur durch einen kleinen Schacht fiel Licht in den

Raum. Manchmal hörten sie fahrende Autos, Schritte, Schreie, das unheimliche Geräusch von klackenden Stiefeln auf dem Asphalt, und immer noch fielen Schüsse.

»Sucht sie. Irgendwo müssen sie ja sein!«, schrie ein SS-Mann, und seine Stimme überschlug sich. »Jeden Winkel, jeden Keller!«

Wir sind verloren, dachte Gusta und drückte Mareks Hand so fest sie nur konnte. »Ist denn alles umsonst gewesen?«

Draußen sahen sie Lichtkegel von Taschenlampen, die sich hin und her bewegten. Schritte. Der Feind spähte die ganze Umgebung aus.

GUSTA

37

Irgendwann gaben die Deutschen die Suche auf, verschwanden aus dem Viertel. Nachts um zwei begann der Bäcker mit seiner Arbeit.

»Höchste Zeit, aufzubrechen«, sagte Poldek. Sie hatten entschieden, dass Poldek die Wohnung eines polnischen Unterstützers außerhalb Krakaus aufsuchen würde. Marek und Gusta würden zurück ins Ghetto gehen.

»Im Ghetto sind wir im Moment wahrscheinlich am sichersten«, sagte Marek.

»In der ul. Rekawka, direkt neben dem Infektionskrankenhaus, ist eine Zweizimmerwohnung frei«, sagte Poldek und rieb sich die Augen.

Frei – Gusta wusste, was das bedeutete. Die ehemaligen Bewohner waren deportiert, wahrscheinlich längst ermordet worden.

»Erdgeschoss. Im Wohnzimmer unter dem Teppich findet ihr einen Kellerzugang. Dort könnt ihr euch im Ernstfall verstecken, oder ihr flüchtet ins Krankenhaus.«

Unter Tränen verabschiedeten sich die drei Freunde. »Leb wohl, junger Freund, gib auf dich acht. Komm nicht nach Krakau zurück!«, sagte Gusta und strich Poldek zärtlich über die Wange.

Vor dem Morgengrauen erreichten Gusta und Marek das Ghetto und richteten sich in der Zweizimmerwohnung provisorisch ein. In dem kleinen Kellerraum versteckten sie sich, sobald sie draußen auch nur Bewegungen wahrnahmen.

Das Paar erlebte die Jahreswende ohne weitere Vorkommnisse. Das Ghetto schien wie ausgestorben. Manchmal verließ Marek ihre neue Bleibe, um Material für Fälschungen aufzutreiben. Er konnte es nicht lassen. Jedes Mal riskierte er dabei sein Leben, kehrte entweder mit leeren Händen oder mit einer Ausbeute an Lebensmitteln zurück. Mit geringsten Mitteln ließ er sein technisches Fälschungsbüro wiederaufleben und stellte wie ein Besessener Kennkarten und Lebensmittelmarken her.

»Ich gehe zu Pankiewicz«, sagte Gusta nach tagelangem Warten. Sie trat zur Garderobe und zog sich den von einem Deutschen gestohlenen Mantel über. »Ich muss wissen, was aus den anderen wurde.«

Marek arbeitete gerade an einem Flugblatt. »Mach das, vielleicht hat er sogar etwas Tinte. Eines Tages werden wir sie wieder drucken können«, sagte er und küsste Gusta zum Abschied.

Sie lief über den menschenleeren Versammlungsplatz. Die Fenster und Türen der Häuser wirkten verschlossen, verbarrikadiert, als stellten sich die Überlebenden tot. Jeder kämpfte hinter zugezogenen Vorhängen seinen Kampf für sich allein.

Als sie den Adler über dem Eingang zur Apotheke entdeckte, rührte sich in Gusta ein Gefühl der Geborgenheit. Sie betrat das Geschäft.

»Sie leben«, sagte Pankiewicz erfreut und schob sie sanft nach hinten ins Labor. Mit seinem strahlend weißen Kittel und der schwarzen Fliege sah er aus wie früher, nur sein Haar schien plötzlich ergraut. Er gab ihr ein Zeichen, verschwand und kehrte kurz darauf mit einer heißen Tasse Tee zurück. Er reichte sie ihr. »Gott sei Dank. Wie geht es Ihrem Mann?«

»Marek lebt«, sagte Gusta und berichtete Pankiewicz, was sie in den letzten Tagen erlebt hatten. Sie trank ihren Tee. Selten hatte sie so guten Schwarztee bekommen. »Poldek hat auch überlebt. Wie viele von uns sind tot?«, fragte sie mit zitternder Stimme.

»Fast alle«, erwiderte Pankiewicz traurig. »Der jüdische Widerstand ist gebrochen. Die Deutschen haben behauptet, in der Kleidung der Juden hätten sie eingenähte Zettel gefunden, worauf stand: *Ich bin Jude. Ich möchte ein jüdisches Begräbnis.*«

Gusta nickte. »Das stimmt. Wir alle haben diese Botschaft im Innenfutter eingenäht. Wir sind stolz, Juden zu sein.«

»Der polnischen Heimatarmee ist es gelungen, einen Truppentransport zwischen Kattowitz und Krakau zu vereiteln. Der Zug entgleiste aus bislang ungeklärten Umständen. Der polnische Widerstand wird weitermachen.« Pankiewicz lächelte, warf aber nervös einen prüfenden Blick durch die Anrichte ins Ladengeschäft.

»Das Schicksal unseres Volkes steht auf dieser Erde bereits fest«, klagte Gusta und wischte sich übers Gesicht. »Für jede unserer Taten lassen sie uns mit Tausenden unschuldiger Opfer bezahlen. Und die Welt verschließt ihre Augen.«

Pankiewicz nickte beschämt.

»Die Welt schaut ungerührt bei unserer Vernichtung zu, als ob keine Nation mit kulturellem Wert ums Leben kommen würde.«

»Der Tag, an dem euch allen Gerechtigkeit widerfährt, wird kommen«, sagte Pankiewicz. »Ihr seid die Opfer.«

»Täter und Opfer – die Bedeutungen geraten in diesen Zeiten leicht durcheinander«, erwiderte Gusta. »Der Tag wird kommen, nur sind wir dann alle tot. Was stand in der Zeitung über unsere Anschläge?«

Sie warf einen Blick aus dem Fenster hinaus auf den leeren Zgody.

»Dass russische Fallschirmjäger dahintersteckten«, antwortete er, nahm aus einer Schublade einen Zeitungsausschnitt und gab ihn ihr.

Zerstreut überflog sie die Zeilen, in denen von mehreren Toten und feigen Angriffen auf die Deutschen die Rede war.

Sie hatten nie mit Pankiewicz über ihre Pläne gesprochen, dennoch schien er bestens informiert zu sein und blieb dabei so diskret, dass er sein Wissen nur indirekt andeutete.

»Frau Draenger, ich flehe Sie an«, drang wie aus der Ferne Pankiewicz' Stimme zu ihr durch. »Verlassen Sie Krakau, wenn es irgendwie geht. Es ist nicht mehr die Zeit für Mut, Wehrhaftigkeit. Mehrmals täglich finden im Ghetto Razzien statt. Wer kann, der rette sein Leben! Dies ist das Gebot der Stunde. Die Deutschen werden keine Ruhe geben, ehe sie Ihren Mann und Sie nicht gefasst haben. Seit den jüngsten Ereignissen haben sie bereits zwanzig Mal meine Apotheke durchsucht, auch meine Privatwohnung. Ich hätte Sie sonst gern hier …« Abrupt brach er ab. »Retten Sie sich!«

Gusta starrte auf einen Mörser, der auf dem Labortisch stand, und ließ den Zeitungsausschnitt fallen. »Sie trauen es uns Juden nicht zu, dass wir das waren. Die Russen …« Gusta lachte verächtlich. »Die Deutschen halten uns Juden für feige.«

»Sie sind eine der mutigsten Frauen, die ich kenne«, gab Pankiewicz zurück, packte etwas Medizin in eine Papiertüte und reichte sie ihr. »Sie müssen es niemandem beweisen. Die Wahrheit hat sich wie ein Lauffeuer im Ghetto verbreitet. Ihr Kampf wird in die Geschichte eingehen, glauben Sie mir das.«

Verwirrt sah sie ihn an und schenkte ihm dann ein Lächeln.

»Ich danke Ihnen, Herr Magister. Sie waren immer gut zu uns«, sagte sie, schüttelte sich und ging zur Hintertür. »Wo ist eigentlich das Fräulein Lilo?«, fragte sie verwirrt und drehte sich ein letztes Mal um.

»Sie muss sich ausruhen. Sie hat so viel gearbeitet«, erklärte Pankiewicz nach einer kurzen Pause.

Gedankenverloren verließ Gusta die Apotheke. Unterwegs fiel ihr ein, dass sie auch Jadwiga nicht gesehen hatte.

Noch am selben Abend machte sich Marek nach der Sperrstunde auf den Weg. Er war wütend, außer sich nach allem, was Gusta ihm berichtet hatte.

Gusta begleitete ihn zur Haustür. »Wo möchtest du denn um diese Zeit noch hin?«, fragte sie besorgt und reichte ihm einen Schal, legte ihn um seinen Hals.

»Ich habe eine Verabredung. Ich bekomme neues Material. Ich kann nicht mehr weiter tatenlos herumsitzen und auf die nächste Razzia warten. Spätestens in einer halben Stunde bin ich zurück. Wenn nicht, dann …« Er wandte sich ihr zu, nahm ihren Kopf in seine Hände und streichelte ihr Gesicht.

»Eine Verabredung«, wiederholte Gusta, während sich ihre Lippen berührten. »Werden auch wir fliehen, irgendwann?«

»Wir müssen alles tun, um den Menschen hier im Ghetto zu helfen.«

Schweren Herzens sah sie durch einen Spalt der zugezogenen Vorhänge der Liebe ihres Lebens hinterher. Marek ging aufrecht, als bereue er nichts, so furchtlos, als habe er sein Leben lang nichts anderes getan, als es in den Dienst der Freiheit zu stellen. Jeder Abschied, das war ihr bewusst, konnte der letzte sein. Wenn es um die Ehre ihres Volkes ging, bedeutete das Leben an der Seite eines Widerstandskämpfers stets hintenanzustehen. Es ging dann nicht um ihre Liebe, ihre tiefe Verbindung, ihre Leidenschaft. Der Kampf um Freiheit und Gerechtigkeit fraß alle Energie auf, absorbierte sämtliche Kraftreserven. Jedoch war es ihre Liebe, die sie gemeinsam über alle Hindernisse trug, und jeder Tiefschlag ließ sie noch mehr miteinander verwachsen. Füreinander zu sterben bedeutete für Gusta und Marek keine Floskel, sondern ein Versprechen für die Ewigkeit. Sie liebte ihn in diesem Moment mehr denn je.

Schon nach zwanzig Minuten ahnte Gusta, dass etwas nicht stimmte. Sie wartete dennoch in der Dunkelheit am Fenster bis zum frühen Morgen, aber Marek kam nicht zurück. Die Morgendämmerung spiegelte ihr Gesicht in der verschmutzten Fensterscheibe, als sei es mit Asche überzogen.

Sie spürte: Etwas war geschehen.

Einst hatten sie einander versprochen, sich zu stellen, sobald einer von ihnen gefasst werden würde. Tief in ihrem Inneren wusste sie: Jetzt war es an der Zeit, ihr Versprechen einzulösen. Der Gedanke, wie alles angefangen hatte, streifte sie. Der erste Tag im Ghetto, die Menschenmengen, die über die Weichselbrücke gegangen waren.

Sie erinnerte sich genau an jenen Tag, wie gut gekleidete Krakauer auf der Brücke neben ihren Pferdewagen hergelaufen waren, eine helle Armbinde zur Abgrenzung der *Arier* über ihren Mänteln tragend. Frauen in Pelzen, mit Hutschmuck und teuren Handtaschen, als würden sie in wenigen Minuten ein Konzert oder ein Theater besuchen. Genau wie heute war Schnee gelegen, und ein alter Mann war Gusta ins Auge gestochen, einer mit schlohweißem Bart, Schläfenlocken und einer Kippa. Wie einen Fremdkörper hatte er eine Tischlampe in den Händen gehalten. Nach dem Eingang war er mitten auf der Straße stehen geblieben. Der Menschenstrom wich ihm aus, ein mit Möbeln und Koffern beladener Pferdewagen machte einen Bogen um ihn.

Nur ein kleiner Junge hatte sich nach ihm umgedreht, bis ihn dessen Mutter wegzog.

Der alte Mann hatte zu Boden gestarrt, fassungslos die Hand vor seinen Mund gehalten und geschluchzt, als wäre ihm auf einmal bewusst, was hier mit ihm geschah und was ihn erwartete.

Gusta hatte der Anblick die Tränen in die Augen getrieben. Eilig war sie, als sie bemerkte, wie ein Deutscher auf den Mann aufmerksam geworden war, zu ihm gegangen, hatte sich bei ihm eingehängt und ihn sanft in Richtung des Gehwegs gelenkt. »Haben Sie Ihre Familie aus den Augen verloren, Väterchen, wollen wir sie gemeinsam suchen?«

»Die Deutschen«, hatte er gestammelt. »Die sind doch ein Kulturvolk. Was tun sie uns nur an? Was haben wir ihnen denn getan? Wir sind umgeben von Hass, denn auch die Polen hassen uns. Ja, hört das denn niemals auf?«

Gusta hatte seine faltige Hand gestreichelt. Was sollte sie darauf erwidern? Sie, die die deutsche Sprache wie ihre Muttersprache liebte und von jeher ein Faible für die großen deutschen Erzähler hatte, fand keine Antwort.

Wie lange lag diese Begegnung zurück? Nicht einmal zwei Jahre.

Entschlossen trat sie vom Fenster weg, nahm einen in der Wohnung zurückgelassenen Männermantel mit aufgenähtem Davidstern vom Haken, zog ihn über und machte sich auf den Weg. Das Thermometer zeigte minus achtzehn Grad an.

Sie ging an leeren Häusern vorbei. Einige Kamine rauchten. Niemand beachtete Gusta. Nur manchmal bewegte sich hinter den Fenstern ein Vorhang. Das Leid, das sich dahinter abspielte, schien ihr unermesslich. Sie ging weiter, Schritt für Schritt. Es war, als bewege sie sich als freie Frau mit klappernden Zähnen und durchlöcherten Handschuhen durch das unversehrte Krakau. Die verhasste Fahne mit der *Swastika*, dem Hakenkreuz, stach ihr ins Auge, und sie spuckte auf den Boden vor dem Mast. Ihr war, als strömte das Blut Hunderttausender durch die Gassen Krakaus, eine pulsierende offene Wunde, wo einst jüdische und nichtjüdische Polen gemeinsam aufgeschrien hatten. Jetzt waren sie verstummt.

Mit hochgestrecktem Haupt passierte sie die Patrouillen, ging vorbei am jüdischen Ordnungsdienst. Wie viele Juden gab es noch in ihrer Heimatstadt? Eines Tages würden auch die Verräter unter ihnen zur Rechenschaft gezogen werden. Wenn es auf das Ende zuging, würden die Deutschen keinen Unterschied zwischen den Juden des Widerstands machen und denjenigen, die ihr eigenes Volk verraten hatten. Wer aber würde die Deutschen rächen, wer würde die Täter bestrafen?

Das große Tor zum Gefängnis Montelupich war geschlossen.

Sie klingelte. Sofort näherte sich ein Wachtposten und ließ sie herein. Gusta nahm einen tiefen Atemzug. Die Kälte brannte in ihren Lungen wie Feuer.

Hinter den vergitterten Eisenstäben der Zellen registrierte sie Gesichter, dunkle, reglose Gestalten. Manche der Gefangenen hatten ihre Finger um die Eisenstangen gelegt, tiefblaue verknöcherte Glieder, die dort verharrten, als seien sie festgefroren.

Marek, dachte sie, Marek, wo bist du? Kannst du mich in diesem Augenblick sehen?

Gusta warf den Kopf in den Nacken und blickte dem Beamten furchtlos in die Augen. Dann deutete sie mit zitternder Hand auf den Davidstern an ihrem Ärmel. »*Mam na imię Gusta Draenger* – Mein Name ist Gusta Draenger«, hörte sie sich selbst mit fester Stimme sagen. »Ich bin die Ehefrau von Shimshon Draenger. Geben Sie Ihrem Vorgesetzten Bescheid. Er erwartet mich.«

TATJANA

38

Krakau, Frühjahr 2017

Tatjana ging in ihrem Appartement auf und ab. Sie fixierte den Brief auf dem Tisch. Was hielt sie davon ab, ihn zu lesen? Dass er nahezu unberührt war – seit mehr als siebzig Jahren? Was würde sein Inhalt über die Beziehung zwischen Lilo und Pankiewicz enthüllen?

Nervös sah sie auf die Uhr. Sie hatte vor einer Viertelstunde eine Sprachnachricht für Claudia hinterlassen und wartete nun auf ihren Rückruf. Im Kühlschrank fand sie außer Milch und Mineralwasser nur noch Reste von Wurst und Käse. Für Kaffee war es zu spät, auf Tee hatte sie keine Lust. Endlich klingelte ihr Handy. Sie stürzte zum Tisch, nahm das Gespräch an.

»Was gibt es denn so Wichtiges? Ist was passiert?«, hörte sie Claudias Stimme.

»Noch nicht«, sagte Tatjana erleichtert und setzte sich.

»Schieß los! Wenn du sagst, es sei wichtig, dann ist entweder in Krakau eine Bombe hochgegangen, oder du liegst mit zwei gebrochenen Beinen im Krankenhaus. Ich meine das natürlich symbolisch. Also, was ist los?«

Tatjana lachte. »Nichts von beidem. Es geht um diesen …«, sie suchte nach den passenden Worten, aber ihre Freundin würde sie ohnehin sofort durchschauen. »Es geht um diesen Adam Nowak.«

»Der Historiker«, sagte Claudi. »Was ist mit ihm?«

»Ich, wie soll ich es dir sagen, irgendwie habe ich das Gefühl, dass ... Er hat was ... Ich ...«

»Ich glaub es nicht, du hast dich verknallt!«

»Nein«, erwiderte Tatjana empört und sagte nach einer Pause: »Vielleicht.«

»Erzähl, schöne Frau!«, sagte Claudi einschmeichelnd. »Erzähl. Ich möchte alles wissen, wirklich alles.«

Sie berichtete, was sich zwischen Adam und ihr seit ihrer Krakau-Erkundung ereignet hatte, von seinen fachkundigen Beschreibungen, ihrer moralischen Übereinstimmung in einigen Fragen, aber auch von ihren Differenzen, seinen Sticheleien, seiner Annäherung, den intensiven Gesprächen, die sie geführt hatten. Manchmal verhaspelte sie sich, so schnell sprudelte alles aus ihr heraus. »Er hat gefragt, wie lange ich bleibe.«

»Das ist eine völlig normale Frage, Tatjana«, sagte Claudi streng. »Was hast du geantwortet?«

»Ich habe gesagt, so lange wie nötig.« Tatjana griff sich an die Stirn und schüttelte den Kopf.

»Oha, wie zweideutig und auch noch gelogen, jawohl, gelogen! Du weißt sehr gut, wann du zurück sein musst. Du hast den Rückflug schon gebucht! Meine Psychofreundin leistet sich eine Freud'sche Fehlleistung.« Claudia kicherte und brach dann abrupt ab. »Er wird doch nicht verheiratet sein?«

»Ich glaube nicht.«

»Wo ist dann das Problem?«

»Problem?«, fragte Tatjana, stand auf und fing erneut an, im Raum auf und ab zu gehen. »Probleme, die Betonung liegt auf Mehrzahl. Es gibt unzählige davon. Die Entfernung zwischen uns, unterschiedliche Mentalitäten, unsere Herkunft, der Altersunterschied, er ist sieben Jahre jünger als ich. Sieben Jahre!«

»Sieben Jahre sind nichts, gar nichts. Wieso zickst du so herum?«

»Weil man alles bedenken muss. Ich muss mir doch darüber im Klaren sein … Ich kann doch nicht aus heiterem Himmel einfach so eine Affäre anfangen …«

»Er hat dir keinen Heiratsantrag gemacht, Tatjana. Dreh nicht durch. Jede Beziehung beginnt mit einer Affäre, oder willst du wie unsere Großmütter vorher verlobt sein? Was würdest du einer Patientin in deiner Situation sagen?«

Tatjana ignorierte die Frage, setzte sich, legte ihre ausgestreckten Beine auf den Sessel gegenüber und stützte den Kopf gegen die Rückenlehne des Sofas. »Die Wahrheit ist, dass ich Angst habe. Angst, mich zu verlieren, Angst, verletzt zu werden. Dieser Mann spricht etwas in mir an, das … Mein Gott! Ich führe mich auf wie mit fünfzehn.« Sie fasste sich an die Stirn, die Wangen, und hatte das Gefühl, zu glühen. »Ich habe mich seit Jahren nicht mehr so verwundbar und gleichzeitig so wohl in der Gegenwart eines Mannes gefühlt. Ich habe doch ganz andere Sorgen: Hier in Krakau geht es drunter und drüber, die vielen Informationen brechen über mich herein, dann noch die Entscheidung mit der Praxis.« Abrupt brach sie ab. »Dabei ist er gar nicht mein Typ.«

»Auf einer Skala von eins bis zehn – sag schon!«

»9,8? … 9,5«, korrigierte sie hastig.

»Du bist eindeutig verknallt. Genieße es! Schalte deinen Kopf aus!«

»Das ist ja genau das Problem, dass ich ihn schon verloren habe, irgendwo auf den Straßen Krakaus. Ich habe das Gefühl, wie auf Zuckerwatte durch die Stadt zu schweben. Adam war übrigens gerade eben hier bei meinem Appartement.«

»Und?«, fragte Claudi aufgeregt. »Hat er dich geküsst?«

Tatjana lachte laut heraus. »Er hat nur an die Tür geklopft

und einen Brief von Pankiewicz an Lilo abgelegt. Vom Fenster aus habe ich ihn gehen gesehen, nein, flüchten trifft es eher. Er war in Panik.«

»Dann hat er auch Manschetten. Ein gutes Zeichen, dass er nicht nur ein Abenteuer sucht.«

»Claudi!«, rief sie und warf die Arme in die Höhe. »Das ist ja genau das Problem. Ein Abenteuer würde mich nicht in solche Abgründe stürzen.«

»Du bist keine Frau für ein Abenteuer, und er scheint auch kein Freund davon zu sein. Alles bestens. Was ist das für ein Brief?«

»Von Pankiewicz an meine Großmutter. Er kam zurück. Hat Lilo nie erreicht.«

»Wie bitter«, sagte Claudi.

Tatjana winkte ab. »Was soll ich tun?«, fragte sie dann leise, warf einen Blick auf den verschlossenen Brief und spürte, wie sie mit den Tränen kämpfte. Der Inhalt würde ihr für heute den Rest geben. Seit sie in Krakau war, glichen ihre Gefühle einer Berg- und Talfahrt. Das Auf und Ab erschütterte ihre Seele.

»Es langsam angehen lassen. Bleib in Krakau, solange es dir gefällt und es nötig ist.«

»So lange, wie es nötig ist«, brach es aus Tatjana heraus. »Weißt du denn, wie peinlich mir das ist, dass ich das gesagt habe? Ich bezog seine Frage auf meine Recherchen. Himmel, ich habe mich verraten! Ich bin verloren.« Sie schluckte und holte tief Luft.

»In dem Moment musst du deinen Verstand ausgeschaltet haben«, sagte Claudia in ernstem Tonfall. »Und das ist gut so, Tatjana! Meine beste Freundin ist im Flirtmodus. Das gefällt mir. *Ich bleibe so lange wie nötig.* Ich bin froh, dass du das gesagt hast und höre die Propeller des Fliegers von *Casablanca*, sehe das Flugzeug bei strömenden Regen. *Wie lange wartest du schon auf mich? – Ein ganzes Leben*«, zitierte Claudia theatralisch aus dem berühmten gleichnamigen Liebesfilm. »Ach, Tatjana. Gib dir einen Ruck. Das ist Leben, was dir gerade passiert. Erinnerst du dich noch?«

»Die Entfernung zwischen Krakau und Fellbach beträgt 1022,2 Kilometer«, erwiderte Tatjana ernst.

»Was heißt das schon? Stell das Denken ein, Tatjana. Lass es. Du tust dir unnötig weh.«

»Genau so wird es kommen. Ich werde leiden.«

»Sollte man deswegen niemanden in sein Herz lassen?«

»Es passt jetzt nicht. Es ist der falsche Zeitpunkt.«

»Wann würde es denn der Prinzessin passen?«

»Ach, Claudi, du mit deiner *Casablanca*-Romantik. Die Geschichte geht schlecht aus. Die beiden kriegen sich nicht.«

»Dafür haben sie sich geliebt. Das ist es, was zählt.«

»Genau wie bei Lilo und Tadeusz. Die haben sich auch nicht gekriegt.«

»Es war dieser Brief, der dich im Kopf Karussell fahren lässt, nicht wahr?«, fragte Claudi in ernstem, ruhigem Tonfall. »Adam legt ihn vor deine Tür und lässt dich damit allein. Er ist diskret. Ihr kommuniziert zwischen den Zeilen.«

Tatjana strich sich durch ihr Haar. »Ja.«

»Weißt du, was du jetzt machst, Tatjana?«

»Nein.«

»Aber ich weiß es. Du beruhigst dich, schenkst dir ein Glas Wein ein, öffnest diesen Brief an Lilo und liest. Wann hat ihn Pankiewicz geschrieben?«

»Nach dem Krieg.«

»Und der Brief hat deine Großmutter wirklich nie erreicht?«

»Nie.«

»Gut. Dann fragst du dich, nachdem du ihn gelesen hast,

wer von euch beschissener dran ist: Du mit einem, sagen wir, Liebesangebot oder Lilo mit einer tragisch verpassten Chance auf die große Liebe ihres Lebens. Das sage ich dir jetzt schon, ohne den Inhalt zu kennen.«

Das saß. Unmittelbar spürte Tatjana, wie ihre Probleme zurücktraten, wie klein sie wurden gegen Lilos verpasste Liebe, die über siebzig Jahre auf dem Buckel hatte. Gleichzeitig streifte sie ein Gedanke: Es war fast unheimlich, wie sich ungelöste Konflikte zwei Generationen später zu wiederholen schienen.

»Danke«, sagte Tatjana und warf einen Blick aus dem Fenster. »Du bist die Beste. Ich gehe jetzt aus.«

»Du gehst aus? Weißt du etwa, in welcher Kneipe sich Adam aufhalten könnte?«

»Hör auf, Claudi!«, protestierte sie. »Ich habe keinen Wein hier.«

»Betrink dich nicht, betrunkene Prinzessinnen verlieren sofort ihren Zauber.«

»Alkohol war noch nie mein Thema.«

»Nein, dein Thema heißt Bindungsangst, Frau Psycho, und es wird Zeit, dass du sie angehst. Höchste Zeit. Lies diesen Brief und sei milde in deiner Analyse.«

LILO

39

Krakau, Januar 1943

Seit Tagen hatte sich Lilo in ihrem Zimmer zurückgezogen, hatte Weihnachten und die Jahreswende im Bett verbracht. Zofia gegenüber hatte sie eine schwere Magen-Darm-Infektion vorgegeben und nahm nur Wasser oder Tee zu sich. Zofia sah sie, jedes Mal, wenn sie ihr Mädchenzimmer betrat, wissend an, als glaube sie ihr kein Wort. Aber da war auch eine Spur Erleichterung in den Augen ihres Kindermädchens zu lesen, als vermutete sie, welche Krankheit in Lilos Gemüt wütete.

»Liebeskummer vergeht, Lilénka. Er vergeht, wenn die Zeit über die Wunden wächst.«

Lilo ließ Zofia in dem Glauben, ihr Schmerz beziehe sich auf das Ende einer Romanze. In Wahrheit hatte die Scham, bei Jadwigas Verhaftung zugesehen zu haben, alle anderen Gefühle in ihr überlagert.

»Herr Dr. Kranz lässt dir seine herzlichsten Genesungswünsche ausrichten«, sagte Zofia am Dreikönigstag beim Betreten von Lilos Zimmer, zog die Vorhänge vor den Fenstern auf und ließ frische Luft hereinströmen. Sie schüttelte das Kissen auf und reichte ihr ein frisches Nachthemd. Sofort wurde es im Zimmer eiskalt. Lilo kroch unter die Decke.

»Er rief gerade an. Bald wird er dich besuchen kommen,

Lilo. Ich werde Käsekuchen backen. Das wird auch deinen Vater aufmuntern. Komm, Lilénka, freu dich doch wenigstens ein bisschen. Es ist dir nichts geschehen.«

Lilo presste die Lippen zusammen und zwang sich ein Lächeln ab.

»Er kann nichts dafür, der Herr Dr. Kranz«, sagte Zofia weich. »Lass es nicht an ihm aus. Es gibt einen höheren Plan, Lilo. Gott hat andere Pläne mit dir, verstehst du?«

Lilo nickte. Ja, Walter Kranz war an alledem, was sie verursacht hatte, völlig unschuldig.

Erst gestern hatte ihr Zofia widerwillig mit einem Brummen einen Brief von Pankiewicz überreicht. »Ich gehe jetzt auf den Markt, damit das Leben weitergeht. Sie müssen essen, Fräulein Lilo«, hatte sie gemurmelt und war anschließend davongerauscht.

Der Inhalt des Briefs hatte Lilo, obgleich sie seit Jadwigas Festnahme wusste, was die Deutschen mit ihr tun würden, zutiefst erschüttert. Pankiewicz verlieh seinem tiefsten Bedauern zum Tod seiner treuen Mitarbeiterin Ausdruck, förmlich und voller Mitgefühl für das Schicksal Jadwigas. Sicherlich hatte ihn irgendeiner vom OD über Jadwigas konspirative Tätigkeiten informiert, Pankiewicz sich ahnungslos gezeigt.

Es handelte sich um eine Aneinanderreihung besonders unglücklicher Umstände. Ich konnte nichts tun. Jadwiga lief der SS in die Arme. Ganz Krakau war in jener Nacht auf den Beinen. Es gab mehrere Anschläge in der Stadt. Was sie an Papieren bei sich hatte, ist ungewiss. Das Ghetto ist in Aufruhr. G und M verschwunden.

Mit G und M waren Gusta und Marek Draenger gemeint.

Ich weiß, dass Sie und Jadwiga einander nahestanden, und ich ahne, wie sehr Sie dieser Verlust schmerzen wird. Nehmen Sie sich Zeit, ehe Sie wieder hierherkommen. Ruhen Sie sich aus, Fräulein Magister. Wenn ich eines gelernt habe, dann, dass es vorbeigeht. Ich fühle mit Ihnen.

»Nein, du fühlst nicht mit mir«, stieß Lilo hervor. Ihr Schmerz mischte sich mit Wut. Weinend zerriss sie seinen Brief in kleine Fetzen. Niemand konnte nachempfinden, wie sehr sie die Geschehnisse quälten, welche Schuld sie auf sich geladen hatte.

Vor dem Abendessen hörte sie Zofias vertraute Schritte. Ihr Kindermädchen eilte die Treppen hinauf und riss die Tür zu ihrem Zimmer auf.

»Es ist etwas passiert«, sagte sie außer Atem und warf die Arme in die Höhe. »Ich habe es gerade auf dem Markt gehört. Jetzt hilft uns nur noch der Himmel.«

»Was denn noch?«, fragte Lilo teilnahmslos.

Was sollte schlimmer sein als das, was ihr widerfahren war?

»Es gab ein Attentat auf die Deutschen mitten in Krakau«, brach es aus Zofia heraus. »Mehrere Tote.«

»Ach ja?«, entgegnete Lilo.

»Es waren die Russen, sagen sie. Sie haben einen Anschlag auf das Café Cyganeria und auf das Offizierskasino im Stadtmuseum gemacht. Es ist so schrecklich, so furchtbar, Lilo. Sie stürzen uns alle ins Unglück. Es soll zwei Tage vor dem Heiligen Abend passiert sein.«

Alarmiert setzte sich Lilo auf. Zwei Tage vor Weihnachten – an jenem Abend hatte Jadwiga für Lilo die Vertretung übernommen. Dunkel erinnerte sich Lilo an die Sirenen, die sie gehört hatte. *Ganz Krakau war in jener Nacht auf den Beinen.* Pankiewicz' Worte.

»Die Russen? Zwei Tage vor Weihnachten, bist du sicher?«
Lilo starrte auf die Papierfetzen vor ihrem Bett.

»Die Russen kennen keine Gnade. Sie sind Barbaren«, zischte Zofia, trat an Lilos Bett, sammelte die Papierschnipsel auf und stopfte sie in ihre Schürzentasche. »Steh endlich auf, Lilo. Dir ist nichts geschehen, verstehst du? Nichts. Wir erwarten dich in einer halben Stunde zum Abendessen. *Dawai – los geht's!*«

Hinter Zofia fiel die Tür ins Schloss.

»*Dawai* – die Russen kommen«, murmelte Lilo vor sich hin, schlug die Decke zurück, stand auf und öffnete ihren Kleiderschrank.

Draußen setzte die Abenddämmerung ein. Die untergehende Wintersonne tauchte die Stadt in kühles Blau, eisig, mit harten Konturen, und die Dächer der Gebäude wirkten wie auf einem Scherenschnitt. Die Anschläge mochten die Kontrollen verstärkt haben, aber sie allein trug die Verantwortung für Jadwigas Tod. Ohne Lilo und ihre absurde Vorstellung von der Verbindung mit einem Mann, der sich niemals binden würde, der sie gar nicht haben wollte, wäre Jadwiga noch am Leben. Niemals würde Lilo sich das verzeihen. Sie wünschte sich weg von hier, weg aus dem kalten Krakau, weg aus ihrem Elternhaus, aus der beschädigten Heimat, die endgültig in ihr zertrümmert worden war.

Aber wohin? Und warum? Es gab keinen Grund zu bleiben und keinen zu gehen.

»Ich arbeite ab sofort nicht mehr in der Apotheke unter dem Adler«, erklärte Lilo beim Abendessen, zu dem sie im Nachthemd und einem alten Pullover von Helene erschien. Nicht einmal die Haare hatte sie sich gekämmt. Sie schöpfte mehrere Kellen Soße über Knödel und Braten, bis ihr Teller fast überlief. Plötzlich überkam sie ein unbändiger Hunger.

Zofia nickte mit einer Mischung aus Zufriedenheit und

Missgunst, nahm ihr die Kelle aus der Hand und legte den Deckel auf die Schüssel.

»Hat man dir in Paris denn die Tischmanieren abgewöhnt?«, schimpfte Rigobert und deutete mit Abscheu auf Lilos Teller. »Lass das bloß nicht deine Mutter sehen.«

Wie besessen zerschnitt Lilo mit hektischen Bewegungen das Fleisch und die Knödel auf ihrem Teller in kleine Stücke. Soßenspritzer verteilten sich auf der weißen Tischdecke. Gabel um Gabel stopfte sie in ihren Mund und schluckte die Nahrung, ohne zu kauen, hinunter. Sie erhob ihr Weinglas, zeigte es in die verblüffte Tischrunde, kippte es in einem Zug hinterher und schenkte sich nach.

»Trinken wir nach Art unserer Väter auf die Überlebenden«, sagte sie, und ihre Stimme überschlug sich, während sie mit einem schaurig fremd klingenden Ton aufschluchzte. »Auf die Überlebenden von Krakau.«

Sie wollte brüllen, weinen, um sich schlagen, sich den Schmerz ausreißen – nur heraus aus ihrer Haut. Sie starrte auf das randvoll gefüllte Weinglas, führte ihre Fingerspitzen an den Stiel und warf es achtlos um. Zofia sprang auf, schnappte ihre Serviette, mit der sie immer und immer wieder auf das Rinnsal tupfte, aber die dunkelrote Flüssigkeit versickerte in eigenwilligen Linien wie in einem Flussbett in der bestickten Tischdecke.

»*Dość tego!*«, sagte Zofia. *Schluss damit!*

Rigobert starrte auf den Fleck.

Lilo ballte die Hände zur Faust und öffnete den Mund, aber ihr Schrei erstickte in ihrem Hals. Sie hatte keine Tränen mehr.

TATJANA

40

Krakau, Frühjahr 2017

Tatjana ging ins Bad, wusch ihr Gesicht, legte etwas Make-up und Lippenstift auf und zog, sich im Spiegel betrachtend, die Mundwinkel nach oben.

Sie warf ihre Jacke über, steckte Geldbeutel und Briefumschlag ein und verließ ihr Appartement. Nicht weit entfernt gab es eine kleine Kneipe, an der sie immer wieder vorbeigekommen war. Genau der Ort, an dem sie jetzt sein wollte. Dort gab es sicher Rotwein. Sie war nicht allein und doch ungestört.

Das Lokal war gut besucht. Die Gäste unterhielten sich angeregt, manche aßen eine Kleinigkeit, andere tranken Bier oder Wein. An einem kleinen Tisch in einer Fensternische entdeckte sie einen freien Platz, setzte sich und bestellte einen *Corcova magna*, einen trockenen Rotwein aus Rumänien.

Sie schaltete ihr Handy aus und wartete, bis der Wein serviert wurde. Nachdem sie einen kräftigen Schluck genommen hatte, öffnete sie den Brief. Der Alkohol und die würzigen Aromen des Weins benebelten sofort ihre Sinne. Durch die Fensterscheiben sah sie, dass es angefangen hatte zu regnen. Der Asphalt glänzte, und das Licht der Straßenbeleuchtung brach sich auf den Straßen.

Krakau, im April 1946

Liebes Fräulein Lilo!

Jetzt sind Sie schon über ein Jahr in Deutschland, und ich hoffe, Sie sind gesund und wohlauf. Ich wünsche von Herzen, Mutter und Kind geht es gut und Ihr Verlobter hat sich eingefunden. Sicherlich haben Sie Arbeit gefunden. Schließlich sind Sie eine der besten Pharmazeutinnen, die ich kenne. Sie werden in Deutschland weitermachen, das weiß ich. Krakau verändert sich, und doch steht es still. Die Menschen malochen, wie die Juden sagen würden, die Bauern verkaufen ihre wenigen Lebensmittel auf dem Markt. Die Angst ist gewichen, der Hunger geblieben. Sind wir wirklich frei? Die Welt muss sich neu ordnen. Die neue polnische Regierung räumt immer noch mit den Verbrechern auf, die Polen haben ihre Peiniger ihre Rache spüren lassen – auch ich musste nachweisen, was ich während der Besatzung getan habe. Alles wird vergolten, mit Hass, mit Schlägen, Hinrichtungen. Dass wir in der Apotheke Juden geholfen haben, interessiert niemanden.

Wie gut, dass Sie gegangen sind, wie gut, dass Ihre Eltern in polnischer Erde begraben liegen. Ihr Vater war mir ja lange Zeit wohlgesonnen, und noch heute bin ich dankbar, dass er mich nie denunziert hat. Er hätte es ohne Weiteres gekonnt. Die Macht dazu besaß er.

Die Apotheke habe ich wiedereröffnet und arbeite weiter wie zuvor. Außer Jadwiga sind wir hier in der alten Besetzung tätig. Ach, die arme Jadwiga! Wie sehr sie uns allen fehlt. Ihnen und uns ging eine wundervolle Freundin damals verloren. Ihr Tod geht mir immer noch nach. Sie war so jung!

Niemand sucht mehr Zuflucht in der Apotheke, ein tröstendes Wort. Es war eine solch schreckliche Zeit für die Juden, für die Polen – unsere schöne Stadt hat so viele Menschen verloren. Einige Juden, die überlebt haben, sind zurückgekommen. Es sind die wenigsten. Die meisten Überlebenden sind nach Palästina.

Ob sie sich jemals von den Qualen und Demütigungen erholen, vermag niemand zu sagen. In Polen gibt es seit Anfang des Jahres neue Ausschreitungen gegen die Juden, eine zweite Welle von Pogromen hat begonnen, es ist schrecklich. Auch die neue Regierung wirft die Juden aus dem Land.

Aber es gibt noch Gutes zu berichten: Es hat sich bewahrheitet, dass Oskar Schindler in seiner Fabrik vielen Juden das Leben retten konnte. Das verdient großen Respekt, aber in den Nachkriegswirren gehen die guten Taten unter, sie sind nicht populär. Die Polen habe andere Sorgen. Der Mensch vergisst so schnell. Jetzt heißt es, hungrige Mäuler stopfen, von vorn anfangen, sich an die neuen politischen Gegebenheiten anpassen, die für uns Polen allemal besser sind als der Terror, der von den Deutschen ausging.

Ich lese wieder deutsche Klassiker – heimlich liebe ich ja immer noch die deutsche Kultur, die deutsche Sprache und möchte sie mir unbedingt erhalten.

Genug von mir. Wichtiger ist mir, von Ihnen zu hören. Sie ahnen nicht, wie sehr ich mich über eine Antwort von Ihnen freuen würde. Sind Sie gesund? Geht es Ihnen gut? Wie sehr ich mir beides für Sie und mich wünsche, denn Sie sind mir auf ganz besondere Weise nah am Herzen gelegen, auch wenn ich das nicht immer zeigen konnte. Auch wir beide sind doch irgendwie zusammengewachsen. Wir sprachen einmal über die Übereinstimmung von Handeln und Haltung. Sie haben durchaus Haltung gezeigt. Der Weg, den Sie gegangen sind, erforderte viel Mut, und ich möchte Ihnen sagen – wie sage ich es am besten, in welcher Sprache? Vielleicht in der meines Herzens: Verzeihen Sie mir! Ich war ein Gefangener meiner selbst.

In tiefer Verbundenheit
Ihr Tadeusz P.

Tatjana ließ den Brief langsam auf die Tischplatte sinken. Pankiewicz hatte ihn in deutscher Sprache verfasst – ein Glücksfall für sie. Im Hintergrund nahm sie verzerrt die Geräuschkulisse von Lachen und sich überschneidenden Stimmen wahr. Ein Paar betrat das Lokal, und der Mann schüttelte bei geöffneter Tür draußen seinen Regenschirm aus.

Was, um Himmels willen, war damals zwischen Lilo und Pankiewicz geschehen, was durch unglückliche Umstände nicht? Wofür musste er um Verzeihung bitten? Warum war dieser Brief nicht bei ihrer Großmutter angekommen? Ein Missverständnis, ein Fehler der Post oder hatte die Stuttgarter Familie Wagner den Brief nicht angenommen? Nachdenklich nahm Tatjana einen Schluck von ihrem Wein. Was sie gerade gelesen hatte, war eine Art Liebesgeständnis, eines, das Lilo nie erreicht hatte. Warum hatte ihn Pankiewicz bei seinem Besuch in Fellbach Lilo nicht gegeben?

Ich war ein Gefangener meiner selbst.

Tatjana rief sich das, was sie von Lilo wusste, in Erinnerung: In höchster Not, hochschwanger, hatte Rigoberts Stuttgarter Schwägerin Lilo wenige Tage nach ihrer Ankunft in Stuttgart auf die Straße gesetzt. Die Adresse, an die Pankiewicz' Brief gegangen war, hatte es für Lilo folglich nie gegeben. Umgehend hatte ihre Großmutter, die Kämpferin, eine Stelle gesucht und kurz darauf ein neues Leben in Fellbach begonnen, eines, von dem sie ihr Krakauer Leben mit aller Kraft abgetrennt hatte. Ein Riss zog sich fortan durch ihre Biografie.

Dass Rigobert sich Pankiewicz gegenüber solidarisch gezeigt hatte, warf eine andere, eine mildere Sichtweise auf das Verhalten der Wagners während des Kriegs auf. Vielleicht war ihr Urgroßvater gar nicht so angepasst gewesen, wie sie immer vermutet hatte? Vermochte ein einziger Satz in einem Brief Tatjana mit ihrer Wissenslücke zu versöhnen? Eines, dessen war sie sich sicher, stellte der Inhalt des Briefs und die Art und Weise, wie Pankiewicz mit ihr kommunizierte, klar: Lilo hatte sich in Krakau während der deutschen Besatzung nicht schuldig gemacht.

Auch Édiths Verdacht, Pankiewicz könnte Tatjanas Großvater sein, war ein für alle Mal vom Tisch. Pankiewicz hatte ja Bezug auf Walter Kranz und Dora genommen. Vor Erleichterung atmete sie auf, nahm ihr Handy heraus und fotografierte den Brief für Édith, leitete ihn ihr in einer Textnachricht weiter.

Liebe Édith, schau dir mal diesen berührenden Brief von Pankiewicz an, der meine Großmutter leider nie erreicht hat. Ich bin froh, dass er zumindest bezüglich der Vaterschaft Doras Klarheit schafft und mein Großvater der ist, den mir Lilo ein Leben lang nahegebracht hat.
Deine Tatjana

Der Regen prasselte gegen die Fensterscheibe. Von jeher liebte sie Regen, vor allem, wenn sie wie jetzt drinnen im Warmen saß.

»Wir haben für übermorgen Auschwitz gebucht«, hörte sie wie aus der Ferne einige Tische weiter eine Frau in klarem Deutsch sagen. Touristen. Zwei Pärchen – etwa in ihrem Alter. »Fünfzig Euro pro Kopf mit Mittagessen und klimatisiertem Tourbus, wirklich günstig. Na ja, wenn wir schon mal hier sind, wollen wir uns das nicht entgehen lassen.«

Schockiert starrte Tatjana hinüber zu dem Tisch.

»Können wir uns da noch dranhängen?«, fragte die andere Frau, während sie den Zuckerrand ihres Cocktailglases ableckte.

Beherrscht steckte Tatjana den Brief zurück in den Umschlag, stand auf, ging zum Tresen und bezahlte. Sie bebte innerlich angesichts dessen, was sie gehört hatte und vor allem auf welche Weise es gesagt worden war.

Sie spürte den Regen nicht, als sie durch die Planty irrte. Unter einem Pavillon machte sie halt und atmete tief durch. Nach einer Weile holte sie den Brief heraus, las ihn ein zweites Mal. Hatte Pankiewicz den Rückläufer so interpretiert, dass Lilo nichts mehr mit ihm zu tun haben wollte? Ganz bestimmt, dabei hätte ein einziger weiterer Versuch nach Lilos neuer Adresse zu forschen, alles verändern können. Zwei Lebenswege hätten sich womöglich über tausend Kilometer Entfernung gekreuzt. Oder war ihm Lilos Tochter ein Hindernis gewesen? Hatte er nicht über seinen Schatten springen können? Aber zwischen ihm und Lilo war auch der eiserne Vorhang gewesen, eine völlig andere politische Lage als heute. Hätten die beiden dennoch zueinandergefunden, wäre dieser Brief in Lilos Hände gelangt? Und doch hatte Pankiewicz Jahrzehnte später den Mut gefunden, zu Lilo zu fahren. Alles drehte sich in ihrem Kopf. Sie fühlte sich Lilo näher als je zuvor, denn, das wurde Tatjana immer klarer, ein Teil ihres harten Wesens, ihrer Verbitterung, wurzelte in all dem Unausgesprochenen zwischen ihr und Tadeusz.

War Lilo deshalb so aufgeblüht, als er 1993 nach Fellbach gekommen war? Damals waren die beiden Tatjana so vertraut miteinander vorgekommen wie alte beste Freunde, und doch schien da ein unüberbrückbares Hindernis zwischen ihnen gestanden zu haben, eines, das sie über Jahrzehnte bis in Lilos Fellbacher Wohnzimmer hineingetragen hatten. Lag der Grund für diese Last jetzt hier vor Tatjana zwischen Pankiewicz' geschriebenen Zeilen?

Wie viel hast du aushalten müssen, Lilo. Was hat dir das Leben vorenthalten, was hat man dir genommen! Kein Mensch hält so viel Verlust und Niederlagen aus. Wie hast du das gemacht?

In Gedanken legte Tatjana schützend den Arm um ihre Großmutter.

Am nächsten Tag fuhr Tatjana auf eigene Faust mit einem Linienbus zur Gedenkstätte Auschwitz-Birkenau, ohne Führung, ohne Organisation, nur sie für sich allein. Fünfzig Fahrtminuten von Krakau entfernt, fand sie sich in einer anderen Welt wieder. Sie hatte sich an keine Gruppe *drangehängt*, war aber in einem Pulk von Besuchern nahezu durch das Lager geschwemmt worden. Betroffenheit, Scham und Schmerz über das, was hier geschehen war, nahmen sie völlig ein.

Inmitten einer atemberaubend schönen Landschaft, umgeben von Birken, hatten die Nazis das größte Vernichtungslager Europas errichtet.

Tatjana hielt die Reizüberflutung der einander sich überschneidenden Stimmen, die von dem Gewusel von Menschen ausging, fast nicht aus. Menschentrauben strömten in langen Reihen in die Ausstellungsräume und spülten Tatjana fast wider Willen in einen Backsteinbau vor eine riesige Glasvitrine mit Bergen von menschlichem Haar und herausgerissenem Zahngold. Es dauerte eine Weile, bis das Bild ihren Kopf erreichte. Koffer, Brillen, Schuhe wurden zu stillen Zeugen und stummen Anklagen von Gewalt und Brutalität, des Identitätsraubs an Millionen von Opfern, des hemmungslosen Mordens, des Genozids. Erst am Ende des Lagers hinter den Verbrennungsöfen, wo die aus den Wolken herausblitzenden Sonnenstrahlen die Gedenktafeln beschienen, fand Tatjana einen stillen Ort für ihr Entsetzen, für ihre Betroffenheit.

Angesichts dieses Grauens gab es nur Sprachlosigkeit, respektvolles Schweigen und, wie der Text auf der berühmten

Gedenktafel besagte, einen Aufschrei der Verzweiflung und Mahnung an die Menschheit. Nie wieder durfte so etwas geschehen.

Nicht weit von hier entfernt saß eine Gruppe Jugendlicher im Gras und rauchte. Keiner von ihnen sagte etwas. Ein Mädchen weinte.

Liebe Tatjana, schrieb Édith in einer Textnachricht, die sie auf dem Rückweg im Bus erreichte.

Traurige Nachrichten: Was wir längst geahnt haben, ist jetzt Gewissheit. Antwort auf meine Anfrage nach Helene ALTMANN von der Einwohnermeldebehörde Paris. Todesdatum: Helene Altmann, geb. Wagner: 18. Juli 1942, Paris. Todesursache unbekannt. Es stimmt, was deine Familie die ganze Zeit behauptet hat. Die zeitliche Nähe zur Grande rafle du Vel d'hiver lässt mir jedoch keine Ruhe. Eine Infektion? Können wir da sicher sein?
Es gibt nur eine einzige Person, die unsere Frage nach den Umständen ihres Todes beantworten könnte – Adi. Ich muss mit ihr sprechen. Liebe Grüße, Édith.

Tatjana schloss die Augen, öffnete sie wieder. Sie wusste nicht, ob sie beruhigt oder untröstlich darüber sein sollte, dass die familiäre Überlieferung stimmte: Helene war während der Zeit des Krieges gestorben.

Der Bus fuhr durch die atemberaubend schöne Woiwodschaft Kleinpolen, eine Landschaft, die sich anfühlte, als gehöre ein Teil von ihr hierher. Wälder, so weit das Auge reichte, kleine Dörfer rechts und links der Straße und über ihr ein azurblauer Himmel, blauer als blau.

LILO

41

Krakau, Frühjahr 1943

Monate waren vergangen, der Frühling hatte in Krakau Einzug gehalten. Kurz nach den Attentaten hatten die Deutschen das Ghetto aufgelöst. Es gab keinen Tag, an dem Lilo nicht an die arme Jadwiga dachte. Stundenweise arbeitete Lilo inzwischen im Labor einer *arischen* Apotheke, gleich um die Ecke der Villa.

Vor einem Tag war Walter Kranz angereist, um mit ihr, so wie er es versprochen hatte, die Praxis des Vaters in Ordnung zu bringen. Sie hatten den ganzen Freitagvormittag mit dem Prüfen von Papieren und Patientenakten verbracht. Besonders Zofia war hocherfreut über den Besuch. Lilo genoss seine Anwesenheit, dessen positive Auswirkungen auf Rigoberts Gemütslage. Ihr Vater blühte förmlich auf, auch wenn er sich nicht mehr an Walters Namen erinnerte und ihn für seinen alten verstorbenen Freund, den Vater von Walter, hielt.

Lilo kam es vor, als hätte Walter ohne Worte erfasst, was sich in ihr seit der letzten Begegnung bewegt hatte. Zwischen ihnen beiden war leise eine Tür aufgegangen, und sie spürte ihre Bereitschaft, seinen Avancen nachzugeben.

»Eines Tages wirst du hier die Praxis übernehmen, wenn der Krieg vorbei ist«, sagte Lilo und verstaute eine Kiste im Schrank. »Dann besteht das Lebenswerk meines Vaters und Großvaters fort. Ich bin sehr froh darüber.«

»Ja, wenn der Krieg vorbei ist«, erwiderte Walter seufzend und warf ihr einen liebevollen Blick zu.

»Sie haben das Krakauer Ghetto aufgelöst«, sagte Lilo unvermittelt und schloss den Schrank ab. »Wusstest du das?«

Walter nickte mit ernster Miene. »Es heißt, auch die letzten Juden wurden nach Auschwitz deportiert. Die Deutschen werden diesen Krieg verlieren.«

Erschrocken hielt Lilo ihren Zeigefinger gegen ihre Lippen. »Sag das nicht so laut«, mahnte sie. »Was wird dann nur mit uns geschehen?«

»Du meinst mit uns Volksdeutschen?«

Lilo nickte.

»Als Arzt, der einen Eid geleistet hat und sich im Lazarett stets daran gehalten hat, werde ich hoffentlich weiter praktizieren dürfen, am besten hier.« Er machte eine ausufernde Armbewegung. »Und du musst dir keine Sorgen machen. Dein ehemaliger Arbeitsplatz liegt mitten im einst jüdischen Ghetto. Da wird man dir wohl kaum Kollaboration mit den Nazis vorwerfen können.«

»Zofia hat also geplaudert«, sagte Lilo.

»Ja, Zofia hat mir erzählt, dass du nicht mehr in der Apotheke unter dem Adler arbeitest«, erwiderte Walter wie beiläufig.

»Ich bin jetzt in einer *arischen* Apotheke, so wie es sich Mutter immer gewünscht hat und spreche den ganzen Tag deutsch. Für Vater ist es besser so, man muss ihn immer mehr beaufsichtigen, und auf diese Weise habe ich mehr Zeit für ihn. Bei Pankiewicz habe ich gekündigt, bevor das Ghetto aufgelöst worden ist.«

Walter Kranz nickte.

»Weißt du, mein Vater hat sich immer dich als Nachfolger gewünscht, auch wenn er jetzt in einer anderen Welt lebt.«

Stockend berichtete sie von dem, was in den letzten Monaten und Wochen los gewesen war, wie sehr ihr Vater immer weniger

Realität und Traum unterscheiden konnte, seine Rückfälle in vergangene Zeiten, seine Tablettensucht.

»Schleichst du die Tabletten langsam aus?«, fragte Walter.

»Ja, aber hinzu kommt der viele Alkohol. Er trinkt so gerne Hochprozentiges. Seit Mutters Tod.«

»Du ahnst nicht, wie viele Soldaten, die bei mir landen, von Pervitin abhängig sind. Anfangs wirkt es ja auch Wunder, tagelang können die Soldaten damit durchhalten. Sie spüren keinen Hunger, keine Qualen, nichts – bis sich die Wirkung an einem bestimmten Punkt ins Gegenteil verkehrt. Viele leiden unter Verfolgungswahn.«

Für einen Moment überlegte Lilo, ob dieses Symptom auch auf ihren Vater zutraf, seine verschiedenen Rollenzuweisungen, die Lilo ganz besonders trafen.

»Lass uns für heute mit der Arbeit Schluss machen«, sagte sie und warf einen Blick auf die Uhr. »In einer halben Stunde gibt es Abendessen.«

Zur Feier des Tages hatte Zofia das gute Geschirr aus der Vitrine geholt, den Tisch opulent eingedeckt. In heller Bluse und einem weiten Glockenrock betrat Lilo das Esszimmer. Sie hatte sogar Lippenstift aufgelegt.

Was Helene wohl zu ihrem Aufzug sagen würde? Ach, Schwesterherz, dachte sie, wie es dir wohl ergangen ist. Wenn der Krieg wirklich bald vorbei sein sollte, dann sehen wir uns endlich wieder.

Es gab *Golabki*, die sogenannten Täubchen – eines von Lilos Leibgerichten, mit Fleisch gefüllte Kohlrouladen. Alle aßen mit großem Appetit, und Zofia strahlte. Sogar Rigobert griff mehrfach zu und beteiligte sich an der Konversation. Nur ein einziges Mal stutzte er, während er an einem großen Stück Roulade kaute, betrachtete stirnrunzelnd das Geschirr und schüttelte sich dann.

»Was gibt es Neues aus Paris?«, fragte er schließlich seinen Gast. »Hast du schon etwas gehört?« Er zwinkerte Walter zu, als gäbe es eine heimliche Vereinbarung zwischen ihnen beiden.

Walter tupfte sich mit der Serviette den Mund ab. »Alles beim Alten, lieber Rigobert. Ich warte noch auf Antwort.«

Rigobert – Walter sprach seinen väterlichen Freund jetzt häufiger beim Vornamen an.

Lilo stutzte. Was meinte Walter mit *Ich warte noch auf Antwort?*

»Auf Antwort ...«, wiederholte der Vater und sah sich um.

Seine Unruhe sagte Lilo, dass sein Pariser Gedankenkarussell sich immer noch drehte. Nervös strich er mit den Fingern über die Tischdecke, presste die Lippen zusammen und nahm einen kräftigen Schluck Wein. Dann stand er auf, ging hinein ins Haus, eilte in den Flur und nahm seinen Hut von der Garderobe.

Lilo folgte ihm umgehend. »Wohin möchtest du denn, Papa?«

»Hinaus in den Garten. Wir nehmen das Dessert draußen ein«, sagte er und holte seinen Stock. »Zofia soll uns ein Schlückchen von dem guten Wein bringen.«

Walter kam zu ihnen, und Lilo und er tauschten einen Blick aus. »Eine sehr gute Idee, lieber Rigobert«, sagte er freundlich. »Die frische Frühlingsluft tut uns allen gut.«

Lilo gab Zofia ein Zeichen, legte sich eine dünne Strickjacke über die Schultern, und gemeinsam folgten sie Rigobert durch die Tür, die zum Garten führte.

»Was habt ihr denn für ein Geheimnis, du und Vater?«, fragte Lilo an Walter gewandt. Sie beobachtete, wie ihr Vater unter der Kastanie am Tisch Platz nahm und seinen Hut ablegte. Zofia brachte ein Tablett mit dem Nachtisch, Wein, Gläser und legte Rigobert eine Wolldecke um die Schultern.

Dankbar lächelte er sie an und machte sich an den Apfelstrudel mit Vanillesoße.

»Ich habe ihm versprochen, jemanden von der Deutschen Botschaft in Paris zu kontaktieren«, flüsterte Walter Lilo zu. »Wenn sich die Gelegenheit ergibt. Es handelt sich um den Bruder eines Arztkollegen. Vielleicht kann er vor Ort etwas über Helenes Verbleib herausfinden. Aber so einfach ist das nicht. Es ist prekär. Ich weiß nicht, ob ich ihm wirklich vertrauen kann. Ich kenne den Mann ja nicht mal.«

Lilo hatte das Gefühl, ihr Herzschlag setze für einen Augenblick aus. »Hast du denn eine Adresse?«, fragte sie hoffnungsvoll. »Weißt du etwa, wo Helene wohnt?«

»Wo bleibt ihr denn?«, rief Rigobert ihnen zu, winkte die beiden heran.

»Ich hoffe, genau das herauszufinden. Aber, wie gesagt – der Mann muss absolut vertrauenswürdig sein. Das muss ich erst überprüfen, zumal auch er in Gefahr geraten könnte. Es ist höchste Vorsicht geboten und ich fürchte, wir brauchen in der Angelegenheit viel Geduld.«

»Ach, das wäre ja großartig. Egal, wie lange es dauert. Vielleicht kann ich ihr dann irgendwann sogar schreiben, eine harmlose Postkarte schicken. Du sagst es mir dann, nicht wahr, sobald du etwas weißt?«

»Du wirst die Erste sein, die es erfährt. Ehrenwort«, sagte er lächelnd. »Aber wie gesagt: Geduld.« Wie zufällig berührten sich ihre Fingerspitzen. Gemeinsam gingen sie zum Gartentisch und setzten sich. Aus dem Salon vernahm man das Schlagen der Wanduhr.

»Es ist gut, dass du nach Paris telegrafierst«, sagte Rigobert an Walter gewandt. »Jemand hat meine Frau ermordet. Hast du das weitergegeben?«

Abwartend sah er Walter an.

Lilo hielt den Atem an. Es war nicht das erste Mal, dass ihr Vater zusammenhanglos Helene, Paris, Käthe und deren angebliche Todesursache in den Raum warf. Verfolgungswahn? Egal, die Beschuldigung schmerzte sie unendlich.

»Ermordet?«, fragte Walter entrüstet.

Lilo holte tief Luft. Rigobert nickte mit ernster Miene.

»Nein«, erwiderte Walter und warf Lilo einen beschwichtigenden Blick zu. »Ihre Frau starb an einer Lungenentzündung, Rigobert, und Ihre Tochter Helene ist in Paris. Es geht ihr bestimmt gut. Bald werden wir mehr wissen. Möge Ihre Gattin in Frieden ruhen. Ihre älteste Tochter Lilo ist hier bei Ihnen. Sie kümmert sich um Sie.«

»Eine Lungenentzündung«, wiederholte Rigobert stirnrunzelnd und ließ seinen Blick über den Garten schweifen. »Ist es in Paris so kalt wie hier, kannst du mir das sagen?«, fragte er dann an Lilo gewandt.

»Wir haben Frühling, Papa, es ist warm, und ich glaube, nirgendwo ist es im Winter so kalt wie hier in Krakau.«

»Der sibirische Wind«, fabulierte er und zeigte gen Westen. »Wenn der Wind aus Sibirien kommt, dann ist es bitterkalt. Es ist die sibirische Kälte. Ich kenne sie.«

»Ja, so ist es«, sagte Lilo und hoffte, dass der Spuk nun vorüber sein würde. Sie deutete nach Osten. »Aber er kommt von dort, Papa. Aus dem Osten.«

»Er ist überall.« Er nahm sein Glas, hielt es in die Höhe und wartete darauf, dass Walter und Lilo es ihm gleichtaten.

Sie stießen an.

»Worauf wollen wir trinken?«, fragte Lilo und hielt inne.

»Auf das Leben«, sagte Walter.

»Jawohl«, erwiderte Rigobert feierlich und leerte sein Glas in einem Zug.

Die Kirchenglocken begannen zu läuten.

Rigobert stutzte, runzelte die Stirn und blickte zum Himmel. »Ist denn schon Sonntag? Wann warst du das letzte Mal bei der Heiligen Messe?«, fragte er mit strengem Unterton, an Lilo gewandt.

»Bald, Papa. Bald ist wieder Sonntag. Dann besuchen wir die Heilige Messe in der Marienkirche. Versprochen.«

»Dort habe ich geheiratet«, murmelte er und schenkte sein Glas randvoll. »Und du solltest das auch endlich tun.«

Lilo spürte, wie sie errötete. »Ich werde mir Mühe geben, Papa.«

Walter schmunzelte.

LILO

42

Nach dem Dessert kümmerte sich Zofia um ihren Hausherrn. »Ich werde ihn zu Bett bringen. Dann haben Sie beide noch etwas Zeit füreinander.« Sie lächelte Lilo und Walter verklärt an, als müsse man jetzt die Gunst der Stunde nutzen.

Schon morgen gegen Spätnachmittag musste Kranz zurück an die Front.

»Ihr Wunsch ist mir Befehl«, antwortete Walter und wandte sich dann an Lilo. »Lass uns noch ein paar Schritte durch den Stadtgarten gehen.«

Lilo nickte stumm. Gemeinsam überquerten sie die Straße an der Kreuzung, und schon befanden sie sich inmitten der grünen Anlage. Sie hängte sich bei ihm ein. Von Weitem vernahm Lilo ein Donnergrollen. Am Himmel über ihnen schien sich etwas zusammenzubrauen. »Es wird ein Gewitter geben«, sagte sie, den Blick nach oben gerichtet.

»Es ist noch weit genug weg«, entgegnete er. »Hab keine Sorge.«

Er legte den Arm um sie, und sie spürte seine Wärme. War das das lang ersehnte Glück, frei von jeglicher Illusion? Je mehr Schritte sie so schweigend zurücklegten, desto mehr wuchs Lilos Vertrauen in diesen Mann neben ihr, der ihr doch stets die Treue gehalten hatte, auch wenn sie ihm keinerlei Hoffnungen hatte machen können.

Heute war das anders.

Sie war frei, ihre Seele beschädigt, aber sie fühlte sich nicht mehr an einen anderen gebunden, einer, der sie nicht wollte. Ihr war, als fiele Stück um Stück die Bitterkeit von ihr ab, die schmerzhaften Erinnerungen, die seelischen Qualen, die sie hatte erleiden müssen. Sie wollte sich nicht mehr daran erinnern, nur noch die Gegenwart annehmen, so wie sie war, die kleine Saat, die zwischen Walter und ihr im Lauf der vergangenen Monate, Wochen und Tage gelegt worden war, keimen lassen. Liebe konnte wachsen, und vielleicht war diese vernünftige Liebe die wahre, nicht das Träumen, die Leidenschaft, das Sich-Verzehren.

»Wenn es schwer ist, dann ist er nicht der Richtige«, würde Helene zu ihr sagen. »Liebe ist ganz leicht. Sie kommt im Flug, und plötzlich schwebst du über dem Boden.« Lilo glaubte sich auf einmal ihrer Schwester so nah, jetzt, da sie sicher sein konnte, dass Walter nach Helene suchte und Lilo diese Leichtigkeit ein wenig selbst fühlte, auch wenn sie zugegebenermaßen etwas von Vorsatz hatte. Ihre Liebe war nicht im Flug gekommen, sondern in kleinen Schritten auf dem Boden der Tatsachen.

»Ich muss dir etwas sagen, Walter«, begann sie zaghaft und löste sich sanft aus seiner Umarmung. »Bevor es richtig beginnt, muss ich dir etwas sagen.«

Auf ihrer Wange spürte sie einen Wassertropfen. Gleich würde es anfangen zu regnen.

»Komm schnell«, sagte er, nahm ihre Hand, und gemeinsam rannten sie zu einem nahe gelegenen Pavillon.

»Hier habe ich als Kind mit Helene gespielt«, sagte sie atemlos und warf den Kopf zurück.

»Das wolltest du mir sagen?«, fragte Walter lachend und wurde dann abrupt ernst.

Lilo schüttelte den Kopf und biss sich auf die Lippe.

Eine kurze Gewitterfront zog über den Stadtgarten hinweg. Lilo und Walter flüchteten sich unter das Dach des Pavillons.

»*Was* also wolltest du mir sagen?«, fragte Walter.

Ein kühler Wind strich durch die Grünanlage. In der Luft lag ein sauberer Geruch, als habe das Unwetter den Staub aus dem Krakauer Dunst herausgefiltert und weggeschwemmt. Lilo rang um die richtigen Worte. Wie sollte sie erklären, was in ihr vorging? Sie war noch nie ein Mensch gewesen, der sein Herz auf der Zunge trug. Sie hörte das Tröpfeln des nachlassenden Regens auf dem Dach über ihnen.

»Es gab …«, fing sie zögerlich an. »Es gab einen anderen, einen, den ich geliebt habe, oder den ich glaubte zu lieben. Ich vermag das nicht mehr zu unterscheiden, aber es ist vorbei. Endgültig vorbei. Deswegen war ich dir gegenüber immer so zurückhaltend.«

Er strich ihr eine Haarsträhne hinters Ohr und streichelte ihre Wange. »Ich weiß«, sagte er. »Das alles weiß ich längst.«

»Du weißt …?«, fragte sie überrascht. »Aber, ich habe doch nie …«

»Ich habe es gespürt, Lilo, ich habe es gefühlt, genau wie ich bei meinem Besuch heute sofort merkte, dass es vorbei ist. Du warst so verändert, viel aufgeschlossener. Nur deine Traurigkeit, die ist nicht vergangen, aber die hattest du schon als junges Mädchen, diese gewisse Melancholie in deinen Augen. Ich wünschte, ich könnte sie dir nehmen. Was genau ist geschehen? Möchtest du mir davon erzählen? Es hat mit dieser Apotheke zu tun, nicht wahr?«

Stockend berichtete sie von ihrer letzten Begegnung mit Pankiewicz, wie sie sich ihm vor die Füße geworfen hatte, und von den schrecklichen Folgen, die sie zu verantworten hatte. Allein sie. »Jadwiga ist das Opfer von meiner Selbstsucht«, schluchzte sie. »Ich habe meine Freundin auf dem Gewissen.«

Walter streichelte ihren Rücken, ließ sie weinen und hielt sie so fest, als trage er ihre Schmerzen, ihre Verzweiflung mit.

»Hör mir jetzt gut zu«, sagte er, nachdem sie sich beruhigt hatte. Er zwang sie, ihn anzusehen. »Es lag in ihrer Verantwortung, den Botengang für dich zu übernehmen, Lilo. Du hast großes Glück gehabt. Für ihre Entscheidung kannst du nichts. Und was die Sache mit diesem Polen angeht: Du hast Mut bewiesen, mehr Mut als mancher Mann aufbringen würde. Es gehört Kraft dazu, einen Traum zu begraben. Du weißt gar nicht, wie stark du bist. Und du weißt noch nicht, wozu das alles gut war. Die Auswirkungen mancher Schicksalsschläge zeigen sich erst spät.«

Fassungslos sah sie ihn an. Woher nahm er nur diese Größe, sich selbst zurückzustellen und die Dinge in ihrer Gesamtheit wie ein neutraler Beobachter zu bewerten, ohne dass er dabei gefühllos wirkte? Nein, Walter Kranz war alles andere als ein Bürokrat – er handelte besonnen, stark, klar.

»Jadwigas Tod war für nichts gut, für gar nichts. Und du hast dich die ganze Zeit so anständig mir gegenüber verhalten, und ich habe dir wehgetan«, sagte sie. Lautlos liefen ihr Tränen die Wangen herab, und sie wischte sie mit dem Handrücken weg.

»Ich habe das zugelassen«, flüsterte er und küsste ihre Hand. »Irgendwie wusste ich, dass wir eines Tages zusammenkommen werden. Es war meine Entscheidung zu warten.«

Lilo wusste nicht, wie lange sie unter dem Pavillon beieinanderstanden, sich umarmten, küssten. Sie vergaß die Welt um sich herum. Irgendwann gingen sie Arm in Arm in Richtung der Sebastiangasse, schlichen auf Zehenspitzen die Stufen hinauf in den ersten Stock, und Lilo drehte den Schlüssel hinter der geschlossenen Tür herum.

»Was für ein wunderschöner Tag war das heute«, sagte er, als er sich zu ihr legte. »Alles wird jetzt gut.«

»Ja«, sagte sie und legte ihre Arme um seinen Hals. »Jetzt wird alles gut werden.«

Ihnen blieb nicht viel Zeit für Zweisamkeit – schon bald würde Walter in sein Lazarett an der Front zurückkehren, aber er würde wiederkommen.

In derselben Nacht machte ihr Walter Kranz einen förmlichen Heiratsantrag. Sie verbrachten den folgenden Tag miteinander an der Weichsel und feierten ihr Glück, das sie den dunklen Zeiten mit ihrer Verlobung abgetrotzt hatten, im Entree des Hotels Polonia. An sämtlichen Tischen sah man deutsche Wehrmacht, uniformierte Männer mit ihren Frauen, Kindern.

»Auf uns, auf dich und auf mich«, sagte Walter, und sie stießen mit Lilos erstem Champagner ihres Lebens an. Neben ihm auf dem Boden stand sein Gepäck. »Ich werde bei deinem Vater, wenn er einen klaren Moment hat, um deine Hand anhalten.«

Lilo lächelte. Sie unterhielten sich leise, damit sie niemand hören konnte, aber die anderen ausschließlich deutschen Besucher des Polonia waren ohnehin nur mit sich beschäftigt.
»Er wird sich freuen, Walter. Das war im Grunde immer sein Wunsch.«

Lilo begleitete ihren Verlobten zum Bahnhof Główny. Schon von Weitem konnte man das erhabene Gebäude, das eher einem Stadtschloss als einem Bahnhof ähnelte, mit seinem Vorplatz sehen. Bleiern schwer legte sich der nahende Abschied auf ihr Gemüt. Wie im Flug war die gemeinsame Zeit vergangen. Am Bahnsteig schwirrte es von deutscher Wehrmacht, Soldaten, die zurück an die Front mussten. Walter und Lilo gingen Hand in Hand zum Ende des Gleises, wo sie allein waren.

»Bald werden wir uns wiedersehen«, flüsterte Walter, als

man in der Ferne einen Zug kommen sah, und sie spürte seinen Atem an ihrer Schläfe. Für einen Moment streifte sie der Gedanke an Pankiewicz, an jenen Moment, als er sie berührt und sie kurz ihren Kopf an seine Schulter gelegt hatte. Ihr Herz mochte bei Walter nicht so hoch schlagen wie bei Pankiewicz, aber seine Anwesenheit und seine klugen Worte gaben ihr Sicherheit. Der Bleistiftspitzer, wie ihn Helene immer genannt hatte, war ihr ohne ihr Dazutun zu einem Felsen in der Brandung geworden. Er vermochte nicht über Literatur zu schwadronieren und zitierte keine großen Klassiker, aber er stand zu ihr, sie musste nicht um seine Zuneigung bitten. Sie musste nicht über sich hinauswachsen, um sich seiner würdig zu fühlen. Jetzt endlich hatte auch Lilo jemanden, auf den sie warten konnte, bis er wieder nach Hause kam, nach Hause, zurück in ihre Arme. Irgendwann würden sie sich an einem sicheren Ort ein ganz normales Leben einrichten, das wünschte sie sich von ganzem Herzen. Vielleicht würden sie sogar eine Familie gründen können. Wie sehr sehnte sie sich nach Normalität!

»Bald werden wir heiraten. Und bald, das verspreche ich dir, bald wird dieser schreckliche Krieg vorbei sein, und wir werden von vorn anfangen.«

Er schien ihre Gedanken zu erraten.

»Vielleicht ist unser Platz dann in Deutschland, Lilo. Die Polen werden nicht zimperlich mit den Volksdeutschen umgehen. Am Ende werde ich als Lazarettarzt den Feind zusammengeflickt haben, nicht einen einzigen Polen.«

Lilo stutzte. Hatte sich auch Walter, genau wie sie, bereits mit dem Gedanken befasst, Polen zu verlassen?

Immer näher kam der Zug und bremste mit einem lauten Quietschen ab.

»Wir müssen in Ruhe darüber reden«, fuhr er fort, als könnte er ihre Gedanken lesen. »Die Schlacht um Stalingrad ist verloren, Lilo. Geduld, hab nur noch ein klein wenig Geduld. Krakau wird frei sein von der Vorherrschaft der Nazis«, flüsterte Walter in ihr Ohr. »Das ist es, was zählt.«

Freiheit? Was war das? Und was würde danach kommen?

»Wie hast du nur all das ausgehalten, in einem Lazarett, wo auch du für Hitler gekämpft hast und es weiter tust? *Es ist nicht mein Krieg*, hast du vor langer Zeit gesagt. Wie kommst du mit diesem Widerspruch zurecht?«, fragte sie leise.

Die Türen des Zugs öffneten sich, Schaffner stiegen aus.

»Wie hast du es drei Jahre in einer Apotheke mitten im Ghetto ausgehalten?«, vernahm sie Walters Stimme an ihrem Ohr. »Dort, wo du tagtäglich das Leid der Menschen mit eigenen Augen gesehen hast? Du magst den Juden geholfen haben, aber was war mit all den anderen? Wie haben wir Volksdeutschen in einer Stadt gelebt, die den Polen gehört? Sind wir jemals für unsere Mitmenschen aufgestanden?«

Lilo schüttelte betrübt den Kopf.

»Einsteigen«, befahl eine männliche Stimme über Lautsprecher. »Alles einsteigen.«

Nach und nach füllte sich der Zug mit uniformierten Männern. Fenster wurden geöffnet, Frauen standen ganz dicht davor, nahmen die Kinder auf den Arm, damit diese den Vätern die Hände reichen konnten.

Es ertönte ein schriller Pfeifton. Weit und breit war auf dem Bahngleis kein Uniformierter mehr zu sehen. »Du musst einsteigen, Walter«, sagte Lilo. Nein, sie hatte keinen Grund, stolz auf sich zu sein. Verglichen mit Pankiewicz, Gusta und Marek, hatte sie nie ihre Stimme gegen das Unrecht erhoben. Sie hatte nur einigen Menschen Trost gespendet und über die Vorkommnisse stets Stillschweigen bewahrt. Die wenigen Botengänge, die sie gemacht hatte, zählten in ihren Augen nicht.

»Ich bin Arzt, Lilo«, sagte er und warf seinen Rucksack auf den Rücken, hielt die geöffnete Tür fest. »Ich rette Leben, ich lindere Leiden, ich sorge dafür, dass die Soldaten so lange wie möglich dem Schlachtfeld fernbleiben können. Jetzt, wo es nicht mehr lange gehen kann, zählt jeder Tag, jede Stunde. Damit beruhige ich mein Gewissen!«

Er gab ihr einen letzten Kuss, löste sich mit einem Ruck von ihr und sprang auf den anfahrenden Zug auf. Die Lok spuckte Dampf aus. Frauen winkten mit Taschentüchern. Frauen mit Neugeborenen auf dem Arm. In was für eine Welt waren sie hineingeboren worden? Man hörte Schluchzen, das Weinen von Frauen und Kindern. Kleine Kinderhände öffneten und schlossen sich in Richtung ihrer abfahrenden Väter. »Auf Wiedersehen, Vater. Auf Wiedersehen.«

Lilo folgte mit den Augen Walters Gestalt, die sich durch ein Abteil drängte. Das Letzte, was sie von ihm sah, war, wie er die Fensterscheibe herunterzog, sich hinauslehnte und ihr eine Kusshand zuwarf. Sie legte ihre Fingerspitzen gegen die Lippen und tat es ihm gleich. »Auf Wiedersehen, komm bald zurück!«, rief sie ihm zu und blieb so lange, bis seine Gestalt in der Ferne zu einem kleinen Punkt wurde.

Gedankenverloren machte sie sich auf den Heimweg, schlenderte vorbei am Theater und ließ die Tuchhallen links liegen. Beim Hotel Polonia überquerte sie die Hauptstraße und bog in den Stadtgarten ein. Früher hieß er nur Planty, aber die Deutschen hatten sich alles einverleibt. Überall Hakenkreuzfahnen, SS und Wehrmacht.

Die Krakauer ließen den lauen Frühlingsabend ausklingen, gingen in der Dämmerung spazieren. Kinder spielten, und Mütter saßen auf den Bänken und strickten. Neben einem Abfalleimer stach ihr der Schriftzug eines Flugblatts des polnischen Widerstands ins Auge.

Walka Barykada – Barrikadenkampf. Es war Jadwiga gewesen, die ihr immer wieder vom polnischen Widerstand berichtet hatte. Jadwiga! Der Gedanke an sie versetzte ihr einen Stich. Der jüdische Widerstand mochte niedergeschlagen sein, nicht der polnische. Im Hintergrund geschah weitaus mehr, als sich die Deutschen vorzustellen vermochten. Das würde Jadwiga feiern.

Lilo ging weiter.

Die Bilder ihrer ersten gemeinsamen Nacht mit einem Mann fluteten ihr Gedächtnis, ihr Herz. Hatte sie nach all den schrecklichen Erlebnissen nicht endlich ein bisschen Glück verdient? Helene hatte ihr immer davon erzählt, in den höchsten Tönen von jenem Glück vorgeschwärmt. Jetzt, endlich, konnte sie mitreden und wollte das immer noch erregende Gefühl genießen. Sie war nicht mehr allein, hatte jemanden an ihrer Seite. Walter gab ihr die lang ersehnte Sicherheit. Das war es, was jetzt zählte.

Als sie das Eingangstor zu ihrem Haus öffnete, entdeckte sie eine zusammengekauerte Gestalt unten neben der Kellertür, die regungslos dort verharrte. Es dauerte eine Weile, bis sie begriff. Langsam, mit zusammengekniffenen Augen trat sie näher. War das wirklich möglich, was sie sah, oder spielte ihr ihre Fantasie einen Streich?

GUSTA

43

Krakau, Frühjahr 1943

Die Gefangenen stellten sich in Sträflingskleidung vor dem Frauengefängnis in Reih und Glied auf und warteten mit gesenkten Köpfen auf die nächsten Befehle. Es war früher Morgen, schwaches Licht beschien das Kopfsteinpflaster und die Mauern des Gefängnisses Montelupich. Durch die Stille drangen die harten Stimmen der Wachposten. Mit Schlagstöcken ging die SS die Reihen entlang, auf und ab. Das Klacken ihrer Stiefel auf den Kieselsteinen klang unheimlich. Bei jedem ihrer Schritte ließen sie ihre Stöcke immer wieder im selben Rhythmus in die geöffnete Hand fallen. Die Gefängniswärter hielten Pistolen auf die Frauen gerichtet.

Als Gusta ihre Zelle verlassen hatte, galt ihr letzter Gedanke ihren Memoiren, die sie Nacht um Nacht auf Klopapierstreifen geschrieben hatte, ihr Testament.

Mögen die Erinnerungen auf diesen zerstreuten Papierfetzen zusammengetragen werden und ein Bild unserer standhaften Entschlossenheit im Angesicht des Todes abgeben.

Niemals hätte Gusta gedacht, dass sie noch einmal Tageslicht außerhalb des Schachts ihrer Zelle würde sehen können. Drei Monate war sie im schlimmsten Gefängnis von Krakau eingesessen. Sie wusste nicht mehr, wie lange die Verhöre gegangen waren, die Einzelhaft, die sie stehend in einer winzigen

Kammer ohne Licht hatte ertragen müssen. Ihr starker Geist musste es irgendwie geschafft haben, nicht verrückt zu werden. In der Enge hatten ihr gute Erinnerungen geholfen, Bilder vor ihrem inneren Auge, die sie wie einen Film vor sich gesehen hatte. Das stärkste Bild war ihr stets ihr Zufluchtsort in der ul. Jósefińska gewesen, wo eine andere Dunkelheit als im Gefängnis geherrscht hatte, eine, die gegen draußen schützte.

Neben Gusta stand eine Frau, die sich vor Schwäche fast nicht auf den Füßen halten konnte. Sie weinte, torkelte, drohte umzufallen.

»Nur noch dieses letzte Mal musst du stark sein«, flüsterte sie ihr zu. »Versuche wegzulaufen, wenn du unser Lied hörst.«

Die Frau starrte ins Leere.

Verstohlen versuchte sich Gusta einen Überblick zu verschaffen – es handelte sich um etwa dreißig Mitstreiterinnen von Akiba, die heute verlegt werden sollten.

Haltet durch, flehte sie innerlich. Wie gern hätte sie ihnen Mut zugesprochen, obwohl ihr selbst die Kraft fehlte.

Nur noch wenige Schritte, und die Sträflinge würden durch das Tor hinaustreten. Aus der Ferne hörte man das Heranfahren eines Lastwagens.

»Es geht los«, rief ein Wachmann, nachdem ihm ein anderer am Eingangstor ein Zeichen gegeben hatte. Gusta hatte ihn im Laufe von drei Monaten Haft nur allzu gut kennengelernt. Er war für seine besonders harten Foltermethoden bekannt. Sie warf ihm einen verächtlichen Blick zu.

»Auf geht's, ihr jüdischen Schlampen. Bewegt euch, oder ich mache euch Dampf. Schön in der Reihe bleiben! Eure letzte Reise steht euch bevor.« Er lachte lauthals, und die anderen Männer stimmten mit ein.

In der Ferne hörte man das Zwitschern von Vögeln.

Aus dieser Gefängniszelle, die wir nie mehr lebend verlassen werden, grüßen wir jungen todgeweihten Kämpfer Euch. Wir opfern unser Leben bereitwillig für unsere heilige Sache und bitten lediglich, dass unsere Taten in das Buch ewiger Erinnerungen einfließen.

Hunderte vollgeschriebener Papierfetzen waren aus Gustas Feder in den letzten Wochen entstanden, ein Bericht über das, was die Juden geleistet hatten, um sich den Nazis entgegenzustellen. Ein Vermächtnis ihrer Bewegung, des jüdischen Widerstands. Jetzt waren die Frauen ihren Zellen doch entkommen.

Die Schritte bis zum Tor kamen ihr unendlich lang vor.

»Stehen bleiben«, rief einer der Wärter, und abrupt hielt der Pulk mitten auf dem Gefängnisvorplatz an.

Orientierungslos sah sich Gusta um. Wohin sollte sie fliehen? Der Platz war von allen Seiten einsehbar – die Gefangenen hatten ein etwa zweihundert Quadratmeter großes Areal zu überqueren, um, wenn es ihnen gelang, irgendwo in den Straßen unterzutauchen. Wenn sie überhaupt so weit kommen würden. In der Reihe vor ihr entdeckte sie ihre Mitstreiterin Gola, eine junge, bildhübsche Frau, die sie fast nicht wiedererkannt hätte. Ihre Blicke trafen sich.

»Gola«, flüsterte Gusta, nahm ihre Hand und drückte sie. Sie war eiskalt, knöchrig, als vermöge die geringste Berührung ihre Finger zu brechen.

»Halte durch, Gola. Sei bereit. Warte auf das Zeichen. Und dann renn um dein Leben!«

Gola ließ ihre Hand los, kraftlos, als gehöre sie nicht zu ihrem Körper. Starr blickte sie nach vorn mit leeren Augen, als begreife sie gar nicht, was überhaupt vor sich ging.

»Unser Schtetl brennt…«, brüllte plötzlich eine Frau. »Unser Schtetl brennt!«

Auf das Kommando strömte der Pulk auseinander. Die Frauen scherten kreisförmig über den Vorplatz in verschiedene

Richtungen aus. Gola, das registrierte Gusta, bevor sie loslief, blieb einfach stehen.

Es folgten Schreie, das Brüllen von Wachtposten, Schüsse. Frauen weinten. Im Weglaufen registrierte Gusta, wie die Getroffenen einfach umfielen, zusammensackten. Auch Gola. Mit schräg abgewinkeltem Bein lag sie da, die toten Augen weit aufgerissen.

Gusta rannte weiter, so schnell sie konnte, sah fallende Körper, roch das Schießpulver und hörte schließlich nur noch das Wimmern, gefolgt vom Nachladen von Gewehren. Sirenen heulten.

»Wir knallen euch ab. Ihr seid tot, tot, tot«, schrie hysterisch ein Wachposten, der ziellos um sich schoss.

»Verdammt noch mal«, rief ein anderer Gusta hinterher. Im Weglaufen drehte sie sich um, und ihre Blicke trafen sich. Noch nie hatte sie solch hasserfüllte Augen gesehen.

Gusta rannte, so schnell sie ihre Füße tragen konnten. Gleich würde sie tot sein. Aber die Schüsse verfehlten sie, zischten an ihr vorbei und prallten auf dem harten Boden auf. Sie lief weiter, immer weiter, und ihr war, als berührten ihre Fußsohlen den Boden nicht mehr, als flöge sie. Eine rettende Seitenstraße in einem Wohnquartier tat sich vor ihr auf.

In Gedanken war sie den nun folgenden Weg seit gestern Abend hundertmal entlanggegangen.

Sie hatte nicht gewusst, wie schnell sie laufen konnte, aber ihr ausgemergelter Körper vermochte seine letzten Kräfte zu mobilisieren. Noch einmal warf sie einen Blick auf das Gemetzel und nahm in einem unendlichen Schmerz die leblosen Körper wahr, die auf dem Vorplatz lagen. Hatte es denn keine von ihnen geschafft? Gusta zwang sich wegzusehen, kletterte über eine Brüstung und bewegte sich auf einem kleinen Grünstreifen mit stacheligen Sträuchern fort. Ihr Ziel war der nahe liegende Rakowicki-Friedhof, einer der größten Gottesacker von Krakau.

Außer Atem erreichte sie den Friedhof, betrat ihn durch einen Seiteneingang und lauschte. Nichts. Nur in der Ferne sah sie einige Besucher. Schwarz gekleidete Frauen, die die Gräber ihrer Angehörigen versorgten – einige spazierten durch die Anlage und sahen Gusta verständnislos an.

Wie viele werden heute gestorben sein, fragte sich Gusta und schluckte ihre Tränen hinunter.

Warum hatte der Allmächtige zugelassen, dass gerade sie nicht erschossen worden war?

Vor der Familiengruft einer stadtbekannten ehrwürdigen Krakauer Familie machte sie halt, setzte sich erschöpft neben den Eingang zum Mausoleum und wartete, bis sich ihre Atmung beruhigt hatte. Ein aus schwarzem Marmor wachender Todesengel breitete seine Flügel über dem Grab und Gusta aus. Sie holte Luft, ihre Lungen schmerzten, das Atmen tat ihr unendlich weh.

Nach einer Zeit, sie wusste nicht, wie lange sie so verharrt hatte, entdeckte sie ein Gartenhäuschen ganz am Rand des Friedhofs, versteckt unter einer Eiche, daneben einen Brunnen mit Gießwasser für die Blumen. Die Besucher waren verschwunden. Jetzt war sie mit den Toten allein.

Der Todesengel schien ihr seine Hände zu reichen, als läge es an ihr allein, mitzugehen oder zu bleiben.

Mit letzter Kraft stand sie auf, ging zum Brunnen und trank gierig aus dem Hahn. Im Gartenhäuschen fand sie einen grauen an einem Haken hängenden Kittel, wahrscheinlich von einem Friedhofsgärtner. Sie zog ihn über ihren gestreiften Sträflingsanzug und sah an sich hinab. So würde sie zwar genauso auffallen, aber zumindest als Straßenarbeiterin durchgehen.

Bis zur Dämmerung blieb sie im Schutz der Toten mit angezogenen Knien bei dem Familiengrab sitzen. Vor Müdigkeit fielen ihr fast die Augen zu, aber wenn sie weiterkommen wollte, dann musste sie warten, bis es dämmerte, sich wach halten. Mit einem Spaten aus dem Häuschen machte sie sich schließlich auf den Weg in Richtung Botanischer Garten.

»Zur Arbeit eingeteilt, Herr Kommandant«, antwortete sie, als sie von einem blauen Polizisten gefragt wurde, was sie um diese Zeit hier zu tun hätte.

Wie von Sinnen stieß sie mit dem Spaten die Erde auf. Kopfschüttelnd ging der Mann weiter.

Ihr Ziel lag in unmittelbarer Nähe zu den Planty und dem Wawel.

Bei der Herz-Jesu-Basilika vernahm sie auf einmal Stimmen. Deutsch, die Männer sprachen deutsch. Wie elektrisiert blieb sie stehen und versteckte sich hinter einem Strauch. Von hier aus konnte sie den Hintereingang zur Basilika sehen, nur einen Katzensprung von ihr entfernt. Die Stimmen kamen näher. Durch die grünenden Blätter konnte sie Soldaten der deutschen Wehrmacht sehen, die gemeinsam über die Straße schritten, rauchten und lauthals lachten. Wie wohl sie sich hier in Gustas Heimatstadt fühlten, hier hatten sie sich in Sicherheit gewähnt, bis die jüdischen Widerstandsgruppen ihr bequemes Leben empfindlich gestört hatten. Dem polnischen Widerstand gelang es immer wieder, im Generalgouvernement Bahnlinien lahmzulegen, indem er Teile der Eisenbahnschienen zerstörte. Gusta sammelte ihren Speichel und spuckte verächtlich auf die Erde. Krakauer Erde, die die Nazis vergiftet hatten.

Die uniformierten Gestalten bewegten sich weg aus ihrem Sichtfeld.

»Bis später im Deutschen Haus, wir treffen uns um einundzwanzig Uhr«, hörte sie zuletzt einen der Männer sagen.

Auf Zehenspitzen schlich sie zum Hintereingang der Basilika und drückte die Türklinke nach unten. Sie ging hinein und versteckte sich in einem Beichtstuhl.

Am späten Abend machte sie sich auf zu ihrer letzten Etappe – entlang einer begrünten Bahnstrecke. Lieber nahm sie einen Umweg in Kauf, als auf den Feind zu treffen. Die Füße taten ihr weh. Blut von einer geplatzten Blase tropfte aus ihrem rechten durchlöcherten Schuh. Mit Willenskraft besiegte sie den Schmerz und bog schließlich an ihrem Zielort ein.

Schon von Weitem sah sie die Villa. Sie wirkte immer noch wie damals. Deutsch, aufgeräumt, idyllisch. Wohin sonst hätte sie gehen sollen? Pankiewicz' Wohnung im ehemaligen Ghetto wurde mit Sicherheit überwacht.

Dunkel erinnerte sie sich an ein Hauskonzert, das sie in jenem Haus gemeinsam mit Helene gegeben hatte. Was für eine begnadete Geigenspielerin die Freundin gewesen war.

Sie ging einige Stufen zur Kellertür hinab, lehnte ihren Rücken an die kalte Wand, ließ ihren schmerzenden Körper auf den Boden gleiten und hoffte auf ein Wunder. Was war aus Lilo geworden, was aus deren Eltern? Bestand Gustas letzte Hoffnung wirklich in einer Frau, die sie seit Monaten nicht gesehen hatte? Sollte sie Helenes Schwester nicht hier antreffen, dann musste sie noch heute Nacht allein versuchen weiterzukommen – in einem grauen Kittel und einem Sträflingsanzug.

Sehnsüchtig dachte sie an die Wälder Bochnias. Der Ort, an dem alles begonnen hatte – dort, wo Akiba einst die Idee von Gemeinschaft, einer friedlichen Gesellschaft, gelebt hatte. Dort, wo sie einen Schutzbunker gebaut hatten. Wo Marek und sie einander geschworen hatten, sich wiederzusehen, sollten sie einmal aus der Haft entkommen. Das Dorf lag etwa eine Fahrtstunde östlich von Krakau entfernt. Irgendwie musste sie dorthin kommen. Wo war Marek? Lebte er? War er tot? Nein, dachte sie und schüttelte den Kopf. Ihre Verbundenheit besaß telepathische Kräfte, sie vermochten ohne Worte über Hunderte Kilometer zu kommunizieren. Nein, Marek war nicht tot, er durfte nicht tot sein.

»Gusta!«

Sie sah nach oben. Am Treppenabsatz über ihr stand Lilo Wagner, fein herausgeputzt mit einem hübschen Frühlingskleid, gelocktem Haar und Lippenstift.

Blinzelnd sah sie hinauf. Lilo verharrte regungslos an ihrem Platz.

»Ja, ich bin es«, erwiderte Gusta entschlossen und stand auf. Jeder Knochen tat ihr weh, aber ihr Geist war hellwach, ihr Kampfgeist ungebrochen. Sie war nicht verrückt geworden. Die Deutschen hatten es nicht vermocht, sie zu brechen. Deutlich, in hartem Deutsch, hörte sie sich selbst sprechen. Wie lange war ihr kein deutsches Wort mehr über die Lippen gegangen! Sie hatte überlebt. »Ich bin Gusta.«

LILO

44

Krakau, Frühjahr 1943

»Gusta!«, sagte Lilo und trat näher.

Eigentlich hatte sie die Frau sofort erkannt, obwohl sie ganz anders aussah als bei ihrer letzten Begegnung. Ihr dunkles Haar, ihre zierliche Figur. Das markante Gesicht war blass, abgemagert, die Wangenknochen hervorgetreten. Gusta trug einen grauen Kittel, ihr zerzaustes Haar hatte jeglichen Glanz verloren – es war grau, matt, von einer dicken Staubschicht überzogen.

Auf einmal hatte sie das Gefühl, sich nicht rühren zu können, als sei sie mit dem Boden verwachsen.

»Ja«, antwortete eine tiefe Frauenstimme. »Ich bin es. Ich bin Gusta.« Wie aufrecht sie dastand, auch wenn sie sich kaum auf den Beinen halten konnte. Stolz, unbesiegbar.

Lilo schüttelte sich. »Bleib, wo du bist. Sobald die Luft rein ist, öffne ich dir die Kellertür. Nur einen Augenblick noch Geduld.«

Sie legte den Zeigefinger gegen die Lippen, warf einen kurzen Blick nach oben. Im Salon brannte noch Licht. Durch das geöffnete Küchenfenster vernahm sie das Klappern von Geschirr. Wie jeden Abend würde Zofia das Frühstücksgeschirr für den kommenden Tag vorbereiten und sich dann zurückziehen. Es war halb neun.

Leise betrat Lilo das Haus, lauschte und stellte sich in die Nische der Garderobe. Sie wartete, bis sich die Küchentür schloss und sie Zofias Schritte auf den Stufen hörte. Nach einer Weile lugte sie hinauf in den ersten Stock. Durch einen Spalt an der Schwelle zu Zofias Zimmer fiel ein matter Lichtstrahl. Rigobert würde bereits schlafen. Für gewöhnlich ging er spätestens um acht zu Bett.

Beherzt eilte sie die Kellertreppe hinunter und öffnete die Tür. »Komm schnell«, sagte sie und zog Gusta in die Waschküche.

»Ich konnte aus Montelupich fliehen«, sagte Gusta und klopfte ihre Sträflingskleidung aus. Sie schwankte kurz, und Lilo hielt sie fest. »Sie wollten uns heute verlegen. Aber das ist eine lange Geschichte. Darf ich ein paar Stunden hierbleiben? Ich muss mich nur ausruhen.«

»So lange du möchtest«, sagte Lilo und starrte auf Gustas durchlöcherten Schuh. »Du blutest ja«, sagte sie.

Gusta zuckte erschöpft mit den Schultern.

Zum ersten Mal seit langer Zeit hatte Lilo das Gefühl, nicht ohnmächtig zusehen zu müssen, wie die Welt um sie herum zusammenbrach. Und noch etwas anderes schien ihr neue Kraft zu geben: das Glück, das ihr mit Walter zuteilgeworden war. Sie hatte nicht geträumt, es war real, immer noch spürte sie den Abdruck seiner Küsse auf ihrer Haut. Niemals hätte sie es in diesem Zustand, wo seine Worte noch in ihr nachhallten, übers Herz gebracht, Gusta im Stich zu lassen. Walter würde, ohne zu zögern, dasselbe tun und helfen.

»Wo willst du denn hin?«

»Wir haben einen Treffpunkt vereinbart. Besser, du weißt nichts Genaues. Ich werde gleich morgen früh um fünf den ersten Bus nehmen.«

Gusta sah an sich hinunter.

»In diesem Aufzug ganz sicher nicht«, erwiderte Lilo lächelnd, gab ihr ein Zeichen, trat zur Tür und deutete nach oben. »Ich muss dich kurz einschließen«, flüsterte sie. »Vertrau mir.«

Nachdem sie den Schlüssel herumgedreht und in ihre Tasche gesteckt hatte, schlich sie auf Zehenspitzen hinauf in ihr Zimmer. Dort sammelte sie in Windeseile alles, was ihr einfiel, in ihren Rucksack: Kleidung, ein Paar Stiefel, Zigaretten zum Tauschen. Aus dem Badezimmer nahm sie Seife, Desinfektionsmittel und Verbandsmaterial. In der Vorratskammer im Erdgeschoss fand sie Brot und geräucherte Entenbrust, Quark, Käse, eine Flasche Limonade, etwas Milch, Hochprozentiges.

Zurück in der Waschküche überreichte sie Gusta die Lebensmittel. »Im Rucksack sind Seife, Handtücher, Kleidung. Du kannst dich hier waschen, auch die Haare, aber du musst leise sein.« Sie warf einen Blick auf den Zuber, den Wasserhahn.

Gusta sah auf den prallvollen Rucksack, während sie das Essen herunterschlang und gierig von der Limonade trank.

»Im Gepäck sind Lippenstift und etwas Schminke. Ich habe dir noch eine Flasche Schnaps und Zigaretten eingepackt. Für den Fall, dass du jemanden bestechen musst. Nimm auch das Geld.«

Sie überreichte ihr die letzten Geldscheine, die sie in ihrem Zimmer gefunden hatte. »Setz dich dort auf den Schemel«, befahl Lilo.

Gusta folgte der Aufforderung, während sie an einer weiteren Scheibe Brot kaute. Lilo kümmerte sich um ihren blutigen Zeh, desinfizierte die Wunde mit Jod.

»Ich weiß nicht, wie ich dir danken soll, Lilo«, sagte Gusta, während sie einen Schmerzschrei unterdrückte und sich auf die Lippen biss. »Ich hätte nie gedacht, dass du …«

»Man täuscht sich zuweilen in den Menschen«, erwiderte Lilo und verband die Wunde. »Danke nicht mir. Sei dankbar, dass dir die Flucht gelungen ist. Ich wünsche dir von Herzen, dass du es schaffst.«

Gusta sah auf und schenkte ihr ein warmes Lächeln.

»Und ich wünsche mir nichts sehnlicher, als dass mein Mann lebt. Ohne ihn ist alles sinnlos.«

»Dann ist das auch mein Wunsch«, erwiderte Lilo und setzte sich im Schneidersitz vor dem Schemel auf den kalten Boden. »Was kann ich noch für dich tun?«

»Vielleicht kann ich noch etwas für dich tun, Lilo«, fing Gusta zögerlich an und wischte sich übers Gesicht. »Womöglich ist es die letzte Gelegenheit dazu. Ich muss dir etwas sagen. Deine Schwester, damals, vor fünf Jahren, als sie wegging aus Krakau. Ich habe den beiden bei der Beschaffung der Papiere geholfen.«

Lilo spürte ihren Herzschlag. Stand Gusta doch noch in Kontakt mit Helene? »Es bricht mir das Herz. Warum hat sie mir nicht vertraut? Sie hätte mir alles sagen können.«

Gusta schüttelte den Kopf. »Nein, so darfst du nicht denken. Sie wollte dich nicht in Gefahr bringen. Sie wollte nicht, dass du eure Eltern anlügen musst. Sie hat dich geschützt.«

Lilo schluckte.

Gusta nahm Lilos Hände in ihre und sah ihr direkt in die Augen. Sie spürte ihre rauen, kalten Handflächen, ein leichtes Zittern ihres Körpers.

»Samuel ist ein wunderbarer Mensch, das musst du mir glauben. Die beiden lieben sich. Sie hatten sich Hals über Kopf hier in Krakau ineinander verliebt. Samuel hat in Polen keine Zukunft für sich und Helene gesehen. Er ein Jude, sie eine Katholikin – das hätte auf beiden Seiten der Familien böses Blut gegeben. Sie wollten in Paris heiraten und sich von allen religiösen Zwängen befreien. Marek und ich haben das respektiert, denn, wie du sicherlich weißt, nehmen wir es bei Akiba mit dem Glauben sehr genau. Er trägt uns. Wir mussten über unseren Schatten springen, aber es ging um Samuels und Helenes Glück. Für die Franzosen spielt Religion keine so große Rolle, nicht wie hier in Polen, weißt du?«

Lilo schüttelte den Kopf. Nein, das hatte sie nicht gewusst, woher auch? Dunkel erinnerte sie sich an ein Gespräch mit Helene, als sie ihr abends im Bett erklärt hatte, sie brauche keine Kirche für ihren Glauben.

»Deshalb sind sie nach Frankreich gegangen, ich fange an zu begreifen.«

Gusta nickte.

»Auch wenn es mir immer noch wehtut, dass sie mir niemals die ganze Wahrheit sagte, bin ich doch sehr froh, zu wissen, dass sie nicht allein ist«, erwiderte Lilo und spürte, wie sich die Tränen in ihren Augen sammelten. »Sie möchte eine große Modemacherin werden. Helene hat mir 1939 ein Foto geschickt. Sie haben ein kleines Kind, einen Jungen. Aber das weißt du ja bestimmt auch.«

Gusta blickte überrascht auf und schüttelte den Kopf. »Nein, das wusste ich nicht.«

»Ein hübsches Kind. Ein Junge. Ich bin eine Tante, Gusta, stell dir das bloß vor!«

»Der Barmherzige segne sie alle drei«, sagte Gusta und umarmte Lilo. »Die beiden haben einen Sohn. Ein gutes Zeichen in diesen dunklen Zeiten. *L'chaim – auf das Leben!*«

Für einen Moment streifte Lilo die Erinnerung, wie sie Helene bei ihrem Vater verraten hatte – so groß war damals die Verzweiflung über die Zurücksetzung gewesen. Mit Gustas Offenbarung war ihr, als schlösse sich ein Kreis, als könnten sie alle einander verzeihen. Helene hatte einen Mann an ihrer Seite, der sie liebte, verheiratet oder nicht, das war Lilo jetzt egal. Hauptsache, sie war nicht allein. Eines Tages würden sie wieder vereint sein.

»Bestimmt sind sie inzwischen waschechte Franzosen, und du hörst nach dem Krieg von ihnen. Samuel ist in der Lage, Berge zu versetzen, er wird keine Ruhe geben, ehe sie nicht die französische Staatsbürgerschaft haben«, sagte Gusta aufmunternd, ging auf Lilo zu und umarmte sie. »Ach, was rede ich da? Sie werden sie längst haben. Es sind ja Jahre vergangen. Wie alt ist der Kleine?«

Lilo dachte nach: »Er muss jetzt vier sein. Ach, wie schön wäre es, ihn in die Arme zu schließen. Alle drei. Ich habe ja nur noch Papa und Zofia.«

»Und mich hast du auch, Lilo«, sagte Gusta zärtlich und streichelte Lilos Wange. »Was du heute Nacht für mich getan hast, werde ich dir nie vergessen. Niemals! Du hast mir das Leben gerettet. Helene ist mir immer eine Schwester gewesen, und das bist du jetzt auch für mich. Gemeinsam sind wir die Schwestern von Krakau. Einverstanden?«

»Einverstanden«, sagte Lilo. Gustas Worte fühlten sich wie eine Auszeichnung an.

Am nächsten Morgen war Gusta verschwunden.

»Mir war, als hätt' ich in den letzten Nächten immer wieder Geräusche gehört«, sagte Zofia beim Servieren des Frühstücks mit zusammengekniffenen Augen. »Seltsame Geräusche.«

»Tatsächlich?«, fragte Lilo, gab Milch in ihren Kaffee und zuckte die Achseln. »Das liegt sicher an den Krakauer Frühlingsnächten. Die Vögel beginnen schon sehr früh mit ihrem Gesang.«

»Ja, ja, wenn sie erzählen könnten, die Vöglein, sie würden es von den Dächern pfeifen, dass meine Lilo bald schon den

Hafen der Ehe ansteuert. Ja, das wurde mir auf geheimnisvolle Weise zugetragen.«

Lilo errötete und räusperte sich. »Das wird es gewesen sein, was du gehört hast, einen Hochzeitsmarsch«, konterte sie lächelnd, nachdem sie sich gefangen hatte. Sie hatte nichts verbrochen, diesmal nicht. »Du hast schon immer einen siebten Sinn gehabt, liebste Zofia, und du hast es dir so sehr für mich gewünscht. Endlich wurden deine Gebete erhört.«

Sie stand auf, ging auf Zofia zu, umarmte sie und drückte ihr einen herzhaften Kuss auf die Wange.

Zofia wandte sich zur Seite und gab ein Grummeln von sich. »Aber da war noch etwas anderes …«, murmelte sie.

»Was denn?«, fragte Lilo mit zitternder Stimme.

»Ich habe die Handtücher in der Waschküche weggeräumt. Die schmutzige Wäsche mit den Streifen und den grauen Kittel habe ich im Ofen verbrannt«, erwiderte sie dann mit störrischer Miene, schob Lilo zur Seite und schüttelte sich anschließend. »Wenn ich es nicht besser wüsste, würde ich behaupten, ein Sträfling hätte sich unten in der Waschküche aufgehalten. Aus der Vorratskammer muss er sich auch bedient haben.«

Ihre Blicke trafen sich. In diesem Moment wusste Lilo: Zofia war im Bild.

»Das ist absolut unmöglich«, sagte Lilo, senkte den Blick und setzte sich wieder. »Wer sollte ihn denn hereingelassen haben?«

Zofia presste die Lippen zusammen, schnaubte und verließ mit erhobenem Haupt den Salon. »Ach, die arme Frau Doktorowa«, murmelte sie missmutig. »Sie fehlt an allen Ecken und Enden. Was ist nur aus diesem Haus geworden? Ein Sträfling! Und Sodom und Gomorrha. Eine Schande, vor dem heiligen Sakrament der Ehe …«

Ein Geräusch ließ Lilo hochfahren.

Rigobert Wagner betrat in seinem Pyjama den Salon. Er setzte sich am Kopf des Tischs. »Guten Morgen, meine Herrschaften. Wo bleibt der Kaffee? Zofia, schnell, schnell, ein Gedeck für meine Frau. Heute geht es an die Weichsel, das Schiff wartet nicht.«

TATJANA

45

Krakau, Frühjahr 2017

»Wer war Jadwiga?«, fragte Tatjana, während ihr Blick über das überdimensional große Bildnis von Pankiewicz an der Wand von Adams Büro schweifte. Das Foto stammte aus den Dreißigerjahren. Seit ihrer letzten Begegnung mit Adam waren einige Tage vergangen. Tage, in denen sie auf eigene Faust Krakau zu Fuß abgegangen war.

Pankiewicz' Archiv befand sich in einem kleinen Hinterzimmer von Adams Büro an der Jagiellonen-Universität. Ehrfurchtsvoll war Tatjana zuvor durch den Innenhof des alten Hauptgebäudes gegangen, dessen Außenwände mit Arkaden und kleinen Balkonen versehen waren.

Ihre Frage überschnitt sich mit dem Klingeln von Adams Telefon im nebenliegenden Büro. Er gab ihr ein kurzes Handzeichen und ging hinüber.

Tatjana schnappte einige Brocken auf: *Dzién dobry! Tak!* – *Guten Tag, ja.*

Eingehend betrachtete sie Pankiewicz' gerahmte Privatfotos, die hinter Glas standen: seine Eltern vor der Apotheke mit Tadeusz als kleinem Buben, weitere Abbildungen von seinen Beschäftigten, wenige Fotos aus Israel. Stets machte dieser hochgewachsene Mann den Eindruck eines Außenstehenden, und doch schien ihn etwas mit den abgebildeten Personen zu verbinden. Die Bilder wirkten so, als habe er fast kein Privatleben geführt. Dagegen fand Tatjana die Ausstellung in der Apotheke unter dem Adler viel persönlicher. Dort hatte sie den fremden Mann intensiver gespürt als hier in seinem persönlichen Nachlass.

»Das sind Überlebende des Krakauer Ghettos«, erklärte Adam, der plötzlich neben ihr auftauchte. »Ich habe dir davon erzählt, er flog regelmäßig nach Israel, wurde immer wieder eingeladen. Die Menschen, denen er geholfen hat, haben ihm das nie vergessen.«

Auf keinem weiteren Foto war Lilo zu sehen. Es schien tatsächlich nur dieses eine gemeinsame von Pankiewicz und ihrer Großmutter zu geben, das ihr Adam geschenkt hatte. Gäbe es den Brief an Lilo nicht, Tatjana hätte gedacht, Lilo habe keine Spur in seinem Leben hinterlassen.

»Wer war Jadwiga?«, fragte Tatjana noch einmal.

Adam hielt inne, drehte sich weg und bedeutete Tatjana, ihm in sein Büro zu folgen. »Jadwiga Zielinski?«

Tatjana zuckte die Achseln und folgte ihm. »Pankiewicz hat nur ihren Vornamen erwähnt. In seinem Brief an Lilo. Sie muss eine Freundin von Lilo gewesen sein und hat die NS-Zeit nicht überlebt.«

Adam nickte, räumte einige Papiere auf seinem Schreibtisch zusammen und stellte einen zweiten Stuhl neben seinen. Er zog ein Buch aus dem nebenstehenden Regal, holte die Memoiren von Pankiewicz heraus, öffnete sie und blätterte darin. Er deutete auf ein Foto, eines, das Pankiewicz zusammen mit zwei seiner Mitarbeiterinnen zeigte. Gemeinsam standen sie in weißen Kitteln hinter dem Tresen und blickten freundlich in die Kamera. »Das ist sie. Das war sie«, korrigierte er schnell und deutete auf die Frau mit aschblondem Haar. »Sie war eine von Pankiewicz' Kurierinnen und wurde verhaftet, als sie Papiere aus dem Ghetto schmuggeln wollte. Sie wurde von den Nazis hingerichtet.«

Tatjana stutzte, während sie das Foto genauer betrachtete. Sie kannte es bereits aus der Ausstellung und von der Lektüre *Die Apotheke im Krakauer Ghetto*. Wahrscheinlich hatte sie den Namen überlesen. »Jadwiga und Lilo müssen einander nahegestanden haben. So formuliert es Pankiewicz in seinem Brief an Lilo«, sagte sie nachdenklich.

Adam zuckte die Achseln. »Das weiß ich nicht.«

Tatjanas Blick fiel auf eine Regalwand mit Klassikern der deutschen Literatur. »Dein Großvater und Pankiewicz teilten ihre Leidenschaft für die deutsche Kultur, nicht wahr?«

Adam nickte. »Genau wie viele polnische Juden, die in Krakau lebten. Oftmals hatten deren Vorfahren deutschsprachige Schulen besucht oder stammten aus deutschsprachigen Familien. Wie tragisch, findest du nicht auch?«

Tatjana wusste nicht, was sie darauf sagen sollte.

»Und das enge Verhältnis der Familien Nowak und Pankiewicz setzte sich dann mit deinem Vater fort. Als Historiker wurdest du sein Nachlassverwalter. Pankiewicz wusste, welches historische Erbe er hinterlässt.«

Adam nickte lächelnd. »Onkel Tadeusz, habe ich immer zu ihm gesagt. Unser Verhältnis wuchs im Laufe der Jahre zu einer Art familiären Verbindung. Pankiewicz hatte, wie gesagt, keine Kinder. Er war ein stets gern gesehener Gast in unserem Haus.«

»Wahlverwandte«, sagte Tatjana.

»Ein wunderschöner Ausdruck.«

»Wie hast du diesen großen, fremden Mann erlebt?«, fragte sie lebhaft. »Ich wüsste so gern mehr darüber. Erzähl mir davon! Ich sehe ihn immer mit dieser Fliege vor mir, als sei er durch und durch kontrolliert.«

»Trug er bei seinem Besuch in Fellbach Fliege?«, fragte Adam mit rollenden Augen.

»Nein«, sagte Tatjana lachend. »Krawatte, weißes Hemd. Sozusagen die legere Dress-Variante.«

Adam lachte laut heraus. »Er gehörte wahrscheinlich zu den Typen, die ihre Socken bügeln. Ich fand ihn immer sehr verschlossen, etwas geheimnisvoll. Aber er konnte unglaublich gut zuhören. Wenn man ihn ansprach, war er ganz und gar bei seinem Gesprächspartner. Pankiewicz behielt seine Gefühle für sich.«

Genau wie wir, dachte sie.

»Um ihn selbst schien es ihm nie besonders zu gehen«, erwiderte Tatjana. »Alles drehte sich bei ihm um seine Schützlinge, seine vom Leben an ihn gestellte Aufgabe. So habe ich seinen Zeugenbericht interpretiert.«

»Zeugenbericht trifft es sehr gut, ich glaube auch, dass er das wollte: Zeugnis ablegen. In gewisser Weise ist sein Buch ja auch ein Dokument jüdischen Lebens, jüdischer Kultur hier in Krakau.«

»Ein Leben, das auf der Kippe stand und jeden Tag zu Ende hätte sein können«, ergänzte Tatjana nachdenklich. »Meine Großmutter hatte niemals das Bedürfnis, Zeugnis abzulegen.«

»Deine Großmutter scheint auch ein sehr widersprüchliches Leben hier geführt zu haben«, erklärte Adam in sachlichem Tonfall. »Was hätte sie der Nachwelt hinterlassen können?«

»Die Wahrheit«, gab Tatjana kühl zurück. »Nicht der Nachwelt, aber als Zeitzeugin ihrer Familie. Wie schwer fällt es uns heute, die Fäden zusammenzuführen. Fellbach. Krakau. Paris. Die entscheidenden Informationen fehlen mir, und ich habe das Gefühl, egal, wie viel ich über die Umstände herausfinde: Lilos Erleben, ihre Motive bleiben mir verborgen. Es ist so schwierig, ihr Krakauer Leben zu rekonstruieren.«

Es entstand eine längere Pause. Aus dem Innenhof der Universität vernahm man die Stimmen von jungen Menschen, Lachen und angeregte Unterhaltungen – bald würde das Sommersemester zu Ende sein.

»Apropos Zeitzeugen«, sagte Adam unvermittelt, als wolle er zügig das Thema wechseln. »Komm, setz dich zu mir.« Er zeigte auf den Stuhl neben sich.

Während sie sich setzte, betrachtete sie die an den Wänden hängenden Poster von verschiedenen Ausstellungen – fast alle schienen einen Bezug zum Holocaust zu haben. Erneut fragte sie sich, wie Adam eine solche Arbeit tagtäglich aushalten konnte.

Adam schob eine DVD ins Laufwerk seines Computers. Tatjana nahm neben ihm Platz, rückte ihren Stuhl näher an ihn heran. Sie sah auf den überdimensional großen Bildschirm.

»Es handelt sich um eine Reportage mit dem Titel *Eine Fußnote in der Geschichte* aus dem Jahr 1998«, erklärte er. »Vier Überlebende, die im Krakauer Widerstand mitgewirkt haben, sind hier zum ersten Mal nach dem Krieg von Israel aus in ihre Heimatstadt Krakau gekommen und haben Zeugnis abgelegt.«

Tatjana horchte auf. »Nach über vierzig Jahren?«

Adam nickte. »Diese Menschen haben damals alles riskiert. Sie waren jung, so jung zur Zeit des Kriegs. Das jüngste Akiba-Mitglied hieß Poldek. Er war gerade einmal sechzehn Jahre alt, als es anfing. Heute ist er dreiundneunzig. Gleich wirst du ihn kennenlernen. Bist du bereit? Möchtest du vielleicht einen Tee?«, fragte er und warf ihr einen Seitenblick zu.

Sie schüttelte den Kopf. »Er lebt noch?«

Adam nickte.

Gebannt blickte Tatjana auf den Bildschirm und folgte mit den Augen vier älteren Menschen, die unter einem strahlenden blauen Himmel durch Krakau gingen – zwei Männer, zwei Frauen: Salek Scheyn, Poldek Maimon, Havka Folman und Hella Rufeisen – alle waren Freunde und Verbündete von Gusta und Marek Draenger gewesen und hatten während der deutschen Besatzung Krakaus ihr Leben in den Dienst des jüdischen Widerstands gestellt. Durch Tatjanas Kenntnis von Gusta Draengers Tagebuch erweiterte sich Stück um Stück ihr Wissen um den Krakauer Widerstand. Manches, das sie bereits gelesen hatte, füllte sich mit Bildern realer Personen.

Krakau in Farbe, die Weichsel, die eisernen Brückenträger, das pulsierende Leben in der polnischen Metropole. Die letzten Vertreter einer einstigen Jugendbewegung überquerten 1998 als Senioren jene Brücke, die einst ins Krakauer Ghetto geführt hatte. Immer wieder blieben sie stehen, unterhielten sich, während eine weibliche Moderationsstimme die historischen Hintergründe einordnete.

Die vier Überlebenden nahmen den Betrachter mit durch das ehemalige Ghetto bis hin zu einer Straße, wo Akiba seinen Hauptsitz hatte: eine winzige Wohnung in der ul. Jósefińska Nummer 13, mitten im Ghetto. Tatjana kannte die Adresse bereits, jetzt glich sie ihre Vorstellungen aus der Lektüre mit der Wirklichkeit ab. Abwechselnd berichteten die Frauen Havka und Hella vom Alltag im Ghetto, von dem Zusammenhalt der Widerstandsgruppe Akiba und dem Glück, das sie in jener abgedunkelten Wohnung erlebt hatten, von dem eigens konzipierten Stadt-Guerilla-Konzept. Schmunzelnd erinnerte sich Hella Rufeisen an die wichtigste äußerliche Tarnung der jungen Kämpferinnen und Kämpfer, die ihre von Natur aus dunklen Haare blond gefärbt hatten, um möglichst *arisch* auszusehen.

Diese Frau mit dem spitzbübischen Lächeln wirkte, als könne ihr nichts etwas anhaben, als sei sie bereit, es mit jedem noch so starken uniformierten SS-Mann höchstpersönlich aufzunehmen.

»Ich bin diesen Menschen schon einmal begegnet«, sagte Tatjana leise in Adams Richtung.

Er stutzte, zog den Kopf zurück und sah sie fragend an.

»In einem Buch«, erklärte sie, ohne ihre Augen vom Bildschirm zu lassen. »*Das Tagebuch der Partisanin Justyna*. Ich habe es hier in Krakau antiquarisch erworben und geradezu verschlungen. Du selbst hast mir doch von ihr erzählt. Gusta beschreibt ihre Mitkämpferinnen und Mitkämpfer sehr treffend.«

»Eine sehr wichtige Lektüre«, sagte Adam, und seiner Stimme entnahm sie etwas wie Anerkennung. »Gut, dass du es bekommen hast.« Erneut konzentrierte sie sich auf den Film.

Beiden Frauen, das berührte Tatjana auf ganz besondere Weise, schien der Schalk im Nacken zu sitzen – in ihrer Mimik lag keinerlei Verzweiflung, vielmehr Humor und Lebensfreude, ungebrochener Kampfgeist. Egal, was ihnen widerfahren war – sie hatten dem Feind ihr Lachen gezeigt, auch wenn ihnen zum Weinen gewesen war. Sie hatten unzählige Masken getragen, ihr wahres, verletzliches Ich verborgen, um zu überleben. Davon berichteten sie mit Stolz.

»Auch meine Großmutter muss viele Masken aufgesetzt haben, war zu Hause eine andere als in der Apotheke«, flüsterte Tatjana Adam zu.

»Bitte keine Vergleiche mit derart großen Fußstapfen, Tatjana«, mahnte Adam.

Tatjana schluckte das, was sie entgegnen wollte, hinunter. Seit sie Pankiewicz' Brief gelesen hatte, hielt sie es für mehr als wahrscheinlich, dass Lilo geholfen hatte, wenn auch nicht im großen Stil wie diese Frauen. Offensichtlich war Adam anderer Meinung. Wie hatte es Pankiewicz in seinem Brief beschrieben? Sie erinnerte sich an den Wortlaut:

Auch wir beide sind doch irgendwie zusammengewachsen. Sie haben durchaus Haltung gezeigt.

Poldek, damals der Jüngste von Akiba, berichtete in einwandfreiem Deutsch von den Treffen der Gruppe in jener winzigen Wohnung in der ul. Jósefińska, und wie viel ihnen diese Zusammenkünfte bedeutet hatten. Wenn er in die Kamera sah, blitzte in seinen Augen ein Feuer auf, das den Betrachter erahnen ließ, wie sehr dieser gut aussehende Mann mit seinen strahlend blauen Augen für die Sache gebrannt haben musste. Er tat es noch heute.

Manchmal registrierte Tatjana, wie ihr Adam einen verstohlenen Seitenblick zuwarf, als wolle er ihre Reaktion prüfen. Zum ersten Mal fühlte sie sich nicht unterlegen. Ihr Wissen war, auch dank ihrer eigenen Initiative, nicht mehr eindimensional. Anders als zu Beginn ihrer Reise wusste sie jetzt weitaus mehr, konnte sich selbst ein Bild machen.

»Ich will das nicht vergessen«, erklärte Havka Fulmann zum Abschluss des Interviews. »Ich will es niemals vergessen. Niemand darf das vergessen. Selbst die Leute, die vergessen wollen, können es nicht vergessen. Das ist unmöglich.«

Tatjana starrte auf den Abspann und schloss dann die Augen. Was diese Frau gesagt hatte, ging ihr nahe. Es war genau das, was sie fühlte, was sie dachte. Niemals sollte das, was an Unrecht geschehen war, vergessen werden. Vielleicht mochten die Opfer den Deutschen eines Tages vergeben, aber vergessen, was sie ihnen angetan hatten? Nein, niemals.

Adam schaltete den Computer aus. Schweigend erhoben sie sich, zogen ihre Jacken an und gingen zur Tür. Er löschte das Licht.

»Ich begleite dich«, sagte er, als sei es die selbstverständlichste Sache der Welt, Tatjana zu ihrer Pension zu bringen.

Gemeinsam machten sie sich auf den Heimweg. Der Abend war hereingebrochen, das Licht der Laternen schien auf den Asphalt. Sie sprachen kein Wort, während ihr Weg durch einen der schönsten Abschnitte der Planty führte – mit uraltem Baumbestand und breit ausuferndem Rasen. Für einen Moment fühlte Tatjana sich heimisch in Lilos Stadt.

»Meine Großmutter hat an der Jagiellonen-Universität studiert«, sagte sie gedankenverloren und wunderte sich, warum Lilo niemals von der Schönheit dieses Ortes berichtet hatte. Immerhin war dies die älteste Universität Polens.

»Mein Großvater und dessen Bruder auch«, vernahm sie Adams Antwort. Seine Stimme klang auf einmal dünn, verletzlich.

LILO

46

Krakau, Herbst 1943

Wir erwarten ein Kind, lieber Walter. Es wächst und gedeiht. Der Arzt sagt, ich sei im fünften Monat. Wie geht es dir? Deine letzte Nachricht erreichte mich im August – da wusste ich noch nichts von unserem Glück. Bitte melde Dich! Deine Lilo

Vergeblich hatte Lilo ihrem Verlobten mehrere Feldpostbriefe nach Breslau mit ein und demselben Inhalt geschickt, immer wieder die brennende Frage gestellt, warum sie nichts von ihm hörte. Seit sie ein Paar waren, hatte Walter jede Gelegenheit genutzt, um zu ihr zu kommen. Gemeinsam hatten sie den schönsten Sommer ihres Lebens verbracht, aber seit Walters letzter Nachricht war er wie vom Erdboden verschluckt. An schlechten Tagen rechnete Lilo mit dem Schlimmsten. Die Tatsache jedoch, dass sie ein Kind erwartete, stärkte sie und ließ sie die Ungewissheit irgendwie durchstehen. Bei seinem letzten Besuch hatte Walter formal bei ihrem Vater um ihre Hand angehalten, und Rigobert hatte zerstreut zugestimmt. Das Aufgebot war bestellt. Sobald Walter wiederkam, würden sie heiraten.

Täglich ging sie zur Wehrmachtsauskunftsstelle im Krakauer Rathaus. Aushängende Todeslisten der Gefallenen gab es nicht mehr. Hitler hatte Befehl erteilt, nur noch den nächsten

Angehörigen Todesnachrichten durch wichtige Funktionäre der NSDAP persönlich zu überbringen. Walter Kranz besaß keine Familie mehr, und so versuchte Lilo als seine Verlobte Auskunft zu erhalten.

Lilo hoffte so sehr, dass ihm ihre Briefe weitergeleitet worden waren, sicher sein konnte sie sich nicht.

Sie schaute durch die Glastrennwand in das Gesicht eines Mannes, den sie heute zum ersten Mal sah. Im Hintergrund ein Foto Hitlers, daneben eine Hakenkreuzfahne.

»Ich bin auf der Suche nach Dr. Walter Kranz, er dient in einem Reservelazarett in Breslau.«

»Sind Sie verwandt, verschwägert?«, nuschelte er.

Lilo schluckte. »Wir sind verlobt, das Aufgebot ist bestellt.«

Der Mann zögerte einen Moment, dann drehte er sich um, nahm eine große Akte in die Hand, blätterte darin und klappte sie zu. »Als Verlobte haben Sie kein Auskunftsrecht. Es tut mir leid.«

Verlegen sah er auf die Akte. Sie bemerkte ein Flattern seiner Augen.

»Er ist Lazarettarzt«, flehte sie ihn an. »Oberfeldarzt«, korrigierte sie hastig seinen hohen Dienstgrad, »… zuletzt im Einsatz im Reservelazarett Breslau Nummer fünf. Er versorgt unsere Verwundeten. Bitte, sagen Sie mir, ob er noch lebt. Wir erwarten ein Kind.«

Sie trat einen Schritt zurück und deutete auf die noch kleine Wölbung ihres Bauchs.

Der Mann stutzte, runzelte dann die Stirn und schaute nach rechts, dann nach links. Er bedeutete ihr näher zur Glaswand zu treten und beugte sich ihr entgegen.

»Ihr Verlobter scheint versetzt worden zu sein, in Richtung Osten.«

Osten. Lilo hatte das Gefühl, dass ihren Körper in diesem

Moment sämtliche Kräfte verließen. Osten, das hieß nichts Gutes. »Können Sie mir sagen, wohin genau? Er lebt dann doch, wenn das registriert ist, nicht wahr?«

Der Mann nickte. »Lemberg.«

»Lemberg«, wiederholte sie gedankenverloren. »Haben Sie vielleicht eine Adresse für mich?«

»Reservelazarett Nummer acht«, gab der Beamte tonlos zurück.

»Danke«, sagte Lilo, »… das vergesse ich Ihnen niemals.«

Wie ferngesteuert ging sie zurück in die Villa. Ihre Gedanken kreisten nur um die eine Frage, ob Walter in seinem Lazarett in Lemberg in Sicherheit war.

»Er wird sich melden, Lilo, mach dir keine allzu große Sorgen«, tröstete sie Zofia. »Wirst schon sehen. Bald hörst du von ihm. Du musst nur beten.«

»Er hat keine Familie. Wen sollten die Behörden denn informieren, wenn ihm doch etwas passiert?«, fragte Lilo verzweifelt. »Hitler hat ausdrücklich bestimmt, dass nur die engste Familie Auskunft erhält.«

»Aber ihr seid doch verlobt. Das ist doch was, so ein Eheversprechen hat doch einen Wert«, murmelte Zofia.

»Eine Verlobung ist kein rechtlicher Status, verstehst du?«, erwiderte Lilo. »Vor dem Gesetz sind wir nicht verwandt. Noch nicht.«

»Ein Eheversprechen ist etwas Heiliges«, sagte Zofia trotzig. »Was heißt schon rechtliches Dingsda mitten im Krieg?«

Zofia trat in den Flur, zog ihren Mantel über und warf sich ein geblümtes dreieckiges Tuch über den Kopf, deren Enden sie am Hals verknotete. »Mach dir keine Sorgen, solange er auf keiner Liste der Gefallenen auftaucht, lebt er, der gute Herr Doktor Kranz. Lemberg ist nicht weit weg von hier. Ich bin pünktlich zum Abendessen zurück. Es ist alles vorbereitet. Ich muss nur noch die Pellkartoffeln im Ofen aufwärmen. Der Quark ist angerührt. Sieh nach deinem Vater.«

Rigobert! Wie könnte sie ihren Vater vergessen! Er war unberechenbar geworden, und seit geraumer Zeit hatten sich die Rollen in ihrem Elternhaus verkehrt. Sie war zu seiner Aufpasserin, schlimmer, zu seinem Kindermädchen geworden und er ein kleines, bockiges Kind, das nach draußen huschte und abhaute, sobald sich eine Gelegenheit ergab.

Seufzend ging sie nach nebenan in den Salon, wo sie Rigobert zuletzt gesehen hatte.

Der Salon war leer, nur das Ticken der Standuhr war zu hören.

»Papa«, hallte ihre Stimme durchs Haus. Sie eilte die Treppe hinauf und sah sich im ersten Stock um. »Papa!«

Beunruhigt lief sie zurück in den ersten Stock zu seiner Praxis und riss die Tür auf.

Rigobert Wagner saß im Arztkittel an seinem Schreibtisch, den Kopf in die Hände gestützt und schluchzte. Das Schauskelett in der Ecke schien sie anzustarren. Ihr Vater weinte, die Hände vors Gesicht geworfen. Noch nie hatte sie ihn so verzweifelt gesehen wie in diesem Moment.

»Papa«, sagte sie, ging zu ihm und legte ihre Hände auf seine Schultern. »Was ist mit dir? Warum weinst du?«

Es dauerte eine Weile, bis sie das, was auf seinem Schreibtisch lag und worüber er den Kopf hängen ließ, erfasste. Sie sah nur Bruchstücke von kurzen Wortlauten in Schreibmaschinenschrift. Erst verzögert begriff sie beim Überfliegen der Wortfetzen, dass es sich um ein Telegramm handelte. Ein Telegramm mit schlechten Nachrichten.

... Erkundigungen ... Traurige Nachrichten ... Paris .... Fleckfieber ... Helene und Sohn... alle tot ... Arbeitslager ... Dein Walter ...

Helene! War etwas mit Helene? Lilo griff nach dem Papier, aber Rigobert riss es ihr aus der Hand, zerknüllte es und versteckte es in der Tasche seines Arztkittels. Missmutig zog er die Mundwinkel herab und wischte sich die Tränen aus dem Gesicht. »Das gehört mir. Du wirst es nicht wagen …«

Für einen Moment fürchtete sie, er würde das Papier in den Mund stecken und es hinunterschlucken.

»Was ist passiert, Papa?«

»Helene«, stieß er hervor. »Sie ist tot.«

Lilo spürte einen unmittelbaren Schmerz in der Herzgegend und umfasste dann ihren Bauch. Ein Ziehen zwang sie, sich auf einen Stuhl neben ihren Vater zu setzen und tief durchzuatmen.

»Papa, bitte, was ist geschehen? Warum bist du so verzweifelt? Das ist ein Telegramm, das du gerade in deinem Kittel versteckt hast. Ich muss wissen, was genau passiert ist! Kommt es von Walter, meinem Verlobten? Ich warte verzweifelt auf Nachricht von ihm!«

Rigobert schüttelte den Kopf.

»Was ist mit Helene passiert?«, fragte sie leise und nahm seine Hand, tätschelte sie. Sie wusste nicht, woher sie die Kraft nahm, mit Engelszungen auf ihn einzureden. Am liebsten hätte sie ihren Vater geschüttelt, ihm das Telegramm mit Gewalt entrissen. »Bitte!«

»Fleckfieber«, sagte er wie im Stakkato und starrte zum Fenster hinaus. »Alle tot. Die Rickettsia prowazekii war es! Alle sind tot. Helene und ihr Sohn«, sagte er und sah Lilo mit fremdem Blick an. »Wusstest du, dass sie …?« Er brach ab.

Lilo schüttelte stumm den Kopf. Konzentriert versuchte sie, sich noch einmal an das Geschriebene zu erinnern, das sie in einem kurzen Blick erfasst hatte. *Erkundigungen … Traurige*

Nachrichten ... Paris .... Fleckfieber ... Helene und Sohn... alle tot ... Arbeitslager ... Dein Walter ...

Ja, das Telegramm war von Walter – er lebte! Das dämmerte ihr erst jetzt, denn Tote verschickten keine Post, aber Helene war gestorben? Lilo kannte mittlerweile den schmalen Grat von Rigoberts klaren Momenten und seinem Fabulieren. Im Moment war ihr Vater glasklar im Hier und Jetzt.

»Was genau ist passiert, Papa? Helene und ihr Sohn sind am Fleckfieber gestorben?« Ihre eigene Stimme hörte sich so fremd an, wie die einer anderen.

»Fleckfieber. Du weißt doch, was das ist.«

Lilo nickte ungeduldig. »Natürlich weiß ich das. Ist unsere Helene wirklich tot? Schreibt das Walter? Was hat er noch geschrieben, Papa, was?«

Rigobert streckte seine Arme aus und deutete auf seine Unterarme. »Tödlich, tödlich. Dunkle Flecken auf der Haut, hohes Fieber. Tödlich. Traurige Nachrichten aus Paris.«

Plötzlich runzelte er die Stirn, sah sich verwirrt um, als suche er in seiner Praxis nach Anhaltspunkten, nach der Chronologie seiner jüngsten Erinnerungen, als wisse er schon jetzt nicht mehr, welchen Zusammenhang es zwischen der Hauptstadt Frankreichs und dem Namen einer Frau, die seine Tochter war, gab. *Traurige Nachrichten* – welche Bedeutung hatten diese Worte für ihren Vater? Nur ein paar Fragmente gelernten medizinischen Wissens schienen sich wahllos durch seine Erinnerungen zu schlängeln, und bald schon würden sie dort ohne Sinn zusammenhanglos stehen und neue Geschichten entstehen lassen, die sich aus altem Erleben und Auswendiggelerntem speisten.

Lilo schloss die Augen, hörte, wie ihr Vater aufstand, sich zur Tür schleppte. Die Augen öffnend sah sie hinüber zu seiner Gestalt, ein gebeugter Mann, der regungslos dastand, die

Klinke in der Hand, als habe er vergessen, wie sich eine Tür öffnen ließ.

»Darf ich das Telegramm lesen, Papa, bitte?«, versuchte Lilo ein letztes Mal auf ihn einzuwirken. »Ich muss doch genau wissen, was ...«

Rigobert schüttelte sich, als sei er aus einem Albtraum erwacht, wandte sich ihr noch einmal zu und sagte bestimmend: »Ich gehe jetzt zu meinen Patienten. Rickettsia prowazekii, merke dir, mein Kind: gefährlich, hoch gefährlich. Der Bazillus wird auch nach Krakau kommen. Wir sind verloren.«

»Ja, das sind wir«, bildete Lilo lautlos mit ihren Lippen. »Wir sind verloren, weil Krieg ist und nichts mehr wie vorher. Nichts mehr steht an seinem Platz. Telegramme erreichen ihre Adressaten nicht, weil alles durcheinander ist.«

LILO

47

»Das Telegramm war für mich bestimmt«, sprach Lilo gedankenverloren vor sich hin, nachdem ihr Vater den Raum verlassen hatte.

Die Standuhr im Salon schlug zur vollen Stunde.

Dein Walter – Noch einmal rief sie sich das, was sie gerade auf dem Schreibtisch ihres Vaters überflogen hatte, ins Gedächtnis. Sie konnte die in Papier gestanzten Buchstaben am Ende des Telegramms vor ihrem inneren Auge sehen. Sie täuschte sich nicht. *Dein Walter.* Walter Kranz hätte Rigobert niemals geduzt. Das Telegramm konnte nur an sie gerichtet gewesen sein. Das, was ihr Vater über Helene und ihre Familie gesagt hatte, deckte sich mit den Fetzen, die Lilo auf die Schnelle hatte lesen können. Ihre Schwester war tot, eine tragische Krankheit hatte sie und ihren Sohn dahingerafft. *Alle tot.* Was war mit Samuel passiert? So lange war es nicht her, dass ihr Gusta seinen Namen preisgegeben hatte. Bezog sich das im Telegramm erwähnte Arbeitslager auf ihn? Wie oft in all den Jahren hatte Lilo das Familienfoto aus dem Jahr 1939 angesehen, voller Sehnsucht und den besten Wünschen für Helene, voller Neugierde auf Paris, wo Helene mit ihrem Sohn und dem Mann ihrer Träume posiert hatte. Was war aus Samuels Traum von der französischen Staatsbürgerschaft geworden? Dieser schöne, dunkelhaarige Mann mit dem geheimnisvollen Blick, von dem Gusta in den höchsten Tönen geschwärmt hatte. Arbeitslager! Nein, es hieß nicht Arbeitslager, das richtige Wort, das wussten längst alle, hieß Konzentrationslager. In Auschwitz, keine sechzig Kilometer Luftlinie von Krakau entfernt, vergasten die Deutschen die Juden.

Sie wischte den Gedanken beiseite, so schmerzhaft waren die Zusammenhänge, die sich in ihr auftaten. Sie wünschte, sie könnte Gusta befragen, aber seit jener Nacht unten in der Waschküche hatte sie nie wieder etwas von Helenes Freundin gehört.

Helene ist mir immer eine Schwester gewesen, und das bist du jetzt auch für mich. Gemeinsam sind wir die Schwestern von Krakau. Das hatte Gusta zu ihr gesagt, ein halbes Jahr lag es zurück, als sie sich vor der Kellertür zur Villa versteckt hatte. Hoffentlich war sie mit Marek in Sicherheit und wartete in einem sicheren Versteck, bis alles vorbei sein würde.

Lilos einziger Trost war: Walter Kranz lebt! Vermochte das Gute an der Nachricht den schweren Stein, der ihr auf der Brust lag, ihr die Luft raubte, irgendwann wegzusprengen? Das Wissen um Helenes Tod schien ihr so unwirklich. Eine tiefe Traurigkeit legte sich auf Lilos Gemüt – das Schlimmste von allem war eingetreten. Ihre Schwester war in Paris gestorben. Sie würden einander nie wiedersehen. Wenn Rigobert starb, war die Krakauer Familie Wagner so gut wie ausgelöscht. Aber Lilo erwartete ein Kind. In ihm würden die Wagners weiterleben, denn sie, Walter und das gemeinsame Kind würden übrig bleiben und weitermachen müssen.

Das Ungeborene regte sich in ihr, so stark, als schlage es einen Purzelbaum. Lilo atmete tief ein und stieß konzentriert Luft aus. Es würden doch keine Wehen sein, jetzt im fünften Monat – nein, das war nur der Schmerz um den Verlust. Sie musste nach vorne sehen. Ihr Kind würde seinen Vater kennenlernen – das Leid würde irgendwann dank des Lebens, das in ihr wuchs, gemildert werden. Ihr war, als lebe jetzt ihre geliebte Schwester unter ihrem Herzen weiter.

Sie streichelte ihren Bauch noch einmal, zog mit der flachen Hand große Kreise. »Wenn es ein Mädchen wird, nennen wir dich Dora«, flüsterte sie, der einzig richtige Name, der ihr auf einmal zufiel wie eine Eingebung. Dorothea bedeutete im Altgriechischen *Geschenk Gottes*.

Stundenlang durchsuchte sie die Praxis ihres Vaters nach dem Telegramm. Sie inspizierte den Abfalleimer, sein Geheimfach unter dem Mikroskop und den Arztkittel, aus dem sie einen Flaschenöffner und ein Fieberthermometer hervorzauberte. Nur ihr Vater wusste, wo das Telegramm war. Er würde sich an nichts erinnern können. In seinem Schreibtisch fand sie Einkaufszettel mit ihrer eigenen Handschrift, Käthes Häkelnadel und die seit Langem vermissten silbernen Kaffeelöffel genau wie die Sauciere aus Käthes Sonntagsgeschirr – ein unerträglicher Verlust, wie Zofia behauptet hatte, der ihren Argwohn heraufbeschworen hatte, als sei ein Dieb am Werk gewesen.

»Im eigenen Haus wird man bestohlen«, hatte sie geschimpft und den Heiligen Antonius, der für Verlorenes zuständig war, mitsamt der verstorbenen Frau Doktorowa um Hilfe bei der Aufdeckung eines Verbrechens angefleht.

Jetzt war Lilo dahintergekommen, dass Rigobert der Dieb gewesen war. Ein Dieb in seinem eigenen Haus, ein Mann, der um den Tod seiner Tochter wusste und vergessen würde, dass sie überhaupt jemals gelebt hatte.

Als Lilo die unterste Schublade öffnete, fand sie dort, eingeschlagen in Packpapier, ein altes Familienerbstück, an dem Lilos ganzes Herz hing und das seit Käthes Tod wie vom Erdboden verschwunden war – das Fotoalbum der Familie Wagner. Ihr Herz schlug schneller, und sie holte das in Leder gebundene Buch vorsichtig heraus.

Sie blätterte es durch, und ihr Blick blieb bei einem Kinderfoto von ihr und Helene hängen – die beiden Schwestern Hand in Hand vor der Marienkirche anlässlich von Lilos erster Heiliger Kommunion. Lilo trug ein weißes Kleidchen, um einen Handschuh war ein Rosenkranz gewickelt. Die Schwestern strahlten um die Wette. Sämtliche Fotos waren sorgfältig eingeklebt. Es gab keine Lücke. In einem ebenfalls auf der Rückseite befestigten Umschlag befanden sich die Sterbebildchen, die Käthe im Laufe der Jahrzehnte sorgfältig gesammelt hatte, fürs Magnifikat. *In Memoriam* stand darauf, mit der akkuraten Handschrift ihres Vaters. Lilo hatte diese Bildchen nie gemocht. Kurz entschlossen klebte sie den Umschlag zu.

»Ach, Helene«, schluchzte sie. »Ich werde dich nie wiedersehen. Dieser grausame Krieg hat uns auseinandergerissen, Tod über uns gebracht.«

In dieser schweren Stunde beklagte Lilo die Toten im Hause Wagner und die Lebenden, allen voran ihren Vater, dessen Gedächtnis dem Tod näher war als dem Leben und der sich an Dinge zu hängen schien, mit denen er gar nichts anfangen konnte. Unaufhörlich tropften Lilos Tränen auf ihr Kommunionsbild, und schluchzend löste sie es vom Papier. Wie betäubt ging sie mit dem Foto hinaus in den Garten, ließ sich auf den Boden fallen und hob unter der Kastanie, nahe ihrer einstigen Kinderschaukel, mit einem Spaten die gefrorene Erde aus. Dann gab sie das Foto hinein und schüttete das Grab zu. Sie bekreuzigte sich.

Als sie das Haus betrat, stürzte Lilo Zofia entgegen und sagte ihr unter Tränen, was geschehen war.

»*Moje biedne dziecko – mein armes Kind*«, stammelte Zofia.

Beim Abendessen war Rigobert wieder der Alte.

»Du hast zugenommen«, sagte er beim Dessert.

»Weil ich ein Kind erwarte«, erwiderte Lilo mit bebender Stimme. »Ich bin im fünften Monat schwanger.«

»Im fünften Monat«, murmelte er. »Weiß das deine Mutter, oder muss ich mit ihr sprechen?«

Lilo blickte verzweifelt in Zofias Augen, die soeben mit der Zeitung den Salon betrat. Beschwichtigend deutete sie ein Kopfschütteln an und reichte Lilo die *Krakauer Zeitung*. »Es ist alles gut, Herr Doktor. Unsere Lilo hat sich mit dem Herrn Dr. Kranz verlobt, Sie wissen doch, Walter Kranz. Das Aufgebot ist bestellt. Sie ist so gut wie verheiratet.«

»Wo ist er denn, der gute Walter?«, fragte er verwirrt. »Früher hat er mir immer Briefe geschrieben.«

Lilo horchte auf. »Er hat dir geschrieben?«, fragte sie hoffnungsvoll. »Wo ist denn der Brief, Papa? Was schreibt er denn?« Sie bemühte sich um einen möglichst belanglosen Ton.

Rigobert winkte ab. »Immer dasselbe. In jeder Praxis dasselbe. In Paris grassiert das Fleckfieber.« Umständlich zündete er sich seine Zigarre an.

Lilo presste die Lippen zusammen. Ihr Blick fiel auf die Tageszeitung.

Keine Atempause für die Bolschewisten, lautete eine Überschrift auf der ersten Seite. Auf Fotos waren Männer mit erhobenen Händen abgebildet. Unschuldige Menschen blickten direkt in die Kamera. Im Hintergrund hing an einer Häuserwand ein Plakat des polnischen Widerstands. In den Gesichtern war die nackte Angst zu lesen, aber auch Trotz.

Verwirrt breitete Lilo die Zeitung aus.

Zofia wandte sich an ihren Hausherrn. »Wollen wir noch einen kleinen Spaziergang machen, lieber Herr Doktor, nachdem Sie Ihre Zigarre genossen haben? Einmal ums Haus rum?«

Einmal ums Haus rum – Käthes Worte. Lilos Eltern hatten über all ihre gemeinsamen Jahre am frühen Abend diese Runde gedreht.

Rigobert legte die Zigarre in den Aschenbecher und rieb sich die Hände.

Lilo blätterte die Zeitung um.

Als die Haustür hinter Rigobert und Zofia ins Schloss fiel, entdeckte sie auf der vorletzten Seite der heutigen Ausgabe einen winzigen Absatz.

> Marek und Gusta Draenger
> in Montelupich hingerichtet
>
> Mit den Juden Shimshon und Gusta Draenger sind die Letzten des schmutzigen jüdischen Widerstands in Bochnia gefasst worden. In einem Bunker im Wald entdeckte die Polizei ein ganzes Lager von Flugblättern und jüdischen Zeitungen. Alles wurde ausgeräuchert. Mit gefälschten Papieren wollten die beiden Kommunisten feige über die ungarische Grenze verschwinden. Die Hinrichtung erfolgte am frühen Morgen des 8. Novembers.

Lilo ließ die Zeitung auf den Tisch sinken. Gusta hatte es im April von der Sebastiangasse bis nach Bochnia geschafft: Dort hatte sie mit ihrem Mann noch über halbes Jahr nach ihrer Flucht aus Montelupich überlebt und sicherlich weiter auf ihre Weise Widerstand geleistet. Damit war ihr sehnlichster Wunsch in Erfüllung gegangen.

Lilo jedoch war untröstlich. Jetzt hatte sie beide unwiderruflich verloren. Helene und Gusta waren tot. Die Schwestern von Krakau gab es nicht mehr. Durch ihre Welt zog sich ein Riss.

TATJANA

48

Krakau, Frühjahr 2017

»Was hältst du von einer Krakau-bei-Nacht-Tour auf der Weichsel?«, fragte Adam plötzlich unvermittelt und blieb stehen. »Vielleicht ist das genau das Richtige nach der aufwühlenden Dokumentation.«

Sie hatten gerade die Straßenkreuzung erreicht. Noch wenige Hundert Meter zu Tatjanas Pension. Die Straßenlaternen beschienen den Asphalt. Neben ihnen fuhr eine Straßenbahn auf der begrünten Fläche durch die Planty.

Tatjana stutzte. »Krakau bei Nacht?«, fragte sie, eine Spur amüsiert.

»Eine klassische Touristentour. Kerzenlicht und so. Beleuchtete Gebäude. Krakau mit Weichzeichner. Es ist nur ein Vorschlag.« Er zuckte die Achseln.

»Warum nicht?«, sagte sie. »Ich bin tatsächlich aufgewühlt, das stimmt.«

Als sie die Straße überquerten, bemerkte Tatjana die rote Fußgängerampel zu spät. Unmittelbar neben sich hörte sie quietschende Reifen, dann ein mehrfaches Hupen. Sie erstarrte und wusste für einen Moment nicht, ob sie zurücksollte oder weitergehen. Da griff Adam nach ihrer Hand, hob die andere entschuldigend in Richtung des hupenden SUVs und zog Tatjana auf die andere Straßenseite.

»Das war knapp«, sagte Tatjana und sah dem heftig gestikulierenden Fahrer hinterher.

»War es nicht«, erwiderte Adam, fuhr sich durchs Haar und gab ihre Hand wieder frei.

Zu ihrem Erstaunen blieb das vertraute Gefühl einer Berührung zurück.

»Ganz schön kitschig«, sagte Adam, nachdem sie die Anlegestelle erreichten und ihre Plätze auf dem hell erleuchteten Schaufelraddampfer ganz vorn am Bug einnahmen. »Ich habe dich gewarnt.«

Von hier aus hatte man einen direkten Blick auf den Wawel, der stolz auf einer Anhöhe lag, unverwundbar, als hätte dort niemals ein Sadist wie Hans Frank gewohnt. Die Gebäude entlang der Weichsel waren beleuchtet, und sie glänzten, als wären sie mit Gold überzogen.

Sie bestellten Rotwein. Die meisten Plätze blieben frei. Die großen Touristenschwärme würden erst im Sommer kommen. Das Schiff legte ab. Tatjana stellte das Audiogerät in deutscher Sprache ein.

»Ja, das ist es«, erwiderte sie, warf den Kopf in den Nacken und zog den Reißverschluss ihrer Jacke zu. Sie hielt sich das Headset ans linke Ohr. Eine makellose deutschsprachige Stimme ertönte.

Zu Ihrer Rechten sehen Sie das Königsschloss Wawel. Die spektakuläre Anlage wurde in der ersten Hälfte des sechzehnten Jahrhunderts erbaut und beherbergte viele polnische Könige. ... Im zweiten Weltkrieg wurde die Burg zum Dienstsitz des Generalgouverneurs Hans Frank ...

»Darf ich dich etwas fragen?«, sagte Tatjana nach einer langen Pause und legte das Headset auf ihren Schoß.

Adam nickte.

»Ich denke darüber schon die ganze Zeit nach, ganz besonders, nachdem ich dein Büro gesehen habe. Die vielen Plakate.

Wie hältst du deine Arbeit aus?« Sie bemühte sich um einen neutralen Ton.

»Was meinst du?« Er richtete sich auf, sah sie fragend an.

»Ich stelle mir deine Arbeit der Holocaust-Dokumentationen als eine permanente Konfrontation mit menschlichen Abgründen vor. Das Morden. Das Sterben. Das, was Menschen einander angetan haben. Du erlebst ja indirekt tagtäglich aufs Neue, welche Verbrechen geschehen sind. Wie erträgst du das?«

Adam zuckte kurz, dann zog er die Mundwinkel herab und lehnte sich wieder an. »Genau wie du es aushältst, mit traumatisierten Menschen zu arbeiten. Die Geschichte ist längst nicht auserzählt, immer kommen neue böse Machenschaften ans Licht. Ich möchte das aufdecken und freue mich über alles Gute, Menschliche, das es eben auch gab. Da, wo Dunkelheit ist, gibt es auch immer Licht. Egal, wie klein die Lichtquelle ist – umso heller strahlt sie und beleuchtet die Umgebung.«

Tatjana befremdete die Poetik seiner Worte. Sie spürte, dass sie instinktiv einen wunden Punkt in ihm getroffen hatte. Etwas hielt er zurück, etwas, das er weitläufig umkreiste. Es musste mehr dahinterstecken, weshalb er sich dieser Aufgabe mit Haut und Haaren verschrieben hatte.

»Was ist dein Motiv?«, hakte sie leise nach. »Warum machst du diesen Job?«

Er warf die Arme in die Luft. »Was ist deines? Warum befasst du dich mit dem Seelenleben fremder Menschen, mit den Abgründen, ihren Traumata, ihren Verletzungen?«

»Du meinst, in unseren Berufen gibt es Parallelen?«, fragte sie beherrscht.

»Vielleicht ein wenig«, sagte er achselzuckend. »Ich analysiere historische Sachverhalte, du die Menschen.«

Tatjana schluckte. *Jede Familie bringt die Berufe hervor, die sie braucht* – Claudias Worte.

»In deinem Fall sind es historische, von der Gesellschaft verursachte Dinge, du musst die Menschen und ihr Handeln schon mit an Bord nehmen.« Tatjana verstummte. Es war ihr einfach herausgerutscht und hörte sich schrecklich belehrend an. Ehe sie eine Entschuldigung sagen konnte, konterte Adam.

»Ich kann den Menschen, die ermordet wurden, nicht mehr helfen, nur noch die Erinnerungen wachhalten, sozusagen als Mahnung, dass es nie wieder geschieht. Ich kann das gesellschaftliche Bewusstsein nicht ändern, aber dagegenhalten. Immer und immer wieder. Der Antisemitismus lebt in den Köpfen weiter.«

»Niemand kann die Menschen ändern«, sagte Tatjana. »Man kann nur immer seine eigene Haltung korrigieren.«

Plötzlich war eine Spannung zwischen ihnen, die kaum zu ertragen war, als hätte sich da etwas angestaut, etwas Unausgesprochenes.

»Es gibt keinen bestimmten Grund für meine Arbeit. Ich bin Historiker, das ist alles«, knurrte Adam, nahm einen großen Schluck Wein und stellte das Glas auf den kleinen Tisch vor ihnen. »Was interpretierst du in mich hinein? Du machst einen Denkfehler.«

»Ach ja?«, fragte Tatjana. Der Bug des Schiffs pflügte sich durch das spiegelglatte Wasser, das kleine Wellen schlug.

»Ich bin nicht dein Patient. Ich komme zurecht, all die Jahre bin ich sehr gut zurechtgekommen. Du musst mich nicht analysieren, keine tieferen Motive in meinem Handeln suchen. Es wäre mir recht, du würdest aufhören zu bohren.«

»Was ist mit dir? Du hörst nicht auf zu sticheln, was meine Familie angeht.«

»Ich halte deine Augenwischerei für schwierig, das ist alles.«

»Meine Großmutter war eine traumatisierte Frau. Sie musste ihre Eltern begraben, hat ihre Schwester verloren. Lilo hatte ein schweres Leben und hat sich durchgekämpft, ganz allein mit einem Kind.«

»Das haben viele Menschen im Krieg erdulden müssen. Mach deswegen keine Heldin aus ihr! Sie stand die ganze Zeit über unter der Protektion des Generalgouvernements.«

»Ich habe nie behauptet, sie sei eine Heldin gewesen«, verteidigte sich Tatjana. »Und ja, sie mag geschützt gewesen sein, aber sie war keine Täterin!«

Benommen hielt sie das Headset an ihr Ohr.

Die Weichsel gilt als historische Wasserstraße Krakaus. Mit einer Länge von tausenddreiundzwanzig Kilometer ist sie der längste Fluss Polens ..., klang die Stimme an ihrem Ohr.

»Da bist du dir sicher, nicht wahr?«

»Was willst du eigentlich von mir?«, fragte sie und blickte ihm direkt in die Augen. »Möchtest du ein Schuldeingeständnis oder so etwas Ähnliches?«

»Ich dachte, wir teilen gewisse ...« Er brach ab, als suche er nach dem richtigen Wort. »... Wertvorstellungen, aber ich sehe es so: Du verweigerst den Blick auf die Verantwortung deiner Familie. Die Wagners müssen sich doch nach Einmarsch der Deutschen plötzlich wie Könige gefühlt haben.«

»Ja, das ist genau das, was du glaubst! Ich hingegen kann es nicht sagen. Ich weiß es schlichtweg nicht.«

Das Schiff tuckerte an einer Klosteranlage vorbei. Auch sie war hell beleuchtet. Tatjana nahm einen kräftigen Schluck Wein. Er schmeckte sauer. Sie setzte das Headset auf.

Malerisch am Weichselufer gelegen befindet sich das Kloster der Krakauer Norbertinerinnen, die seit Jahrhunderten hier ansässig sind ...

»Es ist wie mit diesen Menschen, die in der Nähe von

Schlachthöfen leben«, fuhr Adam unbeirrt fort. Trotz der Kopfhörer vernahm sie seine Stimme, den vorwurfsvollen Ton. »Irgendwann gewöhnen sie sich an die Todesschreie der Tiere. Sie hören sie nicht mehr. Sie blenden sie aus.«

»Was ist denn das für ein Vergleich, Adam? Ich bitte dich! So siehst du meine Familie?«, fragte sie empört, um Worte ringend. Sie nahm das Headset ab. Der Vergleich zwischen Wegsehen und der moralischen Frage nach dem Umgang mit sterbenden Tieren ging ihr absolut zu weit. »Und womöglich sogar mich? Ich soll eine Ignorantin sein? Was soll ich denn bitte schön ausgeblendet haben? Sag es mir, ganz konkret. Was blende ich aus?«

»Du zeigst Betroffenheit angesichts der historischen Verantwortung Deutschlands«, gab er zurück. »Bei deiner Familie wechselst du die Perspektive und willst nur die Idylle sehen. Hast du dich jemals gefragt, was die Polen hier vor den Augen von Familien wie der deinen aushalten mussten? Niemand hat sie geschützt. Warum ist deine Lilo aus Krakau abgehauen, kannst du mir das sagen?«

»Weil sie in einem freien Land leben wollte, weil sie alles verloren hatte, was ihr lieb war«, stammelte sie.

Er schüttelte den Kopf. »Nein. Weil sie die Rache der Polen fürchten musste, das war der Grund. Deshalb hat sie auch ein Leben lang geschwiegen, wer weiß, was alles über die Wagners ans Licht gekommen wäre.«

Ein Wort gab das andere. Am liebsten hätte sich Tatjana die Ohren zugehalten, aber sie musste etwas sagen. Es war wie ein Zwang. »Für einen Wissenschaftler bist du ziemlich irrational, Adam. Du verwechselst Emotionen mit Fakten. Warum hätte Lilo bleiben sollen? Es gab nichts mehr, alle waren tot. Ihre ganze Familie. Es gibt keine Beweise, dass die Familie Wagner sich hier schuldig gemacht hat, außer dass sie in Krakau privilegiert gelebt haben.«

»Du sagst es, privilegiert. Sie führten ein unbekümmertes Leben, während die Menschen um sie herum verreckt sind. Es waren nicht nur die Juden, die man abgesondert in einem Ghetto abriegelte. Polen wurden tagtäglich geächtet, auf offener Straße oder in abgelegenen Wäldern hingerichtet. Die Wagners müssen das gesehen haben. Es konnte ihnen gar nicht verborgen geblieben sein!«

»Du wirfst mir vor, dich zu analysieren«, fauchte Tatjana. »Du bist es, der Lilos Verhalten, ohne sie jemals kennengelernt zu haben, geradezu seziert!«

Augenblicklich verstummte sie.

Es gab keine Übereinstimmung zwischen ihnen, erkannte sie in diesem Augenblick. Adams Bild von ihrer Familie war in jenem, das er von den Besatzern, den Aggressoren hatte, eingebettet. Er konnte nicht aus seiner Haut. In diesem Moment überraschte es sie, dass er seinen Hass so lange vor ihr hatte verbergen können. Verbal war er oft angeklungen. Jetzt schien er sich verselbstständigt zu haben.

Schweigend saßen sie nebeneinander, während das Schiff auf dem Rückweg das Weichselufer entlangfuhr und die monumentalen Gebäude Krakaus auf der anderen Seite beleuchtete. Es war geradezu grotesk, und sie wünschte sich nichts sehnlicher, als von Bord zu gehen.

Sie setzte das Headset auf, wandte sich von ihm ab und starrte auf das Wasser.

Nach einer Legende sollen Tataren die Glocke des Kirchturms der Norbertinerinnenkirche heruntergerissen und in der Weichsel versenkt haben. Die Stimme der seligen Bronislawa soll bis heute aus der Tiefe des Flusses zu vernehmen sein, wenn sie zum Gebet der Ertrunkenen ruft…

Tatjana fröstelte.

Sie war froh, als das Schiff endlich wieder an seiner Ausgangsposition anlegte und sie von Bord gehen konnten. Ohne ein Wort zu wechseln gingen sie am Wawel entlang die Anhöhe hinauf und erreichten durch einen kleinen Abschnitt der Planty die Straße von Tatjanas Pension.

Adam murmelte etwas Unverständliches.

»Ich finde den Weg allein«, sagte sie, drehte sich weg und lief los.

Zutiefst verletzt warf sie die Tür ihres Appartements hinter sich ins Schloss und setzte sich aufs Sofa.

Was war gerade passiert? Warum war die Stimmung zwischen ihnen so gekippt? Warum unterstellte ihr Adam immer noch, dass sie Augenwischerei betrieb? Warum hatte sie ihm mit ihrer Fragerei nach seinen Motiven wehtun müssen? Warum war sie nicht behutsamer vorgegangen? Tränen stiegen ihr in die Augen, und sie wischte sie wütend weg. Sie hatte sich selten von einem Menschen so ungerecht behandelt gefühlt. Lag das Problem bei ihm? Projizierte er etwas auf sie, das eigentlich ihn betraf?

Was war schiefgegangen?

Niedergeschlagen ging sie ins Bad, schminkte sich ab und putzte sich die Zähne. Vielleicht würde sie morgen klarer sehen. Sie warf einen Blick auf ihren gepackten Koffer und knipste die Nachttischlampe an. Morgen Abend ging ihr Flug.

Eigentlich hatte sie ihm das heute sagen wollen.

Als sie gerade in ihren Schlafanzug geschlüpft war, klopfte es einmal zaghaft gegen ihre Tür. Dann ein zweites Mal.

LILO

49

Krakau, Winter 1943

Mit heruntergezogenen Mundwinkeln betrat Zofia den Salon. Lilo war gerade dabei, das Silber zu reinigen.

»Besuch für Sie«, presste Zofia unfreundlich hervor und strich sich einen Krümel von der Schürze.

Lilo sah sie befremdet an und legte das Silberputztuch aus der Hand. »Wer ist denn da? Und weshalb so förmlich?«

Einen missmutigen Ton ausstoßend ging Zofia zurück zum Entree und ließ die Schiebetür geöffnet. Lilo erkannte den Besucher bereits von hinten.

Etwas verloren stand da ein hochgewachsener Mann, streifte seinen Kamelhaarmantel ab und wartete darauf, dass ihn Zofia ihm abnahm, aber sie verharrte mit verschränkten Armen an Ort und Stelle und starrte auf den Boden.

»Treten Sie ein, Herr Magister«, sagte Lilo und ging ihm eilig entgegen. Sie strafte Zofia mit einem strengen Blick, aber die hob nur das Kinn an.

Er drehte sich zu ihr, und ihre Blicke trafen sich. Für einen Augenblick registrierte sie seine Befremdung, eine kurze Irritation, die wohl ihrem Zustand galt. Seine Augen flatterten, aber er fing sich unmittelbar.

»Zofia«, sagte Lilo streng. »Mach uns bitte einen Tee. Sie

mögen doch Tee, wenn ich mich richtig erinnere?«, sagte sie dann an Pankiewicz gewandt.

Er nickte, stand stumm da, den Mantel über den Arm gehängt.

Sie nahm ihn ihm ab und hängte ihn an die Garderobe. »Reiß dich zusammen, Zofia«, zischte sie ihr im Weggehen zu.

Mit einem unverständlichen Murmeln verschwand Zofia in der Küche.

»Nehmen Sie bitte Platz«, forderte Lilo Pankiewicz freundlich auf. Ihre letzte Begegnung lag so lange zurück. Jadwiga war jetzt über ein Jahr tot – so lange hatte sie ihren einstigen Vorgesetzten nicht mehr gesehen. Es verging kein Tag, an dem sie nicht an Jadwiga gedacht hatte. Helene. Simon. Jadwiga. Gusta. Ihre Mutter – all die Toten.

Pankiewicz setzte sich. »Eigentlich wollte ich Ihnen raten … auch wenn es mir nicht zusteht, aber …« Er räusperte sich.

Sie sah ihn freundlich abwartend an und strich über ihren Bauch.

Er nahm einen tiefen Atemzug. »Ich wollte Ihnen raten, Polen zu verlassen. Es ist zu gefährlich. Die Deutschen werden den Krieg verlieren.«

Er warf einen kurzen Blick auf sie. Aus irgendeinem Grund war sie sich plötzlich sicher, dass er bereits von ihrer Schwangerschaft wusste. Jemand musste es ihm erzählt haben, denn überrascht schien er nicht.

Unmittelbar spürte sie, wie sich ihr Herzschlag beschleunigte. »Was ist passiert?«

Er seufzte. »Nachdem das Ghetto aufgelöst worden war, hat man uns in der Apotheke lange in Ruhe gelassen. Jetzt aber haben sie angefangen zu schnüffeln, nachzuforschen, was bei uns los war. Ein enger Vertrauter ist der Überzeugung, jemand hat den Deutschen was gesteckt. Ich habe Ihren Namen aus sämtlichen Unterlagen vernichtet. Vorsorglich. Unterschriften, Vermerke, Gehaltsbescheinigungen. Es ist, als wären Sie nie bei mir gewesen ... bei uns«, korrigierte er hastig.

Lilo schluckte. Was könnte man ihr nachweisen? Sie war ja kein einziges Mal am Ausgang des Ghettos kontrolliert worden. Doch, einmal, in jener Nacht, als das mit Jadwiga geschehen war. Es gab jedoch nichts Schriftliches, keinen Beweis. Es war, als sei sie damals unsichtbar gewesen. »Aber wenn Sie meinen Namen entfernt haben, was könnte dann passieren?«

»Die Verräter leben noch. Vor Tagen kam ein alter Bekannter und hat nach Ihnen gefragt. Das hat mich offen gestanden sehr beunruhigt.«

»Ein Spitzel«, sagte Lilo. »Sie leben noch. Nur die Guten sind tot.« Sie wischte sich über die Augen.

Pankiewicz nickte. »Ich sagte ihm, dass Sie nicht mehr bei mir arbeiten, da Sie sich um Ihren kranken Vater kümmern müssen. Doch ich bin mir sicher, dass er es nicht dabei belassen wird.«

»Derjenige weiß also, was ich getan habe ...«, stammelte Lilo.

»... sagen wir, er ahnt etwas. Aber lassen Sie das meine Sorge sein, ich kümmere mich darum. Mich beunruhigt etwas ganz anderes. Bitte bringen Sie sich und Ihr Kind in Sicherheit. Sie müssen raus aus Polen. Gehen Sie ins Reich.«

»Dort, wo ich in Sicherheit wäre, befindet sich Ihr Todfeind.«

Pankiewicz schüttelte den Kopf und lächelte sie fast schüchtern an. »Ich konnte immer recht gut zwischen Gut und Böse unterscheiden. Es gibt auf beiden Seiten solche und solche. Wie geht es dem Kindsvater?«, fragte er dann, abrupt das Thema wechselnd.

»Gut«, sagte Lilo und errötete. »Er ist Arzt und wurde vor Kurzem in ein Lazarett nach Lemberg versetzt.«

Mit einem Ruck öffnete sich die Flügeltür zum Salon, und Zofia betrat mit einem Tablett den Raum. Ohne eine Miene zu verziehen, servierte sie den gewünschten Tee.

»Dankeschön, liebe Zofia«, sagte Lilo.

»Bitteschön«, antwortete diese spitz.

Pankiewicz schmunzelte. Er wartete, bis die Bedienstete den Raum verließ. Lilo schenkte Tee ein, schob ihrem Gast stumm Milch und Zucker zu.

Er gab drei Stücke Zucker und Milch in seinen Tee, rührte bedacht in seiner Tasse. Was, fragte sich Lilo, was vermochte seine Welt zu erschüttern? Ihr fiel nichts ein.

»Die Deutschen verlieren gerade an allen Fronten, Fräulein Lilo. Stalingrad war der Anfang vom Ende. Die Russen sind auf dem Weg in Richtung Westen. Es kann noch Monate dauern, aber sie werden kommen. Sind sie erst einmal hier, dann werden Sie als Volksdeutsche nicht mehr aus Polen herauskommen. Die Polen warten nur auf die Stunde der Vergeltung. Verlassen Sie Krakau, solange Sie noch können. Ihrem Kind zuliebe. Sie haben doch Verwandtschaft in Stuttgart, nicht wahr?«

Stalingrad war der Anfang vom Ende – hatte das nicht schon Walter vorausgesagt?

Lilo nickte. »Ich habe dem Bruder meines Vaters erst vor Kurzem geschrieben. Mein Vater ist inzwischen völlig unberechenbar, wie ein kleines Kind. Sein Gedächtnis besteht nur noch aus zertrümmerten Fragmenten.«

Sie stützte die Ellbogen auf den Tisch und legte ihre Stirn in ihre Hände. Was sollte sie tun? Sie konnte ihren Vater nicht allein in Krakau zurücklassen. Körperlich war er in erstaunlich guter Verfassung. Eine Zugreise würde er überstehen.

»Ich kann nicht ohne meinen Vater gehen«, entgegnete Lilo niedergeschlagen.

»Das sagt auch niemand. Ganz im Gegenteil, Sie müssen ihn sogar mitnehmen. Sie können einen Antrag stellen. Die Stuttgarter sollen Sie anfordern, schreiben, dass man Sie dort braucht, verstehen Sie?«

»Mein Onkel in Stuttgart ist versehrt aus dem Krieg zurückgekommen. Meine Tante weiß nicht, wie es weitergehen soll. Von den Söhnen fehlt jede Spur.«

»Genau aus diesem Grund kann Ihre Tante Sie anfordern. Sagten Sie nicht, es sei ein Ärztehaushalt?«

Lilo nickte. Stuttgart – für einen kleinen Augenblick kam ihr die Hauptstadt Württembergs in den Sinn. Einmal war sie mit der ganzen Familie dort gewesen – sie erinnerte sich an das Haus, wo Eberhard Wagner mit Frau und Söhnen lebte, an den Bahnhof, die Königsstraße. Das Schloss war ihr mickrig vorgekommen im Vergleich zu den Schlössern und Burgen, die sie aus ihrer polnischen Heimat kannte.

»Dann muss sie schreiben, dass sie medizinisches Personal braucht für die Praxis Ihres Onkels. Eine bessere Möglichkeit wird sich Ihnen nicht mehr bieten. Bitte, Fräulein Magister, gehen Sie nach Deutschland zurück, bevor es zu spät ist.«

Lilo presste die Lippen zusammen, dachte angestrengt nach. All ihre Gedanken endeten bei Walter. Gerade einmal dreihundert Kilometer von Krakau entfernt, riskierte er in einem Lazarett sein Leben. Stuttgart, das bedeutete über tausend Kilometer Distanz zwischen ihnen. Würde sie ihren Verlobten, den Vater ihres Kindes, im Stich lassen, wenn sie nach Deutschland ging, oder würde sie nur vorausgehen, er ihr schon bald folgen?

»Es ist ja nur zu Ihrer Sicherheit«, sagte Pankiewicz, setzte seine Tasse an die Lippen und nahm einen großen Schluck seines Tees. »Es geht um die Rache der Polen, die müssen Sie fürchten. Wenn der Krieg verloren ist, dann gnade der Himmel jedem einzelnen in Polen verbliebenen Volksdeutschen. Sie werden zur Rechenschaft gezogen werden. Wir wissen doch beide, was den Polen angetan worden ist.«

»Sie sind Pole, ich eine Volksdeutsche«, sagte Lilo gedankenverloren, und ihr war, als erfasse sie zum ersten Mal den Unterschied zwischen ihnen, die ganze Schieflage ihrer Krakauer Existenz. »Aber das hat zwischen uns nie eine Rolle gespielt, nicht wahr? Wir sind uns immer nur als Menschen begegnet. Sie meinen: Der Wind wird sich drehen. Bald schon wird mir der Status, der mir einst Sicherheit gewährte, zur größten Bedrohung?«

Pankiewicz nickte mit ernster Miene. »Treffender hätte ich es nicht sagen können.«

Eindringlich betrachtete sie sein Gesicht. Pankiewicz sah immer noch so aus wie früher, nein, seine Hülle war dieselbe geblieben. Weißes Hemd, schwarze Fliege, gepflegte Nägel, aber sein dunkles Haar war an den Schläfen ergraut, tiefe Linien hatten sich in seinem Gesicht eingegraben wie Krater in einer grauen Landschaft. Dabei war dieser schöne, hochgewachsene Mann gerade einmal Mitte dreißig.

»Warum tun Sie das?«, fragte sie leise, während sie die nächsten Stationen ihres Handelns im Hinterkopf durchging. *Haushaltsauflösung. Einholen der Papiere für sich und ihren Vater. Für Zofia eine andere Stelle beschaffen. Die wichtigsten Dinge packen.* Walter würde sie gleich jetzt schreiben und ihre neue Adresse mitteilen. Ganz bestimmt würde ihm ihre und die Sicherheit ihres Kindes am wichtigsten sein. Spätestens wenn der Krieg vorbei war, würde er ihnen folgen.

Pankiewicz blickte ihr in die Augen, und zum ersten Mal an diesem sonderbaren Tag las sie etwas wie Zärtlichkeit darin, tiefe Zuneigung, unerschütterliche Freundschaft.

»Weil ich es mir nie verzeihen würde, hätte ich nicht alles getan, dass Sie überleben.«

»Ich werde es mir in Ruhe durch den Kopf gehen lassen, Herr Magister. Und ich danke Ihnen für Ihre Offenheit.«

Die Wanduhr schlug. Mechanisch blickte sie dorthin. Es war halb drei.

Um sie herum fand ein brutaler Krieg statt. In den Lazaretten lagen zerfetzte Körper, die von Ärzten wie Walter notdürftig zusammengeflickt wurden. Das Morden vollzog sich in den Konzentrationslagern, während die öffentliche Hinrichtung polnischer Widerstandskämpfer hier in Krakau alltäglich geworden war. Bislang hatte es keinerlei Angriffe der Alliierten gegeben. Auch das konnte sich ändern.

Ruckartig erhob sich Pankiewicz von seinem Stuhl, stand unbeholfen da, als habe er vergessen, was er tun wollte. Dann ging er hinaus in den Flur. Lilo folgte ihm. Er zog seinen Mantel über und band den Schal um den Hals. Sie reichte ihm seinen Hut, dann ihre Hand.

»Gusta ist tot«, sagte sie zusammenhanglos.

»Ja, ich weiß. Fast alle vom jüdischen Widerstand sind tot«, erwiderte Pankiewicz und setzte seinen Hut auf den Kopf. »Es ist schrecklich.«

»Auch meine Schwester ist gestorben. Helene hatte einen Sohn. Beide sind tot.«

»Das tut mir sehr leid, was ist passiert?«

»Fleckfieber«, gab sie tonlos von sich und schluckte ihre Tränen hinunter.

»Mein Beileid«, sagte er leise und drückte noch einmal ihre Hand.

»Ich werde Ihnen nie vergessen, dass Sie sich die Mühe gemacht haben hierherzukommen«, sagte sie mit zitternder Stimme.

Er beugte sich über ihre Hand und küsste sie.

Sie begleitete ihn zur Tür. Lange sah sie seiner Gestalt

hinterher. Über ihm ein Krakauer Winterhimmel. Es würde Schnee geben. Je weiter er sich entfernte, desto klarer reifte in ihr der Entschluss, Krakau den Rücken zu kehren.

»Der Herr Magister hat recht«, vernahm sie plötzlich eine Stimme hinter sich.

»Du hast …?«, fragte Lilo und sah in das vertraute Gesicht Zofias.

»Ich habe gelauscht, ja. Musste ja aufpassen«, murmelte Zofia. »Du musst weg von hier. Es ist viel zu gefährlich. Lass deinen Vater hier bei mir, Lilo. Von dem alten Mann wird niemand mehr was wollen, und ich verbürge mich für ihn. Ich verspreche dir, mich um ihn zu kümmern. Man soll keinen alten Baum verpflanzen. Das würde er nicht überleben. Lass ihm seine gewohnte Umgebung. Die paar Jahre, die er noch hat.«

Erst jetzt merkte Lilo, dass sie lautlos weinte. Die Tränen sammelten sich in ihren Augen, kullerten die Wangen hinab.

»Was soll ich nur tun? Mich und das Kind retten? Was passiert mit Papa? Was mit Walter?«

»Der eine Herr Doktor ist in Lemberg, das ist so sicher wie das Amen in der Kirche. Das hat sich der Beamte ja nicht aus der Nase gezogen. Und der andere Herr Doktor bleibt hier. Er ist doch in Krakau verwachsen. Der Herr Doktor Kranz und du, ihr seid jung. Ihr könnt noch mal von vorn anfangen. Ich kümmere mich hier um alles. Mach dir keine Sorgen.«

Lilo strich sich die Haare aus dem Gesicht, zog ein Taschentuch aus ihrer Rocktasche und putzte sich die Nase. »Ach, Zofia«, sagte sie mit gebrochener Stimme. »Was ist nur aus uns allen geworden?«

Zofia nahm sie an die Hand, zog sie in den Salon, setzte Lilo auf ihren Stuhl und reichte ihr die Tasse. »Trink deinen Tee, Lilo. Er ist schon lauwarm.«

Lilo nahm die Tasse, während Zofia sie aufmerksam musterte. Genau wie früher, wenn sie versprochen hatte, die Wogen bei Käthe zu glätten, wenn Lilo und Helene etwas angestellt hatten.

Pankiewicz' Stuhl stand so da, wie er ihn verlassen hatte. Er hatte ihn nicht einmal an den Tisch geschoben, so, als käme er gleich wieder. Nie wieder würde sie diesen Mann sehen. Es zerriss ihr das Herz.

»Er muss dich wirklich lieben, der Herr Magister«, sagte Zofia mit geschlossenen Augen, als würde sie durch das Gitter eines imaginären Beichtstuhls ihre Sünden gestehen, und fasste sich anschließend ans Kinn. »Ich habe mich in ihm getäuscht.«

»Was du so unter Liebe verstehst«, schluchzte Lilo und wischte sich mit dem Handrücken die Tränen aus dem Gesicht. »Kein Mann schickt die Frau, die er liebt, weg.«

»*Jesteś jeszcze za młoda – Du bist noch zu jung, um das zu begreifen*, Lileńka. Ich lass dich und dein Kind ja auch gehen, obwohl mir das Herz blutet! Denk über meinen Vorschlag nach. Ich kümmere mich um den Herrn Doktor, und du bringst dein Kind in Stuttgart zur Welt. Nach dem Krieg sehen wir weiter.«

»Ich kann nicht«, sagte Lilo und schüttelte immer wieder den Kopf. »Ich kann meinen Vater nicht im Stich lassen. Das würde ich mir nie verzeihen.«

TATJANA

50

Krakau, Frühjahr 2017

»Wir müssen reden«, sagte Adam, nachdem Tatjana die Tür ihres Appartements geöffnet hatte. »Darf ich reinkommen?«
Wortlos ließ sie ihn ein.
Er setzte sich aufs Sofa und stellte eine Flasche Wein auf den Tisch. »Ich hoffe, dieser hier ist besser als der auf dem Schiff.«
Tatjana rang sich ein Lächeln ab, ging zur Küchenanrichte, nahm einen Öffner und zwei Gläser und kam damit zurück. Sie reichte ihm den Korkenzieher.
»Es tut mir leid«, sagte er, während er die Flasche öffnete. »Ich bin ein Idiot. Verzeihst du mir?«
»Mir tut es leid, dass ich dir mit meinen Fragen zu nahe getreten bin«, sagte Tatjana, bot ihm Platz auf dem Sofa an und setzte sich neben ihn. »Es stimmt, es ist eine Art Berufskrankheit. Aber ich hatte das Gefühl, du weißt so viel über mich und ich nichts über dich. Ich wollte dich doch nur kennenlernen.«
Er sah sie aufmerksam an, prostete ihr zu und nahm einen großen Schluck Wein. Einen kurzen Blick auf ihren gepackten Koffer werfend, stutzte er. »Du hast gepackt?« Verwirrt sah er sie an.
Sie nickte. »Ich wollte es dir sagen, aber …«

»Wann fliegst du?«, fragte er.

»Morgen.«

Er tat einen tiefen Seufzer, starrte zur Decke. »Ich bin zu weit gegangen mit meinen Vorurteilen über Lilos Leben hier in Krakau. Anfangs dachte ich, sie könnte ein Spitzel der Nazis gewesen sein. Ein ziemlich eindimensionales Urteil, gebe ich zu. Du hattest recht, Tatjana. Man muss sich die Biografien genauer anschauen. Aber glaub mir, auch diejenigen, die seit Jahrzehnten in Krakau waren, haben sich nicht mit Ruhm bekleckert. Die meisten Volksdeutschen nahmen die Rolle des sogenannten *Herrenmenschen* in Krakau gerne an.«

Tatjana seufzte. »Das glaube ich auch. Meine Familie war mit Sicherheit opportunistisch, Mitläufer, das will ich gar nicht abstreiten. Aber was genau mit Lilo war, wissen wir nicht. Ich jedenfalls nicht.«

»Sie hat in der Apotheke unter dem Adler gearbeitet, und Pankiewicz hat sie nirgendwo erwähnt, als habe es sie nicht gegeben.«

Tatjana nickte. »Was kann man daraus schließen?«

»Alles und nichts«, erwiderte er kopfschüttelnd. »Das ist ja das Problem. Er war genauso verschwiegen wie deine Lilo.«

»Er kam nach Fellbach und hat sie besucht, Adam. Ich weiß nicht, ob er Lilo geliebt hat, aber er schätzte sie auf jeden Fall als Mensch, ihre Arbeit. Er hat ihr vertraut. Die Frage ist: Vertrauen wir seiner Einschätzung? Glaubst du, er hätte sich die Mühe gemacht, zu ihr nach Deutschland zu reisen, wenn sie auf der Seite der Täter gestanden hätte?«

Adam zuckte die Achseln. »Ganz ehrlich weiß ich es nicht. Ich bin immer noch unschlüssig und wünschte, wir würden die ganze Wahrheit kennen. Du hast sie gemeinsam erlebt, ich nicht. Sag du es mir!«

Für einen Moment kamen die Bilder zurück, jene Bilder,

wie sie gemeinsam in Fellbach an einem Esstisch gesessen waren, Blicke austauschend, die eine für Außenstehende undurchdringliche Nähe offenbarten.

»Er war ganz sicher gekommen, um etwas klarzustellen, aber nicht, um sie zu stellen. Dafür lege ich meine Hand ins Feuer. *Er* hat sich gestellt. So kam es mir vor. Es war eine sehr persönliche Angelegenheit zwischen den beiden.«

Sie stand auf, holte den Brief von Pankiewicz aus ihren Reiseunterlagen, nahm ihn aus dem Kuvert und reichte ihn Adam. »In seinem Brief an sie schreibt er, sie habe Haltung gezeigt. Lies, bitte.«

Die Zeit schien stillzustehen, während Adam konzentriert las. Sicher kostete es ihn Überwindung, denn Tatjana wusste, was er über Pankiewicz' Privatkorrespondenz dachte: Eigentlich hielt Adam den Inhalt für ein Tabu.

Sie nippte an ihrem Weinglas. Immer wieder hielt er inne, sah ins Leere und las dann weiter. Irgendwann legte er seine Hand auf die von Tatjana und streichelte sie, während er Pankiewicz' Zeilen in sich aufzusaugen schien.

Sie fühlte sich plötzlich Adam so nahe, als hätte es nie eine Auseinandersetzung zwischen ihnen gegeben. Sie rückte näher an ihn heran.

Abrupt legte Adam den Brief zurück. »Du hast recht. Dieser Brief liest sich, als hätten die beiden moralische Maßstäbe geteilt, als wären sie auf besondere Art miteinander verbunden gewesen. Es muss ihm sehr viel an deiner Großmutter gelegen haben.«

»Frieden?«, fragte Tatjana vorsichtig.

»Wir sind nicht im Krieg, Tatjana, nicht wir. Mit deiner Frage nach dem Motiv meiner Berufswahl hast du ins Schwarze getroffen. Du hast etwas in mir bewegt, nicht nur mit deiner Frage, sondern seitdem du hier bist. Deshalb war ich auf einmal so dünnhäutig. Und deswegen bin ich zurückgekommen. Wir können nicht so auseinandergehen. Nicht so.«

Tatjana senkte den Blick. »Du musst nichts sagen.«

»Der älteste Bruder meines Großvaters kam bei der großen sogenannten *Säuberungsaktion* der Nazis an der Jagiellonen-Universität ums Leben«, begann er mit klarer Stimme zu sprechen. Immer noch hielt er ihre Hand, zog sie näher an sich heran. »Sosehr ich als Wissenschaftler einen sachlichen Blick einnehme, ich bin doch selbst betroffen. Und diese Betroffenheit treibt meine Arbeit an. Auch ich bin mit einem Widerspruch aufgewachsen. Meine Familie väterlicherseits liebte, genau wie Pankiewicz, die deutsche Sprache, die deutsche Kultur. Mein Großonkel besuchte die rechtswissenschaftliche Fakultät in Krakau. Bevor die Deutschen in Polen einfielen. Sein Traum war es, Richter zu werden. Er starb in Sachsenhausen und wurde einundzwanzig Jahre alt.«

Tatjana schluckte. »Das Ausmerzen der polnischen Intelligenz zu Beginn der Besatzung 1939, das war damals das erklärte Ziel der Nazis«, erwiderte sie leise. »Eine schreckliche Geschichte.«

Adam nickte. »Ein gewisser Dr. Bruno Müller, Jurist und Obersturmbannführer, hatte sich an der Krakauer Universität für einen Vortrag über den deutschen Standpunkt in Wissenschafts- und Wirtschaftsfragen angekündigt. Die Universität lud in großem Stil fakultätsübergreifend ein. Es kamen Professoren, Assistenten und einige wenige Studenten. Mein Großonkel war einer dieser eifrigen Studenten. Die Falle schnappte zu. An diesem Tag wurden 183 Menschen der geistigen Elite von deutscher Sicherheitspolizei verhaftet und nach Sachsenhausen und Dachau verschleppt. Darunter mein Onkel Piotr, der in Sachsenhausen kurz darauf ermordet wurde. Das Ganze war nur der Auftakt einer riesigen Terrorwelle.«

»Sie nannten es eine *Sonderaktion*.«

Adam nickte und wischte sich übers Gesicht. »Viele ihrer Gräueltaten nannten sie *Sonderaktion* oder *Sonderkommando*.«

Tatjana legte den Arm um ihn und streichelte vorsichtig mit den Fingerspitzen seine Schulter. Stumm saßen sie nebeneinander und teilten ein Schweigen.

»Was ist das mit uns?«, fragte Adam nach einer Weile und fuhr sich durchs Haar. Er reichte Tatjana ihr Glas, nahm seines, und gemeinsam tranken sie einen Schluck. Sie konnte seine Wärme spüren.

»Es ist, was es ist«, erwiderte sie hilflos, biss sich auf die Lippen und stellte ihr Glas zurück auf den Tisch. Er tat es ihr gleich. »Ich wollte das alles nicht zulassen, aber irgendwie ist es eben doch passiert …«

»Ja, es ist passiert«, sagte er lächelnd, »… und vielleicht sollten wir es tatsächlich so nehmen, wie es ist. Es wäre töricht, es zu zerreden. Gehst du deshalb? Wegen mir, wegen uns? Wird es dir zu heiß?« Er deutete mit dem Kopf auf ihren gepackten Koffer.

Sie spürte, wie sie errötete, und lachte dann. »Heiß ist es auf alle Fälle, zweifellos!« Theatralisch fächerte sie sich mit der gespreizten Hand Luft zu. »Dein Deutsch ist einfach viel zu gut, dir entgeht keine einzige sprachliche Nuance.«

»Ich lese deine Körpersprache, deine Gestik, deine Mimik, und glaube, dich wortlos verstehen zu können«, erwiderte er. »Das Gefühl hatte ich bisher selten in Gegenwart einer Frau.«

»Der Rückflug stand von Anfang an fest, weil ich eine wichtige Fortbildung habe, aber dann bin ich dir begegnet. Ich wollte mir alle Möglichkeiten offenlassen, ich dachte auch daran umzubuchen. Aber jetzt ist es an der Zeit, heimzugehen, nicht nur einiger Termine wegen. Ich muss mir über vieles klar werden. Ich brauche Abstand, um das alles zu verarbeiten. Es macht mir Angst, was ich fühle. Ich meine, das mit uns. Eine emotionale Achterbahnfahrt. So etwas ist mir ewig nicht passiert. Ich …«

Langsam näherten sich seine Lippen ihren. »Du musst nichts mehr sagen«, sagte er. »Schließ die Augen.«

Sie stellte das Denken ein, und all ihre Bedenken, das ganze Für und Wider lösten sich in Luft auf. Plötzlich war es, als fiele alles von ihnen beiden gleichzeitig ab. Der Streit verblasste. Aus der Ferne hörte sie die vorbeifahrende Straßenbahn, und sie hätte schwören können, der Duft der Planty strömte durch das geöffnete Fenster hinein. Tatjana genoss die Vertrautheit zwischen ihnen, das wortlose Einandererkunden. Seine Berührungen waren zärtlich und doch bestimmend. Es war alles ganz leicht, nicht schwierig wie ihr Ringen um Worte, ihre Auseinandersetzungen, ihr Kampf um eine gemeinsame Perspektive auf die Ereignisse. Die Grenzen verwischten. Es gab nur sie beide, ein unendlich langes, wortloses Gespräch und den Rest einer Krakauer Nacht, denn kurz bevor Tatjana in den Schlaf fiel, vernahm sie bereits das Gezwitscher der Vögel.

»Weißt du, warum ich im Grunde genommen hierhergekommen bin?«, hörte sich Tatjana am frühen Morgen fragen. »Ich habe dir doch einmal von Helene erzählt.«

»Lilos Schwester. Ein wenig, ja, nicht viel.«

»Sie war damals gemeinsam mit einem Mann, den sie geliebt hat, aus Krakau nach Paris gegangen. Dort haben sie ein Kind bekommen. Samuel war Jude und wurde im Juli 1942 deportiert.«

Es entstand eine lange Pause. Stockend berichtete Tatjana von Simon, den Merciers und ihrer Begegnung mit Édith, dem Wirrwarr, das in ihren Familien herrschte. »Wir wissen immer noch nicht, wie Simon in die Familie Mercier gekommen ist.«

»Das Schweigen der Frauen in euren Familien scheint euch zu vereinen«, sagte Adam. »Nur du schweigst nicht.«

»Da ist was dran«, erwiderte Tatjana nachdenklich, küsste seinen Hals und schwang sich aus dem Bett. »Aus den unterschiedlichsten Gründen. Wie wäre es mit Kaffee?«

Adam setzte sich auf und lächelte. »Sehr gute Idee!«

Mit zwei Tassen Kaffee kam sie zurück zum Bett und schlüpfte unter die Decke, schmiegte sich an ihn.

»Soll ich dich zum Flughafen bringen?«, fragte er und nahm einen kräftigen Schluck.

Sie schüttelte den Kopf. »Nein, vielen Dank. Ich hasse Abschiede.«

»Ich auch«, erwiderte er lächelnd, nahm ihren Kopf in seine Hände und küsste sie zärtlich. »Wir werden irgendwann darüber sprechen, wie es weitergeht?«

Tatjana nickte verwirrt. »Wir werden darüber sprechen.«

»Es ist schön, dass wir uns begegnet sind, Tatjana. Eigentlich wollte ich das gestern sagen. Auf dem Schiff. Ich wollte sagen, dass ich es von der ersten Minute an wusste. Es war unvermeidbar. Ich würde dich gerne kennenlernen, obwohl ich manchmal das Gefühl habe, dich in- und auswendig zu kennen. Du bist so authentisch. Ich fürchte, ich liebe sogar deine Fehler.«

Tatjana lachte. Dann wurde sie wieder ernst. »Ja, es war in der Tat unvermeidbar. Es kam überraschend und passt so gar nicht in all unsere Pläne. Du hast nicht die geringste Vorstellung davon, wie verwirrt ich bin und was ich mit meinen Rückzügen anstelle. Ich lehre meine Patienten Kommunikation und bin stumm wie ein Fisch, wenn es ans Eingemachte geht. Mein ganzes Leben ist hier in Krakau aus den Fugen geraten.«

»Du bist ein Profi«, sagte er mit einem Augenzwinkern. »Du kannst so was managen. Was würdest du einer Patientin in deiner Situation raten?«

»In eigener Sache bin ich kein Profi.«

»Was würdest du ihr raten?«, fragte er.

»Sie soll ihrem Gefühl vertrauen.«

Adam nickte. »Weißt du, woran ich seit damals im Ariel denken muss?«

Sie sah ihn abwartend an.

Damals. So lange lag das gar nicht zurück.

»Ganz am Anfang hast du im Zusammenhang mit Lilo gesagt, sie hätte immer behauptet, die großen Lieben seien doch die unerfüllten.«

»Stimmt«, erwiderte Tatjana lachend. »Ich erinnere mich daran, als sei es gestern gewesen.«

Sie nippte an ihrer Kaffeetasse.

»Vielleicht werden du und ich es sein, die zwei Generationen danach das Gegenteil beweisen.«

Sie schloss die Augen und gab einen tiefen Seufzer von sich.

»Es fällt mir schwer zu gehen«, sagte sie.

»Komm wieder«, sagte er.

ÉDITH

51

Paris, Frühjahr 2017

»Die Markisen müssen taubenblau mit beigen Streifen sein, genau wie die alten«, sagte Adi trotzig. Mit verschränkten Armen lehnte sie sich zurück.

Édith und ihre Tante saßen gemeinsam am Tisch, der bereits fürs Abendessen eingedeckt war. Aus der Küche strömte der Duft von geschmortem Gemüse und Rotwein ins Esszimmer.

»Wir sind jetzt fast alle Farbpaletten der berühmtesten Hersteller Frankreichs für Stoffmarkisen durchgegangen«, sagte Édith und deutete auf das Bild einer Farbschablone in ihrem aufklappten Laptop. Adi gab ein murrendes Geräusch von sich.

Édith holte tief Luft und warf einen Blick hinaus in den Garten: Inzwischen stand das ganze Gerüst, die Glaser hatten Fenster und Türen eingebracht. Es fehlte nur noch der Sonnenschutz. Jedes Detail hatte Adi penibel herausgesucht – das Mosaiktischchen aus Gusseisen, den passenden Stuhl, das Gartenschränkchen. Die Sitzgruppe würde in knapp zwei Wochen geliefert werden, eine weitere Wartezeit, die Adi für eine Zumutung hielt.

»Ich habe so lange auf meinen Wintergarten verzichten müssen und schon einige Abweichungen beim Interieur hingenommen«, sagte sie im beleidigten Ton einer Zehnjährigen. »Da werde ich bei der Farbe der Markisen nicht nachgeben.«

Édith stützte ihr Kinn in die freie Hand, mit der anderen scrollte sie beherrscht durch die Farblandschaften der Blautöne: Königsblau, Darkblue, Slate, Kobalt, Lapis, Kornblume. Insgeheim musste sie Adi recht geben. Kein Blau glich dem alten, jenem, das Adi in ihrem Wintergarten über die Jahrzehnte immer hatte erneuern lassen. Taubenblau mit beigen Streifen. Erst diese Kombination machte Adis Wintergarten zu dem einzigartigen zeitlosen Ort, der stets derselbe geblieben war. Adi wollte dieses eine Taubenblau, den *einen* Blauton unter Tausenden. Das Geschäft in Lyon, das Adis Farbenkombination hergestellt und die Maße sonderangefertigt hatte, war vor fünf Jahren in Konkurs gegangen.

»Hast du mit dem Landschaftsgärtner gesprochen?«, fragte Édith und klickte die Farben eines Anbieters aus der Provence an. »Wann werden die Pflanzen geliefert?«

»In ein paar Tagen«, gab Adi zurück und blickte desinteressiert in den Laptop. »Es dauert mir alles zu lange. Hoffentlich erlebe ich den fertigen Wintergarten noch.«

Édith sah ihre Tante besorgt an. »Wieso sagst du so etwas? Geht es dir nicht gut?«, fragte sie stirnrunzelnd.

Adi wischte durch die Luft. »Es ist nichts, aber dieser Wintergarten macht mich wahnsinnig. Ich habe mehrfach gesagt, dass ich alles wie vorher haben möchte. Warum versteht das keiner?« Vorwurfsvoll sah sie ihre Nichte an.

»Ich verstehe dich ja, aber es ist nicht so einfach, wie du dir das vorstellst.«

Beim Weiterscrollen hielt Édith bei einem Blauton inne, vergrößerte das Foto und neigte den Kopf von rechts nach links. »Ja«, sagte sie dann zögerlich. »Das könnte es sein.« Langsam drehte sie den Laptop in Adis Richtung, damit sie den gedämpften Blauton frontal sehen konnte. »Schau mal, dieser hier kommt dem alten doch sehr nahe. Wie elegant er ist! Siehst du das? So zurückhaltend, fast aristokratisch. Ich liebe ihn. Es nennt sich sogar Taubenblau Nr. R 415. Oder wie wäre es mit diesem direkt daneben: Fernblau Nr. R 416?«

Eingehend betrachtete Édith die beiden Farbnuancen. Adi tat es ihr gleich, verengte die Augen und schüttelte nach einer Weile stumm den Kopf.

»Nicht dasselbe«, murmelte sie und sah demonstrativ weg.

Édith merkte, wie sie allmählich die Geduld verlor. Zu Hause türmte sich die Arbeit. Felix hatte einen Auftrag an Land gezogen, bei dem sich Édith endlich außerhalb ihrer bürokratischen Arbeit einbringen konnte. Der Kunde wollte *ihren* Entwurf verwirklicht sehen. Es handelte sich um eine alte Mühle, aus der Wohnraum werden sollte – ein kreativ hoch ambitioniertes Projekt. »Das ist *dein* Deal«, hatte Felix erklärt und versprochen, an ihrer statt die überfälligen Gutachten zu übernehmen. Jetzt beschwere er sich zu Recht, sie sei andauernd unterwegs. Édith freute sich auf die Arbeit an der Mühle. Adi war nie zufrieden, obwohl sie sich so angestrengt hatte. Der neue Glaspavillon glich dem alten im Korpus bis ins letzte Detail. Bis auf die Markisen. Manchmal wuchs ihr alles über den Kopf.

Édith schloss die Augen, atmete tief durch und öffnete sie wieder. Der Rotwein, ein Burgunder, stand bereits in einem Dekantierer aus altem, geschliffenem Glas für das Abendessen bereit. »Wie wäre es mit einem Glas Wein?«, fragte sie in Adis Richtung.

»Ja, es ist Zeit fürs Essen«, erwiderte diese. »Mit leerem Magen treffe ich sowieso keine Entscheidungen.«

»Du hast doch eine getroffen«, gab Édith frostig zurück,

stand auf und folgte ihrer Tante in die Küche. »Du möchtest einen genetischen Fingerabdruck deines Taubenblaus. Aber den gibt es nicht.«

Adi öffnete die Ofentür und zog den Coq au Vin, der in einer grünen Kasserolle köchelte, heraus. Sofort verbreitete sich ein intensiver Geruch nach Wein und Zwiebeln, Fleisch. Fast drei Stunden hatte der Hahn bei Niedrigtemperatur im Ofen gegart. Adi war ein großer Fan von Niedrigtemperatur, weil die lange Garzeit den Geschmack hervorhob und die Saftigkeit des Gerichts bewahrte. »Gutes braucht seine Zeit«, pflegte sie zu sagen. Anscheinend traf das auch auf die Wahl der Markisen zu.

Seit Jahrzehnten machte Adi den besten Coq au Vin – auch Simon hatte das ein Leben lang behauptet. Niemals ließ sie sich in der Küche das Zepter aus der Hand nehmen.

Édith schnappte sich die Topflappen vom Haken und trug die Kasserolle auf den Esstisch. Dazu servierte Adi kross gebackene Rosmarinkartoffeln.

Die beiden Frauen setzten sich an den Tisch. Édith schenkte beide Gläser ein, wartete, bis Adi ihr Glas in die Hand genommen hatte, und stieß mit ihr an. Dann nahm sie einen kräftigen Schluck.

»Das war sein Leibgericht«, sagte Édith.

Es war ihr einfach herausgerutscht. Abrupt verstummte sie.

»Du isst es ja auch so gern«, gab Adi zurück und legte erst Édith, dann sich selbst ein Stück Fleisch auf. »Eigentlich habe ich mir geschworen, es nie wieder zu kochen, aber solche Schwüre machen ihn nicht wieder lebendig.«

Schweigend nahmen sie das Essen ein. Édith kam es vor, als säße ihr Vater auf seinem Stuhl gegenüber von Adi, als sehe sie dabei zu, wie er genussvoll das Fleisch mit Messer und Gabel auf seinem Teller schnitt. Ein Bild aus Kindertagen flutete ihr

Herz, die Erinnerung an unzählige Male, da sie hier am Tisch gemeinsam mit Adi gegessen hatte. Es waren schöne Erinnerungen, und erst seit Simons Fund war ihr bewusst geworden, dass ihr Vater und Adi zwar ihre echte Familie gewesen waren, aber keiner von beiden ihr die Mutter ersetzt hatte. War Édith gerade deswegen das Lüften des Geheimnisses um ihre Großmutter so wichtig, so existenziell? Hatte sie wider Willen zum zweiten Mal in ihrem Leben einen ihr nahestehenden Menschen nicht kennenlernen dürfen? Darüber hatte sie in letzter Zeit viel nachgedacht.

Sie richtete sich auf, fasste einen Entschluss. Sie musste noch einmal versuchen, Adi auf ihren Vater anzusprechen.

Von draußen vernahm man das Gezwitscher der Vögel.

»Du warst oben in Papas Wohnung, sagtest du neulich am Telefon«, sagte Édith, um einen möglichst harmlosen Ton bemüht. Beherzt goss sie Wein in ihre beiden Gläser nach. Sie würde heute hier übernachten. Ihr Zug zurück ging erst morgen früh.

»Ich wollte sehen, ob die Fenster noch dicht sind oder ob sie was abbekommen haben«, sagte Adi und leerte ihr frisch befülltes Glas in einem Zug.

»Haben sie?«

Adi schüttelte den Kopf. »Alles in Ordnung.«

»Hast du die Wand gesehen in seinem Musikzimmer?« Édith löste mit Messer und Gabel ein Stück Fleisch vom Knochen. Weich fiel es wie von selbst ab.

»Dieser Papierkram?«, fragte Adi zurück und hievte einen Knochen auf den Beistellteller. Dabei tropfte etwas Soße auf den makellosen Kirschbaumtisch.

Édith nickte mit ernster Miene.

»Du kennst meine Einstellung, Édith«, erwiderte sie, während sie hektisch mit ihrer Serviette über den Fleck wischte.

»Es geht mich nichts an. Es wäre mir sehr recht, du würdest alles irgendwann entfernen. Nimm es an dich. Mach damit, was du willst. *Toute la paperasserie!*«

Der ganze Papierkram. Adis Worte trafen sie wie ein Pfeil, und ihr war, als beleidigten sie postum Simons verzweifelte Bemühungen. »Es geht dich etwas an«, hörte sie sich wie aus der Ferne sagen. Ihre Stimme klang hart. Sie hielt es nicht länger aus. »Und mich. Uns alle. Ich habe dir doch von meiner Begegnung mit der Großnichte von dieser Frau aus dem Marais erzählt, der Frau mit dem Ledergeschäft, die Schneiderei. Ihr Name war Altmann.«

Diese Frau! Wie sollte sie Adi klarmachen, dass diese Frau in Wahrheit ihre Großmutter war! Dass Simon all das herausgefunden hatte. Dass sie, Adi, die Letzte in der Kette war, die das Geheimnis in sich trug, bewusst oder unbewusst. Wie sollte sie ihre Tante nur zum Sprechen bewegen?

Édith griff nach ihrem Handy, tippte das digitale Foto der Familie Altmann vor dem Lederwarengeschäft aus dem Jahr 1939 an und drehte das Mobiltelefon in Adis Richtung.

Adi warf einen Blick darauf. Für einen winzigen Augenblick war es Édith, als erstarre sie, als brauche Adi ihre ganze Kraft, um einfach nur still dazusitzen. Dann aber schob Adi mit Messer und Gabel eine Kartoffelhälfte auf ihrem Teller zur Seite und legte dann das Besteck darauf. Sie faltete ihre Hände und blickte zum Fenster hinaus.

»Siehst du die Ähnlichkeit zwischen mir und dieser Frau?«, fragte Édith mit sanfter Stimme. »Das war es, was Papa kurz vor seinem Tod umtrieb, was ihm keine Ruhe ließ, bis er mehr herausgefunden hatte. Die Ergebnisse seiner Recherchen hingen an der Wand oben in seinem Musikzimmer. Irgendwann müssen wir darüber sprechen, Adi. Lass diese Chance nicht verstreichen!«

Adi schüttelte stumm den Kopf und schenkte sich Wein nach. Ihre Hand zitterte. »Du willst darüber sprechen? Gut. Ich kenne diese Frau«, sagte sie und starrte wieder in Richtung Fenster.

Ungläubig riss Édith die Augen auf. »Du kennst ... diese Frau? Adi!«

Ihr Herzschlag beschleunigte sich.

»Madame Altmann.«

Édith glaubte sich verhört zu haben.

»Ja, Helene Altmann«, stotterte sie.

Mit einem Ruck erhob sich Adi und stellte ihren Teller auf den von Édith. Für einen Moment war Édith, als wisse Adi nicht, wohin mit sich. Hierbleiben oder in die Küche? Das Geschirr abräumen oder das Haus verlassen.

»Sie war die Schneiderin meiner Mutter. Madame Altmann hat damals alles für uns geschneidert. Meine Sonntagskleider, *Mamans* Blusen, Papas Anzüge, schlichtweg alles. Sie war sehr begabt.«

»Und dir ist nie aufgefallen, während ich heranwuchs, wie ähnlich wir uns sehen?«, fragte Édith irritiert. »Madame Altmann und ich? Ihr Name ist Helene, Adi, Helene Altmann. Sie ist Tatjanas Großtante. Ich habe dir doch von Tatjana erzählt.«

Adi warf die Arme in die Luft. »Taratata! Ich bitte dich, Édith, dies ist ein Foto einer Schneiderin vor einem Schneider- und Ledergeschäft aus den Dreißigerjahren im Pariser Marais.«

Entschieden nahm sie den Tellerstapel, drehte sich um und ging in Richtung Küche. Im Weggehen murmelte sie: »Was du alles siehst.« Sie schüttelte den Kopf. »Du bist wirklich die Tochter deines Vaters. Ihr mit eurer Fantasie!«

Und ich bin die Enkelin von Helene Altmann, lag es Édith auf der Zunge. Sie stand auf. Plötzlich wurde ihr schummrig. Für einen Moment hielt sie inne, dann griff sie nach der Kasserolle und folgte Adi. »Dein Bruder hat kurz vor seinem Tod über seine Familie recherchiert, weil er Ungereimtheiten entdeckt hatte. Deshalb der Papierkram, wie du es nennst, oben in seinem Musikzimmer. Weißt du noch, wie er seine Bedenken äußerte, er fühle sich irgendwie nicht als das richtige Kind?«

»Hirngespinste«, presste Adi hervor und gab die Teller in die Spülmaschine. »Damals wie heute. Hirngespinste. Ich bin seine Familie. Wir sind seine Familie!«

Mit einem lauten Schlag schloss Adi die Klappe der Spülmaschine. »Das Chaos räumen wir morgen weg. Ich bin wirklich sehr müde. Es war ein anstrengender Tag. Diese vielen Farben. Mir ist ganz schwindelig davon. Gute Nacht.«

Édith zuckte zusammen. »Was ist mit dem Käse? Du möchtest keinen Käse?«

Ohne ein weiteres Wort verschwand Adi.

Verdattert sah Édith auf die Tür, die ins Schloss fiel. Sie konnte sich nicht daran erinnern, dass Adi jemals ein Essen abgebrochen hatte.

Mechanisch begann sie damit, die Küche aufzuräumen, während die Spülmaschine ein surrendes Geräusch von sich gab.

Lange stand sie mit dem dritten Glas Wein am Fenster und betrachtete den Wintergarten. Es war zum Verzweifeln, niemals würde sie Adi zum Sprechen bewegen können. Der Glaskasten schien ihr mehr als Adis Traum, viel mehr als ihr Refugium zu sein. Dieser Glaspavillon war Adi selbst, ihr ungelebtes, gelebtes Leben, ihr Schweigen, ihr Schmerz, ihre Freude, das Grab ihrer Erinnerungen, ihrer Träume. Ohne die Markisen war er schutzlos, unbrauchbar. All die Opfer, die sie für ihre Familie gebracht hatte. Adi hatte nie geheiratet. Als junge Frau war sie hin und wieder mit Männern ausgegangen – der Richtige war, so hatte sie stets anschließend mit einem schelmischen Lächeln erklärt, nie dabei. Édith wünschte, sie besäße einen Kompass zu Adis Gefühlsleben. Was musste sie erlebt haben, wenn sie ihre Erinnerungen derart wegdrückte. Wie schwer mussten die Ereignisse auf ihr lasten?

Tatjana würde von Glaubenssätzen sprechen.

Irgendwann ging Édith schlafen.

Durch ein lautes Geräusch wurde sie mitten in der Nacht geweckt. Es klang wie der dumpfe Aufprall eines Gegenstands auf hartem Steinboden. Ihr Blick auf die Uhr zeigte, dass es gerade einmal vier Uhr morgens war. Sie stand auf, zog ihre Strickjacke über und betrat die Küche.

Adi saß in einem magentafarbenen Morgenmantel aus flauschigem Samt am Küchentisch, trank Tee und rauchte eine Zigarette.

»Mir war, als hätte ich etwas gehört«, sagte Édith und suchte mit den Augen den Boden ab. Nichts. »Als wäre etwas zu Bruch gegangen.«

»Nein«, sagte Adi und nahm einen Schluck. »Es war nur die Kasserolle. Ihr ist nichts passiert.«

In der Spüle entdeckte Édith das Gefäß. Es war unversehrt.

»Ist alles in Ordnung, Adi?«, fragte Édith vorsichtig.

Adi blies Rauch aus. »Es ist der Vollmond.«

Édith warf einen Blick zum Küchenfenster hinaus. Wie ein praller Ballon hing der Mond am Himmel über Paris.

»Möchtest du mir etwas sagen?«, fragte Édith weich.

»Ja.«

Langsam ging Édith zum Küchenbüfett, holte sich eine Tasse heraus und setzte sich neben Adi. Beide betrachteten den Mond. »Ach, Adi, liebe Adi, was hätte ich nur all die Jahre ohne dich gemacht«, flüsterte Édith. Sie hatte das Bedürfnis, ihre Tante zu umarmen, aber sie schien ihr unnahbar, meilenweit entfernt, obgleich sie nur wenige Zentimeter trennten. Ihre zärtlichen Gefühle prallten an Adis steifer Körperhaltung ab.

Mit einem Ruck stand Adi auf, drückte die Kippe im Aschenbecher aus, nahm ihre Tasse, stellte sie neben die Spülmaschine und blieb unschlüssig an der Spüle stehen.

Verblüfft sah ihr Édith dabei zu. Kein Zittern. Jeder Handgriff saß. Nur ihr Rücken schien ihr gebeugter als früher.

»Wir nehmen die Nummer R 416, das Fernblau. Es ist zwar nicht das richtige, aber nahe dran. Wir nehmen es. Fernblau mit beigen Streifen.«

LILO

52

Krakau, Anfang 1944

Onkel Eberhards gesundheitlicher Zustand kritisch. Unterstützung in der Praxis dringend erforderlich. Komm, Lilo. Wir brauchen dich. Deine Tante Elisabeth, Stuttgart.

Immer wieder las Lilo das Telegramm, das ihr Rigoberts Schwägerin aus Stuttgart geschickt hatte, nachdem Lilo sie in einem ausführlichen Brief darum gebeten hatte. Es war nicht einmal gelogen, denn tatsächlich schien man in Stuttgart um jede helfende Hand froh zu sein.

Dank Elisabeth Wagners Anforderung erteilten die zuständigen Behörden Lilo und Rigobert Passierscheine für ihre lange Reise. Man übergab ihr umgehend alle nötigen Unterlagen für die Fahrt nach Deutschland. »Mein armer kranker Vater möchte ein letztes Mal seine Familie sehen«, hatte Lilo dem Beamten erklärt und sich bedankt. Sie hatte Walter einen langen Brief nach Lemberg geschrieben und verklausuliert ihre Beweggründe zu erklären versucht.

Mein liebster Walter! In Stuttgart braucht mich die Familie, und ich habe mir die Entscheidung nicht leicht gemacht, aber als Deutsche muss ich meine Pflicht tun und alles für das Vaterland geben. Hier in Krakau kann ich nicht länger helfen. Unser Kind soll in Deutschland zur Welt kommen. Ich muss allein daran denken und nach vorne sehen. Ich weiß, es ist in Deinem Sinne, wenn ich zurück ins Reich gehe. Wir haben im Frühjahr bei Deiner Abreise darüber geredet, erinnerst du Dich? Ach, wie ich Dich vermisse, Walter. Deine jüngste Nachricht mit dem traurigen Inhalt die Pariser Geschehnisse betreffend geriet leider in Vaters Hände, seitdem ist sie unauffindbar. Das Wesentliche konnte ich mir bei einem kurzen Blick darauf zusammenreimen. Es ist so traurig! Bleib gesund und folge mir schon bald wohlbehalten ins Reich. Ich schreibe dir von Stuttgart aus. Papa ist bei mir. Wenn alles gut geht, werden Du und ich in vier Wochen stolze Eltern. Wie gefällt Dir der Name Dora (wenn es ein Mädchen wird)? Den Namen für einen Jungen zu finden, überlasse ich Dir!

In Liebe Deine Lilo

Beim Abendessen beobachtete sie ihren Vater aufmerksam. Seit Tagen überlegte sie, ob sie ihn in ihre Pläne einweihen sollte, aber er würde es ohnehin nicht verstehen, und wenn, dann nur für wenige Augenblicke.

Ein letztes Mal hatte Zofia versucht, Lilo zu überreden, ihren Vater in Krakau zu lassen. »Er wird dann nicht mehr lange leben, Lilo. Glaub mir das. Wenn wir ihm Krakau wegnehmen, dann geht es ganz schnell bergab mit ihm. Alles, was ihm jetzt noch Halt gibt, sind seine Gewohnheiten, und die sind mit Krakau verbunden.«

»Die Polen würden sich an ihm rächen«, hatte Lilo erwidert und auf den Tisch gehauen. Zofia war zusammengezuckt.

»Papa«, setzte Lilo vorsichtig beim Dessert an.

Zofia, die jetzt immer gemeinsam mit ihnen an einem Tisch aß, legte ihr Besteck zur Seite und schüttelte unmerklich den Kopf. »Tu es nicht«, sagte ihr verzweifelter Blick. »Tu es nicht.«

»Was würdest du sagen, wenn wir für eine Weile verreisen, Papa? Nur so lange, bis der Krieg vorbei ist?«

Zofia presste die Lippen zusammen. Rigobert sah erst Lilo, dann Zofia an.

»Der Krieg«, murmelte er. »Ach, ist er vorbei? Gehst du dann zurück nach Paris?«

»Nein, wir müssen deinen Bruder Eberhard in Stuttgart besuchen. Er braucht unsere Hilfe.«

»Eberhard ist tot«, gab Rigobert zurück. »Ich habe erst seine Grabrede gehalten. Wir sind Klassenkameraden. Ich erinnere mich gut an ihn.«

»Nein, er ist dein Bruder, Papa«, korrigierte sie sanft. »Du warst nie mit ihm in einer Klasse. Erinnerst du dich auch an Tante Elisabeth?«

Ihr Vater runzelte die Stirn, dann erhellte sich sein Gesicht. »Natürlich erinnere ich mich an sie. Wie geht es ihr?«, fragte er auf einmal lebhaft, als nehme er ganz normal an einer Tischkonversation teil.

»Sie braucht uns. Ich soll dich ganz herzlich von ihr grüßen. Deshalb fahren wir für eine Weile nach Stuttgart. Ich werde in der Praxis mithelfen.«

»Stuttgart«, wiederholte Rigobert und nahm seine Serviette aus dem Kragen. Er bemühte sich, diese zusammenzufalten. »Das ist weit weg. Schwabenland. Wir haben dort Verwandtschaft.«

»Ja, Schwabenland, und ja, dort leben Verwandte von uns. Onkel Eberhard und Tante Elisabeth«, erwiderte Lilo gefasst, nahm ihm die Serviette ab und legte sie zur Seite. »Weil es ihm nicht gut geht, werden wir ihn unterstützen, bis er wieder zu Kräften kommt. Du weißt doch: Onkel Eberhard ist Arzt, genau wie du.«

»Ein Arzt muss seine Pflicht tun«, erwiderte Rigobert und tippte einmal mit den Fingerspitzen auf den Tisch.

»Dann bist du einverstanden?«

Verwirrt sah Rigobert in Zofias Gesicht, als benötige er ihre Übersetzungshilfe, als spüre er in diesem Augenblick, wie ihm die Zusammenhänge entglitten. »Was meinst du, Käthe? Gehen wir endlich wieder zusammen an die Weichsel?«

»Bald, Herr Doktor«, sagte Zofia und warf Lilo einen strengen Blick zu. »Heute nicht, lieber Herr Doktor. Es ist sehr rutschig draußen. Unten am Ufer könnte man Schlittschuh laufen, so glatt war es gestern an der Anlegestelle auf meinem Weg zum Markt. Die Schiffe fahren gerade nicht.«

»Aber morgen, Käthe, morgen spazieren wir an die Weichsel zu unserem Schiff. Sonntags spielen sie dort Walzer, erinnerst du dich?« Dann machte er einen besorgten Ausdruck. »Das Wetter wird doch mitspielen?«

Zofia errötete. »Ja, sicher, Herr Doktor, wir gehen wieder aufs Schiff, sobald es taut.«

Wenige Tage später wurde Lilo durch mehrfaches Läuten an der Haustür geweckt. Sie rieb sich die Augen, stand auf, legte ihren Morgenmantel um, schnürte ihn am Bauch zu und ging die Stufen hinab, so schnell es ging, aber ihre Körperfülle zwang sie, langsam zu machen.

Es war der Tag der Abreise. Heute Abend um 17.30 Uhr ging ihr Zug nach Kattowitz. Von dort aus würde es über Brünn weitergehen nach Österreich. Sie hatte alle nötigen Papiere beisammen.

Unten im Entree stand ein Polizist. Zofia hatte die Hände vors Gesicht geworfen und schaukelte ihren Körper vor und zurück. »Nein«, sagte sie, als stimme sie ein Klagelied an. »Nein, nein, nein.«

»Zofia«, sagte Lilo laut und suchte am Geländer Halt. »Was ist passiert?«

Langsam nahm Zofia die Hände vom Gesicht. Ihre Blicke trafen sich. »Mein Gott, Himmel hilf«, sagte sie immer wieder. »Erbarmen. Nicht jetzt! Nein!«

Lilo fixierte den Stuhl, der seit den letzten Wochen ihrer Schwangerschaft im Flur für sie bereitstand, schleppte sich dorthin und setzte sich.

»Was ist passiert?«, fragte sie, um Atem ringend, und schloss für einen Moment die Augen. Eigentlich hatte sie das Schlimmste bereits in Zofias Gesicht gelesen.

»Dr. Rigobert Wagner«, sagte der Polizist und deutete auf eine durchnässte Kennkarte in seiner Hand. »Ist das Ihr Vater? Ist das sein Haus?«

LILO

53

Lilo starrte auf die Kennkarte, die der Polizist ihr entgegenhielt und warf einen Blick nach oben, wo Rigoberts Schlafzimmer lag. »Mein Vater? Sie wollen wissen, wo mein Vater ist?«, stotterte sie. »Er wird noch schlafen, warten Sie, ich schaue nach ihm.«

Sie bemühte sich aufzustehen, aber Zofia hielt sie zurück und schüttelte stumm den Kopf. Zofia schluchzte laut auf. Ganz langsam dämmerte Lilo, dass sie nicht träumte. Schwer atmend saß sie auf ihrem Stuhl und sah auf das durchnässte Passbild.

»Ein Unfall«, fuhr der Beamte fort. »Ein tragischer Unfall. Er ist ertrunken. Unten an der Weichsel, nahe der Krakauer Burg. Er muss über die Absperrung geklettert sein, um aufs Schiff zu kommen, und ist wahrscheinlich auf einer Eisplatte ausgerutscht. Bestimmt war er sofort tot. Ein Schiffsarbeiter hat ihn in der Morgendämmerung gefunden. Die Leiche blieb an einem Poller hängen, sonst hätten wir Ihren Vater nie gefunden. Die Strömung der Weichsel hätte ihn davongetragen. Glück im Unglück.«

Lilo rang um Atem – nein, Glück im Unglück war etwas anderes. Waren die Deutschen denn wirklich so abgestumpft? Wie hatte das passieren können?

»Er ist ... Mein Vater ist ... ertrunken? Aber er müsste doch in seinem Bett liegen.«

»Ich weiß es nicht. Sagen Sie es mir, Fräulein Wagner, so heißen Sie doch, nicht wahr?« Missmutig warf der Polizist einen Blick auf ihren prallen Bauch und sah sich dann um. »Hübsche Villa, wirklich sehr hübsch.«

Lilo klammerte sich an den Stuhl, um ihre Hände stillzuhalten. Am liebsten hätte sie dem ungebetenen Gast eine Ohrfeige verpasst.

Ratlos sah sie Zofia an. »Es war doch abgesperrt, Zofia, oder nicht? Wir verschließen immer die Haustür, seit Papa in letzter Zeit häufiger ausbüxt. Er vergisst alles, er ist sehr krank. Nur den Weg zur Weichsel, zum Friedhof und zurück nach Hause, den findet er immer. Ist es nicht so?«

Zofia nickte stumm, öffnete das Schränkchen, in dem der Schlüssel normalerweise hing. Es war leer.

»Jemand muss den Toten identifizieren, damit wir den Leichnam freigeben können«, sagte der Polizist.

Lilo warf sich die Hände vors Gesicht. Kraftlos ließ sie ihre Hände auf den Schoß fallen. Zofia stand breitbeinig da, den Blick auf den Boden gerichtet, als trotze sie dem Sturm des Schicksals. Mit einem tiefen Seufzer zog sie Mantel und Kopftuch über und ging auf den Beamten zu.

»Ich übernehme das, Herr Wachtmeister. Lilo, du wartest hier, bis ich zurück bin.«

Hinter ihnen fiel die Tür ins Schloss.

Gehen wir endlich wieder zusammen an die Weichsel?

Rigobert Wagners letzter Wunsch, vor wenigen Tagen herausgeplappert wie eine immer wiederkehrende endlose Wortschleife, ging ihr durch den Kopf. Starr saß sie da, bemüht, die jüngsten Ereignisse zu erfassen, eine Chronologie herzuleiten. War er ihretwegen ins Wasser gegangen? Weil sie ihm sein

Krakau hatte wegnehmen wollen, ihm seine Wurzeln hatte herausreißen wollen? Plötzlich erschien ihr das Haus so unwirklich wie damals, als ihre Mutter die Augen für immer verschlossen hatte. Ihr war, als könnte sie sogar einen leichten Verwesungsgeruch wahrnehmen. Aus dem Salon erklang das samtige Geräusch des Schlagens der Standuhr. Wie betäubt ging sie dorthin, öffnete das gläserne Gehäuse und hielt den Zeiger an.

Das Kind unter ihrem Herzen blieb ganz still, als stelle es sich tot.

Jetzt gab es nichts mehr, was sie in Krakau hielt. Das Haus ihrer Kindheit war leer, voller zertrümmerter Erinnerungen, Tod und Verlust. Wenn Walter jetzt auch – sie wagte nicht, ihre schlimmsten Befürchtungen zu Ende zu denken. Es würde die Grenzen dessen, was sie ertragen konnte, sprengen.

Als mobilisiere der Schmerz ihre letzten Kräfte, zog sie sich am Geländer nach oben in ihr Zimmer, wickelte ihr Tagebuch in eine Bluse, gab sie hinein in den bereits gepackten Koffer, verschloss ihn und ging dann langsam nach unten in die Praxis ihres Vaters.

Schwer atmend stand sie in jenem Raum, der Rigobert einst so viel bedeutet hatte. Beim Geruch nach altem abgestandenem Zigarrenrauch und Desinfektionsmittel drehte sich ihr fast der Magen um. Was wollte sie hier? Sie schloss die Augen und versuchte sich zu konzentrieren. Es war, als führte sie eine fremde Hand zur Schreibtischschublade, wo das Familienalbum lag. Wie durch fremde Augen sah sie die Sauciere in der Vitrine, wo die Mörser und Pulver lagerten, ein Porzellanstück, das sie schon einmal aus Rigoberts Fängen hatte befreien müssen. Vorsichtig nahm sie die Fundstücke an sich, ging damit in den Salon, hüllte Stück um Stück des Sonntagsservices in Zeitungspapier ein und verstaute alles in einer großen Reisetasche. Es gab jetzt nichts Wichtigeres als dieses Service und das Familienalbum.

Sorgfältig setzte sie am Esstisch eine Referenz für Zofia mit einem erstklassigen Zeugnis auf, datierte es vier Wochen vor Käthes Tod und unterschrieb mit dem Namen der Hausherrin. *Doktorowa Käthe Wagner, Ehefrau von Dr. med. Rigobert Wagner.* Im Flur nahm sie ihren Mantel vom Haken, zog ihn über und ging durch eine dünne Schneeschicht, die sich auf dem Gehweg gebildet hatte, zum Postamt, wo sie ein Telegramm aufgab.

Ankunft Stuttgart, 9. März. Ich reise ohne Papa. Herzliche Grüße Lilo.

Sie wollte weinen und schreien vor Schmerz und Verzweiflung – um ihren toten Vater, die tragischen Ereignisse, an denen sie sich schuldig fühlte –, aber sie hatte keine Tränen mehr. Zurück in der Villa, legte sie sich völlig erschöpft auf ihr Bett und schlief unmittelbar ein – bis sie Zofia wenige Stunden später weckte.

»Wir müssen los, Lilo. Es ist so weit. Mach dich fertig.«

Lilo haderte, rang mit sich, ob sie wirklich gehen sollte. Sie schämte sich vor sich selbst.

»Mach dir keine Sorgen«, beschwichtigte Zofia, als errate sie Lilos inneren Kampf. »Ich kümmere mich um alles.«

»Er kann doch nicht ohne mich hinab in das dunkle Grab«, jammerte Lilo. »Ich bin schuld, dass er ... Es ist alles meine Schuld.«

»Das ist es nicht, Lilo. Er hat doch gar nicht verstanden, wovon du gesprochen hast. Hast du das nicht gemerkt? Bis die Beerdigung stattfindet, kann es noch lang dauern. Die Erde ist gefroren, wie sollten die Totengräber da ihre Arbeit machen?

Du musst jetzt gehen. Jede Minute zählt. In Gedanken bist du ja bei deinem Vater. Wir beten gemeinsam für ihn.«

»Wo wirst du denn wohnen?«, fragte Lilo ängstlich und überreichte Zofia eine Goldmünze, die sie zusammen mit zwei ungeöffneten Zigarrenschachteln aus dem Herrenzimmer eingesteckt hatte. Das restliche Gold hatte sie geistesgegenwärtig in ihrem Büstenhalter versteckt – für alle Fälle.

»Mach dir um mich keine Sorgen«, sagte Zofia und nahm die Geschenke entgegen. »Mit deinem Zeugnis …«, sie räusperte sich. »Mit dem Zeugnis der Frau Doktorowa bekomme ich in jedem Haushalt eine Stelle.«

»Und das Haus? Was ist mit der Villa?«

»Die ist schnell vermietet«, sagte Zofia. »Hast nicht gesehen, wie der Herr Wachtmeister geglotzt hat? Die Deutschen haben bestimmt schon ihre Finger drauf.«

»Wie hat Vater ausgesehen?«, fragte Lilo geistesabwesend, als sie das Bahngleis erreicht hatten. Der Zug war gerade eingefahren.

»Friedlich. Als schliefe er«, entgegnete Zofia nach kurzem Zögern.

»Zofia, wie kann ich dir nur für alles danken«, schluchzte Lilo und vergrub ihr Gesicht im Schal ihres einstigen Kindermädchens.

Der Pfiff des Schaffners ertönte. »Alles einsteigen. Der Zug fährt weiter nach Kattowitz.«

»*Idź swoją drogą – geh deinen Weg*, mein Kind«, erwiderte Zofia und wischte sich die Tränen aus den Augen. »Fang von vorne an. Er war ein alter, kranker Mann. Jetzt ist er bei seiner Frau Doktorowa, Gott hab sie selig!« Sanft legte sie ihre Hand auf Lilos Stirn und zeichnete mit dem Daumen ein Kreuz darauf. Dann schob sie Lilo in den Zug.

Mit einem Fotoalbum, ihrem Mädchentagebuch und dem

nahezu ungebrauchten Sonntagsgeschirr ihrer Mutter tuckerte der Zug über Kattowitz nach Wien, wo Lilo im Wartesaal eine ganze Nacht verbringen musste. Sie ließ ihr Gepäck nicht aus den Augen, wagte es nicht, zu schlafen. Tausend Kilometer Zugfahrt bargen unendlich viele Gefahren, aber das scherte Lilo nicht. Ihre Gedanken waren in Krakau bei ihrem toten Vater und bei Walter in Lemberg.

Von Wien ging es weiter nach München. Schon bei der Einfahrt konnte sie das Ausmaß der Zerstörungen sehen. War sie aus dem unversehrten Krakau geflüchtet, um in Ruinen neu anzufangen? Durch Trümmerlandschaften mit dem schönsten Ausblick auf die Alpen an einem makellosen Winterhimmel ging es weiter über Ulm an der Donau. Erneut verspürte sie Heimweh, eine unendliche Sehnsucht nach dem Krakau ihrer Kindheit.

Am frühen Morgen des 9. März 1944 erreichte Lilo den Hauptbahnhof in Stuttgart. Sie schleppte ihr Gepäck die lange Haupttreppe hinab und betrat die Königsstraße. An jeder Ecke musste sie anhalten, um neue Kräfte zu sammeln. An einem Zeitungsstand fiel ihr eine Schlagzeile ins Auge.

Terrorangriffe aus der Luft zerstören Innenstadt Stuttgarts.
Mehr als 400 Tote.

Langsam ging sie weiter. Das Kind in ihr regte sich, als sei es aus einem langen Schlaf erwacht. Instinktiv presste Lilo eine Hand gegen ihren Bauch, als könne sie es so festhalten.

Die Prachtstraße Stuttgarts lag inmitten von aufgehäuftem, verschmutztem Schnee in Schutt und Asche. Sie ließ den Bonatzbau hinter sich. Wie paralysiert bewegten sich die Menschen über den Schlossplatz. In der Ferne hörte sie eine Straßenbahn, ein Geräusch, das sie unmittelbar an Krakau erinnerte. Jetzt kamen die Tränen, die ihr beim Verlassen der Heimat versagt geblieben waren. Lautlos liefen sie die Wangen hinab, und ihr war, als würden sie vor Kälte als kleine Kristalle hängen bleiben und festfrieren.

In ihrer Erinnerung sah das Stadtbild ganz anders aus als heute. Blühende Bäume im Schlossgarten, ein Rasen, grüner als grün, ein Pavillon und ein Springbrunnen, spielende Kinder und lachende Menschen. All die Orte, die sie hier vor langer Zeit besucht hatte, fielen ihr wieder ein. Links von ihr war das Opernhaus zu erkennen, dessen verrußte Fassade bröckelte.

»Reiß dich zusammen«, ermahnte sie sich selbst im Stillen. »Du bist unversehrt mit deinem Kind unterm Herzen angekommen. Es ist dir nichts geschehen.«

Erst als sie den Blick hinauf in Richtung Wilhelmsbau richtete, wurde ihr das Ausmaß der Zerstörung bewusst: Wie ein freigelegtes Gebiss mit riesigen Zahnlücken schienen die Gebäuderuinen auf die Passanten herabzublicken – eine hässliche Fratze des Krieges, wo einst das Leben mit Lichtspielhäusern und Arkaden vor den Geschäften pulsiert hatte. In Krakau waren zwar die Häuser unversehrt geblieben – aber jüdisches Leben war für immer ausgelöscht. Wie viele Polen waren ermordet worden, weil sie als Slawen in den Augen der Deutschen minderwertig waren?

Vom Vater ihres Kindes fehlte jede Spur. Ihre Eltern, Helene und Simon waren tot. Gusta und Marek Draenger – fast alle Widerstandskämpfer waren hingerichtet worden. Lilo wusste, dass sie all das etwas anging, aber sie musste einen Schnitt machen, um zu überleben. Jetzt und hier.

»Es ist dir nichts geschehen«, wiederholte sie noch einmal und streichelte ihren Bauch, während sie in der Straßenbahn auf einer Bank Platz nahm und ihr Gepäck darunterschob.

»Du hast noch ein paar Wochen Zeit, mein Kind. Reiß dich zusammen!«

Im Stillen sprach sie ein Gebet, ein Vaterunser. »Beten hilft immer.« So war es ihr beigebracht worden.

In der prall gefüllten Reisetasche zeichnete sich das gerettete Familienalbum ab. Ihre guten Erinnerungen würden überleben. Hoffentlich würde Zofia zurechtkommen.

TATJANA

54

Fellbach, Frühjahr 2017

Tatjana erreichte Stuttgart am späten Vormittag und fuhr mit der S-Bahn hinunter in die Stadt. Bagger des Projekts Stuttgart 21 schaufelten sich in einer Betonlandschaft durch die Dauerbaustelle. In einem riesigen Becken, das wie ein Krater aussah, blickte Tatjana auf Gerüstelemente hinab, wo der Tiefbahntunnel entstehen sollte. Die neue Bahnsteighalle am Südkopf nahm Formen an. Sie hatte Pläne davon in der Zeitung gesehen. Bleiben würde dem alten Kopfbahnhof Stuttgarts der nach seinem Erfinder benannte Bonatzbau. Einst markierte er für die Stuttgarter das Tor zur Welt. Seine Schönheit war in seiner Schlichtheit zwar für manch einen erst auf den zweiten Blick erkennbar, doch der vertraute Anblick versöhnte Tatjana mit der Dauerwunde der Landeshauptstadt.

Seit Ende des Krieges schmückte den Kopf des Turms ein überdimensional großer Mercedesstern. Bald schon würden die Seitenflügel des ambitionierten Projekts Platz machen für eine große Schalterhalle und zwei lichtdurchflutete Ebenen mit neuen Gleishallen.

Tatjana peilte die unterirdischen Straßenbahngleise an. Auf der Rolltreppe, die hinabführte, erreichte sie ein Anruf. Adam. Mit zitternden Händen nahm sie das Gespräch entgegen. Der Lärm der ein- und ausfahrenden Straßenbahnen übertönte alles.

»Adam?«, fragte sie. Nur Bruchstücke seiner Rede kamen bei ihr an. *Schlechte Verbindung. Ich wollte ... hoffentlich ...*

»Ich rufe dich gleich zurück«, sagte sie deutlich. »Die Verbindung ist miserabel. Ich bin im Tunnel.«

Sie drückte das Gespräch weg.

Was für ein Bild, dachte sie kopfschüttelnd. Ja, sie empfand ihre Seelenlage genauso: Sie war in einem Tunnel, und noch wusste sie nicht, wie sie herausfinden sollte, heraus zur Klarheit. Alles war durcheinandergeraten, in ihrem Kopf und in ihrem Herzen. Sie wusste nicht, wohin mit sich.

Als sie sich in ihrer Strampe auf den weichen Sitz am Fenster fallen ließ, spürte sie die vertraute Verbundenheit mit ihrer Heimat, ihrem Anker. Das gab Sicherheit, einen Rahmen nach den turbulenten Zeiten, die hinter ihr lagen. Die Aussicht auf ein langes Gespräch mit Édith kam ihr vor wie eine Art Lastenverteilung. Die Cousinen trugen das Schicksal der Schwestern von Krakau gemeinsam. Was würde Édith in der Zwischenzeit herausgefunden haben? Was würde Dora angesichts Tatjanas neuer konkreter Fragen sagen? Tatjana war bereit, das sprachliche Minenfeld zu betreten. Sie hatte Lilo geschont, mit Dora würde sie das nicht länger tun.

»Nächste Station Neckartor«, ertönte eine weibliche Stimme aus dem Lautsprecher der Straßenbahn.

Ihre Gedanken gingen zur psychologischen Praxis, derentwegen sie auch zurückgekommen war. Seit ihrer Abreise war ein Entschluss in ihr gereift, einer, den sie nur noch aussprechen musste. Es tat nicht einmal weh. Auf Höhe der Mineralbäder nahm sie ihr Handy und sah, dass der Akku nur noch wenige Prozent anzeigte.

Lieber Adam, bin gut angekommen und rufe dich von zu Hause aus an. Akku fast leer. Liebste Grüße, Tatjana

Den Kopf an die Fensterscheibe gelehnt, warf sie einen Blick in die Straßenbahn aus der entgegengesetzten Richtung, die gerade anfuhr. Für einen Moment wusste sie nicht, welcher der beiden Züge stand, welcher losgefahren war.

Ihre Strampe passierte Bad Cannstatt, vorbei an den ehemaligen Kasernen vor den Toren Fellbachs, an der Gärtnerei, die schon in Tatjanas Kindheit dort gewesen war. Lilo hatte stets von dem guten Boden Fellbachs erzählt. Hier, so hatte sie immer behauptet, gedieh wirklich alles.

Manche Dinge änderten sich nie. An der Lutherkirche stieg sie aus und ging in Richtung Bahnhofstraße. Sie erreichte die ehemalige Praxis Kaufmann, wo Lilo einst ihr Fellbacher Leben begonnen hatte. Heute praktizierte dort der Enkel von Lilos ehemaligem Vorgesetzten, einem Lungenarzt.

Ihren Rollkoffer hinter sich herziehend, ging sie die Mozartstraße hinab – vorbei an den bunten Wimpeln ihres ehemaligen Kindergartens, ein evangelischer, wie Lilo nach Tatjanas Eintritt damals naserümpfend hingenommen hatte. Dora hatte die räumliche Nähe stets geschätzt, denn Tatjana war sehr schnell allein die vier Häuser entlang dorthin gelaufen und wieder zurück. »Evangelisch hin oder her, des Kindes Schaden wird es nicht sein«, hatte Dora gesagt, und die Fellbacher väterliche Familie hatte dies eine Mal in Sachen Konfessionsdifferenzen triumphiert. Das Kind würde so oder so auf den richtigen Pfad kommen, darüber waren sich alle einig gewesen.

Je näher Tatjana der Nummer 1 kam, desto stärker hatte sie den Duft von frisch gebackenem Brot in der Nase, der unwiderstehliche Duft von Heimat und Geborgenheit. Sie stellte ihren Koffer in die Hofeinfahrt, betrat die Bäckerei und kaufte eine Brezel.

Sie biss in das Gebäck, ging zum überdachten Vorhof, wo

sich die Eingangstür und die Rückseite der Backstube befand, und wählte die Telefonnummer von Dr. Fischer.

Während das Freizeichen ertönte, warf sie einen Blick hinauf zu Doras Küche und bemerkte, dass die Balkontür weit geöffnet und die Blumenkästen mit frischen Kräutern bestückt waren. Daneben stand ein neues Zitronenbäumchen. Im letzten Jahr war Dora untröstlich gewesen, dass ihr jahrelang gehegtes eingegangen war.

Der große Ampelsonnenschirm war aufgespannt.

Auf dem Cannstatter Platz spielten Kinder, und die Sonne blitzte durch die Kastanien. Der Bäcker trat aus der Backstube, setzte sich mit einer Flasche Mineralwasser auf einen Stuhl unter der Überdachung und winkte ihr zu. Tatjana erwiderte den Gruß. Der Gedanke an Familientradition streifte sie. Hatte nicht auch Andreas einst, genau wie sie damals auf der Neckarbrücke, andere Träume gehabt, sich jedoch gegen seinen Willen für die Kontinuität der Bäckerei entschieden? Sie erinnerte sich daran, wie er ihr einmal von seinem Wunsch, Kunst zu studieren, erzählt hatte.

Auf der anderen Seite der Leitung schaltete sich der Anrufbeantworter ein. Unbewusst hatte sich bei Tatjana in Krakau eine tiefe Erkenntnis ihren Weg gebahnt – ohne quälende Abwägungen, einfach so: Diese Praxis, so verlockend das Angebot auch sein mochte, war nicht das Richtige für sie, nicht zu diesem Zeitpunkt, vielleicht in ein paar Jahren, aber nicht heute, nicht morgen. Was sie jetzt in ihrem Berufsleben brauchte, war etwas anderes. Sie musste es nur noch sagen.

»Hier spricht Tatjana König. Ich schulde Ihnen eine Antwort, Herr Fischer«, sprach sie mit beherrschter Stimme aufs Band. »Nach reiflicher Überlegung muss ich Ihnen leider absagen. Vielen Dank für Ihre Geduld und alles Gute.«

»Feierabend, Andy?«, fragte sie, nachdem sie das Handy in ihre Hosentasche gesteckt hatte.

Er nickte und wischte sich anschließend über die Stirn. »Und du bist wieder im Land?«

»Ja, ich bin wieder zu Hause.«

Plötzlich hatte sie das Gefühl, dass alles irgendwie zusammengehörte: Abschiede und Ankommen, Krakau, Fellbach, Paris. Würden die bevorstehenden Gespräche mit Dora und Édith über die Vorgänge im Haus Wagner Klarheit schaffen und die Beweggründe für Lilos und Helenes Handeln offenbaren? Würden sie am Ende herausfinden, warum Simon bei den Merciers groß geworden war und weshalb man ihm das verschwiegen hatte?

Warum bloß musste sie jetzt heulen? Sie wischte sich über die Wangen, nahm ihren Koffer und ging ins Treppenhaus.

TEIL 3

TATJANA

55

Fellbach, Frühjahr 2017

»Ich danke dir für das schöne Reisetagebuch«, sagte Dora, nachdem Tatjana Doras Küche betreten hatte. Es war das erste Mal nach Tatjanas Ankunft, dass Mutter und Tochter Zeit füreinander gefunden hatten.

Auf der Anrichte im Flur lag die polnische Ausgabe der Pankiewicz-Memoiren, die Tatjana ihrer Mutter noch aus Polen zugeschickt hatte. »Hattest du schon Gelegenheit, das Buch zu lesen?«, fragte Tatjana und warf einen Blick auf den Tisch. Ihre Mutter hatte ihn mit Butterbrezeln und Kaffee eingedeckt.

»In einer Nacht geradezu verschlungen«, gab Dora zurück, während sie Milch aus dem Kühlschrank holte. »Ich habe mir die ganze Zeit beim Lesen vorgestellt, dass meine Mutter dort gearbeitet hat.«

»Ja, mir ging es genauso. Hat Lilo wirklich niemals etwas von irgendwelchen Widerstandsaktivitäten gesagt? Nicht einmal dir gegenüber?«

»Das mit dem Widerstand konnte ich im Internet finden. Während du in Krakau warst, war ich nicht gerade untätig. In seinen Memoiren hat Pankiewicz deine Großmutter mit keinem Wort erwähnt. Es war Pankiewicz' Kampf – nicht Lilos.«

Dora brachte die Sache auf den Punkt. Etwas Ähnliches hätte Adam sagen können.

»Und?«, fragte Dora und öffnete das Küchenfenster. »Hat dir deine Reise Lilo nähergebracht?«

Tatjana biss sich auf die Lippe. Immer noch war sie ganz erfüllt von den Begegnungen, davon, was sie gesehen hatte, von ihren Gesprächen mit Adam. »In erster Linie die Heimat unserer Familie. Ich habe den Nachlassverwalter von Pankiewicz kennengelernt, einen Historiker, der mir sehr viel über die Geschichte Krakaus erzählen konnte. Ich habe jetzt eine vage Vorstellung davon, in welchem historischen Kontext die Schwestern aufgewachsen sind, in welch widersprüchlichem Umfeld. Ehrlich gesagt habe ich es als ein Wunder empfunden, wie gastfreundlich die Polen sich heute uns Deutschen gegenüber zeigen. Es ist beschämend angesichts all dessen, was die Nazis ihnen angetan haben.«

Vorsichtig legte sie den Brief von Pankiewicz an Lilo aus dem Jahr 1946 an die Seite des Tischs. Dora registrierte das, sah dann aber weg.

»Glaub nicht, dass ich darüber nicht oft genug nachgedacht habe, Tatjana.«

»Die Wagners lebten als Teil der deutschsprachigen Minderheit während der Besatzung in Krakau ziemlich gut, Mama. Es ging ihnen sogar besser als vorher.«

Dora senkte die Augen. »Ich habe etwas zu deinen Recherchen beizusteuern. Es geht um Helene und um Simon. Setz dich zu mir, Kind.«

Tatjana horchte auf, während sie Platz nahm. Ihr Blick schweifte über Doras Küche, das Fenster, den Balkon, die alte Vitrine. Dasselbe Szenario wie damals bei Édiths Anruf, ging es ihr durch den Kopf. Was war seitdem alles geschehen? Manchmal konnte sie es selbst nicht glauben, wie schnell die Zeit vergangen war.

Sie sah ihrer Mutter dabei zu, wie sie langsam nach nebenan

in ihr Wohnzimmer ging und einen Schrank öffnete. Mit einer Holzkiste, auf der LILO stand, und dem gerahmten Foto von Tatjanas Großvater Walter kam Dora zurück. Seit Tatjana denken konnte, hatte es seinen Platz auf Lilos Anrichte gehabt und war nach ihrem Tod in Doras Wohnung umgezogen. Tatjana kannte den Inhalt der Kiste: In ihr bewahrte Dora die letzten Erinnerungen an ihre Mutter auf.

Dora stellte sie auf den Tisch, das Foto daneben und schenkte Kaffee ein. »Lilo hat ihn so vermisst«, sagte sie zärtlich. »All die Jahre.« Mit den Fingerspitzen strich sie über den Rahmen des Porträts von Walter Kranz.

»Was hat das Foto mit Helene und Simon zu tun?«, stotterte Tatjana. Sie kannte die Eckdaten der viel zu kurzen Biografie ihres Großvaters aus Lilos lückenhaften Erzählungen: Dr. Walter Kranz, Frontarzt in einem Breslauer Lazarett, der sehr früh seine Eltern verloren hatte. Ein enger Freund des Hauses Wagner und Rigoberts auserwählter Nachfolger. 1943 war Walter Kranz nach Lemberg versetzt worden. Lilo hatte ihm die freudige Nachricht ihrer Schwangerschaft in Briefen mitgeteilt, immer und immer wieder, und einer davon war nach dem Krieg zurückgekommen. Tatjana hatte ihn sogar gesehen. Ein Feldpostbrief, dessen Inhalt sie immer noch vor Augen hatte. Lilo hatte ihn ihr einmal gezeigt.

Wir erwarten ein Kind, lieber Walter … Es wächst und gedeiht … Deine Lilo.

Lilos Nachfrage beim Roten Kreuz in Stuttgart hatte schließlich erst nach dem Krieg den Grund für Walter Kranz' Schweigen enthüllt: Er war Ende August 1943 bei einem Einsatz an der Front getötet worden und hatte wahrscheinlich nie von seiner Vaterschaft, geschweige denn von der Existenz seiner Tochter erfahren.

»Ja, er hat ihr sicher gefehlt«, sagte Tatjana wehmütig. »Sie hatte nur noch dich.« Nicht zum ersten Mal fragte sich Tatjana, welch emotionales Erbe auf Doras Schultern lastete, die ja all den Schmerz und die Verzweiflung ihrer Mutter mitbekommen haben musste.

»Dein Großvater hat damals dieses Telegramm an Lilo geschickt, aber es geriet in Rigoberts Hände, und Lilo konnte es nur überfliegen, bevor er es versteckte«, durchbrach Doras Stimme ihre Gedanken. »Als sie nachhakte, muss er nur wirre, unzusammenhängende Dinge von sich gegeben haben.«

Tatjana richtete sich auf. »Das ominöse Telegramm von Walter.«

»Mein Vater hatte über seine Beziehungen zur deutschen Botschaft Helenes und Simons Tod in Paris in Erfahrung gebracht. Dass er ein Telegramm geschickt hatte, war der einzige Beweis für Lilo, dass Walter Kranz damals noch lebte.«

»Hast du es etwa …?«, setzte Tatjana an.

Dora nickte. »Ja, es existiert, mein Kind. Es liegt Jahre zurück, aber nach diesem Anruf von Édith …« Dora räusperte sich. »Ich habe meinem Fund damals nicht viel Bedeutung beigemessen, erst nach dem Anruf aus Baden-Baden, da kam alles bei mir wieder hoch. Auch *meine* Versäumnisse.«

Versäumnisse – Tatjana schien es, als sei die Geschichte ihrer Familie voll davon. Verwirrt sah sie Dora dabei zu, wie sie, einen Blick auf die Kiste werfend, zum Küchenschrank ging und mit zwei Gläsern und einer Flasche Wein zurückkam. »Ein leichter Riesling aus der Region«, sagte sie und schenkte die Gläser halbvoll.

Beide nahmen einen Schluck. Tatjana ließ ihre Mutter nicht aus den Augen, die schließlich die Kiste näher heranzog, sie öffnete.

Tatjana wartete.

»Ende der Neunzigerjahre, nach Lilos Tod, habe ich ihr Heiligtum, das Familienalbum, digitalisiert. Erinnerst du dich?«

Dora sah ihre Tochter fragend an. Sie wirkte entschlossen, ganz anders, als vor Wochen nach dem Anruf.

Tatjana nickte. »Lilo hat erzählt, wie sie das Album in Rigoberts Schreibtisch in seiner Praxis gefunden und nach Deutschland mitgenommen hat. Diese Fotos waren über Jahrzehnte unsere einzige Quelle. Auf diesen Bildern fußt mein ganzes Wissen über Lilos Krakauer Zeit. Es gab kein einziges Foto von der Apotheke«, fügte Tatjana gedankenverloren an. »Das fällt mir jetzt erst auf.«

Dora nickte. »Auf der letzten Seite des Albums war ein Umschlag eingeklebt. Weißt du das auch noch?«

Tatjana überlegte. Ja, sie hatte Lilos Heiligtum einige Male in der Hand gehabt. Analoge Beweisstücke von Lilos Werdegang in Krakau. Fotos, die von einer heilen Zeit in Krakau erzählten. Lilo und die Eltern, Lilo und Helene. Die Villa, die erste heilige Kommunion der Schwestern. Fahrten auf der Weichsel mit der ganzen Familie. Der Umschlag auf der letzten Seite hatte sie nie interessiert, zumal er mit dem Hinweis *In Memoriam* versehen gewesen war.

»Sterbebildchen, nicht wahr? Die waren in dem Umschlag?«, fragte Tatjana mit gerunzelter Stirn.

»Genau, Sterbebildchen. Für mich hatten sie immer etwas Morbides.«

Ja, morbide war das passende Wort. Auf den sogenannten Sterbebildchen waren nämlich Tote, in ihrem Sarg gebettet, mit gefalteten Händen abgebildet. Das war bis in die Sechzigerjahre Brauch. »Lilo konnte keine Toten sehen, und mir ging es auch so …«

Tatjana schüttelte sich. »Deshalb hat niemand von uns jemals den Umschlag geöffnet. Du hast es also doch getan? Wann?«

Dora seufzte und trank ihr Glas leer. »Damals Ende der Neunziger, als ich die Fotos digitalisieren ließ. Da hab ich auch den Umschlag geöffnet. Ein Fetzen ausgefransten Papiers befand sich hinter dem Sterbebildchen meiner Großmutter Käthe, deiner Urgroßmutter.«

Tatjana zuckte zusammen. »Wochenlang hatte Lilo danach gesucht. Vergeblich. Sie hatte nur diesen einen kurzen Blick auf die Todesnachricht werfen können und die zusammenhanglose wirre Aussage ihres Vaters.«

»Unser ganzes Wissen um Helenes und Simons angeblichen Tod beruhte über viele Jahrzehnte auf dieser Quelle.«

»Ja, das stimmt.«

Tatjana richtete sich auf, während sie zum Fenster hinaussah. Zwischen Wolken blitzte blauer Horizont hervor. »Wir haben Lilos Erinnerungen und den wirren Aussagen eines Mannes vertraut, der nicht mehr bei klarem Verstand war, der an Demenz litt.«

»Das sagt sich mit unserem heutigen Wissensstand leicht, Tatjana«, sagte Dora. »Außerdem bist du ein Profi. Lilo war das nicht. Was hätte sie denn tun sollen? Sie hatte ja mit eigenen Augen Bruchstücke des Wortlauts gesehen, konnte sich den Inhalt zusammenreimen. Wenn Lilo ihrer Wahrnehmung vertraut hat, warum hätten wir zweifeln sollen?«

»Was steht in dem Telegramm?«, fragte Tatjana leise. Ihr Herz raste. »Was steht wirklich darin? Hat sich Lilo getäuscht? Hat Rigobert fabuliert?«

Dora schüttelte traurig den Kopf. »So, wie es aussieht, blieb Rigobert sehr nah an der Wahrheit. Er hat nichts erfunden, nur Dinge weggelassen.«

Lautlos schob Dora Tatjana einen zerfledderten kleinen Zettel zu, auf dem in blasser Schreibmaschinenschrift zu lesen war:

Geliebte Lilo, Erkundigungen in Paris eingeholt. Traurige Nachrichten. Helene und Sohn wohl verstorben. In Paris kursiert das Fleckfieber. Ehemann in Arbeitslager im Osten. Wahrscheinlich alle tot. Es tut mir so leid für Euch. Bleib tapfer. In Liebe. Dein Walter

»Wahrscheinlich alle tot, *wahrscheinlich*«, wiederholte Tatjana und ließ das hauchdünne Blatt Papier sinken. »Ein winziges kleines Wort macht den Unterschied. So einfach entstehen Legenden, die sich über Jahrzehnte halten. Und es heißt *Ehemann*. Walter Kranz hatte herausgefunden, dass sie verheiratet war.«

»Das mit dem Fleckfieber hat Rigobert gesagt.«

»Ja«, sagte Tatjana und schluckte. »Aber Simon hat überlebt, und die Familie Mercier zog ihn groß.«

Dora nickte.

Für einen Augenblick kam Tatjana der Gedanke, ob Lilo den Papierfetzen irgendwann in Fellbach gefunden hatte. Sie verwarf ihn umgehend, denn dann, dessen war sie sicher, hätte sie ihn verschwinden lassen. Oder hätte sie gar nachgeforscht? Hätte sie das kleine Wörtchen *wahrscheinlich* an Helenes und Simons Schicksal zweifeln lassen?

Tatjana sah ihre Mutter an. »Warum, Mama, hast *du* nichts gesagt, damals Ende der Neunziger?«

Dora zuckte die Achseln. »Weil es nichts geändert hätte! Lilo war tot.«

Noch einmal las Tatjana den Inhalt, verblüfft über eine ganze Kette von Halbwahrheiten, Vermutungen, Zurechtlegungen, die gefolgt waren. »Hätten wir gezweifelt? Hätten wir aus dem uns jetzt vorliegenden Wortlaut geschlossen, dass Simon und Helene überlebt haben könnten? Manchmal weiß ich gar nicht mehr, was ich glauben soll.«

Schweigend nahm Dora ihr Glas, nippte daran. »Am Tod von Helene und Simon habe ich nie gezweifelt, deshalb hat mich der Anruf ja so umgehauen. Wenn Helene überlebt hätte, dann hätte *sie* Lilo nach dem Krieg gesucht und gefunden.«

»Ja, das hätte sie«, bestätigte Tatjana nachdenklich. »Und dank Édiths Recherchen kennen wir ja inzwischen das genaue Todesdatum von Helene.«

Dora nickte. »Die Informationen sind sehr vage formuliert. Mit Sicherheit fürchtete mein Vater die Zensur.« Sie zuckte die Achseln. »Es war sicher gefährlich nachzufragen, Kameraden ins Vertrauen zu ziehen.«

Tatjana spürte den Wein, der ihr zu Kopf gestiegen war, und tastete ihre Wangen ab. Sie schienen zu glühen. Seit einigen Monaten bemerkte sie, dass sie keinen Alkohol vertrug. Ihr Blutdruck ging durch die Decke. »Ja, ziemlich vage formuliert. Helene hätte, wäre sie am Leben gewesen, ihre Schwester nach dem Krieg gesucht. Es gab in Krakau mehrere Anlaufstellen. Zum Beispiel bei Pankiewicz.«

Dora nahm einen großen Schluck Wein.

Tatjana holte tief Luft. »Der geheimnisvolle Apotheker, Mama, er geht mir nicht aus dem Kopf«, sagte sie und schenkte Mineralwasser in ihr leeres Glas. »Sie waren so verbunden miteinander.«

»Ja, das waren sie«, sagte Dora nachdenklich, stand auf, trat zum Arzneischrank, nahm eine Packung heraus und stellte sie auf den Tisch. »*Agnus Castus*, das wahrscheinlich Beste gegen Hitzewallungen in den Wechseljahren. Es beruhigt, bringt dich runter. Mönchspfeffer. Nimm jeden Tag zwei Tabletten davon.«

»... spricht die Apothekerin, die nicht an Homöopathie glaubt«, sagte Tatjana lächelnd und öffnete die Packung.

»Nicht an Kügelchen, aber an die Kraft der Natur. Ihr verdanken wir die besten Arzneien. Deine Großmutter hat im Krieg unzählige Mixturen aus Kräutern zusammengestellt. Das hat sie immer wieder erzählt.«

»Manche Fakten hat sie erzählt, ja, aber wenn es um die Gefühle ging, die damit Hand in Hand gingen, dann war sie stumm wie ein Fisch. Die Apotheke unter dem Adler war ihr Leben, Mama. In Lilos Schilderungen fehlte ihr Erleben, ihre Gefühlswelt.«

»Lilo hat das Telegramm nie gefunden, Tatjana. Sie wusste nicht, dass es die ganze Zeit in ihrem Wohnzimmerschrank lag.«

LILO

56

Krakau, Sommer 1991

Nach einer langen Busfahrt hatte sich Lilo von ihrer Reisegruppe abgesetzt. Durch stockfinstere Nacht war sie als ganz normale Touristin über eine holprige Autobahn durch die Tschechoslowakei und am frühen Morgen über die polnischen Landstraßen gefahren.

Sie sah die Lichter in den Häusern angehen und versuchte sich vorzustellen, wie die Menschen in ihrer alten Heimat über die Jahrzehnte tagein, tagaus gelebt hatten, während sie in Fellbach Wurzeln geschlagen hatte. Wurzeln, die vor allem durch eine eigene Apotheke gewachsen waren.

Als sie endlich die Kirchtürme von Krakau sehen konnte, schlug ihr Herz höher, gefolgt von einer tiefen Traurigkeit. Die aufgehende Sonne tauchte die Stadt an der Weichsel in ein ganz besonderes Licht, eines, das sie unter Tausenden wiedererkannt hätte. Noch war es bewölkt. Lilo kannte die Wettereskapaden des Ostens, den warmen Wind, der aus dem Osten kam und sofort auf den Kreislauf schlug, genauso wie im Winter den schneidend kalten sibirischen. Der scharfe Geruch von Braunkohle lag in der Luft.

Nachdem sie in einem kleinen Hotel im Osten Krakaus ihr Gepäck abgestellt und sich etwas erfrischt hatte, machte sie sich auf den Weg.

Die Straßenbahnen hatten nicht einmal ihre Farbe gewechselt, und die vertrauten Fahrgeräusche waren geblieben. Immer noch fuhren sie dieselben Strecken um den Stadtkern die Planty entlang, die jetzt wieder so hießen. Nicht mehr *Stadtgarten*. Viele hässliche Zweckbauten aus der Zeit des Sozialismus beschädigten das Bild, das Lilo von ihrer Stadt in Erinnerung hatte. Die deutschen, italienischen und französischen Automarken auf den Straßen unterschieden sich nach der Wende kaum von denen bei ihr zu Hause. Deutsche Autohändler und Privatleute hatten nach den Grenzöffnungen Gebrauchtwagen über die Grenze hierher gebracht und verkauft. Die Nachfrage war hoch. Lilo hatte davon in der Zeitung gelesen. Glasnost – Perestroika. Der Neubeginn zeigte sich noch nicht in den Auslagen der Lebensmittelläden. Noch gab es keine exotischen Früchte wie Ananas, Mangos, Melonen – nur Kartoffeln, Kohl und Äpfel.

Am Rynek Główny mit den Tuchhallen stieg sie aus – auch der Marktplatz hieß wieder so wie in ihrer Kindheit und hatte sich so gut wie nicht verändert. An den Häusern bröckelte der Putz von mehr als fünfundvierzig Jahren polnisch-kommunistischer Architektur. Überall klebten Solidarność-Plakate. Die meisten Gebäude waren durch das Verbrennen von Braunkohle von schwarzem Ruß und dem Schmutz der Stahlwerke von Nowa Huta überzogen. Über Krakau schwebte ein gelblicher Nebel.

Heute war die ganze Stadt auf den Füßen – aus einem bestimmten Grund. Von unzähligen Porträts lächelte Johannes Paul II. in den Schaufenstern, an Ladentüren und Litfaßsäulen. Aufgeblasene Luftballons mit seinem Konterfei wurden von Kindern durch die Straßen getragen. Bald schon würde der polnische Papst seiner Heimatstadt einen Besuch abstatten. Die Polen liebten, vergötterten *ihren* Papst. Straßen wurden gekehrt, als käme der hohe Besuch in wenigen Stunden. Die Vorfreude der Menschen war deutlich spürbar.

Lilos Ziel war die ul. Rękawka im Stadtviertel Podgórze.

Ich wohne seit zehn Jahren in der ul. Rękawka 13, hatte ihr Zofia vor einigen Monaten geschrieben, nachdem Lilo ihr ehemaliges Kindermädchen in einem dicken Telefonbuch auf der Hauptpost in Stuttgart gefunden hatte. *Wenn du mich besuchen kommst, musst du über den Hinterhof kommen. Klingel habe ich keine. Geh die Treppe bei den Mülltonnen runter. Ach, Lileńka – nach so vielen Jahren seh ich dich wieder. Kann es kaum erwarten.*

Zofias Polnisch hatte Lilo so unmittelbar berührt, genau wie jetzt, da sie ihre Herzenssprache mit den Nasalen, Umlauten, den harten Konsonanten und den weichen Zischlauten an jeder Ecke hörte.

Sie spazierte durch die Planty. Die Bäume waren gewachsen, neue hinzugekommen. Das matte Grün stach ihr ins Auge, und trotz des beißenden Geruchs von Braunkohle streifte ein Duft von einst ihre Nase. Inmitten der grünen Lunge Krakaus hatte sie Walter einst gestanden, warum sie ihn hatte warten lassen. Noch heute erfasste sie ein Gefühl von Dankbarkeit und Zuneigung, wenn sie an ihre kurze, aber intensive Zeit dachte. Eine Liebe, die keinen von ihnen mit Zweifeln zurückgelassen hatte.

»Das alles weiß ich längst«, hatte Walter damals gesagt, als sie ihm als junge Frau gebeichtet hatte, dass ihr Herz über Jahre einem anderen gehört hatte, einem, der es gar nicht haben wollte. Heute war ihrer Bitterkeit milde Akzeptanz gefolgt, Nachsicht mit sich selbst, den Umständen. »*Była wojna – es war Krieg*«, murmelte sie vor sich hin.

Es gab Tage, da kam sie nur schlecht mit sich zurecht. Immer noch war sie gut zu Fuß, die Knochen waren nie ihr Problem gewesen. Aber ihr Gemüt setzte ihr in den letzten Jahren zu. Manchmal wusste sie nicht, woher ihre Traurigkeit kam, manchmal ahnte sie es. Es war zu spät, die Dinge verlautbaren zu lassen. All die Geheimnisse ihres Lebens ruhten in ihr wie in einem sicheren Tresor, dessen Inhalt sie vor sich selbst weggesperrt hatte. Als Apothekerin kam sie leicht an Antidepressiva. Die federten, wenn sie in das berühmte dunkle Loch fiel, das Schlimmste ab. Niemand in der Familie merkte etwas davon, weil sie die Tabletten wohldosiert einsetzte, nicht einmal Tatjana, die ein sehr scharfes Auge besaß. Im Laufe der Jahre hatte Lilo das Schweigen über ihre seelischen Schmerzen perfektioniert, so sehr, dass sie manchmal selbst nicht mehr wusste, was genau geschehen war. Sie hatte nie das Bedürfnis gehabt, über ihre Gefühle im Hinblick auf den Verlust von Helene und Jadwiga zu sprechen. Was hätte sie auch sagen sollen? Der Tod war unwiderruflich.

Sie hatte das Telegramm, Walters letztes Lebenszeichen mit der Todesnachricht von Helene, nie gefunden. Wahrscheinlich hatte es Rigobert damals heruntergeschluckt. Ein Stück Ungewissheit war ihr geblieben, lastete manchmal schwer auf ihr, aber Helene war tot. Der Verlust war endgültig. Und was spielte es heute noch für eine Rolle? Dora hatte ohne Erblasten aufwachsen sollen, genau wie Tatjana. Wenn es ganz schlimm war, fand Lilo Trost in ihrer Apotheke, die sie längst Dora überlassen hatte. Ganz hatte sie den Absprung nie geschafft.

Sie überquerte die Weichselbrücke, und vor ihrem inneren Auge konnte sie sehen, wie sie einst tagtäglich über jene Brücke ins Ghetto gekommen war. Ob Pankiewicz noch in seiner Apotheke arbeitete? Ob er es, genau wie sie, nicht ganz lassen konnte?

Die Beschäftigung mit den Mobiltelefonen und der virtuellen Welt, die Fachleute vorhersagten, das überließ sie den Jungen, und niemals hätte sie Dora oder ihre Enkelin gebeten, für sie in einem Computer, dessen geheimnisvolles Innenleben sie mit ihren siebenundsiebzig Lebensjahren gar nicht erst begreifen wollte, auf Erkundungstour zu gehen. Angeblich würde man es schon bald mit einer gläsernen Welt zu tun haben, so rasant ging es mit dem technischen Fortschritt. Ihr hatte ein Telefonbuch aus Krakau auf der Stuttgarter Hauptpost genügt. Nach langem Blättern hatte es neben Zofias Anschrift auch das enthüllt: Die Apotheke unter dem Adler gab es noch.

»*Dzién dobry. Do widzenia*«, hörte sie Passanten einander zurufen. *Guten Tag. Auf Wiedersehen.* Wie vertraut die polnische Sprache in ihren Ohren klang. Sie hatte viel zu lange kein Polnisch mehr gesprochen.

Schon von Weitem erkannte sie den Adler, der über dem Eingang thronte. Heute kam ihr das einstige Ghetto fast surreal vor. Gab es Abschnitte im Leben eines Menschen, die so weit zurücklagen, dass sie sich fremd anfühlten, als gehörten sie nicht zu ihm, als hätte ein Fremder diese Erfahrungen gemacht? Dann wieder schlichen sich Erinnerungen in ihr Gedächtnis, die älter waren und doch lebendig wie einst. Zofias schelmisches Lachen, ihr wissender Blick, die Ignoranz ihres Vaters, Käthes strenges Regiment, die verschwörerischen Blicke der Schwestern. Ihr Krakau mochte sein Äußeres wenig verändert haben, aber seine Seele musste sich angepasst haben. Die Nazis hatten Genozid an den Juden begangen, versucht, die polnische Nation und Kultur zu zerstören. Gefolgt war das Sowjetdiktat. Würde die dritte Republik jetzt frei werden und zu einer Demokratie reifen? Konnten die Polen den Deutschen jemals verzeihen?

Lilo hatte sich nie als einen politischen Menschen gesehen, aber das Wort Freiheit besaß, seitdem sie in Deutschland lebte, eine Bedeutung für sie.

Plötzlich vernahm sie aus allen Himmelsrichtungen das Schlagen der Kirchenglocken. Der Ton, den sie im Magen spürte, versetzte ihr einen Stich. Nichts katapultierte sie so mühelos in *ihr* Krakau wie das Glockenläuten. Plötzlich war sie wieder eine junge Frau, die ihr Fahrrad durch die Straßen und Gassen schob und die Stufen hinaufging zu ihrem Arbeitsplatz.

Gebannt sah sie zur Apotheke hinüber. War es wirklich möglich, dass hier die Zeit stehen geblieben war? Unter dem neuen Anstrich glaubte sie die dunklen rechteckigen Steine von einst zu erkennen. Trugen die Gebäude all die Erinnerungen, das Leid, das Menschen an Menschen begangen hatten, in sich? Vielleicht, aber Tag um Tag und Jahr für Jahr war aus altem Leben ein neues gewachsen. Paare liefen Arm in Arm durch die Stadt, vor den Cafés tranken die Menschen Bier, Kaffee, aßen ein Sandwich – so nannte man belegte Brote heutzutage. Jetzt gehörte auch Fellbach zu Lilos Vergangenheit, zu ihrer Geschichte. Maultaschen, schwäbisches Essen, ein pietistisches Erbe, das ihr Schwiegersohn in die Familie mitgebracht hatte. Der legendäre schwäbische Arbeitseifer war Lilos Wesen sehr entgegengekommen. Geprägt hingegen, das spürte sie hier an diesem Ort intensiv, geprägt hatte sie unwiderruflich ihr Krakauer Leben. Hier hatte sie alle Erfahrungen gesammelt, die sie später dazu befähigten, nahezu jedes Hindernis zu überwinden und dem Schicksal die Stirn zu bieten. In dieser Hinsicht konnte sie mit sich zufrieden sein.

Die letzten Glockentöne verklangen, und sie ging weiter. Mit einem Strauß Blumen in der Hand und einer Tüte voller Päckchen Kaffee und Schokolade aus Deutschland erreichte sie die ul. Rękawka. Ein unscheinbares Haus mit einem Hinterhof. Neben den Mülltonnen führten Stufen hinab, genau, wie es Zofia beschrieben hatte. Lilo klopfte gegen eine Fensterscheibe, hinter der ein geblümter Vorhang zugezogen war.

Sie hörte langsame, schwerfällige Schritte, die sich näherten. Die Tür ging auf. Der herausströmende Duft von frisch gebackenem Käsekuchen schlug ihr entgegen. Die Tränen kamen so schnell, so intensiv, dass sie erst gar nicht versuchte, dagegen anzukämpfen. Wie ein schluchzendes Kind stand sie da, den Kopf auf Zofias Schultern abgelegt. Zofia war kleiner geworden. Mit hängenden Armen ließ sich Lilo von ihrem einstigen Kindermädchen in deren dunklem Flur hin- und herschaukeln.

»*Moje dziecko, tu jesteś.*« – *Mein Kind, da bist du ja.*

TATJANA

57

Fellbach, Frühjahr 2017

»Du musst diesen Brief lesen«, sagte Tatjana leise und deutete auf den Umschlag, der immer noch auf dem Tisch lag. »Pankiewicz hat ihn nach dem Krieg an Lilo geschrieben. Er hat sie nie erreicht.«

Dora wischte sich übers Gesicht. »Ist das nicht indiskret?«, fragte sie zögerlich.

Tatjana presste die Lippen zusammen. »Beide leben nicht mehr, Mama. Es ist einfach ein wunderschöner Brief.« Sie atmete tief durch.

»Irgendwie widerstrebt es mir, die private Post von einem Fremden zu lesen.«

»Er ist kein Fremder. Er war ein wichtiger Teil in Lilos Leben. Es ist so vieles im Hintergrund geschehen, Mama, das wir nicht für möglich gehalten haben. Manchmal kommt es mir vor, als sei Pankiewicz ihre Leidenschaft und mein Großvater die Entscheidung der Vernunft gewesen.«

Dora schüttelte vehement den Kopf. »Walter Kranz hat Lilo sehr geliebt und sie ihn. Das ist so klar wie Kloßbrühe. Ich habe inzwischen recherchiert. Es gibt Archive für Feldpostbriefe. Wer weiß, vielleicht finden wir noch welche von meinem Vater an seine Verlobte. Er hat Lilo mit Sicherheit geschrieben, solange er atmen konnte. Jahrelang hat er sie ja umworben.«

»Und sie hat immer wieder betont, dass er gegen den Krieg war.« Tatjana schenkte die beiden Gläser nach. »Allein deswegen musste sie ihn ja schon lieben – wer gab in diesen Zeiten schon unumwunden zu, dass er ein Pazifist war? Ich glaube aber, Lilos Herz war, bis sie endlich Ja sagte, anderweitig gebunden.«

»Sie waren sehr förmlich miteinander, Tatjana, Magister Pankiewicz und Lilo«, sagte Dora streng.

Tatjana nahm den Brief in die Hand und schob ihn vorsichtig Dora zu. »Mach dir selbst ein Bild, Mama.«

»Wie war dein Seminar?«, fragte Dora, abrupt das Thema wechselnd und nahm den Brief an sich.

»Großartig. Es erwies sich als das letzte Puzzlestück, das mir klarmachte, warum ich das Praxisangebot abgelehnt habe. Aber dass es nicht das Richtige für mich ist, habe ich schon in Krakau begriffen.«

Dora sah sie interessiert an. »Du hast abgesagt?«

Tatjana nickte und strich mit den Fingerspitzen über den Rand des Weinglases. Sie hatte zu schnell getrunken. Jetzt spürte sie deutlich die Wirkung des Alkohols. »Ich möchte im Team arbeiten. Immer wenn ich mich mit Claudi austausche, merke ich, wie wichtig mir das Gespräch mit Gleichgesinnten ist. Eine Gemeinschaftspraxis mit Schwerpunkt Familientherapie, das ist es, wo ich mich einbringen will. Bis ich das Passende gefunden habe, gäbe es als Psychotherapeutin eine Schwangerschaftsvertretung für ein Jahr. Ein interessantes Stellenangebot in der Sonnenbergklinik. Teamarbeit.«

Dora lehnte sich zurück und blickte ihre Tochter kritisch an. »Das sind Anthroposophen. Du wolltest raus aus dem Krankenhausbetrieb«, sagte sie mit spitzer Zunge, hielt inne und betrachtete Tatjana eingehend. »Es ist was mit dir in Krakau passiert. Irgendwie bist du verändert. Ich komme nur noch nicht dahinter, was genau mit meiner Tochter geschehen ist. Bist du dem Geheimnis der Schwestern von Krakau auf die Schliche gekommen? Weißt du mehr als ich?«

Tatjana lächelte geheimnisvoll. Seit sie zurück war, war kein Tag vergangen, an dem sie nicht an Adam gedacht hatte. Sie telefonierten oft, schrieben sich Textnachrichten.

»Nein, eher mir selbst. Ich habe viel über mich erfahren. Lass mir auch ein Geheimnis, Mama«, sagte sie und deutete auf den Briefumschlag. »Dieser Brief von Pankiewicz, der an die Stuttgarter Adresse der Wagners ging, hat Lilo nie erreicht, Mama. Er stammt aus Pankiewicz' persönlichem Nachlass. Er wird dir das ein oder andere zwischen den Zeilen erklären, mir jedenfalls ging es bei der Lektüre so. Der Inhalt spricht Bände. Ich glaube, Pankiewicz und Lilo haben bei seinem Besuch in Fellbach alles geklärt, was es zwischen ihnen zu sagen gab.«

»Dann geht es am Ende doch immer um die Liebe?«, fragte Dora mehr sich selbst und warf ihrer Tochter einen vielsagenden Blick zu.

»… und in wie vielen Facetten sie sich zeigen kann. Eine unerfüllte Liebe, Mama. Oft sind die ja die wirklich großen. Hat das Lilo nicht immer behauptet?«

Dora starrte vor sich hin. »Mein Vater starb viel zu früh. Tadeusz? Vielleicht war sie als junge Frau in ihn verliebt. Wir wissen es nicht.«

Es war das erste Mal, dass Tatjana aus dem Mund ihrer Mutter Pankiewicz' Vornamen hörte.

»Ja, vielleicht. Das halte ich für die Tragik in Lilos Leben.« Mit den Augen fixierte sie den Briefumschlag. »Du wirst bald verstehen, was ich meine, Mama.«

Mit einer Umarmung verabschiedete sie sich von ihrer Mutter, ging zurück in ihre Wohnung. Als sie die Tür hinter sich schloss, merkte sie plötzlich, wie schummrig ihr von den zwei Gläsern Wein war. Sie nahm sich ein Glas Leitungswasser, trank es in einem Zug aus und ging hinaus auf ihren Balkon. Dort legte sie sich auf die Liege und döste weg. Von der Straße hörte man Stimmen, im Schritttempo vorbeifahrende Autos.

Das Läuten ihres Festnetztelefons riss sie aus einem oberflächlichen Schlaf. Benommen ging sie in den Flur und nahm das Gespräch an. Ein Blick auf die Uhr zeigte ihr, dass sie eine Stunde geschlafen hatte. Es war jetzt kurz vor neunzehn Uhr – Nachrichtenzeit.

»Ich habe Adis Wintergarten abgenommen. Er ist fertig«, hörte sie Édiths Stimme. »Endlich sind auch die Markisen angebracht. Du ahnst nicht, was wir für einen Kampf um die annähernd richtige Farbe ausgefochten haben. Taubenblau sollte es sein. Entschieden hat sie sich für Fernblau.«

»Fernblau«, wiederholte Tatjana nachdenklich. »Das klingt nach einem blassen Blau. Es freut mich, dass der Pavillon fertig ist.«

»Es ist etwas mit Adi passiert«, fuhr Édith zögerlich fort. »Ich weiß nicht, wie ich dir das erklären soll, aber irgendwas ist …« Sie brach ab. »Was denkst du darüber, mich nach Paris zu begleiten?«

»Was ist passiert?«, erwiderte Tatjana und setzte sich aufs Sofa.

Vor ihrem inneren Auge erstreckte sich die Metropole an der Seine, der Pont Neuf, der Louvre, der Eiffelturm, der Jardin des Plantes. Édith hatte ihr von Adis und Simons Haus am Rand des botanischen Gartens erzählt. »Du meinst zu deiner Tante? Du möchtest, dass ich … Aber … Hat sie denn inzwischen irgendwas gesagt?«

Édith räusperte sich. »Noch schiebt Adi alles weg, aber ich habe so ein Gefühl, dass sie sprechen möchte. Es wäre mir eine Erleichterung, du wärest dabei, falls sie das tut.«

»Ich möchte kein ungebetener Gast sein«, sagte Tatjana und schloss die Augen. Insgeheim gestand sie sich ein, dass sie schon lange den Wunsch hegte, die Schwester ihres Onkels kennenzulernen. Schließlich waren sie ja irgendwie miteinander verwandt. Und eine der großen Fragen war offengeblieben: Wie war Simon in die Familie Mercier gekommen? Was genau war damals geschehen?

»Unterschätze niemals die Gastfreundschaft des Hauses Mercier«, erwiderte Édith in aristokratischem Ton und lachte. »Nein, Tatjana, das wird nicht das Problem sein.«

»Was ist das Problem? Dass Adi weiterhin schweigt?«

»Es ist ein anderes Schweigen geworden, irgendetwas bewegt sich in ihr, ich spürte es bei unserer letzten Begegnung. Wie soll ich es beschreiben? Es ist, als bröckle ihr Widerstand.«

»Hat sie sich an etwas erinnert?«, fragte Tatjana vorsichtig.

»Ich habe sie darauf angesprochen, dass sie oben in der Wohnung meines Vaters war und ihr das Foto gezeigt, das von Helene mit ihrem Mann und Simon vor dem Geschäft im Marais. Wie aus dem Nichts sagte Adi, sie sei die Schneiderin ihrer Mutter gewesen.«

Tatjana setzte sich auf. »Das ist doch was. Sie leugnet die Beziehung zur Familie Altmann nicht. Und?«

»Genau das dachte ich auch. Zunächst. Für einen winzigen Augenblick war mir, als öffne sie sich, aber der Moment verflog sofort. Ich war so dicht dran, Tatjana! ›Siehst du die Ähnlichkeit zwischen der Frau und mir?‹, habe ich sie gefragt.«

»Wie hat sie auf die Frage reagiert?« Tatjana ahnte Édiths Antwort bereits.

»Sie hat einen Blick darauf geworfen, zuckte die Achseln und hat irgendwas von der Fantasiebegabung meines Vaters und mir geplappert.«

»Manchmal *wollen* wir offensichtliche Dinge nicht sehen«, sagte Tatjana ernst und überlegte, was seitdem in Adi vorgehen mochte.

»Wie meinst du das?«, fragte Édith kurz.

»Dass es durchaus sein kann, dass sie das Foto anders sieht als du und ich, dass sie von ihrem Blick auf die Dinge überzeugt ist.«

»Seit diesem Tag hat sich unsere Beziehung verändert. Das macht mir große Sorgen, Tatjana. Nichts ist mehr wie vorher. Ich vermisse die alte Adi, die ich so sehr liebe. Es ist, als verlöre ich den Zugang zu ihr. Das tut sehr weh und macht mir Angst.«

»Das kann ich gut verstehen, Édith, aber es ist so viel in der Zwischenzeit passiert. Wir können die Zeit nicht zurückdrehen. Ängste und Zweifel gehören dazu. Wussten wir das nicht von Anfang an?«

»Wissen und Fühlen sind zwei unterschiedliche Dinge«, gab Édith zurück.

»Wie wahr.«

»Ich möchte nicht auch noch Adi verlieren«, seufzte Édith und fing an zu weinen.

»Und ich möchte nicht, dass die Familie zerbricht, bevor sie sich überhaupt gefunden hat«, sagte Tatjana nach einer langen Pause. »Wir ziehen am selben Strang, liebe Cousine. Natürlich begleite ich dich nach Paris. Das ist selbstverständlich.«

»Irgendwie muss Simon zu einem Mercier geworden sein«, erwiderte Édith mit tränenerstickter Stimme. »Ist es möglich, dass Adi es tatsächlich nicht weiß? Du hast einmal gesagt, es sei möglich, dass sie schlichtweg keinen Zugang zu ihrem Wissen hat. Dann würden wir die Wahrheit niemals erfahren.«

»Ja«, sagte Tatjana und vernahm den professionellen Ton in ihrer Stimme. »Ja, das wäre sehr gut möglich. Wir haben ja schon einmal darüber gesprochen. Aber es ist schwer, das aus der Ferne zu beurteilen.«

»Ach, Tatjana, lass es uns versuchen. Wie gut ist dein Französisch? Adi spricht kein Wort Deutsch.«

Tatjana warf einen Blick zur Decke. »Ganz ordentlich. Ich hatte Französisch-Leistungskurs und besuche seit Jahren immer wieder Konversationskurse an der Volkshochschule.«

»Das ist gut, Tatjana, wunderbar.«

»Eines möchte ich vorher klären«, sagte Tatjana. »Du hast mich nicht als Psychologin an deiner Seite, sondern als Cousine, als Freundin. Ich bin selbst betroffen, sozusagen befangen.«

Durchs geöffnete Fenster drangen Kinderstimmen vom Cannstatter Platz nach oben.

Wer von ihnen, fragte sich Tatjana, brauchte die Wahrheit? Édith und Tatjana? Adi? Dora? Für Édith, das war ihr im Laufe der Zeit klar geworden, bedeutete die Wahrheit alles, ein Stück Identität.

»Ich brauche dich auch als Freundin an meiner Seite, Tatjana, und ich bin dir sehr dankbar dafür.«

»Das werde ich sein, versprochen! Es gibt eine Chance, dass sie sich erinnert, Édith. Wie befreiend es sein kann, verdrängte Dinge zu artikulieren, das habe ich heute bei Dora erlebt. Bei uns in Fellbach gibt es etwas Neues.«

Sie berichtete von dem Telegramm und wie es in Doras Hände gelangt war. »Wegen dieser Sterbebildchen haben wir den Umschlag all die Jahre nicht angerührt, genau wie Lilo. Er war noch zugeklebt, als Dora ihn gefunden hat.«

»Ein winziges Wort *wahrscheinlich* macht aus einer vermeintlichen Wahrheit eine Lüge«, sagte Édith, hörbar um Fassung ringend. »Deshalb habt ihr Helene und Simon für tot gehalten. Es ist unglaublich! Ich wünschte, ich könnte Adi ein Dokument zeigen und sie würde sprechen.«

»Aus meiner beruflichen Erfahrung liegt der Impuls für Erinnerung von Verdrängtem nur selten im Rationalen. Ein Schlüsselreiz genügt, aber den kennen wir nicht. Ein Geruch, ein Wort, ein Bild. Das Foto, das für uns so offensichtlich ist, jedenfalls war es nicht.«

»Ja«, sagte Édith leise. »Dann buche ich zwei Plätze für nächste Woche im TGV und sage Adi Bescheid. Ich schicke dir die Zugverbindung.«

»Ja. Wir treffen uns dann in Straßburg.«

»Danke, Tatjana. Vorher kann ich nicht damit abschließen, auch wenn ich Angst davor habe.«

»Es geht um unsere gemeinsame Familie«, gab Tatjana zurück. »Wir alle haben Angst, Édith. Mir ist in Krakau auf der Suche nach Lilo meine Großtante Helene viel nähergekommen. Es ist einfach passiert, völlig absichtslos. Meine Großmutter sagte immer, ich sei ihr vom Wesen her so ähnlich.«

»Das berührt mich sehr«, erwiderte Édith tonlos. »Vielleicht verstehen wir uns deshalb von Anfang an so gut. Vielleicht gelingt es uns, einige Dinge zusammenzubringen. Das ist mein Gefühl.«

Nach dem Telefonat nahm Tatjana den Staubsauger aus dem Schrank, saugte die ganze Wohnung und wischte anschließend Staub. Dann wechselte sie die Tischdecke auf dem Esstisch und stellte die Blumen, die sie heute Morgen auf dem Markt gekauft hatte, in ihrer grünen Lieblingsvase darauf, zog die Vorhänge in der ganzen Wohnung auf und genoss die Ordnung, die Ruhe.

Sie vermisste Adam und ohne nachzudenken schickte sie ihm das Foto mit der Blumenvase und kündigte ihm an, dass sie nächste Woche mit Édith nach Paris fahren würde.

Keine zehn Minuten danach kam seine Antwort.

Liebe Tatjana, ich bin sehr gespannt, wie es euch in Paris ergeht. Es ist mutig, wie ihr euch allem stellt. Bei mir häuft sich die Arbeit an. In zwei Wochen bin ich bei einem Symposium in Berlin. Es gibt einen Nachtzug von Berlin nach Stuttgart. Was denkst du darüber? Ich umarme dich. Dein Adam.

Zwei Wochen! Lilos große Lieben kamen ihr in den Sinn, der Gedanke an über tausend Kilometer, die Krakau von Fellbach trennten, an Paris, in dem sie als junge Frau regelmäßig gewesen war und das sie heute mit anderen Augen sehen würde. Die Frage, wer von allen Beteiligten die Wahrheit brauchte, ließ sie nicht mehr los.

Mit einem tiefen Seufzer wählte sie Claudis Festnetznummer.

»Du ahnst nicht, was hier los war, Claudi«, eröffnete sie das Gespräch. »Ich hatte ein gutes Gespräch mit meiner Mutter, und diese Adi erinnert sich plötzlich an Lilos Schwester Helene.«

»*Diese Adi* ist doch deine Tante oder so was Ähnliches, nicht wahr? Warum gehst du so auf Distanz?«, sagte Claudia am anderen Ende der Leitung. »Was ist genau passiert? Hat sich Adam gemeldet?«

»Das auch«, sagte Tatjana, warf sich aufs Sofa und legte sich unterm Nacken ein Kissen zurecht. »Er kommt nach Deutschland. In vierzehn Tagen. Ich fahre nächste Woche mit Édith nach Paris.«

»Die Stadt der Lichter und *Casablanca* – ich ahnte es, aber eins nach dem anderen. Fang von vorne an. Ich möchte alles ganz genau wissen. Was versprecht ihr euch von Paris?«

LILO

58

Krakau, Sommer 1991

»Lileńka. Da bist du ja«, wiederholte Zofia. Schluchzend lagen sich die beiden Frauen in den Armen. Zofia wischte mit ihrem Schürzenzipfel über ihre Augen und nahm ihren Stock. »Komm herein, schnell, komm!«

»Zofia«, stammelte Lilo. »*Dzień dobry.*«

Es gab nicht mehr viel, was sie erschüttern konnte, diese Begegnung schien ihr den Boden unter den Füßen wegzuziehen. Erinnerungen an ihre Kindheit fluteten ihr Gedächtnis, das Familienleben in der Villa, die vielen unausgesprochenen Duldungen Zofias, der Tod ihrer Mutter, das Ende mit ihrem Vater, der Abschied von Krakau, ihre Schwester Helene. Walter!

Zofia nahm die Gastgeschenke entgegen und legte sie auf die Spüle. »Ich habe Käsekuchen gebacken, komm, Lilo. *Moje dziecko – mein Kind.* Setz dich zu mir. Du musst mir alles erzählen. Alles. Gut siehst du aus. Wie lebt es sich in Deutschland? Ach, dass du hier bist. Dass du wirklich gekommen bist.«

Auf dem gedeckten Tisch stand eine Kaffeekanne mit einem kleinen Schaumstoff-Tropfschutz am Schnabel. Der mit Puderzucker bestäubte Kuchen sah aus wie früher. Über der Eckbank hing ein Kruzifix an der Wand und ein Foto des amtierenden Papsts mit einem um den Rahmen gewickelten Rosenkranz.

»*Jak się masz? – Wie geht es dir?* Du siehst auch gut aus«, schwindelte Lilo, obgleich Zofia eingefallen, blass wirkte. »Isst du auch genug?«

Ein Kühlschrank aus den Sechzigerjahren stach ihr ins Auge. Sein lautes Surren verriet, dass er durchaus noch funktionsfähig war. Die Armut in diesen vier Wänden war nicht zu übersehen.

»Was denkst du denn? Im Alter braucht man nicht mehr so viel«, winkte Zofia ab.

»Ich habe überall in der Stadt Bilder vom Heiligen Vater gesehen, es gibt sogar Luftballons mit seinem Gesicht«, sagte Lilo mit Blick auf das gerahmte Foto, den Rosenkranz.

Wie im Reflex bekreuzigte sich Zofia. »Ja, er kommt, er kommt tatsächlich hierher zu uns nach Krakau. Die ganze Stadt spielt seit Wochen verrückt. Nur so lange muss ich noch leben, das habe ich mit dem lieben Gott vereinbart. Er darf mich erst zu sich holen, wenn ich dem Heiligen Vater die Hand gegeben und seinen Segen empfangen habe und du hier in meiner Küche gesessen bist. Jetzt bist du da!«

»Du bist doch hoffentlich gesund«, sagte Lilo mit gerunzelter Stirn. Ihr Blick ging über die Linien in Zofias vertrautem Gesicht. In ihren runden Augen blitzte noch immer etwas Schelmisches auf. »Und wirst noch lange leben. Wie alt bist du jetzt, Zofia?«

»Bald neunzig«, erwiderte sie und deutete auf ihren Stock. »Mit den Knien hab ich Probleme. Aber ich versorge mich immer noch selbst. Diese kleine Wohnung reicht mir vollkommen. Eine liebe Frau von der Kirchengemeinde kauft einmal in der Woche für mich ein. Sie heißt Tatiana, genau wie deine Enkelin! Ich komme zurecht mit meiner kleinen Rente. Wenn die Nachbarin Kuchen backt, bringt sie mir ein Stück oder was vom Sonntagsessen übrig bleibt. Von mir bekommt sie jedes Jahr Marmelade. Du weißt ja, wie die Polen sind.«

Lilo nickte: Ja, die Hilfsbereitschaft der Polen war legendär.

»Nur mein Blutdruck, der macht dem Arzt Sorgen. Ich bekomme Medikamente. Aber ansonsten bin ich gesund wie ein Fisch im Wasser.«

»Für mich bist du so zeitlos«, sagte Lilo lächelnd und strich Zofia über die Wange. Es gab Menschen, die blieben in der kindlichen Vorstellung unsterblich, ihr Kindermädchen Zofia gehörte dazu. »Du warst immer wie eine Mutter für uns.«

Zum zweiten Mal bekreuzigte sich Zofia. »Gott hab sie selig, die arme Frau Doktorowa, wie lange ist das her? Und der Herr Doktor, mit dem ich immer spazieren gegangen bin an der Weichsel. Gott hab ihn selig. Ich hatte glückliche Jahre bei euch.«

»Für mich waren es meine glücklichsten«, gab Lilo tonlos zurück, nahm ihre Handtasche und zog einen Umschlag heraus. »Ich habe Bilder mitgebracht. Von meiner Apotheke, von Dora und von Tatjana.«

Über Zofias Gesicht huschte ein Lächeln. »Du hast mir von ihnen erzählt, in deinem Brief. Dorothea hast du deine Tochter getauft. Dora – ein guter Name, ein schöner polnischer Name, genau wie Tatjana – du bist Polen treu geblieben, mein Kind. Nur dein Polnisch, das hat etwas gelitten. Sprichst wahrscheinlich nur noch Deutsch. Du musst mehr üben.«

Zofia senkte den Blick und betrachtete die Fotos eingehend. »Du hast es schön, richtig vornehm ist es bei dir. Na ja, du kommst ja auch aus einem vornehmen Haus. Deine Dora sieht dem Herrn Dr. Kranz wie aus dem Gesicht geschnitten ähnlich. Und deine Enkelin ist dein Ebenbild.«

»Den Charakter hat sie von der Helene. Das Widerspenstige, das Hinterfragen. Dora ist nach ihrem Vater geraten. Sie hat mir immer nur Freude bereitet.«

Zofia warf einen Blick auf das Kruzifix in der Ecke. »O ja, aufmüpfig, das war sie, die Helene. Aber du konntest auch stur und widerspenstig sein. Wenn ich da nur an …«, sie brach ab. »Ach lassen wir das. Das liegt so lange zurück. Helene und ihr Sohn. Gott hab sie selig.«

Innerlich rollte Lilo die Augen. Sie fragte sich, ob ihre Familie so viele Seligsprechungen an einem einzigen Tag verkraften würde.

»Und was ist mit dem Herrn Dr. Kranz? In deinem Brief hast du nichts über ihn gesagt. Lebt er denn nicht mehr?«

»Ach, Zofia, das ist eine schreckliche Geschichte. Du erinnerst dich doch, wie wir im Krieg nach ihm gesucht haben?«

Zofia nickte mit aufgerissenen Augen.

»Ich habe ihm damals unzählige Briefe geschrieben, ins Lazarett nach Lemberg, wo er zuletzt stationiert war. Es kam nie eine Antwort. In Deutschland habe ich dann nach dem Krieg durch das Rote Kreuz erfahren, dass er schon im August 1943 bei einem Bombenangriff ums Leben gekommen war. Er hatte ja keine Familie. Wen hätten sie denn informieren sollen? Ach, hätten wir doch damals gleich geheiratet. Nicht mal von seinem Kind hat er erfahren, obwohl ich ihm das geschrieben habe. Ich habe einem Toten geschrieben.«

Lilo rieb sich die Augen und nahm einen tiefen Atemzug. Sie erinnerte sich, als wäre es gestern passiert: Die Nachricht von Walters Tod war die dunkelste Stunde ihres Lebens gewesen. Alles war ihr damals genommen worden, jede Hoffnung, nur Dora hatte sie weiterleben lassen. Sie musste sich um ihr Kind kümmern.

Zofia griff nach Lilos Hand und streichelte sie. »Die Besten nimmt der Herr als Erstes, Lilo, es sind seine Engel, die er zu sich holt.«

»Soll mich das hier auf Erden trösten?«, fragte sie und wischte sich die Tränen aus dem Gesicht.

»Nein, aber dass du es geschafft hast. Hast immer deinen Mann gestanden, schon als junges Mädchen, jawohl. Denke immer daran: Es gibt einen höheren Plan. Nichts geschieht umsonst.« Abrupt brach sie ab und sah sich suchend um. »Warte, Lileńka, ich hab noch was für dich. Hab was gefunden, das ich dir unbedingt geben muss.«

Schwerfällig stand Zofia auf, stützte sich auf dem Tisch ab, nahm ihren Stock und verschwand im Wohnzimmer. Lilo beobachtete sie dabei, wie sie eine Schublade öffnete, etwas herausnahm und langsam damit zu ihr zurückkehrte.

»Das kennst du doch, oder?«, fragte Zofia und legte ein Foto auf den Tisch. »Ich habe es damals aus dem Küchenschrank in der Villa gerettet und an mich genommen.«

Für einen Moment blieb Lilos Welt stehen. Sie hatte vergessen, dass es existierte, jetzt aber überrollten sie die Erinnerungen an einen kühlen Krakauer Herbsttag, wo es aufgenommen worden war. Ein Foto von Helene und ihr: Die Schwestern blickten gemeinsam von einem steinernen Balkon in die Ferne, die Arme auf eine Balustrade gelehnt. Unter ihnen Krakau, die Torbögen der Tuchhallen und das Rathaus ihrer Stadt. Beide lächelten. Wie glücklich sie damals gewesen waren, wie fröhlich, unbeschwert, als läge ihnen ganz Krakau und ein verheißungsvolles Leben zu Füßen. Was das Schwarz-Weiß-Foto nicht preisgab, aber sie erinnerte sich genau: Der Himmel über ihnen war stahlblau gewesen.

»Helene hatte diesen Mantel mit den großen Knöpfen, meiner hatte einen kleinen Pelzkragen, ich weiß es noch wie heute«, stammelte sie und fuhr mit den Fingerspitzen über Helenes Konturen. »Ihr Haar, erinnerst du dich an ihr schönes rötliches Haar? Man kann die Farbe natürlich nicht sehen auf dem Foto, aber ich erinnere mich so gut daran, sogar an den Duft. Wie hübsch sie ist! Es war bei einem Fest eines Kollegen von Papa, wenige Tage vor Helenes Geburtstag. Mama hat von unserer Einführung in die höhere Gesellschaft gesprochen, aber Helene hat nur darüber gelacht. Sie wollte tanzen, lachen, das absolute Glück, keine Zwänge. Wir fühlten uns so frei. Alles lag vor uns.«

»Ihr wart beide bildhübsche Mädchen, aber so verschieden. Nur in der Apotheke damals im Krieg, da wurdest du deiner Schwester immer ähnlicher.«

Lilo lächelte und streichelte Zofias Hand. »Das nehme ich als großes Kompliment.«

Zofia knurrte, wie nur sie es vermochte, und Lilo streifte der Gedanke an die dunklen Jahre, die diesem Foto gefolgt waren.

»Damals wussten wir noch nicht, was kommen würde, aber das war Augenwischerei. Wir hätten nur genauer hinsehen müssen. Ich vermisse sie immer noch.« Beherrscht schluckte Lilo ihre Tränen hinunter.

Zofia tätschelte Lilos Hand. »Die Helene ist auch eine, die der Herrgott viel zu früh zu sich genommen hat. Gott hab sie selig.«

Sie bekreuzigte sich, und mechanisch tat Lilo es ihr gleich. »Wenn sie damals in Krakau geblieben wäre, wer weiß …« Lilo tat einen tiefen Seufzer.

»Nimm es mit«, sagte Zofia. »Ich trag euch ja alle in meinem Herzen, und wenn man geht, dann sowieso mit leeren Taschen. Was soll ich also mit einem Foto anfangen?«

»*Ostatnia koszula nie ma kieszeni* – *Das letzte Hemd hat keine*

Taschen«, sagten beide Frauen im Chor, und Lilo lächelte mit Tränen in den Augen, gab das Foto in ihre Handtasche und putzte sich die Nase.

»Erzähl mir mehr von deinem Leben«, forderte Zofia Lilo auf und gab ein großes Stück Käsekuchen auf den Teller. »Iss. Lass es dir schmecken.«

»Aber nur, wenn du dir auch ein Stück nimmst.«

Vorsichtig schob sich Lilo einen Bissen in den Mund. Er schmeckte leicht, nach einem Hauch Zitrone und nach dem wunderbaren Quark, den es nur in Polen gab. Auch Zofia legte sich Kuchen auf. Wie oft hatte Lilo zu Hause nach Zofias Rezept polnischen Käsekuchen zubereitet. Trotzdem schmeckte dieser hier völlig anders, viel besser. Er schmeckte nach Heimat.

»Warst du eigentlich in der św. Sebastiana, hast dir das Haus angesehen?«, fragte Zofia mit vollem Mund. Sie nahm einen kräftigen Schluck Kaffee und sah Lilo abwartend an.

Stumm schüttelte Lilo den Kopf.

»Hast nichts verpasst. Heruntergekommen ist sie, die Villa, nachdem weiß Gott wer dort gehaust hat. Wahrscheinlich schimmelt sie vor sich hin wie so viele schöne Häuser hier. Der Glanz von Krakau, Lilo, den gibt es nicht mehr. Alles ist jetzt matt und grau.«

Sonderbarerweise berührte Lilo ihr Elternhaus nicht. Vielmehr hing sie an ihrem Fellbacher Haus.

»Es wird jetzt besser, Zofia, sicher wird mit Glasnost alles besser.«

»Ja, die Leute aus dem Westen wollen ihr Eigentum zurückhaben«, knurrte Zofia. »Das wird ein schönes Durcheinander.«

»Die Villa hat den Wagners nie gehört, sie war gemietet«, erwiderte Lilo in nüchternem Tonfall.

Den ganzen Nachmittag blieb sie bei Zofia, half ihr beim Zubereiten des Abendessens und setzte sich mit ihr an den Tisch. Sie redeten und redeten, und je länger die Gespräche dauerten, desto bedrückter wurde Lilo. Am nächsten Tag kam sie mit Einkäufen wieder, die mindestens einen Monat ausreichen würden. Zofia war ihr jetzt wichtiger als alles andere. Lilo brauchte keine Touristentour durch ihre Heimatstadt. Sie räumte Krakauer Wurst, Salami und Käse in die Vorratskammer, stellte Quark in den Kühlschrank und eine neue Blumenvase auf den Küchentisch. Auf dem Markt hatte sie Beinwellsalbe für geschwollene Gelenke und ein Lammfell erstanden, das sie ihrem ehemaligen Kindermädchen über einen ausgefransten Sessel im Wohnraum legte. »Für kalte Wintertage«, sagte sie, und Zofia strahlte übers ganze Gesicht. Verstohlen deponierte Lilo einen Umschlag mit mehreren Hundertmarkscheinen unter dem Fell. Niemals würde Zofia das Geld aus ihrer Hand nehmen. »Wenn du mehr brauchst ...«, hatte sie auf eine Postkarte mit der Marienkirche geschrieben, »... lass es mich wissen. Es soll dir jetzt an nichts mehr fehlen. *Z całego serca – von ganzem Herzen.*«

Gemeinsam besuchten sie den Friedhof, wo früher die Gräber der Wagners waren. Es gab jetzt neue Gräber. Nur die mächtigen Eichen, die Skulpturen von Todesengeln, Trauerweiden und Birken bildeten stumme Zeugen einer vergangenen Zeit. Für einen winzigen Augenblick war ihr, als sähe sie ihren Vater im tiefsten Winter auf einer Bank unter einem Baum sitzen, als blicke er lächelnd zu seiner Tochter auf.

Sie fuhren mit der Straßenbahn zurück. Befremdet ließ Lilo die Gebäude, die sie so gut kannte, an sich vorbeiziehen. Krakau passte nicht mehr zu ihr, denn Lilo war eine andere geworden. Das wurde ihr schmerzhaft bewusst.

»Der Kittel stammte vom Rakowicki-Friedhof von der Gärtnerei, erinnerst du dich? Damals in der Waschküche?«, sagte Zofia beim Aussteigen aus der Bahn plötzlich unvermittelt. »Die Sachen, die ich verbrannt habe. Die von der Widerstandskämpferin.«

Lilo verschlug es die Sprache. »So genau warst du im Bild?«, fragte sie verblüfft und reichte Zofia ihren Arm. Sie hängte sich ein.

»Es war richtig, was du getan hast, Lilo, das wollte ich dir sagen, auch wenn du uns alle in Lebensgefahr gebracht hast. Gott liebt alle Menschen, auch die Juden, obwohl sie seinen Sohn verraten haben.«

Lilo seufzte. »Ach, Zofia, so leicht dürfen wir es uns nicht machen. Was geschehen ist, war Sünde, eine unendliche Schuld lastet auf dem deutschen Volk. Was haben wir den Polen angetan, deinem Volk, Zofia! So viele Menschen sind sinnlos gestorben. Sinnlos.«

Einen winzigen Moment streifte sie der Gedanke an Helenes jüdischen Partner. Bestimmt war er in ein Konzentrationslager gebracht worden. *Arbeitslager*, hatte sie damals auf dem Telegramm gelesen. Oder hatte sie sich getäuscht? Der Wortlaut war in ihrer Erinnerung getrübt, wie ein Wäschestück, das verblasst war. *Fleckfieber. Alle tot. Dein Walter.* Hatte Walter mehr gewusst? Lilo hatte niemandem in ihrer Familie von ihren Gedanken erzählt. Wem würde es heute helfen, würde sie sprechen? Niemandem, und Helene und Simon machte nichts mehr wieder lebendig.

»Krieg ist immer sinnlos«, murrte Zofia.

»Was ist eigentlich aus dem Herrn Magister geworden?«, fragte Lilo beim Abschied. Es war spät geworden. In einer Stunde ging ihr Bus zurück nach Deutschland. Eine lange Nachtfahrt stand ihr bevor. Lilo hatte darauf bestanden, allein zum Bahnhof zu fahren. Zofia begleitete Lilo vor die Tür ihrer Wohnung. Im Innenhof spielten Kinder Fußball.

»Ich hab ihn hin und wieder in seiner Apotheke gesehen. Er sieht aus wie früher, immer noch mit diesem Anzug, Schlips, weißem gestärktem Hemd.« Zofia holte mit ihrem Stock aus und deutete damit erst auf ihre Füße, dann auf die Schultern, das Brustbein und reckte den Hals. Es fehlte nur, dass sie salutierte. Lilo lachte laut heraus. Ihr war, als sehe sie Pankiewicz leibhaftig vor sich stehen, kerzengerade, und doch war er ein weicher, nachgiebiger Mensch gewesen. In einer Sache jedoch nicht.

»Aber seit einem Jahr besorgt ja meine Tatiana von der Kirchengemeinde meine Medikamente«, durchbrach Zofia ihre Gedanken. »Ich geh fast nicht mehr aus dem Haus.«

»Weißt du, ob er geheiratet hat?«, fragte Lilo beiläufig.

Zofia sah sie mit einem Blick an, den Lilo so gut kannte. Es war jener, der alles zu wissen schien, der hinter jeder noch so harmlosen Frage die wahren Absichten des Gegenübers durchschaute.

»Keine Ahnung.« Sie zuckte die Achseln. »Aber was würde das ändern? Das alles liegt ja so lange zurück.«

»Nichts würde es ändern«, sagte Lilo und vernahm die Verbitterung in ihrer eigenen Stimme. Sie trat einen Schritt auf Zofia zu und umarmte sie innig. »Es ist zu spät. *Do widzenia – Auf Wiedersehen*, meine liebe Zofia. Ich schicke dir aus Deutschland weiterhin Kaffee, und Medikamente kann ich auch dazutun. Schreib mir einfach, was du brauchst. Ich kann alles besorgen. Zögere nicht zu fragen. Alles, was du brauchst, bekommst du von mir. Die Grenzen sind ja jetzt offen. Es ist alles leichter.«

Sie hielt sich die Hand vor den Mund, unterdrückte ein Schluchzen.

Zofia sah sie liebevoll an, legte ihren Daumen auf Lilos Stirn und zeichnete ein Kreuz darauf. »Nicht weinen. Weine nicht, Lileńka. *Takie jest życie – So ist das Leben.*«

TATJANA

59

Paris, Sommer 2017

»Ihr Wintergarten ist außergewöhnlich schön«, sagte Tatjana auf Französisch und erntete dafür einen wohlwollenden Blick von Adi. »Ich verstehe sehr gut, dass Sie ihn genauso wiederhaben wollten, wie er war. Die ganze Arbeit hat sich gelohnt, Madame Mercier.«

Sie schenkte Édith ein anerkennendes Lächeln. »Du bist eine Künstlerin«, flüsterte sie ihr zu.

»Nennen Sie mich um Himmels willen Adi. Sonst denke ich, ich sei bei Gericht oder bei einer ärztlichen Visite.«

Schwüle lag über der französischen Metropole, und am Himmel braute sich ein Gewitter zusammen. Die drei Frauen saßen zusammen in Adis Glaspavillon, der durch eine Überdachung mit dem Haus verbunden war. Auf dem Tisch standen eine Wasserkaraffe mit Gläsern, Gebäck, ein Aschenbecher und Adis Rauchutensilien. Es war ein glühend heißer Tag gewesen, den die Cousinen im klimatisierten Louvre verbracht hatten. Davor hatten sie Simons Grab besucht und gemeinsam Blumen dorthin gelegt.

Adi hatte die Markisen des Glaspavillons heruntergefahren, die riesigen rechteckigen Fenster gekippt, sodass der Durchzug etwas Erleichterung verschaffte.

Tatjanas gutes Französisch war sozusagen die Eintrittskarte

in Adis Reich gewesen, dennoch spürte sie Adis Vorbehalte ihr gegenüber, allerdings auch gegenüber Édith. Tatjanas Blick schweifte über die Markisen.

»Du glaubst nicht, wie schwierig es war, dieses Taubenblau zu finden«, erklärte Édith, die ihrem Blick folgte.

»Es ist kein Taubenblau«, sagten Tatjana und Adi etwas zeitversetzt. Die drei Frauen lachten über die ungewollte Komik.

»Die alten, die waren taubenblau, aber offensichtlich wollen die Hersteller dieser robusten Leinenstoffe kein Taubenblau mehr«, erklärte Adi an Tatjana gerichtet. »Es gibt nur noch grelles, aufdringliches Blau: Royalblau, Kornblau, Marineblau, kein Taubenblau.«

»Eine sehr elegante und zurückhaltende Farbe haben Sie da gewählt, Adi. Sie gefällt mir sehr gut.«

Adis wache Augen schienen alles unter Kontrolle zu haben. Nur ihre zitternden Hände verrieten Nervosität, ein gewisses Unbehagen. Tatjana blickte durch die Glaskuppel hinauf zu einem mit dunklen Wolken verhangenen Himmel. Schwüle Luft schwebte im Raum.

»Erzählen Sie mir ein bisschen von Krakau«, sagte Adi plötzlich an Tatjana gerichtet. »Édith hat mir von Ihrer Großmutter Lilo erzählt, und dass Madame Altmann aus Krakau stammte. Das wusste ich nicht.«

Tatjana bemühte sich, ihre Aufregung zu verbergen. Adi interessierte sich für Krakau? Sie nannte freiwillig den Namen Helenes? Das war ein Anfang. Aus den Augenwinkeln registrierte sie, wie Édith sich aufrichtete.

Von Weitem waren Donnerschläge zu hören. Blitze folgten, die die Umgebung erhellten. Regentropfen prallten auf das Dach des Wintergartens. Adi stand auf, schloss die Fenster und betätigte einen in der Ecke stehenden Ventilator, der sich zu drehen begann. Sofort strömte ein Hauch kühler Luft durch den Raum.

»Es ist eine wunderschöne Stadt mit großartigen Gebäuden, einem wertvollen kulturellen Erbe. Ein grüner Gürtel mit alten Bäumen umschließt die Innenstadt. Die Polen sind ein sehr gastfreundliches Volk«, sagte Tatjana. »Meine Großmutter und Helene Altmann wuchsen als sogenannte Volksdeutsche dort auf. Meine Großmutter ging vor Ende der deutschen Besatzung nach Deutschland.«

Adi setzte sich wieder in den Ohrensessel, beugte sich dem kleinen Tisch entgegen und fischte eine Zigarette aus ihrem Etui. Mit einem altmodischen Klappfeuerzeug zündete sie sich diese an, lehnte sich zurück und blies Rauch aus. »Ich erinnere mich an die Besatzung der Deutschen im Krieg hier in Paris, auch wenn ich noch ein Kind war. Es ging ziemlich gesittet zu, aus der Perspektive der Pariser betrachtet. Solange man die Füße stillhielt und kein Jude war. Wussten Sie, dass wir auf einmal deutsche Straßenschilder hatten?«

Tatjana nickte. »In Krakau war es genauso.«

Abrupt brach Adi ab, nahm sich etwas Gebäck und schob es sich langsam in den Mund. Sie deutete auf ihre brennende Zigarette. »Simon hat immer geschimpft, aber ich konnte es nie ganz lassen mit dem Rauchen. Ich hoffe, es macht Ihnen nichts aus.«

»Nein«, erwiderte Tatjana. »Alles gut.«

»Ihre Familie kommt also aus Krakau«, wiederholte Adi und führte die Zigarette an ihre zartrosa geschminkten Lippen. Sie wirkte beherrscht, kontrolliert. Ihr geblümtes Sommerkleid musste ein Vermögen gekostet haben. Dezent unterstrich es ihre schlanke Statur, ihr immer noch schönes Gesicht. »Ich erinnere mich an den harten Akzent von Monsieur Altmann, Madame Altmann selbst sprach ein einwandfreies Französisch, genau wie Sie, Tatjana. Wisst ihr ...« Eindringlich sah sie erst Édith, dann Tatjana an. »Ich habe viel nachgedacht seit Simons Tod. Es gab kurz vorher etwas, das sich zwischen uns gestellt hat. Ich vermag es nicht zu beschreiben, aber heute glaube ich, dass wir beide gespürt haben, dass es an der Zeit war zu reden. Über früher, über unsere Kindheit, unsere Eltern. Wir haben fast unser ganzes Leben miteinander verbracht.«

Tatjana hielt den Atem an. Dann veränderte sie ihre Sitzposition, legte ein Bein über das andere und warf Édith einen kurzen Blick zu. Sie saß stumm da, die Hände auf die Knie gelegt.

»Vielleicht haben Sie gespürt, dass Simon Ihnen etwas hätte sagen *können*«, sagte Tatjana leise und faltete ihre Hände. »Es kann sehr schmerzhaft sein, sich zu erinnern, aber in den meisten Fällen lohnt es sich für alle Beteiligten. Das hört sich sehr theoretisch an, entschuldigen Sie, bitte.« Tatjana warf ihrer Cousine einen fragenden Blick zu. »Édith hat Ihnen ja inzwischen von ihren Recherchen erzählt, nicht wahr?«

Adi nickte mit ernstem Gesichtsausdruck. »Und von denen meines Bruders.«

»Meine Mutter und ich, wir fielen damals, als Édith in Fellbach bei uns anrief, aus allen Wolken. Simon war ein Leben lang in unserer Vorstellung ein Kind von vier Jahren gewesen. Ein in Paris geborenes Kind, das Lilo nie kennengelernt hat. Für meine Großmutter war das eine lebenslange schmerzhafte Lücke. Mein Urgroßvater hatte die angebliche Todesnachricht in einem Telegramm im Krieg falsch interpretiert und ging vom Tod von Helene und Simon aus. Er war demenzkrank, brachte vieles durcheinander. Das, was wir von Ihrer Nichte erfahren haben, hat unser Leben verändert. Wir sind näher zusammengerückt.«

Adi riss die Augen auf. »Das ist ja schrecklich. Was haben Sie da mitgemacht! Es muss ein Schock für Sie gewesen sein.«

Tatjana stutzte. Adi sprach, als habe sie selbst gar nichts damit zu tun. Édith sah ihre Cousine mit gerunzelter Stirn an. Tatjana schüttelte unmerklich den Kopf. Adi allein sollte bestimmen, wie weit sie gehen würde.

Adi drückte ihre Zigarette aus.

»Es ist eine sehr lange Geschichte«, fuhr Tatjana fort und bedeutete Édith mit einer winzigen Geste, sie weitersprechen zu lassen. Instinktiv hatte sie das Gefühl, Adi *ihr* Erleben mitzuteilen, bildete einen Weg zu deren Zutrauen. »Irgendwie haben wir alle im Nachhinein das Gefühl, wir hätten Ihren Bruder Simon verpasst. Das entspricht ja auch der Realität. Aber ich bin froh, dass Édith uns gefunden hat. Wir alle sind eine Familie, Sie, Édith, meine Mutter Dora und ich. Daran müssen wir uns gewöhnen. Ich glaube, dass es eine große Chance birgt.«

Kurze aufeinanderfolgende Blitze fuhren durch den bewölkten Himmel, und der ganze Pavillon wurde für einen Augenblick erhellt, als habe jemand eine Neonleuchte angeschaltet. Der Luftstrom des Ventilators wirbelte Adis Haare auf. Gepflegte, kinnlange, dünne Haare. Dann strich er über Tatjanas Gesicht.

Adi zuckte kurz zusammen und biss sich auf die Lippe. Sie nahm eine Serviette von dem kleinen Mosaiktisch, breitete sie aus und legte sie auf ihrem Schoß ab. Sie sah wie durch Tatjana hindurch. Plötzlich stand sie abrupt auf, ging zum Büfett und schenkte sich aus einer Karaffe ein Glas Sherry randvoll ein. »Bedient euch«, sagte sie kurz angebunden in Richtung der beiden Frauen und leerte das Glas in einem Zug.

»Was sollen wir tun?«, flüsterte Édith Tatjana in dem Moment zu, als Adi ihnen den Rücken gekehrt hatte. Der zarte Stoff von Adis Kleid schlug kleine Wellen vom Luftstrom. Tatjana legte den Zeigefinger auf ihre Lippen.

Adi schenkte sich ein zweites Mal nach und ging zu ihrem

Platz zurück, stellte das Glas auf dem Tisch ab, nahm die Serviette wieder auf und ließ sich in den Ohrensessel fallen.

Regentropfen fielen auf das Dach, in monotonem Takt. Draußen fegte stoßweise der Wind durch die Bäume und Sträucher. Äste bogen sich zu allen Seiten und hielten in den Pausen inne, als sammelte der Wind ausgerechnet an diesem Ort all seine Kräfte. Einige aufgescheuchte Blätter flogen unkontrolliert durch die aufgeladene Luft.

»Dieses verdammte Wasser«, stieß Adi hervor, und ihre Hände umklammerten die Serviette. »Dieses verdammte Wasser.«

»Dein Wintergarten«, hörte Tatjana wie aus der Ferne Édiths sanfte Stimme. »Es hat deinen alten Wintergarten zerstört. Diesem hier wird nichts mehr passieren. Er steht jetzt auf einem soliden Fundament.«

Tatjana stutzte. Irgendetwas in Adis Stimme ließ sie aufhorchen.

»Es war ein heißer Tag«, fing Adi zögerlich an und schloss die Augen. »Genau wie heute. Ein heißer Tag in einem leeren Paris. So viele Pariser hatten die Stadt verlassen, damals. Der *Grande Guerre* steckte uns noch in den Knochen – wie oft hat Papa das gesagt! Deshalb verschwanden die Menschen, aus Angst vor den Deutschen, den *boches*. Wir aber sind geblieben. Die Merciers weichen nicht ohne Weiteres.«

Tatjana und Édith sahen sich kurz an, und dann zeitgleich zu Adi. Plötzlich öffnete sie die Augen, starrte Tatjana an.

Tatjana war, als durchbohre sie ihr Blick. »Deshalb sind Sie doch hier in Paris, bei mir, nicht wahr? Sie wollen wissen, was passiert ist? Das ist doch der eigentliche Grund unserer deutsch-französischen Zusammenkunft.«

Tatjana nickte langsam, bedächtig und schluckte. Der Kloß in ihrem Hals blieb.

Erneut schloss Adi die Augen und holte tief Luft. »Ein heißer Tag in Paris, Juli 1942. Die Luft stand genau wie heute, aber das Gewitter war ausgeblieben. Keine Abkühlung. Paris hatte sich unter einer Wärmeglocke befunden. Ich war unterwegs, im Auftrag von *Maman*, ins Marais. Damals wohnten wir noch in Neuilly-sur-Seine, nordöstlich von hier. Papa hatte in der Nähe des Eiffelturms zu tun und mich abgesetzt. Ich hatte etwas dabei.« Ratlos sah sie sich um, blickte suchend zum Fenster hinaus. »Einen Matrosenanzug für einen kleinen Jungen …« Sie fuchtelte mit den Händen durch die Luft, als wolle sie eine lästige Fliege verjagen. »Sagte ich Matrosenanzug?«, fragte sie dann Édith irritiert, schüttelte den Kopf. »Nein, es war natürlich der Sonntagsanzug für Papa, den sollte ich bei Madame abgeben. Papa hatte abgenommen. Er musste geändert werden. Was rede ich da bloß?«, plapperte sie vor sich hin.

»Sie sollten einen Anzug bei Madame Altmann abgeben«, wiederholte Tatjana und betrachtete das Gesicht Adis. Sie spürte förmlich deren Anspannung.

Adis Finger spielten nervös an ihrer Serviette herum. »Drückende Schwüle, Hochsommer. Überall Menschen. Das ganze Marais war auf den Füßen. Ich habe gar nicht begriffen, was geschieht. Ein ganzes Stadtviertel, Menschen mit Judensternen, umringt von Gendarmerie. Sie trieben sie in Richtung Eiffelturm. Schmerzverzerrte Gesichter, verzweifelte Rufe, Schreie. Mütter, Väter mit Kindern, Weinen, Gewimmer, das Klacken der Holzschuhe auf dem Kopfsteinpflaster. Ich war noch so klein.«

Verzweifelt sah Adi auf und suchte Tatjanas Blick. »Im Krieg gab es Holzschuhe, wusstet ihr das? Alle Pariser haben Holzschuhe getragen.«

Vorsichtig schob Édith ihren Stuhl etwas näher an den ihrer Tante heran. Tatjana bemerkte, wie sie ihre Hand nach ihrer

Tante ausrichtete, aber Adi zog ihre weg, als verursache ihr die geringste Berührung Schmerzen.

»Wir sind bei dir, Adi. Tatjana und ich. Wir sind bei dir. Heute bist du nicht allein ... Sprich weiter. *Es herrschte großes Chaos damals im Hochsommer in Paris ...*«

Adi blickte Tatjana direkt in die Augen. Für einen Augenblick war Tatjana, als sehe sie in deren Abgründe, als erfasse sie den Schmerz der alten Frau, ihr Zaudern, ihr Gefangensein in der Sprachlosigkeit. Alles, was Tatjana tun konnte, war, ihr zu signalisieren, dass sie es aushielt.

Der Regen nahm zu, er prasselte gegen die Fensterscheiben. Das Donnergrollen kam näher, die Blitze folgten unmittelbar.

»Es war der Tag der Razzia des Vel d'Hivers, in die du hineingeraten bist, nicht wahr«, hörte Tatjana Édith sagen. »Der Tag der Verhaftungen im jüdischen Viertel. Im Juli 1942 scheuchten sie die armen Menschen in die Winterradsporthalle.«

Adi runzelte die Stirn, nickte ihrer Nichte kurz zu und suchte erneut Tatjanas Augen. Sie hielt dem Blick stand.

»Hast du Madame Altmann in diesem Wirrwarr gefunden, Adi? War es so?«, fragte Édith.

Vehement schüttelte Adi den Kopf, knetete ihre Serviette und schloss wieder die Augen.

»Sie mich, das ist ein Unterschied, wenn Sie verstehen, Tatjana, sie hat mich gefunden. Inmitten des Tumults in der Rue des Rosiers eilte sie auf mich zu, an der Hand den kleinen Simon. Er war so klein, und sie war ganz ruhig. Ganz ruhig.«

»Helene Altmann muss erleichtert gewesen sein, auf jemanden zu treffen, den sie kannte und der nicht aus dem Marais kam«, sagte Tatjana leise.

Adi fixierte Tatjana, als hätte sie gerade etwas sehr Wichtiges gesagt.

»Was ist dann passiert, Adi?«, fragte Édith.

Tatjana schloss die Augen, ließ den Kopf in den Nacken fallen und sah sich dann um. Um sie herum Nebelschwaden vom vielen Regen, die den Wintergarten umhüllten.

»Sie haben ihren Mann mitgenommen. Monsieur Altmann.«

ÉDITH

60

»Madame Altmann war froh darüber, auf mich zu treffen, das glauben Sie?«, fragte Adi mit großen Augen an Tatjana gewandt.

Édith spürte ihren Herzschlag. Was gerade zwischen ihnen drei geschah, erschien ihr wie ein schrecklicher Traum, aus dem sie nicht erwachte. Und doch war da Trost, Befreiendes: Tatjana hatte es vermocht, Adi einen anderen Blickwinkel aufzuzeigen. Plötzlich ging es um das, was die Merciers Gutes getan hatten. Keine Vorwürfe, keine Schuldzuweisungen. Vor ihrem inneren Auge sah Édith die neunjährige Adi, die als Kind am Tag der *Grande rafle du Vel d'hiver* in eine Situation geraten war, die sie völlig überforderte. Édith war, als ginge es um Nuancen in diesem Gespräch, als könnte das geringste Wort alles zum Kippen bringen. Ein kleiner Fehler und Adi würde für immer schweigen.

»Ja, ganz bestimmt«, hörte Édith Tatjana sagen.

Adis Finger zitterten, während sie nach einer Zigarette griff, sie kurz betrachtete, zurücklegte. Sie warf sich die Hände vors Gesicht und schluchzte laut auf. »Mein Gott! *Sieh nicht hin!* Ich hatte diesen Anzug dabei. Er war taubenblau, kein Marineblau, Taubenblau ... Es gab nur dieses verdammte Taubenblau. Er hätte doch Marineblau sein sollen.«

Taubenblau, dachte Édith unwillkürlich und starrte auf die Markisen. Sie hatte nicht die geringste Ahnung von den Zusammenhängen, spürte aber, dass diese Assoziation in Adis Vorstellung von elementarer Bedeutung war. Édith beugte sich über den Tisch und schenkte aus der Karaffe Wasser in Adis Glas.

»Was ist passiert, Adi?«, fragte sie mit weicher Stimme.

»Simon hat geweint. Wir alle haben ihn geliebt, weil er ein so wunderbarer Junge war. Madame blieb ganz ruhig. Sonst war sie so lebhaft. Sie sprühte immer vor Lebendigkeit, aber an jenem Tag blieb sie ganz still, beherrscht. Ich stand da und konnte mich nicht vom Fleck rühren. *Adeline*, sagte Madame Altmann und zog mich zur Seite, weg von dem Menschenstrom, der wie eine Welle durch das Marais strömte. Ich spürte ihre Hände auf meiner Schulter, sah ihren eindringlichen Blick: *Adeline, dich schickt der Himmel. Hör mir gut zu.* Stumm stand ich da, als wäre ich auf einmal mit dem Boden verwachsen. Ich wollte weglaufen! Nach Hause! Simon weinte. Er vergrub sein Gesicht im Schoß seiner Mutter, die ganz langsam und deutlich zu mir sprach, während sie dem Kind die Ohren zuhielt. *Sie haben Monsieur Altmann mitgenommen. Ich muss ihn suchen, verstehst du? Ich muss wissen, was sie mit ihm vorhaben. Deshalb musst du Simon jetzt zu euch mitnehmen. Bis ich zurückkomme.*«

Adi schluckte, öffnete die Augen. Sie wirkte, als erwache sie aus einem Traum. Einen tiefen Seufzer ausstoßend, trank sie ihr Glas leer. »Alle, die sie an jenem Tag mitgenommen haben, trugen Judensterne, aber an Madame Altmanns Kleidung habe ich nie einen gesehen. Sie hat nie einen Stern getragen. Das habe ich erst später begriffen, dass sie keine Jüdin war.«

Sie wischte sich übers Gesicht, atmete einmal tief durch, dann hielt sie ihre Hände an die Ohren. »Von Weitem hörte ich jemanden in unsere Richtung rufen: *Raus mit den Juden. Ihr bekommt, was ihr verdient!* Madame Altmann hat nur den Kopf geschüttelt und gesagt: *Nicht hinhören, Adeline. Hör nicht hin!* Sie hat sich die Tränen aus dem Gesicht gewischt. Dann legte sie Simons Hand in meine, drückte fest zu. Die kleine Kinderhand war feucht, klebrig, ...«

Immer wieder schüttelte Adi den Kopf, dann hielt sie inne und sah Tatjana fragend an: »Wie konnte ich nur all das vergessen haben?«

Orientierungslos blickte sich Adi im Raum um, als müsse sie prüfen, ob alles noch da war, der Wintergarten, die Pflanzen, die Markisen.

Nie zuvor hatte Édith ihre Tante so erlebt. Sie wünschte, sie könnte ihr helfen, sie trösten, aber das, was sie aus Adis Mund vernommen hatte, erschütterte ihre ganze Welt. Sie mochte etwas geahnt haben, aber mit Adis Bericht schien alles plötzlich sehr nah, unmittelbar, als sehe Édith es mit eigenen Augen.

»Wie konnte ich das vergessen haben?«, stammelte Adi und starrte ins Leere. »Nein. Vergessen ist falsch. Ich habe es immer gewusst. Es war die ganze Zeit da, und doch war es nicht da. Bin ich verrückt?«

Ratlos sah sie Tatjana an.

Tatjana schüttelte den Kopf, bewegte ihren Oberkörper in Adis Richtung und faltete die Hände. »Nein, das sind Sie nicht, Adi. So etwas geschieht, wenn der Schmerz so groß ist, dass man vergessen muss, um weiterzumachen. Ein Kampf ums Überleben, eine Art Notwehr, verstehen Sie? Das Vergessen ist ein wichtiger Schutzmechanismus. Für lange Zeit kann es die Rettung sein. Man richtet sein Leben mit jenen Erinnerungen ein, die man verkraftet. Es ist alles gut, Adi. Sie sagten, Simon habe geweint. Was ist dann passiert?«

Wie besonnen und ruhig Tatjanas Stimme klang. Édith hingegen hatte das Gefühl, ihre Welt gerate aus den Fugen, als verlöre sie den Boden unter ihren Füßen. Sie warf ihrer Cousine ein gequältes Lächeln zu. Ohne Tatjana wäre sie verloren gewesen. So war es, als verteilten sich Adis schwere Erinnerungen auf ihrer aller Schultern.

»*Bring ihn zu deiner* Maman, befahl Madame Altmann und hielt ihm den Mund zu«, durchdrang Adis heisere Stimme den Raum, und es war, als verschaffe sie sich gegen den Lärm des prasselnden Regens, der an die Fenster trommelte, Gehör. »Einer der Polizisten sah direkt zu uns her. Ich hatte solche Angst. *Er muss so lange bei euch bleiben, bis das hier vorbei ist. Bei euch ist er in Sicherheit. Versprichst du mir das, Adeline? Wirst du auf ihn aufpassen, bis ich zurück bin? Wirst du das für mich tun? Kannst du dir das merken?*«

Erschöpft ließ sich Adi gegen die Lehne ihres Sessels sinken, die Augen geschlossen. »*Ich kann es mir merken*, habe ich immer wieder gesagt. *Ich merke es mir*. Dann ging Madame in die Hocke, umarmte Simon ganz lange und flüsterte ihm etwas ins Ohr. Sie riss sich los, verschwand in der Menschenmenge. Ich bin mit Simon in einen Hinterhof gerannt, und wir haben uns in eine Nische unterhalb einer Treppe gekauert. Ich habe ihn ganz fest an mich gedrückt. Er sollte nicht sehen, was ich durch die geöffnete grüne Tür auf der Straße sehen konnte. Die Tür war grün, ja, genau. *Sieh nicht hin, Simon! Sieh nicht hin!* Die Verzweiflung der Menschen, diese Angst, diese unendlich große Angst. *Mama, Mama!*, hat Simon geschluchzt, er sagte nicht *Maman*, nein, er hat Mama gesagt. *Sie kommt wieder, sie kommt wieder*, habe ich gesagt. Erst spät in der Dunkelheit verließen wir das Marais. Simon war vor Erschöpfung eingeschlafen. Dunkelheit lag über dem Viertel. Es war wie ausgestorben, ein einziger großer Friedhof. Es dauerte zwei Stunden zu Fuß bis nach Neuilly-sur-Seine, aber ich habe meinen Bruder bis nach Hause getragen.«

Adi schluchzte auf, griff nach ihrer Serviette, nahm sie, faltete sie zusammen, breitete sie aus und begann wieder damit, sie zusammenzulegen. Édith warf Tatjana einen schmerzverzerrten Blick zu.

»Was für eine Verantwortung lastete da als Kind auf Ihnen, Adi«, sagte Tatjana mit sanfter Stimme. »Was hat man Ihnen aufgebürdet.«

Die Welt draußen hatte sich verdunkelt, als ginge sie jeden Augenblick unter.

»Wurde meine Großmutter deportiert?«, fragte Édith, und sie vernahm den harten Klang ihrer Stimme, wie zersplitterndes Glas auf Granit.

Adi sah Édith ungläubig an und schüttelte dann den Kopf. »Nein, das wurde sie nicht. Sie ist gestorben, aber nicht wie du denkst. Ihren Tod teilte uns später eine Krankenschwester vom *Hôtel-Dieu* mit. Madame Altmann muss unsere Adresse von einer Rechnung bei sich gehabt haben. Helene Altmann war im Gerangel von einer panischen Menge überrannt worden, kam ins nächstgelegene Krankenhaus. Eine tödliche Kopfverletzung …« Adi presste die Hände gegen die Ohren. »Einen Tag und eine Nacht hat sie noch gekämpft. Ich höre es immer noch: *Die Juden kriegen, was sie verdienen*, das hat einer gerufen. Die Krankenschwester hat den Eltern alles ganz genau erklärt. Madame trug ja keinen Judenstern, versteht ihr? Sie stand auf keiner Liste, nicht wie Samuel Altmann. Ich habe das Gespräch mit der Frau an der Tür belauscht. *Maman* hat damals gesagt: *Jetzt ist Madame Altmann beim lieben Gott und ihrem Mann und bei George.*«

Abrupt verstummte Adi und riss erschrocken die Augen auf. Sie hielt sich die Hand vor den Mund. »Bei all ihren Lieben«, korrigierte sie sich hastig.

Édith und Tatjana sahen einander an.

Tatjana legte den Zeigefinger gegen die Lippen. Sie hatte den Namen George also auch aus Adis Mund gehört. George!

»Helenes Todesart«, vernahm Édith Tatjanas Stimme. »Es war kein Fleckfieber, sondern ein Unfall, ein tragischer Unfall. Keiner von uns konnte das auch nur ahnen.«

Adi runzelte kurz die Stirn, dann nickte sie. »Sie hat doch nur wissen wollen, was mit ihrem Mann passiert, wohin sie ihn bringen wollen. Ich war danach mit ganz anderen Dingen beschäftigt. Ich hatte panische Angst, man würde uns Simon wieder wegnehmen. Vielleicht würde ja Monsieur Altmann zurückkommen, ihn holen. Ich war für Simon verantwortlich, denn ich habe es Madame Altmann versprochen. Ich war verantwortlich!«

Mit dem Zeigefinger klopfte Adi immer wieder gegen ihr Brustbein. Ihre Augen hatten sich mit Tränen gefüllt, liefen langsam über die Wangen und tropften auf ihr Seidenkleid. Ohne nachzudenken, stand Édith auf, zog ihren Stuhl neben Adis Sessel, nahm ihre Hand und hielt sie fest.

»Eines Tages haben mich die Eltern in den Salon gerufen. Simon spielte mit seinem Lieblingsspielzeug, einem Teddybären, auf dem Boden. Er war stumm wie ein Fisch, streckte seine kleinen Finger nach mir aus und lächelte zaghaft. *Wir werden umziehen, direkt nach Paris, sagte Maman. Simon bleibt für immer bei uns. Deshalb darfst du niemals jemandem erzählen, was passiert ist. Kein Wort zu irgendjemandem. Simon ist dein Bruder, er war von Anfang an da. Du hast ihn doch so lieb, nicht wahr? Wir fangen neu an in der Rue de Buffon, am Jardin des Plantes.* Ich habe immer wieder nur Ja gesagt, weil ich mir nichts so sehr gewünscht habe, als dass Simon mein Bruder ist, nachdem George nicht mehr ... Mehrere Wochen hat Simon nicht gesprochen, ließ mich nicht los, wich mir nicht von der

Seite. Er war stumm, bis er eines Tages wieder sprach. Wisst ihr, was sein erstes Wort war?«

Édith schluckte.

»Adi, er sagte immer wieder Adi und lächelte scheu. Das war in der Rue de Buffon. Alles war jetzt gut. Ich musste ihm helfen, zu vergessen. Keiner der Merciers hat ihn so geliebt wie ich. Vielleicht hat Madame Altmann etwas geahnt«, flüsterte Adi, als habe sie plötzlich eine Eingebung.

Édith spürte Adis fast leblose Hand in ihrer.

»Sie wusste von der Lücke in unserer Familie. Von der schmerzhaften Lücke, die George …«

George!

Erschrocken hielt sich Adi die Hand vor den Mund. In ihren Augen spiegelte sich das blanke Entsetzen.

Stille. Nur der Regen war zu hören.

»Welche Lücke?«, formte Édith langsam mit ihren Lippen und starrte hinüber zu Tatjana. Ihr war, als müsse sie Buchstaben um Buchstaben über die Zunge schieben und als geriete ein ganzes Konstrukt aus den Fugen. Genau wie Adis Wintergarten, damals im Frühjahr.

»Wer war George, Adi?«, hörte sie Tatjana fragen.

SIMON

61

Paris, Winter 2016

Es hatte einige Tage gedauert, bis sich Simon beruhigt, seinen Verstand eingesetzt und beschlossen hatte, der Sache auf den Grund zu gehen. Seine Entdeckung hatte ungeahnte Reserven in ihm mobilisiert. Das Foto in der Zeitung aus dem Jahr 1939 ließ keinerlei Zweifel zurück, dass es sich bei Helene Wagner um seine richtige Mutter handelte, er das kleine Kind in ihrem Arm war. Besäße seine Tochter Édith nicht diese frappierende Ähnlichkeit mit ihr, er wäre niemals dahintergekommen, hätte weitergeblättert und die nächste Geschichte gelesen. Historisches hatte ihn schon immer interessiert, besonders alles zur Stadtgeschichte von Paris. Es gab keine Zufälle: Ihm kam es vor, als hätte seine gesamte Existenz darauf zugesteuert, dem Geheimnis um seine wahre Identität auf die Spur zu kommen. Er hatte es ein Leben lang gespürt. Jetzt fühlte er sich nicht mehr verloren. Jetzt, mit siebenundsiebzig, wuchsen ihm Wurzeln. Wurzeln, die ins Pariser Marais reichten, ein Stadtteil, den er schon immer gemocht hatte. Das Orchester, einige wenige Freunde und die Familie hatten ihm einen Rahmen gegeben, die Musik eine Heimat, wo seine Seele zu Hause war. Am Ende blieb man immer allein. Niemand wusste das besser als Simon Mercier.

Er war ein sehr braves, artiges Kind gewesen – das hatten

seine Eltern immer behauptet. Hausaufgaben hatte er freiwillig gemacht, mit aller Sorgfalt in seinem Zimmer Ordnung gehalten. Ordnung war etwas, das sein fragiles Ich stets im Gleichgewicht gehalten hatte, ihm Orientierung gab. Beim Spielen mit anderen Kindern hatte er bereitwillig sein Spielzeug geteilt, auch das Schulbrot. Unentgeltlich hatte er als Musikstudent einer Kommilitonin Geigenunterricht gegeben und das Mädchen später geheiratet. Sie war klug, feinfühlig, stellte keine Fragen und akzeptierte seine Rückzüge, sein Dasein als Eigenbrötler.

»Künstlerseelen sind nun mal so«, hatte sie stets behauptet, ein Satz, den seine ältere Schwester Adi nur allzu gern in den Mund nahm.

Erst seine Vaterschaft hatte ihn aufleben, ihn bedingungslos lieben lassen. Der unerwartete Tod seiner Frau traf ihn jäh, aber er war fortan für seine Tochter da gewesen und hatte sie gemeinsam mit Adi großgezogen. Zwei Frauen bildeten den Anker seines Lebens. Édith und Adi. Solange er denken konnte, war Adi da gewesen, unerschütterlich, und auch sie fragte nie. Dabei hatte er im Laufe seines Lebens eine Fülle von Fragen gehabt. Nur ein einziges Mal hatte er sich Édith anvertraut. Er war vorsichtig vorgegangen, wollte er doch sein eigenes Kind nicht mit seinen existenziellen Fragen belasten.

Das Klingeln des Telefons riss ihn aus seinen Gedanken.

»Wie geht es dir, Papa?«, fragte Édith am anderen Ende der Leitung.

»Ich habe gerade an dich gedacht, *mon cœur*. Gut. Alles in Ordnung.« Er warf einen Blick auf die Wand, wo er in den letzten Wochen die Beweise seiner Herkunft gesammelt hatte. Das digitale Zeitalter war ein Segen. Nur so hatte er nach seinem Zufallsfund und einem Gang zum Einwohnermeldeamt alles finden können, was er brauchte. Helenes Geburtsort Krakau. Dann hatte er einen Suchdienst beauftragt. Der äußerst seltene Vorname von Helene Wagners Vater hatte die Detektei mühelos zur Verwandtschaft in der Nähe von Stuttgart geführt. Den Namen Rigobert hatte er zum ersten Mal gehört, Dr. Rigobert Wagner. Offensichtlich lebte die Tochter der Schwester von Helene – seine Cousine, eine Apothekerin wie deren Mutter. Liselotte Wagner hingegen war bereits 1993 verstorben, seine Mutter Helene 1942. Woran genau hatte er noch nicht herausgefunden.

»Ich rufe wegen Weihnachten an«, durchbrach die Stimme seiner Tochter seine Gedanken. »In ein paar Wochen ist es schon so weit. Wir dachten, dass wir diesmal alle zu euch nach Paris kommen. Ich möchte mal wieder die Champs-Élysées mit Lichterketten sehen. Was hältst du davon? Ich wollte dich zuerst fragen, bevor Adi anfängt, das Haus umzukrempeln.«

»Ja, das wäre schön. Ihr seid immer willkommen. Das weißt du doch.«

»Ich freue mich, Papa. Dann sehen wir uns ja schon bald. Was hast du heute noch vor, außer Geige spielen?«

Simon lachte. »Du weißt doch: Ein Instrument muss täglich bespielt werden, sonst ist es beleidigt. Kennst du die Fünfte von Mahler?«

Édith stutzte. »Ja, klar kenne ich sie. Dein Lieblingsstück. Warum?«

»Sie geht mir seit Tagen nicht aus dem Kopf.«

»Sie ist wunderschön und sehr melancholisch. Du hast Moll schon immer mehr geliebt als Dur.«

»Das stimmt«, sagte er lächelnd.

»Also, was hast du noch vor, Papa?«

»Ich werde noch ein wenig spazieren gehen. Hier in Paris schneit es.« Er ging zum Fenster, zog den Vorhang zur Seite und sah hinaus. Grauer Novembernebel hatte sich auf die

Dächer von Paris gelegt, die Pflanzen im Jardin des Plantes ruhten wie im Winterschlaf. »Es hat aufgehört«, korrigierte er hastig. »Aber auf den Straßen liegt noch etwas Puderzucker.«

»Hier in Baden-Baden regnet es. Ich spreche in den nächsten Tagen mit Adi.«

»Tu das.«

Er stellte den Hörer in die Ladestation.

Langsam ging er hinüber zu der Wand. Die Zeit stand still. Nur das Ticken der Uhr war zu hören. Er starrte auf den Zettel mit seiner eigenen Handschrift – eine Telefonnummer aus Deutschland, in Fellbach, Apotheke Wagner.

Der Name seiner Mutter lautete Helene Altmann, geborene Wagner, Tochter von Dr. Rigobert und Käthe Wagner, Krakau. 1936 eingewandert in Frankreich. Samuel Altmann, den sie 1940 geheiratet hatte, war im August 1942 in Auschwitz vergast worden, Simons Mutter im selben Jahr verstorben. Und Simon Altmann? Sein Name war irgendwann in den Akten der Merciers aufgetaucht, so, als habe er schon immer dorthin gehört.

»Die Wirren des Kriegs haben so etwas wohl möglich gemacht«, hatte die freundliche Frau vom Suchdienst hilflos auf seine Frage, wie die Merciers dieses Wunder vollbracht hatten, erwidert. »Vielleicht sind die Originalunterlagen beim Umzug in die Rue Buffon im Jahr 1942 verloren gegangen. Hausbrand? Wasserschaden? Da gab es viele Möglichkeiten.«

1942 – damals war er drei Jahre. Drei Jahre, dachte er, die Merciers haben mir drei Jahre meines Lebens gestohlen, mich um meine Erinnerungen beraubt.

Wie in Trance ging er in den Flur, nahm Mantel und Schal vom Haken und trat hinaus. Das alte Treppenhaus knarzte. In Adis Küche brannte Licht. Er überquerte die Seine am Pont d'Austerlitz. Nicht weit von hier entfernt, vielleicht zwanzig Minuten zu Fuß, lag das Marais.

Als Pariser kannte er den ehemals jüdischsten aller Stadtteile, und schon immer hatte es ihn auf seinen Spaziergängen hierhergezogen. Jetzt wusste er endlich, warum. Vor dem ehemaligen Ledergeschäft der Altmanns in der Rue des Rosiers machte er halt. Hier mussten seine Eltern gelebt haben. Schräg gegenüber befand sich ein Imbiss, wo er sich mit einem Glas Bier ans Fenster setzte, das Haus, in dem er anscheinend aufgewachsen war, im Blick. Die Geräusche der ihn umgebenden Menschen, das Geklapper von Geschirr und die hektischen Bewegungen hinter dem Tresen interessierten ihn nicht. Jahrzehntelange Erfahrung in einem der berühmtesten Ensembles von Paris hatte ihn gelehrt, die Nebengeräusche auszublenden und seinen eigenen Tönen zu vertrauen, sie einzubringen in ein großes Ganzes. Er hatte sich nur auf den Dirigenten und die erste Geige konzentrieren müssen. Jetzt lag sein Fokus auf dem Haus gegenüber.

Ihm war, als vernehme er von dort, wo sich heute kein Geschäft mehr befand, die Töne einer Geige. Erinnerungen fluteten sein Gedächtnis, eine Art Déjà-vu.

Wo war der Anfang? Dunkel erinnerte er sich an eine Frau, die Geige gespielt hatte. Erster Stock, eine Außentreppe, ein handtuchschmaler Balkon. Ein kleiner Raum mit niedrigen Fenstern, ein Bett, ein Sofa, Tisch und Stühle. Ein Geigenkasten, ein Notenständer, ein Metronom. Der Geruch von gegerbtem Leder und frisch gebügelter Wäsche. Seine Erinnerungen fühlten sich an, als hätte er vor langer Zeit einen Film gesehen, ohne jeden Zusammenhang, und doch schien sein Ich dazuzugehören, war er einer der Protagonisten gewesen. Ein zurückliegendes hilfloses Ich, nicht das aus der Rue de Buffon am Rand des Jardin des Plantes, das in der Lage gewesen war, Gefühle zu arrangieren und diese wie Noten Kante auf Kante in Regalen abzulegen.

Wie erleichtert er nach seinem Fund gewesen war! Die Ähnlichkeit zwischen der Frau und seiner Tochter hatte das Geheimnis seiner Seele gelüftet, auch wenn ihm bis heute Erklärungen fehlten. Er hatte ja immer gespürt, dass er ein anderer war. Sein Fremdsein in der Familie Mercier. Nur bei Adi hatte er sich stets geborgen und zu Hause gefühlt. Die Eltern waren ihm distanziert geblieben, zugewandt, aber irgendwie fremd. Jetzt wurde ihm klar, dass er der Fremde gewesen war. Endlich gab es etwas Greifbares zu seinen diffusen Gefühlen, wie ein Seil, an dem er sich auf unwägbarem Terrain entlanghangeln konnte. Diese Distanz hatte sich ein Leben lang zwischen ihn und diejenigen, die er geliebt hatte, gestellt. Ein ganzes Menschenleben hatte er seine Einsamkeit mit sich herumgetragen wie einen Schleier, der ihm die Sicht versperrt, ihn gezwungen hatte, den Blick nach innen zu richten. Jetzt sah er verschwommene Bilder, entdeckte vertraute Gefühle, die ihn vollkommen einnahmen, sich seiner bemächtigten. Noch lagen die Bilder im Nebel. Die Frau mit ihren gewellten Haaren und dem wunderbaren Duft erhielt Konturen.

Ein Gitter, das zu einem Laufstall gehört haben könnte – er darin. Ein kleiner Bub, vollkommen geborgen in einer Welt voller Gerüche, Stimmen. Schlaflieder. Kinderlieder. Nervöse Gespräche. Weinen. Lachen. Ein Holzspielzeug und immer wieder: das reine Geigenspiel.

Die Frau legt die Geige in die Mulde zwischen Schulter und Kopf, neigt ihn zur Seite und beginnt zu spielen. Ihre aufrechte Haltung, wie sie mit ausufernden Bewegungen aus dem Oberkörper die Bögen des Tons vollendet. Er erkennt die Melodie, die hierhergehört. Hier, an diesem Ort, muss er sie zum ersten Mal gehört haben.

Seine Lieblingssinfonie gehörte in seiner Musikerkarriere zu seinem Repertoire. Die Fünfte von Mahler, cis-Moll. Das

Adagietto im dritten Satz hat ihn ein Leben lang tief berührt. Wie im Reflex griff er mit der linken Hand den Fingersatz der Klangfolge des Hauptmotivs. Nur Streicher und Harfe. Er schloss die Augen, träumte sich weg in eine friedvolle Welt. Ihm war, als schlösse sich eine Lücke in seiner Biografie, als sei sein Leben in diesem dritten Satz angekommen. Der absolute Frieden nach dem Aufbäumen, nach dem Chaos. Ruhe. Die Stille nach einem Gewitter.

Was er jetzt noch tun musste, schien ihm profan, aber es war nötig. Die Kontaktaufnahme mit Fellbach, Apotheke Wagner. Édith würde das für ihn erledigen – er sprach kein Deutsch. Er würde sich mit seiner Tochter außerhalb seines vorbelasteten Zuhauses treffen, ihr alles sagen. Édith würde es verstehen, mit ihm fühlen. Er würde sich mit ihr verabreden.

Kannten Sie Helene Altmann aus Krakau, eine geborene Wagner?

Simon legte Geld auf den Tisch und machte sich auf den Weg. Er würde wiederkommen. Immer wieder, bis er begriffen hatte, was genau geschehen war. Die Gerüche der umliegenden Bistros streiften seine Nase, fernöstlich, schwer, gewürzintensiv. Plötzlich blieb er mitten auf der Straße stehen. Gebannt blickte er auf eine schmale, grüne Tür, die zu einem Hinterhof führte. Passanten wichen ihm aus. Mit Herzklopfen stellte er sich an die Hauswand direkt neben den Eingang, lehnte seinen Hinterkopf gegen die kühle Mauer. Für einen Augenblick war ihm, als taumelte er, so intensiv kam die Erinnerung zurück. Er war so klein gewesen, ein Kind. Ihm war, als sei eine Schublade in seinem Gedächtnis aufgesprungen. Aus ihr fielen zusammenhangslos Bilder heraus. Das Jahr 1942 – ein schrecklich heißer Sommer. Um ihn mussten Menschen gewesen sein, viele Menschen. Er hatte nur bis zu den Knien der Erwachsenen sehen können. Jetzt fühlte er sich zurückversetzt in ein Umfeld, das er nicht zu deuten vermochte. Er hatte die Ängste, die Verzweiflung gefühlt – seine eigene oder die der Fremden? Ein heilloses Gewusel von Menschen, die alle in eine Richtung strömten. Hunde bellten, Katzen verschwanden in Nischen, Geschrei, Weinen, Wimmern. Geflüster. Die Menschen gingen – alle in eine Richtung.

Dann war da plötzlich eine Hand, die seine Kinderhand fest umklammerte, ihn mit aller Kraft wegzog.

»Sieh nicht hin«, sagte die hohe Mädchenstimme, die zu der Hand gehörte und nahm ihn durch die schmale Tür mit in einen Hinterhof, zu einem Versteck. Dort war er lange gesessen, starr vor Angst. Das Mädchen hatte den Arm um ihn gelegt, ihm abwechselnd Augen und Ohren zugehalten.

»Wo bist du nur mit deinen Gedanken?«, fragte Adi beim Abendessen.

Seit seinen Entdeckungen lebten sie auf zwei Planeten, mochte der Abstand zwischen ihnen im Leben noch so gering gewesen sein. Kein Blatt hatte zwischen die Geschwister gepasst. Jetzt gab es Trennendes, etwas, mit dem er allein war. Adi hätte es wissen müssen, nein, schlimmer, sie wusste. Aber was genau? Er wagte nicht, sie zu fragen. Immer noch hatte er das Gefühl, dass seine Fragen die Welt der anderen erschütterten. Was war mit seiner geschehen? All die Jahre vor seiner Entdeckung des Fotos in einem Pariser Stadtmagazin?

»Ich war heute im Marais«, sagte er und löffelte seine Suppe.

Adi sah von ihrem Teller auf.

»Bei dieser Kälte, Simon«, sagte sie vorwurfsvoll. »Du holst dir ja den Tod.«

Er hatte die Kälte gar nicht gespürt, das fiel ihm erst jetzt auf. Als er aus dem Fenster blickte, begann es gerade wieder zu schneien. Dicke Flocken fielen vom Pariser Himmel auf

Adis Wintergarten, ihr Refugium, ihr Heiligtum. *Palast der verbannten Träume*, hatte er ihn insgeheim einmal genannt, denn Adi musste viele Träume in ihrem Leben begraben haben, auch ihm zuliebe. Adis fragiles Reich aus Glas konnte nichts erschüttern. Solange sie diesen Wintergarten besaß, war sie im Lot.

»Hast du die Pflanzen auch wintersicher eingelagert?«, fragte er und deutete auf den Schnee.

Er starrte auf Adis Hand, die sie auf der Serviette abgelegt hatte, faltig, schmal, gepflegt, zartrosa Nagellack. Hände, deren Kraft man nicht unterschätzen durfte.

»Das tue ich jedes Mal«, erwiderte Adi erstaunt und versteckte ihre Hände unter dem Tisch. »Das Glas isoliert und speichert bei Kälte die Wärme von wenigen Sonnenstrahlen. Das ist das Prinzip der Gewächshäuser, aber das weißt du doch.«

Schweigend nahmen sie den Hauptgang ein. Erst beim Dessert sagte er zusammenhanglos: »Wenn einmal etwas mit mir ist, dann sorge bitte dafür, dass Malou meine Geige bekommt.«

Adi lächelte und tätschelte seine Hand. Unwillkürlich zuckte seine zurück.

»Selbstverständlich«, sagte seine Schwester sichtlich irritiert. »Aber möge der Tag, an dem du diese Welt verlässt, in weiter Ferne liegen. Versprichst du mir das? Ich möchte nämlich vor dir gehen, Bruderherz. Alles andere wäre gegen die Gesetze der Natur.«

»Versprochen«, sagte er und lächelte zurück.

Du weißt es, Adi, lag es ihm auf der Zunge. *Warum hast du nichts gesagt? Du warst damals neun Jahre alt, ich drei, knapp vier. Was ist geschehen? Was ist in unserer Familie geschehen? Schuldet man denen, die man liebt, nicht die Wahrheit darüber, woher sie kommen?*

»Ich ziehe mich zurück«, sagte er stattdessen, nahm seine Serviette aus dem Kragen und half Adi beim Abräumen. Ein letztes Mal fixierte er ihre Hände, die Teller und Tassen in die Spülmaschine räumten.

»Wir könnten mal wieder ausgehen, Simon. In die Oper, ins Theater, ein Konzert. Was meinst du?«

»Am liebsten wäre mir Mahlers Fünfte«, sagte er und machte sich auf den Weg nach oben.

»Das sagst du jedes Mal«, rief ihm Adi hinterher.

In seinem Musikzimmer angekommen, schloss er die Tür hinter sich und nahm seine Geige aus dem Kasten. Die Noten der Fünften Sinfonie von Mahler benötigte er nicht. Er konnte seinen Part auswendig. In Gedanken ging er die einleitende Tonfolge der Harfe vom dritten Satz durch. Ihm war, als säße er im Orchester, umgeben von Streichern, der Dirigent schräg, etwas erhöht vor ihm, an seinem Pult stehend. Mit geschlossenen Augen bewegte er seinen Oberkörper in sanften Wellen. *Langsam*, lautete Mahlers Anweisung – *ruhig, langsam*.

Während er spielte, kamen die Bilder zurück. Zusammenhänge taten sich auf, die ihm so allmählich dämmerten wie die Steigerung der Tonstärke für den dritten Satz von Mahlers Sinfonie. Jeder einzelne Ton dehnte sich zur Unendlichkeit aus, verklang in seinem Herzen und befreite ihn von seiner Unsicherheit, seinen vielen Fragen. Ja, er war nicht das richtige Kind gewesen, hatte sich zu Recht bei den Merciers deplatziert gefühlt, nicht völlig zugehörig, weil es ein Leben vor den Merciers gegeben hatte, eines vor der Rue Buffon.

Sequenzen aus jenem anderen Leben kamen ihm in den Sinn, und doch erschien ihm das nebulöse als das echte, das Leben, das zu ihm gehörte. Er erinnerte sich an einen Geruch, eine Wohnung, an die Frau, und für Bruchteile von Sekunden sah er seinen Vater – einen dunkelhaarigen Mann mit kräftigen

Händen und traurigen Augen. Manchmal sprach er eine fremde Sprache, von der ihm ein Wort geblieben war: *Tate*. Es bedeutete auf Jiddisch Papa.

Die schöne Frau, die Geige spielte und nach Lavendel duftete, hatte er *Mama* genannt, das einzige deutsche Wort, das er beherrschte.

TATJANA

62

Paris, Sommer 2017

»Wer war George?«, wiederholte Édith Tatjanas Frage.

»Mein Bruder«, erwiderte Adi stockend. Sie schluchzte auf und schlug sich die Hände vors Gesicht. »Mein toter Bruder. Er starb, kurz bevor Simon kam.«

Édith erstarrte.

Leise war das Rauschen des Regens zu hören. Tatjana schloss die Augen, öffnete sie wieder. Was sollte sie sagen? Sie registrierte Édiths verzweifelten Blick auf sie.

»Édith«, vernahm Tatjana nach einer Pause wie aus der Ferne Adis dünne Stimme, dann ein Räuspern. »Ich brauche frisches Wasser. Im Kühlschrank steht eine Quiche Lorraine. Schieb sie in den Ofen. Hundertzwanzig Grad, zehn Minuten. Gebt mir etwas Zeit, Kinder, lasst mich allein.«

Adi lehnte ihren Kopf an den Sessel, schloss die Augen.

Wie auf Kommando standen Édith und Tatjana gemeinsam auf. Tatjana nahm die leere Karaffe, Édith holte Servietten aus der Vitrine im Salon. In der Küche trafen sie sich.

»Es war kein Fleckfieber«, sagte Tatjana mit tränenerstickter Stimme.

Édith nickte. »Meine Großmutter kam auf grausame Weise ums Leben. Sie hätte nicht dort sein müssen, auf der Straße, inmitten des Tumults.«

»Sie war, wo ihr Mann war. Hätten wir nicht genau wie sie gehandelt?«, fragte Tatjana hilflos.

Sie machte einen Schritt auf Édith zu. Ein Gedanke an Lilo streifte sie: Was wäre gewesen, wenn Lilo davon gewusst hätte? Sie wäre genau wie Édith und sie untröstlich gewesen. Wer von uns braucht die Wahrheit, fragte sie sich erneut.

»George – du wusstest nichts von der Existenz von George?«, stammelte Tatjana benommen, während Édith die Temperatur am Backofen einschaltete. Tatjana rieb sich die Schläfen. Gleich würden sich stechende Kopfschmerzen bei ihr einstellen, womöglich eine Migräne. Sie brauchte dringend Wasser.

»Nein«, sagte Édith mit erstickter Stimme. »Ich hatte keine Ahnung.«

Tatjana beobachtete, wie Édith zum Kühlschrank trat, die Quiche herausholte und in den Ofen schob. Beide warfen einen Blick in den Wintergarten. Adi hatte ihre Position nicht verändert. »Aber mir dämmert da etwas. Erinnerst du dich, dass sie einen Matrosenanzug erwähnt hat, den sie am Tag des Vel d'hiv dabeihatte?«, fragte Édith.

Tatjana nickte stumm, betätigte den Wasserhahn, hielt ihren Kopf über die Spüle und trank aus ihrer geöffneten Hand. Das Wasser schmeckte nach Chlor. Dann benetzte sie ihr Gesicht mit dem Leitungswasser, schüttelte ihre Hände über dem Waschbecken aus und wandte sich an Édith.

»Das Foto«, sagte Tatjana. »Du hast es doch mit ins Café Königsbau gebracht. Simon mit drei oder vier. Er trägt einen Matrosenanzug. Mein Gott!«

Sie warf den Kopf in den Nacken.

»Genau, Simon hat einen solchen Anzug besessen«, erwiderte Édith. »Wäre es möglich, dass er einmal George gehörte, meine Großmutter ihn ursprünglich für ihn genäht hatte?« Édith brach ab und schluchzte.

»Dann hätte ihn Adi an jenem verhängnisvollen Tag zu Helene bringen sollen? Für Simon, der in Georges Alter war?«

»George war tot. Er brauchte ihn nicht mehr.«

»Du sprichst aus, was ich denke«, gab Tatjana langsam nickend zurück. »Im Krieg war man da sicher sehr pragmatisch. Kleidung war knapp. Ich frage mich, woran er gestorben ist.«

Édith zuckte die Achseln. »Er muss taubenblau gewesen sein, so wie Adis verdammte Markisen.«

»… was wir auf dem Schwarz-Weiß-Foto nicht sehen können. Sie hat sich verplappert«, sagte Tatjana. »Es ist ihr herausgerutscht. Ja, genau deswegen hat sie vermutlich so ein Theater um das Taubenblau der Markisen gemacht.«

Zerstreut reichte Tatjana ihrer Cousine ein Papiertaschentuch.

Édith wischte sich damit die Tränen aus dem Gesicht. »Sie hatte bis zum heutigen Tag wirklich keinerlei Erinnerungen an die Ereignisse?«

»Sie waren ihr nicht bewusst. Ihre Erinnerungen lagen wie in einer Schublade, die geklemmt hat. Sie konnte jahrzehntelang daran vorbeilaufen, an dieser Schublade in ihrem Kopf, sie ignorieren. Wir haben gerade erlebt, wie sie aufgesprungen ist.«

»Wird sie das alles überstehen?«

Tatjana nickte ernst. »Das wird sie. Du bist bei ihr.«

»Alles ergibt auf einmal einen Sinn«, sagte Édith. »Die Merciers sind 1942 in die Rue de Buffon gezogen, als mein Vater noch klein war. Sie haben in Neuilly-sur-Seine alles hinter sich gelassen, fingen neu an. Sie haben Adis und Simons Erinnerungen ausgelöscht.«

»Ja«, sagte Tatjana. »Ein kompletter Neuanfang. Deshalb der Schnitt mit der Vergangenheit, deshalb das große Schweigen.«

Plötzlich kam ihr ein Gedanke, ein weiteres Puzzlestück

in ihrem gemeinsamen Ringen um die Zusammenhänge. »Als sich dein Vater dir ein einziges Mal anvertraute, hat er da nicht gesagt, er fühle sich als das *nicht richtige Kind*?«

Édith nickte mit aufgerissenen Augen. »Ja, genau das hat er gesagt. Wortwörtlich.«

»Simon hat es gespürt. Er war in der Tat nicht das richtige Kind. Das richtige Kind war George.«

»Es war die Wahrheit.«

Mit schmerzverzerrtem Gesicht hielt sich Édith die Hand vor den Mund. Auf ihrer Stirn zeigten sich nervöse rote Flecken. »Wahrscheinlich hatte mein Großvater gute Beziehungen zur Gendarmerie und zum Verwaltungsapparat der Stadt. Er war ja dick im Geschäft, hat in Paris während des Kriegs viele Bauaufträge an Land gezogen. Womöglich konnten sie nach dem Umzug Papiere verschwinden und Simon eintragen lassen, als hätte es nie einen anderen Sohn gegeben. George war tot, und Simon hat seinen Platz eingenommen. Ein Adoptionsverfahren hat es nie gegeben, sonst hätten wir auf den Behörden Unterlagen gefunden.«

»Das wäre alles möglich. Aber ist das wichtig? Wichtig ist doch, dass sie das Kind angenommen haben.«

»Das stimmt«, stieß Édith hervor.

»Wie geht es dir?«, fragte Tatjana besorgt und legte vorsichtig ihren Arm um Édith. »Möchtest du dich setzen?« Selten hatte sie sich so wund gefühlt. Ihr war, als schwankte der Boden unter ihren Füßen.

Édith schüttelte den Kopf. »Alles ist besser als diese verdammten Lügen. Ich habe es noch gar nicht begriffen.«

Tatjana löste sich von Édith und reichte ihr ein Glas Wasser. »Ich bin bei dir, und du musst Adi zur Seite stehen. Trink das. Deine Tante hat die schrecklichen Ereignisse vor sich selbst weggesperrt, so wie man es ihr eingebläut hatte. Wahrscheinlich haben alle Beteiligten gedacht, Schweigen sei das Beste für Simon.«

»Das Beste führt in die Hölle«, sagte Édith und leerte das Glas in einem Zug. »Wie geht es jetzt weiter?«, fragte sie dann, einen Blick in Richtung Wintergarten auf Adi werfend, die still dasaß.

»Wir werden sehen«, erwiderte Tatjana. »Warum flüstern wir eigentlich die ganze Zeit?«, fragte sie dann mehr sich selbst.

»Weil alles so unerhört ist«, raunte Édith.

»Das war es bis heute«, sagte Tatjana deutlich und strich Édith über den Rücken. »Es wird alles gut. Noch ein bisschen Mut. *Juste un peu de courage.*«

»*Juste un peu de courage*«, wiederholte Édith und holte tief Luft. »Wie geht es denn *dir*?«

Tatjana schluckte und schüttelte hilflos den Kopf. Dann spürte sie Édiths Umarmung. »Ich bekomme Kopfschmerzen«, stammelte sie und hörte, wie ihre Stimme kippte.

Wortlos hielten sie einander fest und lösten sich mit einem tiefen Seufzer voneinander. Beide wussten: Es war noch nicht vorbei.

Mit der lauwarmen Quiche, Tellern, Servietten und frischem Wasser betraten die beiden Frauen den Wintergarten. Édith stellte die Quiche auf den Mosaiktisch neben Adis Sessel und schnitt sie in Stücke. Darauf deutend warf sie Tatjana einen fragenden Blick zu.

»Nein, danke. Später vielleicht.«

Tatjana stutzte. Etwas war anders. Dann wurde ihr bewusst, dass das Geräusch vom Regen fehlte. »Der Regen hat nachgelassen«, sagte sie tonlos, als wolle sie selbst nicht daran glauben.

In diesem Moment öffnete Adi ihre Augen. »Das Gewitter macht nur Pause. Es wird wiederkommen«, flüsterte sie mit dünner Stimme, während sie nach oben zur Glaskuppel blickte. »Habt ihr gegessen?«

Synchron schüttelten Édith und Tatjana den Kopf.

»Möchtest du ein Stück Quiche?«, fragte Édith leise, aber Adi hob abwehrend die Hand. Tatjana bemerkte das Zittern von Édiths Hand, als diese Adi ein Glas frisches Wasser randvoll einschenkte.

»Lass die Markisen etwas hoch, *chérie*, würdest du das für mich tun?«

Abrupt stand Édith auf, trat an den elektronischen Schalter und stellte die Markisen auf halbe Höhe. Es wurde nicht heller. Tatjana kam es vor, als säße sie jetzt inmitten eines Regenwalds, umgeben von triefenden Pflanzen.

»Er ist ertrunken«, sagte Adi mit schmerzverzerrtem Gesicht und starrte auf ihr Glas. »In der Seine. Wir hatten dieses Haus, direkt am Wasser. Dieses verdammte Wasser. George war ein wunderbarer kleiner Junge mit blonden Locken, der keine Angst kannte. Vor nichts und niemandem fürchtete er sich. Schon gar nicht vor Wasser.« Sie griff nach dem Glas, umklammerte es mit beiden Händen, setzte es an die Lippen und schluckte die Flüssigkeit in großen Zügen herunter.

Tatjana hielt den Atem an. Wie ein Pfeil durchfuhr sie plötzlich ein Schmerz, eine Erinnerung, die sie so lange weggedrückt hatte: Ihr Urgroßvater war in der Weichsel ertrunken. In einer kalten Winternacht hatte es Rigobert dorthin gezogen. »Es war ein tragischer Unfall«, hatte Lilo traurig erklärt. Auf einmal bekam Tatjana eine Ahnung davon, was Adi bei der Zerstörung ihres Wintergartens erlebt haben musste. So ungehindert wie das Wasser in ihr Reich eingedrungen war, so war ihr Gedächtnis geflutet worden, die diffuse Erinnerung an ein ertrinkendes Kind, ihren Bruder. Hatte Édith nicht erzählt, Adi habe nie schwimmen gelernt, habe panische Angst vor Wasser?

Der Regen wurde wieder stärker. Unaufhörlich trommelten die Wassertropfen nun gegen das Dach. Das gedämpfte Grollen des Donners war aus der Ferne zu hören.

»Haben Sie es mitansehen müssen?«, fragte Tatjana mit gedämpfter Stimme. »Waren Sie dabei? Wie alt waren Sie damals?«

Adi verbarg ihr Gesicht hinter ihren Händen und nickte immer wieder.

»Neun. Ein schreckliches Unglück. Es passierte kurz vor der *Grande rafle du Vel d'hiver*«, sagte sie überrascht, als sei sie sich plötzlich über die ganze Chronologie der tragischen Ereignisse im Klaren. »In meiner Erinnerung aber ist es, als wäre es am selben Tag geschehen. Mein Verstand reimt sich jetzt alles zusammen. George hat doch nur am Wasser gespielt, und Papa war bei ihm. Wie hat das passieren können? Ich weiß es nicht«, rief Adi verzweifelt.

Tatjana holte tief Luft, sie ahnte: In Adis kindlicher Gefühlswelt mussten sich die dramatischen Ereignisse vom Tod ihres Bruders und der Ankunft Simons vermischt haben. Leid und Freude, Tod und Leben, Ende und Neuanfang.

Édith rückte mit ihrem Stuhl neben Adi, legte ihren Arm auf die Lehne des Ohrensessels.

»Die Strömungen der Seine sind unberechenbar«, presste Adi hervor und neigte den Kopf in Richtung ihrer Nichte. »Es muss ein Sonntag gewesen sein, denn Papa trug seinen Sonntagsanzug. Unser Garten lag direkt an der Seine. Es ging alles so schnell. Ich kann es sehen, ganz deutlich! Papa läuft zum Wasser, springt hinein und schleppt sich mit einem triefenden Bündel ans Ufer.«

Adi schrie auf. Ein Schluchzen erschütterte ihren zarten Körper.

»Alles wird gut«, sagte Édith und nahm ihre Hand.

»*Maman* kommt aus dem Haus gerannt und schreit wie von Sinnen. Ein Tablett fällt zu Boden. Das Geräusch von zerbrechendem Glas. Papa weint. Ich dachte, es sei ein Spielzeug, eine große Puppe oder so etwas, ein durchtränktes Stück Etwas, aber es war ein Kind in seinen Armen, sein Kind, unser Kind, mein Bruder. George! Das habe ich erst begriffen, als *Maman* schreit: *George, du musst aufwachen! Du bist nicht tot. George!* Papa hält *Maman* fest. Mit kleinen Schritten nähere ich mich ihr und starre auf Papas Rücken, der den leblosen Körper verdeckt. *Maman* schaut mich voller Verzweiflung an. Dann hält sie mir die Augen zu. *Sieh nicht hin*, sagt sie immer wieder. *Sieh nicht hin, Adeline.*«

Adi tat einen tiefen Seufzer, starrte ins Leere. Kraftlos ließ sie ihre freie Hand auf den Schoß fallen.

»Sieh nicht hin«, wiederholte Tatjana. Sie kam Adi und Édith mit ihrem Stuhl entgegen und saß jetzt mitten im Raum. »Genau das haben Sie beherzigt. Sie dachten, es sei die Rettung, wegzusehen. Das ist aus Sicht eines Kindes, wie Sie es waren, verständlich. Jetzt sind Sie erwachsen. Sie dürfen sich alles ansehen. Adi, Sie sind nicht allein. Damals hat Sie niemand gehalten, heute schon. Ihre Eltern haben etwas Gutes getan. Sie haben Simon in ihre Familie aufgenommen und großgezogen. Und er hatte Sie. Sie waren bestimmt die Stütze seines Lebens. Ihre Eltern haben die Trauer um George noch in den Knochen gehabt, als sie Simon annahmen und haben ihm gegeben, was sie konnten. Sie als seine Schwester vermochten es, ihn aus tiefstem Herzen zu lieben, so wie Sie George geliebt haben.«

Adi starrte zum Fenster hinaus. »Es war, als sei mein Bruder wieder da, und irgendwann wurde für mich aus George Simon. Er hätte niemals vor mir sterben dürfen. Er hat es mir versprochen, aber er ist George gefolgt.«

Édith legte ihren Kopf gegen Adis Schulter. Adi streichelte die Wange ihrer Nichte und warf Tatjana einen langen, traurigen Blick zu. Es entstand eine lange Pause, in der sich die Zeit ausdehnte, die Stille den ganzen Pavillon erfüllte.

»Es geht vorbei, Adi«, flüsterte Tatjana, »… auch wenn Sie sich das jetzt noch nicht vorstellen können, aber es geht vorbei.«

LILO

63

Stuttgart, Anfang 1993

»Es war schön, dass du hier warst«, sagte Lilo.

Sie saß neben Tadeusz Pankiewicz auf einer Bank am Gleis 11 des Stuttgarter Hauptbahnhofs. Durch die Halle strömten Menschen, die zu den unterirdischen Anschlüssen in Richtung Klett-Passage verschwanden. Pankiewicz und Lilo waren früh aufgebrochen und überpünktlich angekommen. Soeben war eine zwanzigminütige Verspätung seines Zugs über den Lautsprecher durchgegeben worden.

»Purer Egoismus«, erwiderte er. »Ich wollte dich unbedingt sehen. Es war wichtig – etwas, das ich unbedingt noch tun musste. Am Ende seines Lebens muss man aufräumen, das Wesentliche vom Unwesentlichen trennen. Und du gehörst zu den Erfahrungen, die mich geprägt haben.«

So sah er das? Lilo war erstaunt: Auch sie sollte ihn geprägt haben? Bisher hatte sie es immer nur umgekehrt gesehen. Es berührte sie, was er sagte.

Sie hatten drei Tage in Fellbach miteinander verbracht, und ihr war von Anfang an so gewesen, als wäre kein halbes Jahrhundert vergangen, seitdem sie sich aus den Augen verloren hatten. Pankiewicz hatte ihre Familie kennengelernt und die Stadt, in der Lilo seit nunmehr fünfzig Jahren lebte. Sie hatten viel über früher gesprochen, über ihre gemeinsame Zeit in der Apotheke. Er hatte von seinen Reisen nach Israel berichtet, von den Überlebenden, von dem neuen Polen, dem jetzt in seinem hohen Alter die nächste Veränderung widerfuhr.

Erst auf der Straßenbahnfahrt zum Bahnhof hatten sie damit angefangen, sich zu duzen. Ihre Verbundenheit scherte es wenig, ob sie sich mit Sie oder Du ansprachen.

Die Gespräche, Gesten, das Schweigen, das sie geteilt hatten, hatten Lilo befreit, auch wenn die wichtigste Frage ausgeblieben war. Was hatte er für sie empfunden? Aber sie bohrte nicht, schon gar nicht jetzt, kurz vor seiner Rückreise. Sie ließ ihnen beiden einfach Raum.

Seit er hier war, spürte sie, wie ihre Traurigkeit langsam von ihr abfiel, als hätte es seines Besuchs bedurft. Ein bisschen hatte sie Zofia in Verdacht, ob sie im Hintergrund die Fäden gezogen hatte, aber es war ihr gleichgültig. Wichtig war, dass er gekommen war. Der Mann ihrer Träume war er längst nicht mehr, aber immer noch strahlte er etwas aus, das ihn anziehend machte: Eine natürliche Souveränität, ein angeboren gutes Benehmen, jene Hülle, die ihn sicher durchs Leben getragen hatte. Von jeher hatte sie eine Schwäche für gute Manieren.

»Eigentlich war ich mir sicher, wir würden uns nie wiedersehen«, sagte sie leise, nahm eine Thermoskanne aus ihrer Handtasche und schenkte in zwei Becher Kaffee ein. Durch den Lautsprecher vernahm sie eine weibliche Stimme:

Achtung, auf Gleis 11, an alle Passagiere auf Gleis 11. Der Zug nach Krakau über Salzburg hat jetzt eine Verspätung von fünfzig Minuten. Bitte beachten Sie die Durchsage. Achtung, auf Gleis 11 …

»Und ich wusste, dass wir uns noch einmal sehen, nur, wann, wo, wie, das war mir nicht klar.« Lächelnd nahm er seinen Becher entgegen und deutete auf den dampfenden Kaffee. »Du denkst wirklich an alles, sogar Zugverspätungen hast du auf dem Plan.«

»Weil ich weiß, welche Irrwege das Leben gehen kann. Manchmal muss man zurück, um vorwärtszukommen.«

Sie verstummte. Was redete sie da? Sie, die um jeden Preis die Vergangenheit ruhen ließ, die ihrer Tochter und Enkelin wesentliche Ereignisse ihres Lebens vorenthalten hatte? Zu schweigen war, davon war sie bis heute überzeugt, ihr gutes Recht. Niemandem, auch nicht seinen Kindern und Kindeskindern, schuldete man sein Erleben, seine Erfahrungen.

Er lächelte.

In gewisser Weise hatten sie in Fellbach ihre gemeinsame Zeit in Krakau wiederaufleben lassen, und manchmal hatte sich Lilo gefühlt, als wäre sie wieder Mitte zwanzig. Sie hatten tiefe Gespräche geführt, Wein getrunken und gemeinsam die Heilige Messe besucht. Heute war Pankiewicz ein in Israel gefeierter Mann. Seine Heimat Polen hingegen hatte ihm die Anerkennung verweigert. Erst jetzt, nach der Wende, waren die Leute mit Fragen auf ihn zugekommen. Seine Tätigkeiten im Widerstand hatte er in einem Buch festgehalten. Aber Lilo wusste auch ohne diese Lektüre, was darin stand. Von den dunklen Stunden im Ghetto wollte sie nichts mehr wissen.

»Über eines jedoch haben wir immer noch nicht gesprochen«, sagte er plötzlich aus dem Nichts und legte den Kopf in den Nacken.

Lilo runzelte die Stirn.

»Warum bist du damals in der Apotheke geblieben, warum hast du dieses Risiko auf dich genommen, Lilo?«

Seltsam. Ausgerechnet er stellte diese Frage. Hatte sie ihm nicht an jenem verhängnisvollen Abend in seinem Arbeitszimmer alles gesagt? Wollte er das noch einmal aufleben lassen?

»Ja, aber das weißt du doch«, sagte sie fassungslos und blickte in sein bestürztes Gesicht. »Muss ich mich dir denn noch einmal vor die Füße werfen?«

Er schluckte, nahm ihre Hand und legte sie behutsam in seine. Beschämt schüttelte er den Kopf.

»Ich bin geblieben, weil ich geliebt habe. Später kamen andere Dinge hinzu, die mich gehalten haben, aber ...« Sie brach ab.

Er seufzte. »Ich möchte dich um Verzeihung bitten, Lilo. Ich habe damals versagt, nicht du. Du warst mutig, unglaublich mutig. Der Feigling war ich.«

»Jadwiga hat einmal gesagt: *Der Herr Magister liebt die Menschen. Und die Menschen lieben ihn dafür, was er ihnen Gutes tut. Daraus zieht er seine Kraft.* Ich musste immer wieder an ihre Worte denken. Wie oft habe ich mich gefragt: Wie kann ein Mann, der über die Jahre im Ghetto so viel Mut aufbrachte, bis zur Aufopferung für seine Schützlinge kämpfte, wie kann ein solcher Mann so blind sein, wenn es um eine Herzensangelegenheit geht?«

Er nickte, und in seinen Augen las sie eine tiefe Traurigkeit, fast Scham. »Blind war ich nicht, ich *wollte* nicht sehen. Ich habe nie vermocht, über meinen Schatten zu springen. Am Ende bin ich ein Eigenbrötler, ein Mann, der nicht für die Ehe geschaffen ist. Du hast recht, Lilo. So vieles habe ich bewegt, Leben gerettet, getröstet – mich selbst vermochte ich nicht zu retten. Wenn ich dir gesagt hätte, was ich wirklich empfinde, es hätte alles noch viel schlimmer ...« Abrupt brach er ab.

Lilo blickte auf einen Ölfleck auf dem Boden zu ihren Füßen. Was er sagte, berührte sie zutiefst. Sie begriff: Sie selbst war, obgleich sie sich für einen Verstandesmenschen hielt, von der Liebe gerettet worden, von jener zu den zwei Männern in ihrem Leben und jetzt von der zu ihrem Kind, ihrer Enkelin.

»Du hast eine wundervolle Familie«, sagte er, als erriete er ihre Gedanken.

»Sie war nie vollständig«, sagte sie.

»Es tut mir unendlich leid, dass du den Vater deines Kindes verloren hast. Und deine Schwester.«

Lilo wischte sich übers Gesicht. Sie wollte die trüben Gedanken verscheuchen, sie nicht diesen Abschied begleiten lassen, nicht schon wieder.

»Du hast nie geheiratet, Lilo.«

»Du auch nicht.«

Lilo presste die Lippen zusammen.

»Es gab zwei Männer in meinem Leben, das ist mehr als genug«, sagte sie, bemüht um einen leichten Ton, aber es klang schwer, wie die Klangfolge einer Mahler-Sinfonie.

»Es tut mir leid, du musstest so viele gehen lassen. Deine Eltern, Helene. Dass alle deine Lieben auf so tragische Weise ums Leben kam. Dein Vater ...«

»Seine Zeit war gekommen, Tadeusz, er hat so viel Leid ertragen müssen. Die Demenz ist keine Gnade, manchmal, da flackert etwas im Erinnern auf, da werden sich die Kranken bewusst, was sie vergessen und verloren haben. Diese Momente müssen sehr qualvoll sein.«

»Wir hingegen müssen mit all unseren Erinnerungen leben.«

»Ja.«

»Du hast ja immer alles zusammengehalten.«

Lilo schluckte. Das aus seinem Mund zu hören, bedeutete ihr viel. Wenigstens einer, der sah, was sie getan hatte, wie sehr sie sich bemüht hatte, das Leben irgendwie weitergehen zu lassen.

Sie umklammerte den Kaffeebecher, der sich inzwischen kalt anfühlte, warf einen Blick auf seinen und schenkte nach.

»Deine Enkeltochter wird Psychologin«, sagte er unvermittelt. »Sie hat mir außerordentlich gut gefallen. Sie ist ein Mensch, der den Dingen auf den Grund geht.«

»Eine Nervensäge mit ihrer Fragerei. Sie will alles ganz genau wissen. Es ist einfach schrecklich. Aber ich liebe sie bedingungslos.«

»Das gehört zu ihrem Beruf, Lilo. Wir Apotheker sind anders. Wir behandeln die Symptome. Wir brauchen keine Anamnese.«

Hatte sich Lilo auch deshalb entschieden zu schweigen, nichts, was sie von früher bewegte, nach außen dringen zu lassen? Helene, Walter, Jadwiga, Gusta – all ihre Gefühle hatte sie für sich behalten und den Menschen, die sie geliebt hatte, in ihrer Vorstellung ein respektvolles Denkmal gesetzt.

»Lebt denn Helene ein Stück weit in Tatjana weiter?«

»Der Gedanke kam mir schon oft, ja«, gab Lilo zurück. »Sie ist ihr so ähnlich, mehr als sie ahnt. Tatjana hatte das Pharmazie-Studium fast in der Tasche. Dann wollte dieses eigensinnige Mädchen unbedingt Psychologie studieren. Im ersten Semester hat sie einen Stammbaum von unserer Familie gemacht. Mit allem Drum und Dran, und dann hat sie mich mit Fragen gelöchert.«

Tadeusz sah sie interessiert an. »Was hast du gesagt?«

Lilo zuckte die Achseln. »Was soll ich sagen? *Była wojna – Es war Krieg*. Wir waren genug mit dem Überleben beschäftigt. Gefühle waren Luxus.«

Er schmunzelte. »Das sagt die Richtige. Ich habe übrigens ein Patenkind.«

»Ach, wirklich?« Lilo drehte ihren Kopf in seine Richtung.

»Ein Junge, genau genommen ein erwachsener junger Mann. Er möchte Geschichte studieren und wird einmal meinen Nachlass verwalten. Die Beweise sollen ja erhalten bleiben. Das unterscheidet uns beide, Lilo, abgesehen davon, dass ich Pole bin, du eine Deutsche. Ich möchte, dass mein Wissen bewahrt bleibt. Sein verstorbener Großvater war ein enger Freund von mir, sein Vater wurde es. Vielleicht hast du den alten Adam sogar einmal gesehen, in der Apotheke. Er hieß Nowak.«

Wie unterschiedlich sie doch waren! Lilo hatte einen ganz anderen Blick auf diese Dinge. Nie im Leben hätte sie ein Buch über ihre Kriegserfahrungen geschrieben. Aber Tadeusz hatte es getan, um derer zu gedenken, die gestorben waren, aber auch jener, die gerettet werden konnten. Und, wie sie vermutete, um sich selbst ein Denkmal zu setzen.

Sie zuckte die Achseln. »Nie gehört. Aber es waren ja so viele, so viele Menschen, die in der Apotheke ein und aus gingen. Ich war übrigens noch einmal in Krakau.«

Überrascht sah sie Pankiewicz an. »Du warst in Krakau? Wann? Wie? Warum hast du nicht …?« Er brach ab.

Mit einem Mal war Lilo klar, dass er aus freien Stücken nach Fellbach gekommen war, es hatte keiner Zauberfee wie Zofia bedurft.

Sie erzählte von den Empfindungen, die die ehemalige Heimat in ihr wachgerufen hatte, von der Begegnung mit Zofia, den intensiven Gesprächen.

»Es war kurz bevor der Papst kam. Ich musste feststellen, dass es nicht mehr mein Krakau ist. Ich habe es schon verloren, als die Nazis in Polen einfielen. Trotzdem wird es immer meine Heimat bleiben, die Stadt meines Herzens. Ich lese immer noch polnische Literatur.«

»Und ich deutsche«, gab er lächelnd zurück. »Warum bist du vor zwei Jahren, als du in Krakau warst, nicht vorbeigekommen?«

Lilo schloss die Augen, dachte lange nach. »Weil eine neue Zeit angebrochen ist. Als ich vor deiner Apotheke stand, konnte ich nicht hineingehen, so stark waren die Erinnerungen, die in mir hochkamen. Wir hatten unsere Zeit, und obwohl Krieg war, gab deine Apotheke vielen Menschen ein Stück Geborgenheit, auch mir. So soll sie in meiner Erinnerung bleiben.«

Lange schwiegen sie. Die große Uhr am Bahnhofskopf zeigte, dass sie bereits über eine Stunde hier verharrten. Den Lärm um sie herum nahmen sie nicht mehr wahr. Lilo spürte seine warme Hand, die ihr mehr gab als tausend Worte der Erklärung. Sein Händedruck versöhnte sie mit ihren verschwiegenen Erinnerungen und seinen Versäumnissen. Ihr war klar: Er hätte nie aus seiner Haut können, nicht einmal heute vermochte er das. Er war ein Mann, den die Frauen liebten, während Tadeusz Pankiewicz ein wenig wie ein Mönch in sich selbst ruhte. Niemals hätte er sich der Realität einer Ehe gestellt. Womöglich hatte er manche Frau aus der Ferne geliebt, das hatte ihm genügt.

Achtung! Eine Durchsage für die Reisenden von Stuttgart nach Krakau. Der Zug nach Krakau über Salzburg, Brünn, fährt in wenigen Minuten ein. Geplante Abfahrt um 17.35 Uhr. Bitte Vorsicht bei der Einfahrt des Zuges.

Wie auf Kommando standen Lilo und Tadeusz auf. Lilo gab die Thermoskanne mit den leeren Bechern zurück in ihre Handtasche.

Sie sah in seine Augen, sie wirkten traurig, aber nicht verschlossen.

»Hätten wir denn glücklich werden können?«, fragte er.

Sie nahm seine Hand, zog sie an ihre Lippen und küsste sie. »Weißt du, was Helene einmal zu mir gesagt hat?«

Er schüttelte den Kopf, beugte sich über ihre ineinander verflochtenen Hände und berührte mit den Lippen ihre Hand.

»Wenn die Liebe schwierig ist, ist sie nicht die Richtige. Sie kommt ganz leicht daher, und sie brennt im Herzen – daran erkennst du sie. Wenn es kompliziert ist, ist es die Falsche.«

Tadeusz seufzte. »Vielleicht war es einfach nicht die richtige Zeit. Womöglich hätten wir unter anderen Umständen ... Wenn, dann wäre ich für dich über meinen Schatten gesprungen.« Er räusperte sich. »Ich habe dich geliebt, Lilo, das sollst du wissen. Nenn mich einen Trottel, einen Feigling in Herzenssachen, aber denk immer daran, dass ich es mir nicht leicht gemacht habe.«

Bevor er einstieg, umarmten sie sich, und sie genoss den gepflegten Duft seiner Haut, der sie an ihr stürmisches junges Ich erinnerte.

Lange sah sie dem Zug hinterher. Pankiewicz lehnte sich weit aus dem geöffneten Fenster heraus. Er winkte ihr so lange zu, bis nur noch ein kleiner Punkt von ihm übrig blieb. Vielleicht würde sie noch einmal zu ihm nach Krakau fahren. Vielleicht würde sie in seiner Begleitung das Krakau ihres Herzens wiederfinden, die polnische Sprache zurückerobern.

Mam na imię Lilo – mein Name ist Lilo.

Am Abend holte sie ihr Tagebuch aus einer Kiste, das ihre Geheimnisse enthielt. Viele waren es nicht: ein paar Fotos, ein Ring ihrer Mutter mit einem Citrin, den sie für Tatjana herauslegte. Lange las sie in ihren Einträgen, ihren imaginären Briefen an Helene und betrachte das eingeklebte Foto von Helenes kleiner Familie in Paris. Es tat immer noch weh, sie verloren zu haben, sie, den kleinen Simon, den sie nie kennengelernt hatte, ihren Neffen. Am Ende waren all ihre Lieben viel zu früh gegangen.

»Ach, Helene, ich wünsche mir so sehr, dass du glückliche Stunden in Paris hattest. Was wäre aus dir geworden, wärest du in Krakau geblieben?« Sie vermochte sich diese entscheidende Frage nicht zu beantworten. Aber Helene hatte für ihre Liebe gebrannt und das Richtige getan.

Liebe Helene! Es gibt Neuigkeiten. Mein Herz ist erfüllt von einer unerfüllten Liebe. Wenn es ernst wird, werde ich zwischen zwei Männern stehen. Wer hätte das von mir Mauerblümchen gedacht?

Wie lange lag dieser Tagebucheintrag zurück? Mit einer Lupe las sie in dem kleinen Büchlein, dessen Stoffbezug verblasst und brüchig geworden war, bis zum Morgengrauen. Aus dem Nebenhaus, wo sie nach dem Krieg gewohnt hatte und wo heute Tatjana lebte, drang der Duft von frisch gebackenem Brot über den Hof bis an ihr Fenster. Fellbach war jetzt ihre Heimat.

Nach einer starken Tasse Kaffee brachte sie ihr Tagebuch, verpackt in einer Ausgabe der *Fellbacher Zeitung*, zur Mülltonne. Weder Dora noch Tatjana würden mit ihren Mädchenträumen eines Tages etwas anfangen können. Dann ging sie hinauf in ihre Küche, nahm die Stimmungsaufheller aus der Schublade und teilte die Tabletten in kleinere Einheiten.

Vier Wochen später waren sie aufgebraucht. Die Farbe des Himmels hatte sich nicht verändert, nicht um diese Jahreszeit, wenn das gleißende Licht des Sommers vor der Tür stand, aber in ihr war es seit Tadeusz' Besuch heller geworden.

Ab sofort wollte sie nach vorne sehen, nie mehr zurück. Nur einen winzigen Rückblick gestand sie sich zu, als sie das Foto, das Zofia aus der Villa gerettet hatte, in einem Rahmen auf die Kommode zu den anderen stellte. Genau so würde sie Helene in ihrem Herzen behalten, als eine junge, schöne Frau, deren ganzes Leben vor ihr lag und die das Beste aus Krakau mit nach Paris genommen hatte: ihr Lachen, ihre Lebensfreude, ihre Widerstandskraft.

»Du siehst gut aus, Oma«, sagte Tatjana eines Morgens zu ihr, als sie die Sonntagszeitung brachte. »Der Besuch hat dir gutgetan. Ich wette, du magst ihn sehr, diesen sonderbaren Herrn Magister. Ihr habt eine tiefe Verbindung, das habe ich gespürt.«

»Was du alles spürst«, gab Lilo lächelnd zurück, tätschelte die Hand ihrer Enkelin und gab ihr den Ring, der sich, als wäre er für Tatjanas Finger bestimmt, mühelos über den Mittelknöchel schieben ließ. Unter Tatjanas verblüfftem Blick nahm sie das wertvolle Sonn- und Feiertagsgeschirr aus dem Schrank. In Krakau, zu Käthes Zeiten, hatte es meistens unberührt in der Vitrine gestanden. Zu zeigen, was man besaß, war wichtiger gewesen, als sich daran zu erfreuen. Nächsten Sonntag würde sie Dora und Tatjana zu einem opulenten polnischen Abendessen einladen, das Geschirr mit dem Besten vom Feinkostgeschäft Böhm aus Stuttgarts Innenstadt bestücken. Piroggen, Knödel, Schweinebraten. Sogar an Zofias polnischem Käsekuchenrezept würde sie sich ein allerletztes Mal versuchen.

Ab sofort würde sie Käthes Heiligtum täglich benutzen. Das Leben konnte so schnell vorbei sein. »Lieber geht etwas zu Bruch«, sprach sie und warf einen langen Blick auf das neue Foto, »als dass das Geschirr nichts erlebt hat.«

TATJANA

64

Paris, Sommer 2017

Der Himmel über Adis Wintergarten klarte auf. Die Dunkelheit wich einem sanften Licht. Édith und Adi saßen nebeneinander, ganz in sich versunken und hielten sich an den Händen. Es war alles gesagt. Stille lag über Adis Refugium.

Langsam stand Tatjana auf, brachte ihren Stuhl zurück an seinen Platz, ging zur Tür und drehte sich ein letztes Mal um. Édith sah auf und warf ihr einen liebevollen Blick zu. Tatjana lächelte.

»Ich mache einen kleinen Spaziergang«, sagte sie leise, verließ den Pavillon und trat hinaus auf die Straße. Kühle Luft empfing sie. Wie auseinandergezogene Wattebäusche verteilten sich die Wolken am Himmel über Paris.

Tatjana ging durch das große Tor in den Jardin des Plantes und bog ab in Richtung Seine. Wie hypnotisiert steuerte sie den Quai de la Seine an. Im Gehen war ihr, als fiele die Last der letzten Stunden nach und nach von ihr ab. Unter einer Trauerweide setzte sie sich auf eine Bank. Der Druck in ihrem Kopf ließ nach. Sie rieb sich den Nacken, ließ ihren Kopf kreisen. Es knackte.

Am Ufer hatte ein Schiff angelegt. Keine Menschenseele weit und breit. Das Wasser der Seine plätscherte gegen das gepflasterte Ufer. Mit geschlossenen Augen nahm sie den Duft der getränkten Pflanzen wahr, das Krächzen des schaukelnden Schiffs. Ihr war, als sei alles, was sie seit Édiths Anruf in Doras Küche bis heute in Paris erlebt hatte, folgerichtig. Ihre Annäherung an Lilo und Helene, ihre vage Ahnung von dem, was die beiden Schwestern angetrieben hatte, die Praxisabsage. Adam hatte Tatjana mit ihrer Schwachstelle konfrontiert – auch das gehörte dazu und war, im Nachhinein betrachtet, wichtig. Ohne die Nähe, die sie mit ihm teilte, wäre das nicht möglich gewesen. Immer noch klang seine Stimme in ihrem Ohr.

Als ihr Handy klingelte, wollte sie vor Erleichterung aufschreien. Sie wusste, es war Adam.

»Hallo, Adam«, sagte sie, ohne auf die Nummer zu sehen.

»Tatjana«, erwiderte dieser am Ende der Leitung. »Ich hoffe, ich störe nicht. Wie geht es dir?«

Sie nahm einen tiefen Atemzug. »Ich hätte mich jetzt bei dir gemeldet, Adam. Dein Anruf kommt zur richtigen Zeit. Es geht mir gut. Ich komme gerade aus dem Haus von der Schwester meines Onkels und sitze auf einer Bank am Seineufer. Adi besitzt den schönsten Wintergarten von ganz Paris.« Sie warf einen Blick zum Himmel. »Es gab ein großes Gewitter über Paris. Jetzt ist die Luft abgekühlt. Man kann wieder frei atmen. Es ist so friedlich hier.«

»War es ein gutes Gespräch?«

»Ich fange an zu begreifen, wie alles zusammenhängt«, erwiderte sie gefasst. Ein kühler Wind strich über ihre Haut. In der Ferne sah sie eine Brücke. War es der *Pont des Arts*, an dem die vielen Liebesvorhängeschlösser hingen? Ihre Gedanken schweiften nach Krakau, ans Weichselufer, an die Tage des Glücks mit Adam, an die harten Auseinandersetzungen, die Nähe zwischen ihnen, das unverhoffte Glück.

»Du und ich, Édith, Adi, die Schwestern von Krakau, Helene und Lilo, Pankiewicz. Krakau, Paris, meine Heimat Fellbach, eine Widerstandskämpferin und eine Apotheke im Ghetto. Alles gehört auf sonderbare Weise zusammen. Ich möchte dir danken. Es war gut, dass du so hartnäckig warst. Ich sehe jetzt klarer.«

»Das klingt gut.«

»Mir kommt es vor, als hätten wir gemeinsam Teile der Geschichte entwirrt. Nicht alle Geheimnisse müssen gelüftet werden. Es gibt Dinge, die wir nie erfahren werden. Es ist in Ordnung. Ob Pankiewicz und Lilo einander liebten? Denkbar wäre es. Ich weiß nicht, ob Gusta, Helene und Lilo einander kannten, aber ich halte es für möglich.«

Abrupt verstummte sie.

»Ja, möglich wäre es«, sagte er. »Zumindest Lilo und Gusta, das ist mehr als wahrscheinlich. Und ob sich mein Patenonkel und deine Großmutter liebten, wer weiß?«

Tatjana schüttelte sich, richtete sich auf und fuhr sich durchs Haar. »Ich glaube, ich habe dir nie so richtig von Helene erzählt, was für ein Mensch sie war. Es gibt noch so vieles, was ich dir sagen möchte.«

Beherrscht räusperte sie sich.

Sie glaubte, Adam körperlich zu spüren, so nah war er ihr auf einmal. Über tausend Kilometer zwischen Krakau und ihrer Heimatstadt waren kein Hindernis, keine Entfernung, sondern vermochten eine Brücke zu bilden. Vielleicht gab es doch einen Plan, notwendige Begegnungen, eine Art Wunschpfad tief im Inneren der Menschen.

»Helene war eine sehr bemerkenswerte Frau. Sie hatten nicht genug Zeit miteinander, Helene und Samuel, aber ich habe so ein Gefühl, dass sie die kurze Zeit genutzt haben. Ich glaube, es war in Helenes Sinn, dass Simon nach ihrem Tod bei den Merciers groß wurde. Aber das ist eine lange Geschichte. Irgendwann erzähle ich dir alles.«

Ihr war, als hätte sie ihre Stimme wiedergefunden, so klar und deutlich klang sie. Von den Blättern der Trauerweide fielen Regentropfen hinab auf den Boden. In der Ferne vernahm sie eine Schiffssirene.

»Ohne Simon und das Geheimnis um seine Herkunft wären wir einander nie begegnet«, sagte Adam. »Und was ist mit dir, Tatjana? Sprich weiter, ich höre dir zu.«

Tatjana schloss die Augen. »Ich wünschte, du wärest hier.«

EPILOG

Krakau, 1946

»Es heißt, du hast etwas gefunden«, sagt Jakub. Mit angezogenen Beinen sitzt er neben Tomasz, den Rücken an die Gefängnismauer gelehnt. Er zündet sich eine halbe Zigarette an und blickt auf das marode Gebäude von Montelupich. Es soll wieder einsatzfähig gemacht werden – mit billigen Arbeitskräften wie Jakub und Tomasz. Die Männer malochen für den neuen sozialistischen polnischen Staat nach sowjetischem Vorbild. Alles soll jetzt gut werden, sagen sie, schlimmer geht nicht mehr.

Man erzählt sich, Oskar Schindler sei hier im Krieg einmal eingesessen, genau wie Gusta und Marek Draenger, zwei der Köpfe des jüdischen Widerstands von Akiba. Die Polen behaupten, es habe sich um einen rein *polnischen* gehandelt, aber die Geschichte vergisst nicht, wie es wirklich war. Jakub war dabei, damals in dem Versteck im Ghetto. Er hat es mit eigenen Augen gesehen. Wie durch ein Wunder hat er überlebt.

In Krakau ist endlich Herbst eingekehrt, der heiße Sommer vorüber.

Seit Wochen schuften jüdische und nichtjüdische Polen für einen Hungerlohn, verputzen die Wände der Zellen, reinigen blutverschmiertes Gemäuer, reparieren die Pritschen, bessern Böden aus.

»Das sagen sie also«, erwidert Tomasz und wischt sich über die Stirn. »Wie schnell sich Gerüchte verbreiten.«

Jakub gibt ihm die andere Hälfte seiner letzten Zigarette, entzündet ein Streichholz und hält es Tomasz entgegen.

»Zelle Nummer 15, hast du es dort gefunden?«

Nervös beißt sich Jakub auf die Lippen. Bloß keinen Fehler machen, nicht jetzt.

»Unter meinen Füßen«, erklärt Tomasz und wirft einen Blick zum Kapo, der wenige Meter entfernt auf einem Stuhl sitzt. »Ja. Unter einem Brett. Zelle 15. Hat wohl was zu bedeuten, wenn du so genau nachfragst.«

»Wo sind die Papiere jetzt?«

Jakub hat keine Zeit für Plaudereien. Der Handel muss schnell über die Bühne gehen.

»Die Fetzen, meinst du«, erwidert Tomasz und kratzt sich am Kopf. Mit seinen tiefen Furchen auf der Stirn sieht er aus wie sechzig, dabei ist er gerade einmal Ende zwanzig, genau wie Jakub. »Sieht aus wie Klopapier.« Tomasz lacht.

»Wie Klopapier«, wiederholt Jakub verwirrt.

»Diese verdammten Läuse«, schimpft Tomasz, zerquetscht mit den Fingern etwas Schwarzes, kaum größer als der Kopf einer Stecknadel. »Klopapierfetzen, alle vollgeschrieben, gekritzelt, eine winzige Schrift. Muss ein Gefangener dort gelassen haben.«

»Hast du sie gelesen?«

Tomasz schüttelt den Kopf. »Interessiert mich nicht.«

»Aber du hast sie an dich genommen?«

Der Kapo greift nach einer Bierflasche, die neben ihm auf dem Boden steht. Mit einem Knall, einem Zischen geht der Bügelverschluss auf. Jakub läuft das Wasser im Mund zusammen. Was gäbe er jetzt für ein kühles Bier! Der Kapo leert die braune Flasche in einem Zug und ruft ihnen zu: »Es geht weiter, Genossen. An die Arbeit!«

»Ein Bier, das wär was«, sagt Tomasz und ballt seine Hand zur Faust. »Weiß noch nicht, was ich mit den Zetteln mache.« Er zieht an der Zigarette. Glut leuchtet auf.

»Gib sie mir! Bist sie los und tust ein gutes Werk.«

»Was springt für mich raus?«, fragt Tomasz, während Jakub aufsteht. Tomasz tut es ihm gleich.

»Bier«, erwidert er, ohne zu wissen, wie er die begehrte Währung auftreibt. »Zigaretten.«

Gemeinsam setzen sie sich in Bewegung.

Abrupt bleibt Tomasz stehen. »Bist Jude, nicht wahr?«

Jakub nickt. Sie erreichen die Eingangstür.

Jakub braucht diese Papiere. Gustas Notizen – er kennt die Frau, die die Nazis hingerichtet haben, ihren Mann und all die anderen. Er ist einer der wenigen Überlebenden von Akiba. Er ist es ihr schuldig. Nein, nicht ihr, sich selbst.

»Ein Bier. Zigaretten, russische Zigaretten, stark und würzig, bekommst du von mir. Hast mein Ehrenwort drauf«, flüstert er Tomasz im Gehen zu.

Tomasz grinst, zieht am Stummel seiner Kippe und verbrennt sich dabei fast die Finger. Er nimmt den keinen Fingernagel breiten Stumpen zwischen die Fingerkuppen von Daumen und Zeigefinger, saugt ein letztes Mal daran und wirft die winzige verbliebene Glut weg. Abrupt bleibt er stehen, und sein Blick wandert über eine Narbe an Jakubs rechter Wange.

»Dein Ehrenwort?«, stößt er aus, fixiert den Kameraden. »Was hab ich davon?«

Jakub hält seinem Blick stand. »Ein reines Gewissen? Genugtuung, das Richtige getan zu haben? Bist doch ein guter Kerl, weiß ich. Bist keiner von denen.« Er verdreht die Augen in Richtung des Kapos. Dann verstummt er, schüttelt sich. Er spricht ja wie ein katholischer Pfarrer!

Das Geräusch von einschlagenden Nägeln in morschem

Holz dringt aus den Zellen an Jakubs Ohr, während er für den Rest des Tages den Verputz in einem großen Eimer anrührt, ihn mit Spachtel aufträgt, die eingeritzten Buchstaben im Mauerwerk füllt. *Chaim* – heißt es an einer Stelle. Es bedeutet *Leben*.

Der Mond hängt wie eine Schaukel am dunklen Himmel über Krakau, als Jakub in seiner Unterkunft an einem Tisch auf einem klapprigen Stuhl sitzt. Eine Kerze spendet Licht. Behutsam breitet er die Blätter aus, fängt an zu lesen. Tomasz hat sie ihm einfach so gegeben, am Ende ihrer Schicht.

Jakub erkennt Namen, erinnert sich an Örtlichkeiten, an Geschehnisse, waghalsige Unternehmungen. Das Herz von Akiba hat in der ul. Józefińska geschlagen. So lange ist das gar nicht her.

Erinnerungen fluten sein Gedächtnis, Zusammenkünfte, gemeinsame Gebete, die geteilte Wut, die Machtlosigkeit, das Aufbegehren. Die vielen Toten. So viele seiner Mitstreiter sind gestorben, und jetzt begegnet er ihnen in seiner kargen Unterkunft wieder. Stimmen, Lieder, Berührungen, Gesichter – mit allen Sinnen erlebt er noch einmal die Idee einer Gemeinschaft, den Zusammenhalt. Gusta, Marek, Genia, Poldek, Havka, Aaron. Sie alle sind verbunden gewesen im Kampf gegen die Deutschen, gegen ihre Peiniger. Er weiß nicht, ob er Gustas versteckte Hinweise, die sich in ihrer Geschichte Justyna nennt, richtig versteht. Ihre blumige Sprache befremdet ihn, aber er begreift, dass ein Zeugnis von unschätzbarem Wert vor ihm liegt, dass es hinaus muss in die Welt.

Wer immer nach dem Krieg diese versteckten Zettel findet ...

Er liest die ganze Nacht, ordnet die lückenhaften Fetzen so gut er kann. Manchmal ist Gustas Schrift unleserlich, Buchstaben verschmiert, Blätter zerknüllt und brüchig – aber, das beschließt Jakub am frühen Morgen seines freien Tages beim Blick in den fast blinden Taschenspiegel während einer gründlichen Rasur, als leiste er einen feierlichen Eid: Andere sollen über die Bedeutung entscheiden. Nicht er. Er ist nur ein Vermittler, einer, dem es gelungen ist, einem polnischen Arbeiter das Vermächtnis Akibas abzuschwatzen. Gusta hat sich gewünscht, dass die Nachwelt davon erfährt.

Eine Fußnote in den Geschichtsbüchern.

Wenige Tage später klingelt Jakub an einem unscheinbaren Haus in Krakau am Rand von Kazimierz. Die Zettel, in Zeitungspapier verpackt, trägt er unter dem Arm. Im Sonntagsanzug, den er in seiner Unterkunft auf einem Bügel in einem türenlosen Schrank gefunden hat, damit sie ihn auch sicher hereinlassen. Das weiße Hemd hat er sich von einem Freund geliehen, die Schuhe geputzt, deren löchrige Sohlen keiner sieht. Jeden Stein spürt er beim Gehen. Die Frau seines Freundes hat Anzug und Hemd gewaschen, aufgebügelt und ausgebessert. Sogar eine Krawatte hat sie aufgetrieben.

Er zupft am Kragen des viel zu weiten, nach Kernseife riechenden Hemds und bewegt die Schultern, als betrete er als Laie, der seinen Text genau einstudiert hat, eine Bühne.

»Ich möchte den großen Gelehrten Dov Johanes sprechen«, sagt er deutlich, als ihm eine Frau die Tür öffnet. »Es ist sehr wichtig.«

Er streicht sich über den kahl rasierten Kopf und lächelt verlegen. Die Frau von der Jüdischen Historischen Gesellschaft Krakaus stutzt, tritt einen Schritt zurück, dreht sich, bedeutet ihm, ihr zu folgen, und geht voran.

Dov Johanes sitzt an einem Schreibtisch, umgeben von Bücherregalen, die bis zur Decke reichen. Noch nie in seinem Leben hat Jakub so viele Bücher auf einmal in einem einzigen

Raum gesehen. Johanes guckt von einem aufgeschlagenen Buch auf, setzt sich eine Nickelbrille auf die Nase, schiebt umständlich den dünnen Bügel hinter die Ohren und sieht ihn freundlich an. Dann winkt er ihn zu sich.

»Kommen Sie, mein Freund. Treten Sie näher. Ich habe Sie bereits erwartet.«

Er nimmt die Blätter aus dem Zeitungspapier, knipst eine Tischleuchte an und beginnt mit dem Lesen, Blatt um Blatt, während Jakub an einer Tasse Tee nippt. Der Geruch der Bücher benebelt seine Sinne, und der Schwarztee schmeckt zuckersüß, das Beste, was er seit Langem bekommen hat. Gierig beißt er von einem Stück Brot, dann von der geräucherten Entenbrust ab. Jakub glaubt, er sei im Himmel.

Immer wieder sieht Johanes von seiner Lektüre auf, lächelt ihn an, schüttelt den Kopf, liest weiter.

»Können Sie lesen?«, fragt er irgendwann mit gerunzelter Stirn, wirft den Kopf in den Nacken und starrt hinauf zu einem verstaubten Kronleuchter.

Jakub spürt, wie er errötet. »Ja, kann ich«, sagt er trotzig, hebt das Kinn und wischt sich über den Mund. »Ich kenne die Blätter, hab sie sortiert.«

Johanes räuspert sich. »Entschuldigen Sie«, sagt er mit leiser Stimme.

Von draußen hört Jakub die Straßenbahn, die ganz in der Nähe durch die Planty fährt.

»Heute ist ein großer Tag«, murmelt der Gelehrte, und sein dunkler Kopf verschwindet hinter den handgeschriebenen Blättern, die er sich so dicht vors Gesicht hält, als prüfe er die Reinheit eines Diamanten mit Auge, Nase und Fingern. »Diese Frau hat Zeugnis abgelegt, und Sie werden als Bote dieses wichtigen Dokuments, als ein Held, in die Geschichte eingehen. Der jüdische Widerstand darf nie vergessen werden.

Ich werde dieses Werk übersetzen und es dann an seinen Bestimmungsort bringen, nach Palästina.«

Er legt seine Hände auf die vielen Papiere, streicht sie glatt, stapelt sie auf Kante und gibt einen tiefen Seufzer von sich.

Jakub steht auf, zieht die Ärmel seines geliehenen Hemds über die Handgelenke und schüttelt den Kopf. Nein, er ist kein Held. Er hat nur das Richtige getan. »Die Geschichte vergisst nichts«, sagt er und knöpft das Jackett zu. »Nur die Menschen.«

DANKE

Von Herzen danke ich allen Kolleginnen, Testleserinnen, Freundinnen und Freunden, die mir während der Arbeit an diesem Roman unterstützend zur Seite standen: Claudia Ziegler, Lilli Beck, Tania Schlie, Maria Nikolai, Gabriele Diechler, Christina Boersch, Heike Stepprath, Margit Thum, Magdalena Wiechert und Renate Czech. Meine Hochachtung und ein ganz besonderer Dank gilt Sabine Herrle, die ein umfangreiches, kritisches historisches Lektorat vorgenommen hat und mir die komplexen geschichtlichen Sachverhalte im »Generalgouvernement« nahegebracht hat. Sabine Tuschell hat die psychologische Seite meiner Figuren beleuchtet, Handlungen auf psychologische Plausibilität überprüft. Die Sängerin, Komponistin und Schriftstellerin Bella Liebermann hat meine Fragen die jüdische Kultur und das *Jiddische* betreffend gewissenhaft beantwortet. Beate v. Arnim-Lasecka, die seit Jahrzehnten in Krakau lebt, hat geduldig und penibel sämtliche polnischen Übersetzungen beigesteuert und mit ihrer Ortskundigkeit Straßennamen und Plätze überprüft. Meine Cousine Jessica Koller ist mir bei allen Fragen rund um Fellbach und um das großelterliche Haus unserer Kindheit in der Mozartstraße 1 hilfreich zur Seite gestanden. Mein Mann Michael hat, wie immer, am Ende eine Redaktion vorgenommen, die Fahnen gelesen und mir während der fast zweijährigen Arbeit den Rücken freigehalten. Von Herzen danke ich meinen Lektorinnen Silja Maehl und Hanna Bauer und (immer wieder) meiner engagierten Agentin Franka Zastrow (Literaturagentur Schlück) für die professionelle und einfühlsame Begleitung.

NACHWORT DER AUTORIN

Dieser Roman ist eine Hommage an Krakau, dessen unvergleichliche Architektur und Schönheit mich zu dem vorliegenden Roman inspiriert haben. Die Liebe zu dieser faszinierenden Stadt, die auch *Perle des Ostens* genannt wird, verdanke ich meiner Kinder- und Internatsfreundin Tatiana Jaroszyńska, die den größten Teil ihres leider viel zu kurzen Lebens dort verbrachte.

Maßgeblicher Impuls für die Romanhandlung waren die Lektüren aus der Feder von Gusta Draenger *Das Tagebuch der Partisanin Justyna* und die Memoiren des Krakauer Apothekers Tadeusz Pankiewicz *Die Apotheke im Krakauer Ghetto*. Die Erinnerungen der beiden Widerstandskämpfer während der deutschen Besatzung Krakaus entfalten den historischen Kern des Romangeschehens, in das die rein fiktive Geschichte um die deutschstämmige Familie Wagner eingebettet ist. Die romantische Beziehung zwischen der historischen Figur Pankiewicz und meiner Heldin Lilo ist folglich frei erfunden, genau wie das tragische Schicksal von Jadwiga Zielenski, Pankiewicz' *fiktiver* Mitarbeiterin. Seine tatsächlichen Mitarbeiterinnen werden in der Rubrik *historische Figuren* benannt. Dass eine Volksdeutsche in der Widerstandsapotheke mitten im Ghetto arbeitet, ist der Dramaturgie und Erzählperspektive geschuldet. Lilos Arbeit, verbunden mit ihrer Zeugenschaft und ihrem darin begründeten jahrzehntelangen Schweigen, bilden die Nahtstelle zwischen historisch belegtem Geschehen im Krakauer Ghetto und dem Schicksal der *Schwestern von Krakau*.

Bettina Storks, im August 2024

HISTORISCHE FIGUREN

Gusta Dawidson Draenger, Tarnname Justyna (1917–1943): Mitglied und leitende Figur der in Krakau entstandenen zionistischen Jugendbewegung Akiba, die während der deutschen Besatzung in den aktiven Widerstand geht.

Shimshon Draenger, Tarnname Marek (1917–1943): Ehemann von Gusta, eine der Führungsfiguren der Widerstandsgruppe Akiba, Krakau. Im Ghetto galt er als der beste Dokumentenfälscher.

Hans Frank (1900–1946): Generalgouverneur des nicht annektierten Teils des ehemaligen polnischen Staates mit Sitz auf der Wawelburg, Krakau. Seiner Brutalität wegen bekannt als der »Schlächter von Polen«.

Yehuda Maimon, Tarnname Poldek (1924–2020): Jüngstes Akiba-Mitglied, aktiv beim Dezember-Aufstand 1942 beteiligt. März 1943 Verhaftung und Deportation nach Auschwitz. Auf der Krankenstation in Auschwitz Rettung durch ein Akiba-Mitglied und Überlebender eines Todesmarsches. Weitere im Roman genannte Mitglieder von Akiba: Chavka / Havka Folman (1924–2014), Hella / Hela Rufeisen-Schüpper (1921–2017), Gola Mire (1911 – 1943).

Grundsätzlich sei an dieser Stelle darauf hingewiesen, dass von Verfasserinnen und Verfassern in den Primärtexten unterschiedliche Schreibweisen der polnischen Namen benutzt werden. Diese Abweichungen setzen sich in der Sekundärliteratur fort.

Mordechai Gebirtig (1877–1942): Tischler, Poet, Liedermacher, aktiv im jüdischen Widerstand Akiba. Komponiert das Lied, das zur Hymne des Krakauer Ghettos wird: *Unser Schtetl brennt*. Seine Texte überleben in einem Krakauer Kohlenkeller. Strophen aus diesem Lied werden im Roman nach einer Übersetzung von Bertram Kottmann (3.5.2021) zitiert.

Amon Göth (1908–1946): SS-Hauptsturmführer und Kommandant des Arbeitslagers Płaszów.

Tadeusz Pankiewicz (1908– 1993): Apotheker und Eigentümer der Widerstandsapotheke Apteka Pod Orłem – Apotheke unter dem Adler mitten im Krakauer Ghetto. Nach dem Krieg Auszeichnung im Yad Vashem, Israel (Jerusalem): Gerechter unter den Völkern.

Pankiewicz' Mitarbeiterinnen: Helena Krywaniuk, Irena Droździkowska, Aurelia Danek-Czort.

Kurt Peltz (1904 – 1944): SS-Brigadeführer in Krakau.

Karl Eberhard Schöngarth (1903–1946): SS-Brigadeführer und Befehlshaber der Sicherheitspolizei und des SD im Generalgouvernement, Teilnehmer an der Wannseekonferenz Januar 1942.

Symche Spira (? – 1944): Chef des Jüdischen Ordnungsdiensts OD im Krakauer Ghetto.

Otto Wächter (1901–1949): SS-Gruppenführer und Gouverneur des Distrikts Krakau und Galizien während der deutschen Besatzung Polens bis 1942. Verantwortlich für die Errichtung des Krakauer Ghettos.

Richard Wendler (1898–1972): SS-Gruppenführer und Gouverneur des Distrikts Krakau von 1942–1943.

WICHTIGE HISTORISCHE EREIGNISSE IM ZUSAMMENHANG MIT DER ROMANHANDLUNG 1939–1946

23. August 1939:
Hitler-Stalin Pakt, Nichtangriffspakt zwischen dem Dritten Reich und der Sowjetunion. Geheimes Zusatzprotokoll: Aufteilung Europas in eine sowjetische und eine deutsche Einflusszone. Konkret wurde die Aufteilung Polens in zwei Gebiete beschlossen.

1. September 1939:
Die Deutschen fallen in Polen ein.

6. September 1939:
Die deutsche Wehrmacht marschiert in Krakau ein.

17. September 1939:
Gemäß den Vereinbarungen des Hitler-Stalin-Paktes marschiert die Rote Armee in Ostpolen ein.

26. Oktober 1939:
Hans Frank wird Generalgouverneur der nicht dem Deutschen Reich eingegliederten Teile des besetzten Polens. Ab November 1939 residiert Frank auf der Wawel-Burg in Krakau. Planung der Arbeitslager Plaszów (errichtet im Sommer

1940), Auschwitz (errichtet Mai 1940) und Vernichtungslager Auschwitz-Birkenau (errichtet 1941).

6. November 1939:
Bei der »Sonderaktion Krakau« werden über 180 Professoren und Universitätsangehörige der Jagiellonen-Universität entführt und in Gefängnissen und Konzentrationslagern inhaftiert. Viele von ihnen wurden später im KZ Dachau und Sachsenhausen ermordet.

14. Juni 1940:
Deutsche Truppen besetzen Paris.

Juli 1940:
Teilung Frankreichs in einen deutsch-besetzten Teil (zone occupée) und den unbesetzten Südost-Teil des Vichy-Regimes (zone libre) unter Marschall Pétain. General de Gaulle wird ab 1940 Organisator des externen militärischen Widerstandes mit Sitz in London.

3. März 1941:
Befehl zur Errichtung des Krakauer Ghettos im Stadtteil Podgórze. Bis 20. März 1941 müssen alle jüdischen Bewohner Krakaus in das Ghetto umgezogen sein.

Juli 1942:
Himmler beauftragt den Lubliner SS- und Polizeiführer Odilo Globocnik (1904–1945) mit der Aktion »Reinhard«, der systematischen Ermordung aller Juden, die in den fünf Distrikten des Generalgouvernements Warschau, Lublin, Rodon, Krakau und Lvov leben.

16./17. Juli 1942:
Bei der großen Pariser Razzia, der *grande rafle du Vel d'hiv* werden von der französischen Polizei mehrere Tausende in Paris lebende ausländische und staatenlose Juden festgenommen und bei glühenden Temperaturen in der Radsporthalle zusammengepfercht, ehe sie nach Auschwitz deportiert werden.

22. Juni 1941:
Überfall deutscher Truppen auf die Sowjetunion.

31. Januar 1943 bis Februar 1943:
Kapitulation der deutschen 6. Armee in Stalingrad.

Juni bis Oktober 1942:
Im Juni 1942 wird die Anzahl der jüdischen Insassen des Krakauer Ghettos im Rahmen von zwei Deportationswellen halbiert. Im Oktober 1942 werden weitere 7000 Juden nach Belzec und Auschwitz verschleppt, 600 von ihnen direkt im Ghetto erschossen.

22. Dezember 1942:
Anschläge der Widerstandsgruppe Akiba auf »deutsche Einrichtungen« in Krakau, auf das von deutscher Wehrmacht, SS und Gestapo frequentierte Café Cyganeria, das *Skala Kino*, den Offiziersklub *Zakopianka*, das Offizierskasino im Stadtmuseum. Das Hissen der polnischen Flagge auf einer Weichselbrücke sollte die Aktion abschließen. Befehlshaber der Aktion: Abraham Leibowitz, Tarnname Dolek. Im Januar 1943 wird Shimshon Draenger verhaftet, Gusta wird in das Frauengefängnis gegenüber von Montelupich gebracht. Dort schreibt sie ihre Memoiren. Insgesamt stellt sie sich nach der Festnahme ihres Mannes zweimal freiwillig.

März 1943:
Den Deutschen gelingt die Zerschlagung des jüdischen Widerstands in Krakau.

13. März 1943:
Endgültige Liquidation der Krakauer Ghettos.

April 1943:
Gusta Draenger und Genia Meltzer sind die einzigen von 30 im Krakauer Gefängnis Montelupich inhaftierten Widerstandskämpferinnen, denen die Flucht von Montelupich anlässlich einer geplanten Verlegung gelingt. In einem Bunker von Bochnia trifft sie auf ihren Ehemann Marek, dem ebenfalls die Flucht gelungen ist. Dort arbeiten sie zusammen mit anderen überlebenden Mitstreitern und Mitstreiterinnen im Untergrund weiter an Widerstandsschriften.

November 1943:
Gusta und Marek Draenger werden von den Nazis aufgegriffen und am 8. November hingerichtet.

19. Januar 1945:
Die Rote Armee marschiert kampflos in das nahezu unzerstörte Krakau ein.

8. Mai 1945:
Bedingungslose Kapitulation der deutschen Wehrmacht.

4. Juli 1946:
Beim Pogrom von Kielce werden in der polnischen Kleinstadt Kielce über 40 polnische Juden ermordet und 80 weitere verletzt. Einem Gerücht zufolge sollte ein christlicher

Junge von Juden entführt und in einem Keller versteckt worden sein. Unter den Opfern befanden sich auch zwei nichtjüdische Polen, die den Angegriffenen helfen wollten.

1946:
Anlässlich der Wiederinstandsetzung des Krakauer Gefängnisses Montelupich findet ein polnischer Arbeiter in Gusta Draengers ehemaliger Zelle deren hinterlassene Memoiren und übergibt sie seinem Kollegen, einem polnischen Juden. Es handelt sich um Hunderte von beschrifteten Klopapierstreifen, die Draenger in ihrer Zelle Nr. 15 unter einem Brett des Fußbodens versteckt hatte. Historisch nicht gesichert ist, ob die Papiere tatsächlich in der Jüdischen Historischen Gesellschaft von Krakau dem Gelehrten Dov Johanes übergeben worden sind. Historisch belegt hingegen ist, dass Dov Johanes die Unterlagen bei seiner Auswanderung 1948 mit nach Israel nimmt und von dort aus für deren Verbreitung sorgt. Das Manuskript wird in den folgenden Jahren in mehrere Sprachen unter dem Titel *Das Tagebuch der Partisanin Justyna* übersetzt und veröffentlicht.

ZITATNACHWEISE (IM ROMAN VERWENDETE ORIGINALZITATE)

S. 13 und 16: Gusta Davidson Draenger: Das Tagebuch der Partisanin Justyna, Viborg, Dänemark 1999, S. 14

S. 14, 16 und 233 Lin Jadalti, Eberhard Redling (Hrsg.): Jiddische Lieder, Berlin 1985

S. 194, 195 und 204: Sol seyn (Lied des Bundes), Text und Melodie: Yosef Papernikov, ca. 1925, Übersetzung von Wolfgang Rund

S. 213: Tadeusz Pankiewicz: Die Apotheke im Krakauer Ghetto, Jupp Schluttenhofer (Hrsg.), Friedberg 2017, S. 25

S. 374, 375 und 376: Draenger, G.: Das Tagebuch der Partisanin Justyna, a. a. O., S. 14

S. 397: Havka Fulman-Rufeisen, in: Dokumentation Bernd Siegler, Peter Zinke: Jüdischer Widerstand in Krakau, Medienwerkstatt Franken e. V., 1998 (Film)

LITERATUR (EINE AUSWAHL)

Calit Atlas: Emotionales Erbe, Köln 2023

Gusta Davidson Dränger: Das Tagebuch der Partisanin Justyna, Viborg, Dänemark 1999

Andrea Löw, Markus Roth: Juden in Krakau, Göttingen 2011

Tadeusz Pankiewicz: Die Apotheke im Krakauer Ghetto, Jupp Schluttenhofer (Hrsg.), Friedberg 2017

Hella Rufeisen-Schüpper: Abschied von Mila 18 – als Ghettokurierin zwischen Krakau und Warschau, Köln 1998

Dieter Schenk: Die Krakauer Burg, die Machtzentrale des Generalgouverneurs Hans Frank, Berlin 2010

Bernd Siegler, Peter Zinke: Jüdischer Widerstand in Krakau, Medienwerkstatt Franken e. V., 1998 (Film)